Chestnut Street

CHESTNUT STREET
by Maeve Binchy

이 도서의 국립중앙도서관 출판예정도서목록(CIP)은
서지정보유통지원시스템 홈페이지(http://seoji.nl.go.kr)와
국가자료종합목록 구축시스템(http://kolis-net.nl.go.kr)에서 이용하실 수 있습니다.
(CIP제어번호: CIP2020024073)

체스트넛 스트리트

C h e s t n u t   S t r e e t

메이브 빈치 소설
정연희 옮김

문학동네

차례 *Maeve Binchy*

C h e s t n u t   S t r e e t

일러두기

1. 주석은 모두 옮긴이주다.
2. 본문 중 고딕체는 원서에서 이탤릭체나 대문자로 강조한 부분이다.

돌리의 어머니

어머니가 아주 예뻤기 때문에 그만큼 더 힘들었다. 돌리의 어머니가 동글동글하고 둥근 빵처럼 생겼거나 작고 주름이 자글자글한 사람이었다면 돌리에겐 더 쉬웠을 것이다. 성장한다는 것 말이다. 하지만 아니었다. 그 점에서 위로가 될 만한 건 없었다. 어머니는 키가 크고 호리호리했으며, 사람들을 덩달아 미소 짓게 만드는 미소와 모르는 사람도 즐거워서 고개를 들게 만드는 웃음을 지니고 있었다. 어머니는 늘 무슨 말을 하면 될지 알았고, 그 말을 했다. 어머니는 긴 라일락색 실크 스카프를 하고 다녔는데, 아주 우아해서 걸음을 옮길 때마다 물이 흐르는 듯했다. 돌리가 스카프를 하면 붕대를 감은 것처럼 보이거나 축구 팬으로 오해를 받았다. 딸이 체격이 떡 벌어지고 색깔이나 기품이 없다면 종종 어머니를 미워하게 되기 쉬웠다.

하지만 잠시 그런 생각이 드는 거지, 진짜 미워하는 건 아니었다. 누구도 어머니라는 존재를 미워할 수 없었고, 어머니에게 공주 대접을 받는 듯한 딸도 그건 마찬가지였다. 어머니는 늘 돌리의 좋은 점만 이야기했다. 눈이 짙은 녹색이라서 참 예뻐. 누구든 그 눈동자에 빠지면 길을 잃을걸, 어머니가 말했다. 돌리는 그 말이 미심쩍었다. 누군가가 그 깊은 눈 속에 헤어날 길 없이 빠져드는 위험을 무릅쓰는 것은 고사하고, 눈동자 색이 녹색인 것을 알아차릴 만큼 한참 동안 들여다볼 가능성도 극히 적었다. 어머니는 늘 돌리의 머릿결이 참 아름답다고 감탄의 말을 해주라며 아버지를 부추겼다. "봐," 어머니가 흥분해서 말하곤 했다. "숱이 얼마나 풍성한지. 머리카락은 또 얼마나 건강하고. 샴푸회사가 돌에게 광고에 좀 나와달라고 사정할걸." 아버지는 어머니가 시킨 대로 쳐다보며 방금 사라진 물총새를 보라는 말이라도 들은 듯 약간 놀란 표정을 지어 보였다. 그는 아내와 딸을 기쁘게 해주려고 열심히 고개를 주억거렸다. 오, 그러네. 그가 맞장구를 쳤다. 머릿결이 참 곱구나, 그러네, 털갈이도 안 하고.

돌리는 자신의 칙칙한 갈색 머리카락을 탐탁지 않은 눈으로 쳐다보곤 했다. 자신의 머리카락에 대해 좋게 말할 수 있는 것은 숱이 많다는 것뿐이었다. 그리고 어머니가 꼭 집어 칭찬을 쏟아부어도 틀리지 않을 것이 그것이었다.

학교 여자애들은 전부 돌리의 어머니를 좋아했다. 돌리의 어머니는 아주 다정하고 자기들 모두에게 관심을 보여준다고 했다. 돌리의 어머니는 아이들 이름을 전부 기억했다. 아이들은 토요일 오후에 체스트넛 스트릿의 그 집으로 놀러가는 걸 아주 좋아했다. 돌리의 어머니는 쓰고 남은 화장품을 아이들이 가지고 놀게 해주었다. 뭉땅한 립스틱, 거의 다 쓴 작은 아이섀도, 다 닳을 정도로 찍어 바른 콤팩트. 빛이 밝은 조명이 딸린 큰 거울도 있어서 연습 삼아 발라볼 수도 있었다. 돌리의 어머니가 당부한 것은 오로지 집으로 돌아가기 전에 모든 흔적을 콜드크림과 화장지로 지우라는 것뿐이었다. 어머니는 그래야 피부가 건강하고 생기를 유지할 수 있다고 강조했다. 돌리의 친구들은 어여쁜 얼굴에 화장품을 바르는 것만큼이나 지우는 것을 좋아했다.

돌리의 친구들. 그들은 정말로 친구일까? 돌리는 종종 궁금했다. 아니면 어머니 때문에 자기를 좋아하는 걸까? 학교에서 친구들은 돌리에게 별로 관심이 없었다. 수업이 끝나고 다른 아이들이 서로 팔짱을 끼고 빠져나갈 때 돌리는 종종 혼자 앉아 있곤 했다. 운동장에서 깔깔거리며 노는 아이들의 중심이 된 적도 결코 없었고, 학교 끝나고 쇼핑하러 같이 가자고 하는 아이도 없었으며, 팀을 만들 때도 대체로 가장 마지막으로 선택되었다. 뚱뚱하고 빙빙 도는 두꺼운 안경을 쓴 불쌍한 올리브조차 종종 돌리보다 먼저 선택되곤 했다. 어머니가 없었다면 돌리는 아마 학교에서 흔적 없이 침몰했을 것이다. 주변의 거의 모두와 다르게, 누구나 인정하고 좋아하는 어머니가 있다는 사실을 돌리는 아주아주 감사히 생각해야 할 것이었다. 감사히 여겨야 했고, 대체로 감사히 여겼다. 돌리는 고양이와 놀 때가 가장 행복했다.

어머니는 자선 바자회가 열리면 늘 특이한 케이크를 구웠는데, 보는 사람에게 당혹감을 줄 만큼 크고 야단스러운 것도 아니고, 창피할 만큼 작고 보잘것없는 것도 아니었다. 다만 스마티 초코볼을 가득 뿌려놓거나 한련 꽃을 위에 올리고 먹어도 안전하다는 신문 기사를 오려내 함께 내놓는 식이었다. 어머니는 학교 연극에 쓰라고 아주 멋진 소품을 빌려주었는데, 그것이 찢어져서 돌아와도 불평하지 않았다. 어머니는 파워 선생에게 카디건을 짜주고 싶은데 어떤 무늬가 좋겠는지 묻고, 정말로 그것을 떠서 건네며 혹 쌍둥이로 보일까봐 자기 것과 다른 색으로 했다고 말했다. 외모가 별로이고 돌리의 어머니처럼 가냘프지도 사랑스럽지도 않은 가엾은 파워 선생의 얼굴이 기쁨으로 발그레해졌는데, 여태 그들이 본 모습 중 가장 인간에 가까운 모습이었다.

어머니는 돌리의 열여섯번째 생일에 감탄할 만큼 멋진 뭔가를 준비하고 싶었다. 그래서 딸에게 어떻게 할지 하나하나 물었다.

"자, 이제 네가 어떻게 하고 싶은지, 그리고 다른 애들은 어떻게 하는지 말해줘. 엄마가 돼서 모든 걸 그르치는 것만큼 어리석은 일은 없지. 영화관이나 맥도널드에 가는 건 너무 어린애들이나 하는 것 같고."

"엄마가 뭔가를 그르칠 리는 결코 없어요." 돌리는 생기 없는 목소리로 말했다.

"물론 그렇겠지, 예쁜 돌. 하지만 나는 너나 네 친구들보다 나이를 백 살이나 더 먹은걸. 내가 하는 생각은 다 지난 세기 거야. 그래서 너한테 원하는 걸 말해보라고 하는 거야."

"엄마가 우리보다 백 살이 더 많은 건 아니잖아요." 돌리의 어조는 밋밋했다. "제가 태어났을 때 엄마는 스물세 살이었어요. 아직 마흔도 안 된걸요."

"오, 하지만 곧 될 거야." 어머니는 한숨을 쉬고는 거울에 자신의 완벽한 얼굴을 비춰보았다. "곧 나이를 먹어 주름이 생기고 구

10

부정한 괴짜 마흔 살이 되겠지." 그러고는 웃음을 터뜨렸고, 돌리도 따라 웃었다. 그 생각 자체가 아주 우스웠다.

"엄마가 열여섯 살이 됐을 땐 뭘 했어요?" 돌리가 축하를 어떻게 받는 게 좋은지 모르겠고 어떤 식이든 겁이 난다고 말해야 하는 순간을 미루며 물었다.

"오, 사랑하는 딸, 그건 아주 오래전 일이란다. 그날은 금요일이었고, 우리 모두 다른 사람들이 하는 걸 그대로 했지. 텔레비전에서 〈레디, 스테디, 고!〉를 봤고, 소시지와 생일 케이크를 먹었고, 레코드플레이어로 비틀스를 계속 들었어. 그리고 커피숍에 가서 거품이 있는 커피를 마시며 깔깔거렸고, 모두 버스를 타고 집으로 돌아갔어."

"정말 멋지네요." 돌리가 부럽나는 듯 말했다.

"음, 그때는 암흑기였어." 어머니가 유감스럽다는 듯 말했다. "요즘은 상황이 훨씬 좋아졌지. 너희 모두 디스코장에 춤추러 가고 싶을 것 같은데? 다른 애들은 어떻게 하니? 제니는 열여섯 살이 됐고, 메리도 열여섯 살일 테고, 주디는?" 어머니가 돌리를 밝게 쳐다보면서, 초롱초롱한 눈빛과 관심 있는 얼굴로 돌리의 친구들 이름을 열거했다. 어떤 장면에서건 딸이 제외되지 않게 신경을 쓰면서.

"제니는 영화를 보러 갔던 것 같아요." 돌리가 말했다.

"닉이 있으니까. 그랬겠네." 돌리의 어머니가 알겠다는 듯 고개를 끄덕였다. 어머니는 모든 여자애들이 믿고 이야기할 수 있는 사람이었다.

"주디는 뭘 했는지 모르겠어요." 돌리가 고집불통 같은 표정으로 말했다.

"알아야지, 우리 딸. 네 친구잖아."

"그래도 몰라요."

어머니의 표정이 눈에 띄게 부드러워졌다. 돌리는 어머니의 접근 방식이 달라진 것을 알 수 있었다. 이제는 달래는 어조였다. "그럴 수도 있지, 그럼. 아무것도 하지 않았을 가능성도 잊지 말아야겠네. 가족끼리 축하했을지도 모르고. 그래, 네가 꼭 알아야 할 이유는 없어."

돌리는 이제 어느 때보다 기분이 안 좋았다. 어머니에게 자신이 친구들의 축하 자리에 끼지 못하는 사람으로, 우정을 사기 위해 어색하기 짝이 없는 파티를 열어야 하는 한심한 사람으로 밝혀진 것이다. 돌리는 마음이 무거웠다. 그녀도 자신의 얼굴이 우울하고 슬퍼 보인다는 건 알았다. 늘 도와주려고 하는 어머니, 한결같이 기운을 북돋아주고 뭔가를 제안하고 자신에게 감탄하는 이 밝고 사랑스러운 어머니에게 자신도 웃어줄 수 있기를 바랐다. 하지만 미소가 떠오르지 않았다.

어머니에게는 순교자 역할을 하며 딸이 배은망덕하다고 느낄 모든 이유가 있었다. 하지만 어머니는 결코 그런 모습을 보이지 않았다. 주디의 어머니는 딸들이 육체의 골칫거리임은 물론, 영혼의 고통까지 떠안긴다고 입버릇처럼 말하곤 했다. 제니의 어머니는 런던 경시청 특수부 요원처럼 굴면서 어찌나 딸을 의심하는지 누가 봐도 결백한 행동까지 의심했다. 메리의 어머니는 애도중인 마리아를 그린 중세 그림처럼 보였다. 십대인 딸에 대한 책임감의 무게로 자세가 구부정해진 것 같았다. 돌리의 어머니만이 희망과 계획과 열정으로 가득차 있었다. 카드놀이로 치면 대답 잘하고 생기 넘치고 발랄한 아이 대신 재미없고 늙은이 같은 돌리라는 패가 주어진 것인데, 어머니에겐 불운이 아니었을까?

"왜 저한테 그렇게 잘해주세요, 엄마?" 돌리가 진지하게 물었다. 정말로, 진실로 궁금했다.

어머니의 얼굴에는 그 질문에 놀란 기색이 거의 떠오르지 않았다. 그리고 거의 모든 것을 기꺼이 받아주는 미소를 띠고 유쾌하게 대답했다.

"잘해주는 게 아니야, 우리 딸. 나는 그저 보통 엄마들처럼…… 하지만 이번은 네 열여섯번째 생일이고, 그날은 행복한 날이어야 해. 네 기억에 남을 만한…… 내 생일이 그랬던 것처럼, 바보 같아 보인다 해도. 나는 적어도 기억은 하잖아. 그 바보 같았던 옷차림하며 머리 스타일까지. 너한테 그런 걸 해주고 싶어. 행복한 하루를 보내는 것 말이야."

돌리는 잠시 생각했다. 자기 집에 놀러온 아이들은 누구든 어머니를 칭찬했고, 하나같이 어머니가 너무 좋은 큰언니 같다고 말했다. 넌 무슨 이야기든 다 할 수 있겠다, 늘 이해해주시니까.

"엄마, 신경쓰지 마세요. 진심이에요. 행복한 날이 아닐 거예요. 행복한 날은 없어요. 솔직히 말씀드리면요. 하루하루가 엄마한테 그랬던 것처럼, 지금 엄마한테 그런 것처럼 행복하지 않아요. 불평하는 게 아니에요. 그냥 그렇다고요."

돌리는 눈물이 차오르는 것을 간신히 참았고, 어머니의 얼굴에 이해한다는 표정이 떠오르기를 기도했다. 하지만 떠오른 건 근심 가득한 표정이었고, 돌리는 어머니가 진짜로 이해한 게 아니란 걸 알았다. 이번에도 똑같은 상황이었다. 줄곧 그래왔던 대로.

어머니의 말이 파도처럼 밀려왔다. 안심시켜주는 말. 열다섯 살은 나이가 많은 것도 아니고 어린 것도 아니라서 모두 기분이 울적하다고. 이어지는 안심시켜주는 말. 곧 모든 게 다시 장밋빛으로 보일 거라고. 돌리의 아름다운 녹색 눈은 다시 빛날 것이고, 삶에 대한 흥분과 삶에 담긴 온갖 모험을 가득 안은 채 달리면 풍성하고 윤기 흐르는 사랑스러운 머리카락이 온 천지에 나풀거릴 거라고.

돌리는 어머니의 길고 가늘고 하얀 손가락과 길고 완벽한 연분홍색 손톱을 내려다보았다. 그리고 크기가 크지 않아도 그걸 끼고 있는 것만으로 어머니의 작은 손을 더욱 가냘파 보이게 만드는 반지들을 보았다. 그 손이, 손톱은 물어뜯기고 잉크 얼룩이 묻고 블랙베리 덤불에 긁힌 상처투성이인 돌리의 투박한 손을 어루만졌다.

돌리는 잘못은 자신에게 있다는 것을, 어머니는 너무 좋은 사람이라는 것을 알고 있었다. 형편없는 사람은 돌리 자신이었다. 형편없는데다 너그러움이라곤 찾아볼 수 없었다. 딱딱하고 모나고 매력적이지 않은 심장 깊은 곳까지 그랬다.

돌리는 아버지가 종종 우울해 보인다고 생각했다. 기차역에서 가방을 들고 언덕을 오르는 아버지의 모습은 약간 구부정하고 고단해 보였다. 하지만 아버지는 어머니를 보자마자 밝아졌다. 어머니는 2층 창문에서 손을 흔들고, 아버지가 문을 열고 들어올 때 아버지를 안으려고 계단을 가볍게 뛰어내려갔다. 어머니가 하는 건 가벼운 입맞춤 수준이 아니었다. 두 팔을 내밀어 아버지를 끌어안았다. 가방, 코트, 석간신문 할 것 없이 모조리. 부엌에 있을 때면 어머니는 하던 일을 다 내려놓고 아버지에게 달려갔다. 돌리는 그럴 때마다 아버지가 얼마나 즐거워하고 심지어 살짝 놀라는지 보왔다. 아버지는 즉각적인 제스처를 보이기보단, 햇볕에 활짝 피어나는 꽃처럼 반응했다. 아버지의 얼굴에서 일과를 마친 뒤 기차를 타고 퇴근하는 직장인의 걱정어린 표정은 사라졌다. 어머니는 아버지가 도착한 순간부터 아버지에게 어떤 문제도 떠안기지 않았다. 수도관이 파열되어도 아버지는 나중에야 그 이야기를 들었다. 한참 나중에야.

그러므로 돌리가 짐작한 대로 자신의 열여섯번째 생일이라는 주제는 문제로서가 아니라 흥분되는 일로서 제기되었다. 어머니는 그 일이 만들어낼 흥분을 생각하며 눈빛을 반짝였다. 소녀가 열여섯 살이 된다는 것, 그것은 상징이자 랜드마크이자 이정표였다. 기념해야 할 일이었다. 그날을 돌리에게 굉장한 날로 만들어주기 위해 무엇을 해야 할 것인가?

돌리는 아버지의 표정이 부드러워지는 것을 보았다. 아버지 역시 다른 집 어머니들은 여기 있는 어머니 같지 않다는 사실을 알아야 했다. 다른 집에서는 아이들에게 파티를 열어주는 문제로 불화가 생길 수도 있었다. 유일하게 예외적인 아내가 있다는 사실은, 십대인 딸을 축하하는 일을 좋아하고 즐기는 이 세상에 단 하나뿐인 여자와 결혼한 사실은 얼마나 축복인가.

"무슨 말을 할까." 아버지가 환히 웃었다. "너는 운이 좋은 아이야. 그 점에는 의심의 여지가 없어, 돌리. 음음, 열여섯번째 생일파티라. 벌써 그렇게 됐구나."

"파티를 할 만큼 여유가 없으면 안 해도 괜찮아요." 돌리가 말했다.

"여유야 당연히 있지. 이렇게 특별하고 작은 선물을 해줄 수 없다면 나하고 네 엄마가 일은 왜 하겠니?"

　이번에도 돌리는 죄지은 기분이 들면서 궁금해졌다. 그 말이 정말 사실일 수 있을까? 아버지가 긴 시간을 들여 정체불명의 회사로 출근했다 매일 저녁 지쳐서 돌아오는 게 생일파티를 열어주기 위해서라고? 당연히 아니다. 그리고 어머니가 아침마다 큰 꽃집에 출근하는 게 비상금을 모아 이런 선물을 해주기 위해서라고? 돌리는 어머니가 아름다운 꽃에 파묻혀 있는 것을 좋아한다고 늘 생각했다. 그리고 거기 친구들과 점심을 먹고 시든 꽃을 집으로 가져오는 것을 좋아한다고. 꽃은 집에 오면 종종 다시 생기가 돌았다. 돌리는 아버지가 일하러 가는 것은 남자는 으레 그렇게 하기 때문이라고 생각했다. 남자들은 사무실에서 서류를 처리했다. 돌리는 자신이 많은 부분에서 아주 어리석다는 사실을 깨달았다. 어머니와는 다르게 돌리는 다른 사람들과 멋진 대화를 할 수 없었는데, 그건 전혀 이상한 일이 아니었다. 요전날 돌리는 어머니가 우편배달부에게 행복에 대해 이야기하는 것을 들었다. 편지를 배달하러 온 남자에게 행복이라는 커다란 주제를 이야기하다니. 그런데 그는 큰 관심을 보이는 듯했고, 그런 것을 생각해보는 사람이 충분히 많지 않은 것 같다고 말했다.

　"엄마, 저는 사람들이 뭘 좋아하고 뭘 원하는지 잘 몰라요. 엄마는 그런 걸 잘 알잖아요. 제 친구들이 뭘 좋아할 것 같아요?"

　돌리는 그 어느 때보다 비참한 기분이 들었다. 도대체 이 세상 어느 누가 그녀에게 조금이라도 연민을 보이겠는가? 버릇없고 철딱서니 없는 아이, 사람들은 돌리를 두고 그렇게 말할 것이다. 모든 것이 주어졌지만 아무것도 받아들이지 못하는 여자애. 어머니는 돌리가 이런 생각을 하는 걸 전혀 몰랐다. 어머니는 누군가에게 친절을 베푸느라 너무 바빴다.

"점심은 어때?" 어머니가 갑자기 물었다. "토요일에 그랜드호텔에서 점심을 먹는 거야. 모두 예쁜 옷을 입고 와서 와인 한 병을 나눠 마시고, 물을 아주아주 많이 마시면 될 거야. 음식은 메뉴를 보고…… 좋아하는 걸 주문하면 되고. 어떠니?"

그건 확실히 괜찮을 것 같았다. 완전히 새로운 것이었다.

"같이 가실 거죠?" 돌리가 물었다.

"그건 말도 안 되는 소리지, 우리 딸. 네 친구들은 나 같은 구닥다리는 원하지 않을걸."

"엄마, 같이 가요." 돌리가 간곡히 부탁했다.

어머니는 토요일에 일해야 하지만 바보 같은 모자를 쓰고 잠깐 들러 같이 와인을 마시거나…… 뭔가 할 수 있을 거라고 말했다.

돌리의 친구들은 아주 좋은 생각이라고 했다. 제니는 새 옷을 입고 갈 건데, 자기가 그랜드호텔에서 점심을 먹었다는 걸 알면 닉이 몹시 약올라할 거라고 말했다. 메리는 뭘 주문할지 알아야 하니까 가서 메뉴를 보고 와야겠다고 말했다. 주디는 영화배우를 스카우트하는 사람이나 모델 에이전시를 운영하는 사람이 올지도 모른다고 말했다. 그들은 그런 생각을 해낸 돌리의 어머니는 천재라고 입을 모았다.

"너희 어머닌 어쩜 그렇게 멋지셔?" 제니가 눈을 반짝이며 물었다.

"나는 안 그렇다는 거네." 돌리가 말했다.

"뭐야, 재미없게, 돌리." 제니와 메리가 합창으로 말하고 그 자리를 휘휘 떠났다. 돌리는 세상이 끝나기를 바라며 교실에 앉아 있었다. 거대하고 화려한 일몰 속에서 갑작스레 끝나기를 바라며. 부모가 큰돈을 들여 자기들에게 점심을 사주는 것은 좋은 아이디어라고 여기면서도 정작 당사자에게는 면전에 대고 재미없다고 타박하는 그런 곳이라면, 거기서 사는 것은 의미 없어 보였다. 파워 선생이 들어왔다가 앉아 있는 돌리를 보았다.

"그렇게 축 늘어져 앉아 있지 말고, 돌리. 나가서 상쾌한 공기를 좀 들이마셔봐. 뺨에도 발그레하게 생기가 돌아야지. 맙소사, 학교에 찢어진 튜닉이나 점퍼를 입고 오는 건 좀 그런데. 네 어머니는 네 나이 때 절대 그러지 않으셨을 거야."

"안 그러셨겠죠. 엄마는 그때도 완벽했을 거예요." 돌리가 마음이 상해 시큰둥한 목소리로 말했다. 파워 선생이 그녀를 뜯어보더니 실망스럽다는 듯 고개를 가로저었다.

어머니는 생일 점심을 먹는 토요일 오전에 돌리를 위해 릴리언의 미용실과 네일숍을 예약해두었다. 돌리는 새 옷을 사는 데 필요한 상품권만큼이나 그것도 원하지 않았다.

"실망하실 거예요, 엄마." 그녀가 말했다. "뭐든 다 그런걸요."

어머니의 눈빛이 약간 냉혹해졌나? 아니면 돌리의 상상이었을까?

"그러면 네가 입을 만한 옷을 내가 골라줄까?" 어머니가 말했다. 그리고 당연하게도 돌리의 눈동자와 정확히 같은 색깔인 아름다운 녹색 옷을 찾아냈다. 그 옷은 돌리에게 잘 어울렸고, 다른 아이들도 예쁘다고 말해주었다. 하지만 생각해보면 오늘은 돌리가 그들을 그랜드호텔에 데려가는 날이니 그들이 예의를 갖추는 건 당연했다. 그렇긴 해도 그들은 돌리가 정말로 예뻐 보인다고 생각하는 것 같았다. 머리카락은 윤기가 흘렀고, 손톱도 길이는 짧았지만 분홍색에 깔끔했다. 손톱에 뭔가를 발랐다는 것은 손톱을 깨물 수 없다는 뜻이었다.

호텔 지배인이 그들을 따뜻하게 맞아주었다. 예약은 돌리의 이름으로 되어 있었다.

"네 아름다운 어머니는 나중에 오신다는구나." 그가 말했다.

"네, 지금은 일하는 중이세요." 돌리가 설명했다.

"일하는 중이라고?"

"꽃집에서요." 돌리가 설명했다.

이유는 모르지만, 그는 그게 재미있다고 생각하는 것 같았다. 그가 싱긋 웃더니 재빨리 돌리를 안심시켰다. "물론 그러시겠지. 네 어머니는 멋진 여인이야. 여기서 가끔 만난단다. 그렇게 자주는 아니지만."

어머니가 들어오자 모두 어머니를 존경의 눈빛으로 보는 것 같았다. 어머니는 지금 이 아이들과 함께한다는 사실에 아주 신이 난 듯 보여서, 누가 봤으면 그 아이들이 너무도 휘황찬란한 세상에 들어와 어쩔 줄 몰라하는 불안한 십대 네 명이 아니라 이 땅에서 가장 빛나는 모임에 참석한 아이들이라고 생각했을 것이다. 갑자기 점심식사가 나왔다. 방금 열여섯 살이 된 소녀에게 건배를 외치기 위해 극소량의 와인이 허락되었다. 소녀들은 어른이 된 것 같았고, 이 자리에 어울리는 것 같다고 느꼈다. 돌리는 이제 아이들이 좀더 자신 있게 주위를 둘러본다는 것을 알아차렸다. 이날은 그들 모두가 기억하는 날이 될 것이다. 돌리도 이날을 기억할까? 그녀는 스스로에게 물었다. 아주 오랜 세월이 지난 뒤에도 이날을 기억할 수 있을까? 어머니가 레코드와 텔레비전 프로그램과 커피숍을 기억하는 것처럼?

어머니는 점심을 먹은 뒤 모두 함께 산책 겸 시내로 걸어가 분수 옆에서 하는 음악가와 댄서들의 공연을 구경하자고 말했다. 그뒤에 어머니는 할일이 몇 가지 있다고 했다. 그들은 하고 싶은 걸 하면 된다. 소녀들은 어른이 된 기분으로 자신들의 운명에 책임을 느끼며 옷 보관소에서 코트를 찾았다.

돌리는 코트를 입고 오지 않았고, 은은한 녹색 재킷에 치마를 입은 완벽한 차림새였다. 다른 아이들이 매무새를 살피러 간 사이, 돌리는 무료하게 기다리다 지배인 사무실의 문을 열었다. 어머니가 돈을 직접 치르겠다고 거기로 갔기 때문이었다. 돌리는 뭉클해져서 어머니에게 고맙다는 말을 하고 싶었다. 아주 좋았다고, 골라준 녹색 옷이 정말 마음에 들었다고 말하고 싶었다. 어머니와 지배인은 아주 가까이 서 있었다. 그가 한쪽 팔로 어머니를 감싸고 반대쪽 손으로 어머니의 얼굴을 어루만졌다. 어머니는 그를 보며 아주 따뜻하게 웃었다.

돌리는 간신히 다시 밖으로 나왔지만, 문은 여전히 열린 채였다. 그녀는 홀에 있는 양단 소파에 앉았다.

그들이 문이 열린 것을 금세 눈치채고 밖으로 나왔다. 어머니의 얼굴이 발그레해 보였고, 호텔 지배인도 마찬가지였다. 소파에 굳은 자세로 앉아 있는 소녀를 본 그들의 얼굴에 누군가에게 발각되었을지 모른다는 두려움에 더해 새로운 공포의 빛이 떠올랐다. 바로 그때 여자애들이 재잘거리며 나타났다. 이제 작별인사와 고맙다는 말을 한 뒤 어머니와 함께 이곳을 떠나 시내로 갈 시간이었

다. 제니, 주디, 메리가 앞장섰다. 돌리는 생각에 잠긴 채 어머니와
함께 걸었다.

"왜 제 이름이 돌리예요?" 돌리가 물었다.

"음, 아빠를 기분좋게 해주려고 할머니 이름을 따서 도로시로
지었는데, 나는 그 이름이 늘 별로였거든. 그리고 너는 귀여운 인
형 같았으니까." 어머니가 모든 질문에 그렇듯 간단히, 죄책감 같
은 건 없이 대답했다.

"엄마는 다른 사람들을 기분좋게 해주는 일은, 행복하게 해주는
일은 뭐든 다 해요?"

어머니가 잠시 돌리를 쳐다보았다.

"응, 그런 것 같은데. 나는 그걸 일찍부터 터득했어. 다른 사람
들을 기분좋게 해주면 인생을 헤쳐나가기가 한결 수월해지지."

"하지만 그건 자신이 느끼는 것에 솔직하지 않다는 거잖아요,
안 그래요?"

"늘 그렇진 않아. 안 그래."

어머니에게 호텔 지배인에 대해 물어보면 답을 들을 수 있을 것
이다. 하지만 뭐라고 물어볼 것인가? 그를 사랑하느냐고? 아빠를
버리고 그와 함께 살 거냐고? 다른 남자들도 엄마를 품에 안느냐
고? 할일이 몇 가지 있다고 한 게 돌아가 다시 그러겠다는 의미였
느냐고?

그러다 갑자기 돌리는 자신이 어떤 질문도 하지 않으리라는 걸
깨달았다. 아무것도 묻지 않을 것이다. 어머니의 방식이 실제로 올
바른 방식인지 아닌지 생각해봐야 할 것이다. 인생은 짧아, 왜 웃
지 않아? 왜 다른 사람들을…… 오래전에 세상을 하직한 도로시

라는 이름을 가졌던 늙은 시어머니 같은 사람들을 즐겁게 해주지 않아? 학교의 파워 선생에게 카디건을 짜주고, 대문까지 달려가 아버지를 맞아주고, 멍청하고 무뚝뚝한 딸에겐 생일파티를 열어주고, 그러면 얼마나 좋아?

돌리는 분수로 걸어가면서 어머니의 팔짱을 꼈고, 자신이 열여섯번째 생일을 결코 잊지 못할 거라는 사실을 깨달으며 깜짝 놀랐다. 그날은 언제나 그 자리에, 돌리가 성장한 하루로 남을 것이다. 길은 여러 가지라는 사실, 어머니의 방식은 그저 하나의 길이라는 사실을 깨달은 날로. 딱히 옳은 길이라고 할 수는 없지만, 틀린 길도 결코 아니다. 그저 앞에 놓인 많은 길 중 하나일 뿐인 것이다.

그저 하루

그들은 용케도 늘 이야깃거리를 찾아냈다. 작은 타운의 여학생들 말이다. 교사인 수녀들은 그들이 앞으로 어떤 일을 할지, 크리스천으로서 어떻게 살아갈지의 계획에 관한 이야기를 한다고 생각했다. 부모들은 수학능력시험에서 좋은 점수를 받는 것에 관한 이야기를 한다고 생각했다. 크리스천브라더스학교의 남자애들은 모라와 데어드리와 메리가 옷과 레코드판에 관한 이야기를 한다고 생각했다. 교복 입은 여자애들이 무리 지어 가는 걸 보면 늘 그런 이야기만 하는 것 같았기 때문이었다.

하지만 사실 그들은 사랑과 결혼에 관한 이야기를 했다. 그 모든 면에 관해서. 사랑은 당연히 결혼보다 먼저였다. 그리고 세상에는 온갖 종류의 사랑이 있었다. 첫사랑이 있었고, 잘못된 사랑, 진실하지 않은 사랑, 보답받지 못하는 사랑, 험난한 사랑이 있었다. 하지만 그 모든 사랑은 결혼이라는 왕관을 쓰게 될 것이었다.

모라와 친구들—메리와 데어드리—은 결혼 후의 사랑에 대해서는 별로 얘기하지 않았다. 결혼에 이르면 당연히 다 된 것이기 때문이었다. 다른 건 모두 제자리를 찾아갈 것이다. 음, 물론 그뒤로 영원히 행복할 것이다. 그런 결말에 이르지 않는다면 그 모든 게 무슨 의미가 있는가?

그리고 결혼한다는 건 멋진 일 아니겠는가. 자신의 집이 생기는 것이다. 언제든 원하는 시간에 집에 올 수 있다. 언제든 원하는 시간에 일어날 수 있다. 그리고 먹고 싶은 건 뭐든 먹을 수 있다. 원하면 일주일에 일곱 밤 내내 감자튀김을 먹을 수도 있다. 또 사람들이 선물을 준다. 새것이 생기는 것이다. 대대로 물려 쓰던 베개나 바닥이 시꺼메진 소스팬이 아니라. 결혼하면 모든 것이 반짝거린다. 당신이 사랑에 빠지고 그가 사랑에 빠져 둘이 결혼하게 되는 건 당연히 멋진 일이다.

열네 살 때 그들은 그렇게 생각했다. 가장 좋은 건 늦게 귀가하고 싶으면 언제고 늦게 귀가할 수 있다는 것이었다.

열다섯 살이 됐을 때, 모라와 메리와 데어드리는 각자 어떤 사람과 사랑에 빠지고 싶은지 이야기를 나눴고, 선택할 수 있는 남자의 폭이 충분히 넓지 않다는 데 대체로 의견이 일치했다. 사실 주변을 둘러보면 선택의 폭은 좁았다. 젊은 여자들에게 이렇게 빈약한 탐색의 장이 주어지는 경우는 별로 없을 것이다.

영화에는 수천 명이 등장했다. 영화에서는 잘생긴 이방인이 차를 타고 타운을 찾아왔다. 현실에는 크리스천브라더스학교에 다니는, 야유를 보내거나 욕을 하는 남자애들뿐이었다. 그애들 중에는 사랑할 만한 사람이 없었다.

열여섯 살이 됐을 때 그들은 기술적인 부분을 알게 되었다. 사랑의 실제적이고 육체적인 부분 말이다. 사랑을 어떻게 나누고 그 모든 것과 관련된 에티켓은 무엇인지.

주로 첫날밤에 관한 이야기를 나누었는데, 결혼 첫날밤은 또한 사랑을 나누는 첫날밤이 될 것이기 때문이었다. 둘을 따로 떼어 생각할 수는 없었다. 현대이자 새로운 시대인 1950년대였지만, 바보만이 불쌍한 올라 오코너가 한 행동을 할 것이었다. 오코너의 남자는 오코너가 그 소식을 알리자마자 잉글랜드로 달아나버렸다. 그리고 케이티가 있었는데, 머피네 맏아들과 허둥지둥 결혼했다. 케이티는 집에서 지내며, 결혼한 지 여섯 달 만에 이르게 태어나 이미 엄청 큰 아기를 돌봤다. 남편이 온종일 물고기처럼 술을 퍼마시는데도 케이티는 어디에도 가지 않았다. 음, 그래도 그는 그녀와 결혼은 해주었다, 안 그런가? 그는 자신의 의무를 다했고, 그 상황을 받아들였다. 지금 그를 비방하는 말은 거의 한마디도 들리지 않았다. 케이티는 자신의 명예가 추락한 시기에 곁을 지켜준 남편의 험담을 한마디도 하고 싶지 않았을 것이다. 그가 무분별하게 이 카운티의 이쪽 끝에서 저쪽 끝을 오가며 술을 퍼마신다 해도 말이다.

그러므로 그 일들은 모라와 그녀의 친구인 메리와 데어드리에게 확실한 경고였다. 설교단이나 학교나 집에서 듣는 천 번의 경고보다 더 강력하고 무서운 것이 고향 마을에서 일어난 이 생생한 두 사례였다. 경솔한 올라, 그리고 마냥 고마워하며 덫에 갇혀 사는 케이티.

모라, 메리, 데어드리에게 그것은 무엇보다 분명한 사실이었다. 섹스든 사랑이든 뭐든 결혼하지 않고 첫날밤을 보내게 되면, 소득은 없고 모든 것을 잃는다.

연극을 하듯 그들은 신혼여행 첫날밤에 호텔에서 무슨 일이 일어날지 몇 번이고 이야기했다. 아마 짐을 풀고, 가볍게 키스를 하고, 아주 멋진 날이지 않았느냐고 말하지 않을까?

"생각해봐, 결혼한 거야. 짐을 풀거나 그런 걸 할 필요는 없어." 메리가 흥분해서 말했다.

"그렇긴 한데, 가방에서 옷은 꺼내야지. 신혼여행을 가면 옷이 완전히 구겨질 텐데." 그들 중에서 가장 옷을 잘 입는 데어드리가 말했다.

"남자가 걸레나 뭐 그런 여자랑 결혼했다고 생각하면 곤란하잖아." 모라가 말했는데, 모라의 어머니는 사람들이 수군거리거나 추측하는 것 때문에 마음고생을 많이 했다.

그래서 그들은 짐을 풀고 세련된 옷으로 갈아입고 식사를 하러 함께 호텔 식당으로 내려간다는 것에 동의했다. 그러면 호텔 종업원이 부부가 된 그들을 맞아줄 것이다. 그들 모두 그 생각에 키득키득 웃었다. 언제까지고 식사만 하고 있을 수는 없으니 다시 방으로 올라갈 것이다. 그러고 나면 이제 다른 방면의 생각이 기다린다.

복도로 나가 욕실을 먼저 쓰고 와서 남자가 똑같이 하기를 기다려야 하나? 그러고 나면 침대에 먼저 누워 있어야 하나? 그러면 너무 적극적으로 보일까? 의자에 앉아 있으면 바보 같아 보일까?

혹은 그에게 먼저 욕실을 쓰라고 하면, 그걸 하는 순간이 왔을 때 여자가 더 산뜻하고 덜 공격적으로 보일까? 그것도 가능한 방법이지만, 여자가 욕실을 쓰고 돌아왔을 때 남자가 이미 잠들어 있었다는 어느 부부의 이야기를 들은 적이 있었다. 그녀는 그를 깨워야 할지 말아야 할지 알 수 없었고, 그래서 참으로 난감했다고 한다.

그들은 그게 아플지, 시간이 길게 혹은 짧게 걸릴지 궁금했다. 여자가 고맙다고 말하나? 남자가 고맙다고 말하나? 아니면 두 사람이 서로 굉장했어! 하고 말하나?

그들은 또한 결혼식 피로연은 어떻게 할지에 대해서도 이것저것 한참 따져보았다.

메리는 전채 요리로 수프 대신 멜론과 생강을 얇게 썰어 곁들인 메뉴를 선택할 것이다. 버섯수프가 나오는 메뉴보다 1실링 더 비싸지만, 아주 세련돼 보일 것이다.

데어드리는 결혼식에 온 사람들이 생강을 먹다 목에 걸려 당혹스러운 일이 생기면 안 되니 수프로 하겠다고 했다. 그리고 식사하는 동안에는 침묵을 메우기 위해, 나중에 좀더 분위기가 달아올랐을 때는 떠드는 소리가 작게 들리도록 아코디언 연주자를 부르겠다고 했다.

모라는 자신의 결혼식에 참석하는 여자들은 모두 모자를 쓰고 오기를 바랐다. 챙이 있고 꽃과 리본이 달린 큰 모자를. 노부인이 미사에 갈 때 쓰는, 머리에 딱 붙는 감청색이나 와인색 벨루어 소재의 작은 모자 말고, 화려한 색깔의 밀짚이나 실크로 만든 큰 모자, 결혼식이 나오는 영화나 뉴스영화에서 혹은 연예인이나 왕족에게서 볼 수 있는 그런 우아한 모자 말이다. 그리고 남자는 모두 성당에서 단춧구멍에 꽃을 꽂기를 바랐다.

메리는 모라가 웃긴다고 말했다. 이 동네에서 누가 그렇게 차려입는다고? 데어드리는 사람들이 그저 모라가 미쳐서 영국 귀족사회를 모방하려 한다고 생각할 거라고 말했다. 남자는 늘 그렇듯 가장 좋은 슈트를 입고 와서 두번째 술잔을 비우고 나면 항상 그렇듯 타이를 풀고 셔츠의 칼라를 열어젖힐 것이다. 여자는 옷과 그에 어울리는 작은 모자를 살 것이다. 어쩌면 모자는 없이, 그냥 성당에서는 머리에 미사보를 쓰고 그뒤에는 아무것도 안 쓸 것이다. 이 가든파티라는 건 꿈에서 그려보는 것이었다.

모라는 정말로 그렇게 될까봐 걱정스러웠지만, 또한 멜론과 생강, 쉬지 않고 연주하는 아코디언 연주자도 상상의 산물일 뿐이라고 잽싸게 트집을 잡았다.

그리고 그들은 열일곱 살이 되었다. 모두 각자의 길을 갔다. 데어드리는 웨일스로 가서 간호사로 일했고, 메리는 기술학교에 진학해 부기 과정을 밟은 뒤 부모님의 가게에서 일했다. 모라는 더블린으로 가서 비서 과정을 공부한 뒤 유니버시티 칼리지 더블린에 야간 학생으로 등록했다.

그들은 매년 여름에 만나 웃으면서 지난 시절처럼 이야기를 나누었다. 데어드리는 웨일스 사람들은 모두 섹스에 미쳐 있고 누구도, 말 그대로 누구도 첫날밤까지 기다리지 않는다면서, 사람들이 이런 식으로 말한다고 했다.

"볼드윈이 결혼한대."

"어머, 정말? 난 그애가 임신한 줄도 몰랐어."

메리와 모라는 그처럼 자유롭고 스스럼없는 사회의 이야기에 놀라서 귀를 기울였다.

메리는 누구든 포디 라이언에 대해 말하고 싶은 건 뭐든 말해도 되지만, 그는 반점 같은 게 다 없어져 완벽하게 고려해볼 만한 남자가 되었다고 말했다.

"포디 라이언?" 모라와 데어드리가 믿기지 않는다는 듯 한목소리로 말했다. 하지만 메리는 꿋꿋했다. 두 사람이 각각 웨일스와 더블린으로 가면서 그녀 혼자 남았다. 그녀도 누군가와 영화는 보러 가야 했다. 당연히 그랬다. 타운에는 식료품점이 두 개 있었는데, 포디 라이언의 아버지가 다른 하나를 소유하고 있었다. 모라와 데어드리는 두 가게의 합병이 임박했음을 알아차렸다.

모라의 어머니는 메리와 포디의 결혼식을 알리는 청첩장이 곧 나올 거라고 말했다. 그러면서 잘됐다는 듯 고개를 계속 주억거렸고, 모라는 그 모습에 몹시 화가 났다.

"두 사람한테는 최고로 잘된 일이야. 아주 합리적이고. 걔들 가족이나 미래를 생각하면 딱이지."

어머니가 즐거운 듯 고개를 까딱까딱 움직였다. 모라는 화가 나서 미칠 지경이었다.

"맙소사, 엄마. 걔들이 무슨 유럽의 제왕이라도 되는 듯 말하네요."

"대형 슈퍼마켓이 사방 천지에서 위협해 들어오는데, 걔들은 둘다 개인 식료품점 주인이잖니. 우리가 기뻐하지 않을 이유가 뭐 있어?"

모라는 어머니에게 사랑에 대해 말해봤자 소용없다는 걸 알고 있었다. 대화에서 그런 주제는 전망이 좋지 않았다. 사실 늘 똑같은 코웃음으로 끝났다. "아, 사랑. 사랑은 수많은 파멸의 원인이지. 그건 말해줄 수 있어."

어머니가 말해줄 일은 결코 없었다. 그리고 모라는 사실 알고 싶지도 않았다. 그것은 그녀가 이미 믿고 있는 것에 밑줄을 긋는 것과 같았고, 그녀가 믿는 것은 부모님이 서로의 존재를 견디며 간신히 유지되는 중립 상태로 살면서 그것을 운명으로 여긴다는 사실이었다.

어머니와 아버지가 합친 것은 분명 사랑과는 무관한 듯했다. 두 사람을 합치게 한 것은 어머니의 지참금과 철물점을 운영할 수 있는 아버지의 능력이었던 것 같다. 사랑은 그녀가 가족과 논할 수 있는 주제가 아니었다. 모라의 언니는 수녀였다. 오빠는 아버지처럼 묵묵히 가게에서 일했다. 열두 살 어린 남동생 브렌던은 말할 수 없이 곤란한 악몽 같은 존재였다.

한 해 두 해 지날수록 모라는 자신의 진짜 삶은 더블린에 있다고 느꼈다. 그녀는 사람들의 논문이나 책의 원고를 타이핑하면서 생계를 유지했다. 그리고 고향에서라면 결코 만나지 못했을 사람들을 만났다. 교수, 작가, 종종 한낮에 펍에 가서 몇 시간이고 죽치고 앉아 있거나 밤을 새우며 글을 쓰고 연구하는 사람들. 미사를 드리러 가지 않는 사람들. 아내보단 동반자를, 남편보단 친구를 가진 사람들.

모라는 텔레비전이나 라디오 방송국에서 일하는 사람, 배우, 정치가를 만났고, 그들이 매우 평범하고 대화하기 쉬운 상대라는 것을 알게 되었다. 많은 이들이 경주하듯 정신없이 바쁜 삶을 살았고, 매일 밤 집으로 돌아가지도 않았다.

모라는 처음에는 놀라지 않은 척했고, 곧 그런 척할 필요가 없어졌다. 어쨌거나 1960년대였고, 아일랜드조차 변하고 있었다.

그녀는 유부남과 사랑에 빠졌지만, 그의 결혼을 깨는 것은 옳지 않으니 더이상 만날 수 없다고 말했다. 모라는 그가 그녀 이후로도 다른 여자들을 줄줄이 데리고 다니는 것에, 그리고 그의 아내가 공연 초연일이나 영화 개봉일과 칵테일파티에 여전히 그의 팔짱을 끼고 나타나는 것에 격분했다. 그걸 보면서 모라는 사랑이나 결혼은 난센스라고 생각하게 되었다. 엄청 고리타분한 시대였던 1950년대에는 그녀와 친구 메리, 데어드리 모두 생각이 아주 유치했을 것이다.

끝없이 구애가 이어지는 것 같던 시간이 지나고 마침내 메리는 포디 라이언과 결혼식을 올렸다. 그날 데어드리는 웨일스에서 초미니스커트를 입고 돌아와 사람들의 입방아에 올랐다. 포디 라이언의 끔찍한 여동생 키티가 신부 들러리를 섰다. 키티는 유난히 보기 싫은 분홍색 옷을 입었는데, 그걸 보자 모라는 기분이 좋아졌다. 적어도 메리가 자신의 원칙 일부는 충실히 지켰다는 뜻이기 때문이었다. 말하자면 신부 들러리는 적이니, 가능한 한 최악의 옷차림으로 단장시킨다는 것. 그리고 수프 대신 자른 멜론이 나왔다.

모라의 제멋대로인 동생 브렌던과 그의 못된 친구들은 모라와 데어드리에게 이제 혼기가 지났으니 올드메이드 게임*을 하겠느냐고 계속 물어봤다. 못된 말장난이었지만, 무례하게 굴며 참견하는 건 나이 먹은 많은 어른들도 마찬가지였다.

"너희 둘도 이제 정착할 때가 됐지." 그들은 고개를 저으며 그렇게 말했고, 그 모습에 모라는 비명을 지르고 싶었다.

"너무 까다로워. 애들이 다 그렇지." 모라의 아버지가 못마땅하다는 듯 말했다.

"그래도 너무 오래 기다리고 싶진 않아." 모라의 어머니가 말했다.

---

* 카드놀이의 한 종류로, '올드메이드'는 '노처녀'를 뜻한다.

"혹시 동네에 저하고 결혼시키고 싶은 철물점 남자라도 있나요?" 모라가 발끈해서 쏘아붙였다가 대번에 후회했다.

"그 정도면 괜찮지." 어머니가 말하고는 입을 꾹 다물었다.

그날 나중에 데어드리가 모라에게 자신도 결혼할지 모른다고 소곤거렸는데, 다만 데이비드의 가족이 개신교라 사제가 주관하는 결혼식이라는 발상 자체를 싫어해 아주 곤란한 상황이라고 말했다. 그들은 메리의 방으로 갔고, 거기서 메리는 신혼여행 복장으로 갈아입었다.

"음, 내가 그걸 처음 알게 되겠네." 메리가 흥분해서 말했다.

"뭘 알아?"

"첫날밤." 메리가 뻔한 소리 아니냐는 듯 말했다. 자유로운 1960년대 중반이었다. 심지어 활기와 멋과 매력이 넘치는 1960년대였다.

데어드리는 웨일스의 자유분방한 분위기에서 칠 년을 보낸 뒤라 어이가 없었다.

모라는 보헤미안의 도시인 더블린에서 지금까지 통틀어 잠자리까지 같이한 연애를 세 번 한 뒤라, 믿을 수 없는 심정으로 메리를 쳐다보았다. 하지만 친구의 결혼식 날이니, 그들은 재빨리 표정을 가다듬었다. 그리고 십 년 전에 그랬던 것처럼 킥킥 웃었다.

"와우." 그들이 말했다. "와우."

메리의 결혼식이 있었던 그 주말에 모라는 가족들이 유난히 애를 쓰는 걸 알아차렸다. 수녀인 모라의 언니는 수녀원에서 집으로 돌아와 결혼식과 관련된 모든 세세한 부분을, 그리고 메리가 순종 서약을 했는지를 몹시 궁금해했다. 메리는 서약했다. 잘했어, 잘했어. 요즘 그것에 대한 터무니없는 말이 많이 들려, 언니가 말했다. 여성해방운동을 한다는 사람들이 이로움을 주기보단 오히려 해를 끼치고 있어.

모라는 발끈 화를 냈다. 수녀들이 순종서약을 했다고 해서 인류의 절반인 여자가 똑같이 해야 하는 것은 아니었다. 언니의 눈빛은 상처를 입고 괴로워하는 듯 보였지만, 모라는 어머니가 끔찍한 표정을 지으며 그녀 뒤에서 신호를 보내는 것을 보았다. 이렇게 말하는 것 같았다. "불쌍한 모라한테 좀 잘해줘. 메리가 결혼하니 질투가 난 게 분명해."

그걸 보자 모라는 더욱 화가 났다.

"그 이상한 표정은 다 뭐예요, 엄마?" 그녀가 따지듯 물었다.

"오, 정말 예민해, 넌 정말로 예민하구나." 어머니가 말했다.

모라의 오빠가 말했다. "네 친구 데어드리 말이야. 좀 노는 것 같던데. 웨일스에서 행실이 좀 그런 것 같아." 모라는 그를 바닥에 때려눕히고 싶었다. 그는 데어드리의 짧은 치마 밑을 더듬다 무릎으로 사타구니를 한 방 맞고는 그런 생각을 하게 된 것이었다.

평소에는 음조에 맞지도 않게 기타를 뚱땅거리며 틀린 음정으로 이런저런 노래를 부르던 모라의 남동생 브렌던은 오늘은 한 곡만 불렀는데, 그 후렴구는 "나는 다락방에서 노처녀로 늙어 죽을 거야"였다.

아버지는 평소처럼 말이 없었고, 주제가 뭐건 의견을 내놓지 않았다. 못마땅한 마음이 주름살로 단단히 굳어버린 어머니의 얼굴은 더이상 얼굴로 보이지 않고 도해처럼 보였다.

모라는 더블린으로 돌아가고 싶어 미칠 지경이었다. 더블린으로, 래리에게로 돌아가고 싶었다. 평생의 사랑인 래리. 모라는 고향에서 래리 이야기를 전혀 꺼내지 않았고, 래리에게는 고향의 삶에 대해 짧게 편집해 말했다. 그걸 비밀로 하거나, 상대에 따라 다른 모습을 보이면서 일부러 두 개의 분리된 생활을 하려는 건 아니었다. 다만 그걸 설명할 단어가 없었다. 어머니에게 설명할 단어가.

"저기, 제 걱정은 하지 마세요. 저는 불쌍한 메리가 아머던* 같은 포디 라이언과 결혼한 게 하나도 부럽지 않아요. 더블린에 아주 괜찮은 남자가 있어요. 우리는 같이 사는 거나 마찬가지이고요. 저도 그 사람 아파트에 가고, 그 사람도 제 아파트에 와요. 다 아주 좋아요."

어머니에게는 차라리 화성인이 우주선을 주문하러 철물점에 왔다고 말하는 편이 나을 것이다.

또 모라는 래리에게 모든 것을 말할 수 있었지만, 그리고 그들은 모든 면에서 아주 잘 맞았지만, 캐묻기 좋아하는 어머니에 대해서는 정말로 뭐라고 설명할 길이 없었다. 누가 임신했다는 이야기를 들으면 어머니는 자동적으로 손가락 아홉 개를 헤아려 올바른 기간 안에 일어난 일인지 확인했다. 여성운동은 문제가 많다고 진지한 얼굴로 말하는 수녀인 언니나, 말이 없는 아버지나, 여자를 두려워해 여자 몸을 슬쩍 만지고 더듬기만 하는 불만 많은 오빠에 대해 래리에게 어떻게 말하겠는가. 자기 하고 싶은 건 뭐든 다 하고 사는 악마 같고 버르장머리 없는 철딱서니 동생 브렌던에 대해서도.

세상은 그렇게 계속 분리된 채 유지되어야 할 것이다. 모라는 더

---

* '바보'라는 뜻의 아일랜드어.

블린으로 돌아가려고 차에 타면서 한숨을 쉬었다.

"어떤 남자들은 여자가 차를 운전하는 건 좀 이르다고 생각할지도 모르겠구나." 어머니가 그 문제를 조금 생각한 뒤 말했다.

"저도 모르겠네요." 모라가 진절머리난다는 듯한 미소를 지으며 간신히 성질을 죽여 말했다.

"그 때문에 남자들이 다가오지 못하는 건 아니겠지." 어머니가 추측했다.

"차를 광장으로 가져가 상징적인 의미로 태워버려야 할까봐요. 그러면 되겠어요?" 모라가 여전히 바보 같은 미소를 띤 채 말했다.

"이런, 애나 고모처럼 죽을 때까지 그러고 살렴. 그러면 너도 그딴 소린 집어치울 거다." 어머니가 말했다.

모라는 어머니가 철물점에서 일하는 그 과묵한 남자를 조금이라도 좋아하는지 궁금히 여기며 더블린으로 차를 몰았다. 그들은 왜 자식 넷을 낳았고, 그중 하나는 왜 누가 봐도 그들이 그러기엔 너무 늦은 나이라고 생각하는 시점에 낳았는가. 미스터리였다.

래리는 모라에게 요리를 해주었다. 그녀가 피곤한데도 예뻐 보인다고 말해주었다. 자신의 단편이 또 한 편 채택되었다는 말도 했다. 그리고 같이 그리스로 휴가를 떠나자고 했다. 그는 그녀에게 그리스 섬들의 아름다운 빛에 대해 말했다. 그녀를 사랑한다고 했다. 그리고 그녀는 그의 품에서 잠들었다.

몇 달 뒤 모라는 데어드리의 편지를 받았다. 데이비드와 결혼한다는 내용이었다. 데이비드의 아버지와 형은 낚시를 아주 좋아했다. 그들이 강둑에서 보내는 일주일에 결혼식을 끼워넣을 수 있다면, 그들도 가톨릭 결혼식을 감수하고 차로 아일랜드까지 올 것이다. 모라가 신부 들러리를 해줄 수 있을까? 모라는 입고 싶은 옷을 입으면 된다. 메리가 포디의 가엾고 딱한 여동생에게 보기 흉한 분홍색 드레스를 입힌 것 같은 그런 어처구니없는 일은 없을 거다. 부탁인데, 모라가 해줄 수 있겠는가? 그날은 그들의 인생 중 그저 하루이고, 그러고 나면 살고 싶은 대로 살 수 있을 것이다. 영원히.

모라는 편지를 여러 번 읽었다. 내용의 뭔가가 그녀의 마음을 움직였다. 데어드리, 진보적인 데어드리, 웨일스에서 자유로운 삶을 주도해나가는 데어드리가 부모에게 그들이 그토록 원하는 하루, 그들을 지역사회에서 존경받는 사람들로 만들어줄 하루를 선물하려 하는 것이다. 그들은 교구 성당에서 딸을 결혼시킬 것이고, 모두 결혼식에 와서 두 사람의 결혼서약을 들을 것이다. 데어드리는 그런 것이 필요하지 않았다. 그녀는 데이비드와 이 년째 같이 살고 있었고, 나중에라도 고향에 돌아가 살 리 없었다. 그러니 그녀가 이웃의 인정을 받으려 하는 것은 아니었다.

그리고 웨일스 출신의 이 데이비드라는 남자는 그 모든 것에 동의했다. 비록 그것을 낚시 휴가로 위장한다고 해도 말이다. 모라는 마음이 몹시 아팠다. 그 생각을 가슴에 담는 것만으로도 신의 없는 사람이 된 것 같았다. 그녀와 래리는 시작부터 같은 마음이었다. 사랑에는 족쇄가 필요하지 않았다. 결혼식이나 의식 같은 것은 사실상 울타리나 자물쇠였다. 그건 사회에 대고 이렇게 말하는 것과 같았다. 자, 우리는 여러분 모두 앞에서 약속했으니 이제 출구는 없습니다. 우리가 그런 합의를 하는 것을 여러분이 목격했으니, 우리 중 누가 딴짓을 하면 그 사람에게 거센 공개적 비난이 가해질 것입니다.

그 모든 구시대적이고 케케묵은 단어들을 쓰고 무의미한 의식을 거행하며 공개적으로 결혼서약을 하는 것은 사랑을 제스처 게임의 문구들로 축소하는 것과 같았다.

래리와 모라는 서로 사랑했다. 그들의 사랑은 당연히 다른 모든 이성과의 관계를 끊는 것이었고, 부유할 때나 가난할 때나, 병들었을 때나 건강할 때나 사랑하는 것이었다. 래리는 계약금으로 받은 돈을 그리스에서 보내는 휴가비로 썼다. 모라는 그가 폐렴에 걸렸을 때 그를 떠나지 않았다. 회복될 때까지 곁을 지켰다.

사랑은 의심 많은 두 당사자가 상대가 이 거래를 위반할 거라고 생각해 세세한 내용을 기입한 계약서가 아니었다.

결혼은 사랑을 가벼운 것으로 만들었다.

래리와 모라는 계약서의 정신보다 글자 그대로의 의미만 따르는 부부를 많이 알았다. 래리와의 사랑은 그렇게 침몰하지 않을 것이다.

그것이 의심 없는 진실이었기에, 모라는 왜 자신들의 인생에서 그날 하루, 그 단 하루를 어머니와 아버지에게 선물할 수 없는지 생각하면서 죄의식을 느꼈다. 언니는 수녀원에서 내려오면 되고, 브렌던은 뭔가 뇌물을 주면서 행동거지를 바르게 하라고 말하면 될 것이다. 하지만 그것은 모라와 래리가 믿는 모든 것에 반대되는 것이었기에 모라는 그 생각을 머릿속에서 단호하게 몰아냈다. 그녀는 데어드리에게 편지를 써서, 신부 들러리를 하게 되어 영광이며 레몬색 리넨 정장을 입고 레몬색 리본이 달린 크고 하얀 모자를 쓰겠다고 전했다. 데어드리는 기뻐하며 답장을 보내왔고, 모라는 수녀원 학교에 다닐 때도 모자광이었다고 말했다.

"자기가 그 옷을 입은 모습을 정말 보고 싶어." 래리가 말했다.

"가기 전에 자기 앞에서 패션쇼를 할게."

"나도 같이 가는 거 아니야?" 래리가 물었다.

그 말에 모라는 깜짝 놀랐다. 삶은 두 사람에게 이보다 더 좋았던 적이 없었다. 그들은 체스트넛 스트리트에 있는 래리의 아파트에서 거의 모든 시간을 보냈다. 그리스에 갔다 온 뒤로 서로 떨어져 사는 것은 어리석은 일로 여겨졌다. 그녀는 옷이나 사진이나 책 같은 것을 조금씩 래리의 집으로 옮겼다. 지금 그녀가 빌려 사는 아파트는 다른 누군가에게 다시 빌려주자는 생각을 하는 데까지 이르렀다.

래리가 쓴 모든 글이 출판되었고, 모라의 타이핑 사업은 아주 잘되어 이제 그녀는 사무실을 빌리고 자신을 도와줄 사람도 고용했다.

상황은 안정적이었다. 그는 왜 그녀의 고향에 같이 가고 싶다고 해서 그녀를 난감하게 만드는가?

"자기는 좋아하지 않을 거야. 너무 풍습을 따지고 봉건적이야." 모라가 말했다.

"음, 친구를 위해 그쯤은 참아야지. 내가 같이 가서 손잡아줄게."

래리는 정말로 이해하지 못했다. 그가 거기 가면 어떤 기대와 추측이 생겨날지, 어떤 질문을 받게 될지 깨닫지 못했다. 이곳에 온 동기가 뭔지 궁금해할 것이며, 그가 어디서 뭘 하는지 지켜볼 것이며, 언제까지나 그의 이름이 사람들 대화에 오르내릴 것이다.

그의 경우는 달랐다. 래리의 어머니는 오래전에 돌아가셨고, 형제자매는 흩어져 살았고, 아버지는 모호하고 은둔적인 사람이라 아들을 보면 미적지근하게 기뻐하겠지만 아들 걱정은 결코 하지 않을 것이었다. 그러니 래리가 그곳에 갔을 때 자신이 불러일으킬 광적인 관심을 어떻게 알겠는가?

하지만 그는 완강했다.

"나는 너를 사랑해. 거기서 자기가 레몬색 정장을 입고 큰 모자를 쓰고 성당 앞쪽에 나가 있는 걸, 모두가 자기를 보고 감탄하는 걸 보고 싶어. 나도 가게 해줘. 자기가 아주 자랑스러울 거야."

모라는 이를 어쩌나 하는 심정으로 그를 쳐다보았다. 그가 레몬색 정장을 입은 그녀를 자랑스러워한다면, 아이보리색 드레스를 입고 진짜 주역이 된 그녀를 보고 그러지 않을 이유가 뭐겠는가? 단 하루였다. 그들의 삶에서 그저 하루.

그러면 모라는 등에서 어머니를 떼어낼 수 있을 것이고, 언니가 있는 수녀원의 수녀들은 구일기도를 그만둘 것이고, 이제 정숙한 포디 라이언 부인이 된 메리는 그곳에 정착하려는 아주 멋진 세일즈맨이 있다는 이야기를 모라에게 하지 않을 것이다. 지금은 걸핏하면 우리 가족이 조금이라도 정상적인지 모르겠다고, 누이 하나는 수녀이고 형은 독신주의자이고 또하나는 노처녀라고 지겨울 만큼 읊어대는 남동생 브렌던도 그녀에게 그런 말을 하지 못할 것이다.

그에게 물어볼 것이다. 래리에게 결혼하자고 할 것이다. 그 자리에서, 그 순간에. 그가 할 수 있는 답은 오로지 아니라는 말뿐이었다.

"우리가 결혼할 수 있을 거라고 생각해?" 모라는 귓속에서 울리는 요란한 소리를 뚫고 자신이 그렇게 말하는 것을 들었다.

래리는 충격을 받은 것 같지는 않았다. 죄의식을 느끼거나 비난하는 것 같지도 않았다. 심지어 조금이라도 미안해하는 것 같지 않았다. 그는 그저 재미있어했다.

"뭘 위해서?" 그가 말했다.

"글쎄, 상황을 정리하기 위해서." 모라가 둘러댔다.

"진심이야?"

"절반은 진심이야, 응."

"나는 너를 사랑하고, 너는 나를 사랑해. 그게 왜 필요하지?"

그의 사랑 가득한 얼굴은 솔직하고 감정을 숨기지 않았다. 그는 진심으로 영문을 모르겠다는 표정이었다.

"뭐냐 하면," 모라가 천천히 말하기 시작했다. "자기가 나를 정말 사랑하면, 그렇다고 믿는데, 하루 동안 예식을 하고 서약을 하는 그런 절차를 밟아줄 수 있지 않을까 해서. 곧 가서 보겠지만, 그저 다른 사람들을 만족시키기 위한 거라 해도 말이야."

"하지만 우리 인생이야!" 래리가 외쳤다. "우리는 늘 그렇게 말하고 믿었잖아. 세상이 지금 이 모양인 건 사람들이 남을 기쁘게 해주기 위해 자신이 의도한 바가 뭔지 생각도 하지 않고 그 많은 걸 하기 때문이라고."

"나도 알아." 그녀가 진심으로 말했다.

모라는 정말로 알았고, 그와 생각이 같았다. 진정한 사랑이란 데어드리가 자신의 가족이 맘 편히 누워 잘 수 있도록 해주는 것과는, 데이비드의 가족에게 그저 낚시 휴가인 척하는 것과는 전혀 상관이 없었다.

다음 주말에 그녀는 집으로 가서 어머니에게 데어드리의 결혼식에 친구를 데려갈 텐데 집에서 지낼 거라고 말했다.

"그애는 너하고 같이 방을 써야겠구나." 모라의 어머니가 말했다. "언니가 주말에 올 거야. 언니가 결혼식 가는 걸 얼마나 좋아하는지 알지?"

"친군데 남자예요." 모라가 말했고, 어머니의 얼굴색이 변하는
걸 지켜보며 기쁨을 느꼈다.

"그렇구나. 왜 더 일찍 말하지 않았니? 호텔을 잡아줄 수도 있었
는데. 지금은 결혼식을 보려고 웨일스에서 오는 사람들로 호텔 예
약이 다 찼을 거야."

"거룩한 수녀님이 저랑 같은 방을 쓰면 되잖아요? 하룻밤인걸요."

"모라, 언니를, 그리고 언니가 한 서약을 우습게 여기지 않으면
고맙겠구나. 그앤 다른 사람과 같은 방을 쓸 수 없어. 수녀원에 들
어간 뒤로는 그래."

"맙소사, 엄마. 그 친구가 어디서 자는지는 중요하지 않아요. 식
사실에서 자도 되고요, 안 그래요?"

"그럴 순 없지. 그럼 말해보렴. 그 친구가 남자친구 같은 거니?"

"엄마, 저는 스물다섯 살이고 곧 스물여섯이 돼요. 요즘은 그렇
게 부르지 않아요."

"요즘은 뭐라고 부르는지 물어봐도 되겠니?"

"친구요, 말씀드린 것처럼요. 래리는 친구예요."

"남자와 네 이름을 함께 입에 올리며 사람들에게 그냥 친구라고
하기는 곤란해. 네 아빠는 뭐라고 말씀하실지 정말로 모르겠고."

"저는 그 표현이 어떤 의미인지 모르겠어요. 누군가와 '이름을
함께 입에 올리'는 거요. 그리고 엄마도 저도 아빠가 무슨 말씀을
하실지 너무 잘 알잖아요. 삼십 년 넘게 그래오신 것처럼 이번에도
아무 말씀 안 하시겠죠."

"젊은 애가 너무 까다롭구나, 모라. 어떤 남자도 너를 데려갈 만

한 상대로 보지 않는다 해도 전혀 놀랍지 않겠어."

"엄마, 래리가 데어드리의 결혼식에 와요. 그 사람이 엄마하고 자든 저하고 자든 아니면 수녀님하고 자든 저는 상관없어요. 하지만 이 설교는 이제 그만하면 안 돼요?"

나중에 래리가 말했다. "모든 일이 기대돼. 내가 도울 수 있는 일이 있으면 꼭 알려줘."

가장 도움되는 일이 더블린에 그대로 있는 거라고 말하기엔 너무 늦은 터라 모라는 맥없이 웃었다.

"웨일스에서 오는 사람들이나 즐겁게 해줘." 그녀가 말했다. "그게 아마 가장 큰 도움이 될 거야."

모라와 래리는 차를 타고 함께 왔다. 모라는 그를 소개할 틈도 없이 준비를 하러 데어드리의 집으로 갔다. 데어드리는 이미 화장을 끝낸 뒤였고, 하얀 레이스 드레스의 허리 부분은 몇 달 전 확실해진 아주 좋은 소식을 감추기 위해 조금 헐렁하게 해두었다.

"남자를 데려왔다며." 데어드리가 아이섀도를 덧바르며 말했다.

"남자라고 할 수 있겠지." 모라는 인정하면서도, 지금 어머니와 래리 사이에 오가고 있을 대화를 차마 상상할 수가 없었다. "정말 예쁘다, 데어드리."

하지만 신부는 칭찬을 받아줄 시간도 거의 없었다.

"데이비드 가족이 계속 기분좋기만을 기도해줘." 신부가 말했다. "그 사람들이 눈을 부릅뜨면 정말 봐줄 수가 없어. 끔찍해."

데어드리는 오래전 그 시절에 계획한 대로 아코디언 연주자를 불렀다. 얼굴색이 아주 붉은 남자였는데, 지구력이 좀 염려스러웠다.

"연주자 걱정은 하지 마." 모라가 데어드리에게 말했다. "시작하면 괜찮을 거야."

모라는 성당으로 막 이동할 참인 신부에게 아코디언 연주자는 이미 호텔에서 높은 스툴에 앉아 분위기에 취해 있다는 말을 굳이 할 필요는 없다고 생각했다. 그가 연주를 시작하자마자 낸 삑삑 소리가 너무 재앙적이어서 피로연장에 당황한 사람들의 목소리가 물결처럼 웅성웅성 퍼졌다. 피로연장 어딘가에서 래리가 기타를 가진 사람이 있느냐고 조용히 묻는 소리가 들렸고, 모라는 주빈 테이블에서 애인과 몹시 신경쓰이는 동생 브렌던이 함께 일어나 밖으로 나가는 것을 보고 경악했다. 이보다 더 나쁜 시나리오는 여태 없었을 것이다. 잠시 뒤 그녀는 래리가 기타를 치며 매우 불안정하게 흔들리는 목소리로 〈Men of Harlech〉*의 첫 세 소절을 부르는 모습을 믿을 수 없는 심정으로 지켜보았다. 마법을 부린 것처럼 웨일스 사람들의 가슴이 부풀더니, 호텔 연회장에 심장이 터져라 노래를 부르는 남자들의 합창소리가 메아리쳤다. 그들은 수프나 구운 치킨 요리는 먹을 생각도 않고 우렁찬 목소리로 〈The Ashgrove〉와 〈We'll Keep a Welcome in the Hillsides〉를 불렀다. 래리는 〈Bread of Heaven〉을 웨딩 케이크와 축사 직전까지 남겨두었다. 이때쯤 결혼식은 굉장한 성공을 거두어, 데이비드의 가족은 낚시하러 갈 생각은 거의 하지도 않았다. 그들은 이 호텔에서 일주일 동안 노래를 부르면서 지내고 싶어했다.

모라는 술을 많이 마시는 사람이 아니었지만, 이런저런 문제를

---

* 웨일스 지방에 있는 할렉(Harlech)성이 1461년부터 1468년까지 포위된 사건을 묘사한 행진곡.

신경쓰느라 극도의 긴장 상태에 다다라 방 배정이 어떻게 되었는지 다행히 알아차리지 못했다. 그녀 평생에 유일하고 위대한 사랑인 래리와 아일랜드에서 가장 냄새나고 끔찍한 사람인 동생 브렌던이 방을 같이 쓰기로 했다는 사실을 말이다.

모라는 술에 취해 잠을 설쳤고, 설명할 수 없는 갈증과 체내에 수분을 공급할 필요성 때문에 잠을 깼지만, 브렌던이 래리에게 이곳 상황에 대해 이런저런 정보를 주고 있다는 사실은 까맣게 몰랐다. 그는 래리가 웨일스 대표단의 일원이라고 생각했다. 그래서 래리에게 아일랜드를 설명해주려고 했다. 브렌던은 철물점에 대해 말했고, 아버지가 집에서는 말수가 적지만 농부들에게 트랙터 이야기를 하는 것은 아주 좋아한다고 말했다.

형에 대해서는 여자의 마음을 얻지 못하고 여자를 움켜잡으려고만 한다고, 하지만 여자들은 그걸 싫어한다고 말했다. 큰누나는 수녀원에서 길을 보았고, 작은누나는 배를 놓쳤다는 말도 했다. 어떤 배인지는 모르지만, 어딘가에 붙잡았어야 하는 배가 있었을 거라고, 그랬다면 누나도 누나의 다른 친구들처럼 결혼했을 거라는 말도 했고, 어머니의 친구들이 집으로 찾아와 모라가 배를 놓친 것을 안타까워했다는 말도 했다.

브렌던 자신은 유명한 기타리스트가 될 생각이라, 언젠가 기본 코드 몇 개를 배우고 악보를 읽을 줄 알게 되는 것에 매우 관심이 있다고 했다.

래리와 모라는 점심때쯤 떠났다. 모라는 익숙지 않은 숙취에 붙들린 채, 래리는 작은 타운의 삶에 대해 새로 알게 된 사실을 간직한 채.

모라의 어머니가 암탉처럼 차 주변을 서성였다.

"다시 만날 수 있나요? 그러니까…… 모라하고 같이 여기 다시 올 건가요?" 어머니가 모라와 래리의 얼굴을 번갈아 쳐다보며 물었다.

모라는 차 안에서 손을 내밀고 축 늘어진 몸에 남은 힘을 다 짜내 어머니의 턱에 따끔한 주먹 한 방을 날리고 싶었다. 어머니가 정신을 잃고 쓰러질 만큼 세게.

"이분은 웨일스에 살아요." 사람들이 어떻게 그토록 바보 같을 수 있는지에 놀라며 브렌던이 말했다.

"늘 그렇진 않아요." 래리가 머리를 굴리며 말했다. "초대해주시면 몇 번이고 다시 와서 여러분을 더 잘 알고 싶네요. 그만큼 모라와 저도 서로를 더 잘 알아가기를 바라고요."

모라는 맥없이 그를 쳐다보았다. 이건 그녀가 가능하리라 믿었던 것보다 더 나빴다. 이제 사람들의 기대가 정말로 높아진 것이다. 3마일을 달린 뒤 래리가 차를 세우더니 모라에게 결혼해달라고 말했다.

"불쌍해서 그러는 거지." 그녀가 말했다.

"아니, 그러는 게 맞는 것 같아서 그렇게 하려는 거야." 그가 말했다.

"나중에 내 상태가 좀더 괜찮을 때 물어봐줘." 그녀가 말했다.

"아니. 지금 말해줘."

"그저 하루야. 우리 인생에서 어느 하루. 어제 나쁘지 않았어."

"그 결혼식이 좋았다고 생각한다면, 그건 시작일 뿐 더 흥미진진한 일이 기다리고 있을 거야."

래리가 모라에게 성당 가득 그녀가 쓴 것 같은 커다란 모자를 쓴 사람들이 와주기를 바란다고 말했다.

그것은 두 사람이 함께 꾸는 꿈의 여러 가지 모습 중 그저 하나일 뿐이었다.

페이의 새 삼촌

페이는 자신에게 삼촌이 있다는 사실을 거의 모르고 살았다. 그
는 아버지의 장례식에도 오지 않았고, 그녀나 그녀의 오빠 핀바에
게 어떤 연락도 해온 적이 없었다. 가족 중 누가 그를 언급한 적도
없었다.

그래서 시의 반대쪽 끝에 있는 지역 간호사가 페이에게 체스트
넛 스트리트 28번지에 사는 그녀의 삼촌 J. K. 오브라이언 씨의 문
제로 도와줄 수 있는지 묻는 편지를 보냈을 때 그녀는 깜짝 놀랐
다. 오브라이언 씨는 지금 병원에 입원해 있는데 아주 쇠약한 상태
라고 했다. 친척과 면담을 해야만 그를 퇴원시킬 수 있다고 했다.
유일하게 생존해 있는 친척으로 그녀의 이름이 나왔다.

처음에 페이는 잘못 안 거라고 말하려 했다. 체스트넛 스트리트
에는 아는 사람이 없었다. 하지만 그 순간 자신의 성이 오브라이언
이고, 어머니와 아버지의 결혼증명서에 신랑 들러리 이름이 제임

스 케네스 오브라이언이라고 적혀 있었던 게 기억났다. 아버지의 형제 같았다. 하지만 왜 지금 연락을 해온 거지?

페이는 다음 생일에 스물다섯 살이 될 것이다. 사반세기 동안 침묵을 지키며 냉랭하고 소원한 관계로 지내온 것을 무엇으로 설명할 것인가? 오빠인 핀바에게 물어보고 싶었지만, 그는 멀리 있었다. 여객선 승무원이라 한번 배를 타면 종종 몇 달 동안 집을 떠나 있곤 했다.

"관여하지 마, 페이, 제발 부탁이야." 친구 수잰이 충고했다. "넌 너무 친절하고 너무 쉽게 생각해. 그 늙은이가 너보고 자기 대신 집을 청소하고 속옷을 빨고 쇼핑을 해달라고 할지도 모르잖아. 가족이라는 이름으로 그 모든 걸 말이지. 하지만 네가 그를 필요로 할 때 그는 어디 있었니?"

"나는 그가 필요한 적이 없었어." 페이가 말했다.

"아니, 필요했어. 네 아버지가 돌아가신 뒤 그 인간들이 찾아와 네가 보는 앞에서 집을 뺏어갔을 때."

"솔직히 빚이 많았고, 아빠는 한동안 집세를 못 냈어." 페이가 말했다.

"그래, 하지만 네 삼촌이라는 제임스 케네스 씨가 몇백만 보태줬어도 도움이 됐을 거야."

"그에게 그런 돈이 없었을 수도 있지." 페이는 방어적이었다.

"체스트넛 스트리트에 산다면 그 정도는 있어. 거기는 날마다 집값이 오르고 있잖아. 그를 위해 모든 걸 다 해주겠다고 약속하기 전에 그 점을 염두에 둬, 페이."

페이와 수잰은 학교에 다닐 때부터 친구로, 오래된 사이였다. 두 사람은 드라이클리닝점에서 나란히 일했고, 언젠가 잘생기고 부유한 미국인이 들어와 우아한 슈트를 다려달라고 말하는 꿈을 품고 살았다. 서로 눈이 맞으면 그다음은 저녁식사일 것이고, 거의 그다음은 결혼일 것이며, 그러면 말리부에서의 황홀한 삶이 기다릴 것이다.

하지만 그런 남자는 나타나지 않았다. 그래서 수잰과 페이는 원룸 아파트를 같이 썼고, 이비사에 가서 휴가를 즐기려고 매주 돈을 얼마씩 모았다. 미국의 영화 관계자들이 주름을 쫙 잡은 슈트를 거기로 가져올지도 모르기 때문이었다.

"어쨌든 가서 그 간호사를 만나봐야겠어." 페이가 말했다.

간호사인 윌리엄스는 간단명료하게 설명했다. 오브라이언 씨에게 가벼운 뇌졸중이 왔는데, 지속적으로 살펴줄 사람이 반드시 필요하다는 것이었다. 약은 잘 챙겨 먹는지, 식사는 제대로 하는지, 자신을 잘 돌보는지 말이다. 뇌졸중이 온 뒤에는 종종 우울증이 뒤따르기 마련이어서, 그걸 피하려면 혼자 허우적대며 지내지 않도록 주의를 기울여야 했다.

"뭔가 오해가 있으신 것 같아요, 간호사님. 저희는 서로를 아끼는 가까운 친척이 아니에요. 평생 이분을 본 적도 없어요. 이분도 제가 필요해지기 전까진 저나 제 존재를 기억하지 못했고요."

"그분은 당신을 기억하고 있었어요. 우리가 엄청나게 캐물어 알아낸 뒤에, 당신을 성가시게 하지 않겠다고 안심을 시키고 또 시킨 뒤에야 당신한테 연락해도 좋다고 동의하셨고요. 그분에게는 이게 공식적인 만남일 뿐이라고 말씀드렸어요."

"그런가요? 그냥 공식적인 만남일 뿐인가요?" 페이가 물었다.

"아니요, 솔직히 그렇지 않아요. 좀더 관심을 가지고 신경을 써야 하는 일일 거예요. 물론 당신이 그분의 이웃들과 합의에 이를 수 없다면요."

"이웃은 어떤 사람들인가요?"

"음, 오브라이언 씨는 어느 면에선 운이 좋지 않아요. 양옆 이웃의 집주인이 직접 거주하지 않고 다른 사람에게 세를 줬거든요. 자꾸만 사람이 바뀌는 거죠. 지금은 18번지에 사는 십대 아이가 그분 고양이한테 대신 밥을 주고 있어요. 바로 근처 26번지에는 착한데 좀 덜렁대는 히피 여자가 살고, 25번지에는 진지한 부부가 살아요. 아마 당신이 더 많이 알아낼 수 있을 거예요."

"이웃들은 그분을 뭐라고 부르나요? 제임스? 짐? 케네스?" 페이가 물었다.

"오브라이언 씨라고 부르는 것 같던데요. 우리도 그렇게 부르고요. 그렇게 불러주길 원하세요." 윌리엄스 간호사가 미안하다는 듯 말했다.

"모두가 그래요?"

"네, 모두가요."

"에휴." 페이가 말했다.

"저는 마틴 오브라이언의 딸 페이예요." 그녀가 병원 침대에 누워 있는 자그마한 남자에게 말했다.

"마틴은 어디서 그런 이름을 가져와 붙였다니?" 그 남자가 말했다.

"아빠와 엄마가 제 세례명을 메리 페이스로 했어요. 제가 페이를 쓰겠다고 했고요."

"흠." 그가 말했다.

"그러면 사람들은 삼촌을 뭐라고 부르는데요?" 그녀가 물었다.

"그게 문제가 될 만큼 네가 여기 오래 있진 않을 거야." 남자가 말했다.

"대체로 이렇게 모두에게 매력적으로 대하세요, 아니면 제가 삼촌 동생의 딸이고 저하고 특별한 노력을 해야 하니 이렇게 대하시는 거예요?" 페이가 물었다.

"아주 발칙해, 아주 영리하고." 그가 말했다. "네 엄마처럼."

"마틴 오브라이언에게서 한푼도 받지 못하고 살아가야 했던 엄마는 그 두 가지가 다 필요했어요. 말이 방향감각도 없고 네 다리는 약해 빠졌는데도, 마틴 오브라이언은 집세나 전기세 같은 생활비를 거기에 걸었어요. 사는 게 그런 식이었어요." 페이는 원한도 후회도 없는 어조로 말했다. 그게 그들이 살아낸 방식이었다.

"내가 원하는 건 네가 서명을 해주는 것뿐이야. 여기서 나갈 수 있도록. 그러고 나면 너는 너 하고 싶은 대로 하면 돼."

"유감스럽게도 저는 의무감을 많이 느끼는 사람이에요. 삼촌 혼자 쓰러져 돌아가시게 둘 순 없어요."

"내가 쓰러져 죽는다는 생각은 하지도 않아. 나는 아직 젊어. 내 나이가 일흔넷밖에 되지 않았다는 걸 알아둬라."

"아마 경미한 뇌졸중이 올 거라는 생각도 하지 않으셨겠죠. 저한테 열쇠를 주실래요? 윌리엄스 간호사와 같이 삼촌 집에 가서 어떤 게 필요한지 알아볼게요."

"내 집 열쇠를 네 손에 넘길 순 없다."

"알겠어요, 오브라이언 씨. 열쇠는 잘 갖고 계시고, 계속 여기 있다 병원에서 돌아가시고, 고양이는 죽을 때까지 그 아이가 밥을 주게 하세요. 제가 무슨 상관이에요? 이때까지 삼촌 생각은 단 하루도 안 했는데. 삼촌도 제 생각을 안 했을 거고요. 이제 와서 왜 달라져야 해요?"

"너는 평소에도 모두에게 이렇게 매력적으로 대하니? 아니면 내가 네 아버지의 형이라서 그런 거니?" 그가 물었다.

두 사람의 얼굴에 희미하게 미소가 떠올랐다. 그녀가 손을 내밀었다.

"그럼 열쇠 주세요, 오브라이언 씨."

"짐이라고 불러, 메리 페이스." 그가 소심하게 말했다.

"페이예요, 짐." 그녀가 말하고 체스트넛 스트리트로 향했다.

"집안 꼴이 엉망일 테니 각오하세요. 종종 그렇더라고요." 윌리엄스 간호사는 많은 경우를 목격해서 다 알고 있었다.

"정말 그러면 어떻게 해요?"

"정말로 끔찍하면 위생팀에서 와요." 그들이 28번지의 문을 열때 윌리엄스 간호사가 손수건으로 얼굴을 가리며 말했다. 하지만 그곳은 깨끗했고, 가구가 거의 없었다. 벽에 그림도 거의 없고, 의자는 편안하거나 고급이었던 적이 결코 없었던 듯 보였다. 아주 작은 텔레비전과 아주 크고 구식인 라디오가 테이블 위에 나란히 놓여 있었다. 스툴에는 접힌 신문지가 높이 쌓여 있었다. 여러 번 빨아 쓴 하야스름하고 색이 바랜 마른행주가 의자 등받이에 잘 펴진 채 걸려 있었다. 음식이나 썩는 냄새는 없었다.

아주 작은 냉장고 안에는 버터와 마가린뿐이었다. 부엌 찬장 안에는 캔과 포장된 제품이 잔뜩 쌓여 있었다.

체스트넛 스트리트 28번지에 사는 J. K. 오브라이언은, 그 주소지가 상승하는 집값을 의미한다고 해도, 사치와는 거리가 먼 생활을 하고 있었다. 페이는 어머니가 자신과 오빠를 키웠던 거의 빈민 공동주택 수준이었던 집을 떠올렸다. 그 집은 여기에 비하면 아주 열악했지만, 마룻장 곳곳에 여기보다 훨씬 생기가 넘쳤다.

이 형제는 무엇 때문에 싸웠을까? 핀바 오빠는 알까? 나이가 더 많으니 혹 기억나는 싸움이 있을지 몰랐다. 하지만 지금은 당면한 문제를 해결할 때였다.

"한 사람이 살기엔 정말로 너무 큰데요. 이 집을 팔고 복지 주거단지에서 아파트를 구하는 게 낫지 않을까요?" 페이가 물었다.

"물론 그게 더 낫겠지만, 그분이 과연 그렇게 할까요?" 윌리엄스 간호사는 사람들이 장소에 갖는 애착을 알고 있었다. "아니, 쓰러질 때까지 여기서 지낸다고 할 거예요."

"아래층을 쓰셔야겠죠? 저 거실은 쓰지 못할 게 분명하고, 아래층 화장실에 샤워기를 설치할 수 있을 거예요."

"그분은 아무것도 안 하려고 할 거예요, 페이. 그분이 퇴원하기 전에 우리가 해야 해요."

"하지만 비용은 누가 대고요? 돈이 많은 것 같진 않던데. 저도 가진 돈이 전혀 없고요."

"2층을 세놓으면 돈은 충분해요. 하지만 문제는 누가 이 집에 와서 그와 함께 살겠느냐는 거죠, 저렇게 불평 많은 사람하고." 윌리엄스 간호사가 고민하며 말했다.

"은퇴하시기 전엔 직업이 뭐였나요?"

"우체국에서 일하셨어요. 기록에 그렇게 되어 있었던 것 같아요."

"그러면 연금을 받으시겠네요. 샤워기 값은 충분히 감당할 수 있을 거예요. 병원에서 그 돈을 먼저 지불하고 삼촌에겐 그걸 갚아야 한다고 말하면 어떨까요?"

"그게 최선이겠네요. 내 쪽에서 해결해볼게요." 윌리엄스 간호사가 말했다.

오브라이언 씨는 집으로 돌아와 자신이 샤워기 값을 갚아야 한다는 말을 들었을 때 몹시 화를 냈다.

"삼촌이 평범한 사람이면, 2층을 통째로 세만 놓아도 몇 달 안에 그 돈을 다 모을 수 있을 거예요. 대번에 갚을 수 있을걸요."

"하지만 누구를 우리집 2층에 들이겠니?" 그의 말투는 공격적이었고, 아주 짜증이 난 듯했다.

"정말 그렇죠? 거기 오 분이라도 있으려고 하는 사람이 있을지 모르겠네요." 페이가 맞장구를 쳤다.

짐 오브라이언은 갈피를 잡을 수 없었다. "하지만 너랑 그 대장처럼 구는 간호사가 2층을 세놓으면 수입이 엄청날 거라고 하지 않았니?"

"네, 그건 정말 그래요. 하지만 평범한 사람에게나 그렇겠죠. 문이 열리자마자 온갖 걸로 툴툴거리지 않는 사람에게나요."

"내게 덫을 놓았구나!" 그가 외쳤다.

"아니에요, 윌리엄스 간호사와 저는 삼촌이 평범한 사람이라고 생각했었어요. 대부분의 사람들처럼. 그게 실수였네요."

"왜 그런 생각을 했니?"

"우리가 삼촌을 몰랐으니까요, 짐. 다른 모두의 삶과 행동에는 지나친 관심을 보이고 자신의 삶과 행동은 지나치게 비밀스러운 것을 몰랐으니까요. 삼촌은 이 거리에 사는 사람들 한 명 한 명에 대해 이야기해주셨어요. 맞은편 2번지에 사는 케빈과 필리스는 서로 헌신적으로 사랑하는 사이라고, 5번지에 사는 릴리언은 가족 전부를 부양한다고, 미스 맥은 눈이 멀었다고, 22번지에 사는 미치는 아주 오래전에 불륜의 로맨스를 즐겼다고, 18번지에 사는 돌리의 어머니는 딸을 그림자처럼 따라다닌다고 말이에요."

"그래, 하지만 그건 모두 사실이잖니." 그가 발끈했다.

"하지만 문제는 그들 중 누구도 삼촌에 대해 아는 게 없다는 거예요." 페이가 말했다. "삼촌이 어디 출신인지도 모르고, 뭘 해서 먹고사는지도, 여기서 얼마나 오래 살았는지도 몰라요. 그들은 제가 친척인 줄도 몰랐어요. 사회복지사인 줄 알았대요."

"내 알 바 아니다." 그가 툴툴거렸다.

"저도 같은 생각이에요. 하지만 병원에서 저보고 삼촌이 혼자 지낼 수 있는지 여부를 알아봐달라고 했고, 저는 제 일을 해야 하니 알아봐야 해요."

"그러면 뭘 알아냈니?" 그는 불안했지만, 그 불안을 감췄다.

"삼촌이 한 층만 쓰는 게 훨씬 좋겠다는 거요. 그리고 위급할 때를 대비해 제 전화번호를 놓고 갈 거고, 매달 삼촌을 보러 올 거예요. 그러면 삼촌은 이 집에서 지낼 수 있을 거예요, 짐." 그녀가 싱긋 웃었다.

"너는 여러모로 참 착하구나." 그가 말했다. "물론 잘못 자라 예의도 없고 아무것도 없다만, 그건 그 여자 잘못이었던 것 같고. 하지만 그래도 필요한 순간에 네가 와줬어. 그 말은 해야겠다."

페이는 아무 말 없이 그를 한참 쳐다보았다. 그리고 말했다.

"엄마에 대해 왜 감정이 안 좋으신지 모르겠어요. 핀바 오빠와 저는 아무것도 가진 게 없지만, 엄마에 대한 좋은 기억은 있어요. 엄마는 삼촌의 동생을 사랑했어요. 아빠와 결혼했을 때 아빠가 도박하는 걸 이미 알고 있었대요. 그래서 자기 탓만 하셨어요. 엄마는 우리를 먹여 살리고 집세를 내느라 바닥과 계단을 청소하면서 긴 시간 힘들게 일하셨어요."

"술을 큰 잔으로 마시는 천박한 여자였어." J. K. 오브라이언이 그 말로 이 문제를 결론짓겠다는 듯 말했다.

페이는 놀라서 그를 쳐다보았다. "엄마는 엄마가 '기분 전환'이라고 불렀던 걸 하기 위한 돈을 마련하려고 뼈빠지게 청소를 하셨어요. 그건 토요일에 아버지와 동네 펍에 가서 같이 파인트 두 잔씩을 마시는 거였어요. 엄마는 돌아가시기 전주까지 그렇게 하셨어요. 그리고 아빠는 상심해서 그로부터 일 년 뒤에 돌아가셨고요. 엄마에 대해 어떤 안 좋은 이야기를 들으셨는진 몰라도, 아빠한테서는 아니었을 거예요."

그는 이제 말이 없었다.

"그러면 이제 우리 이번 한 달 동안의 용무는 끝난 거죠, 짐? 제 직장 전화번호는 여기 종이에 적어뒀어요. 집에는 전화기가 없고, 저는 휴대전화를 쓰지 않아요."

"집은 어디니?" 그가 불쑥 물었다.

그와 그의 건강과 그의 집과 미래에 대해 협상을 했던 그 모든 나날 중에 그가 그녀에 대해 물어본 첫번째 질문이었다.

"같은 곳에서 일하는 친구 수잰과 원룸 아파트를 같이 써요."

"집세가 얼마나 되니?" 그가 물었다.

그녀가 말해주었다.

"집은 괜찮니?" 그가 물었다.

"아니요, 아주 허름하죠."

"그렇다면 집세를 더 싸게 해줄 테니 너하고 수잰이 여기 들어와 살겠니?" 그가 제안했다.

페이가 잠시 생각했다. "집세를 아예 내지 않는 조건이라면 좋아요." 그녀가 말했다.

"아예 안 내겠다고?"

"우리가 삼촌을 돌볼 거예요. 쇼핑도 해드리고, 정원도 관리하고, 매주 일요일 점심은 우리가 요리도 해드리고요." 그녀가 제안했다.

"2층으로 큰돈을 벌 수도 있어. 너하고 그 대장처럼 구는 간호사가 그렇게 말했지." 그가 불평했다.

페이는 어깨를 으쓱했다. "큰돈을 벌 수도 있겠죠. 삼촌이 평범한 사람이라면요, 짐."

"그래, 그럴 것도 같구나. 그런데 너하고 수잰은 앞으로 인생을 어떻게 살아갈 계획이니? 혹 그곳에서 영원히 일할 생각이니?"

"어느 곳요, 짐?"

"지금 일하는 곳. 세탁소인가 뭐 그런 데라고 하지 않았니?"

그는 그녀의 이야기를 거의 기억하고 있었다.

"드라이클리닝점요. 하지만 거의 맞히셨어요."

"그리고?"

"그리고, 우리는 언젠가 수증기와 지저분한 옷을 받는 일로부터 우리를 멀리 데려가줄 멋진 남자를 만나길 바라고 있어요." 페이는 견뎌야 할 것에 대해 말할 때면 늘 짓는 명랑한 미소를 지어 보였다.

"그런 사람은 어딜 가면 만나니?" 그가 관심을 보이며 물었다.

"그런 사람을 그렇게 많이 만나지는 못해요, 짐. 만날 생각만 하거나, 매년 5월에 이비사에서 기대에는 못 미치는 남자를 만나거나 하는 정도예요."

"그런데 너희가 멋지고 세련된 남자를 만나야 하는 이유는 뭐니?" 그는 진심으로 관심을 보이는 것 같았다.

"모르겠어요. 어쩌면 우리가 좀더 세련된 사람이 되고 싶어서가 아닐까요. 더 밝고, 더 좋은 교육을 받고, 더 좋은 배경을 가진 사람요. 하지만 우리는 그게 안 되니까 그런 방법으로 그들을 적극적으로 유혹하고 싶은 거죠."

"진지하게 묻는 건데, 2층에서 살고 싶니?"

"월세만 없으면요, 짐. 삼촌이 평범한 집주인이 아니라면 우리도 평범한 세입자가 될 수 없어요."

"하지만 아래층 욕실 공사비는 어쩌지?" 그가 푸념했다.

"그게 이 집의 가치를 엄청나게 높여줄 거예요, 짐."

"언제 들어올래?" 그가 물었다.

"수잰이 와서 삼촌을 먼저 만나봐야 해요." 그녀가 말했다.

"안 돼, 페이. 안 돼. 우리가 그 아저씨 발톱을 깎아주고 죽을 끓여 먹여준다고. 절대 안 돼!"

"멋진 아파트를 공짜로 쓰는 거야. 가서 한번 봐."

"뭐든 공짜는 없어. 알잖아."

"사람들이 알아주는 동네야. 우리가 체스트넛 스트리트에 산다고 하면 패스트푸드점 건물 5층에 산다고 하는 것보다 훨씬 있어 보일걸. 그리고 방도 따로 쓸 수 있어. 그게 어떤 의미일지 생각해봐."

"그 아저씨가 우리 인생에 개입하거나 과거 이야기를 지루하고 장황하게 늘어놓지 못하게 하겠다고 맹세할 수 있어?"

"맹세해. 그건 쉬울 테니까." 페이가 말했다.

그들은 집에서 지킬 규칙을 정했다. 집에 돌아오면 그들은 매번 짐 오브라이언의 상태를 확인하러 들어갈 필요 없이 곧장 2층으로 올라갈 수 있다. 그들은 몇시에 외출하고 몇시에 귀가하는지 그에게 절대 알리지 않는다. 그들은 허락 없이 2층에서 시끄러운 소리를 내거나 파티를 열지 않는다. 그들은 매주 일요일에 그를 위해 네 가지 요리가 나오는 점심식사를 준비하고, 그때마다 그의 사교생활을 위해 이웃 한두 명을 초대한다.

성과는 놀랄 만큼 좋았다.

그것은 짐 오브라이언이 다른 집에도 초대를 받는다는 것을 의미했는데, 전에는 없던 일이었다. 그는 자신이 방문한 여러 가정에 관한 이야기를 한아름 들고 돌아왔다.

페이와 수잰은 세 사람이 쓸 세탁기와 건조기를 사자고 제안했고, 모두 그 사용법을 배웠다. 그들은 옷봉을 사고 드라이클리닝점에서 철사 옷걸이를 잔뜩 가져왔다.

"아저씨 셔츠는 다리지 마." 수잰이 다짐을 받았다. 그래서 페이는 그에게 직접 다림질하는 법을 가르쳤다.

두 달 뒤 그들은 공동으로 쓰는 냉장고도 샀다. 짐은 그 냉장고를 마음에 들어했고, 안에 넣을 내용물에 붙일 작고 깔끔한 라벨을 일일이 만들었다.

그는 그들의 삶에 대해 물었다. 그리고 여객선 승무원인 페이의 오빠 핀바에게 관심을 보였다.

"핀바를 만난 적이 있니?" 그가 수잰에게 물었다.

"아니요. 그는 딱히 집에서 지낸 적이 없는걸요. 사는 게 참 그렇죠!" 그녀가 한숨을 쉬었다.

"언젠가는 집에 돌아올 거야. 다들 그러니까. 가정을 이루고 정착한단다. 네가 그애를 좋아하게 될지도 모르겠구나."

"제가 왜요?"

"글쎄, 그애 여동생과 친구니까 둘이 뭔가 공통점이 있을지도 모르고, 그러면 종종 결혼까지 이어지지."

"그렇게 많이 아시면서 왜 결혼하지 않으셨어요, 짐?"

"어리석었거든. 모아놓은 돈이 있어야만 결혼을 한다고 생각했지. 하지만 돈이 충분히 모였을 때는 나이를 너무 먹은데다 내 방식이 굳어져 결국 쓸모가 없었어." 그가 말했다.

짐 오브라이언은 사람들이 그가 심술을 부리고 상대의 기분을 상하게 하리라 예상한 순간에 단순하고 나약한 말을 해 사람들을 어리둥절하게 만드는 경향이 있었다.

핀바가 다음번에 돌아왔을 때 짐은 일요일 점심식사에 그를 초대하자고 제안했다.

"왜 우리가 어렸을 때는 이렇게 만나지 못했어요?" 핀바가 설거지를 하면서 별스럽지 않게 물었다.

"내가 정신이 어떻게 돼서 네 엄마를 싫어했어. 하지만 알고 보니 내가 잘못 생각했던 것 같구나." 짐이 말했다.

"아, 왜 그렇게 생각하셨어요?" 핀바가 물었다.

"젊은 놈들은 다 어리석으니까. 지금 자신을 한번 봐. 코밑에 아주 멋진 여자가 있는데 알아차리지도 못하잖니." 짐이 말했다.

"멋진 여자라뇨?"

"수잰 말이다."

핀바가 고개를 끄덕였다. "수잰은 괜찮은 여자예요. 맞아요."

"그러면 왜 나하고 같이 접시를 닦고 있니? 데이트 신청을 하지 않고?" 짐이 물었다.

"죽여버릴 거야, 네 잘난 삼촌 말이야. 내 맨손으로 죽일 거야." 수잰이 옆방에서 소리 죽여 말했다.

페이가 웃었다. "아, 잘해봐, 수잰. 밑에서 불을 지펴주는 사람도 있어야지."

"그래, 아저씨가 네 남자도 찾아주려고 뭔가 대단한 시도를 할 때까지 기다려보자고." 수잰이 툴툴거렸다.

하지만 수잰은 머리를 빗고 립스틱을 덧발랐고, 핀바가 운하를 따라 산책하러 가자고 했을 때 이미 그에게 길을 안내할 모든 준비가 되어 있었다.

"크리스마스에는 뭘 할 거니, 페이?" 그들이 나가고 짐과 페이 두 사람만 앉아 일요일의 의식을 마감하는 차 한잔을 나눌 때 그가 물었다.

페이는 놀랐다. "왜 물어보세요?"

"음, 여느 일요일과 같아서는 안 되지. 그리고 우리의 합의 사항에 크리스마스 식사를 같이하는 것도 포함시킬 수 있는지 묻고 싶은데. 알겠지만, 나는 이 일요일 점심을 즐기고 있거든. 내 입장에서 보자면 결과가 아주 좋았어."

"그럼요. 물론이에요, 짐."

"그러면 너는 이 합의가 잘되고 있다고 생각하니?" 그는 그녀가 동의해주기를 몹시 바라는 것 같았다.

"당연하죠."

"하지만 너는 네 남자가 될 사람을 찾고 싶은 거지?" 이제 그의 목소리에서 더 큰 염려가 묻어나오는 것 같았다.

"음, 언젠가는 그래요, 짐. 꼭 오늘일 필요는 없지만."

"급한 건 아니지? 지금 당장은 아니지?"

"아니에요, 당연히 아니죠. 지금은 오빠와 수잰을 만나게 해주셨으니까 얼마 동안은 삼촌하고 같이 있을게요."

"좋아."

그들이 그렇게 사이좋게 한 시간을 앉아 있는데, 어떤 남자가 문을 두드렸다. 투자 자문 일을 하는 빌리 영이었다. 그는 페이를 만나 즐거운 것 같았다. 삼촌이 그녀에 관한 이야기를 많이 했다고 했다. 아주 믿을 만한 분별력을 가졌다고.

"믿을 만한 분별력에 아름답기까지 하네요." 그가 감탄하며 말했다.

"고마워요, 빌리." 페이가 말했다.

"음, 다시 일하러 갈 때가 됐어요." 빌리가 싱긋 웃으며 말하자 페이는 가슴이 찢어지는 것 같았다.

그녀는 자신의 방으로 올라갔다. 내일은 모든 일이 잘되고 있는지 주기적인 확인을 받기 위해 윌리엄스 간호사에게 전화하는 날이었다. 모든 일이 성공적이었는가?

그녀는 침대에 누워 체스트넛 스트리트를 내다보았다. 성공적이었다. 하지만 그게 공식 서류에 기록되면 얼마나 밋밋해 보일 것인가.

나 자신의 문제

5학년 여학생들이 자꾸 고민을 털어놓는 통에 나는 지긋지긋해 죽을 지경이었다.

"선생님은 정말 이해심이 많아요." 아이들이 당밀처럼 달콤한 목소리로 말하면 나는 언제나 넘어갔다. 물론 나는 부모보다 아이들을 더 잘 이해하고 더 친절하고 더 자유로웠고, 다른 교사들보다 더 젊고 아이들에게 관심이 더 많았다. 그러니 아이들이 나를 좋아하는 게 놀랄 일은 아니었다. 나는 모든 일에 유익하고 진심어린 충고를 해주는 사람이었으니까.

"음, 걔가 지난밤에 너하고 춤추지 않았다면, 수지, 그애한테 혹 다른 고민이 있었을지 모르겠구나, 시험이라든가. 아니라고? 걔가 다른 여자애하고는 춤을 췄다고. 그랬구나. 그렇다면 아마 너한테 춤추자고 말할 용기가 없었을 거야. 알겠지만 남자애들도 수줍음을 타거든. 수줍음이 없다고…… 조금 나대는 편이라고. 그렇구나. 음, 어쩌면 극도로 불안해서 그런 걸 수도 있어. 걔도 십대잖아. 우리는 다 각기 다른 방법으로 불안함을 표출하거든. 너도 전혀 신경쓰지 않는 척하고 딴 애들이랑 행복하게 춤추는 게 어떨까. 네가 행복하고 편안해 보이면 걔도 아마 용기를 낼 거야." 그로부터 몇 주 뒤. "그 방법이 통했다니 다행이다. 아니야, 나한테 고마워할 것 없어. 네 상식대로 한 거야……" 그리고 다시 몇 주 뒤. "그렇구나, 남자애들도 여자애들이 그런 것처럼 마음이 변하기도 하거든. 아니, 수지, 네 가슴이 실제로 부서지지는 않을 거야. 지금 당장 수녀가 되겠다는 건 아주 어리석은 생각이야. 그렇게 하면 걔한테 뭔가 보여줄 수는 있겠지. 하지만 수녀가 돼서 추운 아침에도 일찍 일어나고 특이한 옷을 입고 긴 세월을 보내야 한다고 생각해 봐. 학자가 되는 게 훨씬 현명할걸. 그러면 걘 정말로 엿 먹은 기분이 들 거야."

그리고 그건 교무실에서도 마찬가지였다. 내 문제는 한 번도 없었고, 늘 다른 사람의 문제였다. "알아요, 알아, 오브라이언 선생님. 아주 어렵네요. 당연히 어렵죠. 하지만 알다시피, 선생님이 피아차 선생님 집으로 찾아가 그의 아내에게 전부 털어놓는다면, 피아차 선생님은 마음이 놓이기보단 당황할 것 같은데요. 아, 전적으로 솔직해야 한다는 선생님 견해는 잘 알겠어요. 하지만 피아차 선생님은 어느 저녁에 일어난 그 일을 평범한 일상의 사건이라기보단 그 이상의 무엇…… 단 한 번 일어난 아름다운 일로, 아름다운 추억으로 생각했을지 모르잖아요. 그가 선생님을 오랫동안 사랑해왔다고 말한 걸 피아차 부인에게 말하면, 아름다운 추억이 골치 아픈 문제로 변할 거예요. 아니, 울지 마요, 오브라이언 선생님. 부탁이에요. 그는 선생님을 사랑했고 지금도 사랑하는 건 분명하지만, 사랑에는 정도의 차이가 존재해요. 특히 이탈리아인 음악 교사의 경우라면 말이죠. 그가 선생님에게 품은 사랑은 아내와 일곱 아이를 버리고 작은 방 하나를 빌려 선생님과 함께 사는 사랑이라기보다, 여학생들을 하키장에 데려가는 선생님의 모습에 감탄하는 사랑이라고 생각해요."

나는 언제 나 자신의 문제를 갖게 될까? 교사가 아닌 친구들 사이에서도 내 문제는 없었다. 친구들 또한 먼저 해결해야 하는 문제를 아주 많이 갖고 있었다. 리사는 오랫동안 파리하고 해쓱한 얼굴을 하고 다녔다. 우리 모두 그녀에게 뭔가 어둡고 힘든 비밀이 있다는 걸 알았지만, 그 정도는 다른 친구들도 다 아는 거고, 나는 은행에 다닌다는 그 남자에 관한 이야기를 그애한테서 직접 들었다. 그 남자는 들키지 않고 다른 사람의 계좌에서 리사의 계좌로 돈을 빼돌리는 확실한 방법을 알아냈고, 그렇게 해서 돈이 얼마간 모이면 둘이 그리스의 섬으로 달아나 바닷가 하얀 집에서 살자고 했다. 밤에는 케밥을 해먹고 와인을 마시고 사랑을 나누며 해변에서 남은 평생을 보내는 것이다. 그건 이런 경우에 해당했다. "그렇구나. 당연히 이상적으로 들리지. 우리 모두에겐 행복할 권리가 있고, 세상은 끔찍이도 불공평해. 붙잡을 수 있는 걸 붙잡는 게 대응하는 한 가지 방법이야. 하지만 발각돼서 감옥살이를 하는 사람들의 경우도 알잖아. 음, 확실히 그는 아주 영리하고 똑똑해. 사랑에 불타고 있고. 그런데 그가 정확히 누구 돈을 빼돌리고 있지? 그러니까 누군가는 자기 돈을 도둑맞고 있다는 걸 눈치채지 않을까? 오, 리사, 그만 울어. 그가 도둑이라고 말하진 않았어. 그저 그런 위험이 없지 않다는 말을 한 거지."

그리고 대단한 친구 도널이 있었다. 아주 잘생겨서 매주 해결해야 하는 문제가 생겼다. 그걸 풀고 나면 또 복잡한 상황에 얽혀들었다. "도널, 그렇게 짧게 만난 여자가 너랑 약혼하고 싶어하는 건 비이성적이라는 데 나도 물론 동의해. 하지만 생각해보면 네가 그 여자보고 집을 나와서 네 집으로 옮기라고 했잖아. 그 여자는 자기 엄마한테 무슨 말이라도 해야 했을 거야. 이를테면 희망적인 말. 그렇구나. 그러면 아주 솔직하게 털어놓아야 하지 않겠어? 지난번에 네가 솔직하게 말했을 때를 생각해봐. 그러고 나면 넌 늘 기뻐했어. 알아, 알아. 하지만 여자들은 이런저런 일에 화를 내. 그래, 나는 달라. 하지만 나는 네 친구잖아, 네가 사귀는 여자가 아니라. 내 말 잘 들어. 그 여자한테 네가 폐결핵에 걸렸다고 말해봤자 소용없어. 그건 할 짓이 못 돼. 그 여잔 어쨌거나 그 상황을 받아들이고 네 곁을 지키며 평생 돌봐주겠다고 할걸. 그러니 모든 게 실수였고 미안하다고 말하고, 그 여자가 살 아파트를 알아봐주는 게 어때. 안 돼. 간에 몹쓸 병이 생겼다고 해도 그 여자를 물러나게 할 수는 없어. 그 배우였던 여자, 기억 안 나? 네가 통풍에 걸렸다고 했었잖아? 여전히 직장에 '배신자'라고 쓴 전보를 보내고 있다며. 용기를 내, 그렇게 하는 데 일주일밖에 안 걸릴 거야. 그러면 두 사람 다 평생 자유로울 수 있어."

누군가에게 임신 테스트를 해보게 하고 유산을 돕고 그것을 숨길 이야기를 꾸며내느라 한참의 시간을, 누군가를 파티에 초대해 다른 사람들의 열렬한 환영을 받을 수 있게 해주느라 숱한 해를, 다른 여자의 남자에게 지나친 관심을 보이는 여자에게 관심 끄라는 말을 전해달라는 부탁을 받느라 몇백 년을 보낸 것 같았다. 무보수로 건전하고 중립적인 고민 상담 칼럼 유의 충고를 해주느라 한평생을 보낸 듯했다.

그래서 어느 목요일 오후 네시, 학교가 파한 뒤 나는 엄청나게 큰 규모로 나 자신의 문제를 만들기로 결심했다. 내가 온 마음으로 뛰어들 상황은 아주 지독하고 구제불능이어서, 적어도 대여섯 명의 친구가 협의회를 열고, 나를 한쪽으로 데려가 진지한 대화를 하고, 내가 나를 객관적으로 볼 수 있게 하여 그것을 극복하도록 해야 할 것이다. 누군가는 내 걱정을 하느라 하루이틀 잠을 이루지 못할 것이고, 나는 그러는 내내 비이성적으로 행동하면서 끊임없이 조언을 구하지만 받아들이기는커녕 아예 듣지도 않을 것이다.

겨드랑이 밑에 공책을 낀 채 학교에서 나와 녹음이 우거진 길을 따라 걸으며 생각했지만, 내가 뛰어들 만한 절박한 상황이 잘 떠오르지 않았다. 다른 모두는 그런 상황을 어디서 찾는 걸까? 그런 상황은 종종 사람들과 함께 기분좋게 술을 마신 뒤에 일어났다. 그래서 나는 거기부터 시작하면 되겠다고 생각했다. 하지만 술에 취하기엔 좀 이른 시간이라 집으로 돌아가 한 해 동안 가르칠 역사 수업 교안을 작성하는 방식으로 그 계획을 종이에 써보았다. 먼저 그날 저녁 내가 술에 취할 만한 장소의 목록을 만들었다. 펍이 많아서 어디를 고를지가 문제였다. 배우, 작가, 예술가, 홍보 관계자가 올 법한 장소를 네 곳 정도 골랐다. 평생 이야기를 들어주다보니 어떤 남자들이 문제를 일으키는지 알게 되었다.

그러고 나서 내가 입고 갈 옷의 목록을 만들었다. 회색 치마나 회색 점퍼, 흰 블라우스는 안 된다. 그건 학교에 출근할 때 혹은 익숙하고 가벼운 저녁 외출에나 적합한 옷이었다. 문제를 일으킬 만한 옷을 입는 게 좋다. 그래서 나는 아주 작은 블라우스와 꼭 끼는 치마를 입고 지나치게 번쩍거리는 장신구에 향이 과하게 진한 향수를 뿌렸다. 얼굴에는 내가 가진 화장품 전부를 발랐다. 솔직히 나는 내 외모가 아주 멍청해 보인다고 생각했지만, 혹 은행을 털고 내게 아마도 쌍둥이를 임신시킨 뒤 체포되기 직전이거나 나를 죽이려고 혈안이 된 갱으로부터 숨어다니는 결혼한 동성애자에게는 매력적인 외모일지도 몰랐다.

첫번째 술집에 들어가니 바텐더가 다짜고짜 "밖에 비 와요?" 하고 물었다. 나는 그 말을 여러 가지 의미로 해석해보았다. 그게 암호 같은 거라면, 그 말은 구석에 앉은 남자가 내게 매춘부 알선과 관련된 거절할 수 없는 제안을 하고 싶어한다는 뜻일 수도 있었다. 혹은 그가 정말로 말하려 한 건, 내 얼굴에 검은 마스카라가 여섯 줄로 흘러내렸다든가, 내 치마가 갑작스러운 소나기를 맞은 듯 쪼그라들어 보인다는 것일 수도 있었다. 나는 얼굴을 깨끗이 씻었는데, 그러고 나니 누구한테 흠씬 얻어맞은 것처럼 보였다. 하지만 그것도 괜찮은 게, 적어도 모험적인 사람으로, 그리고 편안하지 않은 사람으로 보일 것이기 때문이었다. 나는 어떤 경우에도 편안해 보이고 싶지 않았다. 하지만 누구도 내게 다가와 담배에 불을 붙여주지 않았고, 내 옆자리가 비었느냐는 질문 말고는 말을 걸지 않았다. 그래서 나는 다음 장소로 이동했다.

다음 술집에 있는 무리는 더 활발했다. 술에 취해 소리를 질러대는 사람들 사이에 큰 논쟁이 벌어지고 있었는데, 「듣는 사람들」*이란 시에 대한 것이었다. 내가 끼어들기에 이상적인 상황 같았고,

내가 그 시를 안다는 사실은 즐거운 우연이었다. 취한 그들이 각자 다르게 알고 있는 시에 대해 서로 네 것이 틀렸다고 트집을 잡는 사이, 나는 조금씩 그들 가까이 다가가 거의 우연처럼 보이게 그들 속에 끼어들었다. 그들이 허락하지 않은 유일한 것은 내가 말을 하는 것이었다. 그들은 술을 주문할 때마다 "숙녀분에게는 진토닉" 하고 말했지만, 나는 한마디도 끼어들 수 없었다. 아무도 내게 여기서 뭘 하느냐고 묻지 않았기 때문에 나는 그것을 돈 들이지 않고 술에 취할 수 있는 유용한 방법으로 받아들이고 말았다. 하지만 누구도 내게 아주 작은 관심조차 보이지 않는 것 같아 기분은 좋지 않았다. 나는 설명할 기회를 얻거나, 그게 안 되면 관심이라도 받고 싶어 모두에게 한잔 사겠다고 제안했다. "여자가 돈을 내게 할 순 없어요." 그들 모두 합창했고, 나는 그것을 뜻밖의 선물로 받아들였다. 그들이 적어도 내가 여자인 줄은 아는 것이다.

시간은 점점 늦어지고 있었고, 그들은 집으로 가져갈 맥주를 샀다. 어느 집으로 가서 파티를 계속할 거라고 하기에 나도 따라가는 게 좋겠다고 생각했다. 맥주 여섯 캔을 사서 갈색 종이봉투에 담고, 부푼 마음으로 그들과 함께 버스 정류장으로 걸어갔다. 속상하게도 그들은 소리를 질러 택시를 불렀고, 나도 타려고 하자 고개를 가로저었다. "데려갈 수 없어요." 그들이 말했다.

"나도 내 맥주랑 다 샀어요." 내가 눈물이 그렁그렁해서 말했다.

"사이먼이 안 좋아할 거예요. 다른 남자의 여자를 데려가서는 안 된다. 첫번째 규칙이에요." 그들이 내게 말했다.

---

* 월터 존 데라메어의 시.

"저는 사이먼이라는 사람을 몰라요." 애가 타서, 나는 사이먼의 여친이 아니다, 나를 다른 누구로 착각한 모양이다, 라고 말했다.

"음, 당신이 사이먼의 여친이 아니면 우리가 왜 밤새 당신과 술을 마셨죠?" 그들은 묻기만 했을 뿐 대답은 듣지 않았고, 맥주를 손에 든 나를 보도에 두고 그냥 떠났다. 근처에 디스코장이 있어서 나는 그리로 갔다. 스트로브 조명 속에서 사람들이 춤을 추고 있었는데, 평균 연령이 나보다 적어도 열 살은 어려 보였다. 그리고 춤추는 사람들의 상당수는 나보다 열다섯 살은 아래였다. 하지만 나는 돈을 내고 들어갔기에 맥주를 움켜쥐고 벽 쪽에 붙어 섰다. 그 순간 누군가를 알아봤을 때의 즐거운 외침이 들렸다. 5학년 전체가 그곳에 와 있는 것 같았다. 애들이 흐리멍덩해서 역사를 배워도 기억 못하는 게 놀랄 일이 아니라고 나는 우울하게 생각했다. 그들은 나를 보자 몹시 기뻐했다. 조금도 놀란 눈치가 아니었다.

"맥주 좀 가져왔어." 내가 도움이 되고자 말했다.

어떤 것도 더 환영받지 못했을 것이다. 디스코장 요금은 아주 비쌌다. 그들은 술 마실 돈을 다 써버린 뒤였다. 학생들의 남자친구들은 내게 반했다. 참 멋진 선생님이야, 멋진 여자야. 그들은 고맙다는 뜻으로 휘파람을 불었다. 하지만 그들 중 누구도 내게 춤을 청하지는 않았다. 나처럼 나이 많은 사람과는 춤추지 않는다. 〈차와 동정〉*에 나온 희망 없고 문제만 많은 관계에 대한 생각은 사라졌다. 나는 이만 가봐야겠다고 말했다.

---

*Tea and Sympathy. 1956년에 개봉한 미국영화로 십대 후반의 소년과 삼십대 여성의 사랑에 관한 이야기다.

한 친구가 큰 호텔에서 컨퍼런스에 참석한 어느 사업가가 접근해온 일로 골치 아픈 문제에 휘말린 적이 있었다. 시간이 늦은 걸 고려하면 지금 시도할 수 있는 최선은 그것일 것이다. 호텔로 들어가는 데는 아무 문제가 없었고, 컨퍼런스에 참석한 사업가를 만나는 데도 아무 문제가 없었다. 유일한 문제는 그들의 안색이 죄다 창백하고 얼굴을 찡그리고 있다는 것, 그들이 신경안정제를 먹으면서 결과물과 생산물과 불황을 이야기하고 클립보드를 쳐다보고 있다는 것이었다. 오늘 운이 나쁘니 내일은 더욱 나쁠 것이다. 나는 그들 중 한 명에게 아무렇지 않게 혹시 〈세일즈맨의 죽음〉을 보았는지 물었다. 그는 난색을 표하며 나를 쳐다보았다.

"아니요." 그가 꺽꺽거리는 목소리로 말했다. "맙소사, 우리가 그걸 봤어야 하는 건가요?"

그리고 그들은 잠자리에 들려고 각자 방으로 이동하기 시작했고, 프런트데스크에 들러 시끄럽게 소란을 피우며 아침 여섯시 삼십분에 깨워달라고, 아침식사에는 콜레스테롤이 들어간 음식은 안 되며 구두는 반드시 깨끗이 닦아놓아야 한다고, 깜박 잊고 모닝콜을 하지 않았다가는 강도 높은 조사가 실시될 것이며 그냥 넘어가지 않을 거라고 윽박질렀다. 그 타지인 무리 중에 쾌락을 사랑하는 자는 없었다. 그래서 나는 전화 통화를 하면서 뭔가 흥분을 일으킬 만한 일을 찾는 게 좋겠다고 생각했다. 뭔가에 사로잡히고 쫓기는 듯한 그들의 얼굴과 궤양을 내 마음에서 몰아낼 수 있는 것이면 뭐든.

나는 도널이 파티를 열고 있을지 모른다는 생각에 그에게 전화를 걸었다. 하지만 아니었다. 그는 비행기 승무원의 마음을 사기 위해 마지막으로 성공 가능성이 높은 시도를 하고 있었는데, 내 전화가 그 순간을 망치고 말았다. 그녀가 코트를 챙기는 중이라고 했다. 그 순간이 그녀에게 머릿속을 정리할 짧은 시간을 준 것이다. 그는 내 전화를 받은 것을 전혀 기뻐하지 않았다.

나는 주디에게 전화를 걸었다. 주디는 밤새 블랙커피를 마시며 가망 없는 사람들, 즉 그녀가 열정적으로 사랑하는 남자들과 밀도 높은 대화를 나눈다. 그들은 그녀를, 그녀는 그들을 정서적으로 고갈시켜, 그곳에는 늘 극적인 드라마와 스트레스의 분위기가 심령체처럼 감돈다. 그녀는 내 전화를 매우 반가워하면서 밤새 나를 찾았다고 했다. 그녀가 처한 끔찍한 상황은 이랬다. 스벤이 부엌에서 머리를 오븐에 집어넣겠다고 난리를 피웠다. 몇 시간 동안이나 말이다. 너무 끔찍한 일이었다. 나는 당연히 스벤을 기억했다. 그는 공동체생활을 했는데, 정신분석가가 그에게 상호 간에 주고받는 경험을 많이 할 필요가 있다고 했기 때문이었다. 하지만 정말로 스벤은 주는 것만 하고 받는 것은 전혀 하지 않았다. 주디는 그가 그녀의 집에서 함께 살기를 바랐다. 스벤은 자신은 모두에게 실망스러운 존재라고, 정신분석가에게도, 공동체에도, 주디에게도…… 그렇다고 말했다. 그에게는 정말로 가스 오븐 말고는 아무것도 보이지 않는 것 같은데…… 그건 너무 암울한 일이라고, 너무 기운 빠지는 일이라고 주디가 말했다.

나는 통화 연결이 잘되지 않는 척했다. "여보세요? 여보세요?" 계속 소리를 지르다 전화를 끊었다.

택시를 타고 체스트넛 스트리트에 있는 집으로 돌아오는데, 택시 기사가 모든 여자는 걸레라고 말했다. 마음속으로 늘 반쯤은 그렇게 믿었는데, 이제는 사실로 굳어졌다고 했다. 걸레. 그리고 그의 아내는 걸레 중의 걸레였다. 아내가 이웃 남자와 몇 달 동안 바람을 피운 사실이 들통났다. 그 사실을 알아낸 아내에게 이실직고 시킨 게 얼마 되지 않았다. 아내는 자신을 변호하려 했다. 참으로 걸레 같은 여자다. 아내는 그가 일하는 시간이 일정치 않아 외로웠다고 말했다. 대체 뭐가 여자에게 그런 짓을 하게 만드나요, 손님. 그가 내게 물었다. 내가 그 답을 주길 바라면서.

"걸레 같은 면이겠죠." 내가 말했다. 그리고 우리는 침묵에 빠졌다.

집에 가니 친구의 편지가 와 있었는데, 남편의 행동이 이상해졌다고 적혀 있었다. 남편이 직장에서 불륜을 저지르는 건 아닌지 모르겠다고. 남편 얼굴에 주름이 늘고 안색이 파리해졌으며 진정제를 많이 먹는다고 했다. 나는 재빨리 그건 터무니없는 생각이라고 엽서를 썼다. 그는 그저 그날 밤 내가 목격한 많은 사업가처럼 치열한 생존 경쟁에 시달리는 것뿐이라고. 다른 여자를 만날 시간은 없을 거라고. 그리고 나는 그 엽서를 찢었다. 왜 나는 맨날 친구를 위로하는데, 그들은 아무도 나를 위로해주지 않지?

나는 친구들이 하루의 근심을 달래주고 치유 수면을 취하게 해준다고 말한 음료를 한 잔 마셨다. 그날 저녁 무익하게 들이켜댄 진의 기운을 달래주기를, 그리고 숙취를 예방해주기를 바라면서. 머리가 지끈거리는 상태로 학생들을 가르치는 하루를 보내야 한다는 건 참으로 역설적이었고, 보란듯이 드러낼 문제는 아니었다.

그리고 그 순간 전화벨이 울렸다. 두시였다. 임신했거나 하지 않은 누군가일 것이다. 소파나 가스 오븐에서 또 한번의 재앙적인 연애 사건이 사그라져간다고 불평하는 목소리일 것이다.

"여보세요?" 나는 체념하며 전화를 받았다.

"내가 정말 많이 취했어요." 목소리는 대화를 시작하기 전에 불필요해 보이더라도 상황에 대한 정의를 내릴 필요가 있다는 투였다. "취하지 않을 수 없었어요. 아니면 결코 전화할 엄두를 못 냈을 테니까요. 당신을 아주아주 많이 좋아해요. 사실 사랑하는 것 같아요. 당신을 사랑하는지는 잘 모르겠지만, 필요로 한다는 건 알아요. 당신을 제대로 만나봐야 할 것 같아요. 우리가 나눈 그 모든 위선적인 대화, 장학금이나 숙제나 공부의 필요성 같은 중요하지 않은 것에 관한 대화는 견딜 수가 없어요. 나는 당신에 대한, 당신 자신에 대한, 그리고 나에 대한, 나 자신에 대한 이야기를 나누고 싶어요. 시골에서 당신과 함께 걷고 싶어요. 근사한 장소에서 함께 저녁을 먹고, 당신을 안고 당신을 돌봐주고 싶어요."

음, 그 말을 들으니 아주 다정한 사람 같다고 나는 진심으로 말했다. 하지만 한편으로 내가 그를 조금이라도 알던가?

"아니, 물론 당신은 몰라요. 우리가 하는 이야기가 숙제나 장학금, 빌어먹을 공부의 필요성에 관련된 것뿐인데, 당신이 어떻게 나를 알 수 있겠어요? 그리고 나도 당신을 몰라요. 우리가 그 모든 끔찍한 건물과 복도, 주차장, 학부모 면담에서 벗어날 수 있다면, 그때는 나도 당신을 알고 당신도 나를 알게 되겠죠."

이건 분명 뭔가 학교와 관련이 있었다. 학교에 복화술을 할 줄 알거나 남의 흉내를 내는 연예인인 남학생이 있을지 모른다는 말도 안 되는 생각이 떠올랐다.

"누구시죠?" 내가 간결하게 물었다.

"오, 그 목소리 너무 좋아요. 너무 좋아요. 쿨하고, 흔들림 없고, 이 세상 어떤 여자의 목소리와도 달라요." 그가 행복하게 말했다. "나는 수지의 아버지예요. 당연히 알려드려야죠. 당신을 줄곧 사랑하고 있었어요. 당신을 사랑하는 사이먼 스콧, 그게 나예요."

스콧 씨, 수지의 아버지? 눈에 띄지 않는 남자였다. 하지만 한편으론 모두 그렇지 않은가? 키가 크고 중년의 나이에 중간 체격이고, 늘 장학금과 숙제와 공부의 필요성에 대해 말한다. 오, 맙소사. 이건 뭔가 달랐다. 그 순간 갑자기 그가 내 문제가 될 수도 있겠다는 생각이 번뜩 들었다. 나는 그에 대한 감정이 넘쳐날 수도, 그 때문에 몹시 속상해할 수도 있었다. 이 상황이 얼마나 힘든지, 내가 왜 그를 더 일찍 만나지 못했는지, 그는 왜 아내를 버리고 내게 올 수 없는지를 사람들에게 털어놓을 수도 있었다. 게다가 마침 그의 이름은 사이먼이었다. 놀라웠다. 그건 술집에서 술 마시던 그 남자들이 내 애인이라고 말한 허구의 남자 이름이었다. 어쩌면 그 사이먼이 이 사이먼인지도 몰랐다.

"혹시 「듣는 사람들」이라는 시를 암송하려는 술 취한 친구분이 많은가요, 스콧 씨?" 내가 물었다.

"내 사랑, 내 사랑, 당신은 초능력이 있군요. 당연히 많아요. 그 친구들이 모두 내 집으로 몰려와 다른 방에서 지금도 그 시를 기억해내려 애쓰고 있답니다. 우리는 서로 운명이 맺어준 사이예요, 내 사랑. 그게 아니고서야 내가 무슨 생각을 하는지, 내가 당신이 생각하는 걸 생각하고 있다는 걸 당신이 어떻게 알겠어요?" 그의 목소리가 차츰 잦아들었는데, 긴 문장을 만드는 게 힘에 부치는 모양이었다.

아주 좋아, 사이먼을 내 문제로 만들면 되겠어. 도널과 주디, 오브라이언 선생님과 리사, 그들 모두 나를 설득해서 내가 그에게서 벗어나도록, 내가 제정신으로 돌아오도록 만들어야 할 것이다. 나는 먼저 그가 내게 적당한 문제가 될지를 확실히 알아야 했다.

"수지 어머니는 어쩌고요?" 내가 물었다. 자유로운 남자와는 엮이는 데 문제될 게 없었다. 학부모 면담에서 스콧 부인을 본 기억은 없었지만, 어차피 오늘밤엔 거의 아무도 제대로 기억나지 않았다.

"아내는 나를 한 번도 이해한 적이 없었어요. 처음부터 그랬어요. 영혼이란 게 없는 사람이에요. 아내는 지금 멀리 있어요. 내일 돌아와요. 사촌을 보러 갔거든요. 그게 아내가 가진 상상력의 한계죠, 사촌을 보러 가는 것. 아내를 미워하진 않아요. 나는 아내에게 끝까지 잘하겠지만, 당신을…… 당신을 가져야겠어요…… 나는 당신이 필요해요."

정말로 조짐이 아주 좋아 보였다.

"몰래 만날 건가요?" 내가 물었다. "지금 잠깐 나를 만나러 올 수 있나요? 다른 사람들 앞에서 우리는 서로 잘 모르는 사이인 것처럼 행동해야 할까요? 일주일에 두 번 만나면 혼란스럽고 비난이 오가고 오해가 생길까요?"

그는 이 질문에 당황한 것 같았다. 그가 예상한 반응은 전혀 아니었던 것 같지만, 그가 어떤 예상을 했는지는 물론 상상하기 힘들었다.

"네, 처음에는 좀 그렇겠죠." 그가 불안하게 말했다. "하지만 사랑이 알아서 제 길을 찾을 거예요. 함께 귀중한 시간을 빼낼 수 있을 테고, 진짜 생각을 나눌 수 있을 거예요. 사촌을 보러 가는 이야기도 하지 않고, 장학금이나 공부의 필요성에 대한 말도 전혀 꺼내지 않고요. 마법 같을 거예요." 그가 조금 확신 없이 말을 끝냈다.

"알겠어요." 내가 말했다. "이렇게 하죠. 내가 어떻게 할 거냐면, 당장 택시를 잡아타고 당신 집으로 갈 거예요. 아내가 없는 틈을 충분히 활용하는 거죠. 아니면 당신이 여기로 오는 게 더 나을까요? 그리고 내일은 점심때 펍에서 소중한 시간을 잠시 즐길 수 있을 거예요. 또 당신이 수지에 관한 이야기를 나누려고 학교에 찾아온 척하면, 우리는 어느 교실에서 만나 면담을 하는 척하는 거예요. 거기서 마법 같은 포옹도 몰래 몇 번 할 수 있겠죠?" 나는 이제 그 모든 것을 생각하며 기분이 점점 좋아졌다. 그리고 이 모험이 아주 기다려졌다.

스콧 씨가 말했다. "……어, 그런가요."

"어서요, 스콧 씨." 나는 그에게 용기를 북돋아주었다. "나를 줄곧 사랑하고 있었다면서요. 우리가 운명이 맺어준 사이라고 생각한댔잖아요. 그거 멋진 생각 같아요. 우리가 진짜 생각을 나누고 싶다면, 당신이 나를 안고 돌봐주고 싶다면, 시작하는 데 시간을 낭비해서는 안 돼요. 전화해줘서 기뻐요. 모든 일이 아주 멋지게 풀릴 거라고 생각해요. 주소만 알려주세요. 당장 달려가 당신의 술 취한 친구들에게 「듣는 사람들」이 실린 시집을 줄게요. 그들은 행복하게 집으로 돌아갈 테고, 우리는 수지가 디스코장에서 돌아오기 전에 몸을 씻을 수 있을 거예요. 그리고 대단한 정사를 즐기는 거죠."

스콧 씨의 태도가 변한 것 같았다. 취기가 좀 가신 모양이었다. 열의 또한 줄어든 듯했다. 시골을 산책하고 근사한 장소에서 식사를 하고 싶은 욕구도 물러난 듯했다.

"음," 그가 말했다. "내가 정말로 하고 싶었던 건, 당신에게 전화해 당신에 대한 내 감정의 한 측면을 보여주는 거였어요. 단지한 측면. 물론 많은 측면이 있어요. 아주 많이 존경하고 감탄해요. 내 아내, 당신은…… 내 아내를 기억하겠죠…… 지금 여기 없지만, 사촌 집에 갔지만, 내일 돌아올 거예요. 일찍, 어쩌면 오늘밤에 돌아올 가능성도 크고요. 네, 오늘밤에 돌아올 가능성이 커요. 음, 나와 아내는 종종 수지가 무모하거나 성급한 행동을 하는 사람이 아니라 당신처럼 분별력 있는 분을 담임으로 둬서 아주 운이 좋다고 말했어요. 우리는 당신이 필요해요. 네, 수지의 교육과 장학금, 그리고…… 어…… 모든 부분에서 말이죠."

"오, 아주 잘 알겠어요, 스콧 씨." 나는 짜증이 나서 말했다. "아주 잘 알겠어요. 당신이 얻고자 하는 게 그런 거라면, 우리가 정사를 즐길 일은 없겠군요. 상관없어요. 나는 학기중에 나중에라도, 아니면 크리스마스 즈음에 불륜 관계를 만들면 돼요. 그때가 약간의 드라마나 비극을 만들기에 딱 좋은 시기예요…… 아니요, 사과는 그만해요. 완벽하게 괜찮으니까. 수지가 집에 돌아오기 전에 술취한 친구들이나 쫓아내고, 수지에게는 밤늦게 나돌아다니면 안된다고 말해주세요. 걱정해야 할 시험이 얼마나 많은데요. 다음날학교에 가지 않는 주말에나 춤추러 가라고 해요. 그리고 내 생각엔 맥주 캔은 치우는 게 좋겠어요. 스콧 부인이 사촌 집에서 돌아왔을 때 집이 펍의 밀실처럼 보이는 건 원치 않을 테니까…… 전혀요, 완벽히 괜찮아요, 스콧 씨…… 아니, 전혀 방해되지 않았어요. 자고 있지 않았어요. 사실 방금 들어왔거든요. 아주 적절하지 않은 상대와 연애를 시작해보려고 시내를 어슬렁거렸어요. 하지만 잘되지 않았던 것 같네요. 그래도 채점할 시험지가 너무 많지 않으면, 내가 비극의 여왕과 손잡고 있는 게 아니라면, 시도는 내일이라도 언제든 다시 해볼 수 있으니까요."

그는 마음이 놓이는지 말소리가 흐릿해졌다. 그가 무슨 말을 했는지 잘 들리지 않았지만, 나는 그의 말에 동의하기로 했다.

"네, 물론 소소한 농담이었어요, 스콧 씨. 당연하죠. 나는 유머 감각이 유난히 발달했거든요. 그리고 믿을 만한 분별력이 있고, 좋은 충고도 맘속에 한가득 있고요. 그게 정확한 표현 같네요⋯⋯ 누구든 붙잡고 확인해보세요."

중요한 것은 오로지

네사 번의 고모 엘리자베스는 모든 것을 알고 있었고, 결코 틀린 적이 없었다.

그녀는 6월이면 늘 엿새 동안 체스트넛 스트리트로 그들을 보러 오곤 했다. 그녀의 기대치가 높아서, 그들은 그녀가 오기 전 두 주 동안 집을 청소하고 정원을 손질했다.

엘리자베스 고모가 지난번에 다녀간 이후 일 년 동안 고모의 침실에 쌓인 온갖 잡동사니도 다 치웠다. 페인트칠도 손보고, 고급 서랍장의 빈 서랍에는 깨끗한 분홍색 종이를 깔았다.

네사의 어머니는 종종 엘리자베스의 연차휴가가 없었다면 집안 전체가 완전히 쓰레기장이 됐을 거라고 고단한 웃음을 지으며 말하곤 했다.

하지만 그럼에도 네사의 어머니가 죄책감을 느낄 필요는 없었다. 그녀는 집을 개조하는 데 쓸 시간도 돈도 없었다. 슈퍼마켓에서 긴 시간 일했고, 남편의 도움 없이 세 아이를 돌봤다. 네사는 아버지가 출근하는 것을 본 기억이 없었다.

그는 허리가 안 좋았다.

엘리자베스 고모는 아버지의 누나였다. 고모는 열여덟 살 때 미국으로 이민을 갔다. 미국에서 법률사무원으로 일했다. 네사는 그게 무슨 일인지 정확히 몰랐지만, 누구도 엘리자베스 고모에게 그런 직접적인 질문은 절대 하지 않았다.

네사의 아버지는 누나가 오면 부지런해졌다. 의자에 앉아 텔레비전으로 경마를 보지 않았고, 설거지도 도왔다. 엘리자베스가 떠나면 늘 크게 안도하는 듯 보였다.

"음, 무사히 지나갔어." 그는 누구도 피할 수 없는 위험이 도사리고 있었다는 듯 그렇게 말하곤 했다.

엘리자베스 고모는 온종일 밖에서 시간을 보내며 문화적인 공간을 찾아다녔다. 미술 전시회에 가고, 체스터 비티 도서관에 가고, 우아한 집들을 구경하는 투어에도 참여했다.

"중요한 것은 오로지 우아한 장소, 수준 높은 장소를 보는 거야." 그녀는 안내 책자에서 이런저런 내용을 자르고 다듬어 스크랩북에 붙이면서 네사에게 말하곤 했다. 네사는 해가 지나면서 누가 이 스크랩북을 볼지 궁금해졌다. 하지만 이것 역시 엘리자베스 고모에게 질문할 만한 것은 아니었다.

즐겁고 행복한 가족사진을 찍자는 요구 같은 것은 없었다. 네사의 집에서는 단연코 없었다. 킬리니 비치나 호스 헤드로 소풍을 가자는 말도 없었다. 그랬다면 네사의 어머니는 도시락으로 두툼하게 썬 식빵과 삶은 달걀과 물러진 토마토를 쌌을 것이다. 그랬다

해도 엘리자베스 고모는 햇살이 얼마나 강렬했는지, 그날 하루 동안 모두가 얼마나 신나게 웃었는지 같은 것은 기록에 남기지 않았을 것이다.

그런데 엘리자베스 고모가 이곳에 와 있던 어느 저녁, 더블린에 세련된 곳이 새로 생겼으니 가족 모두를 거기로 데려가 음료를 한 잔씩 사주겠다고 했다.

그리고 정말로 여러 잔이 아니라 딱 한 잔씩을 사주었다. 아이들에게는 오렌지주스, 네사의 어머니에게는 체리를 넣은 빨간색 베르무트*, 아버지에게는 작은 잔으로 아일랜드산 위스키를. 그리고 엘리자베스 고모 자신은 하우스 칵테일을 마셨다.

모두 이 외출을 위해 옷을 차려입어야 했다. 대체로 그렇듯 종업원에게 사진을 찍어달라는 부탁을 했고, 다들 익숙하지 않은 배경에서 눈을 깜박거리며 사진을 찍었다. 아마 사진을 현상하면 스크랩북에 넣을 것이다.

"중요한 것은 오로지," 엘리자베스 고모가 말했다. "우리가 우아한 곳에 있다는 거야."

네사는 그것이 왜 그렇게 중요한지 궁금했다. 하지만 엘리자베스 고모는 옷을 아주 세련되게 입고 자신감에 넘쳤으니, 고모의 말이 맞을 것이었다.

엘리자베스 고모는 종종 작은 공책을 들고 오코넬 스트리트에 있는 큰 신문가판점에 가곤 했다. 네사가 이따금 동행했다.

---

* 포도주에 향료를 넣어 우려 만든 술.

"뭘 쓰시는 거예요?" 한번은 그녀가 그렇게 물었는데, 곧 죄의식이 들고 불안해졌다. 엘리자베스 고모에겐 누구도 직접적인 질문을 하지 않았다. 하지만 신기하게도, 아무 문제도 생기지 않는 것 같았다.

"잡지를 훑어보면서 미술관 오프닝 행사나 개막 공연에 가는 사람들의 이름을 적어놓는 거야. 같은 이름이 자꾸자꾸 등장하는 게 놀라워."

네사는 혼란스러웠다. 누가 뭘 하러 가는지 누가 신경이나 쓴다고? 심지어 이곳에 살고 있다고 해도? 그런데 멀리 3천 마일이나 떨어진 곳에 살고 있다면? 그건 이상했다. 네사의 얼굴에 속마음이 드러났는지, 엘리자베스 고모는 갑자기 네사가 자신과 같은 어른인 것처럼 진지하게 이야기를 시작했다.

"지금부터 아주 중요한 이야기를 해줄 테니 잘 들어. 네가 이제 겨우 열다섯 살인 건 알지만, 이걸 아는 데 너무 이른 나이란 없으니까. 중요한 것은 오로지 너 자신의 이미지를 만드는 거야. 알아듣겠니?"

"알 것 같아요." 네사가 미심쩍게 말했다.

"내 말 믿어. 중요한 것은 오로지 그거야. 먼저 네 이름을 줄이지 않고 불러야 해. 버네사. 그러면 사람들이 너를 더 존중할 거야."

"아, 그럴 수는 없어요. 사람들이 모두 재수없다고 할 거예요."

"그리고 그런 말은 쓰면 안 돼, 너 자신에 대해서든 누구에 대해서든. 네가 뭔가 이루고자 한다면, 어떤 모습을 보여야 다른 사람들에게 존중받는지에 대해 매우 뛰어난 감각을 갖고 있어야 해."

"엄마는 다른 사람들에게 친절하면 된다고, 중요한 건 오로지 그거라고 하세요." 네사가 용기를 내 말했다.

"그래, 버네사. 네 엄마도 훌륭하지. 하지만 엄마를 한번 보렴. 슈퍼마켓에서 노예처럼 일하고, 내 동생이 실업수당뿐 아니라 네 엄마가 번 돈까지 술과 경마에 탕진하는데도 그냥 두잖아. 그래서 몹시 지쳐 있지."

네사는 고개를 높이 쳐들었다. "아빠가 얼마나 좋은 분인데요."

"나는 네 엄마하고 아빠하고 학교에 같이 다녔어. 내가 세 살이 더 많지만 열 살은 젊어 보이잖아. 중요한 것은 오로지 다른 사람들에게 좋은 인상을 주는 거야. 거울 같은 거지. 네가 괜찮아 보이면, 사람들도 너를 괜찮아 보인다고 생각해. 너를 본 대로 너를 대할 거고."

"네, 알겠어요."

"그러니까 버네사, 네가 원한다면 내가 도와줄 수 있어. 옷이나 자세나 그런 중요한 것에 대해 조언을 해줄 수 있어."

네사는 갈피를 잡을 수 없었다. 조언을 받아들이고 엘리자베스 고모처럼 우아한 사람이 될 것인가? 아니면 됐다고, 엄마하고 아빠하고 사는 지금 이대로가 좋다고 말할 것인가?

그녀는 잠시 고모를 쳐다보았다. 마흔일곱 살일 것이다. 서른도 채 되어 보이지 않았다. 머리카락은 짧고 단정하게 잘랐고, 매일 베이비 샴푸로 감았다. 세련된 진녹색 슈트를 입었는데, 매일 밤 레몬주스에 적신 스펀지로 닦았다. 밝은색 티셔츠를 여러 벌 갖고 있었고, 라펠에 정말로 멋진 브로치를 달았다.

어머니는 한참 달랐다. 긴 머리에 기름기가 좔좔 흐르는데도 머리 감을 틈이 없어 고무줄로 질끈 묶고 다녔다. 어머니는 시누이처럼 밤에 신문지를 쑤셔넣어둘 잘 닦은 심플한 정장 구두도 없었다.

그냥 찢어지고 굽이 낮은 큰 신발을 신었는데, 일할 때나 먼길을 걸어 집으로 돌아올 때 편했다.

네사의 학교 친구들은 그녀의 고모를 보면 늘 감탄했다. 그들은 고모가 체스트넛 스트리트를 떠나 혼자 힘으로 뉴욕에서 성공했으니 운이 좋다고 늘 말했다. 맙소사, 이곳과 비교하면 미국에서는 누구든 성공할 수 있지.

하지만 엘리자베스 고모는 자신을 조금은 다시 창조한 것 같았고, 네사가 허락만 한다면 네사도 그렇게 만들어줄 것 같았다.

"무슨 생각 하니, 버네사?"

"미국에 가신 이유는 정확히 뭐였어요?"

"탈출한 거야, 버네사. 내가 만약 체스트넛 스트리트에서, 내 엄마 집에서 계속 살았다면 내겐 아무것도 없었을 거야. 어디 계산대에서 일했겠지. 더 나은 삶은 없었을 거야."

"체스트넛 스트리트에도 좋은 직장에 다니는 사람들이 있어요." 네사가 반박했다.

"지금은 그럴 수도 있겠지. 하지만 그때는 아니었어." 고모가 딱 잘라 말했다.

"고모가 혹시…… 저를…… 책임…… 정확히 무슨 단어를 써야 할지 모르겠는데, 고모처럼 되게 해줄 수 있어요?"

"그럼, 버네사. 그 단어는 자신감이야. 그렇게 해줄 수 있어. 하지만 시작하기 전에 네가 정말로 그러고 싶은지 알고 싶어. 예컨대 너 자신을 버네사라고 부를 거니?"

"그건 중요하지 않잖아요, 그렇죠?"

"어떤 면에서는 그렇지. 하지만 그걸로 네가 너만의 스타일을 갖고 싶어한다는 걸 보여줄 수 있어."

"좋아요, 그럼." 버네사 번은 가족들이 심하게 거부감을 보이지 않길 바라면서 말했다.

"머리가 어떻게 된 거 아니니?" 그녀가 새 이름을 말하자 아버지가 말했다.

두 남동생은 우스워서 대굴대굴 굴렀다.

"엄마는 어떻게 생각하세요?" 네사는 어머니가 감자 껍질을 벗기고 있는 부엌으로 가서 물었다.

"인생은 짧아. 네가 행복해지는 거라면 뭐든 하렴." 어머니가 말했다.

"진심으로 하시는 말씀은 아니죠, 엄마."

"맙소사, 네사든 버네사든 좋아. 네가 원하는 거면. 물어봐서 대답해준 건데, 진심이 아니라고 그러는구나. 진심을 말해줄게. 내가 앉아 있는 곳에서는 문을 통해 동쪽에서 바람이 불어들어와. 온종일 열어놓으면 몸 왼쪽 전체가 욱신거려. 다음달부터 슈퍼마켓 근무시간이 줄어들지 모른다는 말을 들었어. 그게 우리 가족에게 어떤 의미겠니? 네 고모가 박물관이나 테이블에 손 씻는 그릇과 리넨 냅킨이 놓인 한창 뜨고 있는 레스토랑에서 곧 돌아올 거야. 네가 너 자신을 밤비라고 부르건 헤그 오브 베라*라고 부르건 버네사라고 부르건 상관없어. 내 머릿속만 해도 고민거리가 너무 많으니까."

---

*아일랜드 신화에 나오는 여신으로 '베일을 쓴 자'라는 뜻이다. 겨울을 데려온다고 한다.

그 순간 버네사는 자기만의 스타일을 가진 사람이 되기로 결심했다.

엘리자베스 고모가 체스트넛 스트리트를 떠나 미국으로 돌아가기 전, 버네사는 2층 고모의 방으로 올라가 고모가 짐 꾸리는 모습을 지켜보았다.

버네사가 보니, 뉴욕에 있는 누군가에게 줄 선물은 하나도 없었다. 고모는 늘 가족 선물을 챙겨왔다. 큰 화집이었다. 페르메이르나 렘브란트의 화집 같은. 그녀가 도착한 날 밤이면 그들은 예의를 차려 화집을 펼치고 채색된 그림을 한 장씩 넘겨봤다. 그러고 나면 그 책은 작년에 받은 모네와 재작년에 받은 드가 옆에 얌전히 꽂혔다.

"맙소사, 애들이 좀더 즐길 만한 선물을 하는 게 낫지 않겠어?" 버네사의 아버지가 중얼거렸다.

"쉿, 애들 고모가 이 집에 문화를 가져오는 건 좋은 일이잖아." 엄마는 늘 좋은 면을 보려고 했지만, 아버지는 그런 성격이 전혀 아니었다.

"누나가 이 집에 가져오는 건 싸움이나 논쟁뿐이야. 우리, 이 집에 사는 다섯 식구는 늘 완벽히 행복했어. 리지가 이 집이 허름하니 평범하니 어쩌니 하면서 행동을 개시하기 전까지는 말이지."

"리지라고 부르지 마. 싫어하잖아."

"그게 원래 이름이야. 그런데 이제 네사에게도 이상한 생각을 심어주기 시작했어."

버네사는 이 대화를 전부 들었다. 체스트넛 스트리트에 있는 집들은 작았다. 들리지 않는 소리란 없었다.

엘리자베스 고모는 침실 문을 닫고 라디오 주파수를 리릭 FM에 맞췄다. 그렇게 하면 말소리가 새어나가지 않았다.

"이건 라벨 곡이야, 버네사. 중요한 것은 오로지 좋은 음악을 알아보는 거지. 그런 것에 얼마나 빨리 익숙해지는지 알면 놀랄걸."

"제가 제일 먼저 할 일은 뭐예요, 엘리자베스 고모?" 버네사가 물었다.

"네 방을 네 스타일대로 꾸며야 할 거야."

"여기 있는 물건을 전부 치우라는 말인가요?" 버네사는 벽면 가득 붙여놓은 영화 포스터나 패션 관련 기사, 축구선수 사진을 좋아했다.

"우아하고 기품 있는 것만 남겨둬, 버네사. 너를 멋지게 보이게 해주는 것만."

버네사가 어리둥절한 표정을 지었다.

고모가 설명했다. "우리가 메시지를 보내지 않으면 사람들이 우리가 어떤 사람인지 어떻게 알겠니, 애야? 옷을 입는 방식, 말하는 방식, 행동하는 방식. 그런 게 없다면 사람들이 우리를 어떻게 알겠니?"

"그렇겠네요." 버네사가 미심쩍다는 듯 말했다. 어쨌거나 자신이 누구를 좋아하고 누구를 좋아하지 않는지 안다는 것, 그것은 메시지와는 크게 관련이 없었다.

버네사는 단정히 꾸려진 가방을 바라보았다. 속옷, 스카프, 티셔츠는 모두 완벽히 개어 투명 비닐에 담았다. 스크랩북은 고모가 올 때 가져온 화집을 놓았던 자리에 들어갔다.

엘리자베스 고모는 이 집에서 사십칠 년 전에 태어났다. 그런데 지금 그녀의 모습을 보라. 버네사에게도 그런 일이 일어날 수 있었다. 그녀는 거울에 비친 자신의 모습을 보았다. 머리는 헝클어지고 지저분했으며, 교복 상의는 칼라 부분이 찢어져 있었다. 치마에는 음식물과 펜 자국이 남아 있었다.

"새 옷을 사거나 그럴 돈이 없어요." 버네사는 자신이 관찰당하고 있다는 사실을 알아차리고 말했다. 그리고 경제적인 도움을 받게 될지 모른다는 기대를 반쯤 했다. 아버지가 리지는 견진성사 때 선물로 받은 돈을 아직 간직하고 있다고 늘 말했기 때문이었다.

"그러니 가진 옷을 잘 간수하는 법을 배워야 할 거야." 고모가 자기와는 아무 상관 없는 일이라는 듯 모호하게 말했다.

"그러면 머리는요?" 버네사는 실망한 듯 보였다.

"5번지의 릴리언 해리스에게 가봐."

"네, 하지만 그 돈은 또 어디서 구해요?"

"릴리언 대신 해줄 만한 일을 찾으면 돼. 릴리언의 어머니를 찾아가거나, 일주일에 한 번 쇼핑을 해주거나. 그러면 매달 머리카락을 예쁘게 잘라줄 거야."

그건 확실히 가능한 일이었다.

"고모가 여기 살면 더 쉬울 텐데요." 버네사가 길고 가는 손에 정성스레 크림을 바르는 고모의 아주 우아한 모습을 쳐다보며 말했다. 어머니의 손은 터지고 붉은데다 크림이라고는 발라본 적이 없었다.

"나한테 편지로 어떻게 진척되고 있는지 알려주면 되잖아, 버네사."

"그러면 언젠가 뉴욕에 고모를 만나러 갈 수 있나요?" 버네사가 용기를 내서 물었다.

"언젠가는, 아마."

버네사가 어렸을 때 들었던 초대의 말은 이보다 더 따뜻했었다. 하지만 이런 걸로 기분 나빠하지는 않을 것이다. "저녁 먹으러 내려가요. 엄마가 셰퍼드파이를 만들고 있어요. 고모가 여기서 보내는 마지막 밤을 기념한다고요. 미스 맥과 버킷 매과이어도 초대하셨어요."

"멋지구나." 엘리자베스 고모는 뭔가 독이라도 만들고 있다는 이야기를 들은 듯한 목소리로 말했다. "무엇보다 매시트포테이토는 먹으면 안 된다는 걸 기억해, 버네사. 버터 바른 빵도. 그리고 엄마한테 앞으로는 샐러드를 먹자고 말씀드려봐."

저녁을 먹는 동안 버네사 번은 피곤에 절은 어머니와 인내심 없는 아버지, 그리고 우적우적 셰퍼드파이를 먹는 예의 없는 두 동생 이몬과 숀을 지켜보았다. 그녀는 그날 셰퍼드파이의 고기 부분을 조금씩 씹고 고모와 토마토 한 개를 나누어 먹으면서 자신이 더할 수 없는 배신자가 된 것 같았다. 선을 넘어 다른 편이 되어버린 것처럼.

버네사는 뉴욕에 있는 엘리자베스 고모에게 조언을 구하는 편지를 세 번 보냈다. 매번 솔직하고 도움이 되는 답장을 받았다. 정말로 그랬다. 버네사는 레스토랑에서 토요일에 근무하는 일자리를 구하되 세련된 장소를 골라야 했고, 유니폼을 요구해야 했다. 그런 일자리를 구하는 데 필요한 추천장이 뉴욕에서 날아왔는데, 완전히 허위로 작성된 것이었다.

그건 하지 마라, 피아노를 배우는 것은 아주 어리석고 시간을 낭비하는 일이 될 것이다. 열다섯 살은 악기를 시작하기엔 너무 늦은 나이다. 도서관에서 CD를 빌려 다른 사람들의 연주를 감상하는 법을 배우는 편이 더 낫다.

그건 좋다, 어디든 시 낭송회나 출판기념회, 더블린에서 하는 문화 공연에 가보는 건 좋을 것이다. 그렇게 하면 흥미로운 사람을 많이 만날 수 있다.

그리고 버네사는 많은 사람을 만났다. 오언을 포함해서. 그는 스물두 살이었고, 버네사가 아직 학생이라는 것을 믿을 수 없어했다. 그녀는 고모에게 그 이야기를 써 보내려 했지만, 뭔가가 마음에 걸렸다. 그녀가 오언에게 체스트넛 스트리트의 집에 같이 가자고 한 적이 한 번도 없다는 사실 같은 게. 오언과 섹스를 한다는 사실을 고모에게 말하고 싶지 않다는 것도.

엘리자베스 고모는 다음 여름에도 여느 해와 다름없이 이곳으로 왔다. 고모는 버네사의 침실을 보고 감동을 받았다. 세련되고 우아했다. 버네사는 요즘 옷이 몇 벌 없었지만, 가진 옷은 관리가 아주 잘되어 있었다. 버네사의 어머니는 시누이에게 버네사가 거리를 두고 비밀도 많아졌다고 말했다. 아버지는 네사가 제대로 골칫거리가 되었다고 했다. 이몬과 숀은 가족이 와해되었다는 말을 넌지시 했을 뿐, 거의 아무 말도 하지 않았다.

버네사는 지난해보다 더 날씬해졌고 좀 달라 보였다. 머리카락은 짧고 윤기 흐르는 금발이었다. 그녀는 고모를 야외 콘서트, 시집 출판기념회, 골동품 박람회에 데려갔다. 어디를 가든 버네사가 아는 사람들이 있었고, 그녀는 고개를 끄덕여 인사했다. 자신감이 넘쳤고, 체스트넛 스트리트에서 벗어나겠다는 각오가 아주 확고해 경외심을 불러일으킬 정도였다.

그녀는 한두 번 오언을 언급했다. 그의 아버지가 유명한 변호사라는 사실도. 엘리자베스 고모는 레이더에 뭔가 걸려들었다는 듯 캐물으려 했지만, 버네사는 단단히 준비가 되어 있었다.

"고모도 사생활에 대해선 이야기해주지 않잖아요. 누가 고모를 사랑했고, 또 고모는 누구를 사랑했는지 같은 이야기는 절대 안 해주시잖아요. 저는 그런 이야기를 하는 게…… 잘 모르겠지만…… 좀 품위 없는 일이라고 생각했어요."

"참 빨리 배우는구나, 버네사." 엘리자베스 고모가 거의 열여섯 살이 다 된 조카를 좀 걱정스러운 눈빛으로 쳐다보며 말했다.

고모가 뉴욕으로 돌아가고 석 달 뒤, 버네사 번은 자신이 임신한 사실을 알아차렸다.

그녀는 아주 세련된 타파스* 바에서 오언을 만나 그 소식을 전했다. 그가 그녀는 좋은 장소를 찾는 미각이 굉장히 뛰어나다는 말을 하던 참이었다.

"저기, 버네사…… 그 말 사실이 아니지." 그가 말했다.

버네사는 그가 뭔가 다른 말을 하길 가만히 기다렸다. 이 일이 그들이 바란 것보다 조금 일찍 일어났지만, 어쨌거나 그들은 늘 함께할 거라는 말 같은 것. 하지만 오언은 그런 말을 하지 않았다. 대

---

* 여러 가지 요리를 조금씩 담아내는 스페인 음식.

신 이렇게 말했다. "맙소사, 버네사, 정말 미안해." 그 순간 버네사는 문득 비슷한 일이 아주아주 오래전에 고모에게도 일어났으리란 사실을 깨달았다.

그녀는 보일 듯 말 듯 차가운 미소를 지은 뒤, 그래, 인생이란 정말 엿 같아, 라고 말하고는 일어서서 레스토랑을 떠났다.

그녀는 세련되고 잘 정돈된 침실에 누워 있다가, 새벽녘에 뉴욕으로 가기로 결심했다. 돈을 어떻게 구할지가 문제였다. 레코드플레이어와 새 신발과 고급 팔찌를 팔면 비행기표 값은 마련할 수 있었다. 여권은 열여섯번째 생일 이후 만들어두었다. 혹시 오언이 같이 스키를 타러 가자고 할지 몰라서였다.

엘리자베스 고모를 찾아가 어떻게 하면 좋을지 물어볼 것이다.

어머니는 이제 손을 놓았다고 말했다.

네사가 학기 중간에 비행기를 타고 뉴욕으로 가겠다는 것이다. 가족들은 젠장, 맨섬*에 갈 돈도 없는데, 네사는 뉴욕에 간다니. 아버지는 이건 역사의 반복이라고 말했다. 꼭 순식간에 사라져서는 매년 빌어먹을 공작부인처럼 돌아올 때 말고는 얼굴을 볼 수 없는 리지 같다고. 이몬과 숀은 어안이 벙벙한 채 앉아 있었다. 엘리자베스 고모가 네사를 오라고 불렀다니.

버네사는 그곳에 도착할 때까지 고모에게 말하지 않기로 결심했다. 직장 주소를 몰라서, 퀸스**에서 좀 떨어진 외곽 지역의 주소로

---

* 아일랜드와 그레이트브리튼 사이에 있는 작은 섬.
** 뉴욕에 있는 다섯 개 자치구 중 하나.

곧장 찾아갔다. 그녀는 계속 주소지를 확인했다. 아주 험한 지역이었다. 건물은 허름하고 거의 슬럼 같았다. 엘리자베스 고모가 이런 데 살 리 없었다, 안 그런가?

버네사는 고모가 돌아올 때까지 집밖 계단에 앉아 기다렸다. 오후 여덟시, 마침내 고모가 돌아왔다. 더블린 시간으로는 새벽 한시였다. 체스트넛 스트리트에서는 모두 잠들어 있을 시간이었다. 그녀는 길모퉁이에서 걸어오는 엘리자베스 고모를 지켜보았다. 고모는 허리를 펴고 당당하게 걸었지만, 고단해 보였다. 계단에 앉아 있는 버네사를 보자 고모의 표정이 바뀌었다. 별로 반가워하는 것 같지 않았다.

"무슨 일이니?" 고모가 물었다.

"조언이 필요해요."

"편지를 보낼 수도 있었잖아." 고모의 목소리는 차가웠다.

"너무 중요한 문제라 기다릴 수 없었어요."

"어디서 지내니?"

"고모하고 같이 지낼 생각이었어요. 고모가 더블린에 오면 우리와 같이 지내는 것처럼요." 버네사는 자신의 목소리에서 얼마간 활기가 느껴지기를 바랐다. 그녀는 몹시 지치고 겁도 났지만, 그걸 들키고 싶지는 않았다.

그녀는 고모의 단아한 모습을 쫓아 네 개 층을 걸어올라간 뒤 긴 복도를 걸었다. 닫힌 문 너머로 아이들이 우는 소리가 들렸고, 요리하는 냄새가 건물 전체에 진동했다.

큰 방은 초라했고, 벽은 페인트칠이 벗겨지고 있었다. 다림판이 언제라도 쓸 수 있게 세워져 있었고, 철제 옷봉에는 출근할 때 입을 만한 옷들이 걸려 있었다. 색바랜 안락의자 두 개와 구석에 있는 일인용 침대는 누구도 사용한 적이 없는 것처럼 보였다. 부엌은 화구가 두 개인 작은 버너와 싱크대뿐이었다. 우아한 식사를 준비해 내놓을 만한 장소는 아니었다.

버네사는 아무 말 없이 가만히 앉아 고모가 커피를 내오기를 기다렸다.

"임신을 했나본데." 엘리자베스가 말했다.

"네."

"그런데 남자는 그 이야기를 듣고 싶어하지 않는 거지?"

"어떻게 아세요?" 버네사는 깜짝 놀랐다.

"그렇지 않았다면 여기 오지 않았을 테니까."

"뭘 하면 되는지 늘 아셨잖아요, 엘리자베스." 버네사는 '고모'를 빼고 말했다는 것을 알아차렸다. 오랫동안 거짓말로 숨겨온 이상하고 비밀스러운 삶에 대해 알게 된 지금, 그 호칭은 어쨌거나 적절하지 않은 것 같았다. 버네사는 지금까지 들었던 많은 말을 떠올렸다. 중요한 것은 오로지 싱싱한 꽃을 두는 거야. 중요한 것은 오로지 밀랍으로 잘 닦은 정말로 좋은 가구를 두는 거야. 버네사는 집안을 둘러보았다. 이곳과 비교하면 체스트넛 스트리트는 궁전 같았다. 그리고 불쌍한 어머니가 그곳을 괜찮아 보이게 만들고자 문지르고 닦고 청소한 것을 생각하면.

"그 사실을 아는 사람이 또 있니, 버네사?"

"아니요, 오언만 알아요. 그리고 말씀하신 것처럼 오언은 듣고 싶어하지 않고요."

"중요한 것은 오로지 그 일은 그렇게 두는 거야. 그걸 깨달으면 한결 쉬워져. 자, 그럼 임신중절을 할 거니, 아니면 아이를 낳아 입양을 보낼 거니?"

그 전부가 너무 사무적이고 너무 권위적이고, 꼭 엘리자베스 고모가 늙어버린 것 같았다. 그래서 버네사는 이 이상하고 예상치 못했던 환경에 대해선 거의 잊었다.

"아직 결정을 못 내렸어요." 그녀가 말했다.

"글쎄, 빨리 결정을 내려야 해. 그러고 나서 생각할 문제가 많아. 임신중절을 결정하면 오언하고 그의 가족이 돈을 내야 해. 너도 돈이 없고, 나도 돈이 없으니. 그러지 않기로 결정하면 그 사실을 숨길 이야기를 지어내고, 직장을 찾아야 해. 무슨 일이 있어도 집에서 지내면서 네 인생이 망가지도록 둬서는 안 돼. 유아차를 밀며 체스트넛 스트리트를 왔다갔다하거나, 삶을 제대로 시작하기도 전에 패배자로 낙인찍힐 수는 없지."

엘리자베스는 모든 문제가 환하고 분명하게 보이는 것 같았지만, 버네사는 그렇게 분명하게 보이지 않았다.

"다른 곳에 있는 것보다 거기 있는 게 더 편할 거예요." 버네사가 망설이며 말했다.

"어떤 것보다 더 편하다는 거니?"

"오언과 그의 가족에게 돈을 요구하는 것보다요. 여기 미국에서 신분을 위조하는 것보다요." 버네사가 주변을 둘러보았다.

"가만 보니 너는 내 집을 좋아하지 않는데, 여긴 왜 온 거니?"

"그런 말은 하지 않았어요. 그냥 이곳이 고모가 우리에게 심어준 생각과 너무 달라서요."

"너희의 생각에 나는 책임이 없어."

"고모는 정말 법률사무원이라는 괜찮은 직업을 갖고 있는 거예요? 그중 하나라도 진실이 있어요? 뭐든 우리에게 말해준 고모의 삶에 관한 것 중에서요."

"나는 맨해튼에 있는 법률회사에서 일해. 거기서 교양 있는 사람을 많이 만나고. 그들과 함께 강연을 들으러 가고 미술관에도 가. 내가 번 돈을 나 자신의 인상을, 평판을 좋게 만드는 데 쓰지. 또 물어보고 싶은 선을 넘는 질문이 있니? 임신하고 도움을 청하러 내 집 앞에 나타난 네가?"

"하나만 더요. 혹시 제가 지금 처한 상황과 같은 상황에 처했던 적이 있나요?"

긴 침묵이 흘렀다. 버네사는 고모가 과연 대답을 할 것인지 궁금했다. 마침내 그녀가 말했다. "그래, 있었어. 삼십일 년 전에. 그 아이는 크리스마스에 서른한 살이 될 거야. 맙소사!" 그녀가 놀랍다는 듯 말했다.

"어디 살아요?" 버네사가 속삭이듯 물었다.

"서부 해안, 시애틀이라고 알고 있어. 물론 다른 데로 이사했을 수도 있고. 그애가 스무 살이 됐을 때 나를 찾아오려고 했는데, 내가 오지 못하게 했어. 그애한테 편지를 보내서, 지금 중요한 것은 오로지 자신의 인생을 살면서 힘차게 나아가는 거라고 말해줬지. 그아이를 입양한 부모는 사회적으로 영향력 있는 사람들이야. 그애는 훌륭한 교육을 받았고. 그뒤로 다시 그애 소식을 듣지 못했어."

이 외롭고 허름한, 엘리베이터도 없는 아파트의 창밖에서 자동차 소리와 경찰차의 사이렌소리가 구슬프게 들려왔다.

갑자기 버네사는 아주 분명하게 깨달았다. 중요한 것은 오로지 이곳에서, 이 외롭고 강박적인 여인에게서 멀리 달아나는 것임을.

이렇게 멀리까지 와서야 깨닫게 된 것이다. 어머니의 고단한 얼굴은 집에 다시 아기가 생긴다는 생각으로 결국 밝아질 것이고, 아버지는 커러*에 줄지어 서 있는 경주마를 지켜보며 유아차를 앞뒤로 밀어주는 것을 늘 아주 잘했다. 이몬과 숀은 모든 사람이 모든 것에 익숙해지는 것처럼 그 상황에 익숙해지겠지만, 삼십일 년 전에 시애틀에 있는 영향력 있는 사람들에게 입양될 수도 있었다는 사실에는 익숙해지지 않을 것이다.

버네사는 다시 네사라는 이름을 쓸 것이며, 자신에게 길을 보여준 것에 대해 슬픈 패배자인 고모에게 늘 고마워할 것이다.

---

* 더블린 부근의 평야로 연병장과 경마장이 있다.

조이스와 소개팅

조이스는 그리스 음식을 싫어했다. 그녀가 보기에는 죄다 염소 고환 같았고, 곁들여 마시는 와인은 페인트 제거제 맛이 나는 것 같았다. 그녀는 레너드와 샐리가 같이 외식을 하자고 했을 때 왜 그러겠다고 했는지 알 수가 없었다. 그 두 사람은 구역질이 날 만큼 깊은 사랑에 빠져 있었고, 모든 것에 메스꺼울 정도로 열광했는데, 특히 염소의 고환과 페인트 제거제에 열광했다. 하지만 이번은 안 된다고 말할 수 없는 그런 때 중에 하나였다. 샐리가 말했다. "새로운 곳을 찾았는데, 어느 밤이 괜찮아? 아무 날이나 말해. 같이 가서 멋진 저녁 시간을 보내자."

누가 아무 날이나 말하라고 했을 때 안 간다고 하는 건 전쟁 선포와 같다. 그리고 물론 그건 소개팅 자리일 것이다. 노먼, 그 남자의 이름이었다. 노먼은 막 체스트넛 스트리트로 이사를 왔는데, 레너드와 샐리가 함께 사는, 항상 어처구니없을 정도로 행복하고 환한 그 집에서 모퉁이만 돌면 되는 곳이었다.

사실 소개팅을 소개팅이라고 한 적은 한 번도 없었다. 그런 자리에 장차 조이스와 함께 살고 조이스를 자기 세계에서 빠져나오게 할 만한 남자들이 연속으로 소개된 적은 결코 없었다. 조이스는 그것이 실용적인 아파트가 늘어선 완전 무취향의 동네에서 늘 싱긋거리는 유쾌한 남자와 같이 사는 것을, 그리고 매주 다른 전통 음식을 먹으면서 신이 나서 떠들어대는 것을 의미한다면 자신의 세계에서 빠져나오고 싶지 않았다.

조이스는 자신의 작은 타운하우스에서 혼자 살고 싶었다. 아름다운 가구와 예쁜 장식물로 집을 꾸미고, 세상에서 가장 우아한 옷을 디자인하는 찰스의 정기적인 방문을 받으면서. 그녀는 패션모델이었고, 찰스가 마련해준 그 작은 집에서 또하나의 아름다운 장식물 같은 존재였다. 찰스가 오는 날 그녀는 그가 디자인한 옷을 입는 패션쇼에서처럼 정성스레 옷을 차려입었다. 그에게 캄파리소다를 따라주려고 다가갈 때도 대형 컬렉션쇼의 무대를 걷듯 우아하게 걸었다. 차분하고 절제되고 평화로운 분위기였다. 그런 배경에서는 아무도 바닥에 접시를 던지지 않았고, 소리를 지르지 않았으며, 공개적으로 서로에게 영원한 사랑을 맹세하지 않았다. 그래서 가끔은 외로웠지만, 자기연민은 패배자나 하는 것이고, 조이스는 단연코 패배자가 아니었다.

그녀는 그리스 음식을 먹는 저녁을 위해 평소 그러듯 신경써서 옷을 골랐다. 침대에 먼저 크림색 드레스를 놓았다가, 어두운 장소에서는 종업원이 잘 엎지른다는 사실을 떠올리고 더 짙은 색 드레스로 바꾸었다. 가장 좋은 핸드백, 안 된다. 새 구두, 안 된다. 예쁜 로켓*, 그건 괜찮다. 레너드와 샐리와 함께 시간을 보낸다 해도 로켓이 망가질 일은 없으니까.

한숨을 쉬면서, 그리고 저녁에 어쨌거나 찰스가 듣고 즐거워할 만한 경악스러운 사건이 일어나기를 바라면서 조이스는 집을 나섰다. 택시는 늘 조이스를 위해 나타나는 것 같았다. 그녀는 또 그러네 하는 심정으로 받아들이며 뒷좌석에 올라탔고, 예쁜 여자가 탔다고 생각한 택시 기사가 시내에 밤을 즐기러 가느냐고 묻는 질문에는 대꾸도 하지 않았다.

"레스토랑 이름을 말한 것 같은데요." 조이스가 차갑게 말했다.

'잘난 척하기는.' 택시 기사는 생각했고, 가는 내내 침묵이 흘렀다.

조이스는 레너드와 샐리와 같이 시간을 보내는 것은 거짓된 친절이라고 몇 번이고 되뇌었다. 조이스와 샐리는 몇 년 전에 비서 과정을 함께 공부했지만, 지금 두 사람의 삶은 아주 달랐다. 조이스는 돈과 명성과 스타일을 가졌고, 샐리는 레너드와 세상에서 가장 끔찍한 아파트를 가졌다. 그 두 사람은 사이좋은 강아지들 같았다. 그냥 발로 차버릴 수 없었다. 그리고 어느 면에서는 그녀에게 지긋지긋한 남자들을 소개해주면서 즐거움과 심지어 특정한 지위도 누렸다. 친구들에게 유명한 모델을 소개해주겠다고 하면서 짜릿함을 느낄지도 몰랐다. 어쩌면 그저 자신들이 끔찍한 삶에서 벗어날 수 있다는 것을 보여주기 위해 그녀가 와주기를 바라는 것일 수도 있고. 하지만 그건 좀 치사하다고 조이스는 혼잣말을 했다. 아니, 그렇게 말하는 건 옳지 않았다. 레너드와 샐리는 아주 친절

---

* 사진 등을 넣어 목걸이에 다는 작은 갑.

했고, 아마도 그녀를 그녀 자체로 좋아하는 것일 터였다. 패션업계는 남을 흉보거나 냉소적인 사람이 참 많은 곳이라, 사람들이 모두 삐딱하지는 않다는 걸 깨닫기는 쉽지 않았다.

샐리와 레너드가 테이블에 앉아 있었고, 악마의 냄새가 나는 와인도 이미 한 병 놓여 있었다. 남자가 와 있는 것 같지는 않았다. 나타나지 않을 수도 있었다. 조이스가 최근 컬렉션쇼에서 있었던 이야기를 해주자, 레너드와 샐리는 부자와 유명인의 비밀을 들을 수 있다는 사실이 기쁜지 공모자들처럼 킥킥거렸다.

"그런데 노먼은 어디 있어?" 조이스가 마침내 물었다. 한순간 레너드와 샐리 둘 다 약간 당황한 듯 보였다.

"조금 늦을 거야. 일이 좀 있대." 샐리가 말했다.

"안 올 거야. 감기에 걸렸어." 레너드가 말했다.

모두 웃음을 터트렸다. 두 사람이 말을 맞추지 못한 게 너무 분명했기 때문이었다.

"오, 그래." 샐리가 말했다. "조이스는 오랜 친구야. 내가 말할게. 우리가 노먼을 데리러 그의 아파트로 갔는데, 네가 우리와 합석할 거라고 레너드가 말했더니, 노먼이 완전 바보 같은 소리를 하더라고."

"모델은 자기하고 안 어울리는 상대라나." 레너드가 말했다.

"예쁘고 다리가 길고 유행에 관심이 많은 여자에게 무슨 말을 해야 할지 모르겠대." 샐리가 말했다.

"모델은 자기 이야기만 한다면서." 레너드가 말했다. "네가 우리 친구라고 했는데도 노먼이 트집을 잡아서, 그러면 너만 손해라고, 싫으면 됐다고 말했어."

"그리고 그런 일반화는 어리석다고 말해줬어. 그러니까 한번 생각해보겠다고 하더라, 여기 오는 거 말이야." 샐리가 말했다. "일단 주문부터 해야 할 것 같은데. 홍보는 거 그만하고."

"그 노먼이라는 사람, 모든 것에 자기 생각이 확고한 것 같은데, 대체 뭘 하는 사람이야?" 조이스가 떠보듯 물었다.

"배우. 사실 아주 괜찮은 사람이야. 꽤 여러 상황에서 그를 볼 기회가 있었거든." 샐리가 말했다. 노먼이 오지 않아 언짢은 마음이 그에 대한 샐리의 신뢰보다 크지 않았다.

"음, 나라면 배우야말로 자기 이야기만 한다고 생각했을 것 같은데." 조이스가 유쾌하게 말했고, 화제는 곧 소스를 얹은 염소 혹은 양의 고환에 대한 심도 있는 대화로 넘어갔다.

거대한 그림자가 테이블 위에 드리웠고, 조이스가 여태 본 남자 가운데 가장 뚱뚱한 남자가 그들 위로 우뚝 서 있었다.

"합석하기엔 너무 늦었나요?" 그가 약간 수줍게 물었다. 정감어린 농담과 외침이 오갔다. 샐리는 그가 매너를 지키지 않았으니 그 벌로 다른 테이블에 앉아야 한다고 말했고, 레너드는 조이스가 너그러우니 이 테이블에 앉게 해줄 거라고 말했다. 노먼이 조이스의 손을 잡았는데, 크기가 조이스 손의 네 배는 되었다.

"당신을 알게 된 건 분명 아주 좋은 일일 겁니다." 그가 다짐하듯 말했고, 이어 와인을 더 마실지, 잘게 썬 치즈가 들어간 샐러드를 하나만 시켜도 네 사람이 먹기에 충분할지, 아니면 두 개를 시켜야 할지에 대한 의견이 왁자지껄 오갔다.

조이스는 그렇게 까다로운 사람이 아니었다. 그녀는 길을 건너려는 할머니를 아주 친절히 대했고, 동물이나 우는 아이를 봐도 마음이 움직였다. 그녀는 곧 이 불쌍한 남자가 덩치가 크고 뚱뚱해서 모델인 여자라면 자기에게 말도 걸지 않을 거라 믿고 여자 모델들은 머리가 비었다는 생각을 전면에 내세운 거라고 결론을 내렸다. 그가 그녀에게 한 말은 무례했지만, 조이스는 전적으로 너그럽게 용서하고 그에게 잘해주며 그를 편안하게 대하기로 결심했다.

"배우라고 들었어요, 노먼." 조이스가 그에게 엄청난 관심의 빛을 비추며 말했다. 그녀의 사랑스럽고 선이 고운 얼굴은 미소를 지으면 더욱 예뻐 보였는데, 그런 모습은 흔치 않았다. 모델은 대체로 모든 각도에서, 그리고 쉬는 동안에도 예뻐 보이도록 얼굴을 단련시켰다. "누군가 당신의 연기를 보려면 어디서 볼 수 있어요?" 그녀가 말을 이었다.

"물어봐주니 기쁜데요." 그가 유쾌하게 말했다. "집에 텔레비전이 있다면 누군가는 내일 밤에 볼 수 있어요."

조이스는 그가 무례한 게 아니라 불안해하는 거라고 결론을 내렸다. 그는 그녀가 '누군가'라는 단어를 쓴 것 때문에 그녀를 심하게 비난하는 것이 아니었다. 그녀 자신도 그 단어가 싫었는데, 왜 그 단어를 썼는지 알 수가 없었다.

"오, 누군가에게 텔레비전이 있어요." 그녀가 웃었다. "누군가가 잘 보지는 않지만요. 하지만 내일은 예외가 될 것 같네요. 광고에 나오는 건가요?"

샐리와 레너드는 포크를 입으로 가져가다 말고 멈췄다. 노먼은 재미있어하는 것 같았다.

"저기, 노먼은 진짜 배우야, 조이스." 샐리가 말했다. "그냥 광고에 나오는 게 아니라."

"진짜 배우도 광고에 많이 나와." 조이스가 얼굴을 붉히며 말했다. 그녀는 그가 콩 통조림을 먹는 뚱뚱한 이탈리아인이나 맥주를 잡으려다 사다리에서 떨어지는 웃기고 광대 같은 유리창 청소부 역을 맡았을 거라고 짐작했었다. 그녀는 이 뚱보를 편안하게 해주려고 한 것뿐인데, 그 불똥이 예상치 못하게 자신에게 튄 것이 짜증났다.

노먼이 그녀를 구해주었다. 실제로 나서서 그녀를 구해준 것이다. "물론 광고에는 배우가 많이 나와요, 조이스." 그가 위로하며 말했다. "다수의 배우가 광고 없이는 집세도 못 낼걸요. 하지만 내일 밤에는 드라마를 해요. 어느 여자 작가분이 쓴 신작인데, 아주 괜찮은 드라마예요. 그분의 첫 텔레비전 드라마로, 반응이 아주 좋을 거 같아요."

그들은 그 여자에 관해 이야기하기 시작했다. 그 여자는 심야 전화교환수인데, 일이 거의 없거나 전혀 없어서 너무 따분해 전화를 받는 사이사이에 드라마 대본을 썼다.

"나는 여자를 차지하는 남자 역할이에요." 노먼이 말했다.

"코미디예요?" 조이스가 천진하게 물었다.

"아니요, 사실은 스릴러에 가까워요. 생각을 자극하는 드라마인데 평론가들은 '심리물'이라고 말할 거예요." 노먼이 말했다. 그리고 조이스를 차분하게 바라보았다. 그녀는 코미디냐고 물은 것이 그에게 일종의 모욕으로 느껴진 것을 깨닫고 아차 싶었다.

조이스는 아주 어렸을 때부터 남자를 유혹하고 남자의 관심을 끄는 게 아주 쉬웠다. 언제 말하고 언제 듣고 언제 웃을지 알았다. 매번 성공적이었다. 찰스에게는 여전히 먹혔다. 이 뚱뚱한 남자는 그저 긴장해서 그녀에게 저항하는 것이었고, 그녀는 식사하는 동안 그를 안심시킬 생각이었다. 그녀는 그 드라마를 꼭 보겠다고, 기대가 된다고 말했고, 그 말을 할 때 그녀의 미소는 흔들림이 없었다. 그도 편한 미소로 답했다. 그녀는 자신이 목표하는 바를 그가 알고 있다는 묘한 느낌을 받았다.

조이스는 샐러드를 주로 먹었고, 뭔지 모를 다양한 고기를 몇 점만, 먹어도 되는 만큼만 먹었다. 노먼은 페인트 제거제뿐 아니라 레드와인도 마시자고 말했고, 그것이 그녀의 입맛에 더 맞았다. 초반의 불편한 분위기가 가시자 그녀도 긴장이 풀렸고, 다들 그런 것 같았다. 그녀는 문득 이 저녁 시간이 사실상 전혀 나쁘지 않다는 생각이 들었다. 찰스에게 들려줄, 그를 미묘하게 웃게 할 만한 이야기는 전혀 없었다. 불쌍하고 바보 같고 뚱뚱한 남자가 자신을 딱해 보일 만큼 좋아하더라는 이야기는 찰스에게 할 수 없었다. 그건 당황스러운 이야기가 될 것이며, 재미있지도 않았다. 그리고 한편으론 심지어 사실도 아니었다. 노먼은 잘 웃었고 농담도 잘했다. 함께 있으면 즐거운 사람이었다. 그는 자신의 큰 덩치를 부끄러워하는 것 같지 않았고, 자신이 그 자리에 있다는 사실을 미안해하지도 않았다. 그는 그녀에 대한 불안을 아주 잘 이겨냈다. 그가 받아들여졌다는 느낌을 갖도록 하는 데 그녀가 성공한 것이 틀림없었다.

조이스는 레너드와 샐리의 아파트에 같이 가서 커피를 마실 것인가? 아니, 그녀는 정말로 그럴 수 없었다. 다음날 일이 있었다. 이만큼 돈을 벌려면 좋든 싫든 여덟 시간은 자야 한다는 게 벌이라면 벌이었다. 그들은 이해했는가? 투덜거리긴 했지만 이해했다. 하지만 모두 실망했고, 이 자리를 끝내는 걸 아쉬워했다. 조이스는 끝까지 품위를 지키기로 결심했다.

"내일 밤에 꼭 텔레비전을 볼게요." 그녀가 노먼에게 유쾌하게 말했다. "다들 금요일에 나 보러 올래요? 파크 레인에서 자선쇼가 있는데, 표를 몇 장 구할 수 있을 거예요. 샴페인도 있을 테고, 그러니 지옥 같진 않을 거예요."

레너드와 샐리는 놀란 눈치였다. 그들은 조이스의 반짝거리는 삶에는 한 번도 들어가본 적이 없었다. 그저 간접적으로만 들었을 뿐이었다. 그들은 물론 찰스가 금요일에 이곳에 없을 예정이라 사실상 그 행사의 표를 받는 게 전혀 순조롭지 않을 수도 있다는 걸 몰랐다. 그들은 축구 도박에서 일등이라도 한 것처럼 보였다.

노먼은 난감한 표정이었다. "이번 금요일요? 이런, 아쉽지만 저는 못 가겠네요." 그가 말했다. 무슨 일 때문인지는 설명하지 않고, 그저 아쉽다는 말뿐이었다.

"음, 그래도 우리는 정말 가고 싶어." 샐리가 흥분해서 거의 자기 자신을 끌어안으며 말했다. "정말 세련된 행사겠지? 내 블랙드레스면 될까? 어때?"

"디너 재킷을 입어야 하나?" 레너드가 물었다. "블레이저와 검은 바지는 있어. 보타이를 하면 괜찮을까?"

조이스는 그들에게 이유 없이 짜증이 났다. 청바지를 입고 오든 말든 상관없다고 소리치고 싶었다. 처음 오는 사람 몇몇은 어쨌거나 그럴 것이다. 그녀는 노먼에게 소리치고 싶었다. "바보 멍청이, 예의 없는 불한당 같으니. 지금 당신한테 잘해주려는 거잖아. 당신이 자신을 평범하고 인정받을 만한 사람으로 느끼게 하려고 이러는 거잖아. 어째서 당신은 그걸 이해하고 받아들일 만큼의 예의와 섬세함을 갖추지 않은 거지?" 하지만 진짜 감정을 숨기고 살아온 긴 세월이 그녀에게 도움이 되었다.

"블랙드레스는 완전 최고지. 그리고 블레이저는 사실상 디너 재킷이랑 같은 거고. 블레이저가 더 멋져 보일 것 같긴 해, 레너드. 표를 구해볼게. 내가 먼저 행사장을 좀 둘러보고, 우리는 그뒤에 만나자. 사람들을 소개해줄게."

그리고 전혀 아무렇지 않은 목소리로 노먼에게 말했다. "우리가 설득해도 마음을 바꿀 생각이 전혀 없는 거죠, 노먼? 어쨌거나 오늘밤도 마음을 바꿔 여기에 온 거니까요. 좋은 뜻으로 말씀드리는 거예요."

"안타깝지만 금요일은 안 돼요." 노먼이 말했다. "대본을 쓴 그레이스를 만나기로 했거든요. 그분이 저를 위한 일인극을 쓰려고 하는데, 아직 완전히 초기 단계라 쓴 분량만큼 대본을 꼼꼼히 읽으면서 어떻게 할지 이야기해보기로 했어요."

"그걸 다른 날 낮이나 밤에 할 순 없어요?" 조이스가 차갑게 물었다.

"그럴 수도 있겠죠. 하지만 그레이스에게 일정을 변경하자고 말하기는 정말 곤란해요. 그분을 실망시킬 수 없어요. 금요일까지 준비를 마치려고 한창 열을 올리고 계실 거라서요. 패션쇼에 가게 되어 일정을 지킬 수 없다고 갑자기 말할 수는 없어요. 그러니까 그건 친구의 뺨을 때리는 거나 같을 거예요."

"그렇겠네요." 조이스가 쟁쟁거리는 목소리로 말했다. "아무튼 내일 밤 텔레비전을 보겠다고 한 약속은 꼭 지킬게요."

조이스는 늘 능숙하게 해온 대로 작별과 감사의 인사를 훌륭하고 우아하게 마쳤다. 그리고 택시를 잡으려는 순간 한 대가 나타났다. 그녀는 돈으로 살 수 있는 가장 값비싼 향수 냄새를 풍기며 바람처럼 사라졌다.

노먼은 자신의 아파트로 돌아가 큰 회전의자에 앉았다. 가구가 딸린 이 아파트에서 그가 유일하게 소유한 것이었다. 그는 그 의자를 너무도 아껴서 어디든 가지고 다녔고, 아파트를 옮기는 사이나 순회공연 때문에 집을 비우는 동안에는 형에게 맡겼다. 그 의자에 앉으면 생각을 잘 정리할 수 있었고, 그는 그날 저녁에 대해 생각해보고 싶었다.

그래, 그는 안도의 한숨을 크게 내쉬며 생각했다. 그래, 그 방법이 통했어. 처음에는 아주 어려웠지만 그 방법이 통했어. 샐리와 레너드에게 모델은 자기중심적이고 머리가 텅 빈 사람들이라 이야기하고 싶지 않다고 말한 바람에 그날 저녁을 날려버릴 뻔했다. 샐리와 레너드와 있을 때 곤란한 게 그거였다. 그들은 아주 착하고 꾸밈이 없어서 어느새 자신도 모르게 속마음을 털어놓고 만다. 어쨌거나 거의 속마음을. 하느님 감사하게도, 그는 용기를 내서 그 자리에 갈 수 있었다. 어떤 식으로 생각하든, 그건 그가 뛰어넘어야 할 또하나의 장애물, 또하나의 단계, 또하나의 과제였다. 그리고 조이스라는 여자는 실제로 나쁘지 않았다. 아마 그녀가 몸담은 업계에서 절대 최악은 아닐 것이다. 사실 그는 문득문득 그녀가 모든 것과 모든 사람을 통제하려 들기는커녕, 그녀 자신에 대해 약간 확신이 없어 보인다는 생각도 했다. 그런 모습에 그의 가슴은 따뜻해졌다. 그리고 그런 전형적인 태도를 보이지 않은 것에, 직업인으로서의 그녀에게 감탄했다. 그레이스는 그를 자랑스럽게 여길 것이고, 내일 밤 드라마를 함께 보면서 그는 그레이스에게 모든 이야기를 털어놓을 것이다.

그레이스는 노먼을 그녀의 프로젝트에 일원으로 받아준 사람이었다. 그레이스가 그의 삶을 바꿔놓았다. 그들이 처음 만난 것은 일 년 전, 그레이스의 대본이 채택되어 텔레비전 방송을 타게 되었을 때였다. 그녀는 일흔두 살에 얼굴이 원숭이상이었다. 그녀는 노먼이 여태 만난 누구보다 더 힘든 삶을 살았다. 죽어가는 어머니, 죽어가는 아버지, 죽어가는 남편, 죽어가는 아들을 간호했다. 그녀가 야간근무를 했던 이유가 그것이었다. 낮보다는 밤에 누군가에게 죽어가는 사람 곁을 지켜달라고 부탁하기가 더 쉬웠다. 그레이스는 돈도, 성공도, 행복도 거의 누리지 못했다. 그녀는 뭔가를 기대한 적이 결코 없었다. 그녀가 화가 나는 한 가지는 일흔한 살이 아니라 스물한 살 때 드라마를 쓰지 않은 것이었다. 오십 년 전에도 지금 알고 있는 것만큼은 알았는데.

그레이스와 노먼은 첫 리허설에서 만났다. 그때 노먼은 지금과 달랐다. 의자에 비해 덩치가 너무 크다고, 마룻바닥이나 무대가 몸무게를 못 이긴다고 농담을 하고, 버스 좌석에 끼었던 이야기를 들려주며 너무 빨리 너무 요란하게 자신을 비웃음거리로 만들었다.

"계속 그러는 이유가 있어요, 젊은이?" 그레이스가 그에게 물었다.

"글쎄요. 제가 먼저 말하면 사람들이 내가 뚱뚱한 걸 스스로 알고 있다고 생각할 거고, 그러면 다시 편안한 자리가 될 수 있으니까요." 노먼이 솔직하게 말했다. 그는 이런 코미디의 상투성에 대해 자문해본 적이 없었다. 그렇게 하니 그럭저럭 괜찮았다. 그저 그뿐이었다.

"내겐 이미 편안한 자리예요." 그레이스가 말했다.

연출가는 주인공을 어릿광대처럼 연출하고 싶어했다. 그가 노먼을 캐스팅한 이유가 그거였다. 노먼을 우스꽝스럽고 희망 없는 남자로 만들려고 했다. 그러면 그가 결국 여자를 얻게 된다는 설정이 기발하고 얼마간 달콤해 보일 것이었다.

"나는 그런 의도로 쓰지 않았어요." 그레이스가 말했다.

아, 연출가는 그레이스를 여러 번 따로 불러 설명했다. 연출가가 얼마나 중요한 존재이며 그의 견해가 얼마나 신성한지를, 그레이스는 드라마에 대해 아무것도 모른다는 것을. 그녀는 완강했다.

"그는 바보 캐릭터가 아니에요. 강한 캐릭터예요." 그녀가 반복해서 말했다. "그가 얼뜨기로 나오면 이 이야기는 의미가 없어져요."

"하지만," 연출가가 말했다. "내가 노먼을 캐스팅한 이유는 그거예요. 노먼은 성격배우예요. 우리가 대놓고 영웅을 원했다면 전혀 다른 사람을 썼을 거예요. 노먼 같은 체형을 가진 사람이 아니라. 제 말뜻을 아신다면요."

"체형은 모두에게 있어요." 그레이스는 아무 말 못하게 쐐기를 박았고, 그녀가 이겨서 모두 놀랐다.

그녀는 또한 노먼의 가장 친한 친구가 되었다.

"지금 있는 곳을 떠나요, 젊은이." 그녀가 충고했다. "새 기획사를 구해요. 다른 곳에서 살아봐요. 아직 스물여덟밖에 안 됐잖아요. 일흔 살까지 기다리지 마요. 성취하는 법을 이렇게 노년에 깨닫는 일이 없도록."

노먼은 당연히 그레이스가 선의에서 다이어트와 조깅을 해보라고 권할 줄 알았었다. 지금 그녀가 하는 말이 잘 믿기지 않았다. 귀에 잘 들어오지 않았다. 그 말은 서서히, 똑똑 떨어지는 수돗물처럼 그에게 스며들었다. "미안하단 소리는 그만둬요, 농담도 그만두고. 겉으로는 웃고 분장 아래로는 우는 그런 광대 역은 집어치워요. 자신을 사랑하세요, 젊은이. 자신을 사랑하면 다른 사람들도 당신이 자신에게 부여한 딱 그만큼의 가치로 당신을 대할 거예요."

노먼은 그렇게 생각하지 않았었다. 그는 자신이 아주 잘났다고 생각하는 사람들을 싫어했다. 스스로를 인간 종족에게 내려진 신의 선물로 생각하는 콧대 높은 작자를 보면 깔아뭉개고 싶었다. 하지만 그 말은 수돗물처럼 똑똑 스며들어, 그는 그레이스를 믿게 되었다. 그녀가 말해준 모든 것이 효과가 있는 것 같았다.

"당신은 달라요, 젊은이. 당신은 거드름을 피우는 사람과는 달라요. 괜찮은 청년이에요. 당신이 예의바르고 괜찮은 청년이라는 것을 사람들이 알게 해줘요. 뇌 없는 오뚝이인 척하는 건 그만두고."

한 주 또 한 주 그는 그렇게 해보려고 노력했다. 새로운 시도를 했다. 이따금 실패도 했지만 대체로 잘 지나갔다. 오디션을 보러 간다. 체격, 체형, 몸무게 이야기는 한 번도 꺼내지 않는다. 너무 뚱뚱해서 배역을 맡을 수 없다는 말은 다른 사람이 하게 두라. 레스토랑에 간다. 먹고 싶은 걸 주문하고, 여자 종업원에게 의사가 그에게 몸을 만들라고 하더라는 농담은 하지 않는다. 사람들에게 춤추자고 하더라도 미안하다는 말이나 해명은 하지 않는다. 일곱 달이 지나자 그는 정말로 그렇게 하고 있었다. 정말로 효과가 있었다.

그리고 오늘밤. 오늘밤. 이건 정말로 승리였다. 생각할수록 그랬다. 채찍처럼 가녀린 아름답고 사교적인 모델이 파크 레인에서 열리는 패션쇼에 그를 초대한 것이다. 아니, 연민에서가 아니었다. 처음에는 연민이었다. 그녀가 그를 본 처음 십 분 동안은. 하지만 이후로는 그렇지 않았다. 그리고 그녀는 전혀 나쁜 여자가 아니었다. 조이스라는 그 여자, 정말로 눈부셨다. 그레이스와 같이 대본을 검토할 거라는 거짓말을 꾸며낸 건 좀 미안했다. 그건 금요일이 아니었다. 목요일이었다. 하지만 두렵거나 자신감이 없어서 만든 핑계는 아니었다. 그건 그냥 평범한 남자가 되는 것의 일부였다. 호리호리하고 잘생긴 젊은 배우라도 그렇게 했을 것이다. 비싸게 굴기. 하지만 그는 레너드와 샐리와 함께 조이스를 다시 만날 수 있기를 바랐다. 그녀는 정말 근사했다.

그리고 조이스는 자신의 작고 아기자기한 집에서 서성이고 있었다. 피곤하지 않았고, 아직은 잠이 올 것 같지도 않았다. 그녀는 레너드와 샐리의 집으로 갈 걸 그랬다고 생각했다. 노먼이라는 남자는 재미있는 사람이었다. 그의 내면에는 그녀가 이해할 수 없는 어떤 힘이 있었다. 그녀는 그날 저녁 그를 처음 봤을 때 왜 그에게 연민을 느꼈는지 이해할 수 없었다. 아마 그가 뚱뚱하기 때문일 것이다. 그녀는 그가 금요일에 올 수 없다는 사실이 몹시 아쉬웠다. 행사가 끝난 뒤에 그와 이야기를 나눌 수 있었을 텐데. 그는 세상에 대한 명철한 판단력이 있었고, 그녀는 어쨌거나 그가 화려한 자선 행사를 어떻게 생각하는지 알고 싶었다. 정직하지 않은 행사라고? 목적을 위한 수단으로서 정당화된다고? 노먼이 그들과 있는 대신 그레이스라는 여자와 머리를 맞대고 있는 장면은 생각하고 싶지 않았다. 그레이스가 여자친구일지도 모른다는 생각이 들자 기분이 조금 나빠졌다.

조이스는 사람들이 그 드라마에 대해 뭐라고 하는지 보려고 텔레비전 잡지를 집어들었다. 그레이스의 사진과 그 드라마가 그녀의 첫 작품이라는 내용의 짧은 기사가 실려 있었다. 그레이스는 백살은 되어 보였다. 노먼의 어머니나 할머니라 해도 될 것 같았다. 이유는 모르지만, 조이스는 자기도 모르게 미소를 지었고, 아주 행복하게 잠자리에 들었다.

리버티 그린

　모두가 리비 그린은 태어났을 때 '엘리자베스'라는 이름으로 세례를 받았을 거라고 추정했다. 그것 말고 '리비'라고 줄여 부를 수 있는 이름이 뭐가 있겠는가? 그리고 그녀가 자랄 때는 모두 크로피 일기*를 읽었다. 릴리벳과 마거릿 로즈라는 어린 공주들에 관한 내용이었다. 마거릿 공주는 언니의 이름을 잘 발음하지 못했다. 그게 아주 깜찍하게 보여서, 사람들은 리비도 같은 경우일 거라고 생각했다. 그 작은 혀로 '엘리자베스'라는 긴 단어를 발음하지 못하는 거라고. 사랑스럽지 않은가.

　얼마의 시간이 지나자 리비는 아예 설명조차 하지 않았다. 자신

---

* 매리언 크로퍼드는 마거릿 공주와 훗날 엘리자베스 여왕 2세가 되는 엘리자베스 공주를 가르친 가정교사로 자신을 크로피라고 불렀으며, 왕족과 함께 보낸 시간을 담은 『어린 공주들 The Little Princesses』이라는 책을 펴냈다. 그 이후 그녀는 사회적으로 추방당하고 왕실에서 하사받은 집에서도 쫓겨났다.

의 이름이 리버티라고 밝히면 너무 골치가 아파졌다. 무슨 가게 이름이나, 가슴을 따뜻하게 하면서 납작하게 눌러주는 작고 웃기게 생긴 보디스 이름처럼 들렸다. 혹은 필라델피아에 있다는 리버티 벨로. 어찌됐건 차라리 '엘리자베스'를 줄인 이름이라고 말하는 쪽이 훨씬 편했다.

그렇다고 리비가 자신에 대해 품은 부모의 꿈에 충실하지 않은 것은 아니었다. 리비가 자랄 때 집에서는 자유에 관한 이야기 말고 다른 이야기는 거의 하지 않았다. 액자에 넣은 미국 독립선언문이 식사실에 걸려 있었고, 그녀가 기억하지 못할 만큼 오랫동안 마분지에 붙인 프랑스 국가의 가사가 리비의 방문 뒤쪽에 붙어 있었다. 집 전체에 벽벽마다 페인이 쓴 『인간의 권리』와 〈마그나카르타〉에서 발췌한 문장이 붙어 있었다.

전쟁중에 다른 가족의 아이들은 대공습*, 정전, 모리슨 대피소**, 승리를 위한 경작***과 목숨을 앗아간 부주의한 대화에 대해 말했지만, 체스트넛 스트리트에 있는 리비의 집에서는 평등과 자유와 스페인 내전, 그리고 양심적 병역 거부자에 대해 이야기했다.

리비의 한 할머니는 세상에서 가장 중요한 것은 방탄조끼를 갖고 있는 것과 축축한 침대에서는 절대 자지 않는 것이라고 말했다. 다른 할머니는 깨끗한 양말을 신고 규칙적인 생활을 하는 것이 살면서 무엇보다 먼저 챙겨야 하는 두 가지라고 말했다. 리비는 그 말이 맞을 리 없다고 생각했는데, 어머니와 아버지는 그 모든 것이

---

* 1940년에 독일이 영국에 가한 대공습.

** 가정에 설치할 수 있는 작은 간이 대피 공간.

*** 2차대전 당시 영국 농산부에서 먹을거리를 직접 재배하라고 장려한 캠페인.

회의와 포스터와 사람들의 권리를 위해 나서는 것과 관련이 있다고 생각했기 때문이다.

전쟁중에는, 심지어 그후에도 늘 망명자들이 집에 머물렀다. 자유가 없는 다른 나라에서 사람들이 오고 있었다. 리비는 이것이 가장 중요한 일일 거라고 생각했다. 욕실이 자유롭지 않은 사람들로 늘 바글거리던 그때 이래로, 그리고 이따금 나라가 제대로 돌아가지 않는 멀고 먼 곳에서 넘어온 소녀나 아주머니와 방을 같이 써야 했던 그때 이후로는 더욱 그랬다.

리비는 아주 발랄했고 공부도 열심히 했다. 젠킨스 선생이 리비는 그래머스쿨*에 반드시 들어갈 거라고 어머니와 아버지에게 말했다. 그들은 기뻤지만, 학교가 너무 멀어서 걱정이었다. 매일 갈 때 올 때 버스를 한 번씩 갈아타야 하기 때문이었다.

"다들 그러는걸요." 버스를 갈아타야 하는 걸 걱정하는 부모님 때문에 자신이 교육받을 기회를 놓칠까 싶어 리비가 말했다.

"이건 리비가 완전히 새로운 세상으로 들어가는 열쇠예요." 젠킨스 선생이 말했다. 아이들에게 일생의 기회가 주어질 때 반대하는 부모가 그렇게 많다는 사실은 놀라웠다. 늘 뭔가 이유가 있었다. 교복값이 비싸다든가, 아이가 다른 학급 체계로 옮겨가는 게 두렵다든가. 젠킨스 선생은 그런 부부의 태도에 놀랐다. 그들은 대체로 진보적인 사람들이었다. 그렇게 먼 거리가 아닌데도 딸이 통학하는 것을 암탉처럼 염려하는 게 젠킨스 선생은 참으로 이상했다. 다른 사람은 몰라도 그들만큼은 아이가 좋은 교육을 받음으로

---

* 영국 및 영어 사용권 국가에서 운영하는 7년제 대학입시 대비 인문계 중등학교.

써 누리게 될 자유를 알아야 하지 않는가. 게다가 발랄한 열두 살 소녀에게 버스를 탈 자유를 줘야 하지 않겠는가.

하지만 젠킨스 선생은 리비가 집에서 어떤 생활을 하는지 전혀 몰랐고, 리비도 어머니와 아버지에 대한 신의를 지키기 위해 그런 이야기는 젠킨스 선생에게 하지 않았다.

리비는 자신이 집에 돌아올 때까지 어머니와 아버지가 너무 불안해서 친구 집에 놀러가지 않는다는 것도 설명하기가 힘들었다. 집에 있는 편이 종종 더 간단했다. 그녀가 친구를 초대할 수는 있어도 친구의 초대에 응할 수는 없다는 사실이 늘 이상해 보였다. 그래서 그녀는 우정을 쌓지 못했다. 물론 그 덕분에 공부할 시간이 더 생기긴 했지만, 좀 외롭긴 했다. 쉬는 시간에 같이 깔깔거리며 놀 친구, 세상의 온갖 모험에 같이 기뻐하고 마음 아파할 멋진 친구가 없다면 좋은 성적을 받아도 그다지 즐겁지 않았다.

하지만 리비가 그래머스쿨에 들어가면서 상황은 달라졌다. 그녀는 젠킨스 선생만큼 훌륭한 선생을 만났다. 이번에는 윌슨 선생이었다. 그녀는 리비에게 신경을 많이 써주었는데, 리비를 토론 모임에 들어가게 해주고, 스포츠 행사에도 참여하게 해주었다.

"부모님은 네게 어떤 일이 일어날 거라고 생각하시는 거니?" 윌슨 선생이 한번은 몹시 답답한지 마뜩잖은 투로 말했다. "너는 열다섯 살이야."

리비는 고개를 푹 숙였다.

"저를 얼마나 사랑하는지 보여주는 그분들의 방법이라고 생각해요." 리비가 낮은 목소리로 말했다.

"누군가를 얼마나 사랑하는지 알려주는 가장 좋은 방법은 그 사람에게 자유를 주는 거야." 윌슨 선생이 말했다.

리비는 아무 말도 하지 않았다. 윌슨 선생은 곧바로 후회했다.
"내 말 신경쓰지 마. 질투가 났나보다. 나는 집에 돌아올 때까지
길에 나와 기다려줄 정도로 신경써준 사람이 없었거든." 그녀가 말
했다.

하지만 리비는 그 말이 진심이 아닌 것을 알았다. 윌슨 선생은
리비의 부모가 교도관 같다고, 어처구니없이 억압적이라고 생각하
는 것이다. 이따금 리비도 그렇게 생각했지만, 다른 사람들이 부모
님을 그렇게 생각하는 건 싫었다. 어쨌거나 부모니까. 그녀는 부모
님이 그녀를 얼마나 사랑하고 걱정하는지 알았다. 그녀에게 해준
모든 것을 알고 있었다. 아버지는 그녀의 무릎이 까졌을 때 요오드
를 발라주었고, 어머니는 코코아를 만들어 침대로 가져왔으며, 그
녀가 학교 이야기를 해줄 때는 열심히 귀를 기울였다. 아버지는 변
호사 사무실 서기로 장시간 일했고, 어머니는 생활비를 보태고자
타자와 부기 일을 했다. 그리고 생활비를 축내는 주된 원인은 리비
였다. 신발은 늘 닳았고, 여기저기 현장학습을 다녔고, 용돈도 받
아 썼다. 그들이 그녀를 보호하는 만큼 그녀도 그들을 보호하고 싶
었고, 그들을 사랑했다.

중간 방학에 캠프가 있었다. 열여섯 살인 다른 학생들은 모두 캠
프에 갔지만, 리비의 부모님은 안 된다고, 진심으로 안 된다고 했
다. 그들은 딸이 무사한지, 강의 급류에 휩쓸리진 않았는지, 못된
사내아이가 딸에게 무슨 짓을 하는 건 아닌지, 버스 기사가 술에
취한 건 아닌지, 교사들이 부주의하지는 않은지 걱정하며 주말을
날려버리고 싶진 않았다.

리비는 크게 반발하지 않고 캠프를 포기했고, 그날 밤 정원 헛간 밖에서 다른 친구들이 버스를 타고 노래를 부르면서 떠난 서쪽을 슬프게 바라보았다. 자기연민의 눈물이 몇 방울 흘러내렸다. 눈물을 닦는데 비둘기 한 마리가 보였다. 버둥거리며 날아오르려 하는데 자꾸만 실패했다. 날개는 부러졌고, 둥근 눈은 불안해 보였으며, 구구 소리는 자신 없게 들렸다. 리비는 비둘기를 카디건 안에 품고 집안으로 들어갔다. 그녀는 그 장면을 거의 바깥에서 보듯 지켜보았다. 그들 세 사람은 비둘기를 안정시키고 대팻밥을 깐 상자 안에 넣었다. 아버지가 날개에 댈 부목을 정성스레 만들고, 어머니는 부목으로 부러진 날개가 단단히 지지되도록 아버지를 도왔다. 그들은 비둘기에게 빵과 우유, 콘플레이크 몇 알을 주었다. 상자 뚜껑을 덮고, 거기에 구멍을 몇 개 뚫었다. 리듬감 있게 구구거리는 소리가 한층 작아졌고, 리비가 듣기엔 불안감이 많이 가신 듯했다. 어머니가 손을 뻗어 지갑을 잡았다.

"가서 새 모이 좀 사와. 좋아할 거야."

이렇게 선량하고 너그러운데, 캠프를 보내주지 않았다고 해서 어떻게 그들을 사랑하지 않을 수 있는가?

리비는 여러 날 동안 비둘기의 머리를 쓰다듬고 그 깃털에 감탄했다. 전에는 비둘기를 그렇게 가까이서 본 적이 없었다. 날개가 굽어진 곳에 멋진 하얀 선이 있고, 주둥이는 오렌지색에 가깝고, 큰 가슴은 자주색이 도는 갈색이고 복부 쪽은 크림색이 도는 회색이었다. 가슴을 바들바들 떨던 것은 하루하루 지나면서 점점 줄어들었다.

"사랑스럽고 귀여운 콜룸바." 리비는 비둘기에게 말을 걸고 또 걸었다.

"비둘기를 왜 그렇게 부르니?" 아버지가 물어보았다.

"그게 비둘기를 뜻하는 라틴어거든요." 그녀가 말했다.

아버지는 감탄을 숨기지 않으며 딸을 바라보았다. "우리 딸이 라틴어로 사물의 이름을 알다니." 그가 기쁘게 말했다. "하지만 이제 콜룸바를 보내줘야 할 때가 된 것 같구나."

"보낸다고요?" 리비는 믿을 수가 없었다. 이 종알종알 구구거리는 새 덕에 중간 방학에 실의에 빠져 있던 리비는 그 감정을 극복할 수 있었고, 멋진 여행의 기회를 빼앗은 부모를 원망하지 않고 학교로 다시 돌아갈 수 있었다. 그런데 이제 그들이 비둘기를 날려보내려 했다.

"야생동물을 자유롭게 풀어주지 않는다면 자유를 이야기할 수 없어, 리비." 아버지가 말했다.

"설교는 이렇게, 실행은 저렇게 한다면 아무 소용 없지." 어머니가 말했다.

그들은 뒤쪽 작은 정원으로 갔고, 콜룸바가 발견된 헛간 근처에 섰다. 그리고 그 새가 날아오르는 모습을 지켜보았다. 리비는 하늘을 올려다보며 자신이 성장했음을 느꼈다. 그녀는 세상을 배운 대로 받아들이기보다는 이해하려는 사람이었다.

부모가 그녀를 결코 자유롭게 풀어주지 않는 것은 그녀가 죄수라는 사실을 전혀 알지 못하기 때문임을 그녀는 알았다. 리비는 저녁 햇살에 손차양을 한 채 자신들의 노력으로 새를 되살려 다시 야생으로 풀어주었다는 사실에 흐뭇해하며 계속 그쪽을 바라보고 있는 부모님을 지켜보았다. 전쟁 직후 갈 곳 잃은 유럽인을 돌보며 즐거워했던 것과 같았다. 다리 밑 늙은 걸인들을 보고 이웃들이 그들을 제대로 돌보려면 씻기고 깨끗하게 입혀야 한다고 말할 때 리비의 부모는 그들에게 차를 내간 것과 같았다. 여우 사냥에 반대하는 대중적이지 않은 입장을 견지하며 왕족에게는 왕족의 사유지에서 사냥놀이를 하는 것에 대해, 영화배우들에게는 모피코트에 대해 편지를 써 보냈을 때와 같았다. 리비의 부모는 깃발을 들고 반대 행진을 한 뒤, 위원회 회의를 마친 뒤, 명분을 위해 기금 마련 행사를 한 뒤 춥고 고단한 몸으로 돌아왔을 때도 행복해 보였다. 그 모든 것이 좋은 일이었다. 하지만 그들은 딸이 자유를 얻어야 할 필요에 대해서만큼은 눈멀어 있었다.

그래서 자신의 성장을 느낀 그 순간에 리비는 자신의 자유를 신경쓰기로 결심했다. 그녀는 부모님과 팔짱을 끼고 집안으로 들어왔다.

"콜룸바가 차와 같이 뭘 먹을지 궁금한데요?" 그녀가 명랑하게 말했다. "오늘밤엔 콜룸바에게 새 모이를 접시에 담아 건넬 사람이 없잖아요."

그들은 리비가 울고불고할까봐 걱정했는지 그 말에 안심하는 듯 보였다.

"그럼, 제가 차를 내릴게요. 콩을 올린 토스트도 만들고요." 리비가 말했다. "토스트 가장자리는 잘라내고요."

"이렇게 착한 딸이 어디 있을까." 어머니가 리비의 팔을 꼭 잡으며 말했다.

리비는 따끔하게 찌르는 죄의식을 느꼈다. 어머니는 리비가 이십 초쯤 전에 훌쩍 커버려 그전과는 달라졌다는 것을 몰랐다.

리비는 학교에서도 달라졌다. 학교가 끝나면 다른 아이들과 어울렸고, 그들을 알아갔고, 그들과 대화를 나누었다. 집으로 돌아오는 버스를 타는 시간이 늦어졌다. 집에 들어갈 때는 마음을 단단히 먹고 명랑한 태도를 유지하며 나무람과 걱정과 염려에 맞섰다. 그녀는 늘 침착했고, 부모가 그녀 때문에 그런 걱정을 한다는 게 안타까웠다. 하지만 새로 어른이 된 리비는 행동을 고치겠다는 말은 절대 하지 않았다. 집에 있을 때는 맞서지 않았고, 기꺼이 협조하며 가족의 일원이 되고자 노력했다. 그리하여 마침내 부모의 저항을 상당 부분 깨부술 수 있었다. 집과 거리가 한참 먼 대학에 지원했고, 캠퍼스에서 지냈으며, 일주일에 한 번씩 소식을 전하는 긴 편지를 써 보냈다. 삼 분 길이의 통화를 했고, 방학 때는 늘 얼마 동안 집에 와서 지냈다. 이따금 친구를 집으로 초대해 같이 지내기도 했다.

대학 마지막 해에는 마틴을 집으로 데려와 부모님에게 소개했다.

"이 사람하고 결혼할 거니?" 어머니가 물었다.

"그렇게 되면 정말로 좋겠어요." 리비가 말했다.

"너 그거 안 할 거지…… 내 말은, 너 아주……"

"오, 안 해요. 그리고 조심할게요." 리비는 설거지를 도우며 웃었다. 마틴은 정원 헛간에 대해 아버지와 공손히 이야기를 나누고 있었다.

"그러니까 내 말은, 너……?" 어머니는 질문을 끝내지 못했다.

"대답은 네예요." 리비는 잠시 어머니의 애를 태웠다. "네, 이 사람하고 결혼할 생각이에요. 거의 확실해요."

어머니는 마음이 놓이는 한편 놀라기도 했다. 리비가 성관계를 하는 사이라고 대답하지 않아서 기뻤고, 자신의 아이가 결혼해서 가정을 꾸린다는 사실은 놀라웠다.

"음, 너는 늘 스스로 자유롭게 결정을 내렸으니까." 리비의 어머니는 그게 사실이라고 진심으로 믿으며 말했다. 그리고 딸을 안으며 세상의 모든 행복을 빌어주었다.

리비와 마틴은 런던에서 학교에 직장을 구했고, 정원이 딸린 작은 아파트를 마련했다. 마틴은 대가족에서 자랐다. 남자 형제가 셋, 여자 형제가 둘 있었다. 누구도 사생활이나 자기만의 시간을 가져본 적이 없었다.

시작부터 그들의 결혼생활은 행복했다. 서로를 밀어내지 않았다. 리비는 퇴근 후 왜 그렇게 늦게 돌아왔느냐는 질문을 받지 않아 기뻤고, 도서관이나 서점에 들렀다 오는 습관이 생겼다. 마틴은 학교에 더 오래 남아 남학생들과 축구를 했다. 이따금 체육 교사와 맥주를 마셨다. 두 사람은 토요일마다 같이 쇼핑을 하고, 빨랫감이 든 가방을 세탁소에 가져갔다. 매일 아침 이십 분씩 깔끔하게 청소를 하고 집을 깨끗이 관리했다. 그들은 종종 서로에게 사람들은 결혼해서 가정을 꾸리는 걸 왜 그렇게 힘들고 복잡한 일로 만드는지 모르겠다고 말했다.

그들은 격주로 일요일마다 서로의 본가를 방문했다. 리비의 부모는 여전히 명분을 중시하며 진정서를 내고 사회운동을 했다. 마틴의 부모는 여전히 복작거리는 공동생활 방식을 유지하며 살았다.

"우리가 일요일에 놀아줄 아기는 없는 거니?" 마틴의 어머니는 지난번 방문 이후로 리비의 배가 불러 있어야 할 것처럼 두 주마다 리비의 납작한 배를 보며 실망해서 말했다.

"너희가 결정할 문제다. 아이를 낳는 건 당사자의 문제니까. 하지만 우리가 할아버지 할머니가 될 수는 있을까?" 리비의 어머니는 묻곤 했다.

시간은 충분했다. 할일이 많았고, 가르칠 아이들도 많았고, 도서관에서 하려고 마음먹은 일도 많았다. 서점에는 아이들 코너가 있었고, 같이 식사하며 대화를 나누자고 초대할 마음 맞는 친구들도 있었다.

리비는 거의 서른이 다 되어서야 미래를, 부분적으로 마틴과 자신을 닮았을—그러므로 아주 멋진 아이가 될—존재를 생각하기 시작했다. 그래서 피임약 먹는 것을 중단했다. 그녀는 임신 진단을 받은 날을 기억했다. 그녀가 마틴이 다른 여자를 만나고 있다는 사실을 알아낸 날이기도 했다.

개인의 자유에 관한 글이 쏟아져나왔다. 사람들은 자신만의 공간을 가져야 하고, 선택은 스스로 해야 한다. 우리는 다른 사람을 감시하는 교도관이 아니다. 결혼서약으로 묶인 관계라 해도 그렇다. 어쩌면 그것은 불륜이 아니라 소용돌이, 가벼운 바람, 그냥 그런 일이었을 것이다. 사람들은 다른 누구와 그냥 그런 관계를 갖는 것이 가정을 파탄낼 일은 아니라고 말했다.

그녀는 몇 주 더 기다렸다가 그들이 부모가 될 거라고 말했다.

"이런, 젠장." 마틴이 말했다.

그래서 리비는 그게 소용돌이나 가벼운 무언가 그 이상이라는 것을 깨달았다. 불륜, 사랑의 불륜이었다.

원해서 그렇게 된 건 아니었다고 마틴은 설명했다. 그와 재닛이 그러려고 작정한 것은 아니었다고. 하지만 그렇게 되어버렸다. 그런 일이 일어나지 않은 척 부인할 수는 없었다. 그들 사이에 강한 끌림이 있었다. 인생이 한 번뿐이라면, 이번이 그것이었다. 그것은 예행연습이 아니었다. 그와 재닛은 이 행복을 붙잡아야 했다.

리비는 침울하게 고개를 끄덕였다.

"아직 초기야. 임신 말이야. 너무 늦진 않은 것 같은데…… 애를 지우는 건 어때?" 마틴이 물었다.

"모르겠어." 리비는 그렇게 말하고 집에서 나왔다.

그녀는 서점으로 갔다. 서점에서는 재고 정리를 하고 있었다. 그녀는 열시까지 그들을 도왔다. 그리고 집에 돌아오니 마틴이 남긴 쪽지가 있었다. "재닛의 집으로 옮겼어. 돌아왔을 때 나를 보고 싶어하지 않을 것 같아서."

그녀는 앉아서 하늘의 별을 한참 바라보았다. 이번 주말은 그녀의 부모를 방문할 차례였다. 그래서 리비는 혼자 갔다. 그녀는 부모에게 아기에 대해 말했고, 그들은 아주 기뻐하는 듯 보였다. 마틴 이야기는 하지 않았다. 기쁨을 퇴색시키는 것은 옳지 않은 것 같았다.

그후로 몇 주를 보내면서 리비는 사람들에게 조금씩 사실을 알렸다. 언제나 사무적인 목소리였다. 그녀가 보낸 절망의 밤, 재닛을 죽이는 계획, 그가 돌아오고 그 불륜을 단순한 바람으로 정의해 그를 용서하는 꿈을 계속해서 꾼다는 이야기는 절대 하지 않았다. 학교에서도, 도서관에서도, 서점에서도. 서점의 제닝스 씨는 뭔가 낌새를 챈 것 같았지만, 아주 점잖은 사람이라 어떤 언급도 하지 않았다.

진찰 결과 태어날 아기가 둘이라고 했다. 쌍둥이를 돌보는 문제

는 더 골치 아플 것이다. 학교 월급만으로는 힘들겠지만, 마틴에게
그가 원하지도 않은 두 아이를 키울 양육비를 보내달라고 할 마음
은 없었다. 그녀는 도서관과 서점에 일자리를 부탁했다. 그들에게
이유를 설명했다.

"당신 부부는 완벽한 결혼생활을 한다고 생각했어요." 도서관
사서는 그렇게 말하며 리비가 몇 시간 일할 수 있게 해주었다. 제
닝스 씨는 아무 말도 하지 않았지만, 본사에 편지를 보내 리비가
파트타임으로 아주 괜찮은 일을 할 수 있게 해주었다.

남자아이와 여자아이가 태어났다. 마틴이 카드와 함께 꽃을 보
내왔다. 카드에는 리비에게 모든 행복이 있길 바란다고, 이런 일에
어떻게 하는 것이 예의인지 모르겠으나 자신에게 자유를 준 것에
영원히 감사하며 존경한다고 적혀 있었다.

리비는 전에는 그토록 사랑한다는 게 가능한지 알지 못했다. 두
아이의 작은 얼굴, 앙증맞은 주먹, 티 없는 순수함, 모든 것을 그녀
에게 의존하는 방식. 그녀의 삶은 그녀가 가능하리라고 믿었던 것
보다 더 충만하고 더 행복해졌다. 그녀가 반일 근무를 하는 학교에
서 사람들은 리비가 돌로 만들어진 것 같다고 말했다. 남편이 떠났
는데도 그를 잃은 슬픔을 내보이지 않았다. 아기들도 다른 사람에
게 담담히 맡겼다. 어떤 여자들은 못처럼 강인하다. 도서관에서는
그녀가 비극의 인물이지만 용감하다고, 잔다르크처럼 용감하다고
말했다. 제닝스 씨는 그녀에 관한 이야기를 전혀 하지 않았지만,
종종 리비의 집으로 카탈로그를 들고 찾아와 그녀가 주문하고 싶
은 책을 그녀의 집 난롯가에서 고를 수 있게 해주었다.

리비의 부모가 찾아왔다. 그들은 손주들을 사랑했고, 손주들이

자라는 동안 격려의 말을 쏟아냈다.

"자, 저 나무에 올라가봐!"

"당연히 그렇게 해야지. 중심가에서 자전거를 타게 허락해줘, 리비. 무슨 안 좋은 일이 생길 거라고? 친구와 놀고 싶어하면 맘껏 나가 놀게 해."

이십오 년 전 그들이 그녀에게 가했던 이런저런 제약은 아예 없었던 일 같았다. 리비는 그들의 말을 들으면서, 귀담아들어야 한다는 것을 알았다. 비둘기가 날아간 그날 저녁에 성장했던 것처럼, 그녀는 다시 성장해야 했다.

사랑한다는 이유로 죄수처럼 잡아둘 수는 없었다. 가슴이 찢어지게 아파도 아이들에게 그들이 애초에 원하는 날개를 달아주어야 했다. 그래서 그녀는 그 원칙을 지키며 살았다. 그녀도 자신의 부모가 했던 걱정을 물려받았겠지만, 그런 내색은 전혀 하지 않았다. 그녀는 누운 채 잠들지 못하고 열여섯 살인 쌍둥이가 누군가의 차를 타고 파티에서 돌아오기를 기다렸다. 아이들이 열여덟 살이 되었을 때는 아들이 오토바이를 몰고 뒤쪽 정원으로 들어오기를 기다렸다. 열아홉 살이 되었을 때는 최악의 경우 연쇄살인범처럼, 잘 봐줘야 실연의 고통을 안기는 전문가처럼 보이는, 가죽재킷을 입은 교양 없는 상대와 데이트를 즐기느라 점점 귀가 시간이 늦어지는 딸을 기다렸다.

리비는 서점에서 더 오랜 시간을 보냈다. 제닝스 씨가 그녀에게 학교를 그만두고 서점에서 풀타임으로 일하면 어떻겠냐고 제안했다. 큰 결정이었지만, 다들 그러든 말든 별로 관심이 없는 것을 보고 그녀는 깜짝 놀랐다. 스무 살인 딸과 아들은 자기 인생을 사느라 정신이 없었고, 부모님은 자신들의 걱정에 빠져 있었으며, 전남편은 심각한 소송 때문에 경황이 없었다. 재닛은 마틴과 해리엇이 어쩌다 그런 관계가 됐는지 이해하지 못했고, 누구에게도 상처를 주고 싶지 않지만 인생은 한 번뿐이고 예행연습이 아니니 행복해질 기회가 있다면 붙잡아야 했다.

쌍둥이가 스물한 살이 되었을 때 그들은 리비에게 오스트레일리아로 가겠다고 말했다. 한 명은 좋은 직장이 생겨서, 다른 한 명은 비자를 받을 수 있는 사실혼 관계에 있는 사람과 함께.

그들은 오스트레일리아는 멀지 않다고 말했다. 그리고 영원히 떠나는 것도 아니라고. 다시 돌아올 것이다. 그녀가 만나러 와도 되고.

쌍둥이가 떠나는 데 필요한 준비를 맡아 하는 동안 리비는 심장이 납덩이처럼 느껴졌고, 얼굴은 얼어붙은 가면 같았다. 이따금 아이들이 친구들과 통화하는 소리가 들려왔다. "아니, 엄마는 아무렇지 않은가봐. 우리가 떠나는 게 오히려 기쁜 모양이야."

아이들이 정말 그렇게 생각하는 걸까? 이십일 년 동안 사랑해온 이 아이들이? 늘 그녀 혼자 해왔다. 마틴은 아이들의 인생에서 아무 역할도 하지 않았다. 아이들이 그를 찾은 적도 없었다. 이제 아이들은 지구 반대편으로 떠날 것이다. 아이들은 그녀가 신경도 안 쓴다고, 그들이 떠나는 것이 어머니에게는 더 좋을지 모른다고 생각했다.

리비는 로봇처럼 공항으로 가서 아이들을 배웅했다. 그리고 비행기가 프랑스를 지나 더 남쪽으로, 이탈리아 상공을 날아갈 때까지 손을 흔들었다. 텅 빈 아파트로 돌아가려고 돌아서는데 눈에 아무엇도 들어오지 않았다. 출구로 걸어가면서, 그녀를 기다리며 앉아 있는 남자도 보지 못했다. 제닝스 씨. 그의 눈에 희망의 빛이 가득했다.

"아, 여긴 어쩐 일이세요?" 리비는 멀리 날아가버린 아이들 때문에 슬픔에 북받친 모습을 고스란히 들킨 것에 당황해 이렇게 소리쳤다.

"기다리는 중이에요." 그가 간단하게 말했다.

"뭘 기다리는데요?" 그녀는 감사하는 마음으로 그를 쳐다보았다. 그가 마침 여기 있어서, 그녀의 공허한 마음을 잊게 해주어서 다행이었다.

"아마 자유겠죠." 제닝스 씨가 생각해보더니 말했다. "내가 오랫동안 당신에게 묻고 말하고 싶었던 것을 묻고 말할 수 있는 자유, 당신이 당신의 가슴을 너무 많이 차지하고 있던 다른 고민 없이 들을 수 있는 자유요."

이번에 리비 그린은 자신이 성장했다고 느끼지 않았다. 성장은 오래전에 끝났다. 더이상 성장은 없었다. 하지만 그녀는 이 자유라는 걸 더 많이 이해하게 된 것 같았다. 자유는 줌으로써 받을 수 있는 것이었다. 그녀는 다른 모두도 이것을 아는지 궁금했다. 아니면 이것을 이해하는 사람은 이 세상에 그녀뿐일까?

불면증 치료제

몰리는 어둠 속에 누워 아주 천천히 움직이는 시곗바늘을 지켜
보았다.

지금이 세시 십칠분밖에 안 됐을 리 없다. 한참 전에 세시 십분
이었으니 칠 분보다는 시간이 훨씬 많이 지났어야 했다. 몇 시간
전엔 계속 두시 삼십분이더니. 시계에 무슨 문제가 생긴 걸까? 혹
고장이 난 건 아닐까?

하지만 고장은 아니었다. 몰리는 검고 굽슬굽슬한 머리칼을 손
으로 훑어내리고 더 편안한 자세를 찾으려고 몸을 뒤척였다. 그녀
는 제리의 숨소리에 귀를 기울였다. 그는 열한시 삼십분부터 곤한
잠에 빠져 있었고, 여섯시 사십오분에 알람소리를 듣고 벌떡 깨어
날 것이었다. 그때까지 세 시간하고 삼십 분이 남았다. 그전에 몰
리가 조금이라도 잠을 잘 수 있을까?

가끔 베개로 몸을 받치고 앉아 꾸벅꾸벅 졸다보면 목에 경련이

왔다. 가끔은 한낮에 부엌 식탁에 엎드려 십오 분 동안 불편하게 잠을 잤다. 하지만 그것마저도 결코 쉽지 않았다. 아이들에겐 그녀가 필요했다. 세 살인 빌리는 그녀에게 다가와 팔을 잡아당기며 같이 나가서 놀자고 했다. 아기인 숀은 아기침대에 누워 배가 고픈 건지, 그냥 누구든 옆에 있어달라는 건지 으앙으앙 큰 소리로 울어댔다.

몰리는 병원에도 갔었다. 의사는 무슨 문제나 걱정이 있는지 물었다. 다른 사람보다 더 많은 것 같지는 않다고 몰리는 생각했다. 그녀는 직장이 그리웠다. 활기찬 곳이었다. 그리고 점심때 친구들을 만나 그들이 사는 이야기를 듣던 때가 그리웠다. 청소하고, 쇼핑하고, 요리하고, 빨래하고, 다림질하고, 정원을 손보고, 두 아이를 씻기고 먹이고 놀아주고 나면 녹초가 되었지만, 한편으로 마음이 묘하게 텅 비는 것 같았다. 그러고 나면 신문이든 텔레비전이든 집중해서 보는 게 힘들었다. 책을 읽은 지도 오래되었다. 제리는 일주일에 두세 번은 늦게 퇴근했고, 그에게 소리를 지르지 않는 것이 그녀가 할 수 있는 최선이었다. 꿈같은 라이프스타일을 계획하고 있다면 이래서는 안 되겠지만, 이것이 현실이었다.

몰리는 제리를 정말로 사랑했고, 그의 아내가 되고 싶었고, 그와 늘 함께하고 싶었다. 게다가 빌리와 숀 또한 아주 많이 사랑했다. 아이들은 그녀가 꿈꾸던 모습을 보여주었다. 두 아이 다 작지만 진정한 인격체였고, 사랑스럽고 재미있었다. 그녀는 아이들이 그렇게 즐거움을 안겨주는 존재라고는 미처 깨닫지 못했었다.

그래서 그녀는 바쁘게 돌아가는 광고회사에서 계속 일할 수가 없었다. 아이들이 자라는 동안 집에 있고 싶었다. 그것은 그녀의 선택이었다.

따라서 의사에게 자신을 갉아먹는 불안이 없다고 말한 것은 진심이었다.

의사는 몰리에게 약효가 세지 않은 수면제를 처방해주었고, 잠자리에 들기 전에 따뜻한 우유를 마시라고 권했다. 효과가 없었다. 밤은 점점 길어졌고, 잠을 이루지 못하는 시간이 많아졌다. 몰리의 크고 검은 눈 아래 이제는 크고 검은 그림자가 생겼다. 화장품가게 여자는 다크서클을 가려주는 커버업 크림을 바르라고 했다. 그 여자도 그녀를 안타까워했다. 몰리는 많은 여자가 그 여자를 찾아와 똑같은 크림을 사갔을 거라고 생각했다. 풀메이크업을 하면 확실히 효과가 있었다. 덜 피곤해 보였다. 하지만 그것이 마법의 치료제는 아니었다.

몰리는 사람들에게 그 이야기는 하지 않았다. 제리의 출근길은 복잡했다. 그들이 체스트넛 스트리트에 사는 것은 아이들을 위한 정원이 있기 때문이었다. 그에게는 그의 일과가 있었다. 회사에서 받는 압박이 전보다 더 심해졌다. 그리고 몰리, 빌리, 손이 그가 버는 돈으로 먹고사니, 그는 늘 유능해야 했다. 온종일 편안한 생활을 누리는 아내가 밤에 잠을 자지 못한다는 따분한 이야기는 듣고 싶어하지 않을 것이다.

몰리는 직장에서 사귄 두 친구와 여전히 만났는데, 그들에게도 그 이야기는 하고 싶지 않았다. 그들은 그녀가 결코 회사를 떠나서는 안 되었다고 목소리를 높일 것이었다.

이웃들에게도 말하고 싶지 않았다. 볼 때마다 어떠냐고 안부를 물을 테니까. 그들이 날마다 거의 같은 순서로 챙기는 익숙한 화제

목록에 하나가 더 추가되는 셈이었다. 멀리 떨어져 사는 언니에게 전화로 하소연하는 것도 소용없었다. 그래서 대신 시카고에 사는 미국 친구 에린에게 편지를 보냈다. 몰리와 에린은 거의 이십 년 동안 편지를 주고받았는데, 그들이 아홉 살 때, 각자 다니던 수녀원 학교가 지평을 넓히고자 노력하던 그때부터였다. 에린은 아일랜드 이름을 썼지만 아일랜드에는 와본 적이 없었고, 이탈리아 이름을 쓰지만 이탈리아에는 가본 적이 없는 잔니라는 남자와 결혼했다.

언젠가 그들은 이곳에 올 것이고, 몰리와 제리의 집에서 사흘 밤을 지낸 뒤 먼저 에린의 뿌리를 찾아 떠났다가, 이어 잔니 일가의 본토인 이탈리아로 갈 것이다.

이런 말이 오간 지 여러 해가 지났다. 그들은 오지 않았고, 제리와 몰리도 자신들과 두 아이의 짐을 꾸려 미국 중서부로 가는 비행기에 올라타지 않았다. 그럼에도 꿈을 꾼다는 것은 여전히 좋았다.

"우리는 아직 젊어서 증상이 어떻다, 아프다, 통증이 있다, 이런 이야기를 쓰기가 좀 그렇지만," 몰리는 편지에 썼다. "이런 말을 하는 이유는 여기 사람들에겐 우울하게 보이고 싶지 않아서야. 너는 수천 마일 떨어져 있으니 거기에 포함되지 않잖아. 그리고 너는 해답을 알고 있을 것 같아. 빌리의 세례식에 무슨 옷을 입고 가야 하는지, 제리의 서른번째 생일에 무슨 요리를 해야 하는지 알고 있었던 것처럼."

에린은 즉각 답장을 보내왔다. "불면증이 얼마나 심각한지 알려줘. 내게 마법의 치료제가 있거든. 하지만 가볍게 쓸 수 있는 건 아니고, 어쩌다 하룻밤만 써서도 안 돼. 정말로 심각한 불면증이면 치료제를 보내줄게."

몰리는 생각했다. 그랬다, 정말 심각했다.

"심각해. 부탁할게. 치료제 좀 보내줘."

긴 밤을 지새우며 그녀는 그게 어떤 걸까 생각했다. 허브차? 관자놀이를 마사지하는 오일? 침실에서 태우는 초? 하지만 마침내 도착한 것은 편지였다. 거미 다리 같은 옛날 글씨체로, 진짜 펜과 잉크로 쓴 편지. 누가 봐도 아주 오래된 것이었다.

그것은 당연히 아일랜드에서 태어난 에린의 할머니가 쓴 것이었다. 에린의 할머니가 이것을 몇몇 친구에게 주었고, 늘 효과를 봤다. 그들은 그녀를 찾아가 나무를 심어주고 추수감사절 선물을 주었다. 할머니의 장례식에선 열 명 넘는 사람이 그녀의 불면증 치료제를 이용했다고 말했다. 에린은 경건하게, 경외심이 느껴지게 그 이야기를 적어놓았다.

"너한테도 효과가 있을 거야, 몰리. 아일랜드에서 건너온 그 편지가 이제 다시 그리로 돌아가는구나. 정말로 효과가 있기를 바랄게."

몰리는 앉아서 그 늙은 여인이 썼다는 글을 읽었다. 아마 그 여인이 그것을 썼을 때는 그렇게 늙지 않았을 것이다. 어쩌면 그 여인도 물려받은 것인지 몰랐다. 아일랜드를 떠나 미국에서 삶을 꾸려가려고 했다면, 그녀 자신도 잠들지 못한 날이 숱하게 많았을 것이다.

몰리는 조언 내용을 천천히 읽었다. 치료에는 삼 주가 걸리고 모든 단계를 빠짐없이 따라야 한다는 내용과 함께 상세한 지침이 적혀 있었다. 우선 적어도 이십 페이지는 되는 큰 공책을 사고 표지에 꽃과 관련된 그림을 붙인다. 블루벨이 만발한 들판도 좋고 장미

꽃다발도 괜찮다. 그리고 잠이 오지 않는 밤에 조용히 일어나 방을 나온다. 누굴 만나러 갈 때처럼 옷을 갖춰 입어야 한다. 머리도 매만지고 최고의 모습으로 꾸민다. 차 한 잔을 준비한 뒤 표지에 꽃 그림이 있는 공책을 꺼낸다. 가장 예쁜 글씨로 '내 축복의 책'이라고 쓴다. 그 첫날밤에는 자신을 행복하게 해주는 것을 한 가지만 쓴다. 그 이상은 안 된다. 신중하게 선택하라. 사랑일 수도, 아기일 수도, 집일 수도, 일몰일 수도, 친구일 수도 있다. 이 특별한 축복이 가져다준 행복에 관해 한 페이지만 쓰라. 그 이상도 이하도 안 된다.

그리고 당신이 하려고 했던 뭔가를 하면서 한 시간을 온전히 보내라. 은제품을 닦는다든가, 찢어진 커튼을 수선한다든가, 앨범에 사진을 다시 정리한다든가. 얼마나 피곤한지와는 상관없이, 한 시간이 되면 끝내야 한다. 그리고 조심스레 옷을 다시 벗고 침대로 돌아가라.

잠이 곧바로 오지 않더라도 걱정하지 마라. 치료가 끝나기까지 아직 열아홉 밤이 남았다.

몰리는 이 모든 게 바보 같다고 생각했다. 이런 것이 효과가 있을 거라 여겼다니, 에린의 할머니는 분명 그저 단순하고 늙은 할망구였을 것이다. 하지만 에린에게 규칙을 따르겠다고 약속했다.

몰리는 밤마다 표지에 수선화가 가득한 공책과 마주하는 심야의 몇 시간을 위해 어떤 옷을 입을지 고민하는 자신이 어리석게 느껴졌다. 그리고 그 시간에 할 만한 소소한 일을 생각해냈다.

그녀는 가정용 조립식 액자 세트를 찾아내 제리, 빌리, 숀의 사진을 욕실 여기저기에 걸었다. 레시피를 모아 몰리의 요리책을 만들었다. 그것은 늘 즐겨 먹는 음식이 아니라 새롭고 색다른 요리를 시도한다는 의미였다. 그녀는 읽을 책의 목록을 만들고 그 책의 서평을 오려뒀으며, 아이들을 데리고 산책을 나갈 때 다시 도서관을 찾기 시작했다. 도서관에서 꽃꽂이에 관한 책을 빌려 아주 아름답게 꽃꽂이를 했다.

매일 밤 그녀는 다른 축복에 관해 썼다.

이런저런 일들. 제리가 마침내 그녀에게 사랑한다고 고백한 밤, 그녀는 그를 사랑하지 않는다고 말할까봐 그의 얼굴이 하얗고 빨갛게 번갈아 변했던 일.

빌리가 태어났을 때, 아이를 품에 안은 그 순간.

부모님의 은혼식에서 부모님이 딸들도 그들처럼 행복할 줄 당연히 알고 있었다고 말하자 모두가 울음을 터뜨린 순간.

광고회사에서 일할 때, 사장이 몰리가 현명하게 대처해 회사를 지킬 수 있었다고 말한 뒤 그녀가 거래를 따낸 것을 축하하며 다 같이 샴페인잔을 들어올린 순간.

스무날이 지나갔다. 쓰지 않은 축복이 여전히 몇십 개는 남아 있었다. 그녀는 이미 쓴 내용을 다시 관심 있게 읽어보았다. 직장에 관련된 것이 단 하나인 게 참 신기했다. 나머지는 모두 가족에 관한 것이었다.

몰리의 집은 더 밝아졌고, 그녀의 삶은 더 질서가 잡혔다. 그리고 자신이 꽃꽂이에 진짜 재능이 있다는 사실을 알게 되었으며, 지역 호텔에 꽃꽂이를 해주는 일거리를 맡았다.

물론 잠은 여전히 잘 오지 않았다. 아니면 좀 잤을까?

스무 밤이 다 지났고, 이제 일어나 이 심야의 작업을 할 필요가

없었다. 그녀는 그 사실에 실망한 채 몇 시간 뒤척일 마음의 준비
를 했다. 그런데 놀랍게도 벌써 새벽이었다. 일곱 시간이나 잠을
잔 것이다.

어쩌다 한 번 있는 우연일 것이다.

축복의 책이라는 멍청한 아이디어가 정말로 효과가 있을 리 없
었다. 진짜로 그럴 리 없었다.

몰리는 그 이야기를 에린에게 써 보내야 했다.

일주일 뒤 시카고의 친구에게서 소식이 왔다.

"네가 다시 잠을 잘 수 있으니, 우리 이제 진지하게 다음 프로젝
트를 시작해보자. 일 년 안에 우리도 서른이 될 거야. 사람들이 다
른 행성에 가는 시대에 살면서, 우린 아직 대서양도 건너보지 못했
어. 그저 비행깃값만 마련하면 되는 문제라면, 하면 되지. 아일랜
드에서 태어난 우리 할머니는 그 일을 해내는 마법도 알고 계셨어.
어쨌거나 그 오래전에 신세계로 건너오는 법을 혼자 알아내셨으니
까. 신문에 뭔가 방법이 있는지 볼게. 아니면 네게도 어딘가에, 우
리가 필요로 할 때 기댈 수 있는 마법을 아는 할머니가 있을지 모
르고."

그리고 몰리는 그 마법이 어쩌면 에린의 할머니가 물려준 것이
아닐지도 모른다는, 어쩌면 누군가에게 주문을 거는 편지를 쓸 수
있는 에린의 풍요로운 마음에서 비롯된 것일지도 모른다는 사실을
서서히 깨달았다.

레인저 선생의 보상

로니 레인저는 지옥 같은 하루를 보내고 있었다. 진 병을 몇 번 쳐다보았지만 너무 일렀다. 운이 아주 나쁜 하루라 해도, 오후 세시 는 일러도 너무 일렀다. 그리고 어쨌거나 오늘 저녁에 그런 이야기 를 하려면 정신이 좀 또렷해야 했다. 진을 마시면 말할 용기가 나 겠지만, 눈물도 쏟아지고 자기연민에 젖어 투정하는 말도 하게 될 것이다. 커피 한 잔을 더 마시고 본격적으로 청소를 시작하는 것도 괜찮을지 몰랐다. 게으른 여자가 관리하는 집처럼 보이지 않으면 더 자신감 있게 말할 수 있을 테니까.

그녀는 침울하게 진공청소기를 꺼냈고, 시무룩하게 커피나 와 인 자국이 동그랗게 남은 더러운 표면을 스프레이 용액을 뿌려 닦 아냈다. 그리고 고단한 몸으로 휴지통을 비우고 광택 잃은 대걸레 로 부엌바닥을 밀었다. 집안은 확실히 더 나아 보였지만, 그렇다고 그녀의 기분이 더 좋아지지는 않았다. 열심히 집안일을 하고 난 뒤

뿌듯한 흥분을 느끼는 여자가 된다면 얼마나 좋을까. 깨끗이 정돈된 보금자리를 둘러보며 자부심을 느낄 수 있다면 얼마나 좋을까. 어쩌면 제리가 옳을 것이다. 그는 그녀가 남자에게는 물론 누구에게도 가정을 만들어줄 수 있는 여자가 아니라고 했다. 그녀의 언니 프랜시스처럼, 현대식 서비스가 제공되는 아파트에 살면서 집안 살림은 이틀에 한 번씩 오는 착하고 나이 많은 런던내기에게 맡기고 직장생활을 계속해야 할 여자라고.

하지만 어떤 직장? 나이 서른여덟에 퇴물이 된 무용수인데. 너무 늙고, 너무 지치고, 진실을 마주한다면 무용수로서 성공을 거두기엔, 심지어 춤으로 괜찮은 돈벌이를 하기엔 글렀다. 그러니 가정이 필요했다…… 음, 신통찮은 가정이라도. 다른 대안은 없었다.

제리는 여섯시에 집에 와서 한 시간 동안 머물 것이다. 목욕하고, 옷 갈아입고, 술 한잔 획 비우고, 다시 나갈 것이다. 고객 때문이었다. 타운에 며칠 묵어가는 사람들이라 그들이 좋은 시간을 보내도록 해주는 게 무엇보다 중요했다. 모든 일이 사무실 책상에서만 진행되는 것은 아니었다. 많은 일이 레스토랑에서 쓰는 접대비로 이루어졌다. 그도 그녀를 데려가고 싶어했다. 하지만 로니도 알지 않는가…… 그가 사업상 만나는 사람들은 모두 믿을 수 없을 만큼 고리타분한지라 그가 왜 아내를 데려오지 않았었는지 알고 싶어할 것이고…… 그러면 긴 설명을 해야 할 것이다. 로니는 그런 점을 당연히 이해할 것이다, 그렇지 않은가?

로니는 이해할 수 있었다. 하지만 마음이 좋지는 않았다. 이 년 전 그와 동거를 시작했을 때, 그는 고객과 식사하는 일이 없었다. 일 년 전부터 식사 자리가 생기기 시작했는데, 그때는 열한시면 끝나서 그는 서둘러 집으로 돌아왔다. 요즘은 종종 고객과 하룻밤 호텔에 묵어야 하는 경우가 생겼는데, 그게 더 수월하기 때문이었다.

로니는 자기가 꼭 아내 같다고, 하지만 최악의 상황에 놓인 아내 같다고 혼자 생각했다. 안전하다는 느낌도 없었고, 그가 그녀를 사랑하고 곁에서 그녀를 돌봐줄 거라는 확신도 없었다. 존중에 대해 조금도 혹은 전혀 신경쓰지 않는 이 세상에서 제리가 존중을 보이지도 않았다…… 사업 동료들에겐 달랐지만. 로니가 자신을 패배자로 생각할 만한 이유는 백 가지가 있었고, 성공했다고 생각할 만한 이유는 거의 없었다. 친구들이 타협하고 결혼해 정착한 것을 늘 경멸하던 그녀가 이제 그들을 부러워하다니 아이러니하지 않은가. 그린벨트 어딘가에서 두 아들과 개 두 마리와 함께 생활비를 넉넉히 쓰면서, 주위에 가까운 친구들과 어울리며 살아가는 제리의 아내가 심지어 더 잘살았다.

로니는 지역 무용학원에서 사무를 보며 근근이 먹고살 돈을 벌었다. 전혀 잘사는 게 아니었다. 고작 일주일에 사흘 일했고, 보수도 넉넉하지 않았다. 제리는 그녀가 좋은 옷을 입고 비싼 음식을 내오기를 기대했다. 그는 체스트넛 스트리트에 있는 집의 집세와 그 밖의 청구서 대금을 냈다.

그녀는 이렇게 살려고 학교에서 무용을 가르치는 일을 포기한 것이다. 가르치는 일을 포기하는 것은 큰 희생이 아니었다…… 여기로 세 시간, 저기로 네 시간 운전해서 돌아다녀야 했다. 그녀가 뭘 가르치는지에는 정말로 아무런 관심도 없이, 디스코장에서 몸을 흔든다고 생각하는 여자애들이 큰 덩치로 음악도 무시하고 리듬감도 없이 춤을 춘다. 그녀 자신도, 가르치는 학생도 성과를 낼

리 없다는 사실을 아는 채로 여자 교장과 강사료를 놓고 씨름해야
하고 소득세 신고를 해야 한다.

오늘밤 로니는 제리에게 지금의 상황 전체에 대해 뭔가 말할 것
이다. 오늘밤 그가 술 마시는 시간으로 빼놓은 이십 분 동안 가만히
앉아, 그들이 공유하려 했던 모든 것에서 자신의 몫은 아주 빈약하
다고 설명할 작정이다. 하지만 그녀가 조금이라도 감정을 내비치
면 그는 아내처럼 군다고 말할 것이다. 그러니 침착하게 말해야 한
다. 그의 말에는 그녀에 대한 협박이 숨겨져 있고, 그것은…… 그
녀 역시 버려질 수 있다는 의미였다. 하지만 로니는 차도, 아이도,
개도, 생활비도 없이 버려질 것이다. 떠나야 하는 사람은 로니가
될 것이다. 여기는 그의 집이지 그녀의 집이 아니었다.

어쩌면 그녀는 시간 여유가 더 있을 때까지 그 이야기를 미뤄야
할 것이다. 이십 분은 그의 잘생기고 지적인 얼굴을 보면서 뭐가
잘못됐는지 설명하기에 충분한 시간이 아니었다. 그 얼굴에 참을
성 없고 짜증난 표정이 스쳐가는 것을 봐야 할 것이다. 하지만 그
들에게 그런 시간이 언제 있겠는가? 이번 주말은 그가 한 달에 한
번, 아이들이 아버지를 모르고 자라지 않도록 가족과 보내는 날이
었다. 스스로 할 수 있는 뭔가가 있다면, 그녀도 그에게 별로 요구
하지 않을 것이고 요구할 필요도 덜 느낄 것이다.

바로 그 순간 전화벨이 울렸고, 로니는 제리가 회사에서 옷을 갈
아입기로 했다고 알려주는 전화일 거라고 반쯤 예상했다. 하지만
자신이 맞는 번호로 전화했는지 확인하는, 아이인지 어른인지 몰
라도 자신 없고 망설이는 듯한 여자의 목소리가 들려왔다.

"레인저 선생님을 찾고 있는데요. 몇 년 전에 세인트메리학교에

서 무용을 가르치셨어요. 이 번호가 맞는지 모르겠네요."

로니는 깜짝 놀랐다. 제리의 집으로 전화를 걸어 그녀를 찾은 사람은 아무도 없었다. 어쨌거나 그녀는 그 수가 점점 줄어들고 있는 친구 중 누군가에게 여기 번호를 알려준 적도 결코 없었다. 그녀를 찾고 싶으면 무용학원으로 전화하면 되었다.

"맞아요. 그런데 이 전화번호를 어떻게 알았죠?" 로니가 죄지은 기분으로 물었다. 그 순간에라도 제리가 들어와, 누군가가 그가 만든 비밀의 그물을 뚫고 들어온 사실을 알게 될까봐 두려웠다.

"아주 복잡해요." 목소리가 말했다. "제 이름은 매리언 오로크예요. 종종 선생님을 찾고 싶다고 생각했는데, 제리와 같이 일하는 남자와 점심을 먹다가 대화중에 어쩌다, 음, 제리가 전에 무용수였던 레인저라는 여자분과 산다는 이야기가 나왔어요. 그래서 연락 한번 드려봐야겠다고 생각하게 된 거예요. 마침내 찾아서 기쁘네요."

로니는 전에 가르친 학생 누군가가, 이름도 기억나지 않는 여자가 자신을 이렇게 쉽게 찾아냈다는 데 화가 났다. 제리의 동료가 '그냥 대화중에' 제리가 무용 강사하고 같이 산다는 말을 했다는 데는 더욱 화가 났다. 비밀주의는 어디로 갔는가? 모든 것을 조용히 둘 필요성은 이제 어디에 있는가? 그녀는 생각했다.

"그래서 말인데요." 매리언이 자기가 미치는 영향에 대해서는 전혀 모른 채 말을 이었다. "언제 저하고 같이 식사하지 않으실래요? 같이 지난 시절 이야기를 하고 싶어요. 저는 여기 며칠만 머물 예정이에요. 선생님을 다시 만날 수 있다면 무척 기쁠 거예요."

로니는 더욱 당황스러웠다. 이게 음모는 아닐까? 혹시라도 최후의 결전을 벌이고자 하는 제리의 아내는 아닐까?

"지난 시절이라니?" 그녀가 다소 무뚝뚝하게 물었다.

여자의 목소리는 마음에 상처를 입고 당황한 듯 들렸다. "죄송해요, 레인저 선생님. 좀 이상하게 들렸나봐요. 저는 그저…… 음, 제가 선생님께 많은 빚을 졌어요. 저는…… 저희에게 무용을 아주 잘 가르쳐주셔서 감사하고, 그게 제게 어떤 의미였는지 조금이라도 말씀드리고 싶었어요. 그게 다예요."

로니는 또다시 죄책감이 들었다.

"정말 미안한데…… 어…… 매리언. 물론 그러면 좋겠죠. 다만 나는 어떤 학생에게건 고맙다거나 뭐 그런 말을 들으리라고 기대한 적이 없어요. 학생은 아주 많고, 알다시피 학생들은 대체로 잘 잊어버리잖아요."

매리언이 기분좋은 웃음을 터뜨렸다. "맞아요. 우리에겐 선생님이 중요한 존재이지만, 선생님에겐 우리가 그만큼 중요하지 않다는 걸 우린 종종 잊어버려요. 선생님도 선생님을 가르친 분들은 아마 기억하겠지만, 우리에 대해서는 다 잊으셨잖아요. 아무튼 내일이나 모레쯤 선생님이 시간이 되신다면 정말로 뵙고 싶어요…… 지루하지 않을 것 같으시면요."

매리언은 직설적이고 편안하고 괜찮은 사람 같았다. 로니는 한동안 그런 사람과 대화를 나누지 못했다. 매리언 오로크? 모르겠다, 누군지 정말 모르겠다. 세인트메리학교의 여학생 중 절반은 어쨌거나 아일랜드 성을 썼다. 학교를 운영하는 못된 브리지드 수녀까지 포함해서. 그 수녀는 돈 한푼 가지고 로니와 싸웠고, 끝내 로니에게 성당 건립 기금을 내라는 요구까지 했다. 어쩌면 그 시절의 누군가를 만나는 것이 좋을 수도 있었다. 예전 이야기를 하며 몇 번 하하 웃을 수도 있었다.

"오늘 저녁에 시간이 있어요." 로니가 얼른 말했다.

"좋아요!" 매리언이 기뻐했다. 그들은 어느 레스토랑에서 만나자고 약속을 정했다. 로니가 서로 어떻게 알아보면 되겠는지 묻자, 매리언이 누구든 자기 선생님은 기억한다고, 그러니 자기가 알아볼 수 있다고 그녀를 안심시켰다.

그 때문에 제리와 부딪치기로 결심한 것은 미뤄졌고, 그날 밤 뭘 먹을지 고민할 필요도 없어졌다. 일곱시까지 레스토랑에 가려면 서둘러야 했다. 제리의 목욕물은 그가 직접 받고, 보드카와 토닉도 직접 따라 마시면 된다.

로니는 쪽지를 남겼다. '옛친구를 만나서 저녁을 먹을 거야. 나중에 봐, 사랑해.' 그녀는 그렇게 쓰고 아주 흡족한 마음이 들었다. 십 분 전에 느낀 긴장감은 전혀 드러나 있지 않았다. 그녀는 케이프를 걸치고 화장을 가볍게 한 뒤 저녁의 추운 바람 속으로 나섰다.

그녀는 기대하는 눈빛으로 레스토랑 안을 둘러보았다. 둘씩 혹은 여럿이 앉은 테이블 사이에 여자 혼자 앉아 있는 테이블이 넷 있었다. 여자들이 이렇게나 많이 혼자 나와 있다는 사실이, 혹은 레스토랑에 앉아 누군가를 기다린다는 사실이 그녀는 흥미로웠다. 혼자 이런 걸 할 수 있다는 생각은 해보지 못했었다. 어쩌면 나는 자기 방식을 절대 벗어나지 않으려고 하는 지독한 구닥다리가 되어가는지도 모르겠어, 그녀는 문득 그런 생각이 들었다.

한 테이블에서 검은 곱슬머리에 검은색과 하얀색 카프탄을 입은 여자가 열심히 손을 흔들었다. 얼굴에 함박웃음을 짓고 있었고, 뚜껑을 딴 화이트와인 한 병이 이미 테이블에 놓여 있었다.

"레인저 선생님, 하나도 안 변하셨네요. 칠 년이나 지났는데 똑같아요."

칠 년 전이라, 로니는 생각했다. 그때 그녀는 스물셋 아니면 스물넷이었을 것이다. 대화를 시작하는 매너가 꽤 좋았다. 나보고 허리에 파란색 띠가 둘러진 파란색 교복을 입은 여학생 중에서 이 아이를 찾아내라고 했다면, 아마 기억하지 못했을 거야. 음, 어쨌거나 수녀원 학교가 이 아이를 망쳐놓진 않은 것이다. 이 아이는 브리지드 수녀에게 거의 상처받지 않고 탈출한 것이다.

"매리언, 나를 그냥 로니라고 불러도 돼." 그녀가 단호하게 말했다. "이 레스토랑에 있는 누구에게도 너처럼 세련된 여인이 한때 내 제자였다는 걸 알리고 싶지 않으니까."

매리언은 기뻐서 환하게 웃었다. 식사는 기분좋게 시작되었다. 그들은 타운, 레스토랑, 혼자 외식하는 여자가 더 많아졌다는 사실, 전체 메뉴가 영어로 되어 있는데 '커피'만 '카페'라고 해놓은 어처구니없는 처사에 대해 이야기를 나누었다. 그리고 와인을 직접 만드는 것과 토마토를 직접 재배하는 것, 별 이유 없이 상을 받은 영화, 놀라운 결과를 보여준 보궐선거에 대해 이야기했다. 매리언의 직업에 대해서도 이야기를 나누었는데, 교사라고 했다.

"무용을 가르치니?" 로니가 물었다. 이것이 정말로 이 착하고 명랑한 아이가 그녀를 찾은 이유일 것이다. 가르칠 다른 곳이 있는지 조언을 얻거나, 가르치는 일이 어떤지 의견을 교환하고 싶은 것이다.

"설마요?" 매리언이 깜짝 놀라서 말했다.

"음, 왜 못해?" 로니가 말했다. "그러니까, 나는 오랫동안 무용

을 가르쳤어. 그건 공중화장실 청소부나 우주비행사가 되는 것과
는 달라. 그 일을 하는 사람은 많아."

"저는 초등학교에서 가르쳐요." 매리언이 말했다. "이 년 됐어
요. 지금은 중간 방학이고요. 그래서 지금 이곳에 와 있는 거예요.
하지만 제가…… 무용을 가르칠 수 있을 거라고 잠시라도 생각하
신 건 아니겠죠?"

로니는 약간 혼란스러웠다. "음, 네가 전화로 무용 수업을 기억
하고 좋아했다고, 내게 고맙다는 말을 하고 싶었다고 해서…… 네
가 내가 걸었던 길을 따른 게 아닌가 생각했지."

매리언이 침착하게 그녀를 쳐다보았다.

"레인저 선생님, 로니, 그러니까, 저는 몸무게가 아무것도 입지
않고 재도 100킬로그램이 넘어요. 그런 몸으로 무용수가 된다면
참 어지간하겠어요."

"그렇게 보이지 않아. 하지만 그렇다 해도 그게 큰 차이를 만들 것
같지는 않구나. 무용 강사는 권투선수처럼 몸무게를 재지 않거든."

매리언이 웃었다. "제가 엄청 큰 옷을 입은데다 지금 앉아 있어
서 그래 보이지 않는 거예요. 제가 만나서 고맙다는 말씀을 드리고
싶었던 이유가 사실 제 몸무게와 관련이 있어요. 무용 수업이 시작
됐을 때 사실 저는 그 수업에 들어갈 엄두가 안 났어요. 브리지드
수녀님은 그 수업을 들으려면 한 학기에 6파운드를……"

"내겐 학생당 3파운드만 줬어." 로니가 발끈해서 말했다.

"오, 남은 돈은 아마 전부 성당 건립 기금에 들어갔을 거예요."
매리언이 말했다. "아무튼 제가 모든 걸 다 해봐야 한다고 생각한
아버지가 고집을 부리셨죠. 첫날 수업에 들어가는 게 정말 두려웠

던 기억이 나요. 저는 아주 뚱뚱하고 못생겼으니까요. 그리고 훈련식 수업은 공포였어요. 체육이 악몽이었으니, 무용은 최악일 거라고 생각했어요."

로니는 자기 앞에 앉아 있는 이 침착한 여자를 쳐다보았다. 하지만 생각해보면 어렸을 때는 모든 게 혼란스럽지 않은가.

"그래서 수업 첫날에 아픈 척하면서 수업이 끝날 때까지 탈의실에 숨어 있었어요. 그리고 집으로 돌아와 수업을 들은 척했어요. 아버지는 모든 일에 관심이 아주 많아서, 자꾸 어떤 걸 배웠는지 물으셨어요. 아버지가 힘들게 번 6파운드를 낭비한다고 생각하니 기분이 뭣 같았죠. 그래서 다음날엔 수업을 듣기로 결심했어요. 우리 모두 줄을 섰고, 선생님이 삼바 스텝을 가르쳐주셨어요. 생생하게 기억나요, 선생님이 발을 앞뒤로 움직이던 거요. 곧 학생들이 전부 따라 했고, 이어 제가 가장 두려워하던 순간이 왔어요. 파트너를 정해 짝을 지어 배우는 순간이요. 제겐 아무도 같이하자고 하지 않을 게 뻔했고, 아이들의 머릿수도 이미 세어봐서 홀수라는 걸 알고 있었어요. 그러니 저 혼자 남겨질 거라는 사실을 이미 알았죠. 하지만 실제로 둘씩 짝을 짓기 전에 선생님이 다가와 제 손을 잡고 파트너로 선택하셨어요. 그리고 음악이 다시 시작됐고요. 선생님은 음악소리보다 더 크게 소리를 지르셨어요. '뻣뻣하게 움직이지 말고 긴장 풀어. 다리만 움직이지 말고 몸을 움직여. 제발 좀, 알아들었니?' 학생들은 모두 꼭두각시 인형처럼 동작이 부자연스러웠어요. 선생님과 저는 춤을 추면서 다른 학생들을 지나갔고, 선생님은 그애들에게 동작을 가르쳐주셨어요. 그러는 내내 선생님과 저는 완벽하게 춤을 추었고요. 선생님이 제게 이름을 물어보셨죠.

그리고 여전히 서툴게 춤을 추는 아이들에게 '몸을 내맡겨봐. 맙소사, 매리언과 내가 하는 것처럼 자연스럽게 리듬을 타봐'라고 말했어요. 제 인생에서 처음으로, 제가 한심하거나 바보 같지 않은 모습으로 거기에 있었어요. 그 교실에 있는 누구도 선생님이 저를 불쌍히 여긴다고 생각하지 않았어요. 저 혼자 남겨지기 전에 선생님이 저를 선택하신 거예요.

레인저 선생님, 그게 얼마나 중요했는지 선생님은 전혀 모르실 거예요. 거기서 끝이 아니었어요. 다음 수업에도, 그다음 수업에도, 그다음 수업에도 그렇게 하셨어요. 선생님은 제가 선생님의 파트너란 걸 거의 무의식적으로 인정하셨고, 가끔 어려운 스텝을 할 때면, 탱고의 사이드스텝 같은 거요, '매리언, 맙소사, 너는 저쪽으로 가서 저쪽을 맡아. 나는 이쪽에 있는 애들을 좀 가르쳐볼 테니까' 하고 말씀하셨죠.

그리고 놀랍게도 제가 춤을 잘 춘다는 사실을 모두가 인정하게 됐어요. 탈의실에서 애들이 저보고 스텝을 가르쳐달라고 했죠. 그리고 학기말에 학교에서 무도회가 열렸어요. 물론 남자애들은 없고 우리끼리 하는 행사였어요. 진짜 남자애들이 없어도 수녀님들은 음악만으로 충분히 이교도적이라고 생각했어요. 그 무도회에서 아이들은 계속 저보고 같이 춤을 추자고 했어요. 그 아이들 전부와 다 출 수 없을 정도로요. 그날이 실제로 제 성장의 출발점이라 할 수 있어요. 전에는 숨곤 했어요. 아무 일도 아닌데 얼굴이 빨개졌어요. 수업중에 책을 읽다 '뚱뚱하다'라는 단어가 나오면 애들이 전부 저를 쳐다볼 거라는 생각에 얼굴이 빨개졌어요. 그리고 폴스타프* 이야기가 나와도, 카이사르가 '내 주변에 뚱뚱한 사람을 뒤야겠다…… 저기 저 카시우스는 마르고 굶주린 표정을 하고 있구나'라고 말하는 대목이 나와도 교실 전체가 저를 떠올릴 것 같아 두려웠어요. 선생님은 정말로 많은 걸 해주셨어요. 그래서 선생님께 이 이야기를 해드리고 싶었던 거예요."

로니는 매리언을 자세히 들여다보았다. 그랬다, 매리언은 얼굴이 통통했고, 웃으면 턱이 여러 개가 되었다. 테이블에 올려놓은 손은 길쭉하고 가느다랗기보다 둥글고 포동포동했다. 카프탄에 잡힌 주름 밑으로는 살덩이가 출렁거릴 것 같았다. 하지만 '이 사람은 뚱뚱보로군' 하고 생각하려면 상대의 몸무게만 따져보는 그런 마음 상태여야 할 것이다. 이 아이는 아주 차분해 보인다고 로니는 스무번째로 생각했다. 그랬다. 그 단어는 분명 매리언을 묘사하기에 적합한 말이었다. 이 아이가 정말로 그 모든 공포를 다 경험했고, 로니가 정말로 이 아이를 그 공포로부터 구해주었는가? 아니면 그저 사춘기의 일반적인 힘든 상황에서 벗어난 이야기를 낭만적으로 묘사한 것인가?

매리언이 로니의 마음을 읽은 것처럼 말했다. "제가 이 모든 이야기를 과장했고, 수녀원 학교의 학생 전부가 한심하고 딱하다고 생각하실지 몰라요. 하지만 그렇지 않아요. 뚱뚱한 여자애는 학교에서 쓰레기 취급을 받았고, 다른 아이들도 불안정하긴 마찬가지여서 그 감정을 뚱뚱한 아이에게 쏟아냈어요. 학교에 뚱뚱한 아이가 저 말고 딱 두 명 더 있었는데, 지금도 이름을 기억해요. 그중 한 명이 무용 수업을 들었는데, 어쨌거나 시무룩한 아이였고, 그애

---

* 셰익스피어의 희극에 등장하는 쾌활하고 재치 있는 뚱뚱보 기사.

의 친한 친구가 그 수업을 같이 들었어요. 그래서 둘이 제대로 배우진 않으면서 낄낄거리기만 했어요. 선생님이 느린 왈츠의 기본 스텝을 가르쳐주셨을 때 그애가 해보려고 하자 나머지 애들이 비웃었어요. 누구도, 단 한 사람도 저를 비웃지는 않았는데, 그건 선생님이 '자, 매리언, 네가 해봐. 모두 매리언의 발을 잘 보도록' 하고 말씀하셨기 때문이었어요. 아이들은 그렇게 했어요. 제 인생에서 처음으로 일종의 존경심을 갖고 제 발을 지켜봤어요."

로니는 무슨 말을 해야 할지 몰랐다. 마침내 그녀가 말했다. "이 말을 하면 네 기분이 더 좋아질지 나빠질지 모르겠지만, 나는 네가 기억나지 않아. 그건 아마 내 눈엔 네가 뚱뚱해 보이거나 한심해 보이지 않아서였을 거야. 알겠지만, 나는 그렇게 다정한 사람이 아니야. 연민 때문에 그렇게 했을 리가 없어. 아마 네가 눈에 띄어서 그랬을 거야. 리듬 감각이 있는 아이, 나를 도와줄 아이로 너를 선택했던 거고. 그러니 네게 다정했다는 이유로 고마워할 건 없어. 왜냐하면 나는 다정하게 대한 기억이 없으니까. 나는 그런 성격이 아니야."

"저도 알아요." 매리언이 솔직하게 말했다. "선생님은 다정하지 않으셨고, 우리에게 관심도 없으셨어요. 그건 사실이에요. 선생님은 바오로 수녀님 같지 않으셨어요. 그 수녀님은 학생 중에 딱해 보이는 애가 있으면 잘해주려고 무진 애를 쓰셨죠. 여드름이 잔뜩 났거나 집이 몹시 가난하거나 뚱뚱한 아이가 있으면, 크리스천의 자비의 날개로 감싸주셨어요. 그건 믿을 수 없을 만큼 깔보는 걸로 느껴져 당혹스러웠어요. 하지만 선생님은 아주 무심했어요. 그리고 좀 냉정했는데, 그래서 선생님 눈에는 제가 정말로 평범하게 보이는 거라고 생각했어요. 그게 더 기분좋기도 했고요."

무심하고, 조금 냉정하지. 새침한 젊은 여자라기보단 강인하고 자기본위적인 사람. 그게 그때의 내 모습이고 지금의 내 모습이야, 로니는 생각했다. 제리는 내가 지금 상황을 있는 그대로 받아들이길 기대한다. 그는 아마 나의 자기본위적인 면이 나를 다른 곳으로 데려가면 내가 그에게서 멀어질 거라고, 그러면 그 자신도 같은 방식으로 행동할 권리가 있다고 생각할 것이다. 내게 고맙다고 말하는 이 아이조차 그 오래전에 내가 어떤 사람인지 알고 있었다.

"제리의 친구와는 어떻게 아는 사이니?" 로니가 불쑥 물었다.

"제임스요. 아시겠지만, 제리가 다니는 회사의 직원이에요. 종종 제리 이야기를 해요. 사실 제임스가 여기 와서 며칠 있으라고 저를 초대한 거예요. 서로 사귄 지 일 년쯤 됐고, 그는 우리가 곧 약혼할 거라고 생각해요."

"너도 그러고 싶고?" 로니가 물었다.

"그렇기도 하고 아니기도 해요. 많은 사람의 결혼이 깨지는 걸 봤어요. '나는 기혼이에요'라는 말을 하려고 서둘러 해치우고 싶지는 않아요. 열여섯 살 때는 결혼하면 참 좋을 거라고 생각했어요. 친구들보다 한발 앞서가는 셈이고, 서로 이렇게 말할 테니까요. '우와, 매리언 오로크가 결혼했대!' 하지만 저는 더이상 그렇게 생각하지 않아요. 그러니까 그건 자신을 한 사람에게, 한 가지 방식의 인생에 바치는 거잖아요. 확신이 있어야 해요. 제임스는 조금 기다려보자고 말해요. 그는 우리가 제 아버지 앞에서 당당하기를 바라고, 우리가 같이 사는 문제에 대해선 신경쓰지 않아요. 회사에선 누구도 이런 관계에 큰 관심이 없어요. 전통적인 결혼생활을 하는 사람은 거의 없어요."

"그래, 맞는 말이야." 로니가 침울하게 말했다.

"그래서 그 사람이 저를 보러 오고, 저는 홀수 주에 여기로 와요. 그사이에 그 사람은 자기 일을 하고 저는 제 일을 해요. 여기서 괜찮은 교사 자리를 찾으면 여기로 올 거예요. 하지만 누군가와 같이 살면 모든 것이 멋질 거라고 기대하는 건 바보 같은 일이라고 생각해요, 안 그래요?"

"오, 그렇지." 로니가 말했다.

"아직 무용을 가르치고 계시죠, 레인저 선생님…… 로니? 선생님이 가르치지 않는다면 그건 범죄예요. 그동안 줄곧 누구에겐가 해온 좋은 일을 생각해보세요."

그리고 매리언의 침착하고 둥근 얼굴이 그녀를 기분좋게 격려하듯 쳐다보는 동안, 로니는 슬픈 마음으로 천천히 그동안 누구에겐가 해온 좋은 일을 생각해보았다.

더블린에서 내린 결정

그는 외동아들이었고, 그녀는 누구도 아들의 상대로 충분하지
않을 거라 생각했다. 왕족 가문의 누군가가 개종해서 아들과 로마
의 성베드로성당에서 결혼식을 올린다 해도 마찬가지였다. 그럼에
도 그녀는 아들이 행복해지기를 몹시 바랐다. 그는 그녀 인생의 전
부였다. 그녀가 여섯 달 된 아이를 작은 꾸러미처럼 품에 안고 있
던 그날 저녁 집에 돌아온 남편이 눈동자에 별빛을 반짝이며 집을
떠날 거라고 말한 그때 이후로 이십이 년 동안 그랬다.

모린은 가족과 친구들이 있는 더블린으로, 체스트넛 스트리트로
돌아가기엔 자존심이 너무 셌다. 그들이라면 그녀에게 힘을 북돋
아주고 같이 안타까워하고 남자들의 신의 없음에 혀를 찼을 텐데
도. 아기 브라이언은 활기찬 삶을, 할머니를, 이모들을, 삼촌들을,
사촌들을 누렸을 것이다. 하지만 모린은 그것을 거부했다. "내가
그렇게 말했잖아"라는 말을 듣게 되거나 그런 말이 허공에 떠 있

는 것을 자존심이 허락하지 않았다. 그들은 그녀가 보자마자 단박에 열정적인 사랑에 빠진 그 잘생긴 남자를 조심하라고 경고했었다. 그녀는 그에 대한 나쁜 소리는 한마디도 듣지 않으려 했다. 그들 앞에서 반짝거리는 약혼반지를 의기양양하게 보여주었다. 그러니 그들이 틀린 것이다. 그렇지 않은가? 그는 그녀와 결혼하길 원했고, 죽음이 그들을 갈라놓을 때까지 그녀를 존중하겠다고 했다. 혹은 그녀의 어머니가 신랄하게 말했듯 뭔가 아주 조금 더 흥미로운 일이 일어날 때까지.

브라이언이 여섯 달이 됐을 때 뭔가 아주 조금 더 흥미로운 일이 일어났다. 그 잘생긴 남편이 떠났다. 하지만 그는 그 새로운 둥지에도 오래 머물지 않았고, 그녀는 그 사실을 알고 불쾌하면서도 기뻤다. 딸 하나의 아버지가 될 만큼은 긴 기간이었지만. 그뒤로는 자식이 더는 없었다.

그는 모범적인 아버지, 잘생긴 망나니였다. 생활비를 보냈고, 생일과 크리스마스에 선물을 보내고, 엽서나 편지도 보냈다. 일 년에 네 번 나타나 유쾌하고 화목한 시간을 가졌다.

"내가 네 아버지가 될 수 있는 방법은 없어, 브라이언." 그는 말했다. "아기인 너를 버리고 떠났을 때 그건 이미 포기했어. 하지만 네가 나를 필요로 할 때 언제든 친구가 되고 싶구나."

그는 모린에 대해서는 먼 사촌인 것처럼 감탄과 거리를 둔 애정을 담아 이야기했다. 늘 그녀를 칭찬해서, 페어플레이 정신이 있다면 그를 질책하는 말을 할 수가 없었다. 그에 대한 사랑은 오래전에 끝났고, 그의 칭찬을 떠올리면 그냥 웃음만 났다. 지난 시절, 그가 필요할 때 쉽게 꺼내 쓰는 매력의 일부인 줄도 모르고 그의 말을 믿었던 것을 떠올리면 쓴웃음이 지어졌다.

"너는 더블린으로 돌아가야 해." 그가 아들에게 여러 번 말했다.

"왜요?" 브라이언은 이유를 알고 싶었다. 궁금한 게 당연했다. 그는 거기가 어머니의 고향인 것을 알았지만, 그들은 그곳에 한 번도 간 적이 없었다. 그쪽 해안에서 친척들이 이리로 찾아온 적도 거의 없었다.

"거긴 큰 도시야." 브라이언의 아버지가 설명했다. 그의 잘생긴 얼굴이 좋은 기억으로 환해졌다. "나는 일 때문에 몇 번 다시 갔어. 좋은 느낌이 감도는 곳이야. 큰 건물과 강 위로 놓인 다리가 있어서 어떤 면에서는 도시적이지만, 여전히 작은 타운 같기도 해. 어제 만난 사람들과 계속 마주치거든. 너라면 좋아할 거야. 런던 사람인 나도 좋아하는걸."

모린은 이 남자가 그녀의 도시에 대해 그렇게 쉽게 설명하는 게 싫었다. 그녀가 이곳의 망명자가 된 것은 동정과 관심을 드러내며 보호하려 드는 그들과 대면하고 싶지 않아서였다. 아버지의 장례식에도 차마 가지 못했다. 그런데 이 모든 상황을 만든 장본인인 그는 가벼운 마음으로 그곳에 돌아가, 그 시절 자기가 한 헛된 약속은 하나도 기억하지 못하고 좋은 점만 본 것이었다.

브라이언은 자라서 아버지처럼 잘생긴 남자가 되었지만, 모린은 또한 아들이 그녀에게서 물려받은 성품인 배려심과 분별력을 가진 사람으로 자랐다고 생각하고 싶었다. 브라이언은 돈이란 늘 부족한 것임을 알고 있었다. 그의 어머니는 약국에서 화장품을 팔았는데, 그 일을 좋아해서가 아니라 집 융자금을 갚기 위해서였다. 브라이언은 많은 학교 친구들이 즐긴 스페인 휴가도, 비싼 가죽재킷도 가질 수 없다는 사실을 알고 있었다. 오토바이에 대한 말은 꺼낼 수도 없었다.

하지만 그는 침실 겸 거실로 쓸 수 있는 방이 있었고, 그곳에서 친구들은 늘 환영을 받았다. 그에게 여자친구가 생겼을 때는 그들 또한 집에서 따뜻한 환영을 받았다. 그의 어머니는 여자친구가 가톨릭 신자인지, 진지한 관계인지 묻지 않았다. 어떤 어머니를 가졌는지에 관한 한, 브라이언은 자신이 참 운이 좋다고 생각했다. 어머니는 외모가 매우 아름다웠고, 그보다 스무 살 더 많을 뿐이었으며, 멋진 적갈색 머리에 주근깨가 있었다. 아버지가 더블린의 얼굴이라고 부른 외모였다. 브라이언은 어머니에게 친구가 더 많았으면 했고, 남자친구도 있었으면 했다. 아직 사십대 초반인데, 그 모든 감정이 완전히 지나갔을 리 없었다. 요즘 나오는 글들을 보면 그럴 리 없었다.

그리고 지금 브라이언은 사랑에 빠져 있었다. 정말로 진심으로…… 이번에는 폴라였다. 그는 폴라도 자신을 사랑한다는 사실을 믿을 수가 없었다. 그녀는 아주 아름다웠고 그녀를 원하는 곳도 많았다. 브라이언이 관리자로 일하는 작은 펍의 극장에서 주인공 역을 맡고 있었는데, 사람들이 그녀를 보려고 이 새 연극에 몰려들었다. 심지어 전국지의 비평가들도 그 연극을 보러 왔다. 펍의 벽에는 모든 리뷰를 유리 케이스에 넣어 걸어놓았다. 한 리뷰는 폴라를 미래의 스타로 소개하면서, 그녀를 발굴한 사람으로 브라이언을 언급하며 축하의 말을 덧붙였다. 브라이언은 그 신문을 열두어 부 사서 어디에나 들고 다녔다. 그의 이름과 폴라의 이름이 함께 인쇄되었다는 것, 엄밀히 말해 사실은 아니지만 그가 그녀를 발굴

했다고 축하를 받은 것은 가슴 벅찬 일이었다.

브라이언은 어머니가 폴라를 좋아하지 않는다고 느꼈다.

어머니는 어떤 말도 한 적이 없었고, 어떤 말도 하지 않을 것이었다. 하지만 그는 얼어붙을 듯한 그 분위기를 감지할 만큼 어머니를 잘 알았다. 이유를 알 수 없었다. 그가 폴라를 집에 데려왔을 때, 폴라는 매 순간 아주 예의바르고 공손했다. 그녀가 배우라서 그런 것도 아니었다. 어머니는 전에도 배우인 여자친구를 만나고 대한 적이 많았다. 브라이언이 폴라의 집에서 자고 오는 것과도 상관이 없었는데, 그가 열여덟 살이 된 이후로 어머니는 이제 성인이니 자유롭게 행동해도 된다고 말했기 때문이었다.

그는 어머니와 폴라가 여자끼리의 대화를 나누는 사이가 되기를 바랐다. 잠시 두 사람만 있게 하면 혹 우정이 자라날지 몰랐다.

폴라와 모린은 부엌 식탁에 앉았다. 브라이언은 핑계를 대고 한 시간 동안 두 사람만 있게 했다.

폴라는 머리칼이 적갈색이고 코에 주근깨가 돋은 매력적인 여인을 쳐다보았다. 왜 재혼하지 않은 거지? 모린이 철저히 종교적인 사람이라든가 그런 건 아니었다. 아주 평범해 보였고, 옷도 예쁘게 입었으며, 자신을 잘 가꿨다. 물론 그녀가 공짜 샘플 같은 것을 얻을 수 있는 곳에서 일하기는 했다. 모린은 전적으로 상냥한 사람이었지만, 폴라는 그녀가 브라이언의 상대로 자신을 원하지 않는다는 것을 알았다.

모린은 선이 분명한 하얀 얼굴에 까만 머리칼을 당겨 묶어 들쑥날쑥한 헤어라인이 드러난 이 매력적인 아가씨를 쳐다보았다. 폴라는 현대적인 미인이었다. 아담하고 우아했으며, 모린이 오래전

부터 부러워한 자신감이 있었다. 그리고 브라이언을 차지할 것이
었다.

그들은 역할에 빠지지 않기 위해 싸웠다. 폴라는 사랑의 대상이
되지 않기 위해, 모린은 하나뿐인 아들이 둥지를 떠나는 것을 지켜
보는 어머니가 되지 않기 위해 애썼다. 그렇게 되지 않으려고 할
수 있는 모든 것을 했다.

폴라는 이스트엔드에 사는 자신의 가족 이야기를 했다. 그녀의
가족 모두 배우는 매우 불안정한 직업이라고 생각했다. 그들은 폴
라가 잘하면 매니저까지 승진할 수도 있는 작은 옷가게에서 일하
길 바랐다. 그럼에도 폴라가 신중하게 해나가고, 또 극장을 관리
하는 아일랜드 남자를 만난 것을 보고 그들도 지금은 그 일이 좀더
안정적이라고 생각하게 되었다. 아주 안전한 삶 같았다.

"브라이언을 아일랜드 사람이라고 생각해요?" 모린이 흥미를
보이며 물었다. 아들은 그녀의 고국에 가본 적이 한 번도 없었다.

"당연히 그렇게 생각해요. 어머님이 거기 출신이시잖아요. 아버
지는 브라이언의 삶에 별 영향을 주지 않으셨고요."

"우리는 더블린으로 돌아가지 않아요. 우리 스스로는 런던 사람
이라고 생각하거든요, 아마도." 모린이 느리게 말했다.

"더블린에 가고 싶지 않으세요?" 폴라가 물었다. 폴라는 이 질
문에서 출발하면 안전할 거라고 생각했었다. 자기보다 나이 많은
이 여인의 얼굴에 떠오른 불안과 고통의 표정에는 준비가 되어 있
지 않았다.

"안 좋은 기억이 너무 많아서겠죠. 해명할 것도 많고." 모린이
말했다.

"어머님과 브라이언의 아버지가 헤어진 사실을 거기 사람들은 모른다는 의미인가요?" 폴라가 어리둥절해서 물었다.

"그 사람들도 알지만, 그런 이야기는 하지 않아요. 우리가 돌아가면 그 이야기를 해야겠죠."

"음, 떠나 있는 시간이 길어질수록 더 힘들어질 거예요." 폴라가 명랑한 목소리로 말했다. 그 순간 폴라에게 어떤 생각이 떠올랐다. "저기, 우리가 다 같이 가면 어때요? 그러면 주목은 제가 받게 될 거예요. 모두 저를 보고 깜짝 놀랄 테고, 어머님이나 백년 전에 있었던 이혼은 생각할 시간도 없을 거예요."

그 순간 모린은 이 아가씨에게서, 오래전 그녀가 결혼했던 남자에게서 보았던 특성을 발견하고 깜짝 놀랐다. 순간적인 흥분 때문에 다른 힘든 일은 보지 않는다. 폴라의 말은 뭐든 거절하는 게 불가능할 것이다. 오래전에 모린이 밝고 유쾌했던 그 남자를 거절하는 게 불가능했던 것처럼. 브라이언은 폴라에게 거절 같은 건 하지 못할 것이다. 폴라가 브라이언의 가슴을 찢어놓을 것이다.

더블린으로 가는 주말 패키지가 있어서, 그들은 그중 하나를 예약했다. 브라이언은 자신과 폴라는 거기서 하는 프린지 연극을 볼 수 있으니, 이번 여행을 출장으로 여기면 된다고 말했다. 폴라는 그곳에 새 부티크가 몇 군데 생겼다는 말을 들었다며 둘러보고 싶다고 했고, 브라이언은 『켈스의 서』*를 꼭 보러 가겠다고 했다. 폴라는 기차를 타고 해안을 따라 10마일 내려가면 있는 제임스 조이스 박물관에 꼭 가볼 것이며, 공연을 하는 펍에 가서 해보라고 하

---

* 800년경 제작된 중세 기독교 서적으로, 더블린 트리니티 칼리지에 전시되어 있다.

면 일어서서 연기도 해 보일 거라고 말했다.

그들은 레스토랑에서 새조개와 홍합을 먹을 것이고, 기네스 공장에 가서 리피강의 물로 만든 진짜 기네스를 마실 것이다. 그곳에는 오스카 와일드가 태어난 집과 조지 버나드 쇼가 살았던 집이 있었다. 이야기를 하면 할수록 브라이언은 전에 그 도시에 가보지 않은 게 바보같이 느껴졌다. 그리고 모린은 돌아가는 것이 더욱 두려워졌다.

"많이 변했을 것 같아요?" 공항에서 수속을 밟을 때 폴라가 물었다.

"떠난 지 이십 년 만이네요. 완전히 변했을 거예요." 모린이 말했는데, 그 목소리가 꼭 아일랜드 사람처럼 들렸다. 모린은 비행기 안에서 침묵을 지키며 앉아 있었고, 젊은 커플은 그녀를 굳이 대화에 끌어들이지 않았다. 모린은 자기 어머니의 목소리를 생각했다. 그 세월 동안 몇 번 전화 통화를 했는데, 늘 딱딱하고 퉁명스러웠다. 이번에도 역시 그랬다. 하지만 물론 어머니를 만나면 좋을 것이고, 어머니도 처음으로 손자를 만나면 좋아할 것이다. 그럴 것이다. 정말로 그럴 것이다. 그런데 이 아가씨를 약혼자라고 소개해야 하나? 아니다. 확정된 건 아무것도 없다. 아무것도. 아무것도.

그리고 숙소는 패키지에서 제공하는 호텔로 할 것이다. 그건 당연하다.

그런데 모린은 거의 사반세기가 지난 지금, 형제자매를 만나는 것이 거북한가, 아니면 괜찮은가?

모린은 특별히 뭘 준비하는 건 바라지 않는다고 더듬더듬 말했다. 형제자매가 근처에 산다면 당연히 그들 모두를 보고 싶었다.

그러니까 그들이 그녀를 보고 싶어한다면.

"음, 걔들은 일요일 점심때 만나게 될 거다." 어머니가 말했다.

일요일 미사가 끝나면 모두 어머니의 집에 모이는 모양이었다. 일요일에는 종종 근처에서 시합이 있었고, 열다섯이나 스무 명이 와서 수프를 먹거나 술을 마셨다. 그것이 줄곧 전통이었고 모두 그걸 좋아한다고 모린의 어머니가 간결하게 말했다. 의무나 격식 같은 건 전혀 없이, 요구에 의해서가 아니라 그저 편안하게 가족끼리 모이는 자리라고. 누군가는 샐러드를, 누군가는 치즈를, 누군가는 와인을, 또 누군가는 맥주를 몇 병 가져온다. 한두 시간일 뿐이지만 즐거운 한때다. 하지만 물론 모린은 런던에서 자신의 방식이 있을 테니, 모두 자기가 결정한 방식에 따라 살면 된다.

모린은 그 말에 발끈했다. 너무 가르치려 드는 식이었다. 이십이 년 동안 버려진 아내로 살았던 것은 그녀가 내린 결정이 아니었다. 그녀에게 내려진 결정이었다. 더블린에 도착했을 때 그녀는 머릿속이 혼란스러웠고, 기분이 좋지 않았다.

공항 주위의 길은 이제 고속도로가 뚫려 있었다. 그녀가 떠날 때는 복작거리고 바람이 몰아치는 길이었는데. 표지판에는 마일과 킬로미터가 병기되어 있었고, 기름은 리터 단위로 팔았다. 큰 호텔들이 새로 들어섰고, 낡은 건물을 허문 자리가 드문드문 보였다. 관목은 여전히 초록이고, 우체통도 초록이었다. 하지만 공중전화 박스는 색이 바뀌어서, 주로 파란색과 흰색이었다.

도시 중심부는 그녀가 사랑과 희망에 부풀어 더블린을 떠난 뒤로 완전히 변했다. 반평생을 살았던 곳인데도 이곳에 대해 아무것도 설명할 수가 없어서, 그녀는 자신이 회색 인간처럼 텅 빈 듯 느껴졌다. 브라이언의 아버지에게 둔감해진 것처럼, 지금 옆에 있는 이 활기찬 젊은이들에게도 둔감해졌다. 고향 더블린의 회색 석조 건물이 어느 때보다 그녀의 마음을 더 둔감하게 만드는 것 같았다.

모린은 그날 금요일에 두 사람에게 따로 다니자고 했다. 나중에 극장에서 다시 만나자고. 그녀는 혼자 돌아다니고 싶었다. 일요일 점심식사 자리를 위해 단단히 마음의 준비를 하고 싶었다. 그 자리에서 자매들은 그녀의 아들이 삶의 동반자로 선택한 펑크족 같은 여자애를 못마땅한 시선으로 쳐다볼 것이고, 교회나 성당에서 결혼식을 올리자는 말 같은 건 하지도 않을 것이다.

그녀는 학생 때 뛰어다녔던 리피 부두를 걸었다. 그러다 작은 실외 테이블에 책을 진열해놓은 오래된 중고서점들이 여전히 있는 것을 보고 기뻐서 걸음을 멈췄다. 그녀는 법원 건물들을, 그리고 포코츠 법원의 큰 돔을 올려다보았다. 늘 엄청나게 커 보였는데, 지금 보니 적당한 비율의 건물이었다. 심지어 세인트마이캔성당을 지나가면서는 혼자 킥킥 웃기까지 했는데, 학창 시절에 친구들과 지나가면서 해골과 악수를 하던 곳이었다. 거기 지하 납골당에는 미라로 만들어져 온전하게 보존된 시체들이 있었지만, 그 이유에 대해 만족스러운 설명을 들은 적은 한 번도 없었다. 폴라와 브라이언에게 이 장소에 대해 이야기해주면 좋을 것 같았다. 그녀는 이제 정말로 자신이 두 사람을 사귀는 사이로 생각한다는 것을 깨닫고 깜짝 놀랐다.

모린은 오코넬 다리에 도착했다. 일몰 무렵이었다. 그녀는 리피 강을 내려다보았다. 세상에서 가장 아름다운 도시는 아니었지만, 모든 도시가 그렇듯 이곳도 강물 위로 해가 지는 모습은 아름다워 보였다. 기품이 있었다. 어쩌면 브라이언의 아버지가 한 말이 맞을 것이다. 도시로서 꼭 알맞은 크기였다. 길을 잃을 만큼 너무 크지도 않고, 질식할 듯한 기분이 들 만큼 작지도 않았다.

그녀는 붉은색과 금색으로 물든 리피강을 떠나 거의 아무 생각 없이 걸음을 옮겼다. 이곳에서 계속 살았다면 어떤 인생을 살았을지 궁금했다. 이곳 사람들이 그런 것처럼 그녀도 모든 사람을 다 알았을까? 버스를 타고 내리고 신호등에 따라 복잡한 건널목을 건널 때 서로 고개를 끄덕이고 손을 흔들며 인사했을까?

그녀도 자매들의 남편이 그러는 것처럼 시합이나 펍에서 많은 시간을 보내는 아일랜드 남자와 결혼했을까? 그들은 그녀의 남편과 다르게 저녁이면 집으로 돌아왔고 그곳에서 평생을 살았다. 그랬다면 브라이언만큼 괜찮은 아들을 둘 수 있었을까? 혼자 힘으로 아들을 이만큼 잘 키웠다는 자부심을 가질 수 있었을까?

그녀는 친구도, 사회생활도, 대가족도, 그렇게 복작거리는 삶도 필요 없었다. 그녀는 괜찮게 살았다. 억지로 삼킨 것은 조금이었다. 브라이언이 그녀를 떠나 폴라와 함께할 날이 멀지 않은 듯했지만, 심지어 그렇게 되더라도 그녀의 삶은 괜찮을 것이었다.

모린은 걷다가 예전에 살던 동네로 와버렸다는 사실을 거의 알아차리지 못했다. 집에서 겨우 두 거리 떨어진 곳이었다. 자신도 모르게 거의 우연히 이리로 와버렸다는 사실에 깜짝 놀라 그녀는 걸음을 멈췄다.

어머니의 집이 고작 200야드 거리에 있었다. 그녀가 태어난 집, 학교가 끝나고 매일 돌아오던 집. 교육대학을 다니고, 어느 날 가족에게 굉장한 남자를 만나 사랑에 빠졌다고 말했던 집. 공부가 하고 싶으면 언제든 잉글랜드에서 다시 시작하면 되니 교육대학을 그만두겠다고 선언한 집.

그 집에서 어머니는 이 결혼은 오래가지 않을 것이고 모린은 인생을 망치게 될 거라고 말했다. 일요일에 그 집에 갈 것이다. 한부모 가정에서 키운 아들과, 곧 아들과 같이 살 펑크족 스타일의 여자친구를 데리고. 가족이 옳았음을 증명하러.

모린은 그 집을 보려고 더 가까이 걸어갔다. 본다고 해로울 것은 없었다. 세월이 흐른 만큼 집이 많이 허름해졌을 거라고 생각했다. 하지만 아니었다. 깜짝 놀랄 만큼 환했고, 빨간 벽돌은 관리가 잘된 것처럼 모서리가 날카로웠다. 창가 화단은 깔끔하게 정돈되어 있었고, 황동은 반짝거렸다. 커튼 역시 세련되어 보였다. 모린은 기뻐해야 할지 미안해해야 할지 알 수 없었다.

또다시 그녀는 발걸음이 자신을 길 건너로 데려가는 것을 느꼈다. 그녀의 의지 밖의 일이었다. 그녀는 여섯 계단을 올라가 문을 두드렸다.

어머니가 문을 열었다. 이제는 쉰 살이 아니라 일흔 살인 어머니. 주름진 얼굴이었지만 쇠약해 보이지는 않았다. 세련된 빨간 카디건에 빨간 체크무늬 셔츠를 입고 있었다. 모린을 보고도 전혀 놀란 것 같지 않았다.

"들어오렴. 피곤할 텐데."

"아니에요, 아니에요. 조금도 피곤하지 않아요. 모든 게 새로워요…… 아니면 똑같거나요. 모든 걸 다시 보면서 한참을 걸었나봐요."

"어디 갔었니?" 어머니는 그녀에게 키스도 하지 않고, 소리도 지르지 않고, 즐겁게 반기는 것 말고는 어떤 감정도 내비치지 않았다.

모린은 오늘 가본 곳을 말했고, 그들은 오랫동안 만나지 못한 친구처럼 이야기를 나누었다. 혹은 그렇게 보였다.

"여전히 혼자세요?" 모린이 주위를 둘러보았다.

"너도 일주일 내내 그럴 것 같은데." 어머니는 늘 건조한 목소리였다.

"네. 그리고 일을 하러 다녀요, 당연히."

어머니는 고개를 끄덕였다. "그렇구나, 네 아버지가 넉넉히 벌어줘서 나는 일할 필요가 없었지."

잠시 침묵이 흘렀지만 적대적인 느낌은 없었다.

"그리고 엄마는 일요일마다 가족들을 만나시고요. 좋은데요."

"좋지. 아주 좋아. 주중의 호젓한 시간도 좋고. 하지만 한편으론 네게 빚을 진 것 같구나."

어머니는 찻주전자에 끓인 물을 부었다. 모린은 그간의 세월이 스르르 녹는 듯한 느낌이 들었다. 자신이 어렸을 때 봤던 바로 그 커다란 갈색 찻주전자, 혹은 그것과 아주 비슷한 것이었다. 살아남은 게 얼마 없는데, 이 찻주전자가 살아남은 걸 생각하니 놀라웠다.

"제게 빚을 졌다는 게 무슨 말이에요?"

"네게 너무 매정하게 굴었어. 네가 그 기회주의자와 달아났을 때 너무 강압적으로 몰아세웠어……" 어머니는 고통스러워하는 모린의 표정을 보고 잠시 말을 멈췄다. 그리고 말을 이었다. "아니, 모린. 지금 나는 네가 아니라 나 자신을 탓하는 거야. 앞날을 너무 확신하며 강압적으로 굴었어. 내가 두루뭉술하게 말하고 모호한 태도를 보였다면, 이렇게 너와 단절된 채로 지내진 않았을 거야.

이렇게 오래 너를 잃진 않았을 거야."

찻주전자가 테이블로 옮겨졌다. 틀림없이 예전의 그 주전자였다.

"제가 너무 자존심을 세웠어요." 모린이 말했다.

"우리 모두 자존심을 세우지. 젊을 때는 자존심이 전부니까. 네가 뒤도 돌아보지 않고 떠났을 때 나는 생각했어. 나 자신을 좀 누그러뜨리지 않으면 앞으로 전부 잃겠다고. 그래서 누그러뜨렸어. 캐슬린의 남편이 술을 마셔도, 더멋이 더이상 미사에 가지 않아도 간섭하지 않았지. 제럴딘이 같이 댄스 수업을 들으러 가는 '친구'에 대해서도 말 한마디 하지 않았어. 네가 떠난 뒤 교훈을 얻었어. 애들이 일요일에 여기로 오는 이유가 그거야. 그애들은 이제 내가 너그럽다고 생각하거든, 모린. 모두 엄마인 나를 위해 좋은 말을 해줘. 더멋은 나를 위해 창가 화단을 만들어줬고, 제럴딘의 '친구'는 정원을 일굴 때 거들어줘. 캐슬린의 남편은 타이를 매고 이곳에 와서 일주일에 두 시간씩 평범한 사람처럼 행동하고, 캐슬린은 그것에 대해 고맙다는 말을 아끼지 않아."

모린은 그 이야기를 들으면서 어안이 벙벙했다.

"그리고 애야, 너도 어느 면에선 폴라라는 아이에게 그렇게 하려는 게 아닐까 싶은데, 아니니? 척하는 것."

"어려워요." 모린이 말했다. "왜 그래야 하죠?"

"인생은 협상이니까, 아마도." 어머니가 말했다. "사람들이 주는 만큼 받는다고 말할 때 의미하는 게 그거니까. 진심이든 아니든 그 아이들을 인정해주고, 그 대가로 그애들의 애정을 받는 거지."

"하지만 엄마가 저에게 하신 말씀이 맞았어요." 모린이 말했다. "그 사람은 나를 사랑하지 않았어요. 영원히 제 곁에 있을 생각 같은 건 애초에 없었어요…… 엄마 말이 맞았어요."

"그 사람도 아마 그때는 너를 사랑했을 거야. 네 곁에 머물 거란 생각도 했겠지. 그때는." 어머니의 목소리가 이렇게 부드러웠던 적은 없었다.

"하지만 엄마가 저를 말리려고 했던 건 옳았어요. 엄마는 우리가 잘 안 될 거란 걸 객관적으로 보셨던 거예요."

"내가 옳았다고? 나는 어른이 된 네 삶을 다 놓쳤어. 그건 그리 영리한 일이 아니었던 것 같구나. 하지만 네가 없었다면 다른 아이들을 곁에 두지 못했을 거야. 그러니 그 점에선 네게 늘 감사한단다." 어머니가 손을 뻗어 모린의 손을 잡았다.

"폴라에게는 어떻게 할까요? 그애를 브라이언의 이상적인 짝으로 생각하는 척할까요?"

"내가 네게 뭘 어떻게 하라고 말할 시기는 오래전에 지난 것 같구나."

"아니에요, 정말로 알고 싶어요."

"그렇다면 지금 하는 대로 계속하면 되지 않을까. 어느 한쪽으로만 보려 들지 말고, 브라이언이 뭘 하든 언제나 그애를 사랑한다는 걸 알게 해주렴. 나는 네게 그걸 알려주지 못했어."

"하지만 폴라 때문에 브라이언이 정신을 못 차려요. 그애도 브라이언을 떠날 거예요. 제가 버려진 것처럼!" 모린이 소리쳤다.

"이렇게 생각해보자." 어머니가 말했다. "그애는 네 경우보다 덜 공식적인 상황에서 떠날 거야. 둘이 딱히 결혼할 것 같진 않구나. 그저 동거만 하겠지. 그러면 헤어지기도 더 쉬워. 내가 너라면 그렇게 하라고 하겠어."

저녁 기도를 알리는 교회 종이 울렸다. 모린의 어린 시절 내내 그 소리가 울려퍼졌었다. 그녀는 그 종소리를 하나의 규칙처럼 생각했었다. 학교 종소리처럼, 교육대학의 종소리처럼 뭘 해야 하고 어디 있어야 하는지 알려주는 그런 것으로. 오늘밤 그 소리는 다르게 들렸다. 뭔가를 필요로 하면 그것이 거기 있다는 것을 알려주는 부드럽고 그윽한 소리로.

모린은 어머니의 뺨에 키스했다. 그리고 전에는 서로 이렇게 안아본 적이 없었기에, 두 여인은 한참으로 느껴지는 시간 동안 서로 포옹했다. 모린은 별다른 말 없이 집에서 나왔고, 가벼운 걸음으로 아들과 아들의 여자친구를 만나러 극장으로 갔다. 이후에 그녀는 그들과 함께 더블린의 여기저기를 걸어다닐 것이다. 폴라가 이 순간만큼은 브라이언을 사랑한다는 사실을 마음에 담은 채. 브라이언의 아버지가 한때 그녀를 사랑했던 것처럼.

잘못 들어간 사진 설명

노라가 한때 일했던 신문사에서는 어느 부부의 금혼식 사진을 실으면서 '왜 이 사진을 싣자는 건지 모르겠다. 그는 분명 빅 파티* 옹호자로 보이는데'라는 설명을 달았다. 그 특정한 호는 수집가의 아이템이 되었고, 그 일로 사람들이 해고되었다. 그뒤로 누구도 그대로 실을 수 없는 지침은 받아 적지 않았다.

그녀가 다음번 일하게 된 신문사에서는 직원들이 편집장을 카리스마 있는 사람으로 잘못 생각해서 일면에 팔을 흔드는 군중의 사진을 계속 실었다. 스무번째로 그런 사진을 가져갔을 때 편집장이 그 사진에 대한 가장 좋은 설명은 '맙소사, 다시는 안 돼'라고 말하는 것을 듣고서야 그들은 그의 충성을 오해했다는 사실을 깨달았다. 하지만 '맙소사, 다시는 안 돼'가 그 사진에 필요한 간결하고

* '다수당'이라는 뜻이 있다.

분명한 설명이라고 생각한 이들에게 그 사실을 곧장 알려주지는 못해서 그대로 인쇄되고 말았다.

그래서 전국 일간지로 직장을 옮겼을 때쯤 노라는 잘못 들어간 사진 설명의 위험성을 너무도 잘 알았다. 잘못된 정보가 실린 신문이 나돌아다니는 것에 대해 거의 편집증에 걸릴 지경이었다. 다른 사람들은 그런 그녀를 보고 웃었다. 이제 그녀가 일하는 곳은 시시한 삼류 주간지가 아니라 최고의 신문사라고 말해주려 했다. 하지만 노라는 어디에서나 실수는 일어날 수 있다고 말했다. 당신이 정치적 영향력이 언급된 바람에 금혼식이 엉망이 된 그 부부의 참상을 겪어야 했다면 당신 역시 조심할 거라고. 당신이 순수한 숭배자들의 사진에 불경스러운 설명이 달린 것 때문에 마음의 상처를 받은 이들의 전화나 편지를 처리해야 하는 부서에서 일한다면 '신중함'을 좌우명으로 삼아야 할 거라고.

노라는 다른 좌우명도 갖고 있었다. 그녀는 타협하지 않는 정직한 사람이었다. 그녀가 매주 쓰는 경비는 가장 엄중한 회계감사관이라도 트집잡을 데가 없었고, 다른 많은 기자의 경비처럼 화려하게 포장되지도 않았다.

집회나 시위에 관련된 기사를 쓰라고 파견되면, 노라는 당국이나 집회 조직자의 말을 그대로 받아들이기보다 실제로 참여한 사람들의 수를 세려고 큰 집중력을 발휘했다. 당국은 대체로 시위자는 소수였다고 말했고, 집회 조직자는 엄청나게 많은 수가 모였다고 말했다.

그녀는 공짜로 받은 화장품의 마법 같은 효능을 극찬하는 기사를 쓰지 않았고, 그녀에게 공짜 점심을 제공하거나 공짜 주말을 즐기게 해주겠다고 넌지시 흘리는 호텔을 칭찬하는 일도 결코 없었다. 더 나은 일이나 더 밝은 창가 자리, 필자의 이름이 더 크게 나올 기회를 줄 수 있는 높은 자리의 권력자들에게 입에 발린 아부를 하지도 않았다. 신문사에서 일하는 모두가 노라를 좋아했지만, 사진에 올바른 설명을 붙이려는 그녀의 강박적인 태도를 불안에서 오는 일종의 틱장애로 여겼다. 기사를 타자하기 전에 마시지도 않을 커피를 가져와 책상 위에 식도록 두는 사람이나, 문장 끝마다 "무슨 말인지 알지?" 하고 덧붙이는 사람의 경우처럼.

세월이 흘렀고, 남자들은 남자인지라 꽤 예쁘장하게 생긴 노라가 결혼하지 않은 게 이상하다고 쑥덕거렸다. 전혀 못생기지 않았는데 모를 일이라고, 그들은 놀랍다는 듯 말하며 고개를 가로저었다. 그들에게 결혼하고 안 하고의 기준은 오로지 예쁜 외모였기 때문에, 그 테스트를 통과한 노라가 결혼에 이르지 않은 건 이상한 일 아니겠는가?

그리고 여자들은 여자인지라, 노라에 대해 이렇게 말하곤 했다. 노라는 물어보지 않으면 자기 이야기는 하지 않고 물어보면 다른 사람도 다 하는 말처럼 좋은 남자는 대체로 일찌감치 성질 고약한 여자들이 가로채갔다고 했다.

노라는 체스트넛 스트리트에 있는 집에 가면, 댄 이야기를 조금씩 하기 시작했다.

댄은 그녀가 교육 관련 기사를 쓸 때 만난 교사였다. 그녀는 사진기자를 동반해 그의 학교를 찾아갔고, 댄은 단체 사진에 찍힌 사람들의 이름을 일일이 직접 확인하는 노라의 모습에 깊은 인상을 받았다. 그녀는 공책을 꺼내 왼쪽에서 오른쪽으로 이름을 전부 확인하며 다 받아 적었다.

"그 일은 사진기자가 하는 건 줄 알았어요." 댄이 말했다.

"보통은 우리가 해요." 사진기자는 성격이 좋았고 체념한 상태였다. 그는 회사 사람들 모두 노라에게 익숙해졌다고 말했다. 그녀는 지고 갈 십자가 같은 존재지만, 다른 모든 면에서는 평범했다. 모두 한 가지 강박은 있기 마련이었다.

댄은 그녀의 성격이 밝은 것 같다고 생각했다. 눈에 흘러내린 머리칼을 입바람으로 불어 넘기는 방식이나, 공책에 연필로 속기에서 쓰는 상형문자를 획획 갈겨쓰는 방식을 봐도 그랬다.

"사람들이 여전히 속기를 이용하는 줄은 몰랐어요." 그들이 학교 운동장을 가로지르며 편안한 대화를 이어갈 때 그가 말했다.

"저 같은 옛날 사람만 쓰죠." 노라가 솔직히 말했다. "벨트를 매는 레인코트를 입던 시대에 시작된 거잖아요. 일면 인쇄 중단, 이런 말은 기억 못하실걸요."

"저도 당신만큼 나이가 많아요." 댄이 좀 언짢은 듯 말했다.

"저는 거의 마흔이에요." 노라가 말했다.

"저는 서른여섯 살하고 반이에요." 댄이 말했다.

그건 진짜 연애였다. 신문사에서 일하는 누구나 알고 있는 것보다 더 진짜였다. 노라는 살이 빠지기 시작했고, 이른바 저지방 요구르트의 칼로리가 얼마나 높은지 같은 이야기를 어린 친구들에게 하기 시작했다. 그녀는 머리색에 대한 진지한 조언을 받아들였고 부분 염색도 했다. 옷에도 신경을 많이 썼는데, 패션은 입고자 하는 옷이나 편안한 옷을 입으면 된다는 무익한 위로의 말로 대충 넘어가고 싶지는 않다고 말했다. 자신은 편안한 것에는 조금도 관심 없다고, 스타일리시하고 발 빠른 사람이 되고 싶다고 했다. 최종 서약을 할 때 혹 부족한 부분이 있을까봐 성형수술에 대한 정보성 글도 꼭 챙겨 읽었다. 그녀는 지금이 절박한 시기라고 말했다. 곧 댄의 어머니를 만날 텐데, 더 나이들어 보이고 싶지는 않았다.

"두 살이나 세 살 때 아이를 가졌을 리 없잖아." 노라의 친구 애니가 말했다. 하지만 노라는 애니가 뭐라건 귀담아듣지 않았다. 애니는 스물한 살에 결혼했으나 결과적으로 현명한 결혼이 아니었고, 열정적인 연애를 한다는 이유로 다시 젊어질 필요도 없었다.

댄의 어머니 집에서 노라는 자기를 비하하는 서른일곱 살다운 농담을 했다. 연하와 사귄다는 말을 일곱 번 했고, 유성영화는 정말로 적응이 안 되며 총천연색 영화를 보면 눈이 아파서 흑백영화를 볼 때 마음이 더 평화롭다고 말했다. 어리둥절해하는 댄의 어머니에게 노라는 1차대전 중 기자생활을 시작하고 여성 참정권 운동에서 첫 경험을 쌓은 것처럼 행동했다.

집으로 돌아가는 길에 댄은 차를 세우고 그녀에게 결혼해달라고 말했다.

"당신은 너무 어려요. 자기 마음도 잘 모를 거예요." 노라가 말했다.

"우리 앞에 놓여 있을 사십 년이나 오십 년 동안 당신이 내내 계속 그런 식으로 행동하지만 않으면 내겐 큰 위안이 될 거예요." 댄이 말했다.

"그게 좋은 시간이 될까요?" 노라는 쉽게 믿을 수 없었다.

"그럴 거라고 생각해요. 우리가 늙은이 같은 소리를 그만할 수 있다면." 댄이 사려 깊게 말했다. "우리 결혼식에서 당신이 러시아

황제와 함께 참석한 몇몇 결혼식이 생각난다거나 더 심하면 브레혼 법*으로 되돌아갈지 모르겠다는 소리를 해서 내 말을 방해하는 모습이 눈에 그려지네요."

"결혼식요?" 노라가 소리쳤다. "사람들이 우리를 쳐다보는 그런 결혼식을 말하는 거예요?"

"아니, 아니." 댄이 그녀를 안심시켰다. "그런 결혼식은 없을 거예요. 참석자들은 눈가리개를 하고 와야 한다고 청첩장에 써놓을게요."

그들은 두 달 뒤로 날짜를 잡았다. 노라는 자기 나이에는 유통기한을 넘기지 않으려면 매 순간이 중요하다고 말하려다 댄이 한 말을 떠올리고 입을 다물었다.

노라는 결혼식 계획에 관련된 이야기는 하루에 한 시간만 하기로 했다. 사랑과 희망에 부풀어 댄 생각을 너무 많이 했고, 결혼식에 대해 공포를 느껴 일에 지장이 있을까봐 걱정스러웠기 때문이다.

애니는 어리둥절했다. "맙소사, 그냥 하루야. 너는 멋진 사람이고. 도대체 뭐가 걱정이야?"

"내게 '늙어가는 신부를 위한 모든 것'이라는 가게를 알려주면 아마 마음이 좀 진정될 거야." 노라의 얼굴은 비극적으로 보였다. 신문사 여자들이 노라에게 트렌디한 부티크를 알려주었다. 거기 가면 입을 다물고 있으라고, 그녀에게 사무실 복장을 준비해주지는 않을 거라고 하면서. 그녀는 짬을 내어 여기저기 부티크를 돌아다녔다. 그런 곳에서 일하는 직원은 모두 열한 살짜리로 보였다.

---

* 중세 초기 아일랜드의 일상생활에 대한 규율을 정한 초기 아일랜드 법.

그녀는 실례했다는 말을 남기고 나왔다.

"그냥 구경 좀 하려고요." 그녀는 가게 털이범처럼 살금살금 돌아다녔다.

마침내 노라는 결정을 내려야 한다는 걸 깨달았다. 그날이 다가오고 있었지만, 이 무시무시한 장소에서 그녀는 옷을 입어보기는커녕 어떤 대화도 해보지 않았기에 어떤 결정에도 이르지 못했다.

"결혼식 때 입을 옷을 찾는데요." 노라가 마침내 말했고, 평소같지 않게 고음의 날카로운 목소리가 나왔다.

어린 점원이 아주 역겨운 요구를 들었다는 듯 그녀를 쳐다보는 것 같았다.

"결혼식요?" 직원이 의심스럽다는 듯 그 말을 반복했다.

노라가 나이에 관한 농담을 하지 않겠다고 약속한 것은 댄에게만이었다. 그가 옆에 없을 때 그런 사교적인 농담을 하지 않겠다고 합의를 본 적은 없었다.

"엄밀히 말해 신부 어머니의 의상은 아니고요. 제가 핵심 역할을 맡아서 세련되게 보일 필요가 있어요." 그녀가 말했다.

"따님의 친구 결혼식인가요?" 열여덟 살로 보이는 점원은 어떻게든 도움이 되려고 노력했다. 노라의 심장은 납덩이처럼 무거워졌다.

그것은 당연히 악몽이었다. 그들은 그녀에게 자꾸 신부는 어떤 옷을 입느냐고 물었다. 그녀는 계속 모른다고 대답했다. 그녀는 이제 자신이 신부 들러리인데, 신부가 아주 친한 친구라고 선언했다.

"그러면 왜 친구에게 어떤 옷을 입는지 물어보지 않으세요?" 점원은 점점 더 혼란스러워했다.

"물어보고 싶지 않아요." 불쌍한 노라가 애처롭게 말했다.

그들은 신부가 흰색 옷을 입는지 물어보았다. 노라는 그 질문에 경멸조로 대답했다.

"유감이네요." 부티크 매니저가 말했다. "신부가 흰색 옷을 입는다면 손님은 어떤 걸 입어도 괜찮아요."

"내가 입으라고 하면 그 친구는 흰색을 입을 거예요." 노라는 궁지에 몰린 기분으로 말했다.

그들은 이 결혼식은 뭐가 뭔지 정말로 모르겠다고 생각했지만, 아무런 정보도 얻지 못하고 열두어 개의 모순적인 암시만 받은 점을 감안하면 노라의 의상을 놀랍도록 잘 준비해주었다. 드레스와 모자는 아주 멋졌다.

"신부보다 훨씬 더 빛나 보일 거예요." 부티크 매니저가 말했다.

"아, 신부는 저리 꺼지라죠." 노라가 말했고, 그들이 신용카드로 결제하는 데 생각보다 시간이 오래 걸렸다. 그들이 그녀를 완전히 미친 사람으로 여긴다 해도 그녀는 그들을 탓하지 않았다. 그것만이 이성적으로 가능한 설명일 테니까.

노라는 결혼식 전날 드레스와 모자와 신발을 가지러 갔다. 점원 모두 그녀를 둘러싸고 감탄했다.

"어떤 가방을 들 거예요?" 그들이 물었다.

젠장, 노라는 가방 생각은 전혀 하지 못했다. 회사 갈 때 드는 큰 숄더백을 들 수는 없었고, 집에 있는 이브닝백도 어울리지 않았다. 가게에는 적당한 것이 없었다. 그러자 한 직원이 자기 것을 빌려주었다.

"다음날 돌려주면 돼요." 점원이 너그럽게 말했다.

노라는 신혼여행을 간다고 말하려다 입을 다물었다. 어쨌거나 애니가 그녀 대신 돌려주러 오면 된다.

그날은 순식간에 지나갔다. 댄의 어머니는 첫 만남 이후 놀란 마음에 약간 거리를 두고 있었지만 그날은 칭찬을 쏟아냈다.

"정말로 예쁘구나." 그녀가 말했다.

노라는 다락에 『도리언 그레이의 초상』*이 있다는 말을 하려다 삼켰다. 동료들은 그녀를 극찬했다. 심지어 내일 신문에 결혼식 사진까지 실을 예정이었다. 노라가 사진기자를 돕겠다고 나섰다.

"혼자 할 수 있어요, 노라." 그가 말했다. "두 사람만 나오는 사진이잖아요. 제가 설명을 쓸 수 있어요."

노라는 자신을 지켜보는 댄을 보며 미소를 지었다. 그날 처음 짓는 진짜 미소였다. 아마도 아주 멋진 사십 년 혹은 오십 년이 될 것이었다. 그녀가 결코 자신에게 일어나지 않으리라 생각한 일이었다. 그녀는 행복감에 젖어 깊은숨을 내쉬었다.

애니가 다음날 가방을 돌려주려고 부티크로 갔다. 가게 사람들은 몹시 격앙되어 있었다. 신문에서 그 사진을 본 것이었다.

"그분이 결혼을 하다니요!" 부티크 매니저가 격분해서 말했다. "뭔가 전부 수상했어요. 신부는 꺼지라는 말을 했거든요. 감정이란 게 있는 사람이라면 그런 말은 하지 않겠죠." 애니는 점원들이 무슨 말을 하는지 알 수 없었지만, 모두가 격분한 것을 보니 그 가게에서 노라가 모두의 머릿속을 뒤죽박죽으로 만들어놓은 게 틀림없

---

* 오스카 와일드가 쓴 소설로, 젊음과 아름다움, 영혼의 추악함 등에 관련된 내용을 담고 있다.

었다.

"교회에서 소동이 일어났나요? 이를테면 『제인 에어』에 나오는 그런 장면요?" 아직 학교에 다녀야 할 것 같아 보이는 여자가 말했다. 애니는 당장 거기서 빠져나오고 싶었다. 그녀는 숙취가 좀 있었고, 걱정해야 할 십구 년간의 불만족스러운 결혼생활이 있었다.

"아니요, 그런 장면은 없었어요." 그녀가 간결하게 말했다.

"사람들이 새 결혼 예고 같은 걸 읽었을 것 아니에요?" 여기 점원들은 노라 같은 사람들이 있으면 결혼제도가 살아남을 수 있을지 의심하는 것 같았다.

애니는 자기 머리가 생각보다 더 나쁜 게 아닌가 생각하면서 그 가게를 나오려고 했다.

"그분이 오늘 직접 오지 않은 이유가 그거 아닌가요, 그 남자와 함께 달아나서요?" 그들이 물었다.

"물론 그 남자와 함께 떠났죠. 신혼여행을 갔으니까요."

얼굴이 아기 같은 매니저는 자유로운 사고를 가진 여자였다. 그녀는 늘 여자의 당당한 모습을 보는 걸 좋아했지만 이건 터무니없다고 말했다. "자기가 당당하겠다고 자매를 희생해서는 안 되죠." 그녀가 말했다. "그 사진을 봤을 때 저는 오로지 설명을 잘못 단 것이기만을 바랐어요."

애니는 이제 자신에게 치료제와 정신분석가의 상담이 모두 필요하겠다고 생각했다. 그녀가 온 힘을 짜내 간신히 말했다. "설명이 잘못되진 않았어요. 노라가 무슨 실수를 했건, 물론 결혼식 의상을 이곳에서 산 것을 포함해 많은 실수를 했지만, 노라의 인생에서 잘못된 설명에 대한 책임은 전혀 없어요."

애니는 부티크 점원들이 지켜보는 가운데 불안하게 그곳을 떠났다.

"그 여자가 애초에 신부였을까?" 비틀비틀 걸어나가는 애니를 보며 그들 중 한 명이 말했다.

스타 설리번

몰리 설리번은 새 아기가 작은 별이라고 말했다. 아무 말썽도 일으키지 않았고, 늘 방싯방싯 웃었다.

셰이 설리번은 새 아기가 우승마를 짚어내는 스타 예측가라고 말했다. 명단을 보면서 그 작은 주먹으로 우승 후보인 말을 가리켰기 때문이었다.

그래서 그녀는 스타로 알려졌고, 진짜 이름이 우나라는 건 모두 잊었다. 스타 본인마저 잊었다. 학교에서 출석을 부를 때도 늘 "스타 설리번" 하고 불렀다. 그 거리에 사는 사람들은 그녀를 보면 "스타, 부탁 하나만 들어줄래? 아기 좀 봐줘"라고 소리치거나, 모퉁이 가게에서 뭘 좀 사다달라고 하거나, 큰 식탁보를 개는 것이나 사라진 강아지를 찾는 걸 도와달라고 부탁했다. 스타 설리번의 머리칼은 반짝이는 황동색이었고, 언제라도 방긋 웃을 준비가 되어 있었으며, 심성이 고와서 부탁받은 것은 다 들어주었다.

스타에게는 손위 형제가 셋 있었지만, 그들 중 누구도 스타처럼 편안하고 행복한 기질을 갖고 있지 않았다. 가장 맏이는 케빈이었다. 그는 스포츠클럽에서 일했고, 나중에 자신의 스포츠클럽을 운영할 거라고 말했다. 그는 아버지와 모든 부분에서 부딪쳤다.

그리고 릴리가 있었다. 릴리는 언젠가 모델이 될 거라고 했고, 자기 말고는 아무에게도 관심이 없었다.

그리고 마이클이 있었는데, 교실에서보다 교장실에서 더 많은 시간을 보냈다. 그는 늘 말썽을 일으켰다.

그리고 스타가 있었다.

스타는 종종 어머니에게 아기가 또 태어나느냐고 물었다. 자신이 유아차에 태우고 체스트넛 스트리트를 돌아다닐 수 있는 아기가. 하지만 어머니는 아니, 그런 일은 절대 없을 거야, 하고 대답했다. 아기를 데려오는 천사가 24번지에는 이미 충분히 데려왔다고. 더 달라고 요구하는 것은 욕심이라고.

그래서 스타는 다른 사람들의 아기를 밀고 다녔고, 다른 사람들의 고양이와 놀았다. 혼자서.

체스트넛 스트리트는 말발굽 모양으로 생겨서 놀기 좋았는데, 체스트넛나무들 옆으로 한복판에 큰 풀밭이 있었기 때문이다.

거기 사는 사람 몇몇이 그곳을 아름답게 가꾸려고 많은 노력을 기울였다. 다른 사람들은 그저 밤에 거기 앉아 라거를 마시고 캔을 버리고 갔다.

주변에 다른 아이들이 있었지만, 스타는 수줍음을 탔다. 그녀는 놀고 있는 아이들 무리에 다가가면 그녀보고 가라고 할까봐 두려웠다. 다들 이미 재미있게 놀고 있는 것 같아 그저 주변을 어슬렁거릴 뿐 그들 무리에 결코 끼지 못했다.

몰리 설리번은 막내딸이 거의 문제를 일으키지 않아 기뻤다. 생각할 다른 일이 너무 많았다. 이를테면 셰이의 도박 같은 것. 그는 그들 모두를 위해, 가족을 위해 도박을 한다고 했다. 크게 따면 가족 모두를 데리고 휴가를 갈 거라고 했다. 큰 호텔의 주방에서 일하면서, 그곳에 손님으로 머무는 사람이 되기를 꿈꾸는 어리석고 점잖은 셰이. 그가 경비를 감당할 수 있다 해도, 어린 스타 말고 누가 그런 가족 휴가를 가고 싶어하기라도 할 것처럼!

몰리 설리번은 직장이 걱정이었다. 슈퍼마켓에서 교대 근무를 했는데, 모두가 매우 바쁘게 움직였고 그녀도 쉴 틈이 없었다. 슈퍼마켓에서 그녀의 나이가 너무 많으니 내보내야겠다고 생각할까봐 그녀는 한껏 미소를 띠고 아주 민첩하게 움직여야 했다.

또 그녀는 케빈이 걱정이었다. 그는 스포츠클럽에서 아직도 수건을 수거하고 예약을 잡는 일이나 한다고 불평했다. 그는 지금쯤 수습직원 매니저는 됐어야 한다고 생각했다.

릴리도 걱정되긴 마찬가지였다. 릴리는 모델 과정을 더 밟기 위한 돈을 벌려고 전화주문센터에서 죽어라 일만 했다. 그녀는 어느 때보다 말랐고, 집에서는 사실상 아무것도 먹지 않았다. 물론 그녀는 점심때 회사에서 아주 많이 먹는다고 말했다. 회사에는 부엌이 없을 텐데 이상하다고 몰리는 생각했지만, 사실이 아니라면 릴리가 그렇게 말하지 않았을 것이었다.

그리고 마이클로 말하자면! 음, 그는 새벽부터 해질녘까지 내내 걱정이었다. 선생들은 마이클이 학교를 졸업할 때까지 읽기도 떼지 못할 거라고 말했다. 그는 어떤 과목에도 관심이 없었고, 그의 미래는 정말로 암울해 보였다.

그래서 몰리는 어린 스타를, 그 아이의 진지한 얼굴을 생각하면서 늘 위로를 받았다. 스타는 누구에게도 결코 걱정을 끼치지 않았다. 릴리의 옷을 기꺼이 물려 입었고, 두 아들이 입던 티셔츠까지 입었다. 새것을 사달라고 조르는 일이 없었다.

학교에서 선생들은 스타가 공부를 어려워하고, 책을 읽거나 시를 암송하라고 하면 늘 많이 불안해한다고 말했다. 그리고 스타는 친절한 아이라고, 누가 운동장에서 넘어지거나 아프면 늘 스타 설리번이 가서 도와준다고 말했다. 케이시 선생은 스타가 나중에 간호사가 되면 어떻겠느냐고 제안했다. 몰리는 기뻤다. 스포츠클럽을 운영하거나 캣워크를 걸을 생각에 빠진 두 몽상가와 결국 감옥살이를 하게 될지 모르는 마이클을 생각하면, 가족 중에 간호사가 나온다는 건 매우 기쁜 일이 아니겠는가.

셰이는 스타가 한 남자의 멋진 아내가 될 거라고 말했다. 스타는 다른 식구들처럼 한숨을 쉬거나 어깨를 으쓱하는 대신 여러 가지에 관심을 보였다. 셰이는 배당률, 경주로의 상태가 단단한지 부드러운지에 따른 차이, 기수가 보태는 무게, 누적 배팅, 4연승식 승마투표에 대해 설명해주었다. 스타는 예리한 질문을 했고, 한두 번은 그가 뭔가 어리석은 행동을 하지 못하게 막았다.

"한두 번뿐이야?" 몰리가 고단한 표정으로 말했다.

"내 말이 그거야." 셰이가 말했다. "스타는 당신처럼, 다른 모두처럼 못되고 가혹하게 말하지 않아. 그애는 작은 보물이야. 스타는 그래."

케빈도 스타에 대해서는 나쁜 말을 한마디도 하지 않았다. 스타는 그가 신발을 깨끗이 닦는 걸 도와주었고, 스포츠클럽에 운동기구를 이용하러 오는 사람들에 대해 이것저것 물어보았다. 그리고 릴리의 물건에 절대 손대지 않고 그저 감탄만 했다. 스타는 릴리가 그들이 같이 쓰는 방의 화장대 서랍 뒤쪽에 먹지 않은 음식을 쑤셔 넣어둔다고 어머니에게 이르지도 않았다.

심지어 마이클도 스타를 귀여워했다. 스타는 학교에서 있었던 마이클에 관련된 곤란한 이야기를 식구들에게 옮기지 않았다. 사실 그녀는 부모에게 그가 실제보다 훨씬 잘하고 있다고 말했다. 그리고 그보다 두 살이 어렸음에도 이따금 숙제를 도와주었다.

그러므로 열세 살의 성숙한 나이에 이른 스타는 희망과 꿈에 부풀고 세상은 그렇게 믿기만 하면 좋은 곳이라고 확신하는 사람이 되어 있어야 했다. 그래서 식구들은 스타가 다르게 느낄 수도 있다는 것을 깨닫지 못했다. 체스트넛 스트리트 24번지는 가만히 앉아서 인생의 의미를 생각할 시간이 있는 곳이 아니었기 때문이다.

그리고 늘 극적인 일이 생겼다. 몰리가 새 세탁기를 사려고 모아둔 돈을 셰이가 모조리 셸번 파크에서 여전히 세 다리로 달리는 그레이하운드에게 걸었을 때처럼.

아니면 릴리가 식이장애 증상을 보이기 시작해, 전화주문센터 사무실에서 일하다 기절해 몸을 아주 잘 관리해야 한다는 의사의 충고를 듣고 집에 돌아왔을 때처럼.

아니면 케빈이 최근에 운동을 배울 수 있는 좋은 사립학교에 갈 돈이 없는 것 때문에 아버지와 한바탕 싸웠을 때처럼. 그리고 마이클이 한 학기 정학 처분을 받았다가, 교장을 찾아가 사정사정한 몰리 덕에 그 결정이 철회되었을 때처럼.

스타의 학교 선생들은 스타가 다른 많은 아이들처럼 온종일 시무룩하거나 비웃는 표정이 아니라 미소를 띠고 있어서 안심했다. 스타는 코나 입에 피어싱을 하지 않아 그걸로 옥신각신할 필요도 없었다. 교실을 청소하거나 의자를 내놓거나 꽃병에 물을 갈아줄 사람이 없느냐고 물으면, 다른 아이들은 대체로 칠 분 동안 저항하지만 스타는 바로 하겠다고 나섰다.

몰리가 학부모 면담에 오면 선생들은 스타가 아주 착한 아이이고 전혀 문제를 일으키지 않는다고 말했다. 몰리도 익히 알고 있었다. 스타는 간호사가 되고 싶어했고, 교사들은 될 수 있다고, 아주 훌륭한 간호사가 될 거라고, 약간의 도움만 더 받으면 되지 못할 이유가 없다고 말했다. 그녀가 사교육을 받을 기회가 있을까? 안타깝게도 몰리는 고개를 저었다. 그런 기회는 불가능했다. 가진 돈으로는 지금 형편도 간신히 유지했다.

언니 오빠들이 어쩌면 도움이 될까? 케이시 선생이 알고 싶어했다. 몰리는 세 명의 손위 형제를 침울하게 떠올리고는 아니, 솔직히 정말로 그렇지 않다고 말했다.

케이시 선생은 부모가 도움을 줄 수 있는지는 아예 물어보지도 않았다. 혹시 이웃은? 모두 당연히 아주 바쁘게 살았는데, 마침 체스트넛 스트리트에 미스 맥이라는 좋은 이웃이 살았다. 미스 맥은 눈먼 사람이었다. 사람들이 그녀를 찾아가 책을 읽어주면 그녀가 그들을 도와주고 격려해준다는 이야기가 있었다. 그러니 이것이 어쩌면 스타에게 도움이 될지도 몰랐다.

"스타에게 그분을 찾아가 친절을 베풀어보라고 하세요. 그러면 그분이 스타를 살펴줄 거예요." 케이시 선생이 말했다.

스타는 미스 맥이 스타의 교과서에 아주 관심이 많다는 걸 알게 되었다.

"지난주에 읽어줬던 프랑스혁명에 관한 부분을 다시 읽어줄 수 있겠니? 아주 흥미로웠어. 안 그러니?"

"그러셨어요, 미스 맥?"

"아무렴. 가난한 사람이 그리 많은데, 왕의 주변 신하들이 그토록 어리석어 나라가 어떻게 돌아가는지도 몰랐다니, 우리도 생각해볼 문제야. 아니면 다 알면서 신경을 안 썼나? 그걸 알고 싶구나."

"그 사람들은 그저 눈이 멀었던 걸 거예요, 미스 맥." 스타는 평소 사람들을 감싸주는 습관대로 말했다.

그 순간 그녀는 자기가 어떤 말을 했는지 깨달았다. "아, 제가…… 죄송해요, 미스 맥."

"애야, 전혀 상관없어. 내가 눈이 먼 건 사실인걸. 처음부터 눈이 멀었던 건 아니야. 그건 하나의 표현인걸 뭐. 내 경우는 눈 근육 같은 게 마모된 탓이야. 어린 아기였던 네 모습은 완벽히 기억한단다. 하지만 귀족들이 눈멀었다는 건 다른 이야기지. 자기를 교란시키는 게 뭔지 보지 못한다는 말이니까."

스타는 자신의 실수가 큰 문제를 일으키거나 당혹스러운 상황을 만들지 않은 것에 아주 안심하면서 서둘러 말했다. "우리 모두 그런 것 같아요, 미스 맥. 나쁜 일은 생각하지 않으려 하는 거요. 안 그런가요? 싸움이나 소동 같은 게 일어나지 않도록 애쓰는 거요. 제가 프랑스혁명 당시에 살았다면 사람들이 싸우지 못하게 막으려 했을 거예요. 머리를 자르는 그런 거, 머리가 바구니에 떨어지는 그런 걸 못하게 했을 거예요."

"기요틴이야, 스타. 지금 이 단어를 몇 번 천천히 반복해서 말해 봐. 그러면 절대 잊지 않을 거야."

스타는 그렇게 했다.

"사람들의 싸움을 막고 싶으세요, 미스 맥?"

"응, 예전엔 그랬어. 하지만 사람들은 그저 자기가 하고 싶은 것만 한다는 걸 깨달았어. 결국 그게 세상이 돌아가는 방식이야. 나는 우리가 그 사실을 받아들일 때 더 강해진다고 생각해. 그렇게 할 때 우리도 더 굳건하게 살 수 있지."

"하지만 다른 사람들도 우리 삶의 일부 아닌가요, 미스 맥?"

"맞아, 얘야. 물론 그렇지."

미스 맥이 한숨을 쉬었다. 스타는 24번지에서 일어나는 문제에 대해 시시콜콜 이야기할 필요가 없었다. 모두 알고 있었다. 누가 뭐든 제안만 하면 마지막 남은 유로까지 도박으로 탕진하는 셰이. 일하고 돈을 모으느라 녹초가 된 몰리. 변덕스럽고 불만 많고 길에서 돌멩이를 차고 다니는 젊은 케빈. 모델이 되려고 지나치게 굶어서 지금은 식이장애가 생긴 릴리. 열다섯 살의 나이로 저지를 수 있는 범죄는 거의 다 저지른 마이클. 아침부터 밤까지 그들 모두를 걱정하는, 수심어린 눈빛과 길고 윤기 흐르는 머리칼을 가진 사려 깊은 어린 스타.

스타의 열네번째 생일이 되었고, 그날 많은 일이 일어났다. 헤일 가족이 옆집인 23번지로 이사를 왔다. 그 집은 여섯 달 동안 비어 있었는데, 거기에 늙고 불쌍한 켈리 씨가 살 때는 가족들이 한 번도 찾아오지 않다가 돌아가시고 나니 그 집을 놓고 실랑이가 벌어졌기 때문이었다. 결국 그들은 그 집을 헤일 부부에게 잽싸게 팔아 버렸다. 옆집 사람들이 도착해 이삿짐 트럭에서 짐을 내리는 것을 지켜보며, 스타는 자기 또래 여자아이가 있기를 바랐다. 다른 여자 애들은 스타가 좀 재미없는 아이라고 생각했기 때문에 스타는 학교에서 친구가 많지 않았다.

하지만 학교에 다닐 만한 나이의 여자아이는 없는 것 같았다. 남편과 그보다 많이 어려 보이는 아내, 그레이하운드, 그리고 마침내 열여덟이나 열아홉쯤 되어 보이는 남자—음, 거의 어른이었다—가 마지막으로 내렸다. 스타는 그가 트럭에서 기타와 경주용 자전거를 내리는 모습을 놀란 마음으로 지켜보았다. 그가 축축해진 머리칼을 쓸어넘기는 모습도. 그리고 집안으로 가구 옮기는 것을 도울 때 그의 짙은 회색 티셔츠에 흐른 땀도. 이삿짐회사 직원일까, 아니면 가족의 일원일까? 시간이 지나면서 스타는 자신이 그가 가족의 일원이기를 바라고 있다는 사실을 깨달았다. 이웃집에 젊은 남자가 산다고 생각해보라. 저렇게 생긴 남자가!

곧 스타는 더는 참을 수가 없어서 아래로 내려가 자기 집 현관 앞에 섰다.

"안녕하세요." 그가 테이블을 들고 지나갈 때 그녀가 말했다.

"안녕하세요." 그가 커다란 미소를 지었다.

"저는 스타 설리번이에요." 그녀가 말했다. 심장이 빠르게 콩닥거렸다. 전에는 이렇게 잘생긴 남자에게 말을 걸어볼 용기를 낸 적이 없었다. 어쨌거나 이번엔 달랐다.

"음, 반가워요, 스타 설리번. 저는 래디 헤일이에요." 그가 말했다.

래디 헤일. 스타는 경탄하며 그 이름을 말해보았다. 아주 멋진 이름이었다. 뭔가 어리석은 말을 해서 그의 얼굴에 떠오른 커다란 미소가 지워지기 전에 지금은 자리를 뜨는 게 나을 것이다.

스타는 사랑에 빠졌다.

택시 기사는 투명인간이다

택시 승차장에 있던 많은 동료들이 월드컵이 열리는 동안 이탈리아로 갔다. 케빈은 가지 않았다. 그는 집을 벗어날 수 없었다. 이른 아침에 필리스가 마실 차는 누가 내려줄 것이고, 그녀가 침대에서 내려와 욕실로 가는 것은 누가 도와줄 것이며, 그녀의 몸을 닦고 재봉틀 앞에 앉히는 건 누가 할 것인가? 그녀는 주전자와 작은 그릴을 손닿는 데 두고 온종일 일했다.

케빈이 이십이 년 동안 하루도 휴가를 즐기지 못한 사실을 애들에게 알렸다면, 물론 애들은 부담을 느끼면서도 집에 왔을 것이다. 하지만 삼 주 동안 매일 왔을까?

그리고 필리스는 아들들네 부부가 그녀의 가엾은 몸을 끌고 샤워를 시키러 들어갔다 나오는 것을 좋아하지 않았을 것이다. 또 어쨌거나 그 많은 돈을 술 마시고 친구들과 웃고 떠드는 데 쓰는 건 아주 이기적인 일일 터였다. 케빈은 딱 오 분 동안 고민하고 그 생각을 마음에서 몰아냈다.

그는 펍에 가서 월드컵 경기를 보곤 했다. 많은 사람이 돈도 안 들고 낯선 음식도 안 먹어도 되니, 여기 있는 것도 가는 거나 진배 없이 좋다고 말했다.

1990년 6월 21일, 아일랜드와 네덜란드의 시합이 있었고, 결과 는 1:1 무승부였다. 케빈은 그때 그 부부를 처음 만났다. 막 영업을 끝내고 플린스로 가려고 하는 참에 승차장으로 달려오는 그 부부 를 보았다. 승차장에는 그의 택시뿐이었다. 다른 택시 기사들은 전 부 외국에 갔거나, 플린스에서 이미 좋은 자리를 차지하고 있었다.

부부는 사십대로 보였고—비록 남자는 오십 같기도 했지만— 옷을 잘 차려입었다. 그들은 택시 승차장이 있는 거리의 정원이 딸 린 빨간 벽돌집에서 나왔다.

케빈이 지켜보니, 그들은 달려오면서 서로를 쳐다보고 택시가 있다는 사실에 몹시 안도했다.

"죄송하지만……" 케빈이 입을 열었다.

그 순간 여자의 눈에 눈물이 그렁그렁해졌다.

"오, 제발 우리를 태울 수 없다는 말은 하지 말아줘요. 이미 늦 었는데, 차가 시동이 안 걸려요. 남편 본가에서 같이 시합을 보기 로 했어요. 제발 태워주세요." 그녀는 위치를 말하면서 돈을 넉넉 히 주겠다고 했다. 하지만 거기 가는 데 삼십 분, 플린스로 돌아오 는 데 삼십 분이 걸릴 터였다.

"저, 기사님도 당연히 그 시합을 보시겠죠. 하지만 길에 차가 없 어요. 미터기 요금의 두 배를 드리겠습니다."

남자 또한 점잖았다. 그는 전혀 고압적이지 않았고, 그저 협상하려는 자세였다.

몇 파운드는 충분히 더 벌 수 있었다. 케빈은 내일 필리스를 휠체어에 태워 쇼핑하러 갈 수 있겠다고 생각했다. 그녀는 아마 좋아할 것이다.

"타십시오." 그가 문을 열어주며 말했다.

이 부부는 걱정할 일이 거의 없었다. 지붕이 영원한 골칫거리가 되지 않을 크고 튼튼한 집에 살았다. 두 사람 다 팔다리를 쓰는 데 아무 불편함이 없었다. 아내는 재봉틀 앞에 앉아 허리를 굽혀야 할 필요가 없었고, 남편은 다른 기사와 교대로 모는 택시에서 장시간 일할 필요가 없었다.

케빈은 대체로 택시 뒷좌석에 탄 승객을 질투하지 않았지만, 이 부부는 뭔가 그를 자극하는 데가 있었다. 그들은 돈도 많고 좋은 옷에 안락한 생활을 즐기는 것 같았고, 택시를 타고 더블린을 가로질러 몇 달 전에는 축구를 응원하는 사람이 아무도 없었을 집으로, 거기서 하는 큰 파티를 즐기러 갈 능력이 있어 보였다. 그들은 시동이 걸리지 않은 차에 대해 불평하지 않았고, 누구 때문에 늦었다고 서로를 책망하지도 않았다.

남편은 아내를 로레인이라고 불렀다. 케빈은 이름에 대한 궁금증이 생겼다. 이 거리에 사는 누구도 로레인이나 펄리시타나 얼리셔 같은 이름을 갖고 있지 않았다. 메리나 올라, 필리스가 여기 여자들의 이름이었다.

로레인. 어쨌거나 그 이름은 그녀와 잘 어울렸다. 온화하고 차분하게 들렸다. 또한 그녀는 행복해 보였다.

그들이 이야기할 때는 좋은 친구 사이의 편안한 확신이 느껴졌다. 케빈은 그들이 결혼한 지 얼마나 됐을지 궁금했다. 그와 필리스처럼 이십삼 년쯤 됐을까. 그들의 결혼생활은 달랐을 것이다.

그들은 몸에 익은 우아한 몸짓으로 그에게 돈을 더 건넸고, 아일랜드의 승리를 바라는 소망과 희망의 말을 남기고 떠났다.

케빈은 라디오를 켰다. 그 부부는 시합 시간에 딱 맞게 도착할 것이다. 그는 플린스에 삼십 분 늦게 도착할 것이고.

그로부터 꼭 나흘 뒤인 1990년 6월 25일 월요일, 아일랜드가 루마니아와 싸워 승부차기로 이겼다. 그리고 그날 로레인의 남편은 눈이 크고 까만 어떤 여자와 만났다. 많은 사람이 직장에서 곧장 술집으로 향했고, 모두 흥분해서 아주 시끌시끌했다. 여자는 근처 회사에서 퇴근하고 거기로 왔고, 어쨌거나 모두 축하를 하며 한마음이 되었다. 그러고 나서는 당연히 식사를 해야 했다. 아무도 차를 가져오지 않았기 때문에, 나중에 집으로 갈 때 택시를 탈 것이었다.

케빈은 함성소리가 울리는 플린스에서 함께 시합을 응원했지만, 레드 레모네이드만 마셨다. 이런 밤에는 몇 시간 더 일할 수 있었다. 그날은 공식적으로 다른 동료가 택시를 운전하는 날이었지만, 그 동료는 일하고 싶어하지 않았다. 몇 번만 요금을 넉넉히 받으면 케빈은 30파운드를 벌 수 있었다.

더블린 절반이 택시를 찾아 거리를 서성이는 것처럼 보였다.

케빈은 그 남자를 알아보고 같이 탄 여자가 로레인일 거라 짐작했다. 그가 세상 참 좁지 않느냐고 말하려다 멈췄다.

"우선 어디로 가냐면……" 남자가 여자의 의견을 물었다.

킥킥거리는 소리, 이어 소곤거리는 소리가 한동안 들렸다. 그리고 남자가 말했다. "내 이야긴 거기까지. 기사님, 우리 둘 다 여기서 내릴게요." 그러고는 코를 비비고 키스하는 소리가 들렸다. 남자는 요금에 팁을 얹어 내면서 케빈의 눈을 똑바로 바라보았다. 그는 케빈을 알아보지 못했다. 택시 기사는 투명인간이었다.

다음날 아침 로레인이 택시 승차장에 나타났다. 그녀는 케빈을 알아보았다.

"저희 차가 고장났을 때 태워준 분이군요." 그녀가 말했다.

그녀는 선한 눈, 신뢰하는 눈을 가지고 있었다.

"또 고장이 났나요?" 케빈이 물었다.

"아니요. 하지만 로넌의 회사 사람들이 승리를 축하하느라 모두 술을 많이 마신 바람에 호텔에 묵기로 했대요. 회사 사람들 전부가요." 그녀가 말했다. "제가 그 차를 몰고 학교로 가야 해서, 로넌이 회사 밖에 세워놓은 차를 가지러 가는 거예요."

케빈이 끙 소리를 냈다. 그게 그가 탐탁지 않아 하는 소리로 들린 모양이었다.

로레인의 목소리가 방어적으로 변했다. "취해서 집으로 돌아가는 것보다 그러는 편이 훨씬 낫죠." 그녀가 말했다.

"훨씬 낫죠." 케빈이 말했다.

"그리고 길에 택시가 전혀 안 보였고요." 로레인이 말했다.

"필요할 때는 절대 없죠." 케빈이 말했다.

사람들이 뭐라건 더블린은 작은 도시다. 오십만 명이 넘는 사람이 살지만, 그래도 아주 작다.

케빈은 휴스턴역에서 어떤 여자를 태웠다. 그녀는 어머니와 함께 있었는데, 어머니가 더블린에 수술을 받으러 왔다고 했다.

어머니라는 사람은 신경질적이고 성질이 나빴다.

"네 또래 여자들은 대부분, 매기, 택시에 돈을 낭비하는 대신 자기 차를 갖고 있어." 어머니가 툴툴거렸다.

"엄마, 제가 사는 곳은 직장에서 걸어다닐 수 있는 거리예요. 그리고 걷는 게 몸에 더 좋지 않아요?" 매기가 말했다. 길고 굽슬굽슬한 짙은 색 머리칼, 케빈은 매기가 서른쯤 됐을 거라고 결론을 내렸다.

"차가 있으면 주말에 집에 올 수 있잖아."

"기차를 타고 매달 가잖아요." 매기가 말했다.

"서른다섯 살인 여자라면 으레 자식 셋에, 원룸 아파트 대신 내가 가서 지낼 수 있는 집을 갖고 있기 마련이야."

"엄마가 침대 쓰세요. 저는 소파에서 잘게요."

"그럴 수도 있겠지. 하지만 그게 네가 언젠가 정착하지 않아도 된다는 말은 아니지."

"정착할게요, 언젠가는." 매기가 한숨을 쉬며 말했다.

"그럼, 그래야지." 어머니가 말했다.

로넌은 공항에 가면서 승차장에서 케빈의 택시를 탔다. 케빈은 로레인이 정원에서 손을 흔드는 것을 보았다. 남자아이와 여자아이도 손을 흔들고 있었다. 각각 열다섯과 열여섯 살로 보였다.

"아이들이 있다는 건 좋은 일이죠." 차가 많은 도로로 접어들면서 케빈이 말했다.

"네." 로넌이 멍하니 대답했다. "그렇긴 해도 더이상 어린애는 아니에요. 자신들의 인생을 살죠. 저 나이가 되면 집에는 정말로 신경도 쓰지 않아요."

"그렇게 보이지 않아도 신경쓰고 있을지 몰라요." 케빈이 말했다.

로넌은 대답 없이 그저 가방 안을 뒤적거렸다. 그는 공항으로 가는 내내 잡담을 나누고 싶어하는 유의 사람이 아니었다.

출발장 앞에 도착하자, 케빈은 차에서 내려 트렁크에서 가방을 꺼냈다.

케빈이 돌아서자 마침 매기가 로넌의 품으로 달려들었다. 로넌이 가방을 들었고, 그들은 손을 잡고 탑승 수속을 하러 갔다.

케빈은 크리스마스이브에 늘 일했다. 그는 매기와 로넌을 휴스턴역에 내려주었다. 매기는 울고 있었다. "참을 수 없어. 나흘이나." 그녀가 말했다.

"뚝. 곧 돌아올 텐데 뭘."

"하지만 아주 특별한 날이잖아. 자기랑 같이 있고 싶은데." 그녀가 울먹였다.

"자기, 며칠뿐이잖아. 시간은 지나가. 초조해하지 마."

"다들 사랑이 넘치는 화목한 크리스마스를 보내겠지." 매기가 울먹였고, 달랠 길이 없어 보였다.

"사랑이 넘치고 화목하고 그런 거 없어." 로넌이 말했다.

로넌은 역으로 들어가 매기를 기차에 태워 보낸 뒤 케빈에게 꽃집과 슈퍼마켓에 들러달라고 부탁했다. 그 두 곳에 이미 주문을 해두었던 것이다. 한 곳에는 엄청나게 큰 꽃다발을, 또 한 곳에는 음식 바구니를.

그러고는 집으로 돌아갔다. 큰 빨간 벽돌집의 문이 열렸고, 케빈은 차에 앉아 로넌을 맞으러 달려오는 로레인과 아이들을 보았다. 추운 밤이었고, 로넌이 "해피 크리스마스!"라고 말하는 소리가 들렸다.

아일랜드가 이탈리아에 졌다. 꿈은 끝났다. 하지만 삶은 계속되었다.

크리스마스가 지난 뒤 필리스는 손이 너무 비틀려 재봉 일을 그만둬야 했다.

그해 봄에 손주 둘이 새로 태어났고, 아이들 부모는 밤에 외출하거나 낮에 어디를 가야 하는 날이면 종종 아기들을 체스트넛 스트리트로 데려오곤 했다. 케빈과 필리스는 가만히 앉아 유아차 두 개를 들여다보았다.

"인생이 우리가 생각했던 대로 흘러가지 않는 것 같아." 어느 저녁 필리스가 케빈에게 말했다.

"누구에게나 마찬가지야, 필리스." 케빈이 말했다. "세상을 경험하다보면 알게 되지."

그날 그는 빨간 벽돌집에서 가방 네 개, 그리고 종이와 책이 든 상자 하나를 받아 차에 싣고 로넌과 매기가 사는 아파트로 갔다. 전과는 다른 아파트였다. 좀더 크고, 두 사람이 살 만한 공간인 아파트.

로넌은 차를 빨간 벽돌집에 두고 왔다.

그의 이전 직장은 걸어다니는 거리였다. 이제는 열심히 택시를 타는 사람 중 한 명이 되었다. 그래서 다음달부터 택시 기사인 케빈은 당연히 로넌과 종종 마주쳤다.

케빈은 가방을 옮겨준 날에 그랬듯, 그 남자의 삶에 결코 개입하지 않았다. 로넌이 자기 이야기를 꺼내지도 않았다. 늘 정중했고 소소한 이야기는 흔쾌히 나누었으나, 전에 택시 기사인 케빈을 본 적이 있다는 내색은 조금도 비치지 않았다.

또한 케빈은 다정한 눈빛의 그 선한 여자를 떠난 것에 대해 남자의 가슴팍에 주먹을 세게 날리고 싶었다.

케빈은 종종 그녀의 집을 쳐다보았다. 정원은 점점 방치되어갔고, 울타리는 허물어졌다. 앞문의 페인트칠이 벗어지고 있었다.

케빈은 자신의 집을 몇 군데 손봤다. 아들들이 지붕 고치는 것을 도와주었다. 그들은 수리가 끝날 때까지 토요일마다 집에 왔다. 그러고 나서 그들은 집에 페인트를 덧칠했다. 그는 수고해준 것에 대한 고마움의 표시로 아들들을 플린스로 데려가 맥주를 잔뜩 사주었다.

몇 달이 지나면서 케빈은 자신의 집은 점점 좋아진 반면 로레인의 집은 점점 망가져가는 것을 보았다. 그는 모든 것이 무너지기 전 그녀의 행복했던 모습을 보았기 때문에 그녀의 삶에 관심이 갔다. 그녀에게 아이들이 도움이 되는지 궁금했다. 아이들이 토요일마다 아버지와 함께 시간을 보내러 가는지 알고 싶었다. 케빈은 아이들이 버스에 타는 것을 보았다. 아이들의 어머니는 그 집에서 잘 가라고 손을 흔들어주었지만, 기분이 좋은 것 같지는 않았다.

어느 날 버스가 만원이라 아이들은 대신 그의 택시를 탔고, 그래서 그는 아이들이 어디로 가는지 알았다.

아이들은 뒷좌석에 앉아 이야기를 나누었다.

"제발 이번엔 마거릿 아줌마 좀 안 데리고 나오면 좋겠어." 여자

아이가 말했다.

남자아이는 좀더 관대했다. "그 아줌만 괜찮아, 좀 신경질적이고, 늘 이상한 말만 하긴 해도."

"그 아줌만 아빠한테서 손을 못 떼. 늘 아빠 소매 같은 델 만지고 있잖아. 토 나와." 여자아이가 역겹다는 듯 말했다.

"음, 그 아줌마도 뭔가를 해야 하니까. 아빠가 우리 앞에서는 담배를 못 피우게 하잖아. 나쁜 본보기라면서." 로넌의 아들이 말했다.

"아빠는 여러모로 미쳤어, 안 그래?" 로넌의 딸이 무심하게 일상적인 어조로 말했다.

케빈은 다음 월드컵을 플로리다가 아니라 플렌스에서 보았다.

승차장의 동료 기사 대부분이 월드컵이 끝났을 때 빚에 허덕였다. 일부는 햇볕에 화상을 입었고, 또 머리가 빨갛게 익어 두피에 각질이 일어났다. 이따금 케빈은 로레인과 로넌을 태우고 더블린을 가로질렀던 그 화창한 날을 생각했다. 매기가 그들의 삶에 나타나 그들을 영원히 바꿔놓기 전의 그날을.

케빈은 여전히 장시간 일했다. 그것이 습관이 되었다. 그는 멈출 수가 없었다. 1995년 2월의 어느 추운 저녁, 그는 피곤하고 우울했다. 홀리건 무리가 아일랜드 대 잉글랜드 시합에 몰려들어 랜스다운 로드를 엉망으로 만들어놓았다. 난동을 부리는 소수의 패거리가 장악한 축구 시합은 의미가 없는 것 같았다. 그는 시무룩하게 난롯가에 앉았다.

필리스가 케빈에게 너무 열심히 일하지 말라고 부탁했다.

"당신이 그렇게 일하는 건 오로지 나를 위해서잖아. 솔직히 우리는 지금 가진 걸로 충분해. 지붕도 오래전에 고쳤고, 집이 무너질 일도 없어. 아이들도 전부 직장에 다니고. 내가 정말로 원하는 건 당신이 집에서 좀더 시간을 보내고 우리가 일주일에 한 번은 같이 영화관에 가서 새 영화를 보고 맥주를 마시러 가는 거야. 내가 다른 사람한테 물어봤는데, 계단 없이 다 평평하대. 정말 멋진 외출이 될 것 같지 않아?"

케빈은 인생이 생각하는 대로 흘러가지 않는다는 말은 참으로 진실이라고 생각했다. 오 년 전에 그는 그들 앞에 좋은 일은 이제 없다고 생각했지만, 그들은 좋은 시간을 보냈다. 그는 그들이 다른 많은 사람보다 더 행복하다는 걸 알았다.

그는 이따금 로넌과 매기를 보았다. 그들은 부부처럼 보였다. 그들 사이에 아기가 태어났을 때는 더욱 그랬다. 그 여자 아기는 엘리자베스라는 이름으로 세례를 받았다. 세례식이 끝난 뒤 매기의 어머니와 여동생이 케빈의 택시에 탔다.

매기의 어머니는 여전히 성질이 고약했다.

"음, 성모님이 자기 사촌 이름을 딴 애새끼가 태어나서 참 기뻐하겠구나."

"아, 엄마. 그만 좀 해요. 엄마를 기쁘게 해드리려고 아기의 세례명을 그걸로 한 거잖아요. 그거면 충분하지 않아요?"

"충분하지 않아." 매기의 어머니가 말했다. "파트너니 결합이니 그게 다 무슨 소린지. 교회에 온 사람 모두가 그놈이 유부남이고, 결혼도 안 한 우리 매기가 일부러 아기를 가진 걸 다 아는데."

"쉿, 엄마. 기사님이 다 듣겠어요."

"저 사람은 눈과 마음을 길에 두고 있어야 하는 거 아니니. 그래야 옳지." 그녀는 그렇게 말하고 입을 탁 다물었다. 혹시 모르니까.

로레인은 로넌이 그들이 살던 집으로 오는 것을 개의치 않는 것 같았다. 이따금 케빈은 로넌을 그 집에서 지금 그가 매기와 엘리자베스와 함께 사는 집으로 다시 태워다줬다. 케빈은 로넌이 예전의 가정에서 편안해하는 것을 알 수 있었다.

그의 아이들은 요즘 들어 토요일에 시간이 잘 나지 않았다. 시험이나 과제나 데이트가 있었다.

아이들은 아빠가 그렇게 원칙만 따져서는 안 된다고 말했다. 아빠가 같이 산다 해도, 토요일에 그들을 못 볼 수도 있는 것이다. 토요일에는 어느 부모도 자식들을 만나지 않는다.

그래서 로넌은 집에서 몇 가지 소소한 일을 했다. 정원 울타리를 손보거나 창틀과 현관문에 페인트칠을 했다.

케빈은 로넌이 시간이 다 되어도 그 집을 떠나기 싫어하는 것 같다고 생각했다. 아파트에는 아기 옷이 줄줄이 널려 있을 것이고, 그는 아마 잠도 충분히 못 잘 것이다.

케빈은 로넌과 로레인이 다시 합칠 거라고는 생각하지 않았지만, 선한 눈빛의 로레인이 이 시간을 로넌이 처음 그들의 둥지를 떠난 직후의 며칠 혹은 몇 주의 시간만큼 힘들어하지 않는다는 것은 분명했다.

케빈은 어느 날 매기와 아기를 택시에 태웠다. 새 어린이집을 살펴보러 가는 길이었다. 처음 가본 두 곳은 마음에 들지 않았던 것이 분명했다.

매기는 담배에 불을 붙였다.

"금연 택시라고 말하지 마요, 그러면 리피강에 뛰어들 테니까."
그녀가 말했다.

"나는 괜찮아요. 하지만 아기한테 괜찮을까요?" 케빈이 말했다.

"당연히 아기에겐 안 좋겠죠." 매기가 발끈해서 말했다. "도심
지 아파트에 사는 거나, 디젤엔진이 내뿜는 연기를 마시는 거나,
엄마가 매일 일하러 나가는 거나 그게 그거예요."

"그러면 남편분은 그 전부에 대해 어떻게 생각하나요? 그분도
담배를 피우나요?"

"아니요, 기사님은 신통력이 있으신가봐요. 그 사람은 담배를
싫어해요. 내가 간접적으로 아이의 폐를 망가뜨린다고, 또 나쁜 본
보기라고 하죠. 그이의 막돼먹은 두 아이 앞에서도 담배를 피우면
안 돼요. 그런데 새벽 세시에 아이가 악을 쓰며 울어댈 때는 그 작
은 폐에 신경도 안 써요. 일해야 한다면서 심지어 잠도 다른 방에
서 자죠. 나도 일이 있는데, 그것에 대해선 아무 말도 없고요."

"음, 일을 그만둘 수는 없나요?" 케빈이 관심을 보였고, 마음이
쓰였다.

"아니요, 그 사람은 남편이 아니에요. 파트너죠. 파트너와 같이
살면 일을 해야 해요. 집에 앉아 돈을 받는 건 아내예요. 그게 현실
이에요. 그게 세상 돌아가는 방식이고요."

매기의 얼굴에 분노와 당황한 기색이 떠올랐다. 케빈이 그녀를
처음 본 뒤로 오 년이라는 긴 시간이 흘렀던가? 그때 그는 그녀에
게 화가 났었다. 가정을 파괴한 이기적인 사람이었으니까. 하지만
지금 그녀는 아기가 딸린 마흔 살의 여자였고, 안정과는 꽤 거리가

먼 생활을 하고 있었다.

"어서 11월이 되면 좋겠어요." 매기가 말하고, 담배 연기를 발가락까지 가닿을 정도로 깊이 들이마셨다.

"11월요?" 케빈이 천진하게 물었다.

"국민투표가 있잖아요. 이혼에 관련해서요. 11월 24일에." 그녀가 말하며 차창 밖으로 차들을 내다보았다.

케빈의 집에서는 어느 쪽에 투표할지를 놓고 조금 긴장된 분위기가 흘렀다.

필리스는 찬성 쪽에 투표할 것이었다. 그녀는 실수를 한 사람들이 다시 시작할 권리를 가질 수 있기를 바랐다. 그들을 벌하는 건 원치 않았다.

케빈은 확신이 없었다. 상황이 너무 쉬워진다면 사람들은 그냥 일어서서 떠나버릴 것이다. 그는 반대 쪽에 투표할 생각이었다.

"여자도 남자만큼 홀홀 털어버리고 일어나 떠날 수 있어." 필리스가 목소리에 힘을 주며 말했다. 하지만 필리스는 휠체어에서 일어나 떠날 생각이 결코 없었고, 케빈 없이 단 하루도 살고 싶지 않았다.

"나는 이혼을 하고 가정을 떠난 사람들이 불행해진 경우를 많이 봤어." 케빈이 고개를 저으며 말했다.

"음, 봤다 해도 아일랜드에서는 못 봤을 거야. 아일랜드에는 아직 이혼이란 게 없으니까." 필리스가 목소리에 권위를 실어 말했다.

그들은 한 사람의 표가 다른 한 사람의 표를 상쇄할 테니 투표하러 갈 필요가 있을지를 두고 토론했다. 그들 중 누구도 상쇄되는 건 원치 않았다.

"내가 지지하는 쪽이 당신 쪽보다 더 절실해." 필리스가 말했다.

"내겐 당신이 옳다는 확신이 없어." 케빈이 말했다. 그는 택시 안에서 많은 이야기를 듣다보니 반대표를 던지는 것에 대해서도 확신이 별로 없었다.

국민투표가 있던 날 그는 필리스를 택시 앞좌석에 태웠다.

그들은 한 여자가 아기를 안고 있는 것을 보았다.

그녀는 손을 올리다 택시 안에 사람이 있는 것을 보고 실망하는 눈치였다.

"저 여자가 어디로 가는지 알아. 태워줘야겠어." 케빈이 말했다.

매기와 그녀의 딸 엘리자베스는 감사하는 마음으로 택시 뒷좌석에 앉았다.

필리스는 누군가를 만나면 늘 먼저 말을 붙였고, 매기에게도 예외는 아니었다. 그들이 아파트에 도착했을 즈음 필리스는 매기의 삶에 대해 케빈이 십 년 동안 알아낸 것보다 더 많은 것을 알아냈다. 매기의 어머니는 매기의 가슴에 화상 같은 상처를 남겼고, 그녀의 회사 사장은 그녀가 육아를 이유로 휴직한 것 때문에 언짢아했다. 그녀에겐 남아 있는 친구도 거의 없었다. 방금 그녀는 찬성 쪽에 투표를 했고, 통과되면 그녀의 삶은 좀더 나아질 것이다.

"행운이 있기를 빌어요." 필리스가 말했다. "그 남자의 결혼은 지금 완전히 끝난 상태이니 모든 걸 엉망으로 만드는 대신 다시 제대로 시작할 수 있겠네요."

"네, 제가 하고 싶은 말이에요. 일 년 넘게 걸리겠지만, 그때는 세상도 잠잠해지겠죠."

"두 분은 이미 계획이 있겠죠." 필리스가 진지하게 말했다.

"그이는 아직 아무 말 없지만, 그 문제를 생각하고 있을 거예요." 매기가 입술을 깨물었다.

"음, 당연히 그럴 거예요." 필리스가 말했다. "당연하죠. 어떤 남자가 당신과 어린 딸을 제대로 돌보려 하지 않겠어요?"

매기가 살짝 괴로운 표정을 지었다.

케빈이 느닷없이 맞장구를 쳤다. "아, 네. 그럼요. 그분은 당연히 당신과 결혼할 거예요. 당신과 결혼하지 않을 거면 왜 당신하고 같이 살고 아이를 같이 키우겠어요?"

필리스가 놀라서 그를 쳐다보았다. 케빈이 어떤 반응을 보일지는 아무도 모른다.

"그런데 왜 그분은 당신하고 같이 투표하러 가지 않은 거죠?" 케빈이 물었다.

"오늘이 따분한 그의 아이들을 보러 가는 날이에요." 매기가 말했다. "아마 나하고 집에 있진 않을 거예요. 오늘밤 늦게까지는요."

택시 승차장에서는 로넌이 로레인의 집으로 들어가는 모습을 볼 수 있었다. 그는 겨울 팬지꽃 화분을 들고 있었다. 그가 일하고 있을 때 로레인이 그에게 머그잔을 갖다주었다. 그들은 오래된 친구처럼 함께 웃었다. 그가 이곳에서 만나야 하는 따분한 아이들은 어디에도 없는 것 같았다. 케빈은 혼자 싱긋 웃었다.

그는 밤늦게까지 일할 것이다. 필리스는 끝없이 이어지는 국민 투표에 관한 토론을 볼 것이고, 내일이 오면 꼼짝 않고 앉아 결과를 지켜볼 것이다.

그는 아파트에 엘리자베스와 둘만 있을 매기를 생각했다.

그는 인생이란 생각하고 바란 대로 결코 흘러가지 않는다는 생각을 다시금 했다.

11월 25일이 되었고, 케빈은 회사에서 나오는 로넌을 보았다.

이제는 로넌도 케빈의 얼굴을 알아봐서, 안다는 티를 내려고 이렇게 말하곤 했다. "또 당신이로군요."

"아슬아슬하겠는데요." 케빈이 말했다.

"너무 아슬아슬하죠." 로넌이 말했다.

케빈이 모를 일이라는 표정을 지었다. "음." 로넌이 말을 이었다. "나라가 이쪽 아니면 저쪽으로 의견이 통일되면 더 좋을 텐데. 이렇게 하니 분열이 생기네요."

"맞는 말씀이에요. 어쨌거나 통과되더라도 대부분이 이혼 같은 건 하지 않으면 좋겠어요. 대부분은 지금쯤 상황을 정리한 상태일 거예요. 완벽하고 적절하게 잘 정리했을 거예요." 케빈은 정말로 동의하고 싶어하는 로넌의 마음을 읽을 수 있었다.

"당신이 그렇게 이야기하니 흥미롭군요. 내 의견과 정확히 같아요. 문제가 없었던 걸 왜 고쳐요. 그게 내가 하고 싶은 말이고, 그 문제가 수면 위로 올라오면 그렇게 말할 거예요."

케빈은 잠시 생각에 빠졌다. 그가 지금 한 말은 아주 중요할 수 있었다. 그게 큰 차이를 만들어낼 수도 있었다. 그가 공정하고자 한다면, 그의 아내든 파트너든 어느 한쪽을 편들어야 두 사람 다 편들 수는 없었다.

케빈이 현명하게 고개를 끄덕였다. "당연하죠. 적절한 관계를 맺고 있다면 서류나 혼인신고나 헌법 수정 같은 건 필요 없을 거예요. 이성적인 여자라면 누구든 당연히 이해할 거예요."

로넌이 그 말을 들으려고 몸을 앞으로 기울였다.

"한번 더 말해주겠어요? 오늘밤에 진지하게 이야기를 나누어보려고요."

케빈이 그 말을 반복하고 조금 더 보충해주었다.

부엌에서는 많은 축하의 말이 오갔다. 필리스와 친구들은 새 아일랜드를 위해 잔을 높이 들었다.

하지만 케빈은 그것에 대해 생각하지 않았다. 자신의 택시에 탔던 손님들에 대해 생각했다.

그는 그 모든 것에 대해 어리석게 굴어서는 안 된다는 것을 알았다. 로넌은 겨울 팬지꽃을 심은 빨간 벽돌집으로 돌아가지는 않겠지만, 종종 편하게 찾아갈 것이다.

그리고 선한 눈빛의 로레인은 남편이 다시 살러 온다고 해도 받아주지 않을 것이다. 하지만 나라 법이 두번째 결혼을 허가하는 쪽으로 바뀌었음에도 로넌에게 두번째 결혼식이나 두번째 아내가 없을 거라는 데서 로레인은 부질없더라도 얼마간 만족감을 느낄까?

그리고 케빈은 로레인의 걱정어린 회색 눈동자에 평화를 주는데 자신이 작지만 의미 있는 역할을 했다고 생각하며 혼자 빙그레 미소를 지었다.

그는 매기의 검고 불안한 눈동자는 아예 생각하지 않기로 했다. 그는 신이 아니었다. 모든 것을 해결할 수는 없었다.

아버지날 카드

리사는 큰 가게에서 걸음을 멈추고 아버지날 카드를 사는 사람들을 지켜보았다. 매년 그랬고, 종종 사람들이 무슨 말을 하는지 들으려고 아주 가까이 다가갔다.

"내 생각에 아버진 이걸 좋아하실 것 같아. 아름다운 시가 적혀 있어." 어떤 여자가 말할 것이다.

"시는 읽지도 않으시잖아." 여자의 언니가 대답할 것이다.

혹은 카드를 사는 육십대 여자들을 보기도 했다. 멀리 요양원에 계신 아버지에게 보내는 걸까? 어쩌면 남편에게 보내는 것일 수도 있겠지? 리사는 아버지날 카드를 사본 적이 없었는데, 아버지가 없기 때문이었다. 음, 물론 이십오 년 전에는 있었다. 하지만 아버지는 그녀에 대해 조금이라도 알고 싶어할 만큼 관심이 없었다. 어머니에게 물어보는 것도 오래전에 그만두었다.

그런 질문은 어머니인 세라를 그저 슬프게 만들 뿐이었다.

"네 아버지가 너를 버린 건 결코 아니야, 리사. 널 보지도 못했는걸. 버려진 건 나였어."

세월이 지나면서 리사는 그가 학생이었고, 부자였던 그의 가족은 그에 대한 야망이 있었다는 사실을 알게 되었다. 그들은 그가 체스트넛 스트리트에 살며 공장에서 일하는 열일곱 살짜리 여자애 세라와 결혼하는 것을 원치 않았을 것이다. 그가 그 관계에서 멀어지기를 바랐던 그들은 심지어 나라를 떠나버렸다. 그들은 단호하고 젊은 여자인 세라가 혼자 아이를 키울 만큼, 그리고 청소 서비스 회사의 매니저가 될 만큼 강인하다는 사실은 알지 못했다.

그러니 미국 어딘가에 마흔네 살쯤 된 성공한 사업가인 아버지가 살고 있을 것이다. 하얀 목조집에서 아버지날에 카드를 써줄 자식들과 함께 말이다.

그가 이십오 년 전에 태어난 아이, 한 번이라도 그를 만나고 싶어하는 아이에 대해 한 번이라도 생각해보았을까? 한 번이면 족할 것이다. 그가 그녀에게 아주 잘 자랐다고 말해주면 그걸로 충분할 것이다.

왜냐하면 리사는 아주 잘 자랐으니까. 그녀는 또한 고위급 간부의 개인 비서였는데, 그는 선량하고 친절한 남자였다. 켄트 씨는 그녀를 매우 존중해주었고, 회사에서 점점 더 많은 책임을 맡겼다. 그는 그녀에게 여러 수업을 듣게 했고, 그녀가 모든 과정의 학점을 받는 걸 지켜보았다.

"언제나 자신의 본능을 믿어요." 그가 충고했다. "머릿속에 처음 떠오른 생각을 따라요. 그게 종종 맞으니까."

"그분이 당신을 많이 좋아하는 것 같은데요." 다른 여자들이 말했다.

하지만 리사는 그게 아니라는 걸 알았다. 켄트 씨는 사별한 남자로, 행복하게 자신의 직업과 결혼한 상태였다. 그는 사무실에서 긴 시간을 보냈고, 리사에게 관심이 있다는 내색은 조금도 비치지 않았다. 그게 오히려 다행이었는데, 그는 정말로 나이가 많아서 아마 오십은 넘겼을 것이기 때문이었다. 그는 종종 리사에게 사랑하는 사람이 아직 없느냐고, 회사를 그만두고 결혼해 아기를 키울 생각은 없느냐고 물었다. 리사는 언제나 편안하게 웃으면서 진정으로 자신보다 다른 누구를 더 사랑해본 적이 없다고 말했다.

"제 방식에 너무 익숙해서요, 정말로. 저는 제 집을 사랑하고 제 자유를 사랑해요. 저는 독립적인 사람으로 자랐어요. 탓하려면 제 어머니를 탓하셔야 해요."

켄트 씨는 리사의 어머니 세라를 알았다. 세라가 다니는 회사가 그들의 회사와 사무실 청소 계약을 맺고 있었다. 켄트 씨는 리사의 어머니에게 더 많은 회사를 소개해주었다. 그는 사려 깊은 신사였다.

리사는 젊은 남자나 평생 함께하겠다는 남자를 신뢰하지 않았고, 켄트 씨는 그걸 이해하지 못했다. 그녀의 아버지가 앞으로 태어날 그녀의 존재를 알게 된 그 순간에 사라져버린 일로 인해 리사는 어느 남자도 믿지 않게 되어버린 것 같았다.

그 무렵 리사의 주변에는 제임스라는 아주 유쾌한 젊은이가 있었다. 하지만 그녀는 그가 진지한 사람일 수도 있다는 걸 믿지 않고 그를 겁주어 쫓아버렸다. 영원히 의심하고 불안을 느끼면서 살 수는 없다고 제임스가 그녀에게 충고했다. 그것은 정말로, 정말로 끔찍한 낭비가 될 거라고. 하지만 리사는 친절한 상사인 켄트 씨에게 그 말은 하지 않고, 농담처럼 어머니만 탓했다.

"어머니는 당신을 지나치게 독립적인 사람으로 키운 게 아닌가 걱정하고 있어요." 켄트 씨가 말했다.

리사는 놀랐다. 어머니는 사생활에 대해 고객 누구에게도 말하지 않았기 때문이었다. 특히나 켄트 씨에게는 더더욱 말하지 않을 것 같았다.

켄트 씨는 리사가 깜짝 놀란 것을 보고 허겁지겁 해명했다.

"길고 바쁜 하루를 보낸 끝에 종종 같이 이야기를 나누곤 해요. 어머니가 청소가 잘됐는지 점검하러 올 때가 있거든요. 나도 당신이 자랑스럽지만, 어머니는 나보다 더 자랑스러워해요."

"네, 어머니가 아주 큰일을 하셨죠." 리사가 말했다. "상무님이 그 일을 완성하셨고요. 저를 그렇게 격려해주지 않으셨다면 저는 이 길의 절반도 오지 못했을 거예요."

"내가 당신을 너무 몰아붙였는지도 모르겠군요. 너무 일만 시킨 것도 같고. 주변에 젊은 남자가 그렇게 많은데 그런 생각은 하지도 못할 만큼 너무 일을 많이 시킨 게 아닌가 싶어요."

그는 정말로 걱정하는 목소리였다.

"그리고 리사, 나나 어머니가 당신에게 너무 지나친 압박을 주고 있진 않은지 신경쓰는 이유가 또하나 있어요."

"그러세요?" 리사는 아주 혼란스러웠다. 그의 목소리가 이제 완전히 다르게 들렸다. 이건 회사에서 나눌 법한 일반적인 대화가 아니었다.

"지금 이 말을 하려고 했던 건 아닌데, 아마 눈치챘을 거예요."

"눈치를 채다니요?"

"어머니에게 청혼했어요. 어머니는 받아들였고요. 오늘밤에 같이 말할 예정이었어요."

켄트 씨가 리사를 쳐다보았다. 그의 얼굴은 기쁨으로 환하게 빛났다.

"어떻게 생각해요, 리사. 맨 처음 떠오른 생각이 뭔가요?"

그녀는 다가가 그를 끌어안았다.

"이제부턴 저도 아버지날에 카드를 사서 드릴 누군가가 생겼다는 생각요." 그녀가 말했다.

품위라는 선물

모두 데이비드 존스가 바람난 것을 알았다. 그가 다니는 액자회사의 사장인 마이크도 알았지만, 이해할 수가 없었다.

데이비드의 아내 애나는 별 같은 사람이었다. 아담하고 까무잡잡하고 진지하고 열정적이었다. 회사의 암울한 시기가 오래 지속되는 동안에도 늘 웃고 쾌활했다.

회사의 문제를 해결하고 체계적으로 구조 계획을 세울 때 그들은 그녀의 부엌에서 회의를 가졌다.

애나는 부엌 식탁에 팔꿈치를 대고 앉아 새 계획, 새 프로모션, 비용 절감 방법 등을 구상했다.

그녀는 그들에게 뜨거운 렌즈콩 수프를 내오면서, 한 컵에 3펜스인데 그걸로 이윤을 남기지 않는다는 말을 빼놓지 않았다.

데이비드의 쌍둥이 누이인 에밀리는 데이비드가 바람난 사실을 알고 마음이 아팠다. 그녀와 데이비드는 삼십오 년 동안 아주 친하게 지냈다. 서로 모든 것을 공유했고, 쌍둥이 사이에 통한다는 뭔가를 갖고 있어서 그가 언제 행복하고 언제 화났는지를 알았다. 하지만 그 일에 대해서는 어떤 직감도 받지 못했다. 그녀는 어느 결혼식에서 누군가가 리타라는 금발 여자를 가리키며 액자회사에서 일하는 데이비드라는 남자와 뜨거운 불륜 관계라고 말하는 것을 우연히 듣고서야 그 사실을 알았다.

에밀리는 충격을 받아 그 자리에 주저앉아버렸다. 그리고 결혼식이 진행되는 내내 무거운 마음으로 자신의 쌍둥이 남동생이 리타 옆에 바짝 붙어앉아 그녀의 팔을 만지고 그녀를 보며 특별한 미소를 짓는 것을 지켜보았다. 에밀리는 그렇게 그것이 사실임을 알았다.

애나의 아버지인 마틴은 남부 해안으로 출장을 갔다가 호텔 프런트데스크에서 그 불륜에 대해 알게 되었다. 체크인 명단에 데이비드 존스 부부의 이름과 주소가 쓰여 있는 것을 보았던 것이다. 기막힌 우연인걸! 그는 생각했다. 같이 저녁을 먹으면 되겠어. 그런데 지난주 일요일에 우리에게 이 이야기를 안 한 게 이상하네. 그는 아내에게 전화해 그 이야기를 할 때까지 아무런 의심도 하지 않았다.

"바보 같은 소리 하지 마, 마틴. 오늘 오후에 애나는 나하고 여기 있었는걸. 방금 갔어. 그 데이비드 존스는 동명이인이겠지."

"그래, 그렇겠네." 애나의 아버지가 말했지만, 거기 적힌 주소를 보고 그렇지 않다는 것을 알았기 때문에 그의 목소리는 공허하게 들렸다. 애나의 아버지는 사위와 맞닥뜨리는 위험을 감수하지 않으려고 방에서 샌드위치를 주문해 먹었다.

애나의 친구들도 모두 데이비드가 바람을 피운다는 것을 알고 있었다. 그가 숨기려는 어떤 수고도 하지 않았기 때문이었다. 그들은 그가 리타와 함께 골프장이나 와인바에 있는 것을 보았고, 기차역 밖에 차를 세우고 코를 비비며 애정 표현을 하는 것도 보았다.

그들은 그 이야기를 애나에게 하지 않았다. 처음에는 애나가 그 사실을 모른다고 생각해, 나쁜 소식을 전하는 사람이 되고 싶지 않았기 때문이었다. 그리고 나중에는 그녀가 당연히 알 거라고, 그 이야기를 하고 말고는 그녀에게 달린 문제로 그녀가 하고 싶을 때 하면 된다고 생각했기 때문이었다.

애나가 그 얘기를 꺼낸다면 그들은 안타까워하며 어깨를 으쓱하고, 어쨌든 그 상황에서 필요한 것은 뭐든 다 할 것이었다. 그리고 그녀가 그 사실을 알고 있는 것은 분명했다.

데이비드는 리타를 전혀 비밀로 하지 않았다. 무슨 수로든 감추려는 모습은 전혀 없었다.

애나의 절친인 매리골드도 알았는데, 그녀는 애나가 도대체 그것을 어떻게 참을 수 있는지 궁금했다. 하지만 애나는 거의 평소와 같이 자신의 생활을 유지해나갔다. 그녀는 일곱 살과 여섯 살인 어린 두 아들을 걸어서 학교에 데려다주고, 아이들을 다시 데려올 시간이 될 때까지 직장에서 일했다. 집에 누가 오든 늘 반갑게 맞았고, 미소는 리타가 등장하기 전만큼 밝았다.

리타는 위협적인 행동을 하는 존재였다. 얼음처럼 차갑고 거만했으며, 데이비드가 전혀 예상하지 못한 순간에 비싸게 굴어 어리석고 불쌍한 그를 미치게 했다.

리타는 애나의 생일파티 때 데이비드에게 그 자리에서 나와 자기를 보러 오라고 요구했고, 매리골드는 그 사실에 대해 결코 리타를 용서하지 않을 것이었다. 매리골드가 그 이야기를 들은 것은 그 전화가 걸려왔을 때 마침 그 근처에 서 있었기 때문이었다.

"가봐야 해." 데이비드가 단호한 표정으로 말했다.

"무슨 문제가 생겼어?" 애나의 얼굴에 걱정이 드리웠다.

"아니, 일 때문에. 정리할 게 좀 있어." 그가 말하고는 문밖으로 나가 차에 올라탔다.

매리골드는 그를 쫓아가 주먹으로 치고 싶었다. 어떻게 아내의 생일파티에서 빠져나갈 수 있지? 어떻게 그게 일 때문인 척할 수 있지? 그의 상사인 마이크가 그들과 함께 그곳에 있었다. 모두가 그게 일과는 전혀 상관없다는 사실을 알았을 것이다. 데이비드는 애나에게 적절히 거짓말을 하는 품위조차 보이지 않았다.

매리골드는 그날 애나를 도와 설거지를 했다.

"데이비드는 어떻게 그렇게 가버릴 수가 있니." 매리골드가 용기를 냈다.

"맞아. 하지만 회사에 전부를 걸었는걸." 애나가 진지하게 전적으로 지지한다는 듯 말했다. "마이크는 와인을 마시면서 계속 즐겼지만, 데이비드는 무슨 일인진 몰라도 일하러 간 거잖아."

애나의 말은 그 모든 게 감탄스럽다는 듯 들렸다.

오, 그래, 매리골드는 생각했다. 애나가 연기를 하는 거라면, 좋아, 누구든 이런 일에는 스스로 결정을 내려야 하니까. 친구가 끼어들어 태도를 바꾸라고 몰아붙일 일이 아니야.

매리골드는 남자의 신의 없음에 한숨을 쉬었다. 오래전 쓰라린 이혼을 하기 전에 이미 깨달은 사실이었다. 그때 무슨 일이 일어나는지 모른 척하는 것이 다른 한 가지 방법이었을까? 모른 척할 수 있었다면 남편의 불륜이 슬며시 사라졌을까?

아니, 그녀의 경우에는 그렇지 않았겠지만, 다른 사람의 경우에는 그럴지도 몰랐다. 그래서 그녀는 그 모든 문제에 대해 애나에게 따지고 들지 않기로 결심했다.

애나가 정말로 모른다는 생각은 누구도 하지 않았다. 모두가 그것이 그녀의 대처법이라고 생각했다. 그래서 오래전 학생 때부터 애나의 단짝 친구였던 샐리가 온다고 했을 때 모두 크게 안도했다. 애나도 샐리에게는 말할 수 있을 것이다. 이제 그들은 마음이 좀 가벼워졌다. 샐리가 알아서 할 것이다.

샐리는 감탄스러울 만큼 체계적인 사람이어서 다들 순수한 질투심에서 그녀를 미워할 법도 했지만, 사실 모두 그녀를 좋아했다.

그녀는 삼십대 후반이었지만 이십대로 보였다. 짧은 금발 머리는 폭풍우를 맞은 뒤나 수영을 하고 나온 뒤에도 방금 미용실에서 나온 것처럼 예뻐 보였다. 그녀는 런던의 큰 신문사에서 칼럼니스트로 일했고, 종종 텔레비전 토크쇼에 나왔다. 잘생긴 남편 조니는 그녀를 아주 많이 사랑했고, 십대인 두 아이는 그녀를 자랑스러워했을뿐더러 약을 하거나 깡패와 어울리거나 집으로 못된 놈들을 잔뜩 불러들이지도 않았다.

샐리는 친구들을 만날 시간을 빼서 매년 이곳에 와 애나와 함께 긴 주말을 보냈다. 샐리는 모든 것에 감탄했고, 모두의 이름을 기억했으며, 그들의 아이들에게 줄 소소한 선물을 가져왔다. 그리고 친구들과 함께 맛있는 중국 요리를 먹는 자리를 마련했다.

누군가가 그 문제를 정리할 수 있다면 그 사람은 샐리라는 것을 다들 알았다.

샐리가 방문하기 직전에 에밀리가 점심을 먹으러 왔다.

"샐리가 오면 애들은 내가 잠깐 봐줄게. 너하고 샐리하고 할 이야기가 아주 많을 거 같아서."

애나는 싱글벙글했다.

"오, 에밀리, 어쩜 이렇게 착한지. 이런 시누이는 어디에도 없을 거야. 하지만 괜찮을 것 같아. 마침 마이크 부부도 똑같은 말을 했거든. 우리 애들을 아이스스케이트장에 데려가주겠대. 또 옆집의 매리골드는 컴퓨터 박람회에 데려가준다고 하고. 모두 정말 너무 잘해줘."

에밀리의 얼굴이 어두워졌다. 그녀는 왜 다들 어린 두 아이를 데려가겠다고 야단인지 알고 있었다. 모두 샐리가 시간을 내서 애나와 따로 만나 문제를 해결하기를 바라는 것이다. 샐리라면 애나에게 현실을 직시하라고 말해줄 수 있었다. 애나는 데이비드에게 최후의 통첩을 보내야 할 것이다. 리타를 포기하거나 집을 떠나거나.

에밀리는 쌍둥이 남동생인 그가 그 이상하고 얼굴이 하얀 여자를 포기할 거라고 확신했다.

어쩌면 가벼운 바람일 것이다. 그가 충분히 인정받는다고 느끼지 못해서 그랬을 것이다. 인정받을 수 있다는 것을 증명하기 위해 그랬을 것이다. 애나가 얼마나 그를 생각하는지 알면 리타에게는 헤어지자는 통보가 전해질 것이고, 그와 애나는 눈물겹고 달콤한 화해를 할 것이다. 결혼생활은 심지어 더 좋아질 것이다. 더 단단해질 것이다.

에밀리는 자신이 왜 그 모든 일에 의혹만 품고 있을까 생각했다.

그녀는 쌍둥이 동생인 데이비드와 잠시 이야기를 나눌 기회를 만들었다.

"뭐 문제 있어, 에밀리?" 그가 물었다.

"뭐가 문제인지 알잖아." 그녀가 말했다.

그가 놀라서 고개를 들었다. "모르겠는데."

"그렇다면 넌 내가 생각했던 것보다 더 바보야." 에밀리가 말했다. 눈물이 터지기 일보 직전이었다. 그녀는 어리둥절해하는 그를 두고 떠났다.

에밀리는 왜 그때 그 자리에서 솔직하게 말하지 않았을까? 애나나 애나와 데이비드의 아들이 돌아와 대화에 끼어들까 두려웠기 때문이었다. 그리고 샐리가 훨씬 더 잘해낼 테니 괜히 나서서 망치고 싶지 않기도 했고.

애나는 샐리가 오는 날에 맞춰 나흘간 휴가를 냈다. 냉장고에 특별한 음식을 채우기 위해 쇼핑을 했다. 손님방에 놓을 근사한 베갯잇도 새로 사고 그에 맞는 수건도 샀다. 교복을 입고 앉아 미래 계획을 세우던 그때 이후로 변하지 않은 샐리 같은 친구가 있다는 건 멋진 일이었다. 애나가 일반 회사에 다니고 샐리가 〈애니 퀘스천스?〉의 고정 게스트가 되었다고 해도 달라진 건 없었다. 그들은 여전히 같은 사람이었다.

샐리는 프랭크와 해리의 선물로 그 아이들이 딱 좋아할 만한 비디오게임을 가져왔다. 그녀는 아이들을 보고 많이 컸다고 감탄하거나 키스를 하려고 하는 대신 힘차게 악수를 했다. 그리고 아이들에게 열 살과 아홉 살이 되면 런던에 와서 그녀의 집에서 지내자고, 기억에 남을 주말을 선물하겠다며 앞으로 삼 년 동안 그때 하고 싶은 것을 모두 적어놓으라고 말했다.

샐리는 집을 보고 감탄했다. 침실의 멋진 색깔하며, 창문 화단하며, 상쾌한 공기까지. 어느 누구도 런던에 있는 샐리의 집이 얼마나 화려한지 몰랐을 것이다. 그녀는 기쁨과 열정을 사방에 퍼뜨렸고, 누구도 그녀가 유명인사이고 그녀의 집이 종종 잡지에 큰 컬러 사진으로 소개된다는 사실을 떠올리지 않았다.

그녀는 액자 사업에 대한 애나의 이야기에 귀를 기울였고, 그 사업이 어떻게 또 한번의 위기를 넘겼는지 들었다. 애나는 일이 힘들지만 자신에겐 아주 좋은 직장이고 탄력근무도 허용된다는 이야기를 하고, 데이비드는 요즘 회사일로 출장이 잦아서 적어도 일주일에 하루나 이틀은 집을 비운다는 이야기도 했다.

"힘들겠구나." 샐리가 안타까워하며 말했다. "출장은 액자를 만들 나무를 사러 가는 거니? 아니면 잠재적인 새 고객을 만나러 가는 거니?"

애나의 대답은 모호했다. "모르겠어. 아마 둘 다가 아닐까. 어쨌거나 일이 있어. 해야 하는 일."

그녀의 미소는 여느 때처럼 밝았다.

샐리는 친구 애나와 함께 산책을 나갔고, 시골 풍경에 감탄했다. 지구상에서 이런 아름다운 지역에 사는 건 정말 행운 아니냐고. 남부에서 북부로 온 사람들은 대부분 북부가 음울하다고 하지만, 샐리는 늘 이곳의 풍경을 극찬했다. 그녀에게 친구가 많은 게 당연했다. 게다가 친구들은 그녀를 한시라도 빨리 보고 싶어했다. 모두 그녀에게 커피를 마시러 오라고, 같이 한잔하자고, 새로 태어난 아기나 정원에 새로 설치한 퍼걸러*를 보러 오라고 졸랐다. 샐리가 뭔가 수상하다는 낌새를 알아채기까지는 많은 시간이 걸리지 않았다. 그들이 그녀에게 애나를 빼고 만나자고 했다.

샐리는 그 전부를 곰곰이 생각해보았다.

애나의 건강이 문제일 리는 없었다. 지금보다 더 좋아 보인 적은 없었으니까. 애나는 최근에 건강검진을 받은 이야기를 해주었다. 애나와 샐리 둘 다 정기적으로 검사와 검진을 받았다. 아이들과 관련된 문제도 없었다. 사업은 늘 그랬듯 비틀거렸지만 어떻게든 굴러가고 있었다.

그러니 문제는 데이비드였다.

요즘 뭔지 모를 출장을 자주 간다는 데이비드.

그들은 샐리에게 데이비드가 가정을 두고 한눈을 파는데 애나는 그 사실을 전혀 모른다는 말을 해줄 작정이었다. 샐리가 중재자 역할을 해줄 수 있을까. 샐리는 그런 역할은 하지 않기로 했다. 애나가 조언을 구하면 모르겠지만, 친구들이 털어놓는 이야기는 듣지 않을 것이었다.

그래서 샐리는 아주 바쁘다는 핑계를 대며 만나서 이야기하자는 제안을 모두 거절했다. 그 대신 애나와 함께 여기저기 다니면서 애나가 마음에 걸려할 그 이야기를 툭 터놓고 하기를 기다렸다. 하지만 예상과 달리 애나는 아무것도 털어놓지 않았다.

뭔가 진행중이라면, 애나는 아무것도 모르는 게 분명했다. 샐리와 애나는 첫 생리부터 처음으로 이성의 몸을 더듬어본 경험, 남자친구의 배신, 결혼에 관한 불안과 의심까지 모든 것을 나누는 사이

---

* 정원에 덩굴식물이 타고 올라가도록 만들어놓은 아치형 구조물.

였다. 데이비드가 다른 여자를 만나는 것 같다고 애나가 생각했다면 틀림없이 샐리에게 말했을 것이다.

한편 데이비드는 달라 보였다. 신경이 곤두서고 불편해하는 듯 보였다. 그는 혹 샐리가 그 이야기를 꺼낼까봐 그녀와 둘만 있는 상황을 꺼리는 것 같았다. 그는 샐리에게 그녀의 일에 대해 아주 많은 것을 물어보았고, 자신의 사업에 대해서는 거의 말하지 않았다.

"애나가 그러던데, 요즘 출장이 잦다고요. 좋은 일이겠지요. 아니면 그냥 힘들기만 한가? 출장은 어디로 가요?" 샐리의 목소리는 텔레비전에서처럼 분명하고 직접적이었고, 둘러대거나 모호한 대답을 할 여지를 전혀 주지 않았다.

데이비드는 깜짝 놀란 것 같았다. 그는 곧바로 방어적이 되었다. "그냥 재미있는 놀이 같은 거 아니냐고 말하기 쉽지만, 우리가 하는 그런 사업에선 꼭 필요한 일이에요. 성장하고, 확장하고, 새 아이디어를 받아들이고, 어떤 변화가 있는지 관찰하는 거요. 호텔 바에서 칵테일이나 마시는 그런 일이 전혀 아니에요." 그가 두 사람을 보며 얼굴을 붉혔다.

애나는 마음이 아팠다. "난 당신한테 한순간도 그렇게 말한 적 없어. 힘들겠다고 말했고, 그게 다야." 그녀는 마음에 상처를 입었고, 많이 서운한 것 같았다.

그러자 데이비드가 서둘러 애나를 안심시켰다.

"미안해. 내가 잘못 생각한 모양이야. 나는 당신이 샐리에게 내가 여기저기 놀러다닌다고 말한 줄 알았어."

"맙소사, 데이비드. 왜 그렇게 생각했어요?" 샐리가 물었다. 그녀의 푸른 눈동자는 투명하고 흔들림이 없었다.

데이비드가 어깨를 으쓱하며 고개를 돌렸다. "글쎄요."

그러고는 다시 마음을 가다듬고 두 사람을 보며 특유의 미소를 지었다. "간부 스트레스인가봐요. 못되게 굴고 예의를 갖추지 못했어요. 용서해줄 거죠?"

애나가 얼른 다가가 그를 안아주었다. 샐리는 환한 미소를 지었다. "용서할 게 뭐 있어, 데이비드? 그냥 오해한 건데." 애나가 말했다.

중국 요리를 먹으러 가는 날 밤에 애나는 머리를 하러 간다고 했다. 다른 친구들이 주는 선물이었다. 샐리가 올 때마다 다 같이 사진을 찍었는데, 머리를 새로 하면 아주 멋지게 찍힐 것이었다. 미용실은 늦은 밤까지 문을 열었다. 매리골드가 릴리언의 미용실에 예약을 해두었다.

"나도 같이 가서 머리를 할까?" 샐리는 친구들에게 걸려들었다는 것을 깨닫고 말했다.

"아니, 아니. 애들이 잠시 너하고만 있고 싶은가봐. 나는 나중에 합류할게." 애나는 친구들이 샐리를 그토록 좋아한다는 사실이 흐뭇했다. 샐리가 이 자리를 거절하면 공연히 시끄러워질 것이었다. 샐리는 중국 레스토랑에 굳은 표정으로 들어가 종업원에게 자신이 와인값을 낼 테니 그건 바로 내오고, 음식은 메뉴 C로 하되 잠시 뒤에 갖다달라고 부탁했다.

"좋아." 그녀가 여덟 명의 얼굴을 둘러보며 말했다. "우리한테 사십오 분의 시간이 있어. 일 초도 허비하지 말고 되도록 빠르고 분명하게 이야기해봐."

잠시 침묵이 흘렀다. 아무도 샐리만큼 직설적이지 않았다. 이윽고 그 이야기가 나왔다.

데이비드가 바람을 피우는 속상한 이야기, 그리고 얼굴이 하얗고 도저히 좋아할 수 없는 이상한 여자 리타. 그 사진작가가 전시회에 쓸 액자를 고르러 왔다가 속상하게도 데이비드에게 반했다. 그때까지는 어떤 남자와 같이 살았던 것 같은데, 그 남자가 먼 곳으로 가게 되었다. 그녀는 멀지 않은 곳의 큰 원룸 아파트에 살았다. 데이비드는 점점 더 많은 시간을 그곳에서 보냈고, 오후에는 그 바깥에 밴이 주차되어 있었다. 리타가 어떤 모임에 가건, 그녀 옆에 서서 수줍게 웃고 자랑스럽게 미소 짓는 데이비드의 모습이 보였다. 그들 모두 그의 얼굴을 후려쳐 그 미소를 지워버리고 싶었다.

"데이비드는 그 여자를 사랑하는 것 같은데." 샐리가 간단하게 말했다.

그 말이 모두를 침묵에 빠뜨렸다.

사랑은 그들이 예상한 단어가 아니었다. 배신, 예상한 단어는 그거였다. 혹은 바람, 간통, 신의 없음, 완전 거짓말쟁이. 하지만 사랑은 아니었다.

"데이비드가 그 여자를 사랑한다는 건 안 될 일이야." 데이비드의 쌍둥이 누이인 에밀리가 말했다.

"그는 사랑하는 법을 몰라." 매리골드가 콧방귀를 뀌었다. 다른 친구들은 고개를 가로저으며 그게 뭐건 그건 아니라고 했다.

샐리의 표정은 여전히 밝았고 진지했다. "그리고 애나는 그 이야기를 전혀 하지 않는다는 거지, 그렇지?"

그녀가 문제의 정의를 내렸다. 그들 모두 그게 정말로 문제라고 입을 모았다. 그러자 샐리가 다시 요약했다. "그러니까 그 일을…… 애나가 모를 수도 있는 거고?"

친구들이 웅성거렸다. 모를 수가 없다고, 모르는 사람이 없다고.

"그러면 그애가 알면서도 이야기하고 싶어하지 않는다는 거네?"

또다시 샐리가 그들을 둘러보았다. 마음이 넓고 믿음직한 애나를 위해 대신 화를 내고 염려하는 이 착한 여인들. 우물우물 그렇다고 말하는 소리가 들렸다. 지금 상황은 그런 것 같다고.

샐리는 의기양양한 미소를 지었다. "그러면 이렇게 하자. 그 이야기는 안 하는 걸로." 그녀가 말했다.

그들은 그 결정이 마음에 들지 않았다. 그들의 계획은 샐리가 직접 나서는 것이었다. 그들은 리더를 원했고, 조언이 필요했다. 그들은 그 문제가 영원히 풀리지 않는 미스터리로 남기를 바라지 않았다. 미스터리가 지속되는 것은 견딜 수 없었다.

"하지만 데이비드가 애나를 바보로 만들고 있잖아." 매리골드가 말했다. "애나에게 굴욕감을 주고 있어."

"아니, 그렇지 않아. 그가 나쁜 짓을 하고 있는진 몰라도, 그 때문에 애나가 바보가 되거나 초라해지는 건 아니라고 생각해. 애나는 여전히 똑같으니까."

그건 사실이었지만, 또한 사실이 아니기도 했다.

그들은 온갖 반대 의견을 내놓았고, 떠오르는 대로 계획을 말했다.

"애나가 그 일을 알면 몹시 격분할 거야. 그리고 우리가 다 알고 있었다는 걸 애나도 알게 될 테고."

"애나는 우리를 진짜 친구로 생각하지 않을지도 몰라."

"애나도 알아야지."

"공평하지 않아."

"우리가 애나에게 익명의 편지를 써서 보내는 건 어떨까?"

"샐리가 가서 리타와 협상을 하는 건 어때?"

샐리의 목소리가 그들의 말소리를 뚫고 들어갔다. "여기 올 때마다 왜 내가 런던에 사는지 모르겠다는 생각이 들어. 너희는 정말 좋은 친구야. 너희도 가장 힘든 게 종종 아무것도 안 하고 지금 상태를 그대로 두는 거란 거 알지. 우리는 그걸 할 거야."

그녀는 떨리는 손으로 메뉴를 집어들고 뭘 고를지 보았다.

"수프나 스프링롤이 괜찮겠다. 하지만 전채로 두 개 다 먹긴 그렇고. 허기는 면하게 하나만 주문할까? 애나는 십 분쯤 뒤에 올 테니 따라잡을 수 있을 거야."

머리를 세련되게 새로 손질한 애나가 나타났을 때 그들은 자식, 직장, 정원, 휴가 계획에 대한 이야기에 깊이 빠져 있었다. 애나가 자리에 앉자 샐리는 숨쉬기가 조금 편해진 것 같았다. 샐리는 자신이 화가 나 있다는 사실에 놀랐다. 친구 대신 느끼는 분노였다.

오, 그랬다. 그녀는 다른 사람들의 어리석고 지각없는 개입을 막았고, 행동하지 않는 것이 유일한 행동이라고 마치 지시를 내리듯 말했다. 하지만 그것이 샐리가 느끼는 분노의 감정을 어떻게 해주지는 못했다. 샐리는 데이비드가 그를 사랑하는 아내를 대하는 방식에 화가 나서 몸이 부들부들 떨릴 지경이었다. 가정을 위해 돈을 벌려고 사무실에 앉아 서류를 정리하는 아내. 데이비드는 그 리타라는 여자를 비싼 호텔에 데려가느라 돈을 쓰는데 말이다.

샐리는 미소를 띤 채 간간이 대화에 끼어들면서 다른 사람들이 웃을 때 같이 웃었다. 하지만 자신이 자동조종장치가 된 것 같았다. 그러는 내내 그녀의 뇌는 시간 외 업무를 하고 있었다.

샐리와 애나 사이에는 비밀이 없었다. 단 한 번도 없었다. 애나

가 샐리에게 데이비드에 대해 말할 만한 사건이 있었던가? 아니면
이것은 저절로 불타서 사그라들 사랑의 열병인가? 그녀 자신에게
그런 일이 생기면 어떻게 할 것인가? 남편 조니가 인생에 리타 같
은 여자를 받아들였는데 샐리 자신만 그 사실을 모른다면, 애나가
자신에게 그 이야기를 직접 해주기를 원하지 않을까? 자신은 진짜
소식을 들으면 견딜 수 있을까? 자신이 직접 알아내고 친구의 어깨
에 기대 우는 게 더 낫지 않을까? 샐리는 다음날 런던으로 돌아갈
예정이었다. 애나에게 그 이야기를 해야 한다면 오늘밤이어야 할
것이다. 그녀는 내일 비행기에 앉아서 자신의 결정이 옳았는지 틀
렸는지 생각할 것이다.

샐리는 중국인 종업원에게 사진을 찍어달라고 부탁하면서 활기
넘치는 친구의 얼굴을 보았다. 열 명의 친구, 그들 중 아홉이 중심
에 앉은 여자에 관한 비밀을 알고 있었다.

그들이 돌아왔을 때 데이비드는 집에 있었다.

"음, 숙녀분들. 와인 좀더 마실래요, 아니면 물이나 알카셀처*로
할래요?"

그는 평소와 다름없이 가슴을 설레게 하는 미소를 지었다.

샐리는 리타가 오늘밤 어디에 있는지 궁금했다. 이 매력적인 남
자가 마침내 모든 사람이 이미 알고 있는 비밀을 자신의 아내에게
말하기를 바라면서 원룸 아파트에 혼자 있을까? 그녀는 그에게 도
저히 말을 할 수가 없었다. 그래서 아무 말도 하지 않았다.

"아, 나는 와인, 데이비드." 애나가 말했다. "샐리와 같이 보내

---

* 발포 소화제. 물에 녹여 음료처럼 마신다.

는 마지막 밤이니까. 이야기도 나누고 싶고."

"잔 두 개, 와인 한 병, 병따개 한 개. 누가 당신한테 잘해주는지 봤지?"

그가 그들의 이마에 가볍게 키스했다.

"그럼 난 이만 빠질게."

하지만 자러 올라가는 대신 그는 문 쪽으로 갔다.

"저기, 데이비드. 나가는 거 아니지? 이 시간에 일하러 가는 건 아니지?" 애나는 깜짝 놀랐다.

"이렇게 와인을 즐기려면 돈을 버는 사람도 있어야지. 술 드시 는 숙녀분들이 돌아올 때까지 기다린 거였어. 이제 두 사람이 아이 들을 보면 되니까 나는 다시 사무실에 가볼게."

샐리가 쏘아붙였다. "데이비드, 도대체 밤 열시 삼십분에 사무 실에 가서 뭘 한다는 거죠?"

그가 눈 하나 깜짝하지 않고 그녀를 쏘아보았다.

"저기, 샐리, 당신이 몇시에 칼럼을 쓰고 언제 보도를 하는지 나 는 몰라요. 하지만 이 시간보다 저 시간이 더 좋다고 제안할 생각 은 꿈에도 해본 적 없어요. 내가 하는 일은 회계장부를 작성하고 목재를 정리하고 발송 리스트를 업데이트하고…… 모두 밤낮 어 느 때고 할 수 있는 일이에요."

그는 더 말해보라는 듯 미소를 지은 채 그녀를 보았다.

"그렇죠." 샐리는 간신히 들릴락 말락 한 목소리로 말했다.

"너무 늦게까지 있진 마, 여보." 애나가 걱정 가득한 목소리로 말했다.

"너무 늦어지면 사무실에서 잘게."

그가 손을 흔들며 사라졌다.

샐리는 차마 눈을 들어 친구의 눈을 바라볼 수 없었다. 그는 사무실에서 잘 것이고, 작업실은 반 마일도 안 되는 거리에 있었다. 그리고 애나는 계속 이 허구를 떠안고 살아갈 것이다.

그들은 와인을 따르고, 그날 같이 저녁을 먹었던 친구들 이야기를 했다. 그리고 자식 이야기를 하다 애나의 잠든 아들들을 보러 2층으로 올라갔고, 삼 년 뒤 아이들끼리 런던에 가고 샐리가 공항으로 마중을 나올 그날을 고대했다. 그들은 샐리의 십대 아이들에 대해서도 A 레벨* 과정에서 어떤 것을 공부할지 이야기했다. 그들은 조니와 그의 와인바 이야기도 했다. 그러는 내내 샐리는 울고 싶었다.

그녀는 눈물이 쏟아지기 직전에 가까스로 침실로 갔다. 근사한 새 베갯잇 위에 수건을 깔고 얼굴을 파묻은 채 조용히 울었다. 시계가 자정을 알리는 소리가 들리고, 한 시간 또 한 시간이 지나 일곱시가 될 때까지. 문이 열리고 데이비드가 2층으로 올라오는 소리는 끝내 들려오지 않았다. 그는 사무실에 계속 있었던 것이다. 샐리는 애나가 준비해놓은 커피를 마시러 간신히 내려왔다. 그녀를 공항으로 데려갈 택시가 왔다. 그녀는 런던에서 하고 싶은 것 목록을 이미 잔뜩 써둔 두 어린아이와 정중히 악수했다. 아이들은 학교에 갈 준비를 하고 있었고, 아이들의 엄마는 아이들의 손을 잡고 학교에 데려다준 뒤 출근할 것이었다.

너무도 슬펐다. 부당하고 슬펐다.

샐리는 돌아가는 내내 창밖을 내다보았다. 신문을 펼치지도, 책

---

* 영국 대입 준비생들이 보통 18세 때 치르는 과목별 상급 시험.

을 펴보지도 않았다. 런던에 도착했을 때 그녀는 휴대전화를 꺼내 조니에게 전화를 걸었다. 응답 메시지가 받았다.

"여보, 당신이면 지금 데리러 가는 중이야. 다른 분이면 메시지를 남겨주세요."

샐리는 전화기에 대고 부드러운 목소리로 말했다.

"나라고 메시지를 남기지 않을 이유가 있는지 모르겠네. 사랑해, 조니. 당신은 좋은 남자야."

그리고 그녀는 그를 찾으러 갔다.

"나쁜 소식을 전하게 돼서 유감이야." 그가 말했다. "애나 일이야."

"설마, 설마, 조니. 무슨 일이 일어났는지 말해줘." 그녀가 가방을 바닥에 툭 떨어뜨렸다.

"애나가 전화를 했어. 남편 일로."

"오, 맙소사. 언제 알았대?"

"병원에서 전화했더라고. 금세 끝났나봐."

"뭐가 끝나?"

"죽었다고, 샐리. 여보, 이 말을 하게 돼서 유감이야. 내가 공항에 직접 나오는 게 좋을 것 같았어."

"죽었다고!"

"응. 사무실에서. 어젯밤에 그렇게 된 것 같아."

"데이비드가 정말 사무실에 있었어? 사무실에서 죽었대?"

"모르겠어, 여보. 애나는 그가 병원에 이송됐는데 너무 늦었다고만 말했어…… 그리고 병원에서 애나에게 전화를 걸었고…… 당신이 떠난 직후였나봐."

"그러면 누가 병원에 데려갔어?"

"여보, 내가 어떻게 알겠어? 나는 무슨 일이 일어났는지만 들었어. 그게 중요해?"

샐리는 안색이 창백해지고 아주 조용해졌다.

"응, 조니, 중요해. 아주 중요해."

샐리는 한동안 집에 가만히 앉아 있다 이윽고 전화를 걸었다. 매리골드나 데이비드의 누이 에밀리에게 걸 수도 있었다. 지난밤 같이 식사한 누구에게든 걸 수 있었다. 하지만 그건 다소 신의를 저버리는 일로 느껴졌다. 데이비드가 리타의 품에서 죽음을 맞았는지 아닌지를 그들의 입으로 들어서는 안 되었다.

리타가 그를 병원으로 데려가 그곳에 두었을까?

리타가 슬그머니 병원 관계자들을 찾아가 자신이 개입된 것을 말하지 말라고 당부했을까?

샐리는 정말로 궁금해서 미칠 지경이었지만, 그들에게 물어보는 건 자신이 친구에게 부여한 독립성과 중요성을 부정하는 셈이었다.

대답을 듣고 싶은 질문이 무수히 많았지만 그들에게 물어봐서는 안 되었다. 어제 그녀는 아주 강한 태도를 보였다…… 그들이 중국 레스토랑에서 시간을 보낸 게 고작 어제 아니었던가? 지금 굴복할 수는 없었다. 그녀가 그렇게 열심히 싸워 만들어낸 친구의 품위를 떨어뜨려서는 안 되었다.

그녀 스스로 알아내야 했다. 친구 애나에게 직접 전화를 걸어야 했다. 그래서 전화를 걸었고, 자초지종을 알게 될 때까지 잠자코 들었다.

애나는 아주 침착했다.

"남편이 일을 너무 열심히 했어, 샐리." 애나가 말했다. "지난 이 년 동안 제대로 된 생활이란 게 없었어. 너도 봤잖아."

"정말 안타까워, 애나."

"네 마음 알아. 너는 아주 좋은 친구고, 너도 그 사람을 좋아했잖아."

"그러면…… 그러니까 사무실에서 심장마비가 온 거야? 그렇게 된 거였어?"

"감사하게도 아니야. 그건 기적이나 다름없었다고 말할 수밖에 없어. 앞으로도 그렇게 믿을 거고. 병원으로 가는 내내 나는 사무실에서 전화기를 잡으려고 안간힘을 쓰며 혼자 죽어갔을 그이의 모습을 생각하며 미칠 것만 같았어."

"그러면 어디서 쓰러졌어?" 샐리가 거의 속삭이듯 말했다.

"참으로 특별한 상황이었어. 그이가 사무실에서 늦게 주문 전화를 받고 그걸 배달하러 간 참이었대."

"주문?"

"응. 사진작가가 있어. 그 여자가 우리 액자를 아주 많이 사가는데, 아무튼 그 여자가 전시회에 필요하다고 급하게 주문한 걸 배달하러 간 거였어. 그 집에서 술을 한잔 얻어 마셨는데, 거기서 그 일이 일어난 거야. 거기서 심장마비를 일으켰대."

"그 여자 집에서?"

"응. 리타, 그 여자 이름이야. 그 여자가 그러는데, 고통은 없었대. 그이가 가슴을 움켜잡고 내 이름을 불렀대. '애나' 하고. 리타가 구급차를 불러서 그이를 병원으로 데려간 거야. 병원에선 할 수 있는 모든 조치를 다 취했지만, 곧바로 숨졌다고 했어."

"그 여자한테도 충격이었겠네." 샐리가 말했고, 자신이 이런 대화를 나누고 있다는 사실이 전혀 믿기지가 않았다.

"엄청 놀랐나봐. 오늘 아침엔 정신이 나간 것 같았어. 그 여자한테 우리집에 같이 가자고 했는데 싫다고 했어."

"혼자 있고 싶은가보네." 샐리는 거의 말이 나오지 않았다.

"오, 샐리. 정말 끔찍하지 않아?" 애나가 말했다. "내가 그이 없이 어떻게 살아갈 수 있을까?"

"데이비드는 네가 잘살길 바랄 거야." 샐리가 말했다. 그리고 재빨리 머리를 굴려보았다. 그녀는 그날 아침 일곱시 삼십분에 애나와 데이비드의 집을 떠났다. 그때까지는 병원에서 연락이 오지 않았다. 애나는 그날 밤 데이비드가 리타와 함께 시간을 보낸 걸 눈치챘어야 했다. 그 일이 일어난 시점에 대해 이 분만 생각해봐도, 누군가가 새벽 다섯시에 다른 누군가의 집에 와인을 마시러 가는 건 아주 이상한 일임을 깨달을 수 있다. 애나는 그렇게라도 자신을 속일 수밖에 없었던 것이다. 아니면 남은 평생 간직하고 살아갈 이야기를 꾸며낸 것거나. 애나가 그 말을 그대로 믿었을 리 없었다. 어느 쪽일까?

"내가 지금 갈까? 그게 좋겠니?"

"시간이 괜찮으면 다음주에 와주면 좋겠어. 장례식에 맞춰서. 그러면 큰 힘이 될 거야. 솔직히 샐리, 여기선 모두 너무 놀라서 정신이 없어. 친구들도 다 무슨 말을 해야 할지 모르는 것 같아. 우리 아버지는 말을 제대로 하지도 못하시는걸. 아버지가 하시는 말씀을 알아들을 수가 없어. 데이비드가 죽은 건 그의 잘못이라고 생각하시는 것 같아."

"나이가 드셔서겠지. 그렇게 가기엔 데이비드가 너무 젊다고 생각하실 테니까."

"그래서 그러신가보다." 애나는 그 말을 듣자 안심이 되는 모양이었다. 샐리는 매일 매시간 그 생각을 했고, 마침내 비행기를 타고 돌아가 데이비드의 장례식에서 친구의 옆에 섰다. 모두 검은 옷을 입고 있었다. 중국 레스토랑에서 같이 시간을 보낸 여자들도, 혼자 가장자리에 서 있는 하얀 얼굴에 긴 금발인 이상한 여자도.

"저 사람이 리타야. 남편을 병원에 데려간 여자." 애나가 소곤거렸다.

애나의 눈은 울어서 새빨갰지만, 얼굴은 천진해 보였다. 사람들이 애나를 둘러싸고 서서 차례를 기다렸다. 그녀를 끌어안고 아버지로서 열심히 일했고 사랑받는 남편이었으며 지칠 줄 모르는 직장 동료였던 데이비드의 죽음을 애도하기 위해서. 그는 아주 좋은 사람이었다고 모두 입을 모았다. 그가 더 오래 살아 함께 늙어가지 못하는 건 얼마나 비극인가.

샐리는 귀를 기울이고 지켜보았다. 그녀는 애나가 리타에게 집으로 같이 가자고 하는 것을 보았다. 하지만 밀짚 색깔의 긴 머리에 얼굴이 하얀 그 여자는 고개를 가로젓고는 혼자 그 자리를 떠났다.

애나가 슬픔을 나누는 사람들 사이로 들어갔다. 그들은 샌드위치와 와인이 준비된 그녀의 집으로 함께 갈 것이었다. 샐리는 얼마 전 중국 레스토랑에서 모였던 여자들의 얼굴에서 기쁨 같은 것을 보았다. 결코 선포된 적 없는 전투에서 애나가 승리를 거둔 듯한 표정이었다. 애나는 비극의 주인공이었다. 남편을 잃은 용감하고 젊은 여자. 죽어가는 남자가 마지막으로 그 이름을 부른 사랑과 존경을 받은 여인. 자신과 자신의 건강과 소망은 돌보지 않고 아내와 자식들을 먹여 살리려고 일하러 간 남편.

역사는 그런 식으로 다시 쓰였다.

아주 위험한 존재였던 하얀 얼굴의 여자는 추방되었다. 아내는 슬픔을 나누는 사랑하는 사람들에게 둘러싸여 보호와 위로를 받았으나, 그 여자는 벌을 받았다.

불륜 관계였던 연인은 혼자 남겨졌다. 샐리는 묘지에 모여 있는 사람들에게 양해를 구하고 그 여자를 뒤쫓아 작은 차로 갔다. 무슨 말을 하려는지 자신도 몰랐지만, 무슨 말이든 해야 한다고 느꼈다.

리타가 고개를 돌리더니 놀란 표정으로 샐리를 쳐다보았다.

"저는 샐리라고 해요." 샐리가 입을 열었다.

"네, 알아요…… 언론 쪽에서 일하는 친구분." 리타가 말했다.

그녀가 그 말을 하는 방식에는 정확히 데이비드의 목소리 같은 느낌이 있었다. 샐리는 그가 자신에 대해 상당히 무시하는 태도로 이야기한 것을 짐작할 수 있었다.

"나는 그저 무슨 말이라도……"

리타가 그녀를 쳐다보며 기다렸다.

칼럼과 텔레비전을 통해 수백만의 사람들에게 말할 수 있는 샐리였지만, 이 순간엔 말문이 막혔다.

"당신이 참 잘해주었다는 말을 하고 싶었어요." 샐리가 말했다.

리타가 한참 동안 그녀를 쳐다보았다. 그러다 마침내 말했다. "그는 늘 당신에겐 품위가 있다고 말했어요."

"음, 당신이야말로 그렇군요." 샐리가 말했다.

그러고 나니 더는 할 말이 없었다.

다시 애나의 집으로 간 샐리는 자신의 친구를 전에는 본 적이 없었던 것처럼 쳐다보았다. 애나가 몇 번이나 손을 내밀어 함께해준 것에 대한 감사의 뜻으로 샐리의 손을 꼭 잡았지만, 그래도 모호했던 게 분명해지지는 않았다. 갑자기 샐리는 이 여인, 교복을 입던 학생 시절부터 줄곧 친구였던 애나가 모르는 사람처럼 느껴졌다. 이것은 굉장한 가식인가? 일그러져가던 삶에서 뭔가는 건져내야 했기에, 애나는 어떤 역할을 연기하는 것인가? 그녀는 이제 남편을 잃고 애도하는 여자, 가족과 친구들의 무한한 격려로 용기를 내서 생활을 꾸려나가야 하는 여자였다. 만약 애나가 그 상황을 아는 척했더라면 이런 결말은 가능하지 않았을 것이다. 사람들은 당황해서 우왕좌왕했을 것이고, 데이비드에 대해서는 여러모로 때이른 죽음이 마땅하다는 이야기가 오갔을 것이다. 슬퍼할 권리는 리타에게 주어졌을 것이다.

애나는 그 사실을 알았을 것이고, 다른 사람들도 안다는 것을 알아차렸을 것이다. 하지만 어쩌면 그녀는 그저 오늘 하루를 위해 그런 연기를 했을지도 모른다. 그리고 아이들을 위해. 나중에, 모두 집으로 돌아가고 밤이 되면 애나는 털어놓을 것이다. 그들이 여러 해 동안 그래온 것처럼 샐리에게 사실을 말해줄 것이다. 그러면 이 모든 가면과 허위도 벗겨질 것이다.

모두 샐리가 온 것을 아주 기뻐했다. 그들은 애나의 곁을 지켜주고 조언을 해줄 사람으로 샐리보다 더 좋은 사람은 없을 거라는 사실을 알았기에 안심하고 집으로 돌아갔다.

그들은 불을 피웠고, 지난 세월 동안 종종 그랬던 것처럼 차와 비스킷 통을 들고 난롯가 바닥에 앉았다. 그리고 애나는 앨범을 꺼내 들고 데이비드가 얼마나 멋진 남편이었는지, 그들이 올바른 결정을 내리면서 살 수 있었던 게 얼마나 행운이었는지, 그리고 어떻게 아이들이 아버지를 세상에서 가장 좋은 아버지로 기억하며 자랄 수 있도록 할 것인지에 대해 이야기했다. 샐리는 입을 벌리고 들었다.

그녀는 소리치고 싶었다. "내가 여기 있어. 네가 나에 대해 모든 걸 알듯이 너에 대해 모든 걸 아는 샐리가 여기 있다고. 더이상 몰랐던 척하지 않아도 돼. 그 모든 게 절망적이고 이해하기 어려웠잖아. 그리고 결국 그 여자, 그를 뺏어간 그 떠돌이 여자는 아주 잘 처신했잖아?"

하지만 그중 어떤 말도 꺼낼 도리가 없었다. 애나가 자신이 만든 역할에서 빠져나오지 않을 것은 분명했다. 그리고 지금 그녀는 그 모든 것을 하나도 빼지 않고 믿었다. 그 모든 것을 뒤엎는 말을 하는 게 무슨 소용이겠는가?

하지만 앉아서 옛 사진을 보며 사실이 아닌 말을 하는 것은 친구의 도리가 아닌 것 같았다. 그래도 그것이 다 같이 중국 요리를 먹을 때 샐리 자신이 제안한 바로 그 태도가 아닌가? 그것이 그녀가 세운 방침이었다. 친구를 그저 또 한 명의 희생자로 만들지 않는 것. 어떤 이야기를 전해듣는 사람으로 만들지 않는 것. 그러는 대신 그녀에게 품위라는 선물을 주는 것. 오늘의 장례식이 바로 그것을 증명한 셈이었다. 하지만 어떤 대가를 치르게 될까?

샐리는 한때 자신의 소울메이트였던 여인을 보며 이제 모든 것이 다른 차원에 들어섰음을 깨달았다. 그들이 한때 함께 나눈 우정은 이 모든 허식에 맞닥뜨려 죽었다. 그들 사이에서 이토록 큰일이 말해지지 않은 채로 이렇게 흘러가는 것이 더 나은가, 아니면 그것은 불가능한가?

그들은 다른 많은 것을 극복했듯이 이것도 함께 극복할 수 있을 것이다. 살면서 엄청나게 중요한 뭔가를 털어놓지 않는 친구를 갖는다는 것은 완전히 새로운 경험이 될 것이었다. 샐리는 애나가 실제로 있었던 일을 직시하기를 바랐지만 왜 바라는지는 알 수 없었다. 하지만 바랐다.

그리고 그녀는 자신이 애나에게 안겨준 품위와 존경이 실컷 우는 것이나 코를 풀어대는 것 혹은 상황을 해결하게 만드는 결심보다 더 만족스럽지 않다는 것도 알고 있었다. 우정은 그런 것이었다. 하지만 어쩌다보니 그 모든 일이 벌어지는 와중에 우정은 길을 잃었다.

투자

　예전에는 딸이 가당치 않은 남자와 가망 없는 사랑에 빠졌다면
마음을 고쳐먹도록 외국으로 가는 유람선에 태웠다. 쇼나의 아버
지가 하고 또 하는 이야기였다. 하지만 아내에게만 했다. 아무도
쇼나의 상대로 어울리지 않는 그 청년을 알아서는 안 되기 때문이
었다.

　간단한 문제가 아니었다.

　쇼나의 어머니는 그런 옛이야기를 자꾸 들먹이는 건 어리석은
짓이라고 말했다. 그게 사실이라고 해도 누군가를 해외로 가는 유
람선에 태울 수 있는 사람은 인구의 1퍼센트뿐이었다. 체스트넛
스트리트에 사는 사람은 누구도 감당할 수 없을 게 분명했다.

　그들에게 정말로 필요한 것은 멀리 떨어진 곳에 사는 누군가였
다. 상사병이 난 스물두 살짜리에게 거부할 수 없는 일자리를 줄
수 있는 사람.

불현듯 그들은 서로를 쳐다보았고, 마티를 떠올렸다.

그들이 처음 만난 것은 오래전에 마티와 같은 하숙집에 살 때였다. 미국인 학생이었던 마티는 그들과 마찬가지로 지금 중년이 되었지만 계속 연락을 주고받았다.

그들이 애리조나에 사는 마티에게 편지를 보내면, 그가 쇼나에게 일자리를 줄지도 몰랐다.

마티가 잘 모르는 사람을 고용할 만큼 돈을 많이 버는 것 같지는 않았지만, 그래도 물어볼 수는 있었다.

그들은 마티에게 편지를 보내 자초지종을 설명했다.

거의 이 년 동안 쇼나가 이성을 잃을 정도로 빈센트라는 남자에게 빠져 있다고. 대학을 자퇴해 학위도 받지 못했다고. 그저 가만히 앉아 그의 연락이 오기만을 기다린다고.

빈센트는 그녀를 사랑할 수 있는 사람이 아니라고, 혹은 그녀와 함께할 리 없다고 말해도, 쇼나는 어떤 이유나 설득도 들으려 하지 않았다. 빈센트에게 어디 다른 곳에 아내가 있을지 모른다는 말도 마찬가지였다.

마티에게 이야기할 수 있다는 사실이 위로가 되었다.

이곳에서는 감추어야 하는 그 사실을 누군가에게 말할 수 있다는 것이.

마티가 답장을 보내왔다.

"다루기 힘든 아이들이라면 나도 좀 알죠." 그는 편지에서 자신의 맏아들 또한 부모의 가슴을 아프게 한다고 했다.

하지만 그 아이는 고작 열일곱 살이었다. 쇼나의 부모는 아이가 그저 어려서 그런 거라고 생각했다. 애리조나에 사는 그 아이는 자신을 증명하려고 애쓰는 것뿐이었다.

마티는 그들에게 한 통의 편지를 더 보냈다. 쇼나에게 보여주라고.

편지에는 그가 잡화점을 운영하는데, 일손이 필요하다고 적혀 있었다.

그랜드캐니언으로 차를 몰고 가는 길에 가게에 들르는 관광객을 상대할 명랑한 이십대 아가씨가 정말로 필요하다고 했다.

앉아서 생각하며 시골의 평화를 즐길 시간이 충분할 거라고 그는 썼다.

빈센트는 몇 주 동안 연락이 없는 상태였다.

"갈게요." 쇼나가 말했다.

그들은 아주 천천히 숨을 내쉬었다.

쇼나가 떠나고 삼 주 뒤 빈센트에게서 연락이 왔고, 쇼나의 어머니는 주소가 어딘가 있겠지만 지금은 찾을 시간이 없다고 말했다.

그가 다시 전화를 걸어왔을 때, 쇼나의 아버지는 안경이 없다고 말했다.

그는 세번째 전화는 하지 않았다.

쇼나는 마티와 엘라 부부의 집에 잘 적응했고, 가게 위 작은 방에서 지내게 되었다. 마티와 엘라는 열심히 일했고, 그들의 아홉 살 된 어린 쌍둥이도 손님의 차로 물건을 나르며 도왔다.

그리고 닉이 있었다.

열일곱 살인 닉은 잘생겼지만 음울해 보였다. 그는 어떤 일에도 관여하지 않았고, 도와달라는 말을 들으면 어깨를 으쓱하고 한숨을 푹푹 내쉬어서 그들은 진작에 그를 포기했다.

쌍둥이 남동생들은 멀리서 그를 감탄의 눈빛으로 바라보았다.

그는 어머니를 위해 무거운 물건을 옮겨주었고, 매일 아침 바구니에 담긴 세탁물을 빨랫줄로 가져갔다. 엘라는 그에게 애정어린 미소를 지었지만 한편 슬픈 마음이 들었다.

마티는 알 수 없다는 듯 슬픈 표정으로 아들을 바라보았다.

그는 일주일에 열두어 번쯤 아들에게 뭔가 해보라고 제안했다. 드라이브를 하거나 바비큐를 하거나 영화를 보러 가라고.

소년은 거의 대답도 하지 않았다.

그는 어깨를 으쓱하는 것만 잘했다. 그의 어깨는 마임 아티스트처럼 그 자체의 삶을 가진 것 같았다.

처음에는 쇼나도 노력했다. 하지만 소용없었다. 소년은 그녀에게 아무런 관심이 없었다.

한 번, 딱 한 번 그가 그녀에게 물었다. "졸업했어요?"

"아니." 쇼나가 짧게 답했다.

"여기하고 거기는 졸업의 의미가 달라." 마티가 끼어들었다. "쇼나는 고등학교를 졸업했어, 닉."

그래도 소용없었다. 그는 그저 어깨를 으쓱할 뿐이었다.

"저쪽한테 들었어요." 닉이 말했다.

하늘은 푸르렀고, 땅은 광활했다. 사람들은 미국의 대통령선거에 대해 말했다. 영화배우인 로널드 레이건이 정말로 당선될 가능성이 있을까? 케네디처럼 그에게 대적할 만한 인물이 있을까, 아니면 카터 대통령이 다시 출마할까?

사람들은 모스크바에서 열리는 올림픽 이야기도 했다.

여름은 뜨거웠다. 아일랜드는 아주 멀었지만, 쇼나는 매일 밤 비니*에게 편지를 썼다. 부치지는 않았다. 그저 그를 아주 많이 사랑한다고, 결국엔 다 잘될 거라고 쓸 뿐이었다.

그녀는 편지를 쓰면서 컴퓨터게임을 하는 잘생긴 닉을 지켜보았다.

그는 그것 말고 다른 건 거의 하지 않는 것 같았다.

여름이 가는 동안 쇼나는 급여로 받은 돈을 모았다. 집으로 돌아가면 비니와 함께 휴가를 즐길 것이다. 어쩌면 섀넌강에서 보트를 빌릴 수도 있으리라. 그는 늘 언젠가 그렇게 하자고, 골웨이에서 열리는 굴 축제에도 가자고 말했었다. 그녀가 모은 돈이면 충분했다. 그녀는 돈을 거의 쓰지 않았고, 마티는 그녀에게 십사 주 동안 넉넉한 급여를 주었다.

십오 주 뒤에 비니가 편지를 보내왔다.

그는 마침내 쇼나의 주소를 알아냈다고, 자신이 그녀를 사랑한다는 사실을 이제야 깨달았다고, 그녀가 그의 생각을 조금이라도 했는지 궁금하다고 썼다.

쇼나는 애리조나의 일몰을 보며 쓴 모든 사랑의 편지를 부쳤다. 그리고 집으로 돌아가는 표를 사겠다고 말했다.

그녀는 마티와 엘라에게 실망하지 않았으면 좋겠다고, 이 멋진 기회가 정말로 도움이 되었다고 말했다. 이곳에서 마음의 평화를 찾았고, 이제 사랑하는 남자가 돌아오라는 연락을 해왔다고.

그들은 한숨을 쉬며 가만히 들었다. 마침내 쇼나가 초롱초롱한 눈빛으로 그 자리를 떠나자, 그들은 그녀의 어머니와 아버지에게

---

* 빈센트를 줄여 부르는 말.

전화를 걸어 이 나쁜 소식을 알렸다.

쇼나는 지갑을 확인하러 자신의 작은 방으로 돌아갔다.

그녀는 비니에게 들려줄 모든 일을 생각하며 혼자 미소를 지었다. 그는 미국에 와본 적이 없었다. 비자를 받는 데 좀 어처구니없는 문제가 있었다. 과거에 저질렀던 어리석은 일 때문이었다. 그녀는 비니를 생각하며 돈이 어디 있는지 찾았다. 찾고 또 찾았다.

한 시간이 지나서야 쇼나는 돈이 사라진 사실을 받아들였다. 그리고 한참을 가만히 앉아 있었다. 하지만 끝내는 그 사실과 직면해야 했다.

도둑이 그녀의 방에만 들어오고 가게에는 접근하지 않았을 가능성은 거의 없었다.

하지만 마티와 엘라가 몰래 방에 들어와 준 돈을 다시 훔쳐갔을 가능성 또한 없기는 마찬가지였다.

혹은 저 순진한 쌍둥이 형제나 어깨만 으쓱하고 동떨어져 지내는 닉이 그녀를 지켜봤을 리도 없었다.

쇼나가 그들에게 그 사실을 말하자 그들이 깜짝 놀란 표정을 지었다. "혹시 관광하러 나갔을 때 버스에서 잃어버린 건 아니니?" 엘라의 목소리에 큰 희망이 실려 있었다.

하지만 쇼나는 그날 그 돈을 가지고 나가지 않았다. 그 돈을 쓸 생각은 감히 하지도 못했다.

그녀는 그들 모두를 둘러보았다. 닉의 눈빛이 평소보다 밝았다. 거의 늘 그는 망연히 있는 것 같았는데, 이번에는 아주 많은 관심을 보이는 듯했다. 지나치게.

쇼나는 그날 분명히 돈을 가지고 나가지 않았다고 말하려다, 뭔가가 걸려 말을 바꾸었다.

"거기서 잃어버렸다면, 약간이나마 찾을 수도 있을까요?"

"종종 그 돈을 거의 다 찾는대요." 닉이 말했다.

쇼나는 버스에 두고 내렸을 수도 있겠다고 말했다.

그녀는 마티와 엘라의 선량하고 정직한 얼굴에 안도감이 떠오르는 것을 보고 마음의 보상을 받았다.

앞으로 닉이 그들에게 줄 상처를 생각하자 그녀의 마음에 미움이 차올랐다.

"닉이 저를 버스 터미널에 데려다주면 물어볼 수 있을 것 같은데요?" 쇼나가 이를 악물고 말했다. 닉은 말없이 차를 몰았고, 그들은 탁 트인 시골길을 지났다.

쇼나는 그들 사이에 놓인 침묵을 그대로 두었다.

이윽고 닉이 말했다. "아일랜드는 어떤 곳이에요?"

"온통 초록색인 작은 나라야. 호수와 강과 여기저기 굽은 길이 많지. 산도 있고, 사방이 바다야."

"거긴 살기 편해요?" 그가 물었다.

"특별히 그렇진 않아. 여기보다 더 나을 건 없어." 그녀의 목소리가 착 가라앉았다.

그가 그녀에게 봉투 하나를 건넸다.

"거의 그대로 있어요." 그가 말했다.

"그렇구나."

"30달러만 썼어요. 소프트웨어를 좀 보내야 해서요."

쇼나는 대답하지 않고 차창 밖으로 애리조나의 풍경을 바라보았다. 두 번 다시 보지 못할 풍경이었다.

그녀 때문에 그들은 맏아들이 도둑이라는 사실을 언제 알아낼지 모르게 되었는데, 그것은 옳은 일이었을까?

그녀는 이 삶에서 달아나면서 그들에게 꼬리처럼 뒤따를 불행의 구름을 남기고 싶지 않아 그렇게 했던 것일까?

두 사람은 집으로 돌아오는 내내 아무 말도 하지 않았다.

쇼나는 버스회사에 대한 이야기를 지어냈다. 그리고 애리조나를 떠나 아일랜드로 갔고, 신수가 훤해 보이는 비니를 만났다.

비니가 그녀에게 결혼하자고 말했다. 당장, 가능한 한 빨리. 그녀가 가진 돈을 신혼여행에서 전부 쓰면 될 것이었다. 결혼식에서 쇼나는 친구의 드레스를 입었다. 참석한 사람은 몇 명 없었다.

그녀는 아버지에게 성대한 피로연을 위한 비용을 부담 지울 생각은 없었다. 결혼식 사진은 누구의 마음도 즐겁게 하지 못했다. 신부와 신랑을 제외한 모두의 얼굴에 떠오른 긴장한 표정을 확인하기 위해 심리학자가 될 필요도 없었다.

쇼나는 순수한 황홀감에 빠진 얼굴이었다. 비니는 특유의 멋지고 편안한 미소를 짓고 있었다.

세월은 쇼나의 아버지와 어머니가 예상했던 것과 비슷하게 흘러갔다.

그들은 매년 마티와 엘라에게 모든 이야기를 써 보냈다. 비니는 설명도 없이 오래 집을 비웠다. 그들 사이에는 자식도 없었다.

어떤 때 그들은 그것이 축복이라고 생각했다. 또 어떤 때는 자식이 있었다면 비니가 마음을 붙였을 거라고, 집을 떠나지 않고 책임을 다했을 거라고 생각했다.

쇼나는 엄마가 되었다면 가족 전체를 생각해 더욱 분노했을 수도 있었다. 하지만 자신을 생각하면 전혀 화가 나지 않았다.

마티와 엘라가 답장을 보내왔다.

그들의 삶은 별로 달라지지 않았다. 닉은 집을 떠났고, 연락이 별로 없었다.

그들은 닉이 컴퓨터 관련 일을 한다는 것 말고는 아는 게 거의 없었다.

닉은 이따금 의무적인 편지를 보내왔지만, 그들은 그가 이 회사 저 회사로 옮겨다니는 이유를 이해하지 못했다.

적어도 닉은 자기가 살아갈 돈은 벌었다. 그리고 정직했다…… 적어도 법과 관련된 문제에 휘말리지는 않았다.

아이들에게 그토록 많은 것을 해주고 그토록 깊은 사랑을 주었는데, 아이들이 그 대가로 무관심만 돌려주는 것 같다면 견디기 힘들지 않겠는가?

닉이 스물한 살이 되었을 때, 그들은 어디로 카드를 보내야 하는지조차 알 수 없었다.

쇼나의 부모는 신문에서 비니가 수감되었다는 짤막한 기사를 봤는데, 이제 이십대 후반의 성숙한 여자가 된 딸은 그 이야기를 전혀 하지 않는다고 그들에게 써 보냈다.

그들은 늘 아일랜드에 오라고, 애리조나에 오라고 서로를 초대했지만, 각자 자리를 잡고 살다보니 여행할 엄두를 내지 못한다는 사실을 서로 잘 알고 있었다.

쇼나는 게스트하우스를 열었고, 세월이 지나면서 상이란 상은 모두 휩쓸었다.

게스트하우스를 찾았던 사람들이 그곳을 다른 사람들에게 소개했다. 그곳에 관련된 글이 고급 잡지에 실렸다.

비니는 이따금 돌아왔다.

그는 늘 처음 며칠 동안은 손님들에게 공손했으나, 곧 그들을 귀찮아했다. 쇼나는 생계비를 벌려면 그가 없는 것이 나았기 때문에 그에게 잠시라도 어디든 가 있으라고 했다.

그러다보니 그녀의 돈이 점점 많이 들어갔다.

기본을 지키려면 새 리넨 침대보와 수건이 필요했는데, 그것을 살 돈이 없었다.

다음해에 그녀는 침실 네 개를 증축할 계획이었지만, 꼭 하고 싶었던 그 일도 포기해야 했다. 그럴 돈이 없었다.

쇼나는 깊은 실의에 빠졌고, 늘 햇살 같던 얼굴에 그런 마음 상태가 드러나기 시작했다. 그녀는 왜 그런지 이해할 수가 없어서 은행 지점장을 찾아가 이야기를 했다. 그는 친절하고 합리적인 사람이었다.

"여행을 자주 다니시니까요." 그가 안타깝다는 듯 말했다. "휴가를 조금만 덜 가도 나아질 텐데요."

쇼나는 신혼여행 이후로 휴가를 가본 적이 없었다. 그녀는 입술을 깨물며 그녀의 특징이었던 용감한 미소를 지었다.

1994년이 되었을 때 그 친절한 지점장이 이걸로 끝이라고 말했다. 게스트하우스를 더이상 운영할 수 없었다. 쇼나는 침울하게 수치를 들여다보았다.

"여행 때문이에요." 지점장이 다시 말했다.

"네." 쇼나가 얼음장같이 차가워진 가슴으로 말했다.

그녀는 서른여섯 살이었고, 한 남자를 사랑했으나 그는 모든 것을 가져가고 아무것도 돌려주지 않았다. 그녀는 그가 게스트하우스를 말아먹을 때까지는 그를 용서했다. 하지만 이제 그녀에게는 집도, 삶도, 찾아오는 사람도 없었다. 인생을 얼마나 헛살았는가.

"거길 사겠다는 사람이 있어요." 은행 지점장이 말했다. 자기도 이렇게 하고 싶지 않다고 했다. 그녀는 그가 더 편하게 말할 수 있도록 해주었다.

"그 사람에게 여기 와서 저를 만나라고 해주세요." 그녀가 밝지도, 어둡지도 않은 목소리로 말했다.

"다음주에 아일랜드에 온대요."

"아, 잘됐네요." 그녀의 미소가 너무 용감해 보여 지점장은 울고 싶은 생각마저 들었다.

누구도 이런 기분이 들 거라고 그에게 말해주지 않았었다. 사겠다는 사람은 다음주에 찾아왔다. 그가 차를 몰고 게스트하우스로 왔다. 쇼나는 그가 손님이 아니라 이곳을 사려고 온 사람임을 알아보았다.

삼십대 초반의 젊은 남자였다. 쇼나는 은퇴할 나이의 남자를 예상했었다.

그녀는 그를 맞으려고 문을 열고 나왔다. 군말은 하지 않을 것이다. 그가 사겠다면 팔면 된다.

그 남자는 닉이었다.

서른한 살이 된 닉.

그때와 같은 금발에 그때처럼 서 있는 게 약간 불안해 보이는 구부정한 자세. 곧 달아날 것처럼.

하지만 그는 이번엔 그녀와 눈을 마주쳤다.

그 눈맞춤은 친구 사이의 그것이었다. 십사 년 동안 못 본 사람, 그녀의 돈을 훔쳐갔다 30달러를 빼고 돌려준 사람의 눈빛이 아니었다.

"왜?" 그녀가 물었다.

"30달러를 돌려보내는 건 의미가 없잖아요…… 그건 늘 알고 있었어요."

"나는 몰랐어." 그녀가 활기차게 말했다. "그 30달러로 내가 뭔가 할 수 있는 시절이 있었지."

"그 남자에게…… 넥타이를 하나 더 사주는 거요?"

"더이상 내 남자가 아니야."

"그 말 얼마나 자주 했어요?" 그는 대답을 신경쓰는 것 같았다.

"어쩌다보니…… 한 번도 없었네."

그가 그녀를 보며 미소를 지었고, 테이블에 서류를 내려놓았다.

"네가 이 게스트하우스를 사려는 거니?" 그녀는 그 사실을 받아들일 수가 없었다.

"당신을 위해서 내가 사려고요. 당신이 내 인생을 한 번 구해줬잖아요. 그래서 나도 당신의 인생을 구해주는 거예요."

"그럴 수는 없어. 액수가 비슷하지도 않잖아."

"그렇죠. 하지만 상황은 비슷해요. 당신이 없었다면 내 인생은 바닥으로 떨어졌을 거예요. 내가 없으면 당신도 아마 그럴걸요. 계속 당신을 지켜봤어요. 그리고 기다렸어요."

"왜?"

"내 첫사랑이었으니까." 닉이 거짓 없이 말했다.

"그뒤로 많은 사랑이 있었겠지." 쇼나가 말했다.

"어쩌다보니…… 한 번도 없었네요." 그가 그녀가 앞서 한 말을 그대로 했다.

"네가 나를 사랑했을 리 없어. 나는 그때 너보다 나이가 한참 많았어."

"당신은 여전히 쇼나예요. 하지만 내가 좀 따라잡았죠." 닉의 미소는 아주 매력적이었다.

쇼나는 숨을 가다듬었다.

"우리 지금 뭘 하는 거지?"

"내가 당신의 투자금을 돌려주고 있는 거죠. 이 사실은 인정해야겠네요…… 당신이…… 내가 만든 첫 소프트웨어에 투자했고, 이제 나는 컴퓨터 백만장자, 신동, 뭐 그런 게 됐거든요……"

"그럴 필요 없어……"

"전적으로 필요해요. 그런데 한 가지 조건이 있어요. 그 남자 이름이 아니라 당신 이름으로 해야 해요."

"그 사람은 떠났다고 했잖아." 쇼나가 말했다.

"그거 참 좋은 소식이네요." 닉이 의자에 앉은 채 정말로 아주 이른 나이에 은퇴하려는 남자의 분위기를 풍기며 말했다.

불확실한 것을 받아들이다

몰리는 일주일에 사흘 밤을 지낼 방이 필요했다. 그러면 대형 금융센터에서 화요일부터 금요일까지 꼬박 나흘을 일한 뒤 야간 기차를 타고 평화로운 장소로 돌아갈 수 있었다. 그곳에서 그녀는 자신의 삶을 회복하는 중이었다.

그녀는 요즘 방을 빌리려면 입이 벌어질 정도로 돈이 많이 든다는 사실을 전혀 몰랐다. 사람들은 어떻게 이걸 감당하지? 그리고 그녀는 어떻게 모를 수가 있었지? 휴와 함께 크고 편안한 집에서 살았던 그 시간 동안 그녀는 나머지 세상이 어떻게 존재하는지에 대한 감각을 완전히 잊어버린 것이었다.

하지만 그 큰 집은 팔았고, 돈은 나눠 가졌다. 몰리는 작은 시골 집을 샀다. 모두 놀랐다. 이제 그녀에게 필요한 것은 일주일에 절반이 안 되는 시간 동안 지낼 장소였다. 소박한 곳인지 아닌지는 중요하지 않았다. 하지만 적당한 곳을 도저히 찾을 수가 없었다.

친구들이 침대 하나를 내줄 수 있다고 제안했고, 몰리는 우정이 고마웠다. 하지만 그녀는 친구들의 집에 눌러앉고 싶은 생각은 없었다. 자신만의 장소가 필요했다. 이 정도 규모의 도시라면 어딘가에 틀림없이 침대와 의자와 전기주전자가 딸린 소박하고 평범한 방이 있을 것이다. 거기에 옷봉과 작은 텔레비전을 들여놓으면 된다. 욕실은 기꺼이 같이 쓸 수 있었다. 멋지게 해놓고 살 필요가 없었다.

몰리는 금융센터에서 과중한 업무를 맡고 있어 장시간 일해야 했다. 재미를 즐길 시간은 거의 없을 것이다. 긴 하루의 끝에 돌아가서 잠을 잘 수 있는 방이면 충분했다. 잠은 요즘 그녀에게 점점 중요해지고 있었다.

그렇지 않았다면 그녀는 휴를 생각하면서 이런저런 순간에 무슨 일이 일어났고 그 모든 일을 어떻게 막을 수 있었을지 자꾸 돌이켜봤을 것이다. 이런 생각들이 몰리의 머릿속에서 돌고 돌며 그녀를 끊임없이 지치고 혼란스럽게 만들었다. 그렇게 몇 달이 지나면서, 그녀는 그 모든 쓸데없는 생각에 대한 해결책은 열심히 일하는 것과 잠자는 것임을 깨달았다.

그녀는 번 돈을 작은 호텔방에 그렇게나 많이 쓰는 게 어리석게 느껴졌다. 다시 찾아볼 것이다. 다른 부동산 중개소에 가서 아주 간단한 요구 사항을 말할 것이다.

데스크에 앉은 여자는 몰리의 마음을 이해해주었지만 회의적이었다. 사람들은 모르는 사람이 그들의 집에 들어와 사는 걸 정말로 바라지 않았다. 다른 사람들과 집을 같이 쓰는 것도 괜찮다면 매물로 나온 아주 괜찮은 집이 있었다.

"하지만 젊은 사람과 집을 같이 쓰고 싶지는 않아요." 몰리가 진지하게 말했다. "나는 마흔한 살이고, 앉아서 그들이 틀어놓은 음악을 듣거나 밤중에 시시때때로 찾아오는 그들의 친구들을 보고 있을 수는 없어요. 나는 그저 내가 방해되지 않을 누군가의 집에서 나만의 공간을 갖고 싶은 거예요. 그게 그렇게 끔찍한 잘못일까요?"

여자의 표정이 부드러워졌다. "물론 그렇지 않죠. 내 집이 있다면—그랬던 적은 없지만—당장 당신에게 방을 내주겠어요. 그렇게 하고말고요."

"그러면 지금은 어디 사세요?" 몰리가 물었다.

"오빠네 부부하고 같이 살아요. 그리 만족스럽지는 않지만, 그들은 집세로 받는 돈이 필요하고, 나는 융자를 감당할 수 없으니 어쩔 수 없죠." 그녀가 어깨를 으쓱했다. 그게 삶이 흘러가는 방식이었다. 그녀의 얼굴은 친절해 보였다. 사십대 중반일 것이다. 이름은 애니타 우즈, 가슴에 단 작은 황동 이름표에 그렇게 적혀 있었다.

몰리는 애니타처럼 집을 아예 갖지 않는 것이 더 좋은지, 아니면 자기처럼 한때 가졌다 잃는 것이 더 좋은지 생각했다.

"저한테 집세를 받는다고 당신이 융자를 감당할 수 있을 것 같지는 않은데요?" 몰리가 가볍게 말했다.

"안타깝게도 그러네요." 애니타가 말했다. "마침 당신이 그걸 제안한 첫번째 사람은 아니에요."

"같은 입장인 다른 사람이 있었나요?" 몰리는 큰 희망을 품지는 않았다. 애니타는 그저 대화를 나누는 것뿐이었다.

"정확히 똑같지는 않지만, 지난주에 어떤 여자분이 왔다 갔어요. 낮 동안 음악을 가르칠 수 있는 집을 찾고 있었어요. 자기가 일하는 시간에는 주인이 나가 있기를 바랐고요. 자기가 청소도 하고 정원도 돌볼 수 있다고 했어요. 아주 괜찮은 사람이었는데, 집에서 나오고 싶어하는 사연이 있더라고요. 아이들 때문에 미칠 것 같대요. 그러니까 다 큰 아이들요. 그분한테도 도움을 주고 싶었는데 적당한 사람을 찾을 수가 없었죠."

"그분 기록을 남겨두셨어요?" 몰리가 물었다.

"음, 네. 그런데 왜요?"

"이름이 뭐예요?"

애니타가 파일을 뒤졌다. "잭슨, 제인 잭슨이에요. 정말로 성격이 좋은 분이었는데. 기억에 남을 만큼요. 빨래 바구니를 두고 가거나 냉장고에 든 걸 죄다 꺼내 먹는 고마워할 줄 모르는 요즘 젊은이들은 생각하기도 싫군요."

"집을 사는 건 어때요, 애니타? 괜찮은 매물을 봤을 테니, 당신이 그 집을 사고 제인과 저를 세입자로 들이는 거예요."

"그건 바보 같은 일이에요." 애니타는 안 된다고 말했다.

"정말로 그런가요?" 몰리는 필요할 때 시야가 아주 분명해지는 사람이었다. 그녀가 직장에서 잘나가는 이유가 그거였다. "우리 셋이 같이 점심을 먹어요. 그런다고 해로울 건 전혀 없을 테니까." 그녀가 부탁했다. 애니타의 얼굴에 진지한 관심의 빛이 번득였다. 두 여자는 이 터무니없는 계획이 이루어질 분명한 가능성을 보았다.

애니타는 주중엔 점심시간을 사십오 분 이상 낼 수 없었고, 그들이 미래를 설계하려면 그보다 더 긴 시간이 필요할 터였다. 제인은 이번주에 잡힌 음악 레슨을 취소할 수 없었다. 금융센터에서 몰리는 모니터 화면 앞을 떠날 수가 없었다. 그래서 그들은 작은 이탈리아 레스토랑에서 토요일 점심 약속을 잡았다. 점심은 특별가로 먹을 수 있었고, 돈은 각자 내기로 했다.

제인은 악보 케이스를 들고 나타났고, 자전거를 레스토랑 바깥에 세우고 자물쇠를 채웠다. 그녀는 고단해 보였는데, 학생들을 자기 집으로 오게 할 수 있다면 아주 편할 거라고 했다. 하지만 집에서 일하는 두 아이가 시끄럽고 어수선한 것을 잘 참지 못했다. 애니타는 가방에 매물의 상세 정보가 담긴 서류를 넣어 왔다. 그래서 다 같이 그것을 보면서 어떤 집을 마음속에 그리는지 살펴볼 수 있었다. 몰리는 세로로 단을 나누어 장단점을 기록할 수 있게 만든 큰 종이 패드만 가져왔다.

그들은 불확실한 것을 받아들이려 하고 있었다. 서로 잘 모르는 세 사람이 한집에서 함께 살 가능성을 논의하고 있었다. 그럼에도 그들은 자신의 삶에 대해 편하게 이야기했다. 어색함은 없었고, 미래의 하우스메이트로서 서로를 검열하지도 않았다. 평범한 토요일에 만나 같이 점심을 먹는 세 여자라는 느낌뿐이었다.

애니타는 젊었을 때 이곳저곳 많이 돌아다녔고 어디에도 얽매이고 싶지 않았기 때문에 어딘가에 붙박여 산다는 생각은 해보지도 않았다고 말했다. 지금은 그것을 후회했다. 올케는 까다로운 사람이었고, 집안에는 늘 긴장된 분위기가 감돌았다. 애니타는 분위기나 기분 같은 데 영향을 받지 않는 곳에 살고 싶었다.

제인은 남편이 죽은 뒤로 자식들이 그녀와 같이 지내는 게 그녀에게 더 도움이 된다고 오해하는 것 같다고 말했다. 아이들은 친구들에게 힘들어하는 어머니를 혼자 두고 떠날 수 없다고 말했고, 그녀도 그 사실을 알았다. 하지만 사실인즉 아이들은 그녀 덕에 아주 편안한 생활을 했고, 그녀는 다 큰 세 아이를 돌보느라 너무 지쳐서 정작 자신이 좋아하는 음악 레슨을 할 여력이 많지 않다고 했다.

몰리는 휴에 대해 다른 누구에게도 말하지 않았던 이야기를 했다. 드라이클리닝점에 그의 재킷을 맡기러 가다 그 안에서 연애편지를 발견했다고. 그가 그건 같이 근무하는 다른 동료의 것으로 자기와 상관없는 일이라며 딱 잡아뗐다고.

그날 밤 어떤 여자가 집으로 전화를 걸어 그를 바꿔달라고 했다. 휴는 그 여자가 회사 사람 모두에게 치근덕거리는 정신 나간 동료라고 말했다. 그런데 그날 낮에 몰리의 여동생이 호텔에서 휴가 그 여자와 함께 있는 것을 봤던 것이다.

몰리는 자기연민을 드러내지 않으면서 휴가 한 말을 전했다. 그냥 지나가게 두라고, 곧 다 사그라들 거라고 하더라고. 몰리는 변화를 주기 위해 시골집을 샀다. 어느 면에서는 효과가 있었다. 얼마간은……

그들은 세부적인 정보와 가격 범위와 방값을 따져보았다. 체스트넛 스트리트에 그들 모두의 마음에 드는, 작은 정원과 널찍한 침실 세 개가 딸린 집이 있었다. 침실 각각을 원룸 아파트처럼 쓸 수 있었고, 제인의 피아노와 몰리의 컴퓨터를 들여놓을 만큼 넓었다. 욕실이 두 개였고, 부엌 겸 거실인 널찍한 공간이 있었다.

그들은 계산기를 꺼내 식사 비용을 계산했다. 그리고 와인을 한 병 더 주문했다.

그들은 삼 주 뒤에 만나기로 약속했다.

그 삼 주 동안 애니타는 올케의 눈치를 덜 살폈다.

제인은 아이들의 빨래나 청소를 평소보다 덜 했다.

몰리는 더 오래 더 깊이 잠을 잤다.

그들이 다시 만나기로 한 그날, 애니타가 그 집 주인에게 미리 말해 열쇠를 받아둔 터라 그들은 그곳에서 만났다. 전에 살던 사람들이 가구를 많이 남겨둔 채 이미 해외로 떠난 뒤여서, 그들은 자유롭게 돌아다니며 새로운 삶에 대한 이야기를 나누었다.

오후 시간 전체가 행복하게 지나갔다. 그들은 그곳에서 아주 오랜 시간을 보냈는데도 고민되는 게 거의 없다는 사실에 놀랐다. 각자 침실에 뭘 가져올지, 공동으로 쓸 부엌세간이나 정원 용구, 책장은 뭘 가져올지 상의했다.

그리고 그들은 각자 집으로 돌아가서 그 이야기를 했다.

애니타는 올케가 마침내 여분의 방을 다시 쓸 수 있게 되어 분명히 기뻐할 것이라고 말했다. 이제 재봉틀을 놓거나 친구들을 초대해 지내게 할 공간이 생기는 것이다.

제인은 아이들에게 집을 팔아 각자에게 그 몫을 나눠주거나 통상적인 집세를 받고 임대하겠다고 말했다. 선택은 아이들 몫이었다.

몰리는 시골집으로 갔고, 누구에게도 그 이야기를 하지 않았다. 시골의 이웃들은 매력적이고 사려 깊은 사람들이었지만, 그녀가 도시에서 어떤 삶을 사는지는 알지도 못했고, 크게 신경쓰지도 않았다. 그녀가 사는 곳이 바뀌어도 큰 흥미를 보이지는 않을 것이었다.

몰리는 말할 사람이 아무도 없다는 게 슬펐다. 하지만 일주일 뒤 애니타와 제인을 다시 만났을 때, 어쩌면 그게 최악의 상황은 아니었을 수 있겠다고 생각했다.

애니타는 나가겠다고 하자 오빠와 올케가 심하게 화를 냈다고 말했다. 그렇게 잘해줬는데 고마운 줄도 모른다며 그녀를 비난했다. 그들은 그녀의 새집에는 관심이 거의, 아예 없었다. 그저 집세를 받지 못하는 것만 아쉬워했다.

제인은 아이들이 몹시 화를 내며 그녀가 미쳤을 가능성에 대해 이야기하더라고 했다. 아이들은 그것이 아버지에 대한 뒤늦은 애도 반응이라고 말했다. 마침내 그들은 그녀가 제안한 집세는 낼 수 없다며, 집을 팔아 각자 몫을 나눠달라고 했다.

이 모든 드라마 같은 이야기를 들으며 몰리는 그들과 비교하면 어쨌거나 자신은 꽤 운이 좋다고 느꼈다.

마침내 그날이 왔고 이사는 거의 순조롭게 진행되었다. 한 번의 주말에 다 끝났고, 일요일 밤 각자의 침실로 들어가기 전에 모여 저녁식사와 더불어 축하의 자리—원래 계획의 일부였다—를 가졌다. 하지만 그들은 시간이 늦도록 자리를 떠날 줄 몰랐고, 벽난로에 장작을 계속 넣었다. 그들은 사이좋게 설거지를 했는데, 그저 하우스메이트 사이의 합의 때문만은 아니었다.

"두 달도 못 버티실걸요." 처음 그 이야기를 들었을 때 제인의 아이들이 말했다. 하지만 아이들이 다른 집을 얻어 함께 살기 시작한 지 두 달이 지났고, 제인은 행복하게 정착해서 음악 레슨을 하고 있었다.

"석 달 안에 전에 쓰던 방을 돌려달라고 문 앞에 나타날 거예요." 애니타의 올케가 예언했었다.

휴는 몰리에게 그저 안부를 물으려고 전화를 걸었다. 친구로서. 몰리는 친구로서 잘 지낸다고 대답했다. 그러면 시골집은? 그것도 잘 있었다. 그러면 여전히 호텔에서 지내나? 그가 물었다.

아니, 그녀가 대답했다. 지금은 다른 두 여자와 같이 살고 있다고.

"대략 여섯 달쯤 가겠군." 휴가 말했다. 그녀가 차분하게 말하는 것이 못마땅하다는 듯이.

그렇게 첫해가 끝나갈 즈음 애니타가 이탈리아로 도보여행을 갈 거라고 말했다. 제인과 몰리가 관심을 보였고, 심지어 부러워했다. 그들은 그런 휴가를 가본 적이 없었다.

그들은 함께 휴가를 떠났고 휴가지에서 몇 가지 결정을 내렸다. 그리고 건강한 몸과 가무잡잡해진 피부로 돌아왔다. 몰리는 시골 집을 세놓기로 했다. 주말에 그곳에 갈 일이 거의 없었기 때문이었다.

제인은 집을 팔고 꽥꽥거리는 아이들에게 돈을 나누어주었다.

애니타는 이제 부동산 중개소의 파트너 사업자가 되었고, 오빠와 올케의 휴가 경비를 대신 내준 뒤 다시 좋은 관계를 회복했다.

그들은 이런 생활이 영원히 계속되지는 않을 것임을 알고 있었다. 반드시 셋이 함께 늙어갈 필요는 없었다. 다른 흥분되는 미래가 누구의 앞에든 펼쳐질 수 있었다. 하지만 당장은 다른 대부분의 사람보다 더 운이 좋고 더 행복했다. 그들에게 불확실한 것을 받아들일 용기가 있었기 때문이었다.

릴리언의 머리카락

릴리언은 5번지에서 태어나고 자랐다. 당시 체스트넛 스트리트에 살았던 모든 사람이 그녀를 아름다운 금발 머리의 예쁜 아이로 기억했다. 그들은 그녀의 어머니에게 아이가 영화에 나와도 되겠다고 말했다. 해리스 부인은 이런 예측을 듣는 게 전혀 기쁘지 않았다. 너무 이르고 너무 먼 이야기라 계획할 수 있는 일이 아니었으니까. 릴리언이 곁에 머물면서 노년이 된 그들을 돌봐주기를 바란다고 해리스 부인은 단호하게 말했다.

릴리언은 록스에 견습생으로 들어갔다. 록스는 중심가에 있는 미용실로, 집에서 걸어서 고작 오 분 거리였다. 그녀는 대체로 점심때 집에 와서 어머니와 함께 수프를 먹었다. 미용실에서 일하는 다른 여자들은 나가서 제대로 된 점심을 사 먹어서, 릴리언처럼 돈을 모으지는 못했다. 릴리언이 돈을 모으는 건 자신의 집을 사기 위해서였다.

릴리언은 미용실에 오는 손님이나 같이 일하는 동료들이 입는 세련되고 우아한 옷을 원한 적이 한 번도 없었다. 그들은 어쨌거나 그녀에겐 그런 옷이 필요 없을 거라고 말했다. 그녀의 반짝거리는 금발 곱슬머리가 아주 매력적이라, 아무도 그녀가 옷을 어떻게 입는지에 대해 이러쿵저러쿵하지 않았다. 그녀는 해외로 휴가를 가본 적도 없었다. 왜 가야 하는가? 그녀가 원하는 것은 오로지 이 거리에 집 한 채를 사는 것이었다. 자신의 집을.

자기 집이 있다면 릴리언은 아래층을 미용실로 개조해 집에서 일할 수 있을 것이다. 2층은 밝은 색깔로 칠해 아름다운 공간으로 꾸밀 것이다.

그러고 나서 품격과 스타일을 갖춘 여자가 되면, 스물여덟 살쯤에 남편감을 찾을 것이다.

하지만 그렇게 되지 않았다.

우선 늘 신중했던 해리스 씨가 정말로 바보 같은 투자를 해버렸다. 어떤 계획을 추진할 자금을 만들겠다고 5번지에 있는 집을 담보로 잡혔는데 그 계획이 아주 터무니없는 사기였던 것이다. 레저 센터를 하겠다는 동료가 각각 수천 달러를 투자해줄 신중한 친구들이 좀 필요하다고 했었다. 해리스 씨는 자신에게 필요한 것은 그저 지분이었다고 나중에 울먹였다. 몇 달 안 돼 그 돈은 사라졌고, 더 많은 것이 사라졌다.

해리스 씨의 직장도 사라졌다. 병원 접수처에서 일했는데, 도통 업무에 집중할 수가 없었기 때문이었다. 그리고 이제 심각한 우울증까지 앓아서 그의 건강도 사라졌다.

해리스 부인 또한 이 모든 변화로 힘들어했다. 그녀는 결코 강인했던 적이 없었다. 이제 그녀 대신 쇼핑을 해주던 남편은 더이상 없었다. 릴리언이 모은 돈은 부모님의 집인 5번지의 대출금을 갚는 데 써야 했다. 자신의 집을 살 돈은 남지 않을 것이다. 여유 시간에는 그녀 없이는 제대로 돌아가지 않는 가족을 위해 청소와 쇼핑을 해야 했다. 그녀는 결코 불평하지 않았다. 직장에서 그녀는 한결같이 밝고 유능한 미용사였고, 매니저인 앨버트는 그녀에게 타운 중심가에 새 가게를 열어보는 게 어떻겠느냐고 제안했다.

"그럴 수 없어요." 릴리언이 애석하다는 듯 말했다. "집 근처에서 일해야 해요. 여기가 제겐 딱 맞아요. 쉬는 시간에 집으로 달려가 부모님이 잘 계신지 확인할 수도 있고요."

앨버트가 고개를 저었다.

"그건 사는 게 아니에요, 릴리언. 부모님도 언젠가 당신 없이 살아야 해요. 그분들도 가능한 한 빨리 그 생활에 적응하는 게 최선이에요."

"왜 언젠가 저 없이 살아야 하죠?" 릴리언이 천진하게 물었고, 그는 순간적으로 그녀가 백 년 전 사람처럼 의무감에 사로잡힌 딸이라는 사실을 직감했다. 부모와 함께 영원히 살며 자신의 꿈은 다 희생하는 여자. 부모가 낳아준 것에 감사하며 평생을 살아갈 외동딸. 하지만 곧 그 삶은 참으로 공허해질 것이다.

매니저는 릴리언이 스물세 살쯤 됐겠다고 생각했다. 그 역시 외동아들이었지만, 부모가 자신을 필요로 한다고 해서 자신의 인생을 포기하진 않았을 것이다. 그는 릴리언이 나중에 후회하지 않기를 바랐다.

그리고 세월이 흘러갔지만, 릴리언은 이 삶을 부담스럽게 여기지 않는 듯했다. 부모는 마음이 따뜻한 사람들이었고, 그녀가 돌봐주는 것에 고마워했지만 놀랄 만한 일로 여기지는 않았다. 그들이라도 똑같이 했을 터였다. 릴리언은 부모님이 마음이 넓고 너그러운 분들이라고 늘 말했다.

그녀는 자신의 마음이 얼마나 넓고 너그러운지는 전혀 모르는 것 같았다.

매년 릴리언은 두 주 동안 패키지여행을 갔다. 보호자가 휴가를 갈 수 있도록 기관에서 대신 돌봐주는 덕분이었다. 친절하고 책임감 있는 여자들이 5번지로 와서 두 주 동안 지냈고, 종종 새 아이디어를 내놓았다.

릴리언은 식료품을 배달해주는 가게와 기본적인 정원 손질을 해주는 지역 스카우트가 있다는 것을 알게 되었다. 또한 우편 주문 카탈로그에 대해서도 알게 되었는데, 그렇게 하면 어머니가 본인과 남편의 옷을 구입할 수 있었다.

휴가를 떠나면 릴리언은 햇볕을 받으며 휴식을 취했지만, 휴가지에서 일어날 수 있는 어떤 로맨스에도 빠지지 않았다. 릴리언에게 뭔가를 제안하고 초대하고 권하는 사람도 있었다. 그녀의 머리칼과 준비된 미소에 감탄하는 사람들은 차고 넘쳤다. 하지만 그녀는 그들이 다가오지 못하게 했다.

팀을 만날 때까지는. 그리고 그는 아주 집요했다.

"집에 남편이 있어요?" 그가 별빛 가득한 이탈리아의 하늘 아래에서 그녀에게 물었다.

"맙소사, 없어요. 부모님하고 같이 살아요."

"약혼자는요? 남자친구는? 꾸준히 만나는 사람은?"

"아니요, 아무도 없어요. 시간이 없어요."

두 주가 끝나갈 즈음 팀은 상황을 파악했다.

"언제 그곳에 가서 당신을 만나고 싶어요." 팀이 말했다.

"그렇게 하세요, 팀. 하지만 부모님과 제가 좀 따분하게 산다는 걸 알게 될 거예요. 우리는 주로 집에 앉아서 텔레비전을 보거든요."

"음, 집에서 달아나는 데 돈을 쓸 거라면 왜 벽돌이나 모르타르 값을 치르는 거죠? 그게 내 신조예요."

팀은 절약하는 바람직한 습관이 있었다. 릴리언은 그래본 적이 없어서 그게 재미있다고 생각했다.

그는 저곳 말고 이곳에서 버스를 타면 돈을 많이 절약할 수 있다는 것을, 그리고 빵과 버터를 공짜로 주는 작은 리스토란테가 많아 아침으로 먹을 롤빵은 사지 않아도 된다는 것을 알고 있었다.

그는 릴리언이 부모와 같이 사는 이유를 완벽히 이해하는 듯했다. 한 곳으로 족한데 왜 두 곳을 관리하는가? 사람들이 하도 릴리언에게 자신의 삶을 살라고 설득해서, 그녀는 이런 이야기를 들으니 마음이 편안해졌다.

팀은 대화하기 아주 편안한 상대였다. 그리고 정말로 친절했다. 그녀는 휴가가 끝난 뒤에도 그가 연락하기를 바랐고, 그에게서 정말로 연락이 왔다. 그녀는 저녁을 먹으러 오라고 그를 초대했다.

그는 해리스 씨에게 한산한 시간대에 기차를 타서 얼마를 절약했는지 말했다. 해리스 부인에게는 작은 식물을 건네면서 자기가 직접 씨앗을 심어 키운 거라고, 그래서 요구르트 통에 심겨 있는 거라고 말했다. 그렇게 수십 개는 키웠다고 했다. 선물하기에 좋으

면서 돈은 전혀 들지 않는다고. 그는 릴리언에게 여행사가 호텔 정
보를 잘못 준 것 때문에 환불받은 이야기도 해주었다.

"하지만 거긴 좋은 호텔이잖아요." 릴리언이 다른 의견을 냈다.

"그래요. 하지만 환불을 받을 수 있다면 받는 게 현명한 거죠."
팀이 너무도 뻔한 이야기라는 듯 말했다.

그녀의 부모는 그를 좋아했고, 그가 찾아오는 것을 즐기는 것 같
았다. 사실 그녀의 어머니는 일찍 잠자리에 들기 시작했고, 남편
도 같이 가자고 하여 젊은 사람끼리 이야기를 나눌 자리를 만들어
주었다. 그러다 그가 여섯번째로 찾아왔을 때, 팀은 해리스 씨에게
하룻밤 자고 가도 되겠느냐고 물었다.

"여기서 잔다고? 릴리언하고?" 릴리언은 아버지가 놀라서 말하
는 것을 들었다.

"릴리언하고는 아니고요, 해리스 씨, 소파에서 잘 수 있다면 돈
을 많이 절약할 수 있을 것 같아서요. 이 지역에서 몇 군데를 방문
할 예정인데, 왔다갔다하지 않으면 여기 오는 비용을 아낄 수 있잖
아요." 그는 자신의 똑똑한 머리가 자랑스럽다는 듯 그들을 둘러보
며 미소를 지었고, 그들도 모두 같이 미소를 지었다. 팀은 단정하
고 깔끔했고, 곧 2층의 남는 침실을 쓰게 되었다. 그리고 시간이 지
나 릴리언의 방으로 들어갔다. 곧 그와 릴리언은 등기소에 가서 시
간과 날짜를 잡았다.

팀은 신혼여행을 가는 것은 정말로 돈 낭비일 거라고 말했다. 그
돈이면 릴리언의 부모를 돌봐줄 사람을 쓸 수 있다. 차라리 집을
고치고 밝고 멋진 색깔로 페인트칠을 하는 게 어떤가?

릴리언의 미용실 매니저인 앨버트는 그 모든 게 너무 이상하다고 생각했다. 하지만 그런 말은 꺼내지 않는 게 좋다는 것을 알았다.

그들은 돈을 모아 그녀에게 주겠지만, 결혼식에는 가지 않을 것이었다. 팀은 누구도 진정으로 즐거워하지 않는 사치스러운 행사를 하는 것 또한 돈 낭비라고 생각했다. 그의 어머니와 여동생, 그리고 직장 친구 둘이 올 것이다. 3번지에 사는 눈먼 여인인 미스 맥—릴리언을 아기 때부터 알았다—과 과거에 늘 많은 도움을 주었던 14번지의 라이언 부인이 올 것이다.

결혼식 이틀 전, 팀이 집에 돌아오니 부엌이 수선스러웠다. 해리스 부인, 미스 맥, 라이언 부인이 파마를 하는 중이었다. 릴리언은 여기 컬 상태를 살피고 저기 중화제를 바르고, 말고 풀고, 수건으로 닦고 드라이어로 말리고, 차와 비스킷을 내오느라 이쪽저쪽 분주히 돌아다녔다. 팀이 흥미롭게 지켜보았다.

"그거 우리 엄마하고 여동생한테도 해줄 수 있어?" 그가 물었다.

릴리언은 기뻤다.

"결혼식 같은 큰 행사에 참석하는 건데, 원래 다니던 미용실에 가고 싶어하지 않을까요?" 미스 맥이 물었다.

"엄마하고 여동생은 미용실 같은 덴 절대 안 갈걸요." 팀이 단호하게 말했다. "너무 비싸거든요. 이거 돈 주고 하려면 얼마나 해요?"

미스 맥이 입을 앙다물었다. 라이언 부인은 모호한 표정을 지었다. 릴리언의 어머니가 말해주었다.

그는 깜짝 놀랐다. "그 많은 돈을 하룻저녁에 집에서 벌 수 있다는 거군요!" 그가 말했다.

"아니, 그건 미용실에서 받는 가격이야. 거긴 간접비가 들고, 장소도 잘 꾸며야 하고, 직원도 있으니까. 지금은 그런 거 없이 하는 거고." 릴리언은 이 여인들이 팀의 말을 듣고 너무 큰 덕을 본다고 느끼지 않길 바랐다.

"그리고 이건 릴리언이 주는 선물이고요." 라이언 부인이 말했다.

"우리는 아주 운이 좋은 거죠." 미스 맥이 거들었다. "미용실이 우리한테 와준 셈이니까."

"그리고 릴리언은 이렇게 하는 걸 아주 좋아해. 제2의 천성이야." 릴리언의 어머니가 말했다.

팀은 계산기를 들고 앉았다. 일주일에 파마를 일곱 번 한다면…… 우와! 그리고 미용실에서 염색하는 건 얼마지? 오! 설마! 릴리언이 그것도 할 수 있을까?

그들이 할일은 그저 거실을 약간 개조해 세면대와 거울과 의자 몇 개를 놓고 수건 열두어 장을 준비하는 것뿐이었다.

"하지만 릴리언은 그 미용실에서 즐겁게 일하고 있으니 아직 거길 떠나고 싶지 않을 거예요." 미스 맥이 주저하며 말했다. 그녀는 릴리언에게 5번지 밖에서의 삶을 조금이라도 누리게 해주려고 애쓰는 것이었다.

"오, 누가 미용실을 떠나래요?" 팀이 외쳤다. "릴리언이 병행할 수도 있잖아요?"

다음날 릴리언은 앞으로 시어머니가 될 사람의 숱 없는 머리를 파마해주었고, 시누이가 될 사람의 쥐색 머리도 진하게 염색해주었다.

두 여자 모두 결과에 아주 만족하며 계속 오겠다고 말했다.

"그때는 물론 돈을 내야 해요." 팀이 웃었고, 그들도 따라 웃었다.

"릴리언은 일반적인 미용실보다 돈을 더 적게 받을 거고, 우리는 여기서 차도 마실 수 있으니 이득이지." 그의 여동생이 행복하게 말했다.

릴리언은 그들을 애정어린 눈빛으로 바라보았다. 그들은 제값보다 싸게 받는 것, 값에 걸맞은 가치를 얻는 것에서 큰 기쁨을 느끼는 것이다. 그녀는 결코 그런 적이 없었다. 사람들은 분명 뭔가를 위해 돈을 모았지만, 그러고 나서는 그 돈을 썼다. 팀과 그의 가족은 모으기 위해 모으는 것 같았다. 하지만 그들은 그러면서 행복해했고, 그렇다면 그건 술을 퍼마시거나 도박을 하는 것보다 더 나은 습관 아닌가?

릴리언은 수건을 빨고, 자신의 원피스와 팀의 셔츠를 꺼내 다렸다. 그는 그녀가 그 회색 원피스를 입어도 아주 예쁘니 새 옷을 사는 것은 낭비라고 말했다.

그들은 함께 다음날을 위한 음식을 만들고 계획을 세웠다. 치킨 캐서롤과 라이스를 내고, 그다음에 초콜릿무스와 아주 작은 웨딩 케이크를 낼 것이다. 14번지에 사는 라이언 부인에게 사진기가 있었다. 팀과 함께 판매사원으로 일하는 신랑 들러리에게도.

전화벨이 울렸다. 미스 맥이었다. 그녀는 그 시간에 전화해 미안하지만 릴리언과 결혼선물에 대해 이야기하고 싶다고, 릴리언이 3번지로 건너와 십 분이나 십오 분 정도 시간을 내줄 수 있겠느냐고 물었다. 릴리언은 가겠다고 말했다.

"만약 가능하다면 선물을 돈이나 상품권으로 달라고 해봐." 팀이 말했다.

미스 맥은 표면을 부드럽게 어루만지며 어디에도 걸리지 않고 집안을 능숙하게 돌아다녔다. 눈이 잘 보이는 많은 사람보다 눈이 먼 그녀가 훨씬 더 우아했다. 그녀가 포트와인 한 병을 따서 작은 잔 두 개에 따랐다.

"결혼 전 마지막 밤을 위해, 릴리언 해리스." 미스 맥이 웃음을 가장하며 말했다.

"고마워요, 미스 맥." 릴리언이 술을 홀짝였다.

"그 사람하고 결혼하지 마, 릴리언." 미스 맥이 간곡히 말했다.

"그 사람을 사랑해요." 릴리언이 간단히 말했다.

"아니, 사랑하지 않아. 너는 그 사람과 네 부모님 사이에서 결정을 내리지 않아도 된다는 그 사실을 좋아하는 것뿐이야!"

"우리는 정말로 아주 잘 지내고 있어요. 그건 맞아요. 그 사람이 제 부모님과 잘 지내는 게 당연히 도움이 돼요. 하지만 그 때문만은 아니에요."

"당연히 그 때문이지, 릴리언. 머리를 가려줄 지붕에, 부모님이 돌아가시면 받을 유산에, 직장에서뿐 아니라 이제 집에서도 일할 아내가 있어. 결혼식도 없고, 신혼여행도 없고, 거기엔 삶이란 게 없어, 릴리언. 하지 마, 부탁이야."

이제 릴리언은 마음의 상처를 입었다.

"격식을 갖춘 결혼식이에요, 미스 맥. 맛있는 음식과 와인이 준비될 거고요. 신혼여행은 우리가 원하지 않아서 안 가는 거예요. 여기 있으면서 집을 개조하고 싶어서요. 그리고 집에서 일하는 건 현명한 일이에요. 돈을 더 많이 벌 수 있으니까요."

릴리언이 울먹였다. 하지만 미스 맥은 단호했다.

"뭘 하려고 돈을 더 많이 벌지, 릴리언? 자신의 결혼식을 위해 새 신발이나 새 핸드백도 사지 못하는데. 너는 지금 아주 끔찍한 일을 저지르기 직전이야. 인색한 남자와 결혼하는 것 말이야. 그리고 그 사실을 너한테 말해줄 용기가 있는 사람은 나뿐이고."

"인색한 건 그렇게 나쁜 게 아니에요." 릴리언이 느릿느릿 말했다.

"나쁜 거야, 릴리언. 내 말 믿어."

"어떻게 아세요?"

"내가 인색한 남자와 결혼할 뻔했으니까. 나는 결혼식 육 주 전에 마음을 바꿨어. 그가 선물로 DIY 상품권만 원한다고 말했을 때."

릴리언이 킥킥 웃었다.

"팀도 상품권을 받으면 좋겠다고 말했을 거 같은데."

"음, 그랬어요." 릴리언이 사실대로 말했다. "하지만 그 사람이 연쇄살인범은 아니잖아요, 미스 맥."

"그게 그를 아주 인색한 사람으로 만들고, 너는 점점 그 사람을 미워하게 될 거야."

"헤어졌다는 그 남자를 점점 미워하게 됐어요?"

"미워하게 될까봐 점점 두려워졌어. 알다시피 너그러운 사람은 인색한 사람과 살 수 없어. 그렇게 되지가 않아."

"그건 말도 안 돼요." 릴리언이 발랄하게 말했다. "그건 별자리점 같은 거예요. 쌍둥이자리는 천칭자리와 어울리지만 황소자리와는 어울리지 않는다, 뭐 그런 거요! 거기에 진실은 없어요. 예전엔 다른 종교나 인종이나 계급의 사람과는 결혼하면 안 된다고 했잖아요. 이제 그런 건 다 사라졌어요."

"너그럽지 않은 사람과는 결혼하면 안 돼. 그의 영혼에는 기쁨이 없어."

"그렇다고 해롭진 않아요, 미스 맥. 솔직히 그래요. 그가 싼값에 뭔가를 얻고 즐거워하는 걸 보면, 민들레 홀씨를 불어 날리며 즐거워하는 아이 같은걸요."

"아니, 얘야. 그건 다른 거야."

"저랑 경우가 다르셨겠죠. 팀은 자기가 그렇다는 것도 모르거든요. 그건 설명할 수 없는 거고, 그를 바꿀 수도 없어요."

미스 맥은 무겁게 고개를 끄덕였다. "바로 그거야. 그들은 변하지 않아." 그녀가 조용히 말했다.

"그러면 결혼하지 않겠다고 했을 때, 그분은 그게 무슨 이야기인지 알았나요?"

"전혀 몰랐지. 내가 히스테리 상태이거나 미쳤다고 생각했어."

"오래전 일이에요?"

"응, 수십 년 전. 내가 눈이 멀기 한참 전이었어. 하지만 결코 후회하지 않았어, 릴리언."

"그러면 그분은 다른 사람과 결혼했나요?"

"응, 그 일이 있고 얼마 안 돼서 결혼했어. 그리고 맞아. 두 사람은 같이 살면서 행복했을 거야. 그 여자도 인색한 사람이었던 것 같으니까. 누가 말해줬는데, 그 여자가 신문을 사지 않고 기차나 공원에서 날짜 지난 신문을 줍는다고 했거든. 그리고 사람들이 카트를 돌려놓는 걸 깜박한 경우에 그 동전을 가져가려고 늘 슈퍼마켓 주변을 서성인다고 했어."

"하지만 그건 범죄가 아니잖아요, 미스 맥?"

"그건 사는 게 아니지." 더 많이 산 여인은 아주 단호했다.

"사람들은 코를 골거나 이를 쑤시는 사람과 살아요. 다른 쪽에 투표하는 사람, 아이를 원하지 않는 사람, 발을 씻지 않는 사람과 결혼하고요. 비밀 단체 회원이나 마약상, 포르노물을 거래하는 사람과도 결혼해요. 이 모든 걸 봤을 때 돈에 좀 집착하는 사람과 결혼하는 게 그렇게 나쁜 건 아니지 않아요?"

릴리언의 목소리에서 열정이 느껴졌다. 미스 맥은 가만히 있었다.

"말해주세요, 미스 맥. 먼저 이야기를 꺼냈잖아요. 어떻게 생각하는지 말해주세요."

"결혼선물로 현금을 줘야겠다고 생각하는 중이야. 돈은 늘 유용하니까." 미스 맥이 말했다.

"저를 그렇게 차갑게 방관하듯 대하지 마세요. 말씀하신 것처럼 저는 별스러울 게 없는 사람이에요. 돈으로 저를 모욕하진 말아주세요."

"아니, 릴리언. 그건 아니야. 그럴 의도는 전혀 없어. 나는 너와 네 너그러운 영혼을 존경해. 다른 면을 기꺼이 떠안고 살려 하고, 우리가 똑같지 않다는 사실을 받아들이는 네 마음을. 내가 그런 마음을 가질 수 있었다면, 훨씬 행복한 사람이 되었을 거야."

"지금 제게 잘해주고, 저를 다독여주시잖아요."

"아니, 그렇지 않아. 그 남자와 결혼했다면, 나는 이웃에 의존하며 이렇게 혼자 살지 않았을 거야. 내가 시력을 잃었을 때 그가 내곁에 있었겠지. 어쩌면 우리는 아이를 낳았을지도 몰라. 눈먼 엄마를 사랑하는 아들과 딸을."

"강하고 독립적이시잖아요."

"그런 척하는 거야." 미스 맥이 말했다.

"제 친구로 남아주세요, 미스 맥. 저는 미스 맥이 필요해요."

"나도 네가 필요해. 하지만 이렇게 개입한 것 때문에 너를 잃은 것 같구나."

"아니, 아니에요. 저는 미스 맥이 필요해요. 실은 하고 싶지 않은 일이 있어요. 집안에 손님을 끌어들이고 싶지 않아요. 하루 일을 마치면 너무 피곤하고, 앨버트에게서 따로 떨어져나와 사업을 하고 싶지도 않아요. 앨버트가 제게 얼마나 잘해주는데요…… 하지만 그 문제를 어떻게 해야 할지 모르겠어요. 팀의 기분을 상하게 하고 싶지 않거든요."

"무슨 말인지 알겠어." 미스 맥이 말했다. "내가 도와줄게, 기꺼이."

그들은 앉아서 한동안 이야기를 나누었다. 미스 맥은 흐릿하게 보일 뿐인 릴리언의 금발 머리를 쓰다듬으며 설명해주었다. 이 거리는 주거지로 지정된 구역이라 누군가가 고의로 용도를 변경해 상업행위를 하는 것에 불만이 제기되면 이웃들이 항의할 거라고. 가내 영업은 말도 안 될 일이었다.

그리고 릴리언은 집으로 돌아와 팀에게 은행수표를 보여주었다. 팀은 그들의 미래를 위해 그것을 조심스럽게 접어 챙겼다. 그리고 그녀를 사랑한다고 말했다. 또 내일은 아주 멋진 날이 될 거라고.

릴리언은 잠들지 않은 채 누워, 미스 맥과 그녀가 결혼하지 않은 남자에 대해 한참 생각했다.

집이 다닥다닥 붙어 있는 이 거리에서 두 집 건너에 사는 미스 맥도 한참 동안 잠들지 못한 채 궁극의 인색함을 코골이 같은 작은 결함으로 받아들이려 하는 넓은 가슴을 가진 너그러운 여자를 생각했다.

보통 미스 맥은 삼십 년이나 사십 년 뒤에 무슨 일이 일어날지 걱정하지 않았지만, 오늘밤엔 더 젊었으면 좋겠다는 갈망에 휩싸였다. 그녀는 이 사랑스러운 여자 릴리언이 결혼생활을 잘해내는 걸 옆에서 지켜보고 싶었다. 그 때문에 그녀 자신이 오래전에 잘못된 선택을 했다는 게 증명된다 해도 상관없었다.

그건 미스 맥이 스스로 생각하지 않기로 한 것이었다.

그레이스가 보내는 꽃다발

모두가 새해 전날에 뭘 할지 고민하느라 부산스러울 때 그레이스는 차분했다. 모든 것은 그녀의 철저한 준비성과 관련이 있었다. 호텔은 일 년도 더 전에 이미 예약을 해두었다. 그들 모두 새해 전날 오후에 도착할 것이다.

다른 사람들이 시끄럽고 끔찍한 장소에서 미친듯이 놀다 집으로 돌아가려고 택시 걱정을 할 때, 더블린에서 빠져나가면 굉장히 기분좋을 것이다.

그레이스와 친구들은 멋지고 작은 시골 호텔에 있을 것이다. 따뜻한 물을 채운 수영장이 있고, 건강을 생각해서 산책하기에 좋은 호숫가 작은 숲이 있고, 밀레니엄의 마지막날을 기념하는 식사에 어울리는 전설에 남을 메뉴가 있는 호텔.

그레이스의 친구들은 그녀가 정말로 경이로운 존재라고 말했다. 그녀는 삶이 어떤 문제를 던져도 침착했다. 부티크에서 까다로운 롤라 밑에서 일하는 것이나, 너무 바빠 그녀에게 신경쓸 여유도 없는 까다로운 회계사 마틴과 결혼한 것만 봐도 그랬다.

다른 부부들은 그레이스에 대해 여러 가지 추측을 했다. 집에서나 밖에서나 그레이스를 알아주는 사람이 거의 없는 것 같은데, 그런 삶이 행복할까? 이따금 그들은 너무 무심한 마틴을 보면 죽여버리고 싶었다. 그는 그녀가 만든 요리를 칭찬해주지도 않았고, 그녀의 모습을 보고 감탄하지도 않았다. 그들은 또한 그레이스를 당연하게 여기는 롤라도 죽여버리고 싶었다.

그리고 지금, 다른 모두가 새해 전날의 계획을 세우느라 우왕좌왕할 때, 그레이스는 그들 모두가 갈 수 있는 완벽한 장소를 골라놓은 것이다.

이십대와 삼십대의 네 부부, 다들 아직 아이는 없었다. 그들은 마음만 먹으면 열 개가 넘는 파티 중에 골라 갈 수도 있었지만, 이 아이디어가 훨씬 좋은 것 같았다. 이곳을 벗어나 특급 호텔에서 두 밤을 보내는 것이다. 자랑하기에 좋았다. 다들 부러워했다. 그리고 그레이스 덕분에 일이 더 수월해졌다. 매달 그들에게 조금씩 돈을 걷은 것이다. 이제 연말이 되었고, 이 축제의 비용이 손쉽게 해결되었다. 이 호화로운 새해 행사를 거의 공짜로 즐기는 기분이었다!

"우리가 매달 돈을 내길 잘했지." 애나가 찰스에게 말했다. "한번에 그런 돈을 마련하긴 힘들잖아."

"지금은 일시적으로 힘든 거고." 찰스가 잽싸게 말했다. 그는 무서우리만큼 커진 도박 손실을 생각하기 싫었다. 이번 주말은 신의 선물 같을 것이었다. 그는 이것 말고 다른 어떤 형태로 새해를 맞았을지 생각조차 할 수 없었다.

"그레이스가 안됐어…… 알다시피, 여보, 그애가 이렇게 준비하고 야단을 떠는 건 말 그대로 그애 인생에서 달리 할 게 없기 때문이잖아." 올리브가 해리에게 말했다. 올리브는 자신의 인생에 아주 만족했고 심지어 우쭐하기도 했지만, 그건 착각이었다. 그녀는 자신의 삶이 사람들로 가득하다고 느꼈지만, 해리의 여자친구들로도 가득하다는 사실은 깨닫지 못했다.

"아, 모르겠어. 예쁘장하게 생긴 여자지." 해리는 생각에 잠긴 듯 말했다. 그레이스는 해리가 추근거려도 미약한 반응조차 보인 적이 없었지만 그는 새해 주말엔 무슨 일이든 일어나기를 바라고 있었다.

숀과 주디스는 지난 육 주 동안 주말에 거기로 갈지 말지를 놓고 옥신각신 다투었다. 늘 결말은 그레이스 이야기였다. 꿈이 무너지면 그레이스는 완전히 실망할 것이다. 그들은 둘만 따로 보낼 시간이 정말로 필요했지만, 그레이스를 실망시키고 싶지 않았다. 사 년의 결혼생활 끝에 헤어질지 말지를 고민하는 이때, 그레이스에게 이런 신의를 지킨다는 건 어리석어 보였다.

"우리의 미래 전체에 대한 논의가 필요한 시점에 우리가 어떻게 그레이스 걱정을 할 수 있지?" 숀이 물었다.

"좋아. 그러면 당신이 그레이스에게 말해." 주디스가 말했지만, 그들은 결국 주말에 다른 모두처럼 거기 갈 것임을 알았다.

롤라는 크리스마스와 새해 사이 며칠 동안 부티크를 열어두려고 했다. 손님이 많을 거라고 그녀가 말했다. 펀치스타운에 입고 갈 옷이 없는 어리석은 여자들이 떼돈을 벌어줄 거라고. 롤라는 가게에 나올 수 없지만 그레이스는 나와주기를 바랐다. 마틴은 그레이스가 집에 없는 것을 눈치조차 채지 못할 것이다.

클럽에서 포볼 게임이 계속 열릴 것이다. 그는 언제라도 샌드위치와 수프를 먹을 수 있었다.

그레이스는 가게에서 부유한 여자들에게 비싼 옷을 팔면서, 준비를 잘했지만 힘들었던 크리스마스를 회상했다. 그 크리스마스는 어머니와 마틴의 부모와 여러 친척 아주머니들과 함께 보냈었다. 그녀가 왜 그런 걸 했을까? 그녀는 이따금 자문했다. 그들은 그것이 쉬운 일인 줄 알았다. 칠면조는 저절로 구워지고 저절로 썰리고 곁들여 먹는 음식도 알아서 준비된다고. 마틴이 그 모든 것을 즐겼을까? 알기 어려웠다. 그는 요즘 거의 말이 없었다. 그들은 서로 자주 보지 못했다.

애나와 찰리는 달랐다. 그 두 사람은 늘 함께 경마장에 가거나 포커를 치러 갔다. 결코 떨어지지 않았다.

심지어 올리브와 해리도 더 사이가 좋아 보였다. 해리는 종종 올리브의 목에 팔을 감았다. 마틴은 백만 년이 지나도 그런 행동은 하지 않을 것이다. 모두 해리가 여기저기 눈길을 주고 다니는 것을 알았지만, 올리브는 모르는 척했다.

올리브는 주디스와 숀이 크리스마스를 즐겁게 보냈는지 궁금했다. 요즘 두 사람 사이에 긴장감이 감돌았는데, 숀이 걸프 지역에서 일자리를 제안받았지만 주디스는 가고 싶어하지 않는 것과 관련이 있는 것 같았다. 하지만 그 문제는 새해 전날에 잘 해결될 것이다.

롤라의 가게에서 옷을 다시 옷걸이에 걸고 금전등록기에 신용카드 전표를 넣으면서, 그레이스는 자신이 그들 모두를 위해 준비한 금요일의 멋진 오아시스를 생각했다. 그들은 수영이나 산책을 마친 뒤 오후에 가볍게 차를 마실 테고, 그러고 나면 사주식 침대가 있는 각자의 방으로 갈 것이다. 그리고 만찬을 즐기러 갈 준비를 할 것이다.

침대를 생각하자, 그레이스는 다른 부부가 저녁을 먹기 전에 사주식 침대에서 과연 사랑을 나눌지 궁금해졌다. 그녀의 경우에는 아닐 것 같았다. 마틴은 몹시 피곤하다며 안락의자에 앉아 신문이나 골프 잡지를 읽으려 할 것이다. 그럼에도 모든 게 멋질 거야, 그레이스는 그날의 매출액을 합산하고, 불을 끄고 집으로 가기 전에 롤라에게 전화를 걸면서 혼잣말을 했다.

"당신 말이 맞았어요, 롤라. 우리가 기대했던 것 이상이었어요." 그녀가 말하고, 액수를 읽어주었다.

"고마워요, 그레이스. 아주 잘했어요." 롤라는 평소의 자신만만한 태도가 아니었다. 사실 목소리가 약간 풀 죽은 듯 들렸다.

"그러면 행복한 새해 보내세요, 롤라."

"네, 그런데……"

그레이스는 더이상 말하지 않았다. 그녀는 이미 롤라에게 그들의 마법 같은 새해 계획에 대해 여러 번 말했다. 그럼에도 아무 반응이 없었다. 서로 새해 인사를 건넨 뒤 롤라가 떠났고, 그레이스는 도난 경보기를 켜놓고 집으로 돌아갔다.

마틴은 많은 서류를 펼쳐놓고 식탁 앞에 앉아 있었다.

"직장에선 일 안 해?" 그녀가 안타깝다는 듯 말했다. 생각해보라. 모두가 이 주 동안의 휴가를 즐기려는 이때, 그는 일거리를 가져온 것이다.

"당신도 그러면서." 마틴이 그녀에게 손을 내밀며 말했다.

그녀는 기분이 좋았다.

"하지만 당신이 이걸 다 할 필요는 단연코 없겠지?"

"마지막 고객 평가가 제일 중요하니까." 그가 그녀를 보며 웃었다.

그레이스는 마틴을 아주 많이 사랑했고, 자신이 더 나은, 더 재미있는 아내이기를 바랐다. 하지만 그녀는 적어도 그의 삶을 순조롭게 만들어주었고, 그것은 분명 그가 바라는 것이었다.

"아, 내일 가기로 한 호텔에서 남긴 메시지가 있어. 전화해달라는데, 당신이 하라고 기다렸어."

그레이스는 기뻤다. 무슨 일 때문인지 알았다. 그녀가 새해를 기념하는 초와 샴페인 반병을 각 방에 넣어달라고 부탁했었다. 그러려고 남겨둔 돈이 있었다. 그걸 확인하려는 전화일 것이다.

전해들은 소식은 완전히 예상 밖이었다. 호텔에서 일하는 모든 직원이 독감에 걸렸다고 했다. 주방장은 말 그대로 침대를 떠날 수 없고, 종업원들도 마찬가지로 상태가 나빴다. 의사는 호텔을 운영하는 가족에게 영업을 하는 것은 책임감 없는 일일뿐더러 불가능하다고 강력하게 못을 박았다. 그들은 몹시 송구하게 생각한다고, 당연히 1페니도 빼놓지 않고 돌려줄 것이며, 아무리 사과해도 모자랄 것이라고 말했다.

그레이스는 대화를 끝까지 듣지 않았다. 전화기를 손에 든 채로 앉아 앞으로 어떻게 해야 할지 곰곰이 생각했다. 그녀 앞에 모든 것이 산산조각난 채 놓여 있었다. 모든 게 자기 잘못이었다. 왜 그녀는 모든 준비를 하고 모든 책임을 떠안는 완벽한 사람이 되려고 했을까? 그녀는 마틴에게도 그녀가 준비한 그 깜짝 선물을 비밀로 하려고 일부러 부엌에서 전화를 걸었다.

그레이스는 얼마나 오래인지 모를 만큼 전화기 앞에 앉아 있었고, 마침내 마틴이 왔다. 그는 뭔가 아주 잘못된 것을 알아차렸다. 그가 그녀에게 브랜디를 따라줄 만큼 잘못된 것이다.

"다른 사람들에겐 내가 전화할게." 그가 제안했다.

"아니야. 내가 가자고 한 거잖아. 못 가게 됐다는 말도 내가 해야지." 그녀가 비장하게 말했다.

"다른 데를 찾아보자." 그가 부질없이 말했다.

"그래야지, 마틴…… 새해 전날로 여덟 명 예약할 수 있는 곳으로. 예약 취소는 스물네 시간 전이면 되는 곳. 문제없어."

"뭘 하면 될까?" 그가 그녀를 쳐다보았다. 그레이스, 흔들림 없는 그레이스, 그녀는 모든 것에 대한 해결책을 갖고 있었다. 하지만 오늘밤은 아니었다.

"집에서 먹으면 어때?" 그가 말했다.

"냉장고 성에를 제거했어." 그녀가 억양 없이 말했다.

"내일 문 여는 곳이 있을 거야."

"그렇겠지." 그녀의 목소리가 낮설게 들렸다. "지금 모두에게 전화해야겠어."

마틴은 그녀가 풀 죽고 맥없는 목소리로 애나와 올리브와 주디스에게 전화하는 모습을 무력하게 서서 지켜보았다. 전화선 저쪽에서 무슨 말을 하는지 짐작만 할 수 있을 뿐이었다. 괜찮다고들 하는 것 같았다. 그레이스는 다음날 밤 여덟시에 모두 이 집으로 오는 게 어떻겠느냐고 제안하는 중이었다.

"뭘 하면 좋을지 생각해볼게." 그녀가 운명에 붙들린 목소리로 말하고 전화를 끊었다.

마틴은 도움이 되고 싶었다. "독감에 걸린 사람들이 더 안됐어."
그가 말했다.

"훨씬." 그레이스가 말했다. "이제 자러 가야겠어."

"우리가 뭘 할지 계획을 세워야 하지 않을까, 음…… 음……
웅?" 대체로 그레이스는 계획을 철저히 세우는 것을 좋아했다.

"소용없어." 그레이스가 말했다. "잘 자, 마틴."

그녀가 2층으로 올라간 뒤, 마틴은 부부들에게 직접 전화를 걸
었다.

"우리 뭘 할까요, 찰리?"

"4대 1의 확률로 그레이스는 오 분 안에 일어나 리스트와 당번
표를 만들 거예요." 찰리가 말했다. 그는 돈을 돌려받을 수 있는지
알고 싶어했다. 그러면 아주 유용할 것이었다.

"우리 뭘 할까요, 해리?"

"그 일은 여자들에게 맡겨놓고 우리는 술집을 돌아다니는 건 어
렵겠죠? 그런 밤에는 섹시한 여자들이 많은데." 해리가 희망어린
목소리로 말했다.

"우리 뭘 할까요, 손?"

"각자 자기 집에서 앞날을 상의하는 건 어때요?" 손이 말했다.
그게 정말로 그가 하고 싶은 것이었다. 이 일이 그가 꿈꿔온 핑계
가 될 수 있었다.

그날 밤 세 집에서 각각 그 문제를 상의했다.

"우리가 낸 돈은 돌려받아야지. 거긴 싼 호텔이 아니었어." 찰스
가 말했다.

"지금은 돌려달라고 말할 때가 아니야." 애나가 주의를 주었다. "불쌍한 그레이스, 이 모든 문제 때문에 치료를 받아야 할 지경일 걸."

그들은 주말 이후 열릴 경마의 확실한 결과를 알고 있었다. 2천 파운드만 있으면 원하는 걸 손에 넣을 수 있었다.

올리브와 해리 또한 그 문제에 대해 이야기했다. 올리브는 전혀 나쁠 게 없다고 생각했다. 그들은 여자들이 수영복을 벗고 해리의 스스럼없는 손안에 들어올 장소에 가지 않을 것이다. 하지만 그 말은 하지 않았다. 그저 그레이스가 신경쇠약에 걸릴 것 같다는 말만 했다. 준비는 어쨌거나 그레이스가 가진 유일한 재능이었다. 그게 사라지면 다른 뭐가 남겠는가?

주디스와 숀은 이제 자신들에게 대화를 나눌 지구상의 모든 시간이 주어졌다고 말했지만 이야기할 게 없었다. 그들은 옷을 싸거나 짐을 꾸릴 필요가 없었다. 그레이스를 실망시키지 않으려고 억지로 유쾌한 척하면서 친구들을 마주할 필요도 없었다. 호텔이 그들 대신 그레이스를 실망시킨 것이다.

"그레이스에게 외로운 새해 전날이 되겠네." 주디스가 안됐다는 듯 말했다.

"당신이 나하고 골프에 안 가겠다니 외로운 사람은 나지." 숀이 간단히 말했다.

"당신은 내가 부모님과 직장을 두고 떠날 수 없다는 걸 믿지 않으니 외로운 사람은 나지." 주디스가 말했다.

그들의 대화는 더 이어지지 않았다. 더이상 할말이 없었다.

다음날 여자들 모두가 그레이스에게 전화했다. 뭘 하면 될까, 뭘 가져가야 할까?

"모르겠어. 상관없어…… 너네가 생각나는 거 아무거나." 그녀의 목소리가 평소와 달리 아주 무심해서 모두 깜짝 놀랐다. 그들은 어디서 시작해야 할지 몰랐다. 그레이스가 그 모든 것을 준비하고, 그래야만 했다. 뭐가 어디 있는지 아는 것도 그녀였고, 가게에 전화를 거는 것도 그녀여야 했다. 하지만 마틴은 그녀가 탐정소설을 들고 침대로 가버렸다고 했다.

마틴은 샴페인을 준비하고, 해리는 와인을 가져오고, 숀은 위스키를 가져오기로 했다. 찰스는 나가서 스낵과 맥주를 사려고 우표책을 팔았다.

애나는 감자 몇 봉지를 샀다. 손이 많이 가기는 하지만 그게 더 쌌기 때문이다. 그걸로 세 종류의 요리를 만들었다. 올리브는 가게가 문 닫을 무렵에야 간신히 도착해 소시지와 느타리버섯을 잔뜩 샀다. 주디스는 아이스크림과 윤기 없고 칙칙해 보이는 사과 타르트를 샀고, 모두와 나눠 마실 칼바도스 반병을 챙겼다.

그들은 그레이스에게 전화를 걸어 그날 밤을 그레이스와 마틴의 집에서 함께 보내는 것인지 물었다.

"너희가 그러든 말든 솔직히 난 상관없어." 그레이스가 유쾌하게 말했다.

그들은 차에 이불과 베개를 실었다. 그들은 그 집을 잘 알았다. 소파쿠션은 많았다. 그들이 도착했을 때 그레이스는 여전히 침대에 누워 있었다. 그녀는 그들을 유쾌하게 반겼지만, 그들이 정말로 친한 사이가 아닌 것처럼 거리감이 느껴졌다.

여자들은 부엌에 음식을 차렸다. 남자들은 잔과 술을 꺼냈다. 그레이스는 침대에 누워 책장을 넘겼다. 살면서 처음으로 그들 모두가 그녀의 존재를 분명히 의식했다. 그레이스가 언제 합류할지 궁금하다고 소곤거리는 소리가 그녀의 귀에 들렸다. 누구보다도 마틴의 소리가.

크리스마스에 그레이스는 모임을 주선하고 열한 명의 사람들에게 식사 대접을 했지만 도움도, 감사 인사도, 인정도 받지 못했다.

그로부터 육 일 뒤인 지금, 그레이스는 아무것도 하지 않고 그저 침대에 누워 있었고, 그들은 모두 그녀가 자신들을 알아봐주기만 바라고 있었다. 여기 교훈이 있을까? 그녀가 지금껏 자신의 인생 전체에서 한 번도 배우지 못했던 교훈이?

"차 한 잔 더 마실래?" 마틴이 애원하듯 말했다. 그녀가 기분좋게 해주려고 그렇게 애썼던 마틴, 태연하고 무심하고 무정했던 마틴이 그렇게 말한 것이다.

"목욕물 받아줄까?" 애나가 간청하듯 말했다. 더블린에 있는 경마장이란 경마장엔 다 가보고 앉아보지 않은 카드 테이블이 없는 야성적이고 보헤미안 같은 애나가.

"헤어롤러 플러그 꽂아줄까?" 올리브가 물었다. 남편 해리를 믿어 의심치 않고, 모든 것에 자신만만한 잘나고 자족적인 올리브가.

"괜찮으면 네 드레스 다려줄게." 주디스가 제안했다. 독립적인 자기 모습에, 좋은 직장에, 스스로 결정을 내릴 수 있는 자유에 늘 행복해하는 주디스가.

그레이스는 모든 것을 받아들였다. 차, 헤어롤러, 향 목욕, 드레스 다림질까지. 그러더니 전화기를 달라고 했다. 그들은 그녀가 전화번호를 돌리고 말하는 소리를 들었다.

"롤라, 깜박하고 이야기하지 못했는데, 오늘밤 여기 친구 몇 명이 모였어요. 혹 시간이 되면 우리하고 같이…… 아니에요, 격식차릴 거 없어요. 몇시에 식사를 할지, 뭘 먹을지 저는 전혀 몰라요. 어쨌거나 뭔가 할 거예요…… 오실래요? 좋아요. 그때 봬요."

그리고 사회의 일원으로서, 마틴의 아내와 모두의 친구로서 그역할을 지속할 수 있었던 것이 오로지 자기가 준비를 잘해서라는 확신이 없어진 그레이스는 이제 물러앉아 한 해의 마지막 밤을 즐겼다. 그녀는 그들이 짝이 맞는 나이프와 포크, 좋은 냅킨, 전기 플레이트 보온기나 소금통을 찾지 못해도 신경쓰지 않았다. 오히려 가만히 앉아 지켜보고 그들의 이야기를 들으며 미소를 지었다. 어떻게 된 것인지는 모르나, 많은 것이 정리되는 듯했다. 오래전에 세운 계획대로 호텔로 갔다면 결코 정리되지 않았을 많은 문제가.

숀은 다음해에 걸프에 가지 않기로 했다. 주디스가 그 지역에서 적당한 일자리를 구하면 그때 갈 것이다.

해리는 모두에게 자신은 여자라면 다 좋아한다고, 모든 여자가 아주 멋지다고 생각한다고, 하지만 사랑하는 건 올리브뿐이라고 말했다.

애나와 찰스는 호텔에서 돈을 돌려받아도 그레이스가 절반을 맡아주면 좋겠다고 말했다. 그리고 자신들이 도박에 조금 빠져 있음을 인정했다.

롤라가 와서 바닥에 앉아 존 바에즈의 노래를 불렀다. 그녀는 그레이스가 세상에서 가장 성실한 사람이라고, 체스트넛 스트리트에 있는 자신의 아파트에는 아무도 없기 때문에 이곳에서 새 친구들과 밤을 보내고 싶다고 말했다. 그레이스는 좋다고 말했지만, 리넨이나 담요를 가지러 뛰어가지는 않았다. 롤라는 결국 소파에서 자신의 모피코트를 덮고 잠들었다.

그리고 무엇보다 마틴은 그레이스가 정말로 멋진 사람이라고 말했다. 여섯 번이나. 네 번은 사람들 앞에서, 두 번은 귓속말로.

그레이스는 떠오르는 생각을 적는 공책을 침대 옆에 늘 두었다. 그것도 준비하는 습관의 일부였다. 오늘밤 그녀는 한 가지 메모를 했다.

"호텔에 감사의 꽃다발 보내기."

아침이면 그녀는 자신이 준비하는 독재자에서 구원되어 인류에 속할 수 있게 된 것을 왜 고마워해야 하는지 정확히 알게 될 것이다.

건축업자

체스트넛 스트리트 14번지에 사는 낸은 28번지에 사는 까다로운 남자 오브라이언 씨로부터 건축업자에 관한 이야기를 들었다.

"끔찍할 거예요, 라이언 부인." 그가 그녀에게 경고했다. "흙, 소음, 온갖 공포스러운 소리."

오브라이언 씨는 모든 것에 트집을 잡는 사람이니까, 낸 라이언은 속으로 혼잣말을 했다. 그녀는 짜증내지 않을 것이다. 게다가 화이트 부부가 떠난 뒤로 옆집이 이 년 동안 비어 있었는데, 곧 다시 사람들이 들어와 산다고 생각하면 여러모로 기분이 좋았다.

그녀는 누가 거기 살러 올지 궁금했다. 아마도 가족일 것이다. 그녀가 그들의 아기를 봐줄 수도 있을 것이다. 아이들에게 동화를 들려주고 부모가 돌아올 때까지 집을 봐줄 수도 있을 것이다.

딸인 조는 그렇게 작은 집에 가족이 살러 올 거라는 생각을 비웃었다.

"엄마, 그 집은 좁아터졌잖아요." 조가 아주 단호하고 딱 부러지게 말했다. 늘 확신에 찬 태도였다. 그녀는 뭐가 맞는지 알았다.

"모르겠다." 낸은 감히 반대 의견을 내지 못했다. "그 집엔 멋지고 안전한 뒷마당이 있어."

"그렇죠. 가로 6피트 세로 6피트 넓이로요." 조가 웃음을 터뜨리며 말했다.

낸은 아무 말도 하지 않았다. 자기가 세 아이를 키운 집이 정확히 그 크기였다는 사실은 언급하지 않았다.

조는 모든 것을 알았다. 사업은 어떻게 하는지. 옷을 어떻게 입어야 멋있게 보이는지. 집을 어떻게 가꿔야 우아해지는지. 어떻게 해야 잘생긴 남편 제리가 한눈을 팔지 않는지.

이웃집에 관한 것도 조의 말이 맞을 것이다. 가족이 살기엔 너무 작았다. 어쩌면 낸 연배의 멋진 여자가 올지도 모른다. 친구가 될 수 있는 누군가. 아니면 젊은 맞벌이 부부. 낸이 그들 대신 소포를 받아주거나 검침원을 들여보내줄 수 있지 않을까?

아들 보비는 젊은 부부는 아니게 해달라고 기도하는 편이 좋을 거라고 말했다. 매일 밤 파티를 열어 그녀를 미치게 만들 거라고. 귀가 멀 거예요, 보비가 경고했다. 귀가 완전히 멀 거라고. 집수리에 많은 돈을 쓰는 젊은 부부는 끔찍할 거라고. 돈이 없을 거라고. 즐기고 싶어할 거라고. 맥주를 직접 만들고 소란스러운 친구들을 불러 같이 마실 거라고.

그리고 막내인 팻이 가장 비관적이었다.

"누가 올지 몰라도 그들이 도착할 때쯤이면 엄마는 이미 귀가 멀어 있을걸요. 공사 소음 때문에요. 중요한 건 정원 울타리를 지금 높이로 모양 좋게 유지하는 거예요. 좋은 울타리가 좋은 이웃을 만든다고 하잖아요."

보안회사에서 일하는 팻은 이런 문제에 관한 한 태도가 아주 확고했다. 조와 보비와 팻은 자기 확신이 매우 강했다. 낸은 이 아이들이 왜 그렇게 자신만만한지 궁금했다. 그녀에게서 물려받은 건 아니었다. 그녀는 늘 수줍음이 많았다. 소심하기도 했고.

모두 원하는 분위기였기에 그녀는 직장에 다니지 않았다. 그들은 낸이 집에 있기를 원했다. 아이들의 아버지 또한 조용한 사람이었다. 조용하고 사랑이 많았다. 아주 많았다. 그 사랑은 한동안 낸을 향했고, 곧 다른 많은 여자들을 향했다.

오래전 어느 저녁, 그녀의 서른다섯번째 생일에 낸은 더이상 그것을 받아들일 수가 없었다. 그녀는 부엌에 앉아 남편이 돌아올 때까지 기다렸다. 새벽 네시였다.

"이제 선택해." 낸이 그에게 말했다.

그는 대답조차 하지 않았다. 그저 2층으로 올라가 가방 두 개를 꾸렸다. 그녀는 자물쇠를 바꾸었다. 그럴 필요가 없었는데도. 그녀는 그를 다시 보지 못했다. 그는 아무 말 없이 떠났다. 사무 변호사가 낸에게 그 집이 그녀의 명의로 이전되었다고 알려주었다. 그것이 그녀가 받은 전부였고, 더 요구해도 소용없을 것을 알았기에 그렇게 하지 않았다.

낸은 현실적인 여자였다. 그녀에게는 작은 테라스 하우스*가 있을 뿐 수입은 없었다. 아이가 셋이었는데, 큰아이가 열세 살, 막내

---

* 서로 옆으로 다닥다닥 붙여 지은 주택.

가 열 살이었다. 그녀는 나가서 서둘러 직장을 구했다.

슈퍼마켓에서 일하며 비는 시간에는 사무실 청소부로도 일했다. 그 돈으로 아이들을 학교에 보내고 경제적으로 자립할 수 있도록 키웠다. 그렇게 거의 이십 년을 일했을 때, 의사가 낸에게 심장이 약하니 충분한 휴식을 취해야 한다고 말했다.

그녀는 심장이 약하다니 참 이상하다고 생각했다. 사랑하는 남편이 자신을 버리고 떠난 것도 극복했으니 심장이 아주 튼튼할 거라고 생각했었다. 다른 누구를 사랑한 적은 결코 없었다.

아이들에게 좋은 음식을 먹이기 위해 열심히 일하다보니 시간이 없었다. 과외 수업을 듣게 하고 더 좋은 옷을 입히는 데도 물론 돈이 들어갔다. 그 세월 동안 가족 휴가도 없었다. 가끔 조, 보비, 팻이 기차를 타고 아버지를 만나러 갔다. 아이들이 아버지를 만난 것에 대해 많은 말을 한 적은 결코 없었다. 그리고 낸도 아이들에게 아무것도 물어보지 않았다.

조는 종종 더이상 입지 않는 재킷이나 스웨터를 가져왔다. 혹은 마음에 안 드는 크리스마스 선물을. 보비는 매주 빨랫감을 가져왔다. 그와 같이 사는 페미니스트인 여자친구 케이가 남자도 자기 옷을 스스로 빨아 입어야 한다고 말했기 때문이었다. 보비는 종종 케이크나 비스킷을 가져와, 어머니가 자신의 셔츠를 다려줄 때 어머니와 함께 먹곤 했다. 팻은 가끔 와서 문이나 창문 자물쇠를 고치고 도난 경보기를 재설정했다. 주로 어머니에게 세상에 존재하는 모든 악을 경고하기 위해서였다.

낸 라이언은 불평할 게 거의 없었다. 일을 그만둔 이후로 외로움을 느끼기도 했지만, 자식들에게 말하지는 않았다. 자식들이 이웃

집 공사에 대해 아주 비관적이어서, 낸은 그것을 아주 고대하고 있다는 말을 꺼낼 수 없었다. 그녀가 건축업자를 기다리고 있으며 매일 왔나 안 왔나 내다보고 있다는 말을.

어느 화창한 아침에 건축업자가 나타났다. 낸은 커튼 뒤에서 그들을 지켜보았다. 세 남자가 함께 빨간 밴을 타고 왔다. 밴에는 하얀색으로 크게 '데릭 도일'이라고 적혀 있었다.

젊은 남자 둘이 열쇠를 가지고 12번지로 들어갔다. 낸은 그들이 "데릭, 안 좋은 소식은 여기 쓰레기를 치우는 데 일주일은 걸리겠다는 거고, 좋은 소식은 여기 어디 주전자 플러그 꽂을 데가 있고 전기가 끊기진 않았다는 거예요" 하고 외치는 소리를 들었다.

한 남자가 싱글싱글 웃으면서 빨간 밴에서 내렸다.

"음, 사람은 어떻게든 살아가게 돼 있어. 어쨌거나 두 달 동안은. 이 거리 아름답지 않아?"

그는 주변의 집들을 둘러보았고, 낸은 자부심이 솟는 것을 느꼈다. 그녀는 늘 체스트넛 스트리트가 멋진 곳이라고 생각했다. 낸은 자신의 아이들이 지금 이 자리에 있어서 이 남자가 모든 것에 감탄하는 모습을 보았으면 좋겠다고 생각했다. 더욱이 그는 건축업자, 즉 길과 집에 대해 잘 아는 사람이었다.

조는 이 거리가 보잘것없다고 말하곤 했다. 보비는 구석이라고 했고. 팻은 정원의 담벼락이 낮고 길어서 강도에게 들어오라고 개방해놓은 꼴이라고 말했다. 그쪽으로 달아날 수도 있고. 하지만 이 남자는 전에 여길 본 적도 없는데, 여기가 좋다는 것이다.

낸은 숨어서 지켜보았다.

그녀는 처음부터 그들이 있는 쪽으로 나가보고 싶지는 않았다.

28번지에 사는 까다로운 오브라이언 씨가 그들이 도착한 것을 알고, 어떤지 살펴보러 그쪽으로 다가갔다.

"진작 수리했어야 했는데요." 그가 안을 들여다보고, 들어오라는 말을 듣기를 고대하며 말했다.

데릭 도일은 단호했다.

"들어오지 않는 게 좋겠어요, 선생님. 선생님 위로 뭐든 떨어지면 안 되니까요."

낸의 아이들은 그녀에게 너무 개입하지 말라고 말했다. 조는 새 주인이 그녀가 건축업자의 시간을 낭비하는 걸 고마워하지 않을 거라고 했다. 보비는 건축업자는 여자들을 부려먹으면서 차를 내오게 한다는 여자친구 케이의 말을 전했다. 팻은 공사현장 옆집은 강도에게 만만한 표적이니, 주의를 게을리하지 말고 옆집 남자들과 이야기하며 시간을 보내서는 절대 안 된다고 말했다.

하지만 낸이 그들 근처에 가지 않은 진짜 이유는 너무 나서는 것처럼 보이지 않기 위해서였다. 그들은 그녀 옆에서 몇 주 동안 일할 것이다. 그녀는 그들이 그녀를 참견쟁이라고 생각하지 않기를 바랐다. 그녀는 며칠 기다렸다가 그들에게 자신을 소개하기로 마음먹었다. 심지어 그녀는 일의 진척 상황을 기록할 수도 있었다. 새 주인이 그들의 집이 어떻게 수리되었는지에 관한 기록을 보고 좋아할지도 몰랐다.

낸은 앞쪽 창문에서 물러나 다시 부엌으로 갔다. 그녀는 보비의 셔츠를 전부 다렸다. 보비가 빨랫감이 든 가방을 매주 가져오는 것을 케이가 알고 있는지 궁금했다. 하지만 같이 사는 그들이 아주 즐거워 보이니, 걱정할 게 뭐가 있겠는가?

낸은 그날 아침에 조가 두고 간 은제품을 닦았다. 작은 주전자의 손잡이처럼 손이 닿지 않는 곳은 칫솔을 이용했다. 그녀는 조가 왜 그렇게 사람들에게 좋은 인상을 주려고 애쓰는지 궁금했다. 하지만 물론 그건 효과가 있었다, 안 그런가? 한눈을 팔고 다니는 제리도 여전히 그녀 옆에 있었다.

낸은 큰 냄비에 캐서롤을 만든 뒤 알루미늄 포일 용기에 나눠 담아 냉장고에 넣었다. 팻은 보안회사에서 열심히 일했다. 그녀는 걱정이 많았고, 쇼핑할 시간은 좀처럼 없었다. 그래서 요리를 거의 하지 않았다. 가끔 팻에게 낸이 만들어놓은 음식을 줄 수 있다면 좋을 것이다. 낸은 팻이 시간을 좀 내서 예쁘게 차려입고 나가 사람도 만나고 남자도 찾기를 바랐다.

하지만 생각해보면 낸이 남자를 찾거나 사귀는 것에 대해 뭘 알겠는가? 그녀의 남자는 이십 년 전에 한마디 말도 없이 한밤중에 떠나버렸다.

낸은 많은 주제에 대해 입을 다물었다. 너무 말이 없어서 사람들은 그녀에게 의견이 있을 거라는 기대조차 더이상 하지 않았다.

문 두드리는 소리가 크게 들렸고, 건축업자가 거기 서 있었다.

"도일 씨," 낸이 웃으며 말했다. "체스트넛 스트리트에 오신 걸 환영해요."

그는 그녀가 자신의 이름을 알고 있다는 사실에 기뻐했고, 아주 친절해 보였다. 그리고 자신이 그녀를 방해하는 게 아니기를 바랐다. 그런데 그에게 고민이 좀 있다고 했다. 12번지에 있는 물건은 뭐든 다 버리라는 지시를 받았는데, 감상적인 가치가 있어 보이는 물건이 꽤 많이 있더라는 것이다. 그는 그녀가 여기 살던 사람들의 이웃이었으니 그들의 친척이나 친구를 알지 않을까 생각했다. 그런 물건을 그냥 버린다는 게 안타깝게 느껴졌다.

"저는 낸 라이언이에요. 들어오세요." 그녀가 말했다. 그들은 부엌에 앉았고, 그녀는 그에게 화이트 부부에 대해 이야기해주었다. 그들은 누구와도 좀처럼 말을 섞지 않는 아주아주 조용한 부부였다. 화이트 씨는 어딘가에 있는 직장에 다녔는데, 아침 여섯시면 집을 나섰다. 그리고 쇼핑백을 들고 세시쯤 돌아왔다. 아내는 집에서 나오는 일이 전혀 없었다. 그들은 빨래도 밖에다 널지 않았다. 누구도 집안으로 들이지 않았다. 그저 까딱 인사만 하고 자신들의 일을 했다.

"그러면 이 동네 사람 모두가 그들을 이상하게 생각하지 않았나요?"

데릭 도일은 친절한 남자라고 낸은 생각했다. 그는 이 사람들과 이들의 이상한 삶과 그 집에 아직 남아 있는 개인적인 기록을 걱정했다. 그런 것을 그냥 없애버리거나 불평하지 않는 사람을 만나는 건 기분좋은 일이었다.

28번지에 사는 늙은 오브라이언 씨였다면 그 많은 문제를 내버려두고 떠난 화이트 부부는 이기적인 사람이라고 툴툴거렸을 것이다.

딸인 조였다면 어깨를 으쓱하며 화이트 부부는 대단치 않은 사람인데 뭘 그러냐고 말했을 것이다. 보비였다면 여자친구 케이가 화이트 부인을 '전문 희생자'라고 불렀다는 말을 했을 것이다.

팻이었다면 화이트 부부가 아주 많은 사람이 그렇듯 자신의 삶을 누가 침범할지 모른다는 두려움 속에서 살았을 거라고 말했을 것이다.

"이상하다고 생각하진 않았어요. 서로에 대해 만족하는 것 같았거든요." 낸 라이언이 말했다. 그녀는 데릭 도일이 감탄하는 눈빛으로 자신을 쳐다본다고 생각했다.

하지만 그건 어리석은 생각이었다. 그녀는 거의 육십이 다 된 여자였다. 그는 사십대인 젊은 남자였고.

낸은 바보같이 굴지 말라고 속으로 말했다.

데릭 도일은 그 이후 날마다 낸의 집에 들렀다. 그는 다른 일꾼들이 집으로 돌아갈 때까지 기다렸다가 그녀의 집 문을 부드럽게 두드렸다.

처음에 그는 화이트 부부의 집에 있던 옛 기록을 가져왔다는 핑계를 댔다. 그러더니 그냥 오랜 친구처럼 찾아왔다. 그들은 서로를 낸과 데릭이라 불렀고, 정말 급속도로 친구가 되었다.

그들은 가족 이야기를 거의 하지 않아서, 낸은 그에게 아내와 자식이 있는지 어떤지 몰랐다. 낸도 아들과 딸에 대해 거의 말하지 않았다. 그리고 자신을 버리고 간 남편에 대해서는 아무 말도 하지 않았다.

그는 조와 보비와 팻이 낸의 집에 왔을 때 봤을지도 몰랐다. 하지만 다시 생각하면 보지 못했을 수도 있었다.

그는 덩치가 큰데도 아주 다정했다. 화이트 부부의 기록을 담은 비닐봉지를 보물이라도 되는 듯 들고 왔다. 그와 낸은 함께 그 종이들을 훑어보았다. 목록과 레시피와 유용한 정보가 적혀 있었고,

여행 소개 책자와 의료 안내 책자, 오래된 구식 기구의 작동 매뉴얼이 나왔다.

그들은 이 년 전 아주 이상하게 끝나버린 어느 삶을 얼마간 이해할 수 있길 바라며 그것을 넘겨보았다.

"유언장에 대한 언급은 어디에도 없네요." 데릭이 말했다.

"그러네요. 그리고 화이트 씨가 온종일 직장에서 뭘 했는지에 대한 내용도 전혀 없고요." 낸이 대꾸했다.

"그들이 일기만 썼어도. 혼자 지내는 아내라면 일기를 썼을 법도 하잖아요." 그가 말했다.

낸은 얼굴이 약간 달아올랐다. 그녀는 공사 진행 과정을 기록하기로 결심했었지만, 지금까지 데릭 도일과 그의 즐거운 방문에 대해서만 썼을 뿐이었다. 저녁에 차를 마시러 올 때마다 그가 통에 담긴 맛이 진한 과일 케이크를 가져와 같이 먹으려고 조각을 낸다는 이야기 같은 것.

그녀가 버스를 타고 생선가게에 가서 사온 신선한 연어로 그에게 줄 샌드위치를 만들었다는 이야기.

그 모든 것이 날마다 일종의 목표를 만들어준다는 이야기.

"어쩌면 그녀는 일기가 발견될까봐 두려웠을지 모르겠어요."

"그러면 어디에 잘 숨겨뒀을 수도 있겠네요." 데릭이 싱긋 웃으며 말했다.

인부들이 며칠 뒤에 일기장을 발견했다. 부엌의 헐거워진 벽돌 뒤에서였다. 데릭이 그것을 트로피처럼 들고 왔다.

"뭐라고 적혀 있던가요?" 낸은 거의 전율을 느꼈다.

그는 작고 알아보기 힘든 글씨로 채워진 연습장 다섯 권을 내려놓았다.

"내가 당신 없이 펴봤을 것 같아요?" 그가 물었다.

낸은 테이블을 치워 그것을 놓을 자리를 만들었다. 스콘은 나중에 먹으면 된다. 이제 그들은 화이트 부부의 이상하고 은밀한 삶에 대한 단서를 발견하게 될지도 몰랐다. 이십오 년 동안 벽돌담의 반대편에 살았던 사람들.

그들은 그 여자가 발견될까봐 두려워하며 체스트넛 스트리트에 숨어 살았던 긴 나날에 대해 함께 읽었다. 그녀는 자신이 도망쳐 나온 잔인한 남편이 결혼생활 동안 그토록 자주 그랬듯, 자신을 찾아내 해코지할까봐 밤낮으로 걱정했다.

그녀는 조니라고 부르는 남자의 친절함과 선량함을 칭찬하고 또 칭찬했는데, 그가 화이트 씨였을 것이다. 그는 그녀를 구하고 모든 폭력에서 벗어나게 하기 위해 모든 것을 포기했다.

그녀의 가족은 그녀가 조니와 함께 달아난 그 밤 이후 그녀로부터 어떤 소식도 듣지 못했기 때문에 그녀가 죽었다고 생각했다.

"바로 옆집에 이런 걱정과 두려움이 존재했다니!" 낸의 눈동자에 연민의 빛이 가득 떠올랐다.

그들은 스콘을 먹었고, 페이지를 넘기는 동안 그녀는 콩을 올린 토스트를 만들고 함께 셰리주를 마셨다.

데릭 도일은 거의 열한시가 될 때까지 떠나지 않았다. 그는 누구에게도 전화하지 않았고, 누구도 그의 휴대전화로 전화를 걸어오지 않았다.

낸은 그에게 아내가 없는 것 같다고 혼자 생각했다. 어리석은 줄은 알았지만 기뻤다.

아직 읽지 않은 일기장이 두 권 더 남아 있었다.

드릴과 해머 소리를 들으면서, 낸은 낮 동안 몇 번이나 다시 테이블로 돌아가 그것을 읽고 싶은 유혹을 느꼈다. 하지만 그렇게 하면 데릭을 속이는 셈이 될 것 같았다. 그녀는 나가서 저녁으로 먹을 양고기를 사왔다. 둘 다 마지막에는 슬프고 심지어 우려되는 이야기가 나올 거라고 느꼈다.

조가 전화를 걸어왔다.

"오늘밤에 엄마한테 갈 것 같아요. 제리가 회의가 있대요. 제리를 데려다주고 다시 데리러 가야 하는데, 그사이에 엄마하고 시간이나 보낼까 하고요."

낸이 얼굴을 찡그렸다. 딸이 할 법한 따뜻한 말이 아니었다.

"오늘 저녁엔 외출해." 그녀가 말했다.

"아, 솔직히 엄마, 왜 하필 오늘밤이에요." 조는 성질을 부렸지만 뭘 어떻게 할 수는 없었다.

보비는 빨랫감을 가져오겠다고 전화를 걸었다. 내일 일찍 가지러 갈 테니 해줄 수 있겠느냐고. 낸은 또다시 분노가 치미는 것을 느꼈다. 그리고 안 된다고 말했다.

"그럼 어떡해요?" 보비가 우는소리를 했다.

"다른 방법을 찾아봐." 낸이 말했다.

이번에는 팻의 전화였다.

"안 돼, 팻." 낸이 말했다.

"도대체 무슨 말이에요? 아직 아무 말도 안 했는데." 팻은 기분이 상한 것 같았다.

"네가 무슨 말을 하든 안 돼." 낸이 말했다.

"음, 거참 놀라운데요. 가서 화재경보기를 확인할 참이었거든요. 가는 수고를 덜었네요."

"골낼 거 없어, 팻. 외출할 거야. 그게 다야."

"엄마는 딱히 갈 곳도 없으시잖아요." 팻이 반박했다.

낸은 그 말이 사실인지 생각해보았다. 그녀가 그 불쌍한 화이트 부인 같다는 말인가…… 물론 알고 보니 그 여자는 화이트 부인이 아니었다. 완전히 다른 이름이었다. 친절하고 선량한 조니 화이트는 단지 그녀가 해코지를 당하지 않길 바랐기 때문에 창고에서 일했다. 그 일을 싫어했으면서도.

시간이 아주 느리게 흘러갔고, 마침내 데릭과 일기장을 읽을 시간이 다시 돌아왔다 낸은 레이스 칼라가 달린, 자신이 가진 가장 근사한 옷으로 갈아입었다.

"아주 멋진데요." 데릭이 말했다.

그는 그녀에게 장미꽃다발을 선물했고, 그녀는 그것을 꽃병에 꽂으면서 얼굴을 붉혔다. 그리고 그들은 계속 읽어나갔다.

착한 조니가 출근할 수 없을 만큼 아픈데도 병원에 가지 않겠다고 하는 부분에 이르자, 낸은 걱정이 되기 시작했다.

"이 부분이 마음에 걸리는데요." 그녀가 말했다.

"나도 그래요." 데릭이 대답했다.

그들은 계속 읽어나갔다. 그는 말기 암에 접어들었고, 그 없이 그녀 혼자는 살 수 없었다. 낸은 눈물을 글썽이며 호수로 갈 계획을 세우는 부분, 그들의 재산 내역과 유언장을 사무 변호사에게 보내는 부분을 읽었다.

그들은 체스트넛 스트리트 12번지의 집을 팔아 그 돈을 매 맞는 아내를 돌보는 자선단체에 기부하기로 했다.

그들이 사라진 뒤, 아마 호수에 빠져 죽은 뒤 그 문제를 처리하는 데 시간이 걸렸다. 법은 천천히 움직이기 마련이라 그 집이 그렇게 오래 비워져 있었던 것이다.

햇빛이 사그라지는 동안 낸과 데릭은 같이 앉아 있었다. 그들은 화이트 부부와 그들의 이상하고 슬픈 삶을 생각했다.

"그들은 서로를 아주 많이 사랑했을 거예요." 낸이 말했다.

"나는 한 번도 그렇게 사랑해본 적이 없어요." 데릭이 말했다.

"나도 그래요." 낸이 말했다.

버킷 매과이어

많은 고객이 그를 미스터 매과이어라고 불렀다. 그들은 장사꾼을 '미스터'라고 부르면 어쨌거나 거래가 성사된다고 믿는 그런 시대의 여자들인 것이다. 물과 걸레로 창문을 닦는 일에 대한 이야기를 하다 그런 호칭이 나왔다.

하지만 버킷 매과이어 자신은 누구에게도 그렇게 불러달라고 할 필요를 느끼지 못했다. 창문 청소부는 완벽하게 훌륭하고 만족스러운 직업이었다. 그는 열여섯 살 때부터, 매키 수사가 매과이어는 사무직을 구할 가능성이 없다고 말한 그날 이후로 그 일을 해왔다.

그의 아버지는 실망했지만, 사람들은 어차피 종종 실망한다. 그리고 그는 자기가 뭘 하는지 알아차리기도 전에 핸들 바에 접이식 사다리와 들통을 걸고 자전거를 탔다.

아무도 그가 브라이언 조지프 매과이어라는 이름으로 세례를 받은 걸 기억하지 못할 것이다. 모두 그를 버킷이라 불렀다. 음, 그를

'파'라고 부른 아들 에디는 빼고. 파는 '파더'를 줄인 말로 여겨졌다. 에디가 네 살 때는 그렇게 부르는 걸 가볍게 여겼지만, 집에 자주 오지는 않아도 올 때마다 에디는 여전히 그를 그렇게 불렀다.

버킷의 아내는 그를 어떻게 불렀을까? 체스트넛 스트리트의 누구도 그건 기억하지 못했다. 어쨌거나 헬레나가 그를 떠난 건 한참 전의 일이었다. 그리고 그녀가 여기 그리 오래 살았던 것도 아니었다. 에디는 그때 그야말로 갓난아기였다.

하지만 헬레나는 동네 사람 모두에게 그것이 지금 상황에서 자신이 할 수 있는 유일한 선택이라고 말했었다. 그 상황이란, 자신을 많이 좋아해주는 새 남자를 만난 것이었다. 새 남자는 모든 면에서 버킷 매과이어보다 잘났지만, 무엇보다도 에디를 기꺼이 자기 아들로 입양하려 했다. 그게 무엇보다 좋다고 했다.

에디는 좋은 학교에 다니고 번듯한 직장을 가진 남자를 본받을 수 있을 것이다. 헬레나는 버킷에 대해 이렇게 말했다. 지구상에서 버킷을 나쁘다고 말할 사람은 하나도 없겠지만, 그가 아들의 역할 모델은 결코 될 수 없다고.

체스트넛 스트리트의 이웃들은 못마땅한 표정으로 헬레나의 말을 들었다. 그들은 거의 아무 말도 하지 않았지만, 그 말을 버킷 매과이어에 대한 작은 감사 표현이라고 우격다짐으로 이해하려 애썼다. 비가 오나 눈이 오나 우박이 쏟아지나 사람들의 창문을 닦으러 가고 아내와 아들을 위해 가정을 이끌어간 그가 역할 모델이 되지 못한다고 버려지는 신세라면.

그 거리에서 헬레나를 이해하는 사람은 거의 없었다. 곧 그녀는 아들을 데리고 교외로 떠났다. 그녀를 찾아와 잘살라고 작별인사를 해준 사람은 아무도 없었다. 그녀가 어린 에디를 데리고 떠난 뒤 많은 사람이 버킷을 찾아왔다. 그들은 모두 좋은 말을 해주었지만, 버킷은 맞는 말을 한 사람은 아무도 없다고 생각했다.

그들은 그녀가 바람난 그 남자와 헤어지고 다시 돌아올 거라고 했다. 그런 일은 일어날 리 없었다. 혹은 그녀가 떠난 게 잘된 일이라고 했다. 그건 전혀 사실이 아니었다. 그들 중 일부는 그가 다른 여자를 찾을 거라고, 헬레나보다 더 나은 여자를 찾을 거라고 말했다. 그건 물론 가능하지 않았다. 그리고 지금 세상에서는 아이를 키우기가 점점 더 힘들어지니, 그가 에디를 키우지 않아도 되는 상황이 어쩌면 더 낫다고, 그 아이는 골칫거리가 될 수도 있다고 말하는 사람도 있었다.

버킷은 모두에게 고맙다고, 자신은 그것이 최선이라고 생각한다고, 에디가 정기적으로 그를 만나러 오지 않겠느냐고 말했다.

처음부터 에디는 날짜를 꼬박꼬박 지키지 않았다. 버킷은 아이가 새 환경에 잘 적응해야 하기 때문이라고 했지만, 버킷이 헬레나를 감싸려고 하는 말임을 누구든 알 수 있었다.

그리고 시간이 더 흘러 에디가 학교에 입학했을 때는 숙제도 많고 할일도 너무 많아 이따금 찾아올 수 있을 뿐이었다. 그럴싸한 핑계였다.

에디는 자신의 생일 즈음에, 버킷의 생일 즈음에, 부활절과 핼러윈과 크리스마스 즈음에, 그리고 다른 몇 가지 경우에 늘 찾아왔다. 그렇게 하면 일 년에 여섯 번은 훨씬 넘었다.

이웃들은 에디가 이곳에 오면 버킷의 정원에서 시무룩한 표정으로 돌멩이를 차는 것을 보았다. 아이는 불안해 보였고, 그들 중 누구도 기억하지 못했으며, 버킷이 베풀어주는 것에도 전혀 고마워하지 않는 것 같았다.

"아, 어린애가 완벽하게 예의를 갖추거나 앵무새처럼 이런저런 것에 고맙다고 말하리라곤 기대할 수 없죠." 버킷은 말하곤 했다.

새아버지가 소년에게 역할 모델이 되어준다는 걸 그대로 받아들인다면, 그것이 표면적으로 어떻게 드러날지 사람들은 궁금했다. 헬레나는 아이를 내려준 뒤 손을 흔들고 곧바로 가버려서, 불쌍한 버킷은 차로 가서 그녀에게 말을 걸 시간조차 없었다.

버킷은 도서관으로 미스 맥―눈멀기 전이었다―을 찾아가곤 했다. 에디가 왔을 때 같이 읽을 적당한 책이나 게임을 찾기 위해서였다. 그는 소년의 집중력이 대단치 않다는 것을 인정했다.

"유감스럽게도 그건 나한테 물려받은 거 같아요. 나도 책을 좋아한 적이 없었거든요." 버킷이 안타깝게 말했다.

미스 맥은 버킷이 그런 식으로 말하면 울고 싶어졌다. 또 에디가 자주 오지도 않는데 헬레나가 버킷에게 언제 올 건지 미리 알려주지 않는 것도 몹시 속상했다. 그건 버킷이 만약을 대비해 매주 도서관에 와서 책이나 게임을 빌려가야 한다는 의미였다.

체스트넛 스트리트 2번지에 사는 택시 기사 케빈 월시는 에디를 태우고 다니면서 소년의 새로운 생활방식을 관찰했다. 그렇다고 소년이 그를 알은척하는 것은 아니었다. 새아버지는 돈이 아주 많아서 택시를 자주 이용했다.

"그 아이가 없는 게 버킷한테는 더 잘된 것 같아요. 딱 예상대로 자라고 있던데요. 아무데서나 건방진 소리를 해대면서요." 케빈은 자기 말을 들어주는 사람 누구에게나 그렇게 말했다. 버킷은 그 말을 들을 사람이 아니었다.

"결손가정에서 안타까운 출발을 해서 그런 거예요." 버킷은 너그럽게 말하곤 했다. "길을 조금 잃고 헤매는 건 당연하지 않나요?"

그러던 어느 날 10번지에 사는 레인저 선생이 어린 에디 매과이어가 학교에서 문제를 일으켜 정학을 당한 사실을 우연히 알게 됐다. 하지만 버킷에게 말하지 않았다. 그에게서 무슨 소리를 들을지 이미 알고 있었다. "아, 다 오해예요. 선생님 중에 편파적인 분들이 있어요. 그 선생님들이 불쌍한 에디를 안 좋게 보는 거예요." 아무 말도 하지 않는 편이 나았다.

여느 때처럼 창문을 닦던 어느 날 버킷은 고양이 한 마리가 지붕 위에서 울고 있는 것을 발견했다. 그는 조심스럽게 고양이를 구조해 재킷 안에 품고 자랑스럽게 현관 앞으로 갔다. 그 집 남자가 고단한 한숨을 내쉬었다.

"맙소사, 싹 없애버렸다고 생각했는데, 이 악마 같은 말썽꾸러기가 달아났었군요."

그 남자는 아이들이 학교에서 돌아와 야단법석을 떨기 전에 처음 모습을 드러낸 아기 고양이 일곱 마리를 아침에 익사시키고 나서 뿌듯해하던 참이었다. 영리한 어미 고양이가 주인의 마음을 읽고, 새끼들이 클 때까지 오 주 정도 어딘가에 숨겨뒀다 의기양양하게 집안으로 데리고 들어온 것이었다.

"이 고양이를 물에 빠뜨려 죽인다고요?" 버킷이 믿지 못하겠다는 듯 물었다. 그는 새끼 고양이의 작은 심장이 회색 털 뭉치 안에서 콩닥콩닥 뛰는 것을 손으로 느꼈다.

"이리 줘요. 몇 초면 끝날 테니." 남자가 말했다.

버킷은 고개를 가로저었다. "내가 집으로 데려가 돌볼 거예요." 그가 중얼거렸다.

"아, 그런 말도 안 되는 소리 말아요, 형씨. 그 나이의 새끼가 수십 마리면 곧 해충처럼 불어날 거요."

"수십 마리는 없을 겁니다. 이 한 마리만 있을 거예요. 내가 돌볼 거고요."

"아니, 그럴 순 없어요. 이 못된 놈은 슬그머니 다시 내게 올 거요. 늘 그런다니까."

"그럴 일은 없어요. 나는 여기서 아주 멀리 떨어진 체스트넛 스트리트에 사니까."

남자가 놀라서 버킷을 쳐다보았다. "창문을 닦으려고 이 먼 곳까지 자전거를 타고 온단 말이오?"

"그럼요. 나는 건강하고 힘센 행운의 사나이죠." 버킷은 카드놀이에서 좋은 패를 받아 기쁘다는 듯 그를 보며 환하게 웃었다.

"그래요, 그럼. 이 짐승을 어떻게 할까요?"

버킷이 작은 고양이를 재킷 밖으로 꺼내 잘 살펴보았다.

"방해가 안 될 만한 곳에 두고, 접시에 우유와 빵을 조금 함께 담아서 줄 수 없을까요? 이 거리에서 일을 다 끝내면 네시쯤 될 텐데, 그때 다시 와서 데려갈게요."

"글쎄요." 남자가 모호하게 말했다.

"아, 부탁합니다. 그때까지는 아이들이 돌아오지 않을 테니 고양이를 못 볼 거예요. 내가 데려갈게요." 버킷이 그 작은 생명을 위해 진심으로 부탁했다.

"집에 있는 식구들은 어쩌고요?" 남자가 물었다.

"집에 식구는 없어요. 나 혼자뿐이에요." 버킷이 말했고, 그제야 하얀 가슴에 회색 털이 난 작고 귀엽고 마른, 그리고 물통에 빠져 죽지 않으려고 높은 곳에 올라간 탓에 경계심을 갖고 겁을 먹은 고양이를 놓아주었다.

"가보렴, 루비. 내가 다시 데리러 올 때까지 이 친절한 분이 네게 점심을 주실 거야." 버킷이 말했다.

"루비?" 남자가 말했다.

"늘 그 이름이 예쁘다고 생각했어요. 딸이 있다면 이름을 루비라고 지었을 거예요."

"자식이 없어요? 그것도 괜찮죠."

"아, 아들이 하나 있어요. 아주 괜찮은 녀석이죠. 이름이 에디예요."

"그러면 집에 누가 있는 거네요?"

"아니요. 에디는 엄마하고 같이 살아요. 그러는 편이 더 나아서요. 어쨌거나 내가 그애한테 뭘 해줄 수 있겠어요?"

남자는 버킷이 매사를 좋게만 생각하는 게 못마땅한 것 같았다.

"그러면 좋아요. 내가 이 작은 놈이 먹게 그릇에 뭔가를 담아 줄 테니 당신은 네시까지 돌아와요."

"상자에 흙을 좀 담아서 주세요." 버킷이 부탁했다.

"또다른 건? 캐비아? 태양등?"

"화장실만 있으면 될 것 같아요. 바닥에 실례해서 당신이나 가족이 짜증나는 일이 없도록."

"그럼 네시에 봅시다. 더 늦으면 안 돼요." 성질 나쁜 남자가 말했다.

버킷은 고양이가 먹을 캔과 신제품 고양이 화장실을 들고 정확히 약속한 시간에 도착했다. 그리고 고양이를 평소 청소용 헝겊과 비눗물 통을 넣고 다니는 앞쪽 바구니에 태웠다. 그는 종이상자를 단단히 고정하고 루비를 부드럽게 들어올려 그 안에 넣었다. 루비는 위쪽 구멍으로 쉽게 고개를 내밀 수 있었다.

"자전거를 타고 집으로 돌아가는 동안 여행한다는 기분과 상쾌한 공기를 만끽하게 해주려고요." 버킷이 설명했다.

"당신은 참 괜찮은 사람이로군요." 성질 나쁜 남자가 뜻밖의 말을 했다.

루비는 11번지에 잘 정착했다. 먼길을 오는 동안 어미나 죽은 형제들을 찾으려는 시도도, 성질 나쁜 남자의 환영받지 못하는 집으로 돌아가려는 시도도 하지 않았다. 3번지에 사는 미스 맥은 전에 고양이에 관한 책을 읽었는데, 고양이는 지난 삶을 아주 쉽게 잊어버리고 시간의 거의 60퍼센트를 자는 데 쓴다고 했다.

"오오, 그거 정말 멋진 생존 방식이네요!" 버킷이 잘됐다는 듯 말하고, 루비를 새로운 시선으로 바라보았다. 루비는 점점 자라서, 에디가 다음번에 왔을 때는 포동포동해지고 털에서 윤기도 흘렀다.

요즘 에디는 아버지를 보러 올 때 친구를 데려왔다. 음, 헬레나는 열두 살이 된 아이가 앉아서 아버지만 쳐다보고 있기를 바랄 수는 없다고 말했다. 그 또래 남자아이는 완전히 미쳐버리지 않으려면 친구가 필요하다고. 친구 이름은 네스트 놀런이었다. 그 아이를 처음 만났을 때, 그는 "참 재미있는 이름이구나, 네스트" 하고 말했다.

"버킷이라는 이름을 쓰는 사람이 그런 말을 하니 웃겨 죽겠네요." 네스트가 말했다.

그래서 버킷은 더이상 어떤 말도 하지 않았다. 그는 그 아이가 에디에게 좋은 친구로 여겨지지 않았다. 거칠고, 예의도 없고, 따뜻함이 전혀 느껴지지 않는 아이였다. 그는 헬레나에게 그 사실을 말해보았지만, 그녀는 어깨만 으쓱할 뿐이었다. 아이들은 스스로 친구를 만든다고 그녀는 말했다. 상황을 바꾸려고 해봤자 소용없었다.

에디와 네스트는 회색과 흰색 털이 난 고양이를 시큰둥하게 쳐다보았다.

"벼룩이 득시글한데요." 네스트가 다 안다는 듯 말했다.

"맙소사, 파, 왜 그런 걸 데려왔어요?" 에디가 불만스러운 목소리로 말했다.

"나는 네가 야옹이를 좋아할 줄 알았지, 에디. 이름이 루비야. 나하고 아주 좋은 친구 사이란다." 버킷은 실망해서 말했다. "루비는 내게 거의 말도 해. 루비한테 몇 가지 재주를 가르쳐볼까 생각하고 있어. 나를 아주 좋아하거든."

"밥 주는 사람한테는 다 그래요. 고양이는 원래 그래요." 네스트가 빈정댔다. "품위라는 게 없죠. 개하고는 달라요."

"아, 하지만 여기서 개를 키울 수는 없어, 네스트." 버킷이 설명했다. "매일 일하러 나가야 하거든. 개를 운동시키거나 데리고 다닐 시간적 여유가 없어. 그냥 두는 건 옳지 않고."

"어떤 일인데요?" 네스트는 이미 알면서도 물었다.

모두가 버킷이 어떤 일을 하는지 알았다. 자전거에 쓰여 있었다. 고품격 창문 청소. 하지만 네스트가 그렇게 물어본 것은 버킷이 대답하는 순간 에디와 함께 한바탕 웃기 위해서였다.

"그러면 오늘 오후에도 고품격 창문 청소를 하러 가나요?" 네스트가 물었다.

"음, 에디가 와 있으니 지금은 안 가." 버킷이 말했다. 이미 받은 예약은 취소할 것이다.

"그럼 그 사람들이 화내지 않아요?" 네스트가 말을 이었다.

"음, 실망하겠지. 하지만 나는 에디를 자주 못 보니까."

"그럼 가서 창문을 닦으세요. 아저씨가 돌아올 때까지 여기 있을 테니까." 네스트가 말했다.

버킷은 괜찮다고 했다.

"아, 얼른 가세요, 파." 에디가 말했다. "여기 앉아 두 시간 동안 파만 쳐다보고 있을 수는 없어요."

"게임 빌려놨다." 버킷이 말했다.

"그건 애들이나 하는 거고요." 에디가 말했다.

"저기요, 버킷 씨, 나가서 고객이나 상대하세요. 우리는 여기서 고양이 친구나 해드리죠."

"아니, 아니. 나는 에디가…… 너하고 에디가 오는 날을 기다렸어. 그 기회를 놓치고 싶지 않구나." 그가 진지하게 한 사람씩 쳐다보았다. 침묵이 흘렀다.

마침내 에디가 말했다. "파가 여기 있으면 우리는 여기 안 있을 거예요. 나가서 주변이나 돌아다니죠, 뭐."

"기분 나쁘게 생각하진 마요, 버킷 씨." 네스트가 빈정대는 미소를 지으며 말했다.

"그럼요, 기분 나빠할 것 없어요." 에디가 그를 안심시켰다.

버킷은 낙담한 채 자전거에 올라탔다. 다른 방법이 없었다. 그리고 그것은 에디의 잘못이 아니었다. 어쩌다 나쁜 친구와 어울리게 된 것, 그게 다였다. 그는 가서 창문을 닦았고 아이들을 위해 비싼 아이스크림을 큰 통으로 사왔다. 버터스카치와 견과류가 들어간 것이었다. 아이들이 좋아할 것이다.

체스트넛 스트리트에 돌아왔을 때, 그는 사람들이 11번지의 대문 앞에 몰려 있는 것을 보았다. 버킷은 사고가 났을까봐 심장이 덜컹했다. 그렇지 않으면 사람들이 왜 모여 있겠는가? 그는 자전거를 던지듯 난간에 기대놓고 무슨 일이 일어났는지 보려고 달려갔다. 사람들이 끔찍하고 놀랍다는 듯 손으로 얼굴을 가린 채, 길을 따라 비틀비틀 걸어가는 루비를 지켜보고 있었다. 루비의 발바닥에 뭔가가 붙어 있는지 걸을 때 이상하게 딱딱 소리가 났다. 아주 고통스러운 듯 루비는 아기처럼 울고 있었다. 사람들이 들어올리려고 하면 루비는 하악질을 하고 침 뱉는 소리를 냈다. 하지만 버킷이 도착하자 그를 알아보고 그에게로 다가오려 했다. 버킷이 루비를 들어올렸더니 네 개의 작은 발에 뾰족한 조개껍데기가 붙어 있었다. 해변에서 찾을 수 있는 삿갓조개 같은 것이었다. 밀랍으로 단단히 고정해놓았는데, 여전히 뜨뜻했다. 처음에 발을 조개껍데기 안에 억지로 밀어넣을 때는 분명 뜨거웠을 것이다. 그는 속이 울렁거렸다. 그 빨간 밀랍은 그가 거실 테이블에 놓은 초에서 나온 것 같았다. 축하할 만한 일이 혹시라도 있으면 켜놓으려고 했던 초.

"자, 착하지, 루비. 네 신발을 벗겨줄게." 그가 말하고 겁에 질린 작은 짐승을 품에 안고 가만히 얼렀다.

그가 조개껍데기 하나를 당겼지만 벗겨지지 않았다.

"가서 스탠리 나이프를 가져올게요." 2번지에 사는 괄괄한 성격의 택시 기사 케빈 월시가 말했다.

"고양이를 진정시키려고 고양이 과자를 조금 가져왔어요." 18번지에 사는, 마찬가지로 고양이를 키우는 여학생 돌리가 말했다.

"경찰을 부르려고 했소." 28번지에 사는 까다로운 오브라이언 씨가 말했다. 그는 루퍼트라는 이름의 족보 있는 고양이를 키웠다. "하지만 다른 사람들이 어쨌거나 당신이 돌아올 때까지 기다려야 한다고 하더군."

버킷과 케빈 월시가 고양이를 가운데 두고 조개껍데기를 그 보드라운 발에서 조심조심 떼어냈다. 발가락 사이에 여전히 밀랍이 남아 있었지만, 루비는 다시 걸을 수 있었다. 자신이 이제 잘 걷는다는 걸 보여주려고 사람들 앞을 의기양양하게 걸어 지나갔다. 그러고는 버킷의 가슴에 꼭 안겨 바닥에 내려오지 않으려 했다. 그는 사람들에게 이 작고 불쌍한 발이 몹시 아팠을 거라며, 모두 염려해줘서 감사하다고 말했다.

"도대체 어떤 못돼먹은 놈이 이런 짓을 했는지 생각할 수도 없네요." 그가 눈물을 글썽이며 말했다.

"당신 아들과 친구가 그랬어요, 버킷." 케빈 월시가 단도직입적으로 말했다.

"아니에요, 케빈. 그럴 리가 없어요. 에디는 동물을 사랑해요."

"그애들이 고양이 좀 구경하라고 나를 부르더군요. 보고 웃으라고요." 케빈은 단호했다.

버킷은 충격을 받았다. "아니에요. 그럴 리가 없어요."

"그럼 그애들은 지금 어디 있지요? 결국 웃음을 끌어내지 못해서 어디 숨었을 거예요." 케빈은 용서할 수 없다는 듯 입을 굳게 다물었다.

버킷은 두려운 듯 자신의 집을 돌아보았다. "뭔가 오해가 있었을 거예요." 그가 말했다.

"오해는 없어요." 케빈이 말했다.

사람들이 11번지에서 물러갔고, 드라마 같은 일은 끝났다. 이제 당혹스러운 순간이 시작되고 있었다. 가엾은 버킷이 자신의 아들이 어떤 불한당 같은 인간이 되었는지 깨달아야 하는 순간 말이다. "아직 어린애예요." 버킷은 아들을 옹호하는 그의 말을 듣고 싶어 하지 않는 사람들의 등에 대고 또 한번 외쳤다. 그에게는 사랑하는 아들이나, 사람들에게는 항상 골칫거리로 여겨지는 문제아.

그것은 에디의 잘못이 아니었다. 그 아이는 쉽게 끌려다녔고, 사람들은 그 아이에게 너무 빨리 반감을 가졌다. 에디와 네스트는 그 시끌벅적한 소동에 놀란 것 같았다. 버킷이 바로 그날 고양이에게 몇 가지 재주를 가르칠 거라고 말하지 않았다면 어떻게 됐을까? 음, 그 아이들은 젠장, 고양이에게 탭댄스를 가르치려 했고, 이제 세상에서 가장 나쁜 사람이 된 것이다. 둘 다 마음의 상처를 입고 당황한 것 같았다. 다시는 돌아오지 않을 것처럼 막 떠나려던 참이었다. 버킷은 그것이 잘못임을 깨닫도록 아이들을 간곡히 타일렀다.

"저기, 너희가 말 못하는 짐승을 조심스럽게 다뤄야 한다는 걸 미처 몰랐던 것 같구나." 그가 불안하게 말했다.

"우리가 발에 뜨거운 밀랍을 바를 때 그놈이 끽끽거리던 소리를 들었다면 말 못하는 짐승이라는 생각은 못할걸요. 20마일 떨어진 곳에서도 들렸을 거예요." 네스트가 심술궂은 미소를 지으며 말했다.

버킷은 아들을 쳐다보면서, 그 아이가 뭔가 표시를 해주길 바랐다. 이제 네스트와 관계를 끊겠다는 뜻을 밝히는 표시. 하지만 그런 표시는 없었다. 그는 지금 하는 말이 어느 면에서는 중요하다는 것을 알았다.

"불쌍한 루비는 그게 다 장난이었다는 걸 몰랐던 모양이구나." 그가 마침내 말했다. 그는 아이들을 번갈아 쳐다보며 표정을 읽으려 해보았다. 버킷은 조롱과 연민을 본 것 같았다.

그날 밤 헬레나가 그에게 전화를 걸었다. "괜찮아?" 그녀가 날카롭게 물었다.

"응, 그런 것 같은데. 왜 묻지?" 그는 그녀가 어깨를 으쓱하는 것을 느낄 수 있었다.

"글쎄. 에디가 말한 게 있는데. 그애는 당신이 미쳤거나 뭐 그런 거 같다고 생각하는 모양이야."

버킷은 멈칫했다. 그 순간 그는 그들의 아이와 아이의 친구가 어떤 짓을 했는지 말할 수도 있었고, 그냥 넘어갈 수도 있었다. 그는 그냥 넘어갔다. 그리고 에디의 문제가 결코 전과 같지 않을 것임을 깨달았다.

이 년 뒤 에디는 학교에서 쫓겨났다. 네스트 역시 쫓겨났다. 하지만 다른 학교에서 그들을 받아주었다. 훨씬 거친 아이들이 다니는 학교였다.

헬레나는 실망스럽다고, 하지만 인생이란 어쨌거나 실망스러운 게 아니냐고 말했다.

버킷은 그렇게 생각하지 않았다. 가끔은 실망스러웠지만, 대체로는 괜찮았다.

"당신은 그렇게 말할 줄 알았어." 헬레나가 말했다.

"아이가 새 학교에 가도 나를 만나러 올 수 있나?" 버킷이 물었다.

"직접 물어봐. 자주 보잖아." 헬레나가 쏘아붙였다.

버킷은 잠시 말을 멈추었다. 석 달 넘게 에디를 보지 못했던 것이다.

"에디가 언제 나를 봤대?"

"지난 육 주 동안 토요일마다 갔잖아. 아니면 당신이 너무 바보천치라 자기 집에서 자기 아들도 못 알아보는 거야?"

"에디는 여기 오지 않아, 헬레나." 그가 완전히 맥빠진 목소리로 말했다.

"젠장." 헬레나가 말했다.

"파?"

"에디냐?"

"파한테 우리가 모르는 다른 자식이 많은 게 아니라면요." 에디가 11번지의 뒷문으로 들어왔다.

의자에서 잠을 자던 루비가 후다닥 내려와 2층으로 잽싸게 올라갔다.

"너 말곤 없지, 에디."

"평생의 업적으로 내세울 만한 일은 아니네요." 에디가 말했다.

"나한텐 충분해. 지금과 상황이 달라서 너를 늘 보고 살면 좋으련만. 아무튼 언제 봐도 반갑고 좋구나. 내가 너한테 조언을 해줄수 있는 더 괜찮은 사람이었다면 좋았을 거야."

"파는 괜찮아요. 그 아저씨보다 나아요."

버킷은 그 아저씨가 헬레나의 두번째 남편을 말한다는 것을 알았다. "나는 그 사람이 너한테 아주 잘해주는 줄 알았는데."

"오, 그래요. 상황이 좋을 때는요. 상황이 안 좋아지면 코로 무슨 냄새를 맡은 사람처럼 행동해요." 에디가 말했다.

"음, 사람들은 다 다르니까."

"파는 왜 더 힘있는 사람이 아니었어요? 왜 더 강한 사람이 아니었어요?"

"모르겠다, 에디. 그건 내 길이 아니었어."

"그게 성공에 이르는 유일한 길이에요. 인생엔 단 한 번의 기회만 있어요."

"이젠 알겠다. 전에는 몰랐어."

"알았다면 달랐을 것 같아요?"

"아니, 아마 아니었을 거야. 아니, 똑같았을 것 같구나. 나는 편안하게 사는 게 잘 맞는 사람이야. 아등바등하지 않고. 네 엄마가더 나은 삶을 살겠다고 마음먹었을 때, 나는 막고 싶지 않았어."

"하지만 엄마가 파하고 결혼한 건 파한테서 뭔가를 봤기 때문일거잖아요."

"그랬겠지. 하지만 그저 일이 있고 집이 있는 내게 안정감을 느껴서였을 거야. 당시에는 자기 사업을 하는 게 대단한 일이었거든."

"하지만 그건 사업이 아니에요, 파. 자전거에 사다리와 들통을 신고 다니면서 혼자 하는 일이잖아요." 에디가 말했다.

"하지만 평판도 얻었고, 만족해하는 고객 리스트가 내 두 팔 길이만큼이나 되지." 버킷이 자랑스럽게 말했다.

"새 학교가 싫어요, 파."

"다닌 지 얼마 안 됐잖아, 아들."

"아니요, 여섯 달이나 됐어요. 네스트도 거기가 좋다고 하고, 해리와 폭시와 다른 친구들도 그런데 나는 아니에요."

"그러면 어쩌지, 에디?" 버킷은 진짜로 어떻게 해야 할지 몰랐다. 이 아이에게 어떤 조언을 해줘야 할지 알 수가 없었다.

"파하고 같이 살면서 이 도로 위쪽에 있는 학교에 다니면 안 돼요?" 에디의 얼굴에 그를 몹시 신뢰한다는 표정이 떠올라 있었다.

"아, 에디, 아들, 그 학교에서 너를 받아주지 않을 거야. 거긴 상류층 자제들이 다니는 학교야. 새아버지라면 널 거기 보내줄 수 있을지 몰라도 나는 불가능해. 그리고 어쨌거나 에디, 거긴 등록금이 엄청 비싸."

"갚을게요, 파. 제가 잘되면요."

"아니, 아들, 그건 불가능해. 내겐 이 집 한 채뿐이고, 내가 모은 돈은 네가 스무 살이 되면 줄 거고, 또 네 할머니 요양원 비용으로 쓸 거야."

"스무 살이나 됐을 때는 필요 없어요. 지금 필요해요, 파!"

"그럴 수만 있다면 당장이라도 이 큰 두 손으로 주겠다만, 그럴 수가 없구나." 버킷은 부탁을 받았는데도 들어줄 수 없다는 사실에 거의 눈물이 날 지경이었다.

"이럴 줄 알았어야 했는데." 아이가 의자에 몸을 털썩 파묻었다.

버킷은 자신이 가진 모든 지혜를 아이에게 나눠주기로 결심했다. "지금 다니는 학교를 좋아하는 척해봐, 에디. 아주 높은 창문을 닦아야 할 때 나도 종종 그러거든. 높은 창문이 많단다. 그럴 때는 이게 바로 내가 원하는 직업이라고 혼잣말을 하지. 4층에서 바닥으로 떨어지는 생각 따위 하지 않아. 그날 끝에 받을 돈만 생각하지. 그리고 나 자신에게 여긴 아름다운 집이야, 신사분이 사는 곳이야, 그렇게 말해. 사실이 그렇고. 그러면 거의 대번에 기분이 좋아지기 시작해. 너도 새 학교에서 그렇게 해봐. 아마 효과가 있을 거야. 정말로."

"너무 늦었어요, 파. 쫓겨났어요. 오늘."

"하지만 왜, 에디? 왜? 거기 다닌 지 여섯 달 조금 넘었을 뿐이잖아······"

"실수를 했어요, 파. 마약과 관련된 문제로."

"하지만 너는 마약하고는 관련이 없잖아, 에디? 그러니까, 너는 겨우 열다섯 살이잖아."

"물론 없죠. 파하고 같이 살아도 돼요?"

"엄마한테 물어봐야지."

"된다고 할 거예요, 파."

그리고 헬레나는 된다고 했다. 대번에. 버킷은 체스트넛 스트리트에 사는 모두에게 말했다. 상황이 바뀌어 아들이 그와 함께 살러 왔다고.

"버킷 씨, 고양이를 잘 지켜보는 게 좋을 거요." 28번지에 사는 늙은 오브라이언 씨가 말했다.

"뭐든 조심해야 해요." 2번지에 사는 케빈 월시가 말했다. 택시를 모르는 그는 인생에 관한 많은 것을 알았다.

학교는 끝이다. 완전히 끝이다. 에디가 설명했다. 어딜 가나 '평판이 나빠지면 개고생이다'의 상황이 된다고. 그 상황이 반복되고 또 반복된다고.

"하지만 네가 가질 수 있는 직업은 아주 많아, 에디. 아주 많은 기회가 있어."

"어느 학교에서도 나를 받아주지 않을 거예요, 파는 그걸 못 알아먹겠어요?"

"하지만 네 생활비는 어떻게 벌 거니?"

"파는 열다섯 살에 학교를 그만두고 돈을 벌었잖아요." 에디가 말했다.

버킷은 아들을 바라보았다. "그랬지, 하지만 보통 높은 자리라고 하는 그런 직업은 절대 아니었어." 그가 말했다. "네 엄마가 너를 그 사람한테, 존경받는 회계사에게 데려간 이유가 그거였잖니."

"그 아저씨는 이제 저를 전혀 존중하지 않아요, 파."

"그건 전부 네스트라는 그 녀석 탓이야. 그애가 여전히 네 친구는 아니지, 에디?"

"아니, 아니에요. 네스트도, 폭시도, 해리도 친구가 아니에요."

"그러면 이제 깨끗하게 시작할 수 있어."

"그게 제게 필요한 거예요, 파. 돈 조금이랑 괜찮은 직업을 갖고, 여기를 근거지 삼아 파하고 같이 살면서 깨끗하게 새 출발을 하는 거요."

버킷은 그 세월 동안 이 말을 듣기를 진심으로 바랐다. 그런 일이 실제로 일어나다니 믿을 수가 없었다. "진심이니, 에디?"

"그럼요, 네. 제가 정말로 하고 싶은 것, 되고 싶은 것이 이거란 걸 줄곧 깨닫지 못했어요."

"내일 새 자전거를 사오마." 버킷이 눈빛을 반짝이며 말했다. "그리고 자전거에 페인트로 이름을 쓰자. 매과이어 부자의 고품격 창문 청소. 우리는 큰돈을 벌 거야, 아들. 반드시 그렇게 될 거야!"

에디는 어리둥절한 표정으로 버킷을 쳐다보았다. "아니요, 제가 창문 닦기를 하겠다는 건 아니고요." 그가 말했다. "그냥 여기 살아도 되는지 물어본 거고, 파가 그래도 된다고 했으니 그거면 됐어요."

버킷은 이것이 어쨌든 또 한번의 순간이라는 것을, 모든 것을 바꿀 기회라는 것을 알았다.

"좋다, 아들. 네가 내 일을 거들고 싶어하는 줄 알았어. 그뿐이야."

"솔직히, 파, 일을 거들려는 건 아니에요." 에디가 말했다.

"알겠다, 에디."

"우린 잘 지낼 수 있을 거예요. 파가 참견만 하지 않으면." 에디가 말했다.

"잘 지낼 거야. 그렇고말고." 버킷이 말했다.

버킷 매과이어도 이웃들이 그 동네에서 에디를 다시 보는 것을 그리 좋아하지 않는다는 걸 알고 있었다. 하지만 체스트넛 스트리트의 주민들이 그를 얼마나 불쌍히 여기고 그의 아들을 얼마나 싫어하는지는 몰랐다. 그들은 그에게 뭐라고 말해주고 싶었지만, 해봤자 소용이 없었다. 그에게는 늘 에디를 위해 변명할 말이 있었다. 운이 안 좋은 거다, 사람들이 나쁘게 봐서 그렇다, 한때 나쁜 친구를 사귄 바람에 나쁜 꼬리표가 붙었다.

버킷은 에디가 그 아이들하고는 더이상 만나지 않는다는 사실을 알려주려고 무진 애를 썼지만, 누구도 그의 말을 온전히 믿지 않는 것 같았다. 그들은 에디가 온종일 뭘 하는지 같은 모호한 질문만 했다. 급여는 정확히 어디서 받아오는지? 밤 몇시에 집에 돌아오는지? 집에 돌아오지 않는 날도 있는지? 나이가 열다섯 반, 열여섯인 사내아이가 어디서 밤을 보내는지?

하지만 버킷은 아들을 계속 곁에 두고 싶으면 그런 질문을 해서는 안 된다는 것을 알았다. 아이가 어렸을 때와는 상황이 많이 달라졌다.

버킷은 계속 일했다. 그는 조수가 있으면 정말 좋겠다고 생각했다. 높은 곳을 두려워하지 않는 청년으로. 하지만 그 일에 누군가를 끌어들일 방법이 없었다. 에디가 그와 함께 일하고 싶어하는 날이 올 것이다. 버킷은 에디가 새 자전거에 올라타고 자기 옆에서 페달을 밟는 모습을 그려보았다. 그건 그저 그 순간이 오기를 기다리면 되는 문제였다.

그러던 어느 날 갑자기 에디가 11번지를 떠났다.

설명도 없었다. 그저 쪽지뿐이었다. "여행 가요. 누가 저를 찾으면 어디 있는지 모른다고 하세요. 그게 최선이에요. 에디가."

몇 주가 흘렀고 버킷은 걱정이 되었다. 그는 누구에게도 열여덟 살인 아들이 어디 있는지 전혀 모른다는 말을 차마 할 수가 없었다.

어느 저녁 난데없이 네스트가 집 앞으로 찾아왔다. 두 청년이 그의 뒤에 서 있었다.

버킷은 그에게 안으로 들어오라고 말하지 않았다. 루비는 누군지 보려고 슬그머니 밖으로 나왔다가, 그를 아주 잘 기억하고 있다는 듯이 잽싸게 다시 안으로 들어갔다.

"맙소사, 저게 그렇게 난리를 쳤던 그 고양인가요? 이제 무시무시하게 나이를 먹었겠군요." 네스트가 말했다.

"루비는 여섯 살이야. 무슨 일이지?" 버킷이 간단히 말했다.

"음, 일이 있긴 하죠. 아저씨 아들하고 관련된 건데요. 아들이었나 손자였나, 어느 쪽인지 확실히 알았던 적이 없네요." 네스트가 순진하고 엉큼한 미소를 지었다.

"아들이야. 하지만 여기 없어. 어디 있는지 나도 모른다." 버킷은 이런 불한당 같은 녀석에게도 정중히 대응했다.

"아, 여기 없는 건 알아요. 당분간 더블린에선 낯짝을 못 내밀겠죠. 오랫동안요."

네스트는 다 알고 있다는 듯 위협적인 태도를 보였다. 버킷은 불편했다. 이 상황을 얼른 무마하는 게 낫겠어, 그는 생각했다. "너하고 우리 애가 학교에서 퇴학당한 건 알아. 하지만 모든 걸 지난 일로 돌리는 게 최선 아니겠니?"

네스트가 다시 미소를 지었다. "아니요, 버킷 씨, 어떤 것도 지난 일로 돌릴 수는 없어요. 여전히 많은 일이 진행중이거든요. 그러니 걔를 보면 중요한 메시지를 전해주셨으면 하는데……"

"진심으로 말하는데, 나는 그애가 어디 있는지 몰라. 언제 돌아올지도 정말 모르고."

"분명 그러시겠죠, 버킷 씨. 하지만 언젠가 연락해올 거예요. 너는 우리가 어디 있는지 안다, 그 말만 전해주면 돼요. 그 말만. 우리는 같은 곳에 있어요. 길을 잃은 건 그애예요."

그는 에디를 다치게 할 것처럼 정말 위협적으로 보였다.

버킷은 잽싸게, 그리고 불안하게 말했다. "연락이 오면 전해주마, 네스트. 꼭 전해주지. 하지만 그애가 규칙적으로 여길 드나든다거나 그런 생각은 안 해주면 좋겠어······"

"네스트 씨라고 부르세요. 나는 늘 예의를 갖춰 버킷 씨라고 불렀잖아요. 내게도 그런 예의를 보여주면 좋겠어요."

"미안해요, 네스트 씨." 버킷이 고개를 숙이며 말했다.

나머지 아이들이 킥킥거리며 웃었다. 그들은 카우보이처럼 체스트넛 스트리트 한복판에 있는 풀밭을 지나 멀어졌다.

버킷은 갑자기 오싹한 한기를 느꼈다.

그리고 그뒤로 잠을 잘 이루지 못했다. 잠이 들어도 네스트의 싱글거리는 얼굴이 그의 얼굴에 바짝 다가와 있는 듯한 느낌에 눈을 떴고, 그것이 꿈이거나 밤에 침대에서 그의 곁을 지키며 큰 소리로 그르렁거리는 루비라는 것을 깨닫기까지 한참의 시간이 걸렸다. 그러자 그는 계획을 세우기 시작했다.

어느 날 밤 헬레나가 아주 늦은 시간에 전화를 걸어왔다.

"뭐가 잘못됐어?" 버킷이 깜짝 놀라서 물었다.

"잘못됐냐고? 대체 왜 뭐가 잘못됐냐는 거지?" 그녀의 발음은 불분명했다.

"지금은 한밤중이야, 헬레나."

"그래? 그게 문제가 돼?"

"아니, 당신이 괜찮다면 문제가 안 되지."

"나는 괜찮아."

"그러면 당신 남편은…… 휴라는 그 회계사는?"

"그 사람도 잘 지내. 어디 있는진 몰라도."

"오늘밤엔 집에 없어?" 버킷이 물었다.

"밤에는 거의 없지. 버킷, 혹시 신문 봤어?"

"무슨 기사가 났어?"

"에디에 관한 기사. 바보 아냐. 달리 뭐가 있겠어?"

"신문이라니, 기자들이 에디에 대해 알고 싶어하는 거야?"

"온 나라가 그애를 찾고 있어. 그애가 어디 숨어 있는지 모르거든. 버킷, 그애가 집에 오면 들이지 마."

"어떻게 그래. 내 아들이잖아. 그런데 왜 그애를 찾지?"

"오, 맙소사, 버킷. 당신은 내가 생각했던 것보다 더 골치 아픈 바보야. 그 이야기가 매일 도배되고 있다고."

"하지만 그애는 아무 잘못도 안 한 거지, 맞지?"

"그애가 와도 문 열어주지 마, 버킷. 경찰에 전화해. 그러지 않으면 당신도 죽게 될 거야. 뭘 위해 그래? 뭘 위해 그러냐고?"

"누가 에디와 나를 죽인다는 거야, 헬레나? 이성적으로 말해봐."

"그놈들이. 우리 애가 그놈들 돈을 훔쳤어. 네스트, 해리, 폭시, 그리고 그놈들의 친구들. 멍청이 같은 우리 아들이 더블린에서 가장 대단한 마약상과 친구가 됐고, 그들을 배반하려 했어. 그놈들이 우리 애를 살려두지 않을 거야. 우리 애를 죽이려고 혈안이 됐다고. 경찰은 그놈들보다 먼저 우리 애를 잡으려 하고 있어. 우리가 그애를 위해 할 수 있는 최선은 경찰에 신고하는 거야."

"감옥살이를 오래하게 될 텐데. 아, 그애를 위해 우리가 할 수 있는 더 나은 일이 틀림없이 있겠지, 헬레나?"

"팔씨름은 할 수 있겠지. 총신을 짧게 자른 산탄총을 가진 그놈들이랑. 버킷, 그러다 자칫 우리도 죽어. 아주 멋지겠네."

"달아나는 걸 도울 수도 있잖아." 버킷이 말했다.

"잘 자, 버킷." 헬레나가 말하고 전화를 끊었다.

그의 옆 의자에 앉은 루비가 바짝 긴장하며 털을 곤두세웠다. 집에 누가 온 것이다. 버킷은 순간적으로 목을 손으로 쓸었다. 네스트 씨가 에디가 돌아오길 기다리려고 패거리를 데리고 다시 온 걸까? 그 순간 어떤 형체가 어둠 속에서 나타났다. 에디였다.

"진심이에요, 파? 제가 달아나도록 도와준다는 거요?"

"당연히 진심이지. 앉아라. 그놈들이 집을 지켜보고 있을지 모르니 내가 차를 내오마. 이런 밤중에 그놈들이 평소와 다른 움직임을 보면 안 되니까."

"차를 마시기엔 너무 늦었어요, 아버지. 그들이 집을 지켜보고 있어요."

버킷은 아들이 자신을 우스꽝스럽게 조롱하는 투의 '파'가 아니라 '아버지'라고 제대로 부른 것이 처음이라는 사실을 알아차리고 기뻤다.

"그놈들이 널 봤니, 에디?"

"아니요. 저기 케빈 월시의 집 지붕을 타고 정원을 지나 뒤쪽으로 왔어요…… 걔들은 반대쪽에서 지켜보고 있어요. 22번지 정원 쪽에서요."

"그랬구나, 미치와 필립이 휴가를 갔어. 그래서 그 집이 비어 있었을 거다." 버킷은 이웃에 대해 모든 것을 알았다. 그들의 계획과 희망과 꿈을.

"다 끝났어요. 그건 아세요?" 에디는 버킷에게서 마지막 남은 희망을 끄집어내려는 것 같았다.

"차 마셔라, 에디. 설탕을 충분히 넣고. 그러면 힘이 좀 날 거다."

"뭘 하는 데 쓸 힘요? 저 문밖으로 나가자마자 머리에 총알을 맞을 힘요?"

"그놈들이 네가 나오기를 기다리는 이유가 뭐지? 네가 여기 있는 걸 안다면 집안으로 들어오면 될 텐데."

"아니요, 그러지는 않을 거예요. 네스트는 아버지를 존경한다고 말했어요. 그애는 존경에 대해 〈대부〉에 나오는 것 같은 말을 지껄이거든요. 우리가 여기 오던 시절에 아버지가 자기를 한 번도 나쁘게 대한 적이 없었다고, 아버지 집에서는 총을 쏘지 않겠다고 했어요."

"그러면 네스트가 이 모든 일의 우두머리니?"

"네, 맞아요."

"맙소사." 버킷이 말했다.

"놀라셨을 거예요." 에디가 말했다.

그야말로 아버지와 아들 사이의 진짜 대화 같았다. 마침내. 드디어.

그들은 많은 이야기를 나눴다. 회계사인 휴에 대해, 어디에서도 결코 행복하지 않을 헬레나에 대해. 에디가 도박에 돈을 탕진해 돈이 한푼도 없고, 네스트에게서 훔친 돈을 카지노 빚을 갚는 데 다 썼고, 처음부터 다시 시작할 수 있다면 이제는 아주 달라지리라는 것에 대해.

"너는 다시 시작할 거야." 버킷이 말했다.

거리의 가로등에서 흘러들어온 불빛으로 그는 예전에 자주 그랬듯 아들의 얼굴에 짜증난 기색이 스치는 것을 보았다.

"좀 자거라, 에디." 버킷이 말했다. "아침 일곱시 반은 되어야 하루가 시작될 거야." 그러고는 2층으로 올라갔다.

"저 혼자 두지 마세요, 아버지." 에디가 말했다.

"베개와 담요를 가지러 올라가는 거야. 물론 너를 혼자 두지 않을 거다." 버킷 매과이어가 말했다.

그리고 그는 밤새 앉아 11번지의 소파에서 잠자는 아들을, 자는 동안 뒤척이고 꿍얼거리는 아들을 지켜보았다.

회색 구름에 뒤덮인 새벽이었다. 체스트넛 스트리트는 평소처럼 깨어나고 있었다. 릴리언은 5번지에서 나와 중심가에 있는 미용실 문을 열러 갈 것이다. 케빈 월시는 이른 아침 공항에 가는 예약 손님을 태울 것이다. 4번지의 케니 부부는 어딘가에 미사를 드리러 갈 것이고, 18번지의 돌리는 집집마다 신문을 돌리고 돌아올 것이다.

버킷 매과이어는 접이식 사다리와 창문 닦는 걸레와 비눗물 통이 든 바구니를 매단 자전거를 타고 중심가로 기우뚱거리며 달려갈 시간이었다. 다만 오늘 아침에 자전거를 타는 사람은 버킷이 아니라 에디가 될 터였다.

긴 레인코트를 입고 버킷의 낡은 모자로 얼굴을 가리면 아무도 차이를 알아채지 못할 것이다.

중심가에 이르면 그는 체인으로 자전거를 난간에 묶고, 모자와 코트를 벗어 걸레가 든 바구니에 넣고, 도시 중심지로 가는 버스를 탈 것이다.

버킷은 매주 은행에서 예금을 인출하고 있었다. 그것이 그의 계획의 일부였다. 그래서 그에게는 아들에게 줄 돈이 충분히 있었다.

그는 아들의 눈에서 눈물을 보았다고 생각했지만, 확실하진 않았다.

"작별인사를 하겠다고 돌아보면 안 돼. 그렇게 하면 다 끝이야." 그가 에디에게 말했다. "내겐 손을 흔들면 안 되고, 지나가는 길에 만나는 다른 모든 사람에게는 묵례를 하고 손을 흔들어야 해. 나는 이 동네에 오래 살아서 여기 사람들을 다 아니까."

그리고 그는 집안에서 커튼 뒤에 숨어 아들이 회사 자전거의 페달을 밟으며 달려가는 모습을 대견해하며 지켜보았다. 에디를 죽이려고 노리는 자들, 그에게 인사를 건네는 모든 이웃 사람들, 저기 자전거를 탄 사람은 합법적인 사업을 하러 가는 창문 청소부라고 생각하는 그들을 지나 아들이 달려가는 모습을.

나이 많은 남자

버나는 그에 대한 말만 들어도 싫었다. 이 남자, 그녀의 외동딸과 결혼하겠다고 하는 이 체스터라는 남자에 대한 모든 것이 우려스러웠고 믿음이 가지 않았다. 하지만 그녀는 친절한 모습을 보여야 할 것이다. 헬렌이 살면서 뭔가에 대해 이렇게 고집을 피운 건 처음이었다.

"그 사람이 왔을 때 엄마가 코를 찡그리거나 콧대를 세우거나 하면 참지 않을 거예요." 헬렌은 얼굴을 붉히며 흥분해서 울었고, 그녀의 나이인 스물세 살보다 훨씬 어려 보였다.

"네가 무슨 말을 하는지 모르겠구나. 콧대를 세울 일이 뭐가 있다고?" 버나가 말했다.

하지만 헬렌은 어떤 말도 믿지 않으려 했다.

"그는 결혼한 적이 있고 마흔 살이 다 됐어요. 엄마가 무슨 생각하는지 제가 모를 줄 알아요?"

"내가 무슨 말을 했다고 그러니, 헬렌? 대답해봐."

"말씀 안 하셔도 돼요, 엄마. 아빠가 종종 말하던 그 언짢은 표정을 짓고 있잖아요."

"나는 의도 같은 건 없었는데, 아빠가 종종 내 표정이 언짢아 보인다고 한 거였어." 버나는 미소를 지었지만 마음은 무거웠다.

잭도 이 체스터라는 작자를 싫어했을 것이다. 내일 결혼식 문제를 상의하러 비행기를 타고 온다는 이 지나치게 자신만만하고 뻔뻔하고 미국인 억양을 쓰는 남자.

잭은 별로 신경쓰지 않았을 것이다. 잭이라면 어떻게 했을까? 헬렌을 긴 산책에 데리고 나갔을 테고, 고급 레스토랑에 데려가 밥을 사줬을 테고, 웃고 장난치면서 헬렌을 기분좋게 만들어주었을 것이다.

잭은 헬렌이 열다섯 살 때 죽었다. 팔 년 전이었다. 아버지를 잃는 것은 딸에게 가장 힘든 일이라고 모두가 말했다. 버나에게 그런 말을 해준 사람은 많지 않았다. 서른다섯 살은 남편을 잃어도 괜찮은 나이가 아니었다. 하지만 버나는 잘해나가는 척하는 것을 아주 잘했다.

모두 그녀가 얼마나 빨리 운전을 배우고, 직장을 구하고, 꿋꿋하게 삶을 꾸려나가는지 보았다. 그녀가 오랫동안 외로움과 자기연민의 눈물을 흘렸다 해도, 아무도 알아차리지 못했을 것이다. 버나는 사람들의 문제란 다른 사람들에게는 그리 흥미롭지 않다는 것을 알았기에 그런 감정을 혼자서만 간직했다. 외동딸이 결혼하겠다고 하는 나이 많은 남자 때문에 그녀의 가슴이 이렇게 아픈 것도. 그녀는 인생이 자신에게 또 한 방 잔인한 주먹을 날린 것 같다는 말을 자매에게도, 친구에게도, 동료에게도 하지 않았다.

버나가 아는 것이라곤 이 결혼은 어떻게든 성사될 것이니 친근한 겉모습을 유지해야 한다는 것뿐이었다. 헬렌은 세상에서 가장 가당치 않은 결혼을 추진하고 있었고, 가족을 와해시키지 않는 것이 버나가 헬렌과 잭에게 지켜야 하는 책임이었다.

이 세상 안 가본 곳이 없다는 체스터라는 남자는 아일랜드에는 와본 적이 없다고 했다. 헬렌은 뉴욕에서 그를 만났고, 여섯 달 뒤 어머니에게 그 흥분되는 소식을 전하려고 집으로 날아왔다. 그리고 이제 체스터가 직접 온다는 것이다. 섀넌공항에 도착해 차를 렌트한다고 했다. 이 나라를 운전해서 돌아다니며 분위기를 느끼고 싶다고. 체스트넛 스트리트에 있는 그녀의 집에는 오후에 도착할 것이다.

그는 전화상으로는 괜찮은 사람 같았다. 유쾌하고 공손하고 옛 아일랜드 억양을 흉내내지 않았다. 그게 아마 그의 스타일일 것이다. 그는 광고계에서 일했다. 사람을 다루는 법을 당연히 잘 알았다.

하지만 지금은 부정적인 생각을 할 때가 아니었다. 그가 어느 때고 나타날 수 있는 지금은.

버나는 헬렌이 신이 나서 여기저기 전화를 돌려대다 말고 문으로 달려가는 소리를 들었다. 그가 바깥에 세운 차는 버나가 모는 것과 같은 검소한 차였다. 하지만 다시 생각하니 그 차는 여기 아일랜드에서 빌린 것이었다. 미국에서라면 아마 크고 번쩍거리는 차를 몰았을 것이다.

버나는 현관 계단으로 나왔다, 두 사람이 열정적으로 키스하고 끌어안고 다시 떨어져 기쁨에 겨워 서로를 쳐다보는 모습을 보고 고개를 돌렸다. 헬렌은 그런 욕망을 어떻게 알게 됐을까? 이 집에서 배운 건 아니었다.

그는 짙은 색 곱슬머리에 눈동자도 아주 짙은 색이었다. 커다란 미소가 얼굴 가득 퍼졌다. 그가 두 손을 내밀고 버나에게 다가왔다.

"제가 나이가 많아서 버나라고밖에 부르지 못하겠어요." 그가 말했다.

얼마나 영리한가. 그는 자신이 나이가 많다는 것을 인정했다. 버나는 헬렌이 자신을 쳐다보는 것을 느끼며, 억지로 그에 버금가는 커다란 미소를 지었다.

"우리집에 온 걸 아주 환영해요." 그녀가 말했다.

그들은 거실로 들어갔다. 추억으로 가득한 작은 방이었다. 잭과 헬렌의 사진이 사방에 있었다.

그의 듀플렉스—헬렌 말로는 그가 거기 산다고 했는데?—에 비하면 여긴 아주 가난하고 초라해 보일 것이다. 듀플렉스는 맨해튼에 있는 복층 아파트를 말했다.

하지만 그는 이 집을 좋아하는 것 같았다. 그가 칭찬한 것은 모두 칭찬받아 마땅한 것이었다. 버나의 할머니 집에서 쓰던 오래된 아름다운 거울. 액자에 넣어 가장 좋은 자리에 걸어놓은 헬렌이 맨처음 그린 그림. 아름답게 가꾼 작은 정원. 그는 그 모든 것을 보며 감정의 과잉 없이 진지한 태도로 좋다고 말했다. 태도, 그녀는 그 단어를 기억해야 했다. 그가 그런 모습을 연기할 수 없다면 지금 이룬 것을 얻지 못했을 것이다.

그는 말하기 편한 상대였고, 그 사실은 부인할 수 없었다. 그는 헬렌을 계속 만지작거렸고, 이런저런 질문을 했으며, 자신에 대한 정보를 자진해서 알려주었다. 그는 헬렌과 버나가 결혼식을 어떤 식으로 할지 정해주면 좋겠다고 했다. 그날은 그들의 날이니 그들이 하자는 대로 할 거라고.

문득문득 이 시간이 비현실적으로 느껴졌다. 버나는 자신이 영화나 연극에 나온 것처럼, 딸의 결혼식이 아니라 먼 곳에서 하는 이상한 행사 이야기를 낯선 사람에게 하는 것처럼 느껴졌다. 한두 번 그녀는 어질어질해져서 이마에 손을 올렸다. 그가 알아차린 것 같았다.

"헬렌, 저기," 그가 불쑥 말했다. "한 가지 제안을 하고 싶은데, 솔직하게 말할게. 당신 없이 버나하고 나하고 이 문제를 논의하면 어떨까."

헬렌이 믿을 수 없다는 듯 그를 쳐다보았다.

"아니, 진심으로 하는 말이야." 그가 말을 이었다. "버나도 그렇고 나도 그렇고, 당신 기분을 맞춰주려고 몹시 애쓰다보니 우리가 주고받는 모든 말이 테니스 시합에서 공이 오가는 것 같아. 그러니까…… 당신 찬성을 얻으려고 우리가 당신을 쳐다봐야 하는 일이 없게."

버나가 웃음을 터뜨렸다. 그 점에서는 그의 말이 절대적으로 맞았다.

"나를 어디로 보내려고?" 헬렌은 어린아이처럼 보였다.

"여기 당신 또래 친구들이 많잖아. 가서 그 친구들에게 당신의 나이 많은 남자친구 이야기를 해줘." 그가 웃으며 말했다.

"내가 돌아와도 계속 나이 많은 남자친구 해줄 거지? 엄마가 안 된다고 설득해도 넘어가지 않을 거지?"

"난 여기 있을 거야."

버나와 체스터는 난롯가에 친구처럼 앉았다. 체스터가 세상을 떠난 첫번째 아내에 대해 말했다. 그들은 삼 년 동안 행복한 결혼 생활을 했다. 하지만 이제 그녀는 자신에게서 아주 멀어졌고, 차갑게 식었다. 헬렌을 만나기 전엔 다시는 사랑을 하지 못할 거라고 생각했다.

"헬렌에게 젊음을 줄 수도 없고 함께 처음부터 시작하는 설렘을 줄 수도 없지만, 헬렌을 보살필 수는 있어요. 제 생각에 헬렌은 그걸 좋아할 거예요. 마찬가지로 좋아하실 것 같은데요, 안 그런가요?"

그가 어떻게 알았을까? 누구라도 어떻게 알 수 있었을까?

체스터는 주위를 둘러보았다. 사진들이 있었다. 요트에서 손을 흔드는 잭의 사진…… 그들이 모은 많은 돈이 그 소소한 취미생활에 쓰였다. 스리피스 슈트를 입은 잭의 사진. 그는 늘 양복점에서 옷을 맞췄다. 버나는 자신을 위해서는 싼 옷을 찾으려고 옷걸이를 뒤지고 또 뒤졌다. 잭이 영화배우와 이야기를 나누는 사진. 그는 유명인과 어울리는 것을 좋아했다.

미국인의 눈은 그들의 방치되고 외로웠던 세월을 읽을 수 있다는 듯 이 사진에서 저 사진으로 천천히 옮겨다녔다. 그의 목소리는 부드러웠다.

"저는 늘 헬렌 옆에 있을 거예요. 헬렌이 원하는 게 아버지상이라는 걸 알아요…… 하지만 괜찮아요. 제가 옆에서 지켜줄 거니까요." 그의 말은 아주 믿음직스럽게 들렸다.

"헬렌의 아버지 이상이었던 때가 많았겠죠." 버나는 말해놓고 스스로 놀랐다.

체스터는 그 길을 가지 않을 것이다. 조심스럽게 보존해온 평생의 기억을 파괴하지 않을 것이다.

"그분은 두 분의 사랑을 다 받으셨군요?"

버나는 손을 뻗어 사위가 될 남자의 손등을 부드럽게 토닥였다. 이제는 그가 광고회사에 다니는 것도, 딸의 상대로 나이가 너무 많다는 것도 신경쓰이지 않았다. 그녀는 더이상 권위 있는 목소리를 내지 않아도 된다는 사실에 매우 안도했다. 헬렌이 집으로 데려온 이 지혜로운 남자가 이제부터 모든 결정을 내릴 것이다.

결혼식 계획부터 시작할 것이다.

"어디서 결혼식을 올리면 좋겠어요?" 그녀가 물었다.

그는 그녀가 좋아하는 곳이면 어디든 좋다고 말하지 않는 분별력이 있었다.

"하객을 스무 명이나 서른 명쯤 초대하고 싶어요, 여기 이 집에. 당신의 집에요." 그가 말했다.

그리고 버나는 살면서 처음으로 자신과 헬렌이 완벽하게 동의하는 뭔가가, 그들의 마음이 완벽하게 합치되는 뭔가가 생겼다는 사실을 깨달았다.

필립과 꽃꽂이하는 사람들

    필립은 성공하는 법을 몰랐던 적이 없었다. 학교에서 그는 딱히 똑똑해 보이지 않았지만, 누구보다 시험 성적이 좋았다. 사람들은 영문을 모르겠다는 반응이었지만, 필립은 그렇지 않았다. 그는 교육을 잘 받았음을 입증할 기회는 한 번뿐이라는 걸 늘 알고 있었다. 지난 시험 문제지를 꼼꼼히 살폈고, 유용할 것 같은 공부법을 생각해냈다. 첫 직장이 될 회사를 고를 때도 마찬가지였다. 좋은 회사에 낮은 직책으로 들어갔다. 결국 그게 이력서를 더 돋보이게 만들 것이었다. 그는 골프를 좋아하지 않았고 브리지 게임은 아예 싫어했지만, 그것이 사교 기술로 여겨졌기 때문에 둘 다 배웠다.

    필립은 많은 사람이 외모로 다른 사람을 평가한다는 사실을 깨닫고, 자신의 외모를 흠 없이 가꾸었다. 어떤 옷을 입는 것이 적절한지, 머리 모양은 예술가 흉내를 내지 않으면서 세련되고 현대적으로 보이려면 어떻게 해야 하는지에 대해 많이 연구했다. 그는 스

편지로 슈트를 손질하는 법을 배웠고, 테이프로 독일어를 공부했으며, 오랫동안 감상하는 척만 해오던 음악을 마침내 정말로 즐길 수 있게 될 때까지 교향곡과 오페라를 꾸준히 들으러 다녔다.

그가 애너벨을 만난 것은 어느 날 오페라를 보러 가서였다. 그가 신중한 질문을 던져본 결과, 그녀는 알고 지낼 만한 사람으로, 데이트 상대로, 친구로, 어쩌면 그 이상으로 아주 적합했다.

그가 보기에 애너벨은 안정된 배경을 가진 젊은 여성이었다. 영향력 있는 아버지가 있었고, 여학교 선생이라는 완벽하게 만족스러운 직업이 있었다.

애너벨이 보기에 필립은 아주 안정적이고 성실하고 올곧은 젊은 남자였다. 정말로 적당한 상대가 아니었던 전 남자친구와는 완전히 다른 사람이어서 그를 집으로 데려가 아버지에게 소개할 때 마음이 편했다.

예측할 수 있듯이 결혼식은 열두 달쯤 뒤에 치러졌고, 풍성하고 우아했으나 사치스럽지는 않았다. 필립은 겉치레에 돈을 쏟아붓는 것보다 집을 마련하는 데 쓰는 것이 더 현명하다고 말했다. 신혼여행은 시시한 관광객과 어깨를 부딪치는 복작거리고 먼 곳으로 가지 않고, 기반을 잡은 사람이나 권세 있는 사람이 자주 가는 우아한 호텔로 갔다.

필립의 이력은 인상적이었고, 나이는 겨우 삼십대 초반이었다. 직장을 옮길 때도 매번 심사숙고하여 신중하게 결정했다. 그가 최근 맡게 된 자리는 처리해야 할 업무가 과중했고, 시간을 따로 내서 일본어 공부를 해야 했다. 필립은 면접을 보면서, 이 일을 맡게 될 사람은 누구라도 회사의 지원을 받아야 한다고, 회사에 더없이 중요한 언어를 배울 수 있도록 회사가 어학실습 과정을 제공해야 한다고 말했다. 그가 그 자리에 임명된 이유가 그것이었다. 그래서 이제 그는 매일 두 시간씩 외국어 공부에 몰두했다. 그러고 나서 하루의 업무를 고스란히 처리해야 했기에, 아침 여섯시에는 집을 나서야 했다.

하루 업무를 다 끝낸 뒤에도 저녁에 또 일이 있었다. 회의가 있었고, 클럽에서 이른바 비공식적인 소규모 대화의 자리가 있었다. 필립은 이때가 모든 힘이 집중되는 시간임을 알았다. 그는 밤 아홉시까지 집에 돌아오지 않는 날도 있었다. 저녁식사라든가 해외에서 온 사람들을 오페라에 데려가는 공식적인 행사가 없는 날인데도 그랬다.

해외로 출장을 갈 때도 있었다. 카폰으로 통화를 하기도 해서, 회사와 초록이 무성한 교외에 있는 집을 오가며 운전하는 동안 휴식을 위해 음악을 듣는 시간은 끊임없이 그런 전화로 방해를 받았다.

처음에 애너벨은 그를 부드럽게 달랬고, 그다음에는 간곡히 부탁했다. 나중에는 토라졌다. 그러다 결국엔 대화의 시간을 갖기 위해 그가 대서양을 건너 출장을 갈 때 그녀도 따라갔다.

이건 사는 게 아니야, 그녀는 목소리에 감정을 싣지 않으려고 애쓰며 명확하게 말했다. 이건 결혼생활이 아니야, 그녀는 뭔가 잘못되고 있다는 지배적인 느낌에 장악당하지 않으려 기를 쓰며 말했다. 그녀는 그의 이력을 쌓고 더 나은 생활을 하기 위해 직장을 그만두고 살던 곳에서 한참 떨어진 외곽 지역의 고급 주택지로 이사했다. 하지만 임원들을 즐겁게 해준다는 목적─필립이 만나는 사람들은 늘 너무 바빠서 그들이 자연이라고 일컫는 그곳으로 오는 일이 거의 없었다—말고는 그녀가 거기 있을 이유가 없었다. 그녀는 외로웠고 화가 났으며, 점점 남편의 건강과 마음 상태가 걱정되기 시작했다.

"당신 그러다 신경쇠약에 걸리겠어." 애너벨은 일등석에 앉아 누가 들을까봐 목소리를 낮춰 말했다.

필립은 아주 중요한 거래를 성사시키러 가는 길에 그런 말은 도움이 되지 않는다고 했다. 아내답지 않고 힘이 되지도 않는다고. 전혀 그렇지 않다고.

그리고 공교롭게도 애너벨은 그가 신경쇠약으로 쓰러지기 여섯 달 전에 그를 떠났다.

슬프지만 충분히 원만하게 이루어진 이별이었다. 필립은 레코드판과 사진과 가구를 나누는 데 필요한 네 시간을 그의 일정에서 간신히 빼냈다. 그들은 튼튼한 그네를 매달아도 끄떡없는 나무로 가득한 큰 정원이 딸린 집을 팔았다. 아장거리는 아기가 마법의 세계처럼 탐험을 즐겼을 연못이 있는 정원이었다. 그들은 아이가 없어서 다행이라고 말했다. 골치 아픈 일 없이 더 깔끔하게 이혼할 수 있다는 뜻이니까. 애너벨은 생각에 잠겨 그를 쳐다보았고, 그가 그녀를 사랑한 적이 있었는지 궁금해졌다. 필립도 생각에 잠겨 그녀를 쳐다보면서, 지나치게 서두르는 느낌을 주지 않으면서 이 대화를 끝내고 다시 회사로 돌아갈 수 있을지 고민했다. 애너벨 같은 사람의 마음을 다치게 하는 것은 의미가 없었다. 그녀의 유일한 잘못은 비즈니스의 생리를 잘 이해하지 못한다는 것이었다. 그는 그녀가 다시 타운으로 돌아가 햇볕이 잘 드는 정원 딸린 아파트에서 살고, 다시 교사 일자리를 구하고, 다시 결혼도 하면 더 행복할 거라고 스스로를 위로했다. 그녀는 외모가 아름다운 여자였고, 아직 서른셋밖에 되지 않았다. 그녀 앞에는 많은 기회가 있었고, 모두가 타당하다고 생각할 만큼 합의금도 충분히 받았다.

필립이 병원에 입원했다는 소식을 들었을 때, 애너벨은 자기 예상이 맞았다는 생각 따윈 전혀 하지 않았다. 그녀는 그의 담당 의사에게 자신이 찾아가는 것이 도움이 될지 방해가 될지 모르겠다고 말했다. 의사는 딱히 문제가 되지는 않을 거라고 했다.

필립은 신경쇠약에 걸린 것을 속상해했지만, 애너벨에게 그것이 위로 올라가는 데 방해가 되지는 않을 거라고 자신 있게 말했다. 요즘은 사람들의 의식이 훨씬 깨어 있다고 그는 말했다. 신경쇠약은 이제 퓨즈가 끊긴 것과 같은 것으로 본다고. 회로가 끊긴 것과 같은 문제이니, 복구하면 다시 예전처럼 흘러갈 수 있다고.

애너벨은 퓨즈가 끊어졌다는 것은 동시에 작동하는 장비가 너무 많다는 의미가 아니겠냐고 말했다. 한 번에 너무 많이 꽂아 사용하지 말라는 경고라고. 필립도 그런 게 아니겠는가? 그는 그녀의 태도가 건설적이지 않다고, 하지만 문병을 와준 것은 감사하게 생각한다고 말했다. 그리고 그녀의 아버지에게 안부와 새로 이사직을 맡은 것을 축하한다는 말을 전해달라고 했다.

애너벨은 병원을 떠나면서 한숨을 쉬었다. 그녀는 전남편을 돌아보면서 과잉 활동을 하는 그의 뇌를 조금이라도 쉬게 하려면 어떤 제안을 해야 할지 생각했다.

필립은 자신이 현실주의자인 것에 자부심을 느꼈다. 각 분야 전문가의 말에 귀를 기울이지 않았다면 이만큼 오지 못했을 거라고 의사에게 말했다. 의사가 일을 멀리하지 않으면 신경쇠약을 치유

하지 못한다고 단정적으로 말한다면 그도 그 말을 들을 거라고. 석 달 동안 필립은 자신의 관심과 흥미를 끌었던 비즈니스 세계에서 떠나 있을 것이다. 의사의 지시를 철저히 따를 것이다. 경제 신문은 아예 읽지 않고, 동료도 만나지 않고, 기업 전략을 살펴보지도 않을 것이다. 그러고 난 다음 일본어 회화를 체계적으로 배웠을 때와 마찬가지로 자신을 운동선수처럼 단련해 복귀할 준비를 할 것이다.

그는 콘서트에 가보았지만 마음이 음악에 머물지 않았다.

그는 레코드판으로 음악을 들으려 해보았지만, 애너벨과 나눌 때 그녀가 가져간 레코드판 때문에 화가 나기 시작했다. 골프는 전 동료들과 마주칠 일 없는 골프장에서만 쳤다. 개를 한 마리 사서 같이 산책을 하면서도 철저하게 규칙을 지켰다. 여전히 가슴 아플 만큼 텅 빈 하루를 채우기 위해, 그는 마침내 꽃꽂이 강의를 들으러 다니기로 결정했다. 의사는 형태를 만드는 것과 꽃잎과 잎사귀의 질감을 느끼는 것에는 깊은 만족감을 주는 뭔가가 있다고 말했다. 필립은 심히 의구심이 들기는 했지만, 자신이 현실 세계로 돌아가기에 적합하다고 여길 그날까지 몇 주가 될지 모르는 시간 동안 적어도 꽃꽂이가 오후 시간을 채워줄 거라고 생각했다.

꽃꽂이 수업을 듣는 여자들은 그들 가운데 신사가 있다는 사실에 즐거워했다. 모드와 에설은 수줍은 환영 인사를 건네고 여자들에게 주의를 주었다. 이제 남자가 나타났으니…… 모두 월계수 가지를—킥킥 웃는 소리—그리고 모든 초록 식물을 지켜야 할 거라고. 남자는 플라워쇼에서 전시를 할 때 상에 욕심을 내는 끔찍한 습성이 있으니까. 필립은 에설과 모드에게 자신이 플라워쇼에 참

가할 만큼 오래 있지 않을 거라고 말할 필요를 느끼지 못했다. 그는 늘 앞서나가기 위한 중요한 규칙을 알았다. 그건 기득권자가 평생 그 자리에 머물 거라고 생각하도록 만드는 것이었다. 꽃꽂이에서는 모드와 에설이 기득권자였다. 그는 멋쩍은 미소를 지었고, 그들은 그를 기꺼이 받아주며 그에게 다시 재재거렸다.

필립은 오늘의 꽃꽂이 장식은 삼각형 모양이어야 한다는 것을 배웠다. 그가 연회장에서 숱하게 보았지만 결코 알아채지 못했던 형태였다. 중심에는 키가 높은 꽃을 꽂아야 하고, 양옆에는 중간 크기의 꽃을, 나머지는 그 프레임 안에 들어가게 꽂아야 했다.

오후 내내 그는 부지런히 작업했다. 치킨와이어*를 구기고 형태를 잡아 수반 바닥에 흔들리지 않게 고정했다. 그런 다음 '오아시스' 테이블로 옮겨갔다. 거기서는 바짝 마른 스펀지처럼 보이는 것을 먼저 적당한 모양으로 깎은 뒤 물에 흠뻑 적시는 법을 배웠다. 그는 케이크 받침대와 비슷하게 생긴 굽 달린 수반이 얼마나 아름다운지에 대해 들었다. 손톱솔과 교배한 고슴도치처럼 보이는 핀 홀더의 장단점도 살펴보았다. 모드는 이것을 좋아했고, 오아시스와 치킨와이어보다 훨씬 낫다고 생각했다. 에설은 예약 주문도 받았다. 필립은 세력 기반에 대해 고민한 뒤 에설과 운명을 같이하되 모드에게도 격려의 말을 속삭이기로 결심했다. 마무리할 시간이 되었을 때, 그는 완전히 몰입해 혼자 중얼거렸다. "디자인, 규모, 균형, 조화." 꽃꽂이에 중요한 네 가지 원칙이었다.

"그것만 기억하면 잘할 거예요." 모드가 눈빛을 반짝였다.

---

* 구멍이 육각형인 철망.

"그리고 좋은 전지가위가 없으면 아예 시작하지 않는 게 나아요." 에설이 덧붙였다.

"물론 날이 날카로운 걸로요." 모드가 주의를 주었다.

"꽃뿐 아니라 철망도 자를 만큼 잘 들어야 해요." 에설이 일깨워주었다.

그 주에 바로 필립은 꽃꽂이에 관한 책 세 권을 샀고, 전시회에 두 번 다녀왔다. 하지만 그는 이런 이야기는 아예 하지 않았다. 자신이 얼마나 공부했는지 적에게 절대 알리지 마라, 그것이 그의 좌우명이었다. 그는 적을 바라보았다. 오늘 작업한 노란색과 오렌지색 꽃꽂이 작품에서 풍겨나오는 은은한 가을빛을 사랑하는 스물두 명의 상냥한 여자. 그들은 꽃잎을 부드럽게 쓰다듬었고, 국화와 황금색 백합을 보며 감탄했다. 그들은 오래된 황동 기름 램프에 꽃을 꽂은 우아한 방식과 그 배경을 이루는 황금쥐똥나무와 다양한 종류의 담쟁이덩굴이 자아내는 따뜻한 느낌에 감탄의 한숨을 쉬었다. 필립은 지난주 동안 그 주제에 대한 글을 아주 광범위하게 읽어서 황동 수반은 약간 뻔해 보였고, 뭔가 좀더 독창적인 것이 심사위원의 관심을 끌 것 같았다. 하지만 이 생각은 혼자만 간직하고, 에설과 모드에게 영감을 일으킬 만한 다른 아이디어가 없는지 친근하게 물어보았다. 에설이 낡은 궤짝이나 황동 상자를 이용할 수도 있다고 말했을 때 필립은 흥분이 솟구치는 것을 느꼈다. 그들이 높은 점수를 받으려면 정말로 그런 걸 썼어야 했다. 가을꽃이 흘러넘치게 꽂힌 궤짝, 정확히 그것이면 장미 모양 리본이건 트로피건 뭐건 그들이 우승해서 받고자 하는 그것을 거머쥘 수 있었다.

몇 주가 지나면서 필립은 자신이 가진 모든 능력을 활용했다. 다음 전시의 세부 내용, 대회 심사위원들의 간략한 생애, 그들이 선호하는 것과 그들의 특이한 기호를 파악했다. 그는 위장의 명수였다. 그는 오아시스나 핀휠을 수반 바닥에 절대 떼어낼 수 없게 단단히 고정하는 법을 알았다. 작품 뒤에 조명을 설치하는 지혜도, 물이 실제로 드러나는 드문 경우에 물에 염소나 표백제를 섞는 지혜도 있었다. 어느 꽃꽂이건 중심에 큰 꽃과 잎을 놓고, 가장자리로 갈수록 작은 꽃을 놓는다는 것도 알았다. 그는 작은 발코니가 딸린 아파트에서조차 식물을 키우지 못하는 사람들에 대해 짜증이 나기 시작했다. 말린 꽃이나 조화로 작업하는 것도 나쁘지 않다고 여겼다.

'물론 진짜 꽃은 아니지만, 휴가를 보내고 돌아왔을 때 반겨주면 기분이 아주 좋겠지.' 필립은 생각했다.

의사는 그의 불안 증세가 눈에 띄게 좋아지진 않았다고 말했다. 필립은 강하게 반박했다. 모든 규칙을 하나도 빠뜨리지 않고 잘 지키고 있다면서.

"꽃꽂이를 아직 해보지 않았어요? 그걸 하면 기분이 좋아지고 긴장이 풀릴 거라고 했는데." 의사가 물었다.

"오, 네. 매주 가고 있어요." 필립은 그 자리에서 얼른 일어나고 싶어 조급해졌다. 그의 마음은 호박과 꽃차례와 매자나무를 이용한 특별한 핼러윈 꽃꽂이에 쏠려 있었다.

"당신도 참여하나요?" 의사가 물었다.

"당연하죠." 필립이 짤막하게 대답했다. 그는 시계를 보고 싶은 것을 간신히 참았고, 그 대신 여유로운 모습이라고 생각되는 미소를 지었다. 의사는 그것이 괴로움을 나타내는 찡그림이라고 생각했다. 의사와 몇 번 더 질문과 대답을 주고받은 뒤에야 그는 재료를 구하러 원예점에 갈 수 있었다.

필립은 꽃꽂이 클럽 자체에서 수여하는 크리스마스 트로피를 손쉽게 거머쥐었다. 교회 크리스마스 장식도 맡아서 했는데, 그것은 엄청난 영예였다. 기존에는 협회나 어머니회에서 제공하는 카라페 형태의 목 좁은 꽃병이 줄곧 활용되었지만, 그는 자신의 수반을 직접 가져왔다. 성단소와 성상 받침돌에 겨울 재스민을 흘러넘칠 듯 놓아 장식하고, 풍성한 포인세티아에 열매가 주렁주렁 달린 호랑가시나무를 곁들여 둘러놓았다. 결과는 대성공이었다.

음, 필립에게는 성공이었다. 오랫동안 크리스마스 꽃장식을 해온 여자들에게는 아니었고.

큰 행사인 '새해 겨울 꽃꽂이 대회'에서 필립은 분홍빛이 감도는 오리나무 꽃차례로만 만든, 동양적인 분위기를 은은하게 풍기는 꽃꽂이로 완벽한 승리를 거두었다. 그는 수상작과 관련해 전문가 잡지뿐 아니라 전국지와도 인터뷰를 했고, 형태가 좋은 나뭇가지는 몇 주를 버틸 수 있다는 점, 검은 열매가 송알송알 모여 있는 것을 고르는 것이 중요하다는 점, 가장 좋은 것을 남겨서 겨울용으로 말려야 한다는 점을 장황하고 유창하게 설명했다. 지역 텔레비전 뉴스 기자에게는 줄기 끝을 망치로 잘 두들겨 따뜻한 물에 밤새 담가두었다는 이야기도 했다. 어느 경우에도 자신이 속해 있는 꽃꽂이 클럽에 대해서는 단 한마디도 하지 않았다. 자신을 가르쳐준 모드나 에설에게 고맙다는 말도, 입상자들의 노력을 치하하는 말도 하지 않았다.

필립은 비즈니스에서 성공하려면 칭찬을 감사히 받아들이고 어떻게 성공하게 됐는지에 대한 흥미로운 통찰을 제시해야 한다는 것을 늘 알고 있었다. 아카데미 시상식에서처럼 시야에 들어온 모두에게 감사의 말을 전하는 그런 수상 소감은 현명하게 여겨지지 않았다. 그렇게 하면 사람들의 관심이 현재 성공한 사람에게서 다른 데로 옮겨갔고, 그것은 자신감의 결여를 암시했다. 조명이 다른 곳을 비추는 것이다. 아무도 트로피를 받지 않은 사람의 이야기는 듣고 싶어하지 않았다.

필립은 지금 살고 있는 체스트넛 스트리트의 아담하고 우아한 집에서 테이블에 은색 트로피를 내려놓으며 미소를 지었다. 그는 올해 말에 키 낮은 흰색 꽃꽂이 작품을 만들어 그 옆에 둘 것이다. 스위트피와 작고 하얀 장미 봉오리, 카네이션이 나올 때. 배경으로는 하야스름한 양치식물을 쓸 것이다. 하지만 아니, 그건 현실적이지 않았다. 봄이 되면 그는 다시 일을 시작할 것이다. 겨우 일주일 남았고, 그 문제는 다시 생각해보면 된다.

그는 그 주 동안 서재를 정리하고 원래 하던 일로 돌아갈 준비를 했다. 다른 업계에서 쓰던 물건은 어쩔 수 없이 치워야 했다. 오아시스, 치킨와이어, 핀홀더, 유용한 예비품, 양치식물, 길게 늘어지는 담쟁이와 꽃차례와도 작별해야 했다.

그럼에도 의사가 옳았다. 그것—꽃꽂이를 하는 시간—은 분명 도움이 되었다. 그리고 이제 그는 그것이 더이상 필요하지 않았다. 그에게 충분한 축하를 건네기보다 다소 싸한 반응을 보인 에설과 모드도, 처음에는 아주 개방적이고 친절했던 매주 같이 수업을 들었던 색깔 없는 여자들도 필요하지 않았다.

처음에 필립은 의사의 지시가 좀 어처구니없다고 생각했지만,

그 지시를 따른 것이 다행이었다. 꽃에 대한 모든 것을 배우고 정상에 오를 수 있었으니…… 그것은 결론적으로 그가 모든 것의 대가이고 다음주에 비즈니스 세계가 무엇을 던져주든 대비가 되어 있음을 분명하게 입증해주었다.

면접교섭권

그 모든 것은 오래전에 시작되었다. 내 생일 바로 전에. 나는 5월 7일에 아홉 살이 되었는데, 집안에 험악한 분위기가 감돌았다. 내가 무슨 잘못을 했는지 알 수 없었지만 아주 나쁜 일이었을 것이다. 아빠가 문을 쾅쾅 두들겼다. 욕실 문, 차문, 정원 헛간 문, 그야말로 모든 문을 두들겼다.

헛간 문은 거의 경첩까지 빠질 뻔했다. 밖으로 나가보니 아빠는 괜찮아 보였다. 아빠가 내게 소리를 질렀다.

"제발 날 헛간에 혼자 내버려뒤, 응? 집에서는 늘 갈 곳이 없는 기분이야. 헛간은 내가 쓰게 해줘. 제발."

그러고는 아빠가 나를 보았다.

"미안하다, 데코." 아빠가 말했다. "엄만 줄 알았어." 하지만 그 말이 사실일 리 없었다. 엄마에게는 그렇게 소리를 지르지 않았을 것이다. 아빠는 엄마를 절대적으로 사랑했다. 아빠의 햇살이라고 말했다.

아빠는 입버릇처럼 그렇게 말했다. 내셔널 콘서트홀에서 엄마를 처음 봤을 때부터 엄마는 아빠에게 단 하나의 여자였다.

우리가 콘서트홀을 지나갈 때마다 아빠는 그곳이 아빠와 엄마가 만난 장소임을 알리는 특별한 깃발이나 안내문이 있어야 한다고 말하곤 했다.

그러면 엄마는 웃으면서 세상에서 자신의 관심을 리엄 오플린의 멋진 파이프 연주에서 다른 곳으로 돌릴 수 있는 건 내 아빠가 된 남자의 미소뿐이라고 말하곤 했다. 그리고 아빠도 엄마의 햇살이었다.

즐겁고 걱정 없던 시절이었다.

그리고 내 생일이 되었다. 학교 친구 아홉 명이 왔고, 우리는 영화관과 맥도널드에 갔다.

그날은 정말로 끔찍한 하루였다. 내 친구 해리가 극장에서 끊임없이 베이비가 어떻다는 둥 떠들며 여자가 지나갈 때마다 농담을 해댔기 때문이다. 엄마는 화를 냈고, 아빠는 젊은 남자가 여자를 쳐다보는 건 자연스러운 일이라고 말했다. 엄마는 아홉 살짜리 남자애가 공공장소에서 젖가슴이 나온 베이비 어쩌고 하는 것은 자연스러운 일이 아니라고 말했다.

그러자 아빠가 엄마에게 늘 기분좋은 순간을 망친다고, 데코의 마지막 생일을 망치려는 거냐고 했다.

나는 그 말을 듣고 내가 병에 걸려 죽어가는 줄 알고 몹시 무서웠다. 아니면 나를 어디 멀리 보내려는 줄 알고.

"음, 어쨌거나 당신에겐 마지막이 되겠지." 엄마가 말했다.

"나도 면접교섭권이 있어. 단연코 면접교섭권이 있다고." 아빠
가 말했다.

그리고 그 순간 엄마와 아빠는 내가 쳐다보는 것을 알고 끔찍한
가짜 미소를 살짝 지었다.

생일이 지나고 이틀 뒤, 아빠와 엄마 둘 다 퇴근 후 일찍 집에 돌
아왔다.

월요일치고는 이상했다. 대체로 엄마는 운동을 하러 갔고, 아빠
는 업무 후 회의에 갔으니까.

부모님은 할일이 많다며 나보고 해리네 집에 말해두었으니 거기
가서 저녁을 먹으라고 했다.

"저도 같이하면 안 돼요?" 내가 묻자 부모님은 당황하는 것 같
았다.

나는 늘 눈치 없는 말을 한다.

그래서 해명하려고 했다.

"저, 그러니까 우리는 더이상 가족처럼 많은 것을 함께하지 않
아요." 내가 말했다. "우리가 같이 샌드위치를 싸 들고 위클로갭에
가서, 집이 한 채도 보이지 않고 언덕과 양떼만 보이는 장소를 찾
아 앉아 있었던 게 얼마나 오래됐는지 몰라요. 우리는 직소 퍼즐도
더이상 하지 않고, 외국 음식도 만들어 먹지 않아요. 우리가 인도
네시아 요리를 만들 때 도중에 땅콩버터를 다 먹어버려서 소스에
넣을 게 하나도 남지 않았던 거 기억하세요?"

이 말에 부모님은 더욱 당황한 것 같았다.

그래서 나는 가만히 있었다.

"이제 애한테도 말해줘." 엄마가 말했다.

"당신이 그렇게 매정하게 나오지 않았다면 내가 얘한테 할 말은 없었을 거야." 아빠가 말했다.

"앞으로 이십 년 동안 눈감고 살란 거네." 엄마는 냉정했다.

"설명을 들어보란 거지." 아빠는 더욱 냉정했다.

나는 둘을 번갈아 쳐다보았다.

"저한테 무슨 말을 해요?" 내가 물었다.

긴 침묵이 흘렀다.

"저한테 무슨 말을 해주신다는 거예요?" 내가 다시 물었다.

"아빠와 엄마는 너를 아주 많이 사랑해, 데코." 엄마가 말했다. 나는 심장이 철렁했다. 곧 어디선가 '하지만'이라는 말이 튀어나올 것이다.

어디선지는 알 수 없었다.

해리와 젖가슴이 나온 베이비 얘기 때문인가?

내가 부엌에서 게임을 하려고 냉장고 플러그를 뽑아버린 바람에 모든 음식을 버려야 했던 일과 관련된 건가?

나보고 들으라고 할까봐 학교의 수학 과외수업에 대해 말하지 않은 것 때문인가?

"너는 우리 삶에서 가장 소중한 존재야." 아빠는 그렇게 말하고는 목이 메었다.

그래서 나는 생각했다. 맙소사, 내가 끔찍한 병에 걸린 게 틀림없어. 그게 아니면 왜 부모님이 이렇게 당황하지? 어쩌면 내 행동 때문이 아닐 수도 있었다.

"제가 죽나요?" 내가 물었다. 그러자 두 사람 다 울기 시작했다. 이전에는 본 적이 없는 장면이었다. 정말 싫었다. 끔찍했다. 나는 무슨 말을 해야 할지 알 수 없었다.

"괜찮아요, 정말로." 내가 말했다. "많이 아플까요? 그렇게 생각하세요?"

그러자 부모님이 나는 죽지 않을 거라고, 나는 세상에서 가장 착한 아이라고, 그들의 데코이며 이 일에 내 잘못은 하나도 없다고 말을 늘어놓았다.

"하나도 없다고요?" 내가 물었다. 나는 그게 뭔지 몰라도 끝까지 가볼 작정이었다.

이혼을 한다고 했다. 엄마와 아빠가. 나는 믿을 수가 없었다.

집을 팔고 다른 곳에서 살 거라고 했다.

음, 실제로는 각기 다른 두 곳에서. 엄마는 체스트넛 스트리트에 있는 지금보다 훨씬 작은 집에 살겠지만 내 방은 있을 것이다. 이미 데코의 방이라고 이름을 붙였고, 내가 엄마를 도와 같이 그 방을 꾸밀 것이다.

그리고 아빠는 다른 곳에 있는 아파트에 살 텐데, 아직 정해진 건 아니었다.

"그러면 그 아파트에도 데코의 방이 있나요?" 내가 물었다.

그 질문은 하지 말았어야 했다. 욕심이었다. 이제는 안다. 나는 그저 무슨 일이 일어나고 있는지 이해하려 했던 것이다.

"있으면 좋겠구나." 아빠가 말했다.

"얘가 거기 가서 잔다는 건 아니겠지." 엄마가 덧붙였다.

"합의된 주말 말고는 안 자겠지." 아빠가 이를 악물고 말했다.

"그건 합의될 리가 없지. 자고 오는 건 안 돼. 절대." 엄마가 말했다.

"때가 되면 얘기해보자고." 아빠가 대답했다.

나는 부모님이 더이상 울지 않아 크게 마음이 놓였다. 그리고 내가 끔찍한 병에 걸려 죽지 않는다는 사실도 기뻤다. 하지만 부모님이 서로 미움에 가득차서 이야기하는 것을 보고 정말 놀랐다.

그리고 솔직히 나는 부모님이 왜 갑자기 집을 팔려고 하는지 도무지 이해할 수 없었다. 그러니까, 부모님은 우리집을 아주 좋아했다. 이 동네의 땅값이 많이 올라 금광 위에 앉아 있다고 늘 말했다.

"집을 반으로 나눠서 제가 이쪽 절반에 갔다가 저쪽 절반에 갔다가 하면 안 돼요?" 내가 제안했다.

하지만 그건 말도 안 되는 소리였다.

나는 왜 안 되는지 궁금했지만, 부모님은 짜증을 내고 성질을 부리면서 그건 안 된다고, 그냥 그렇게 알라고 했다.

그러면 나는 이제 착한 아들처럼 부모님이 '그 일을 계속하게' 두고 해리네 집으로 가야 하나?

"뭘 계속한다는 거예요?" 내가 물었다.

그건 아빠가 일주일 안에 이삿짐 트럭을 불러서 아빠 물건을 창고로 옮겨야 하는데, 그전에 아빠가 무엇은 가져가고 무엇은 두고 갈지에 대해 두 사람이 합의를 해야 한다는 것을 의미했다.

"엄마 아빠가 물건을 나누는 걸 도울 수 있어요." 내가 제안했다. 내가 도울 수 있는 일이었다. 그리고 그 모든 이야기를 들은 뒤라 해리네 집에는 정말로 가고 싶지 않았다.

그리고 나는 각자 어떤 것을 가져가야 하는지 알 것 같았다.

부모님은 이 말을 듣고 역시 당황했지만, 놀랍게도 그냥 집에 있게 해주었다. 부모님은 테이프와 CD부터 시작했다.

우리는 셋으로 분류했다. 엄마 것, 아빠 것, 공동의 것.

〈브렌던 항해〉*는 모호했다. 아빠와 엄마가 다 자기 것이라고 생각했다.

그래서 내가 2층으로 올라가 그걸 테이프에 녹음해 각자 하나씩 가져갈 수 있게 하겠다고 했다.

"그건 위법일 텐데." 아빠가 말했다. "그러니까 음악가들이 그렇게 하는 걸 원하지 않을 거야."

"음악가들은 엄마 아빠가 모두 행복하길 원할 거예요." 내가 말했다. 그러자 부모님은 다시 코를 심하게 풀기 시작했다.

그들은 가구와 책으로 옮겨갔고, 나는 내내 옆에 앉아서 조언을 했다.

그리고 내가 정말로 도움이 되었던 것 같다. 부모님이 그랬다고 말해주었기 때문이다. 그리고 부모님은 모든 것을 다 기록했는데, 아주 비현실적인 일이었다.

그러고 나서 우리는 부엌에서 저녁을 먹었다.

그건 아주 좋았다.

엄마가 비상시에 대비해 냉동실에 넣어둔 커다란 스테이크앤드키드니 파이였다.

"오늘이 비상시가 아니면 뭐겠니, 아들." 엄마가 말했고, 우리는 엄마를 보며 미소를 지었다.

아빠는 와인 한 병을 따겠다고 했다.

---

* 아일랜드 작곡가 숀 데이비가 1980년에 발표한 오케스트라 곡으로, 리엄 오플린이 일리언 파이프를 연주했다.

엄마는 축하할 일이 뭐가 있느냐고 했다.

아빠가 이게 세련된 행동이라고 해서 우리는 와인을 마셨다. 심지어 내게도 조금 따라주었고, 우리는 일상적인 이야기를 나누었다.

그리고 이따금 두 사람 다 손을 내밀어 나를 만졌다. 팔을 가볍게 치거나 얼굴을 쓰다듬는 식으로. 그건 아주 이상했다. 하지만 무섭지는 않았다.

그리고 그날 밤 아빠는 내가 잠들었다고 생각했을 때 아래층으로 내려가 소파에서 잠을 잤다.

나는 아무 말도 하지 않았다. 내가 부모님을 상당히 귀찮게 한 게 분명했다. 더이상 그러고 싶지 않았다. 그리고 모든 일이 순식간에 진행됐다. 어느 날 학교에서 돌아와보니 아빠가 떠나고 없었다.

아빠는 휴대전화 번호와 주소를 적은 쪽지를 남겼다. 체스트넛 스트리트에서 그리 멀지 않은 새로 지은 아파트 건물의 주소였다.

그리고 아빠는 나를 사랑한다고, 밤이든 낮이든 아빠에게 전화를 걸어도 좋다고 했다. 그래서 나는 그렇게 했다. 그저 시험해보기 위해. 응답기가 전화를 받았다.

그래서 내가 말했다. "데코예요, 아빠. 제가 무슨 잘못을 했는지 몰라도 죄송해요. 하지만 저는 잘 지내고 있고, 크리스마스 때 휴대전화가 생기면 밤이든 낮이든 저한테 전화하셔도 좋아요."

그 순간 그 말이 아빠에게 휴대전화를 사달라는 뜻으로 들리지 않을까 염려가 되었다. 하지만 이미 너무 늦었다.

그리고 엄마는 아주 피곤해했다. 회사에서 아주 열심히 일해야 했다. 회사 사람들은 사생활이 일에 영향을 주는 걸 좋아하지 않아서, 엄마는 아빠가 떠난 것이나 이 모든 일에 대해 그들에게 말하지 않았다고 했다.

엄마는 크리스마스 즈음엔 새집에 적응할 수 있게 두 주 안에 이사할 거라고 말했다.

"크리스마스에 우리 뭐할 거예요?" 내가 물었다.

"뭘 하고 싶니, 데코?" 엄마가 물었다.

엄마는 아주 피곤하고 창백해 보였다. 그래서 나는 엄마에게 다른 개인적인 걱정거리를 보태고 싶지 않아, 뭐든 괜찮다고 말했다. 별 의미 없는 말이었지만, 엄마는 아주 기뻐했다.

그리고 나는 매주 토요일 열한시에 아빠를 만났고, 우리는 근사한 곳에 갔다.

아빠는 아홉 살짜리 아이를 데려가기 좋은 곳을 신문에서 찾아보거나 다른 사람들에게 물어보았고, 우리는 즐거운 시간을 보냈다. 그리고 나는 늘 정확히 여섯시에 엄마에게 돌아갔다.

하지만 아빠가 나를 아빠 집으로 데려가지는 않아서, 나는 문에 데코라고 쓰인 방이 있는지 없는지 알 수 없었다.

나는 아빠에게 내 방을 보여주고 싶었지만, 아빠는 우리가 그런 사소한 일로 엄마를 화나게 해선 안 된다고 말했다.

나는 아빠에게 새로 꾸민 내 방을 보여주는 건 아주 큰 일이라고 생각했다. 하지만 나로서는 할 만큼 한 뒤라 아무 말도 하지 않았다.

크리스마스 즈음에 아빠가 나를 집에 데려왔을 때 엄마가 문 앞에 서 있었다.

"크리스마스에 어떻게 할지 이야기하자." 엄마가 아주 딱딱한 목소리로 말했다.

"나는 밤낮 언제든 시간이 돼." 아빠가 말했다.

"그렇겠지, 그 빔보*가 당신한테 십대 친구들하고 파티 게임을 하자고 할 때를 빼면 말이지."

"데코가 먼저야." 아빠가 말했다.

"오, 어련하시겠어."

"그리고 면접교섭권이 있어." 아빠가 말했다.

"명절 땐 합의에 의한다고 되어 있어." 엄마가 말했다.

나는 더이상 참을 수가 없었다.

"내가 뭘 잘못했어요?" 내가 물었다.

"너는 아무 잘못도 없어." 부모님이 한목소리로 말했다.

"그러면 왜 이런 일이 생기는 거죠?"

부모님은 대답이 없었다. 현관 앞 계단은 매우 추웠다.

"들어와." 엄마가 말했다.

"엄마, 아빠한테 제 방을 보여드리면 화내실 거예요?"

"아니, 데코. 아빠하고 같이 올라가서 네 방을 보여드리렴." 아빠는 모든 것에 감탄했다. 그리고 우리는 아래층으로 내려왔다.

"술 드실래요, 아빠?" 내가 제안했다.

"맥주, 아니면 셰리주?" 엄마가 말했다.

"셰리주를 조금 마시면 좋겠구나." 아빠가 말했다. 그리고 또다시 모든 것이 아주 자연스럽게 느껴졌다.

"무슨 일이 있었는지 물어봐도 돼요?" 내가 물었다. "이제 저도 엄마랑 아빠가 헤어지고 이혼할 거라는 사실을 받아들일 만큼 컸어요. 이유를 말씀해주실 수 있어요?"

---

* 매력적이지만 머리가 나쁜 여자를 모욕적으로 이르는 표현.

부모님은 그럴 수가 없는 것 같았다.

"그러니까 엄마 아빠가 서로 사랑한다고, 서로 햇살이라고 말씀하신 게 그리 오래전 일이 아니잖아요. 〈당신은 나의 햇살〉이라는 노래도 부르곤 하셨고요. 그런데 이제 안 그러시잖아요. 틀림없이 제 잘못일 거예요. 제가 사라지면 다시 모든 게 좋아질 거라는 생각이 들어요."

"왜 그런 생각을 하니, 데코?" 아빠가 물었다.

"엄마 아빠가 사랑해서 생긴 결과가 저라고 말씀하셨잖아요. 그게 제가 세상에 온 이유라고. 그러니 엄마 아빠가 더이상 서로 사랑하지 않는다면 틀림없이 제게 잘못이 있을 거예요. 아니에요?"

한참 후에 엄마가 말했다.

"네 말이 맞아, 데코. 나는 정말로 네 아빠의 햇살이었어. 하지만 지금 나는 유일한 햇살이 아니야. 그 노래의 다음 가사가 그거야. 그게 문제였어."

"하지만 하늘이 흐릴 때 아빠가 엄마를 행복하게 해주지 않았어요?" 내가 물었다.

나는 그 노래를 아주 잘 알았다.

"그래, 행복하게 해줬지."

"그리고 엄마는 지금도 내게 햇살이란다. 하지만 내가 별빛 같은 다른 누군가를 만나게 됐어. 엄마만큼 밝고 따뜻하고 필요한 사람은 아니었지. 그게 문제였어." 아빠가 말했다.

"그 사람이 그 빔보예요?" 내가 물었다.

그러자 둘 다 웃었다.

진짜 웃음이었다.

"그 여자도 이름이 있어." 아빠가 말했다.

엄마가 말했다. "크리스마스는 어떻게 할래?"

"어떻게 할까?" 아빠는 희망에 부풀었다.

"당신이 원하면 언제라도 와서 있고 싶은 만큼 있어도 좋아. 데코를 데리고 나가서 한 시간 동안 그 빔보하고 같이 신나게 대화를 나눠도 되고, 당신이 그러고 싶으면. 중요한 건, 데코가 자신이 우리가 서로 사랑한 결과가 아닌 다른 것이라는 생각을 절대 하지 않아야 한다는 거야. 그게 사실이니까."

아빠는 감정이 벅차올라 아무 말도 못한 채 엄마를 향해 잔을 들어올렸다.

해리는 나보고 기대하지 말라고 한다.

부모님이 다시 합치지는 않을 거라고. 같이 살던 집을 팔고 나면 그런 일은 일어나지 않는다고.

해리는 아주 똑똑하다. 이런 것을 다 안다.

하지만 그건 중요하지 않다. 나는 이제 그게 내 잘못이 아니라는 것을, 뭔지 몰라도 '면접교섭권'이란 게 있다는 것을, 이대로 괜찮다는 것을 아니까.

클리프덴에 다다를 때쯤

그들은 매년 일주일 동안 휴가를 떠났다.

해외로는 아니었다. 해리 켈리가 외국 음식을 좋아하지 않고, 네사 켈리가 비행기 타는 것을 무서워했기 때문이었다.

하지만 주변을 둘러보면 아일랜드에도 갈 곳은 충분했다. 어느 해에는 리스둔바르나에 갔고, 어느 해에는 욜에 갔다. 그들은 좋은 민박집을 찾아냈고, 혹시 다시 갈지 모르니 늘 명함을 챙겼다. 하지만 다시 가는 일은 없었다.

이십사 년의 여름휴가 동안 그들이 한 번 간 곳을 다시 간 적은 한 번도 없었다. 그때 당시엔 얼마나 멋진 곳이냐고 아무리 말했다 해도.

올해 그들은 갈 만한 곳을 알아본 뒤 클리프덴으로 결정했다. 화요일에 체스트넛 스트리트에서 차를 몰고 일찍 출발할 것이다. 시간 여유를 충분히 둘 것이다. 사람 일은 모르는 거니까, 샌드위치를 싸고 커피를 보온병에 담아 갈 것이다. 그들은 떠나기 전에 금요일부터 짐을 꾸리기 시작했다. 일찍 짐을 싸는 게 좋아, 네사가 말했다. 깜박 잊고 안 가져가는 게 있을지 모르니까. 해리는 목록을 보면서 짐을 꾸리는 것을 좋아했다. 하나씩 가방에 넣을 때마다 표시하는 게 더 현명하지, 그가 말했다. 그렇게 하지 않으면 안 챙긴 걸 챙겼다고 쉽게 생각해버릴 수 있었다.

네사는 은제품 다섯 개를 은행에 맡겼다. 각각을 면으로 된 천으로 싸서 작은 노란색 가방에 전부 넣고 지퍼를 잠근 뒤에.

휴가 때 외에는 찬장 맨 아래 칸에 두었다. 선반 같은 데 진열해서 강도를 유혹할 이유가 전혀 없었다. 해리는 집안을 돌면서 창문 잠금쇠를 일일이 점검했고, 경보기도 몇 번이나 작동시켜보았다. 후회하기보다 확인하는 게 낫다고 그는 늘 말했다. 그들은 자신들의 작은 정원에 물을 줄 믿을 만한 이웃이 있기를 바랐지만, 안타깝게도 26번지에 사는 자유분방하고 단정치 못한 빨간 머리 여자와 밤에 그 집에서 자고 가는 남자친구밖에 없었다. 그 여자에게 뭔가 해달라고 부탁하는 건 의미 없는 일이었다.

그들은 그녀에게 고개 숙여 정중히 인사했다. 이런 사람과는 적이 되기보다 친구가 되는 편이 늘 더 나았다. 그녀는 "안녕, 네사? 해리?" 하고 소리치곤 했다. 그녀의 나이가 그들의 절반도 되지 않을 거라는 점을 감안하면 너무 스스럼없는 태도였다.

켈리 부부는 클리프덴으로 출발하기 전날 저녁에 떠나기 위한 모든 준비를 끝냈다. 샌드위치는 냉장고에 넣어두었고, 아침에 삶아서 먹을 달걀 두 개와 토스트로 만들어 먹을 빵을 챙겨두었다.

집은 단정하고 깔끔하게 정리된 채로 일주일 뒤에 돌아오는 그들을 반겨줄 것이었다. 그리고 나면 해리가 다시 출근하기까지 회복에 필요한 닷새가 온전히 남을 것이다. 길고 긴 여정이 될 터였다. 그들도 알았다. 두 사람 다 아주 피곤할 것이다.

누군가가 현관에서 벨을 울렸다. 그들은 놀라서 서로를 쳐다보았다. 저녁 여덟시! 그 시간엔 누구도 찾아오지 않았다.

"누구세요?" 해리가 겁을 먹고 물었다.

"멜리예요." 목소리가 말했다. "들어가도 돼요, 해리?"

그들은 멜리라는 사람을 몰랐다.

"옆집요." 목소리가 말했다. "급해요!"

그들은 문을 열어주었다. 배가 드러난 흉측한 자주색 상의에 헝겊을 덧댄 청바지를 입은 여자가 빨간 머리카락이 온통 헝클어진 채 서 있었다. 얼굴이 하얗게 질린 채였다.

"지금 혼자 있고 싶지 않아요. 여기서 한 시간만 있어도 될까요? 말썽 일으키지 않을게요. 부탁이에요, 네사? 해리?"

그녀가 두 사람을 번갈아 쳐다보았다.

"어디 아파요?" 네사가 물었다. "의사한테 가야 하지 않아요? 병원에?"

"아니요. 무서워서 그런 거예요. 남자친구 마이크가 안 좋은 걸 피워요. 그 사람이 나한테 무슨 짓을 할지 누가 알겠어요. 집에 있다 그 사람에게 걸리고 싶지 않아요."

"여기로 당신을 찾으러 오지 않겠어요?" 해리는 그런 골치 아픈 문제가 자기 집 지붕 아래로 들어올까봐 화들짝 놀랐다.

"아니요, 그는 내가 여기 오리라곤 절대 생각하지 못할 거예요."
멜리가 말했다.

"음……" 그들은 확신이 없었다.

"오, 부탁이에요, 해리, 네사. 나를 지켜보면 되잖아요. 은제품 같은 걸 들고 도망가진 않을 거예요. 한두 시간이면 돼요."

"글쎄요." 해리가 말했다.

"해리, 좋은 분인 거 알아요. 나를 구할 수 있었는데 내가 맞아 죽은 걸 알게 되면 기분이 어떻겠어요?"

그들은 어느새 고개를 끄덕였다.

"하지만 우리는 내일 서부로 떠날 계획이라 일찍 자야 해요. 클리프덴에 도착할 때쯤이면 아주 고단할 테니까요."

"가서 가방을 가져올게요." 멜리가 말하고, 다시 폴짝폴짝 뛰어 집으로 가더니 커다란 라임그린색 가방을 들고 왔다.

"여기 다 들어 있어요." 그녀가 돌아와 설명했다.

"하지만…… 음…… 멜리, 우리는 내일 클리프덴에 갈 거라고 말했잖아요!"

"같이 가려고요!" 멜리가 아주 기쁜 표정으로 말했다. "마이크는 나를 클리프덴에서 찾아야 한다고는 생각도 못 할 거예요. 완벽해요." 그녀는 두 사람을 번갈아 보며 미소를 지었다.

멜리는 자신의 소지품을 바닥에 흩어놓은 채 소파에서 잠들었다. 밤중에 그들은 마이크가 소리를 지르며 그녀를 찾는 소리를 들었다.

"우리가 뭔가 조치를 취해야 할까?" 해리가 침대에 누운 채 네사에게 속삭였다.

"우리가 뭔가 조치를 취하고 있는 거야. 그 여자를 이 나라 반대편으로 데려갈 거잖아." 네사는 그 남자의 고성을 머리에서 몰아내려 애쓰며 말했다.

다음날 아침 멜리는 뜨거운 물로 샤워하고, 그들이 돌아오면 쓰려고 준비해놓은 품질 좋은 새 수건으로 몸을 닦았다. 그리고 그들에게 아침을 만들어주면서, 달걀이 두 개밖에 없어 오믈렛을 만들어 셋으로 나눴다고 말했다.

해리와 네사는 입을 벌리고 서로를 쳐다보았다. 전체 계획이 잘 알지도 못하는 이 바보 같은 여자 때문에 완전히 뒤엎어진 것이다. 지금쯤 그들은 차를 운전해 이미 루칸을 지났어야 했는데, 그러기는커녕 지금 집에서 멜리를 차에 어떻게 태울지 고민하고 있었다.

"그 사람이 창밖을 내다보고 있을지 모르니 위험한 일은 피하는 게 좋겠어요." 멜리가 주의를 주었다.

"나를 담요로 감싸주면, 아주 천천히 기어서 뒷좌석에 올라탈게요."

라임그린색 가방이 또 문제였는데, 그 남자가 틀림없이 알아볼 것이었다. 그래서 해리는 가방을 검은 비닐봉지에 넣어 숨겨야 했다.

"우리가 클리프덴에 도착할 때쯤이면 정신병원에 들어가기 일보 직전이겠어." 네사가 해리의 귀에 대고 말했다.

"도착이나 할 수 있을지." 해리가 소곤거렸다. "도중에 뭔가 하자고 할걸." 해리와 네사는 그래본 적이 한 번도 없었다. 그들은 가는 곳이 어디든 그저 앞만 보고 열심히 달렸다. 이번에는 일이 그런 식으로 흘러갈 것 같지 않았다.

마침내 안전한 곳에 이르러 멜리가 담요에서 빠져나왔을 때쯤엔, 그들이 차에서 카세트테이프로 자기 성장을 위한 오디오북을 들을 시간이 다 되어 있었다. 올해 클리프덴에 도착할 무렵에는 새 커리가 쓴 세 시간 반 길이의 『배니티 페어』를 다 들을 것이었다. 하지만 그것은 멜리를 고려하지 않은 계획이었다. 멜리는 그것을 전혀 좋아하지 않았다. 한편, 그녀는 지나가는 길에 보이는 풍경과 장소를 좋아했다. 그녀가 주택 단지 안내판이나 도로 표지판, 담벽이 에둘러진 드넓은 사유지, 공장, 교통 같은 것에 대해 쉴새없이 지껄여대서, 해리와 네사는 베키 샤프 부분을 완전히 놓쳤고 오디오를 끌 수밖에 없었다.

"끄니까 더 좋네요." 멜리가 말했다. "이제 제대로 이야기를 나눌 수 있겠어요."

그녀는 멀린가에 있는 친구들에게 휴대전화로 미리 전화를 걸어 점심을 준비해달라고, 해리와 네사라는 두 친구를 데려간다고 말했다.

그들은 강력히 반대했다. 그러면 클리프덴에 도착하는 시간이 아주 늦어질 터였다. 그래서 그들은 샌드위치를 먹었다.

하지만 멜리는 먹지 않았다. 그리고 멀린가에 도착하자 무단 점유한 건물에 사는 두 히피 친구가 빵가루를 많이 넣은 아주 맛있는 렌즈콩과 토마토 요리를 만들어놓았다. 히피 친구들은 해리와 네사를 아주 편안하게 대했고, 애슬론에 사는 셰이가 목 상태가 안 좋으니 꿀을 좀 가져다주라고 부탁했다.

"하지만 애슬론에는 가지 않을 건데요." 가엾은 해리가 말했다.

"보통 때는 그러겠죠." 그들은 수긍했다. "하지만 셰이가 목이 아프다니까 이번에는 해줄 수 있죠?"

셰이는 그들을 환대했고, 차와 구운 스콘을 내왔다. 그는 해리와 네사가 일상의 천사라고 말했다. 그것이 멜리를 그 괴물로부터 구해주고 받은 유일한 칭찬이었다.

"멜리가 두 분 같은 일상의 천사를 만나지 못했다면, 그자가 멜리를 완전히 박살냈을 거예요. 돌아가면 멜리의 집도, 두 분의 집도 아마 박살나 있을걸요." 셰이가 유쾌하게 말했다.

네사와 해리는 서로를 쳐다보았다. 그들의 눈빛은 묻고 있었다. 집으로 가야 할까? 지금 당장? 그럴 시간이 없었다. 멜리가 이미 휴대전화로 아덴라이에 전화를 거는 중이었다. 그리고 그들은 손을 흔들어 셰이에게 작별인사를 한 뒤 다시 차에 올라타고 서부로 향했다.

아덴라이의 펍에서 사람들이 그들을 기다렸다. 도착하면 바구니에 그들이 먹을 치킨 요리가 담겨 있을 것이고, 큰 공연이 열릴 것이다.

"클리프덴에 다다를 때쯤이면 우리 방은 이미 다른 사람에게 넘어갔을 거야." 해리가 말하는데, 목소리가 울부짖음처럼 들렸다.

"말도 안 돼요, 해리. 전화를 걸어보죠, 뭐." 멜리가 말했다.

네사는 '여행시 필요한 비상 전화번호와 연락처'라고 써놓은 종이를 꺼냈고, 민박집 전화번호를 찾아냈다.

"전화해줄래요, 멜리?" 네사가 말했다. "당신이 우리 계획을 더 잘 아는 것 같아서요."

멜리는 그건 문제없다고 했다.

"안녕하세요. 네사와 해리라는 부부가 거기 묵기로 되어 있을 텐데요…… 네, 켈리 부부, 맞아요. 도중에 일이 생겨서요. 어떤 사정인지 아시죠."

전화를 받은 사람은 어떤 사정인지 아는 것 같았고, 공감하는 듯했다.

"오, 언제 도착할지 전혀 모르겠어요. 열쇠와 장부를 꺼내놓을 수 있나요? 네, 아직 골웨이도 못 왔어요. 어쩌다보니 지금은 아덴라이로 가는 길이고요. 감사해요, 네. 이해해주셔서 감사해요. 도착하면 봬요. 아, 제가 하룻밤만 의자나 그런 데서 잠을 자도 될까요? 어딘가 숙소를 잡을 때까지만?"

그 또한 그렇게 하기로 이야기가 된 것 같았다.

"제가 누구냐고요? 멜리예요. 켈리 부부의 가장 좋은 친구이고 이웃이에요. 그분들이 나를 구해준 셈이죠. 아니요, 전혀 까다로운 분들이 아니에요. 아주 편한 분들이에요. 다른 사람들로 착각하셨나봐요. 아니요, 정말로 시원시원한 분들이에요. 아덴라이에서 공연을 보고, 골웨이에서 한잔하며 사람들과 어울리고, 맘크로스에서 차를 세우고 내려 염소와 양을 구경하며 대서양 냄새를 맡을 거니까, 새벽 한시나 두시 전에 도착하긴 힘들 거예요. 하지만 두 분이 회복하는 데 필요한 한 주라는 시간이 남아 있으니까요."

멜리는 차의 뒷좌석에서 그들 사이로 몸을 기울였다. "자, 이제 다 해결했어요." 그녀가 자랑스럽게 말했다.

네사와 해리는 서로 바라보며 미소를 지었다. '아주 편하고 정말로 시원시원하다'는 말에 터무니없이 우쭐해진 기분이었다.

멜리는 진심으로 그들이 까다로운 사람이라고 생각하지 않았다.

그리고 클리프덴에 다다를 때쯤, 아마 그들은 더이상 까다로운 사람이 아닐 것이다.

불의를 바로잡는 여자들

웬디와 리타는 학교에 다닐 때 언젠가 함께 회사를 경영하는 계획을 세우곤 했다. 어쩌면 사설 탐정소를. 아니면 레스토랑. 아니면 헬스클럽.

하지만 열다섯 살이 되면 상황은 으레 예상한 대로 흘러가지 않는 법이고, 그들의 경우도 마찬가지였다.

웬디는 런던에 있는 대학교로 가서 미술사를 공부했다. 그것은 그녀가 꿈꿔온 일이자 그 이상이었다. 웬디는 1학년 상을 받았고, 2학년 메달을 받았다. 대학 과정을 절반쯤 밟았을 때 피부가 가무잡잡하고 잘생기고 불같이 열정적인 맥이라는 강사를 만나 사랑에 빠졌다. 그도 그녀를 사랑했다. 그래서 웬디는 그뒤로 열심히 공부하지 않았다. 맥을 위해 해야 할 일이 너무 많았다. 요리나 빨래나 타이핑 같은 일상적인 일뿐 아니라 그가 대학 외에 다른 곳에서도 강의를 할 수 있도록 도왔다.

웬디는 그의 이력서를 완벽하게 준비하는 데 시간을 너무 많이 써서, 정작 자기 공부에 쓸 시간은 거의 없었다. 하지만 그게 뭐가 중요한가. 맥은 그녀를 사랑했고, 그녀가 해준 모든 일에 아주 고마워했다.

하지만 그는 그녀를 그렇게까지 많이 사랑하지는 않은 모양이었다. 웬디가 임신했을 때 좋아하는 기색을 보일 만큼 사랑하지 않은 건 확실했다.

웬디는 간단한 일이라고 생각했다. 같은 아파트에 살고, 아기가 태어나면 당연히 그에게 계속 신경을 쓰면서 아기를 돌보고, 가능한 시기가 되면 미술사를 다시 공부하고, 결국엔 적당한 직장을 구해 진짜 돈을 버는 것이다.

하지만 그 일은 결코 간단하지 않았다.

맥은 정착할 준비가 되어 있지 않았다. 웬디도 당연히 알고 있었다. 눈물로 가득한 시간이 뒤따랐고, 맥은 새 이력서로 아주아주 먼 곳에 직장을 구했다. 그는 미안하지만 아이를 낳는 문제는 물어볼 것도 없다고 말했다. 웬디가 혼자서 모든 일을 수습해야 할 것이었다.

웬디는 3학년 시험에서 상을 못 탔을 뿐 아니라 시험을 치지도 못했다.

남자 아기는 웬디의 판박이였다. 주근깨가 가득하고 빨간 곱슬머리라, 아들을 쳐다봐도 잘생기고 피부가 가무잡잡한 맥을 떠올릴 필요가 없었다.

리타하고는 여전히 연락하고 지냈다. 사실 근처에 사는 사람들보다 리타와 전화나 편지나 이메일로 이야기하는 게 종종 더 편했다.

다른 많은 사람은 웬디에게 맥을 조심하라고 경고했지만, 리타는 그 자리에 없었으니 그러지 못했다. 리타의 직장에 관한 이야기도 별로 대수로울 게 없었다. 길고 검은 머리칼과 큰 갈색 눈을 가진 리타는 학교를 졸업하고 곧바로 취직을 했다. 집에서 100마일 넘게 떨어진 타운에 있는 마담 프랜시스라는 부티크였다. 그녀는 그렇게 함으로써 독립심이 생기고 혼자 살아나가는 방법을 배울 수 있다고 생각했다. 하지만 실상은 그녀에게 많은 외로움과 숱한 텅 빈 밤을 안겨주었다. 혼자 있다보니 일에 관련된 생각을 많이 했고, 자신이 일하는 여성복가게에 적용할 멋진 아이디어를 몇 가지 뽑아냈다.

그곳은 마켓타운*이라 복작거렸고, 덩치 있는 중년 여성 손님이 많았다. 맞는 사이즈가 없어서 옷을 사지 못하고 어쩔 수 없이 가게를 나가는 손님들이 종종 있었다. 리타는 가게를 경영하는 프랜시스에게 큰 사이즈 옷을 구비해놓으면 훨씬 많은 돈을 벌어들일 수 있을 거라고 제안했다.

"하지만 우아한 옷으로 해야 해." 늘 완벽하게 8사이즈이고 앞으로도 그럴 프랜시스가 퉁명스럽게 말했다.

"우아하면서도 큰 옷을 들여놓을게요." 리타가 애원하듯 말했다.

그리고 그 시도는 성공적이었다. 엄청났다. 그들은 새롭고 더 좋은 곳으로 가게를 옮겼고, 텔레비전 방송국과 패션 칼럼니스트가

---

* 시장이 있는 타운을 말한다.

마담 프랜시스를 인터뷰했다. 하지만 어디와 인터뷰를 해도, 그녀가 리타에게 공을 돌린 적은 한 번도 없었다.

그래도 리타는 계속 고심하여 새 아이디어를 짜냈다.

종종 가게에서 교대해줄 사람이 필요했지만, 마담 프랜시스는 리타가 수업을 들을 수 있도록 직원을 더 고용하는 문제를 전혀 고려하지 않았다. 리타는 지퍼 위치를 옮기는 법, 허리 밴드를 헐렁하게 만드는 법, 밑단을 내리는 법을 배웠다.

그런 수선은 옷값에 포함된 것이라, 마담 프랜시스는 리타에게 이런 기술에 대한 비용을 더 지불할 필요가 없었다.

손님이 더 늘어났다.

이번에도 마담 프랜시스는 리타에게 어떠한 감사의 표현도 하지 않았다.

"왜 계속 거기서 일해?" 웬디가 편지에 썼다.

"여기 오는 손님이 좋아. 나는 손님을 잘 알고 내가 여길 일군 거나 마찬가지니까 마담 프랜시스에게 넘겨주고 싶지 않아."

"하지만 너는 줄곧 넘겨줬어." 웬디가 말했다.

"너는 왜 맥에게 아이 양육비 소송을 제기하지 않지? 우리가 하는 이야기가 그런 거라면 말이야." 리타가 발끈해서 답장을 썼다.

"그 사람이 자기가 이겼다고, 내가 결국 돈을 갖고 싸운다고 생각하는 게 싫어." 웬디가 방어적으로 말했다.

"하지만 그 사람이 이미 이겼어. 자기 분야에서 계속 승승장구하고 있잖아. 네 앞날은 그 사람 아들을 공짜로 키워주느라 꽉 막혀 있는데."

그후 그들은 평소 잘 하지 않던 전화 통화를 했다. 보통은 이메일을 이용했다. 그게 훨씬 저렴했다. 하지만 서로 대화를 할 필요가 있는 것 같았다.

"너를 위해 마담 프랜시스를 죽이라고 하면 기꺼이 죽이겠어, 리타." 웬디가 불쑥 친구에게 말했다.

"너를 위해 맥을 죽이라고 하면 기꺼이 죽이겠어, 웬디. 정말이야." 리타가 대꾸했다.

침묵이 흘렀다.

"예전에 이런 내용의 영화가 있었던 것 같아." 웬디가 말했다.

리타가 기억해냈다. 〈열차 안의 낯선 자들〉.

"결말이 안 좋았을걸." 웬디가 말했다.

"음, 살인은 대체로 그렇지." 리타가 말했다. "어쩌면 다치게는 할 수 있겠지. 아주 심하게."

"나는 피가 싫어." 웬디가 말했다.

그들은 만나서 계획을 세워보기로 했다. 누구의 원룸 아파트로 갈까?

"우리가 전에 이 정도 나이가 되면 회사 이사나 거물이 되어 있을 거라고 생각했던 거 기억나?" 리타는 말하며 웃었고, 자기가 웬디를 보러 런던으로 가겠다고 했다. 적어도 아기는 익숙한 환경에서 덜 혼란스러워할 테니까.

"우리는 여전히 뭔가 해볼 수 있어. '불의를 바로잡다' 뭐 그런 거. 복수의 천사가 할 법한 일이랄까. 심지어 우리 이름의 첫 글자와도 같아. WR, 웬디와 리타,* 어쩜!"

---

* 본문에서 '불의를 바로잡다'로 옮긴 표현은 'Wrong Righted'다.

"버스를 타고 가는 동안 너무 많은 피를 흘리지 않고 그들을 다치게 할 방법을 생각해볼게." 리타가 약속했다.

다시 학생 시절로 돌아간 것처럼, 빨간 머리 웬디와 검은 머리 리타의 대화는 술술 풀렸다.

리타는 활기 넘치는 꼬마 조를 보자 웬디가 부러웠다. 조는 방긋 웃으며 까르륵거렸고, 절대 큰 소리로 울어대지 않았다. 웬디는 이야기를 나누는 동안 리타가 남은 천으로 자신이 입을 우아한 치마를 만들고 커튼을 수선하고 쿠션 커버에 테두리를 두르는 것을 보고 리타의 기술이 부러웠다. 와인을 두 병째 비웠을 즈음 그들의 계획은 정리되었다. 신체적으로 상처를 입히지는 않는다. 그럼으로써 피를 흘리지 않고 큰 만족을 얻는다.

그들은 그 계획을 실행하는 데 한 달은 걸릴 거라고 결론을 내렸고, 삼십 일 안에 다시 만나 불의를 어떻게 바로잡았는지 이야기하기로 했다. 약간의 숙제가 필요할 것이다. 따라서 서로 배경이 되는 자료를 주고받아야 한다. 못돼먹은 맥과 못돼먹은 프랜시스는 더이상 벌받지 않은 채로 인생을 살아갈 수 없을 것이다. 불의를 바로잡는 일이 곧 시작되니, 이제는 그러지 못한다.

웬디는 대학 본부에서 어렵지 않게 맥의 동선을 알아냈다. 컨퍼런스를 준비하는 척하면서, 그가 언제 참석할 수 있는지 물어보기만 하면 그만이었다. 그의 학과에서 널리 알려진 유명인사들을 초청해 정치학 강연 시리즈를 기획하고 있어서 다음 삼 주 동안은 시간이 나지 않는다고 했다. 하지만 그뒤에는? 어쩌면……

웬디는 강연 시리즈에 큰 관심을 보였다. 누가 참석하나요? 그냥 정치학과 학생? 아니면 일반 청중? 언론사에서도 오나요? 그녀는 필요한 정보를 모두 입수했고, 리타에게 주려고 타이핑을 했다.

한편 마담 프랜시스 부티크에서 리타도 조사와 행동에 착수했다. 그녀는 런던에서 개최되는 패션 도매상 박람회 소개 책자를 몇 개 눈에 띄는 곳에 놓아두었다. 마침내 프랜시스가 그것에 주목했다. 그녀는 부티크를 위해 자신이 참석해야 한다고 생각했다.

"제가 대신 가도 될까요, 프랜시스? 거기 가면 저한테 필요하다고 하셨던 세련된 감각을 얻을 수 있을지도 모르잖아요." 리타는 허락지 않으리라는 것을 알고 그렇게 물어보았다.

"당연히 안 되지, 리타. 내가 거기 사흘간 가 있을 건데, 그동안 가게 봐줄 수 있지, 응?"

"혼자서는 못해요, 프랜시스. 제가 수선도 해야 할 텐데. 그럼 부티크는 누가 보나요? 사장님을 대신할 사람을 충원해야 해요."

프랜시스는 입술을 깨물었다. 낯선 사람을 들이고 싶지 않았다. 다른 사람은 프랜시스가 리타에게 큰 빚을 지고 있다는 것을, 이 가게가 진실로 리타의 작품이라는 것을 알아차릴지도 몰랐다.

정확히 리타가 예상했던 대로 프랜시스는 그 문제를 자기 가족 안에서 해결하기로 했다. 더블린에 사는 여동생 로니 레인저에게 이쪽으로 와서 사흘만 가게를 봐달라고 부탁한 것이다. 로니라면 젊은 리타가 분수를 지키며 손님과 너무 친해지지 않도록 감시하는 법을 알 것이다.

프랜시스는 런던에 있는 호텔을 예약했다.

"언론사하고 약속을 잡으실 거예요?" 리타가 천진난만하게 물었다.

"그 생각은 안 해봤는데, 왜?"

"언론사에 사장님이 여기서 성공을 거둔 이야기를 한다고 손해볼 건 없으니까요." 리타의 눈빛에서는 어떤 악의도 느껴지지 않았다. "그러면 부티크에 많은 관심이 쏠릴 거예요."

"음, 그래야겠네." 프랜시스는 그렇게 말하고, 컴퓨터 앞에 앉아 자신을 극찬하는 글을 쓰기 시작했다. 그걸 언론사에 돌릴 생각이었다.

나중에 리타는 음험한 미소를 띤 채 컴퓨터 화면으로 그 글을 전부 읽은 뒤 복사했고, 그것에다 패션 도매상 박람회와 관련해 자신이 기록한 내용을 보태서 필요한 세부 자료를 웬디에게 보냈다.

맥은 자신의 강연 시리즈가 기사로 다뤄진다는 사실에 기뻐했다. 특히 언론의 주목을 받는다는 사실에.

그는 잘생기고 젊은 선동가 강사로 묘사되었다. 그게 나쁠 건 없었다. 웬디가 오래전에 그에게 그런 수식어가 따라붙도록 해주었다.

웬디.

결말이 그렇게 되어버린 것은 안타까웠다. 하지만 그녀는 그가 정착하길 기대해서는 안 되었다. 그는 이따금 그녀가 그리웠다. 그에게 그만큼 언론의 주목과 미디어의 관심이 쏠리게 해주고, 또 그를 위해 그런 눈부신 이력서를 써줄 수 있는 사람은 그녀밖에 없었다. 하지만 지금 이 강연 시리즈에 사람들이 얼마나 야단법석을 떠는지 보라. 마치 웬디가 그의 옆에 있는 것 같았다.

가장 큰 관심을 불러일으킨 것은 맥이 수강 신청을 한 학생들뿐 아니라 모든 젊은이에게 강의를 공개한 일이었다. 그는 젊은이들이 정치에 관심을 갖도록 하려면, 강의를 대학 교육의 혜택을 받는 일부 특권층에 한정해서는 안 된다고 말했었다.

맥은 실제로 그런 말을 했던 것을 기억하지 못했지만, 하긴 했던 모양이었다. 어쨌거나 그의 강연이 일요일에 텔레비전에서 생방송으로 방영될 예정이었다. 따라서 그가 정말로 그런 말을 했었다면, 그건 아주 다행스러운 일이었다. 그가 지금 해야 할 일은 사색가의 면모와 선동가의 면모를 동시에 보여주는 것이었다. 그는 검은 가죽재킷을 새로 사야겠다고 생각했다.

프랜시스는 패션 잡지의 반응에 실망했다. 어떤 곳에서는 답변이 아예 없었고, 어떤 곳에서는 이번 박람회는 도매상만을 위한 것이라 독자들이 전혀 관심이 없을 거라고 했다. 그런데 어떤 여자가 전화를 걸어와 프랜시스의 편지를 전달받았다면서, 그 내용에 대한 독점 보도를 하고 싶다고 말했다. 앞서나가는 마켓타운의 부티크가 어떻게 성공을 거두었는지 런던의 경쟁자들에게 보여주는 것이다! 한 개인이 이룬 승리의 이야기로 그려질 것이다.

프랜시스는 기뻐서 얼굴이 달아올랐다. 바로 그녀가 원하던 것이었다. 런던에 가서 인터뷰를 하고 싶었다. 리타와 멀리 떨어져서, 리타의 생기 넘치고 열정적인 모습과 멀리 떨어져서. 하지만 기자는 직접 부티크로 오고 싶어했다.

"제가 런던에 가 있는 동안 먼저 편하게 만나는 게 좋을 것 같아요." 프랜시스가 말했다.

여자 기자는 좋다고 말하며 아주 세련된 고급 바를 제안했다. 그녀는 빨간 곱슬머리에 주근깨가 있는 아름답고 젊은 여성으로, 프랜시스가 알기로 엄청나게 비싼 에메랄드그린색 의상을 입고 있었다. 부티크에도 그 옷이 한 벌 있었는데, 지금까지는 그 옷을 살 여유가 되는 사람이 없었다.

기자는 마담 프랜시스 부티크와 그곳이 한 여성이 경영하는 곳이라는 사실을 아주 잘 아는 것 같았다.

"당연히 수선사는 있어요." 프랜시스가 설명했다.

"뭐가 있다고요?"

"옷을 수선해주는 사람요. 이런저런 일을 거들고, 커피도 내오죠."

그녀는 리타의 역할을 언급하고 싶지 않았지만, 혼자서만 일한다는 인상을 주고 싶지도 않았다.

"그럼 경영에서 중요한 사람이 아니겠군요."

"그럼요, 당연하죠. 그런 일을 하는 사람은 점점 많아지니까요." 프랜시스가 호호 웃으며 말했다. 기자의 얼굴이 잠시 굳어지는 것 같았는데, 그저 그녀의 상상일 터였다.

맥은 일요일 아침에 새 재킷을 입으면서 아주 괜찮아 보인다고, 그를 보러 온 사람들을 위해 대학에서 마련한 브런치에서 자신의 눈길에 반응하지 않을 여자는 없을 거라고 확신했다. 특히 새까만 머리칼을 허리까지 기르고 짧은 치마에 긴 부츠를 신은 밝고 자그마한 여자가 눈에 들어왔다. 정말로 시선을 끄는데다, 그냥 얼굴이 예쁜 것 이상이었다.

그녀는 그가 쓴 글을 하나도 빼놓지 않고 읽었다. 그가 걸어온 길을 줄곧 쫓아왔고, 마침내 그를 만나게 되었다는 사실을 믿을 수 없다고 말했다.

"토론이 방송될 때 제가 무대에서 선생님 가까이에 앉아도 될까요?" 그녀가 부탁했다.

"음, 네. 하지만 뭔가 기여할 만한 게 있어야 할 텐데요." 맥은 호락호락한 사람으로 보이고 싶지 않았다.

"제가 기여할 수 있는 건…… 선생님이 혼자서 어떻게 청년들에게 정치에 대한 열광적인 관심을 불러일으킬 수 있는지 말하려고 해요. 청년들은 오랫동안 아주 무관심했잖아요. 선생님은 자신의 정당을 만들어야 해요."

"아, 어떻게 제가." 맥이 말했다.

"하지만 그러고 싶지 않으실 수도 있겠죠. 아마도 선생님의 아이 혹은 아이들과 가족을 이루고 계실 테니까요. 그런 데 쓸 시간이……?"

그는 그녀의 이름을 떠올릴 수 있으면 좋겠다고 생각했다.

"아니요, 가족은 없어요. 매인 몸은 아닙니다." 그가 말했다. 그녀의 얼굴에 분노의 그림자가 스친 것 같았는데, 진짜로 그런 걸까, 아니면 그의 상상일 뿐일까? 그저 상상일 터였다.

웬디는 에메랄드그린색 의상을 완벽하게 드라이클리닝해서 마담 프랜시스 부티크에 반납했다. 그리고 전국지 한 곳에 전화를 걸어 아주 좋은 기삿거리가 있다고 말했다. 아주 좋아할 만한 내용이라고 그녀는 장담했다. 약자가 어떻게 결국 승리를 거두는지에 대한 정말로 느낌 좋은 기사가 될 거라고. 신문사는 그런 내용이라면 좋다고, 정말로 아주 관심이 많다고 했다.

리타는 텔레비전 방송팀을 포함해 많은 이들과 친구가 되었다. 그녀는 자기도 연단에 올라가 그 대단한 맥 옆에 앉을 거라고 말했다.
"당신도 발언하나요?" 그들이 물었다.
"발언이 필요한 상황이 생긴다면요." 리타가 말하며 장난꾸러기 같은 미소를 지었다.

웬디는 마담 프랜시스에게 사진 촬영을 위해 최우수 고객을 부티크로 초대할 수 있겠느냐고 물었다. 열 명 정도의 명단을 주면 웬디가 고를 것이다. 그녀는 리타가 추천한 사람들을 골랐다.
강연과 토론이 시작되기 전에 리타는 타이핑한 질문지를 용케 꽤 많은 사람에게 돌릴 수 있었다. 모든 질문이 '책임'과 관련된 것이었다. 국가가 집단적인 책임을 느껴야 하는 것처럼, 우리 모두는 우리 자신의 행동에 책임을 져야 한다는 내용이었다. 사람들에게는 질문지를 나눠주라는 부탁을 받았다고 했다. 질문은 조금씩 다르지만 같은 주제였다. 사람들은 꼼꼼히 읽었다. 괜찮은 주제 같았다. 물어볼 만한 질문이었다.

웬디는 마담 프랜시스에게 일요일 아침에 그 고객들을 초대해 쇼트브레드와 커피를 대접하자고 제안했다. 프랜시스는 일요일이니 두려운 존재인 리타가 출근해 지나치게 친한 척할 일은 없겠다고 판단해, 아주 멋진 아이디어라고 말했다. 프랜시스는 리타에게 그 일에 대해 아무 말도 하지 않았다. 나중에 말해주면 되지 뭐.

리타는 그 특별한 일요일에 다른 문제로 고민하고 있었다. 그 소동이 본격적으로 시작되면 모두가 자신을 볼 수 있도록 해야 했다. 그 일이 곧 시작될 것이다.

맥은 점점 더 자신감을 보이며 거만해졌다. 그는 강연장에 모인 사람들이 전부 '개인의 책임'에 대해 열심히 토론하고 있는 것을 전혀 알지 못했다.

웬디와 주요 전국지 사진기자는 자리를 잡고 앉아 준비했다. 옷을 잘 차려입고 머리도 멋지게 손질한 여자들이 쇼트브레드를 야금거린 뒤 사진 찍을 준비를 하느라 입에 문 부스러기를 털어냈다. 그들은 마담 프랜시스 부티크와 그들을 잘 챙겨주는 멋진 여자 리타에 대해 최대한 좋게 말해줄 작정이었다. 리타가 오늘 여기 없는 게 이상했다. 모든 경영의 핵심인데 말이다.

텔레비전 방송이 시작되었고, 맥은 예상한 질문이 전혀 나오지 않자 어리둥절한 모양이었다. 그 대신 개인의 책임을 강조하는 아주 무거운 질문이 던져졌다. 그는 누가 봐도 책임이 결여된 몇몇 유명 정치인에게로 그 문제를 돌리는 데 성공했지만, 어떤 질문은 개인적으로 자신을 향한 것 같아 마음이 불편했다.

하지만 그건 그저 피해망상일 것이다. 이곳에 웬디나 그녀가 무책임하게 가진 아이에 대해 조금이라도 아는 사람은 없었다.

마담 프랜시스는 몹시 화가 났다.

이 여자들 전부가 이 끔찍한 기자와 사진기자에게 선동되어 리타에 대한 이야기를 끊임없이 늘어놓는 것 같았기 때문이었다. 그들은 자신들에게 어떤 옷이 어울리는지 잘 알고 추가 비용 없이 옷을 수선해주는 리타의 뛰어난 재능도 칭찬했다.

"그녀에 대한 이야기는 왜 전혀 하지 않았죠?" 그 끔찍한 기자가 물었고, 사진기자는 화가 나서 얼굴이 붉으락푸르락해지는 프랜시스의 사진을 자꾸 찍어댔다.

그 기사는 '리타는 어디에…… 승리의 날을 통보받지 못한 미스터리 여인'이라는 제목으로 실릴 예정이었다.

그들은 큰 기사가 될 거라고 프랜시스에게 거듭거듭 말했다. 모든 고객이 사랑한 신데렐라. 가게 주인이 아무리 전화를 걸어도 찾을 수 없었던 신데렐라.

텔레비전 카메라팀은 아주 흥분했다. 보통은 청중에게서 그런 반응을 얻지 못했다. 검은 재킷을 입은 남자가 그의 삶에서 개인의 책임이 중요하지 않다고 느낀 경우가 있었는지 여부에 대해 말하려 하지 않았기 때문에, 사실상 사람들은 그보고 무대에서 빨리 내려오라고 아우성을 쳤다.

그 순간 분위기를 극적으로 고조시키며 연단에 있던 예쁜 여자가 벌떡 일어서더니 그에게 자기 몸에 손대지 말라고 말했다.

"안 만졌어요." 가죽재킷을 입은 맥이 버럭 소리를 질렀다. "만졌다고 해도 스스로를 탓해야 할걸요. 그렇게 짧은 치마에 긴 머리……"

텔레비전 방송팀은 그런 굉장한 생방송 다큐멘터리를 찍은 덕분에 엄청난 칭찬을 들을 것이고, 심지어 상까지 받으리란 걸 알았다.

웬디와 리타는 성공을 기념해 다소 비싼 레스토랑에서 식사를 했다. 그들은 마치 영화 대본인 것처럼 그 모든 일을 되짚어보았다. 신나게 웃었고, 끝없이 건배를 했다. 종업원은 친절하고 나이가 지긋한 사람이었다.

"두 숙녀분이 아주 행복해 보이십니다. 정말 보기 좋은데요." 그가 말했다.

"우리 둘이 회사를 같이 경영해요." 웬디가 설명했다.

"WR이라는 회사인데, '불의를 바로잡다'라는 뜻이에요." 리타가 덧붙였다.

"그런 문제로 많은 연락을 받을 것 같네요." 나이가 지긋한 종업원이 말하더니, 그들이 대부분의 다른 손님과는 다르게 아주 즐거워 보인다며 포트와인을 작은 잔에 따라 공짜로 주었다.

목격

체스트넛 스트리트에 사는 사람들이 전부 차를 갖고 있지는 않았다. 그건 오히려 다행한 일이었다. 반경 안에 모두 서른 채의 작은 집이 있었지만, 차는 열여덟 대뿐이었다. 물론 2번지에 사는 케빈 월시 같은 사람은 큰 택시를 몰아서 넓은 공간을 차지했다. 하지만 11번지에 사는 버킷 매과이어는 오래전부터 자전거를 타고 다녔기 때문에 그런 건 별문제가 되지 않았다.

미치와 필립은 22번지에 살았다. 그들에게는 아들이 둘 있었는데, 둘 다 뉴욕에서 일했다. 숀과 브라이언은 매년 7월에 각자 가족을 데리고 늙은 부모를 보러 왔다. 하지만 엄밀히 말하면 미치와 필립은 스무 살 때 결혼했기 때문에 그렇게 늙지는 않았다. 이제 겨우 사십대였고, 장성한 두 아들의 부모이자 미국 국적인 네 꼬마의 할아버지 할머니였다. 하지만 숀과 브라이언은 당연히 그들이 아주 늙었다고 느꼈다.

어느 해 7월 4일에 미치가 그들의 집 맞은편에 있는 체스트넛나무 아래에서 손주들과 피크닉을 했는데, 그것이 연례행사가 되었다.

미치는 숀과 브라이언과 그들의 미국인 아내들이 그 한 주의 휴가를 아주 좋아하는 것 같다고 생각했다. 그러니 즐겁게 보내야 했다. 엿새 밤을 여기 있을 테니 그에 맞는 준비를 해야 했다.

그녀는 일하는 가게에 일주일의 휴가를 낼 것이다. 그 시간 동안 요리하고, 요리한 것을 냉동실에 넣고, 위층에서 아래층까지 집을 청소할 것이다. 아들네 식구들이 그녀에게 호텔에서 지내는 게 더 편하다고, 비용을 충분히 감당할 수 있다고 말해봐야 소용없었다.

이곳이 그들의 집이고, 그들이 지낼 곳이었다. 필립 또한 그들이 오는 것이 아주 기뻤지만, 그렇게까지 흥분하지는 않았다.

필립은 금요일 저녁에 자신의 동료 몇 명과 같이 만나자며 두 아들을 펍으로 부르곤 했다. 씩씩하게 자란 두 아들과 그들이 미국에 건너가 얼마나 성공했는지 자랑하고 싶었다. 또한 숀과 브라이언에게 자신에겐 아직 친구들이 있고 공장에서 평판도 좋다는 사실을 알려주고 싶었다.

그러던 어느 해, 두 아들은 펍에 너무 일찍 도착한 바람에 아버지가 부스에서 젊은 여자와 얼굴을 바짝 붙이고 있는 것을 보았다. 어머니보다 훨씬 젊은 여자였다. 그녀는 빨간색 미니스커트에 배가 드러나는 상의를 입고 있었다. 긴 곱슬머리에 작고 장난꾸러기 같은 얼굴이었다. 그녀와 비교하면 자신의 아내들은 중년으로 보였다.

그들은 엄청난 충격을 받았다. 아버지가! 불쌍한 어머니는 아무것도 모르는데, 아버지는 밖에서 나이가 절반밖에 안 되는 여자와 노닥거리고 있다니.

그들은 어찌나 화가 났던지 아버지를 비난할 말조차 떠오르지 않았다. 그들은 그 여자가 아버지의 뺨에 키스하고 황급히 떠나는 것을 보이지 않는 곳에서 지켜보았다. 그들은 아버지의 친구들을 퉁명스럽게 대했지만, 아버지는 눈치채지 못한 것 같았다.

그날 밤 어머니는 아들들에게 피곤해 보이는 것 같다고 말했다.

"아버지하고 같이 밖에서 시간도 보내고, 참 착해. 아버지가 친구들에게 너희 자랑을 하는 걸 정말 좋아한단다." 그녀가 애정이 깃든 목소리로 말했다. "아버지는 인생에서 그것 말곤 기대할 게 별로 없어."

그들은 깜짝 놀라 어머니를 쳐다보았다. 그들이 잘못 본 게 아니라면, 아버지는 기대할 것도 많고 돌아볼 것도 많다는 말을 어머니에게 해봤자 좋을 게 전혀 없을 것 같았다. 그들은 머무는 동안 그 문제에 대해 종종 길게 대화를 나누었다. 그리고 그 장면을 목격하지 않았더라면 좋았을 거라고 생각했다. 이제 아버지가 무슨 이야기를 해도 삐딱하게 들렸다.

아버지가 아직 힘이 있을 때 여행을 하고 싶다고 말하자 숀과 브라이언은 침울한 시선을 교환했다. 당연히 그러시겠지.

미치가 자신은 이곳에 꼼짝없이 붙들린 사람이라고 말하는 것을 들었을 때 그들은 마음이 불편했다. 어머니는 스페인과 이탈리아와 미국을 여행했고, 그게 다였다. 그녀는 만약 복권에 당첨되면 22번지 뒤쪽에 크고 아름다운 온실을 짓겠다고 했다. 바닥에 아름다운 목조를 깔고 사면의 벽을 유리로 할 것이며, 긴 의자를 창문 밑에 붙여놓을 것이다. 그녀의 눈앞에 벌써 온실이 그려지는 것 같았다.

아버지는 어머니의 터무니없는 말을 믿을 수 없다는 듯 고개를 가로저었다. 브라이언과 숀은 기분이 몹시 상했다. 그들은 그해에 모든 경비를 대서 부모님에게 미국 여행을 선물할 계획이었다. 멋진 국립공원에 가고 애리조나나 뉴멕시코 투어도 하고.

하지만 그 장면을 목격한 지금, 그것이 다 무슨 소용인가?

아버지가 여행을 바란다면, 배를 내놓고 다니는 그 아가씨와 함께하기 위한 것이었다. 어머니는 여행하고 싶은 마음이 전혀 없다고 했으니까.

"그 돈을 온실 만드는 데 쓰시라고 드릴까?" 브라이언이 물었다.

"하지만 아버지가 펍에 있던 그 어린 여자하고 바람이 나서 집을 팔아야 하면 어쩌지?" 숀이 말했다. "그 온실마저 잃게 되면 불쌍한 어머니의 마음이 찢어질 텐데."

그들은 공손한 태도로 아버지를 대하기가 점점 힘들어졌다. 아버지가 가족생활에 대해 하는 말은 공허하게 들렸고, 훌륭한 아내와 아들들을 위해 건배를 외칠 때는 얄팍하게 들렸다. 그리고 아버지의 미래 계획은 아예 있을 법하지 않고 잘못된 걸로 느껴졌다. 그가 손주들에게 언젠가 낚시를 가르쳐주겠다고 말했을 때처럼. 그런 약속은 터무니없었다. 그가 자기 뜻대로 한다면 이곳에 있지 않을 것이다. 손자에게 낚시를 가르쳐주며 늙어가기는커녕, 빨간색 미니스커트를 입은 젊은 여자와 어딘가로 떠날 것이다.

미국으로 돌아가기 전에 숀과 브라이언은 어머니가 얼마나 열심히 일하는지 이야기하면서 그 주제를 머뭇머뭇 피했다.

"너희 아버지가 나한테 얼마나 잘해줬는데, 하루에 스물네 시간을 일해도 그 은혜를 다 못 갚을 거야." 어머니는 아버지가 베푼 굉장한 친절을 떠올리며 고개를 저었다. "일을 해야 아버지를 영화관이나 중국 레스토랑에 데려가고, 멋진 새 셔츠 같은 작은 선물도 할 수 있지."

아들들은 정말로 화가 났지만, 그들이 목격한 젊은 여자 이야기는 꺼낼 엄두가 나지 않았다.

그들이 다시 미국으로 돌아갈 날이 가까워졌을 때, 아버지에게 무슨 말이라도 꺼낼 수 있었을까? 숀은 뭔가 말하고 싶었지만, 브라이언은 그러면 상황이 더 나빠질 거라고 생각했다. 그래도 뭔가 말해본다면? 둘 다 어떤 식으로 그 말을 꺼내야 할지 알 수 없었다.

마지막 밤에 아버지는 나가고 없었다. 아홉시까지는 집에 돌아오지 않을 것이었다. 공장에 잔업이 있었다.

"아버지는 그 돈으로 뭘 하세요?" 브라이언이 물었다.

"오, 모르지. 뭔가를 하려고 돈을 모으고 계실걸. 그래서 잔업 제안을 받으면 다 받아들이는 게 아닐까." 어머니의 얼굴에는 애정이, 남자나 남자의 별스럽지 않은 행동은 다 받아준다는 관용이 가득했다.

숀은 더이상 참을 수 없었다. "엄마도 사람들이 어떤지 아시잖아요. 다른 남자들이랑 술을 마시겠죠, 여자들하고도요. 그런 장소엔 그런 사람들이 바글바글하니까요."

"아버지가 가는 펍에는 여자가 많은 것 같지 않았어. 로나라는 여자뿐이야. 4번지에 사는 리엄 케니의 조카 알지?"

"저는 모르는 여자 같은데요." 브라이언은 냉정했다.

"음, 로나를 한 번 보면 잊지 못할걸. 무릎 위로 올라오는 치마를 입고 머리카락은 무지개색이지."

바로 그 여자였다.

"아버지가 자주 가는 펍에서 그 여잔 뭘 하죠?"

"거기서 일해. 로나의 아버지가 리엄의 형제인데, 그 사람이 거기 소유주거든. 가끔 젊은 로나가 나와서 도와주는 거지. 하지만 로나는 주로 온실과 관련된 영업을 해. 우리가 온실을 만들려고 생각하던 즈음에 내가 종종 그녀와 이야기를 나누곤 했지." 어머니는 한숨을 쉬었고, 이어 부지런히 저녁 준비를 했다. 아버지는 길고 긴 하루를 보낸 뒤라 돌아오면 피곤할 것이다.

그날 밤, 숀은 작은 정원에서 아버지에게 다가갔다.

"맙소사, 한 주가 금방 지나갔구나, 아들." 필립이 말했다.

"잡담을 나누려고 나온 건 아니에요. 아버지하고 로나 케니에 대해 이야기하고 싶어요."

"로나는 여기 온 적이 없는데? 오지 않겠다고 약속했는데."

"아니요, 여기 오진 않았지만……"

"로나에겐 너희 어머니가 내일 공항에 나갈 테니 그때 집에 오라고, 그때 들어오게 해주겠다고 했는데."

"왜 저한테 그 이야기를 하세요, 아버지?" 숀의 얼굴에 슬픔이 가득했다.

아버지가 어머니에게 충실하지 않은 것만도 최악인데, 아들 앞에서 그 일을 자랑스럽게 이야기하다니. 정말 터무니없었다.

"아버지와 어머니가 서로만으로 충분히 행복하지 않은 이유가 뭐죠?" 숀이 물었다.

"글쎄다." 아버지가 정원 의자에 앉았다. "그건 나도 알 길이 없구나, 아들. 하지만 지나간 건 지나간 거야. 너희는 결코 알아서는 안 될 일이고, 그 일은 우리끼리만 알고 잊어버리기로 했어. 지금 너희 어머니가 그 이야기를 하는 게 이상하구나."

"어머니는 아무 말씀도 하지 않으셨어요."

"그런데 어떻게 알았니?" 아버지는 당황한 것 같았다.

"뭘 알아요?"

"너희 엄마와 나 사이에, 음…… 옛날에 문제가 있었던 것 말이다."

"과거만이 아니잖아요." 손이 말했다. 그는 지금 아버지의 표정만큼 슬픈 표정을 본 적이 없었다.

"오, 손. 아들. 난 네 말을 못 믿겠다. 그건 사실일 리 없어. 너희 엄마가 그뒤로 그 남자를 만난 적은 결코 없었어. 그 남자를 아직 그리워할 리 없는데."

"무슨 말씀이세요?" 손은 완전히 어리둥절했다.

"너희 엄마는 내게 약속했다. 우리는 아주 잘 지내고 있어. 아니야, 그 남자를 다시 만나다니, 사실일 리 없어."

"어머니가 남자를 만나다니요?" 손은 세상이 기우뚱하는 것 같았다.

"하지만 그런 일이 있었지. 너희 엄마가 사랑에 빠진 일이. 내가 너무 무심했기 때문이었어. 그 남자는 엄마를 데리고 달아나고 싶어했지만, 엄마는 가정을 지키기 위해 그 남자를 포기했어." 아버지는 어머니가 감탄스럽다는 듯 말했다. 원망은 엿보이지 않았다. 그것은 위대하고 고귀한 일이었다.

"그런 일이 언제 있었어요, 아버지?"

"오래됐다. 너하고 브라이언이 반바지를 입고 다닐 때였는데.

그 남자를 다시 만나다니 믿을 수가 없구나."

"아버지가 로나 케니를 만나는 게 아니에요?"

"물론 만나지. 온실을 어떻게 만들지 상의해야 하니까. 내일 측량을 하러 올 거야…… 하지만 지금 너희 엄마가 그 남자를 다시 만난다니, 그럼 새 온실에는 신경도 안 쓰겠구나."

"아니에요, 아버지." 숀이 아주 부드럽게 말했다. "제가 완전히 오해했어요. 우리가 펍에 간 날 아버지하고 로나가 소곤거리는 걸 봤어요. 그래서 제가…… 제가…… 잘못 생각한 거예요."

"그 어린 아가씨가 나 같은 늙고 어리석은 남자를 좋아할 것 같니?"

"아니에요, 아버지. 그런 일이 일어나기도 해요. 죄송해요."

"그렇다면 너희 엄마가 그 남자를 다시 만난다는 건 아닌 거지?" 아버지의 목소리에서 안도감이 느껴졌고, 얼굴에 벅찬 감정이 떠올랐다.

집에서 식구들이 그들을 부르는 소리가 들려왔다.

22번지는 환히 밝혀져 있었고, 열 명이 앉을 식탁이 그들을 맞았다.

그들이 다음에 여기 오면 온실이 만들어져 있을 것이다.

집으로 들어가면서 숀은 아버지의 허리에 팔을 둘렀다. 브라이언이 놀란 표정으로 그를 쳐다보았다. 숀은 아주 가볍게 고개를 저었다.

그는 어머니를 지켜보았다. 허리를 굽히고 오븐을 들여다보느라 얼굴이 붉어지고 상기된 어머니. 얼굴에는 머리카락 몇 가닥이 들러붙어 있었다. 어머니가 예전에 다른 남자와 바람을 피웠다. 몰래 그를 만났고, 불륜 관계를 맺었고, 열정적으로 사랑했다.

그 사실을 간직한 채 비행기를 타기가 너무 힘들었다.

그는 브라이언에겐 말하지 않기로 했다. 그저 그들이 목격한 것이 오해였다는 말만 할 것이다.

새들의 복권

그는 공작이었다. 그를 만난 순간 대번에 알았다. 그는 액자 유리 뒤의 그림이 아니라, 유리에 비친 자신의 모습을 보고 있었다. 그는 자기가 입은 아주 비싼 재킷의 라펠을 흐뭇한 표정으로 부드럽게 어루만졌다. 그녀는 자신이 지금 무엇에 뛰어들려고 하는지 정확히 알았다.

"엘라라고 해요." 그녀가 간단히 말했다. "정말 아름다운 재킷이네요. 양모인가요?"

그는 기분이 좋은 것 같았고, 놀란 것 같지는 않았다. 그는 재킷에 대해 숨김없는 애정을 드러내며 간단히 말했다. 이탈리아에서 삼 주 전에 샀다고. 하지만 그 이야기를 장황하게 늘어놓지 않는 매너를 보였다.

"해리예요." 그가 말했다. "이제 당신의 옷에 대해 이야기해야 하지 않을까요?"

"오늘밤은 말고요." 엘라가 말했다. "오늘밤엔 퇴근하고 곧장 이리로 왔어요."

그의 미소는 미술관 벽난로에 설치된 불을 지필 수도 있을 것 같았다. 그 불은 순전히 장식물에 불과했다.

"그렇다면 거긴 아주 우아한 회사겠군요." 해리가 말했고, 엘라는 그에게 빠져버렸다.

그녀는 그것이 자신이 해본 가장 의도적인 행동이었다고 나중에 혼잣말을 하곤 했다. 그녀는 눈을 크게 뜬 채로, 어른이 된 후 많은 시간을 쏟아가며 친구들을 구하려 했던 그 상황으로 스스로 걸어 들어갔던 것이다. 그녀는 가슴을 찢고 또 찢을 남자와 사랑에 빠졌다. 곧 친구들의 동정과 인내심이 사라질 테고, 결국엔 친구 자체를 잃게 될 것이다. 엘라는 자제력이 있고 세상을 침착하고 현실적인 시선으로 볼 줄 아는 사람으로 여겨졌는데, 그런 엘라가 매력이 넘치는 공작에게 반한 것이다. 가장 어리석은 여자조차 해리하고 그런 사이가 될 생각은 조금도 하지 않을 것이었다.

하지만 엘라는 신경쓰지 않았다. 그녀도 역경이 있으리란 건 알았다. 하지만 금세 잊었다. 그녀는 어머니 세대의 여성지에서 충고한 모든 것을 했다. 그의 이야기를 잘 들어주고 그 자신의 이야기를 잘 끌어냈다. 그의 관심사를 알아내 그게 자신의 관심사이기도 한 척했다. 체스트넛 스트리트에 사는 그의 가족을 만나겠다고 조르지 않고, 그에게 자신의 가족을 만나달라고 떼쓰지도 않았다.

사실 모든 것이 아주 성공적이어서, 엘라는 남자를 즐겁게 해주라는 옛 사고방식이 자기 자신이 되어라, 처음부터 평등한 관계를 맺어라 같은 현대적 조언보다 훨씬 더 도움이 되지 않을 거라는 말에 의문을 품기 시작했다. 아무튼 그녀는 순식간에 해리의 애인이 되었다. 그녀는 모든 공개적인 행사에서 그의 팔에 안겨 있었고, 밤이 끝나갈 무렵이면 그의 침대에 있었다.

그것은 물론 힘든 일이었다. 하지만 엄청난 노력을 기울이지 않으면 공작을 옆에 둘 수 없다고 말한 사람은 엘라 자신이 아니었던가. 친구들이 사귀는 남자들을 시큰둥하게 바라보면서, 그녀는 누구라도 참새는 유혹할 수 있다고 생각했다. 일부는 정말이지 늙은 까마귀 같았다. 엘라만이 공작을, 번번이 고개를 젓던 눈부신 해리를 차지한 것이다. 그녀는 그가 다른 여자를 보고 미소를 지어도 개의치 않았다. 여자들은 그가 자기를 보고 미소를 짓는다고 생각했지만, 그는 실제로 미소를 짓는 행위 자체에 대해 생각하고 있었다. 그는 미소가 사람들을 기분좋게 해준다는 것을 알았다. 그래서 자주 웃었다. 이따금 그는 자면서도 미소를 지었다. 엘라는 앉아서 그를, 그의 얼굴 근육이 당겨지면서 상대를 기분좋게 해주는 따뜻한 미소가 떠오르는 모습을 지켜보았다.

그녀는 종종 밤에 잠을 자지 않고 오페라의 플롯을 공부했다. 〈라 트라비아타〉는 알프레도와 비올레타의 이야기로, 오해의 연속이었다. 〈리골레토〉는 궁정 광대에 관한 것이고, 〈노르마〉에서는 드루이드교의 여사제인 노르마가 로마인과 로미오와 줄리엣 같은 상황에 놓였다.

엘라는 출판사에서 일했다. 그녀는 해리에게 그 일이 별거 아니라고 말했다. 지독히 재미없는 사람들, 끔찍이 지루한 작가들. 너무 따분해서 그런 이야기로 그의 시간을 뺏을 가치도 없었다. 하지만 해리의 직장은 달랐다. 그는 와인을 수입하는 일을 했다. 꽤 흥미로운 일이었다. 엘라의 입을 거치면 그곳은 마법의 세상이 되었다. 심지어 오페라보다 더 많은 공부가 필요했다. 포도의 품종, 아펠라시옹 콩트롤레, 이 포도밭, 저 수입상, 이 저장고, 저 가족의 가업…… 해리는 그녀의 관심을 인정했다. 그녀가 옳았다. 그건 매력적인 일이었다. 그의 전 여자친구들은 그만큼 잘 이해하지 못했다.

해리는 엘라를 동료들에게 소개했다. 그녀가 이 분야에 감탄하는 게 너무도 분명해 보여서, 그는 완전히 체면이 섰다.

사장 부부는 냉소적이고 지쳐 보였지만, 모든 것을 보고 모든 것을 경험한 사람들이었다.

"당신이 그를 자기 것으로 만들 가능성이 다른 사람들보다 훨씬 높군요." 저녁식사가 끝난 뒤 사장의 아내가 화장실에서 코에 파우더를 맹렬하게 두들기며 말했다.

"오, 당연하죠." 엘라가 살짝 웃으며 대꾸했다.

"잘생긴 남자에겐 계속 그런 노선을 타야겠죠." 그녀보다 나이 많은 여자가 말했다.

엘라는 그녀가 안타까웠다. 그녀가 새들의 복권에서 뽑은 건 화려한 색깔을 뽐내는 찬란한 공작이 아니라 성질 나쁘고 대머리에 털갈이를 하는 독수리였다.

엘라는 테이블로 돌아갔다. 해리가 손으로 턱을 괴고 앉아 있었는데, 그를 처음 보는 사람도 대화를 멈추고 감탄하며 쳐다볼 법한 자세였다. 그의 금발 위로 불빛이 떨어져 머리칼에서 빛이 났다. 엘라는 이 멋진 남자를 잡았다는 생각에 가슴이 부풀어올랐다.

그녀는 자신을 앞서간 어느 여자보다 그를 자기 것으로 만들 확률이 더 높다는 생각에 기분이 좋아졌다. 앞서간 여자는 꽤 많았다. 가끔 그들이 타운을 지나가기도 했다.

"옛 친구가 와인바에서 한잔하자는데." 그는 이따금 말했다.

"오, 당연히 가야지!" 엘라는 꼭 가라고 했다. 그러면 새로 부상하는 오페라 〈피델리오〉를 공부할 시간을 벌 수 있을 것이다. 베토벤이 작곡한 곡인데, 피델리오인 척하는 레오노레에 관한 것이었다. 서로 옷을 바꿔 입어 오해가 계속되는 가운데 세 시간이 지나간다.

아니면 집안일을 할 수 있을 것이다. 그녀가 실제로 그의 아파트에 들어와 사는 건 아니었다. 하지만 별반 차이는 없었다. 그는 그녀가 청소하는 것을 보기 싫어했고, 그 일을 할 누군가를 고용할 마음도 없었다. 그녀는 몰래, 그가 없을 때 집안일을 서둘러 해치웠다. 그녀는 해리가 아침식사로 싱싱한 복숭아를 먹고, 욕실에서 깨끗한 수건을 사용하고, 큰 꽃병에 깨끗한 물과 함께 색색의 꽃이 꽂혀 있는 것이 엘라가 있으면 저절로 일어나는 일이라고 생각하길 바랐다.

그리고 공작은 대개 세상사를 그리 오래 생각하지 않기 때문에 정확히 그렇게 생각했다. 그는 그녀에게 팔을 두르고 그녀가 오면 모든 것이 훨씬 좋아진다고 말했다.

엘라는 월요일 아침마다 그의 셔츠 일곱 벌을 그녀의 직장 옆에 있는 솜씨 좋은 세탁소에 맡겼다. 아니야, 정말로 괜찮아, 자기, 그녀는 그를 안심시켰다. 내 옷도 맡기는걸 뭐. 그는 엘라가 다림질이 필요 없는 옷만 입는다는 사실을 전혀 몰랐다. 그는 자신의 옷장이 늘 반짝거리는 셔츠로 채워져 있는 게 기적이라고 생각했고,

셔츠를 골라 들고 타이를 대보는 순간을 즐겼다.

"예전엔 많이 헝클어져 있었는데." 그는 어리둥절해서 얼굴을 찡그린 채 말했다. 그리고 그 모든 미스터리에 고개를 가로저었다. 엘라도 모든 게 늘 이처럼 매끄럽게 돌아가지 않았다는 사실을 믿을 수 없다는 듯 고개를 가로저었다.

그녀는 직장에서 그에 대해 어떠한 불평도 하지 않았고, 조언을 구하지도 않았다. 그래서 그녀를 걱정하는 말을 주고받는 친구들도 그녀 앞에서는 아무 말 하지 않았다.

엘라가 세일즈 컨퍼런스에 가지 않겠다고 말하기 전까지는 그 문제가 불거지지 않았다. 개인적인 이유라고 했다. 개인적인 이유든 심지어 세계적인 이유든 세일즈 컨퍼런스에 빠질 수 있는 이유는 존재하지 않았다. 엘라의 친구들이 그녀를 따로 불렀다.

"저기, 그가 어떻게 한 거니? 네가 그의 손을 놓지 못하게 그가 어떤 엄청난 걸 해주겠다고 한 거지?" 클레어는 그런 식으로 말해도 될 만큼 오래된 친구이자 동료였다. 하지만 그뿐이었다.

"네가 완전 잘못 안 거야. 해리는 가지 말라고 하지 않았어. 그런 행사가 있는지도 모르는걸."

그들은 충격을 받은 채 서로를 쳐다보았다. 도대체 어떤 사이이기에 출판사에서 일하는 사람과 사귀면서 세일즈 컨퍼런스에 대해 모를 수 있단 말인가?

"너는 승진 대상자에서 제외될 거야, 엘라. 높은 자리에 있는 남자들은 용납하지 않을걸. 네가 어떤 거짓말로 둘러대건 말이야."

"거짓말은 하지 않아. 그냥 일정이 안 맞는다고 할 거야."

"너는 정신이 완전히 나갔을 뿐 아니라 우리까지 낮잡아보게 만들고 있어. 그들은 여자는 이런 일을 감당할 수 없다고, 생리를 하거나, 우울증에 걸렸거나, 임신을 해서 그렇다고 말할 거야. 맙소사, 너 정말 그런 건 아니지?" 클레어는 경악했다.

"아니야. 그건 확실히 아니야." 엘라는 자신이 그들 모두에게 일으킨 위기에 대해 너무 침착하고 너무 아무렇지 않은 목소리로 말했다.

클레어는 위엄 있는 손짓으로 다른 사람들을 오지 못하게 했다. "비상용 테킬라 한잔 어때?" 그녀가 제안했다. 비상용 테킬라는 엉뚱하지만 이런 경우를 대비해 사무실 서랍장 뒤쪽에 숨겨둔 술이었다.

"아니, 솔직히 너무 일러. 나는 못 마셔." 엘라가 거절했다.

"너 임신했구나." 클레어가 말했다. 엘라는 두텁지만 얼마간 멀게 느껴지는 애정이 담긴 눈빛으로 친구를 쳐다보았다. 클레어는 올빼미와 결혼했다. 안경 너머로 클레어를 향해 너그러운 시선을 보내는 지혜롭고 늙은 올빼미. 백만 년이 지나도 그녀는 해리 같은 남자를 잡으려면 어떤 정성을 쏟아야 하는지 모를 것이다.

"말할 수 없어. 너흰 나한테 그러지 말라고 설득하면서 그걸 도의라고 생각할 테니까." 엘라가 말했다.

클레어는 안심한 듯 보였다. 적어도 엘라의 얼굴에 다시 미소가 떠오를 기미가 보였다. 그들은 오랫동안 그 미소를 보지 못했다. 침울하게 골똘히 생각하는 모습만 보았을 뿐이었다.

"해리의 부모님 때문이야. 이번에 〈피델리오〉를 보러 오셔. 그가 다 같이 볼 표를 샀고."

"엘라, 〈피델리오〉는 또 할 거야. 흔적 없이 사라져버릴 새로운 실험극이 아니잖아."

"알아, 하지만……"

"헤리의 부모님도 다시 오시면 돼. 그분들이 칠십사 년마다 나타나는 핼리혜성은 아니잖아. 컨퍼런스는 빠지면 안 돼. 네가 맡은 작가들은 어쩌고? 그들을 실망시킬 수는 없어."

"작가들 책은 다른 사람이 소개하면 되잖아. 저기, 우리는 지금 시간을 써가면서 우리가 꼭 필요한 존재라는 걸 믿지 않게……"

클레어는 몹시 화가 나서 엘라를 쳐다보았다. 다른 사람으로 대체한다는 건 있을 수 있는 일이었다. 하지만 자기가 맡은 작가들을 내팽개치는 것은 다른 문제였다. 그들은 세일즈 컨퍼런스에서 자신의 책을 판매 대행사에 홍보해주기를 기대하는 것이다. 그래야 대행사가 그 책을 서점에 판매할 테니까. 높은 자리에 있는 남자들이 뭐라고 하는 것과는 별개의 문제인 것이다.

"높은 자리에 있는 남자들은 넌더리가 나." 엘라가 말했다. 그러자 클레어가 비상용 테킬라 병을 열어 그 대부분을 머그잔에 따라 혼자 마셨다.

사무실로 돌아온 엘라는 보조로 일하는 캐시의 말없는 비난에 직면했다.

"마음을 바꾸면 좋겠어요." 캐시가 마침내 말했다.

"아니, 그렇지 않을걸요." 엘라가 유쾌하고 간단하게 대꾸했다. "이번이 당신에겐 아주 큰 기회가 될 거예요. 대역 배우가 늘어빠진 박쥐 같은 여주인공이 무대에 오를 수 없게 되기를 바라는 것과 비슷해요. 갑자기 스타가 탄생하는 거죠."

"그것과는 완전 달라요." 캐시가 무뚝뚝하게 답했다. "우선 당신은 늙어빠진 박쥐가 아니에요. 아무리 당신 행동이 이상하다 해도. 제 기억이 맞는다면 저보다 겨우 세 살 많잖아요. 그리고 이건 어쨌거나 스타가 되는 일이 아니에요. 제 일에 더해서 당신 일까지 떠안는 거죠."

"그럴 능력이 충분히 되잖아요." 엘라가 북돋아주었다.

"그건 옳지 않아요, 엘라. 그럴 만한 충분한 이유가 있다 해도. 그리고 제가 어떻게 오스트레일리아에서 오는 그 이상한 남자를 다룰 수 있겠어요?"

"아, 맞다." 엘라가 말했다. "재커루*를 잊고 있었네요."

"음, 그분은 당신을 잊지 않았어요." 캐시가 의기양양하게 말했다. "그분하고 오늘 다섯시에 만나기로 되어 있잖아요."

"오늘 저녁은 안 돼요. 오늘 저녁엔 만날 수 없어요!"

캐시는 화를 가눌 수 없었다. "그럼 모두에게 공평하게 사직서를 내고 집에 앉아 혼수 준비나 하세요. 여기 남은 우리는 책을 출판하는 일에 전념할 테니까요."

엘라가 아주 어렸을 때, 아버지는 타인의 관점에서 볼 수 있는 건 큰 미덕이라고 늘 이야기했다. 예전에 그녀는 그렇게 했다. 사실 그것이 그녀의 큰 장점 중 하나였다. 그녀는 작가가 되는 건, 책을 파는 영업사원이 되는 건, 경쟁사의 편집자가 되거나 직급 낮은 사원으로 지내는 건 어떤 건지 상상할 수 있었다. 어쩌면 최근에 그녀는 너무 한쪽에만 몰두해 있었다. 그녀가 다른 사람의 관점에서 보고 있긴 했다. 확실히 그랬다. 하지만 해리의 관점만이었다.

---

* 오스트레일리아 영어로 '농장 견습 일꾼'이라는 뜻.

그녀는 그의 생각을 앞서 추측하려 했다. 어떤 문제가 일어나기도 전에 해결하려 했고, 이마를 찡그리기도 전에 주름을 지워 없애려 했다. 그녀는 캐시의 눈을 똑바로 쳐다보았다.

"당신 말이 절대적으로 맞아요." 그녀가 말했다. 그리고 해리를 만난 이후 처음으로 그에게 전화를 걸어 오늘은 만날 수 없다고 했다.

해리는 깜짝 놀랐다. "누굴 만나는데?" 그가 믿을 수 없다는 듯 물었다.

"오스트레일리아에서 오는 사람인데, 작가야. 내가 세일즈 컨퍼런스에는 못 가니까, 그 사람에게 그의 책과 그 책에 대한 우리의 계획을 말해줘야 해."

"하지만 그는 작가잖아." 해리가 말했다. "그러니까, 당신은 그의 편집자고. 당신이 그의 책에 관심을 보인다는 사실에 그가 아주 아주 고마워해야 하는 거 아냐!"

"고마워하고 있어." 엘라의 목소리는 단호했다.

해리가 몹시 화난 목소리로 말했다. "미리 알았으면 다른 계획을 세웠잖아. 이제 나는 그냥 할일 없이 빈둥거려야겠네."

"그러면 와서 합석하든가. 어쨌거나 여섯시 이후에 만날 거였잖아. 우리 회사 옆에 있는 술집으로 와. 거기 있을 거야. 안쪽에."

그가 조금 툴툴거렸다. 그러더니 오겠다고 했다.

엘라는 재커루의 책에 대해 메모한 것을 챙겼다. 첫 소설인데 기발했다. 다른 어떤 것과도 달랐다. 주류는 아니었으나, 엉뚱했다. 그녀는 컨퍼런스에 직접 가서 그 책에 어떤 식으로 접근할 건지 설명할 수 없다는 사실이 아쉬웠다. 하지만 결정은 이미 내렸다. 아름답고 잘난 공작을 길들이는 데—그가 가정적인 생활방식에 적응하고 그의 인생에서 그녀를 영원한 존재로 생각하게 만드는 데—들인 모든 시간을 그냥 날려버릴 수는 없었다. 다른 재커루가 또 있을 것이고, 다른 기발한 첫 소설이 또 있을 것이다. 세일즈 컨퍼런스는 여섯 달에 한 번씩 있었다. 하지만 해리에게 쏟아부은 것과 같은 이런 노력은 두 번 다시 없을 것이다.

엘라는 자신이 재커루라고 이름 붙인 남자를 만나본 적이 없었다. 그의 원고가 아주 깔끔해서, 그녀는 그가 체격이 아담하고 까다로운 사람일 거라고 상상했다. 아마 펭귄 같을 것이다. 그는 전화 통화에서 자신이 이루 말할 수 없이 산만한 사람인데, 마침 자신의 워드프로세서와 사랑에 빠졌다고 말해 그녀를 안심시켰었다. 그 덕에 마음이 좀 정리되었다고. 그는 이제 집을 깔끔하게 정리해줄 기계를 찾아야 할 것 같다고 말했다.

"아내는요?" 그녀가 물었다.

"오, 그런 게 하나 있어요." 그가 말했다.

혹은 그런 게 하나 있었다고 말했던 것도 같았다. 기억나지 않았다. 어쨌거나 그건 중요하지 않았다. 중요한 건, 자신은 아니더라도 캐시가 가서 그 책이 다른 모든 책과 함께 자기만의 여정을 시작하기 전에 좋은 평가를 받을 수 있도록 모든 노력을 기울일 거라고 그에게 말해주는 것이었다.

그녀는 술집 안을 둘러보았다. 조금이라도 펭귄 같아 보이는 사람은 아무도 없었다.

체격이 크고 수염을 덥수룩하게 기르고, 긴 머리에 길게 늘어진 코트를 입은 남자가 화이트와인을 홀짝이며 바 앞에 서 있었다.

"엘라라는 중년 할망구를 찾고 있어요." 그가 바텐더에게 말했다.

"중년 할망구 여기 있습니다." 그녀가 웃음을 터뜨리며 말했다.

"맙소사, 제가 생각했던 모습과 다르군요!"

"당신도 그런데요." 그녀는 해리가 오기 전에 그 남자와 사무적인 대화를 나누면서 가능한 한 많은, 심지어 모든 이야기를 끝낼 생각이었다. 그는 합리적인 사람 같아 보였다. 그녀의 상상 속 펭귄과는 딴판이었다. 그들은 함께 앉았다.

"와인 한 병 마셔도 될까요?" 그가 물었다. "출판 관계자를 만나면 소심해져서 말이죠. 추정이나 가정 같은 건 하고 싶지 않고요."

"출판 관계자에게 소심하지 않은데요. '늙은 할망구'라고 불렀잖아요."

"아, 그건 내가 잘못 안 거예요. 한 병은 너무 과할까요?"

"아니요, 하지만 제가 편집자니까 제가 살게요. 어쨌거나 조금 이따 친구가 합석할 거예요."

"그러면 두번째 병을 사세요." 그는 멋지게 웃을 줄 아는 사람이었다. 짧고 갑작스럽고 예측할 수 없지만 감염성이 아주 높은 웃음. 그녀 또한 자기도 모르게 웃었다.

그들은 책에 대해 조금 이야기를 나누었다. 그는 이 상황이 꿈같다고 말했다. 먼 오지에서 런던의 아주 세련된 바까지 오게 된 것이, 그를 착하고 어린 식민지 주민처럼 생각해 머리를 쓰다듬어주리라 생각한 늙은 할망구가 알고 보니 멋진 새였다는 것이 말이다.

"당신은 아름다운 푸른색과 오렌지색 털을 가진 잉꼬 같아요." 그가 말했다.

"잉꼬요?"

"오색앵무 못 봤죠?" 그가 그 진기한 색깔이 놀랍다는 듯 말했다. 그리고 장미앵무와 무화과앵무, 시끄러운 팔색조에 대해서도 말했다.

"다 지어낸 이야기죠!" 그녀가 말했다.

어쨌거나 해리가 도착했을 때 그들은 책 이야기는 꺼내지도 못한 상태였다.

해리는 정확히 자기 눈과 같은 색깔의 부드러운 스웨터를 입고 있었다. 정확히. 옷을 살펴보고 한 벌을 골라 햇살이 내리쬐는 가게 밖으로 나오기까지 많은 시간이 걸렸을 것이다.

해리는 그 바가 수집가의 아이템이라고 비꼬았다. 이렇게 후진 곳을 어떻게 찾아냈는지 상상도 할 수 없다고.

"나는 여기가 세련된 바라고 생각했는데요." 그레그가 말했다. 그녀는 그를 더는 재커루라고 생각하지 않았다.

"뭐, 네." 해리가 말했다. 그건 아무 의미 없는 말이었다. 잘 모르면 여길 세련된 술집으로 생각할 수 있다는 의미일 수도 있었고, 혹은 오스트레일리아에서 왔다면 세련된 술집처럼 보일 수 있겠다는 의미이거나. 혹은 "아, 뭐, 그런 건 중요하지 않아요. 중요한 건 우리가 여기서 술을 마신다는 거죠"라는 의미일 수도 있었다.

엘라는 해리가 자기소개를 거의 하지 않는다는 것을 깨달았다. 아름다운 사람은 자신을 설명하거나 이야기할 필요가 없다. 공작은 자신을 설명하거나 이야기할 필요가 없다. 공작은 공작이 되는 것 말고는 아무것도 할 필요가 없다. 주위 사람들이 다 해주니까.

그녀는 그레그를 보면 어떤 새가 떠오르는지 알아냈다. 에뮤, 크고 산만한 에뮤……

"에뮤는 어떤 새인지 말해주세요." 그녀가 말했다. 그는 에뮤가 크고 날지 않으며 늘 자동세차장을 통과시켜야 할 것처럼 보이는, 혹은 자동세차장처럼 보이는 새라고 설명했다. 순수하고 모든 것에 관심을 보이는 새라고. 우리가 차 안에 앉은 채 창밖으로 손수건을 흔들면 그 큰 새의 무리가 무엇인지 살펴보려고 어슬렁어슬렁 덤불숲에서 나올 거라고.

엘라는 그 얘기가 정말로 사랑스럽고 재미있다고 생각했다. 그녀는 고개를 뒤로 젖히고 크게 웃었다. 그녀의 맞은편에 앉아 있던 그레그와 해리가 그녀를 감탄의 눈빛으로 쳐다보았다. 하지만 엘라는 해리가 그녀 바로 옆을 보고 있다는 것을 깨달았다. 그녀 뒤에 낡은 거울이 있었다. 그의 모습이 멋지게 비쳤을 것이다.

"이번 세일즈 컨퍼런스에 대해 이야기해주세요." 그레그가 말했다.

엘라가 그를 똑바로 쳐다보았다.

"다음주예요." 그녀가 말했다. "제가 가서 힘이 되어드릴게요."

마담 매직

자선행사 때 운세를 점치는 일을 맡게 된다면 다른 모든 곳에서
그러듯 숙제를 해야 한다.

26번지에 사는 멜리는 그 거리에서 아주 인기가 많았는데, 유행
이 지난 긴 꽃무늬 치마를 입고 긴 머리칼에 호박 구슬 목걸이를
치렁치렁하게 늘어뜨리고 다니는 진짜 히피였기 때문에 그건 뜻밖
이었다.

심지어 미소도 아름다웠는데, 그건 이웃에 사는 까다로운 오브
라이언 씨도 그녀를 좋아한다는 의미였다. 또 그녀는 모든 사람에
게 친절했는데, 그건 대체로 히피 문화에 대해 안 좋은 소리를 하
고 다니는 4번지의 케니 부부도 그녀는 좋게 본다는 의미였다.

그녀의 이웃인 재미없는 네사와 해리도 그녀를 안다는 이유로
조금은 재미있는 사람들이 되었다. 멜리는 누가 멀리 갈 일이 있으
면 개나 고양이의 밥을 챙겼고, 심지어 카나리아 한 쌍이 실내가 너

무 어둡다고 느낄까봐 새장에 넣어 산책을 시킨다는 말도 들렸다.

멜리는 11번지에 사는 창문 청소부 버킷 매과이어가 강풍이 또 한번 불면 떨어질 것 같자 사다리를 잡아주었다. 3번지에 사는 눈 먼 여인 미스 맥의 집에 정기적으로 가서 책도 읽어주었다. 미스 맥이 아서왕과 원탁의 기사에 관한 이야기를 좋아한다는 사실은 놀라웠다.

그래서 동네 주민들은 말발굽 형태의 체스트넛 스트리트 중앙에 있는 풀밭에서 축제를 열기로 했을 때, 멜리에게 점술가가 되어달라고 부탁했다. 그들은 그녀가 당연히 승낙할 거라고 생각했다. 코소보의 고아원을 돕기 위한 행사이고, 그녀는 마음씨가 아주 고운데다 작은 동전을 붙인 스카프를 머리에 두르면 점술가처럼 보였기 때문이었다. 멜리는 모든 사람의 앞날에서 좋은 일을 볼 것이고, 그러면 앞날에 큰 희망이 없는 아이들을 위한 기금이 마련될 것이다.

하지만 그들은 글래스턴베리 페스티벌을 미처 생각하지 못했다.

멜리는 매년 그곳에 갔다. 그래서 승낙할 수 없는 것을 몹시 미안해했다. 코소보 아이들에게 뭔가 기부하고 싶었지만, 시간을 기부할 수는 없었다.

그 페스티벌은 그녀에게 한 해의 중심이었다.

"당신을 대신할 만한 사람을 찾아줄 수 있을까요, 멜리?" 14번지에 사는 낸 라이언이 부탁했다. "알다시피 우리는 당신 같은 예술적인 사람을 몰라요."

멜리는 예술적인 사람이라는 말을 들으니 기분이 좋았다. 그녀는 손금을 볼 줄 알고 그 일을 꽤 진지하게 여기는 여자를 알고 있었지만, 그 여자는 단지 재미로 그 일을 하라고 하면 모욕감을 느낄 것이다.

그 일은 사람들의 생각만큼 쉽지 않을 것이다.

그리고 멜리는 글래스턴베리에 가 있는 한 주 동안 누군가에게 집을 빌려줄 생각이었다. 걱정할 게 너무 많았다.

때마침 전화가 걸려왔다. 애그니스였다!

애그니스는 뉴멕시코의 어느 공동체에서 살고 있었다. 그녀는 뭐든 하려고만 하면 일이 잘못 흘러갔는데, 이번에도 상황이 아주 잘못되었다. 너무 가혹하지만, 어쩌다보면 그녀가 늘 사태의 중심에 있곤 했다. 이번에도 마찬가지였다.

이번에 그녀는 머릿속을 다시 정리할 때까지 이삼 주 정도 지낼 숙식 공간이 필요했다. 애그니스는 공동체생활을 하면 밖에서 생각하는 것보다 훨씬 돈이 많이 들기 때문에, 유감스럽게도 정말로 돈이 한푼도 없다고 했다. 하지만 그녀는 당연히 뭐든 할 것이다. 정원의 잡초도 뽑고, 빵도 만들고, 아이들도 보살피고, 개도 돌보고. 뭐든.

"점치는 거 할 수 있어?" 멜리가 물었다. 그러자 애그니스는 해보겠다고 했다.

애그니스는 축제가 열리기 한 주 전에 도착했다.

그리고 행복하게 26번지에 안착했다.

"벽돌과 모르타르." 애그니스는 벽을 감각적으로 어루만지며 말했다. "정말 근사하다, 멜리. 이런 건 결코 과소평가해선 안 돼."

"'소유는 도둑질이다'*라는 기치는 어떻게 된 거야?" 멜리가 한마디했다.

애그니스는 그 문장이 슬로건처럼 쓰이면서 오해를 받는다고 생각했다. 그리고 자신은 체스트넛 스트리트를 사랑한다며 이웃에 대해 이것저것 물었다.

애그니스는 이웃을 만나러 나가고 싶지는 않다고 했다. 얼굴에 이유를 알 수 없는 멍이 들었기 때문이었다. 얼굴을 보여도 괜찮을 때까지 기다릴 것이었다.

멜리는 조금 망설이다, 애그니스에게 길 중앙에 있는 광장과 말발굽 모양의 거리에 있는 서른 채의 집에 사는 사람들에 대해 말해주었다.

'대안적인 생활방식'을 따르는 애그니스나 멜리와는 아주 달랐다. 물론 애그니스는 이런 정착지를 아주 경멸할 것이다.

하지만 아니었다. 애그니스는 사람들의 삶에 흥미가 있는 것 같았고, 많은 질문을 했다.

멜리는 14번지에 사는 라이언 부인에 대해 이야기했다. 옆집을 수리하러 온 건축업자와 사랑에 빠져, 지금은 둘이 결혼해 같이 산다고. 멜리는 아내 필리스를 돌보는 케빈에 대해서도, 부모님을 돌보고 검소한 남자와 결혼한 5번지에 사는 미용사 릴리언에 대해서도, 벽면이란 벽면은 죄다 유명한 성인의 성화와 성상으로 뒤덮은 리엄과 브리지드 케니 부부에 대해서도, 새로 만든 온실을 성당의 제단인 양 떠받드는 22번지의 미치와 필립에 대해서도, 정말로 괜찮은 아이지만 유별난 엄마와 살고 있는 18번지의 돌리에 대해서도.

---

* 프랑스의 무정부주의 철학자 피에르 조제프 프루동이 『소유란 무엇인가』라는 책에서 제시한 명제.

애그니스는 고개를 끄덕이며 공감했다. 멜리는 애그니스가 같이 지내기에 편한 성격인 것 같다고 결론을 내렸다. 확실히 침착했고, 광적이고 미친 듯한 면은 눈에 띄지 않았다.

그녀는 렌즈콩 수프만 있으면 충분하고 빵은 직접 만들 수 있다고, 멜리가 음식을 챙겨주고 갈 필요는 없다고, 하지만 별이나 탄생 별자리 같은 것에 관한 책이 있으면 아주 좋겠다고 말했다.

멜리는 이제 글래스턴베리로 떠날 준비를 마쳤다. 집은 행복하고 만족스럽게 관리될 것이다. 축제에는 점술가가 있을 것이다. 애그니스는 자신을 마담 매직이라 칭하면서 오후 세시에 등장할 것이다.

"사람들을 놀라게 하거나 그러지 않을 거지, 응?" 멜리가 떠나기 직전에 말했다.

"걱정 말고 가, 멜리." 애그니스가 말하고는 천칭자리인 사람은 균형감 있고 신중하다는 내용을 익혔다.

글래스턴베리는 여느 때와 마찬가지로 아주 훌륭했다. 멋진 음악, 굉장한 사람들.

한두 번 정도 멜리는 페스티벌에 놀러오기엔 좀 너무 나이든 게 아닌가 생각했다.

다른 모두가 자기보다 어린 것 같았다. 하지만 그저 비가 더 많이 와서, 들판의 흙이 더 질어서, 패스트푸드를 먹거나 화장실을 사용하려면 줄을 서서 한참 기다려야 해서 그렇게 느끼는 거였다.

한두 번 정도 멜리는 차라리 체스트넛 스트리트로 돌아가 재미없고 고루한 축제에나 가볼까 하는 마음도 들었다.

그러다 애그니스가 걱정되기 시작했다.

애그니스가 지난날에 그랬듯 완전히 무모한 짓을 한 건 아닐까?

멜리는 돌아가서 그 모든 일이 어떻게 흘러갔는지 알아내기까지의 시간이 길게만 느껴졌다.

그녀의 집은 여전히 26번지에 있었다. 지금까진 좋았어.

멜리는 집안으로 들어갔다. 맛좋은 카레 냄새가 풍겼고, 테이블에 메모가 놓여 있었다.

집에 돌아온 걸 환영해, 멜리. 저녁은 내가 내는 거야. 28번지에 사는 멋있는 오브라이언 씨가 채소를 바구니에 가득 담아 주셨어. 정말 다정한 분이야. 돌리가 나중에 집에 올 거야. 내가 빵 만드는 법을 가르쳐주고 있거든. 나는 지금 길 건너에 사는 미스 맥에게 초능력에 관한 이야기를 읽어드리는 중이야. 일곱시에 돌아올게. 참, 그런데 사람들에게 우리가 서로 모르는 사이라고 이야기했어. 그게 더 현명한 것 같아서.

사랑을 담아, 애그니스

멜리는 심장이 내려앉은 것 같았다.

자신이 애그니스의 친구가 아니라고 하는 게 왜 더 현명한 거지?

또 오브라이언 씨가 다정한 분이라는 건 무슨 뜻이지? 그는 악몽 같은 사람인데.

돌리가 빵 만드는 법을 배우러 온다고? 이 집에?

애그니스가 완전히 미친 거 아냐?

멜리는 마음을 진정시키고 도대체 어떤 상황인지 생각해보았다.

자제력을 잃을 만큼 화내는 일은 없어야 한다.

애그니스가 아무리 미치고 정신이 이상해졌다 해도 멜리는 침착해야 할 것이다.

애그니스는 쇼트브레드를 들고 집으로 돌아왔다. "미스 맥이 네 것도 가져가라고 해서. 알겠지만, 우리가 서로 모르는 사이라고 생각하거든. 그래서 내가 네게 좋은 인상을 주길 바라는 거야."

"그럼 미스 맥은 우리가 서로 모르는 사이인데 네가 내 집에서 뭘 한다고 생각하는 거니?" 멜리의 입에서 나오는 단어 하나하나가 짧게 터지는 총성처럼 들렸다.

"우리가 광고를 통해 만났다고 생각해. 모두 그렇게 생각하고 있어."

"왜 그렇게 생각하지?" 멜리는 침착함을 유지했지만, 목소리는 로봇처럼, 달렉*처럼 들렸다.

"음, 내가 마담 매직 역할을 한 게 정말 잘 풀렸거든. 정말로. 솔직히 멜리, 너는 못 믿겠지만 사람들이 더 많이 알려달라고 자꾸 찾아와. 그리고 저기, 내가 가짜라는 말은 하고 싶지 않았어…… 네가 그 모든 비밀을 다 얘기해줬다고는 말하고 싶지 않았어."

"하지만 내가 모든 비밀을 말해준 건 아닌데. 나는 그들의 비밀을 몰라." 가여운 멜리는 아연실색했다.

"네가 해줬어, 멜리. 케빈과 필리스 이야기도 해줬고, 돌리의 어머니 이야기도 해줬어. 케니 부부가 광적으로 종교를 믿는다는 것

---

* BBC 드라마 〈닥터 후〉에 나오는 외계 생명체로, 귀에 거슬리는 단조로운 소리로 말한다.

도 말해줬고······"

멜리는 분노로 얼굴이 불그죽죽해졌다. "나는 너를 친구로 믿고
그 이야기를 털어놓은 거야. 그 이야기를 아무데서나 지껄이라고
해준 게 아니라고." 그녀의 머릿속에서 자신의 목소리가 아주 멀게
들렸다.

"하지만 나는 지껄인 게 아니야. 네가 알려준 걸로 머리를 썼지.
나는 훨씬 섬세했다고."

"오, 그랬구나."

"그랬어, 정말이야. 사람들이 다 좋아했어, 멜리. 정말로 그랬
어. 장담하는데, 좋은 점을 많이 짚어줬어. 짚어줄 필요가 있는 그
런 부분, 알잖아."

"애그니스! 네가 사람들에게 그런 점을 짚어줬다고?"

"음, 이 말을 해줘야겠다. 돌리의 어머니는 내가 그녀의 방문으로
그림자 같은 큰 형체가 다가가고 있다는 이야기를 해준 뒤로 조심
성이 훨씬 많아졌어. 세 번이나 다시 찾아왔어. 정말 그랬다니까."

"못 믿겠어." 멜리는 기절할 것 같았다.

"그리고 22번지에 사는 미치라는 여자는 이제부터 온실을 떠받
드는 건 그만하겠대. 혈육이 사회적 시선보다 더 중요하다고 말해
줬거든. 매주 아들들에게 이메일을 보내라는 말도 해주고. 나를 아
주 좋아해."

"어련했겠어!"

"아니, 정말 그래, 멜리. 오브라이언 씨는 이제 더 신중해질 거
야. 그가 키우는 고양이 루퍼트가 그를 남의 뒷이야기를 너무 많이
하는 사람이라고 생각한다고 얘기해줬거든. 그리고 릴리언! 네가

사람들이 그녀를 완전 무시하는 것 같다고 말해줬잖아. 이제 그러지 않을 거야."

"네가 릴리언에게 당하고도 가만있지 말고 할말은 하고 살라고 그랬다고?"

"아니, 그 집의 다른 식구들에게 릴리언을 제대로 아껴주지 않으면 그녀가 집을 나가버릴지도 모른다고 말해줬어. 금발 곱슬머리 형체가 어둠을 틈타 조용히 집에서 나가는 걸 봤다고 했지. 모두 그게 릴리언이라고 생각해서, 그들의 기침소리가 잠잠해졌지."

멜리는 깜짝 놀라 듣고 있었다.

"그러면 코소보 아이들에게 보낼 돈은 벌었니, 애그니스?" 그녀가 마침내 물었다.

"엄청 많이. 일요일에 내가 가장 인기가 많았어. 어떤 사람은 세 번이나 찾아왔다니까. 그리고 그날 이후로 나는 여기서 적당한 돈을 받고 사람들을 봐주고 있어. 네가 괜찮다고 하면 좋겠다."

이걸로 끝이었다.

침착한 모습을 보이려던 노력은 이제 끝났다.

"아니, 애그니스. 아니야. 이번에는 상황이 더 나빠지기 전에 누군가가 말해줘야 해. 나는 네가 그 많은 점잖은 사람들에게 미래를 아는 척 사기를 쳐서, 내 집에서 다른 사람인 척하며 돈을 갈취하게 내버려두지 않을 거야. 법에 걸리면 법대로 할 거고. 나는 네 편이 되어 우리가 광고를 통해 만났다고 말할 생각이 없어. 네가 이런 식으로 사람들을 속일 수는 없어."

애그니스는 침착했다. "나는 다른 사람인 척한 적 없어. 나는 그들에게 관심이 아주 많고, 그들을 돕고 싶은 것뿐이야."

"그들의 돈을 갈취하고 그들에게 거짓말을 떠먹이면서 말이지."

"거짓말은 하지 않아. 진실을 말해주는 것뿐이야. 사람들은 그걸 아주 좋아하고, 더 이야기해달라고 계속 찾아와. 나는 이 일에 소질이 있는 것 같아. 이전엔 이렇게 뭘 잘해본 적이 없어."

둘 중 한 명이 더 말하기 전에 누군가가 문을 두드렸다.

돌리와 그녀의 어머니였다.

"엄마한테 빵 만드는 법을 배우고 있다고 하니까, 와서 봐도 되냐고 하셔서요." 돌리가 말했다.

"음, 멜리에게 물어봐야 해요. 여긴 멜리의 집이니까요." 애그니스가 정중히 대답했다.

"이제 두 분이 만났으니 함께 지내는 건가요?" 돌리가 관심을 보였다.

"음, 네." 둘이 동시에 대답했다.

"여기서 지내세요." 멜리가 그러라고 했다.

"애그니스는 천재예요." 돌리의 어머니가 멜리에게 소곤거렸다. "내가 평생 들어본 말 중에 가장 중요한 이야기를 해줬어요. 운명의 여신이 애그니스를 여기로 데려온 것 같아요, 멜리. 진짜예요."

"네, 그럼요."

"당신도 이분을 좋아하죠, 그렇죠, 멜리? 이 거리에 이런 지혜로운 분이 같이 산다는 건 정말 멋진 일이에요."

"산다고요?" 멜리가 숨을 꼴깍 삼켰다.

"음, 지내거나, 일하거나, 뭐가 됐건요."

"오, 네. 그럼요."

그리고 멜리는 앉아서 그들이 반죽을 치대는, 묘하게 위로가 되는 소리를 들으며 같이 사는 문제에 대해 생각했다. 집의 절반을 임대할 수 있다면 당연히 좋을 것이다. 친구와 같이 사는 것도.

그리고 애그니스는 전보다 훨씬 더 평범해 보였다.

먼저 현실적인 면을 따져봐야 했다.

결국 잘되지 않을 것이다. 애그니스는 잘된 일이 없었다.

하지만 한편 그들은 조금씩 나이들어가고 있었다. 아마 성숙해졌을 것이다.

그리고 체스트넛 스트리트에는 뭔가 정착하게 만드는 분위기가 있었다.

멜리는 어깨의 긴장이 풀리는 것을 느꼈다.

글래스턴베리에서 누군가 빵을 만들고 있고 오브라이언 씨의 채소로 만든 맛좋은 카레가 있는 이 집으로 돌아온 것이, 작년에 아무도 없는 빈집으로 돌아왔을 때보다 훨씬 기분좋았다.

마담 매직은 그 이름에 걸맞은 삶을 어려움 없이 시작할 수 있을 것이다.

아무 말 하지 않기

누알라는 딸의 약혼자 톰을 좋아하지 않았다. 그는 늘 경쟁에 대해 이야기했고, 그 세계에서 살고 싶어했다. 하지만 누알라의 친구들은 그녀가 무슨 말을 하든 그녀보고 아무 말 말라고 했다.

아무 말 하지 않기는 어려웠다. 하지만 누알라가 어렸을 때 어머니의 친구 한 분이 거의 늘 그게 가장 현명한 방법이라고 말했다.

누알라는 하나뿐인 자식인 케이티에게 최고로 좋은 것만 해주고 싶었다. 케이티의 아버지가 체스트넛 스트리트에 있는 그들의 집에서 나간 게 케이티가 열 살 때였다.

"아빠는 왜 우리를 더이상 사랑하지 않아요?" 케이티는 어머니에게 묻고 또 물었다.

누알라는 이를 악물고, 아빠는 당연히 우리 둘을 아주 많이 사랑한다고 말하고 또 말해주었다. 떠나는 게 더 나았던 것뿐이라고.

마이클이 매주 한 번씩 와서 딸을 동물원이나 스케이트장이나 낮시간에 하는 공연에 데려가곤 했다. 십 년이 지나는 동안 그는 케이티에게 세 명의 '특별한 친구'를 소개했다.

그 시기에는 각각의 여자가 그의 삶에서 중요한 의미를 지녔다.

처음에 케이티는 누알라에게 아빠의 새 친구에 대해 마구 떠들어댔다.

누알라는 이를 너무 세게 악물어 이가 다 닳아 없어지지는 않을까 생각했다.

하지만 열여섯 살이 되었을 때, 케이티는 더는 그 여자들에 대해 이야기하지 않았다. 어머니가 흥미를 가장하며 지어 보이는 굳은 배려의 미소에서 뭔가 잘못되었다는 걸 느꼈을 것이다.

"아빠는 어떻게 지내?" "오, 잘 지내세요." 케이티는 어깨만 으쓱했다.

새로운 정보도 없었고, 자세한 이야기도 없었다. 흥미가 좀 줄어든 듯했다.

얼마 지나지 않아 케이티는 토요일에 시간을 보낼 다른 일이 생겼다. 더 재미있는 일들이.

친구들과 놀러다니는 것이 그중 하나였다. 아버지에게는 미안하다고 전화를 하거나 문자를 보냈다.

늘 아주 모호하거나 심지어 "아빠, 미안해요. 내일은 바빠서 꼼짝 못해요" 같은 핑계를 댔다. 그래서 그는 딸이 더이상 자신을 만나고 싶어하지 않는다는 걸 깨달았다.

그는 누알라를 만나러 그녀의 직장을 찾아갔다.

누알라는 근처 병원에서 간호사로 일했다. 근무중에 누가 찾아오는 건 곤란했다.

"오 분만." 마이클이 부탁했다.

"잠시 시간을 내볼게." 누알라가 피곤한 목소리로 말했다.

그리고 그를 의자 몇 개가 놓여 있는 복도 끝으로 데려갔다.

"애가 내게 등을 돌리게 하는 데 성공한 것 같군." 그가 씁쓸하게 말했다.

"아니, 마이클. 나는 아무 말 안 했어." 누알라가 조용히 말했다.

"그 이유가 아니면 왜 애가 나를 만나려 하지 않지? 나를 속일 생각은 마, 누알라. 당신이 어떤 식인지 아니까."

"지금 난 그런 식으론 안 해. 솔직히 마이클, 당신이 나를 떠난 초기에는 그랬던 걸 인정하지만, 지금은……"

"지금은 뭐?"

"지금은 당신이 어떻게 하건 상관없어. 솔직히 그래. 예전엔 중요했지. 하지만 지금은 당신이 잘살기를 바라고, 당신 생각은 전혀 하지 않아."

그녀는 침착하게 말했고, 그는 그녀의 말을 믿는 것 같았다.

"그러면 왜 아빠인 나를 만나는 대신 친구들과 놀려고 하는 거지?" 그는 정말로 영문을 알 수 없었다.

"열일곱 살이니까." 누알라가 말했다.

"그러면 당신은 이게 괜찮다는 거야?" 마이클이 염려하는 부모의 표정을 지었고, 그것을 보자 누알라는 아주 언짢았다. 하지만 가까스로 그런 내색을 보이지 않았다.

"그애한테 친구가 있어서 나는 좋아. 그래, 괜찮아."

"케이티한테 주중에 만나자고 했더니, 숙제를 해야 해서 바쁘대." 그는 정말로 속상한 표정이었다.

"맞아, 주중에는 공부할 게 많아. 그게 그애가 주말의 자유를 즐기려는 이유지." 누알라의 목소리는 온화하고 너그러웠다.

"혹시 만나는 남자 있어, 누알라?" 그가 느닷없이 물었다.

"그건 왜?"

"좀 달라진 것 같아서. 암탉처럼 쏘아붙이지 않잖아."

"오, 다행이네. 그런데 미안, 마이클. 이제 병동으로 돌아가봐야 해."

"내가 어떻게 하면 되지?" 그가 물었다.

그녀는 그 특유의 길 잃은 어린 소년 같은 표정 또한 기억하고 있었다.

"맙소사, 나도 모르지." 그녀가 말하고 복도를 총총 걸어갔다.

"오늘 아빠를 만났어." 그날 저녁 누알라가 말했다.

"아, 그래요?" 케이티는 읽고 있는 잡지에서 눈도 들지 않았다.

"내가 너를 아빠하고 만나지 못하게 막는다고 생각해."

"전형적이네요." 케이티가 말했다.

누알라는 아무 말 하지 않았다.

"엄마가 제 일에 참견하면서 아빠를 만나라고 할 줄 알았어요."

"아니, 그렇지 않아. 너는 열일곱 살이야. 뭘 하고 누굴 만날지는 네가 정하는 거야." 누알라의 목소리는 밝고 유쾌했다.

갑자기 케이티가 의자에서 일어나더니 누알라를 끌어안았다.

"엄마는 세상에서 가장 좋은 엄마예요. 앉으세요. 제가 저녁을 준비할게요."

누알라는 빙그레 미소를 지었다. 언젠가 누군가가 그녀에게 아무 말 하지 말라고 조언했는데, 그 말이 정말로 맞았다.

케이티는 열심히 공부해서 교육대학에 입학했다. 그녀는 친구가 많았고, 더 열심히 공부하고 교생 실습도 했다.

케이티는 사 주에 한 번 주말에 아버지를 만났고, 만나는 시간은 점점 짧아졌다. 여전히 집에서 누알라와 함께 살았다.

졸업식이 있던 날 밤에 케이티는 톰을 만났고, 모든 것이 바뀌었다.

톰은 아주 매력적이었다. 누알라도 그것만큼은 인정했다.

그는 잘생기기까지 했고, 좋은 친구였다.

하지만 그녀의 남편 마이클 역시 한때 이 모든 것이었다. 케이티는 톰에게 완전히 빠졌다. 톰을 만나고 얼마 안 돼, 케이티는 따로 아파트를 얻어 살겠다고 했다. 그 자리에 있던 톰을 전혀 언급하지 않고 그 모든 이야기를 했다. 하지만 케이티가 사랑에 빠졌고, 그애가 선택한 사람이 이 남자라는 사실은 한낮의 햇살처럼 분명했다.

누알라는 케이티가 언젠가 집을 떠나야 한다는 것을 알았지만, 톰과 함께는 아니기를 바랐다.

이유는 정확히 몰랐지만, 그녀는 톰이 마음에 들지 않았다. 전적으로 신뢰할 수가 없었다. 그는 케이티에게 깊이 빠진 것 같았다. 다른 여자애들과 어울리는 것 같지도 않았다. 그들이 사귄 지도 여러 달이 지났다. 둘이 한 번도 싸운 적이 없었다. 그는 충실한 남편이자 동반자가 될 수 있을 것도 같았다. 그런데 누알라는 왜 그가 딸의 상대로 내키지 않는 걸까?

케이티와 톰이 집에 와서 약혼했다고 말한 그 밤에, 누알라는 왜 톰이 케이티의 결혼 상대로 적합하지 않다고 생각했는지 그 이유를 알았다. 그는 돈과 성공과 경쟁에 너무 사로잡혀 있었다. 하나뿐인 딸이 가기에는 위험한 길이었다.

케이티는 평생 걱정하고 괴로워할 것이고, 이번 투자는 안전한지, 프로젝트가 참담한 결과를 낳진 않을지 염려되어 밤중에 깨어날 것이다.

누알라는 살면서 이런 사람들을 봐왔다. 과도한 투자를 하려고, 혹은 별장을 사려고 돈을 위험하게 운용해 병이 드는 사람들.

그렇게 하는 게 맞는 것도 같았다. 부동산은 그 가치를 잃는 법이 결코 없으니까. 많은 간호사가 아주 비싼 집을 구입했고, 큰 액수의 대출을 갚아나갔다. 결국에는 그럴 만한 가치가 있는 일일 거라고 그들은 말했다. 자식에게 남겨줄 뭔가를 갖게 되는 것이다.

이따금 그들은 누알라에게 타운의 더 좋은 지역에 있는 더 큰 집을 장만하라고 설득했다. 요즘에는 은행에서 대출 받기가 아주 쉬웠다. 은행 직원이 제발 돈 좀 빌려가라고 카운터를 뛰어넘어올 정도라고.

하지만 누알라는 거부했다. 그녀는 매주 상당한 액수를 저축했지만, 안전한 예금계좌를 이용했다.

그녀는 톰의 계획을 신경쓸 시간이 없었다. 그의 계획은 돈을 빌려 컨설팅회사를 차리는 것이었다. 요즘 조언을 원하는 사람이 아주 많아졌다고 그는 말했다. 성공은 순식간이라고. 케이티는 교사를 그만두고 그의 회사일을 도울 것이다. 그러면 세금도 훨씬 줄어든다. 그들은 정말로 멋진 집에 계약금을 걸었다. 평생의 거래가될 것이다.

그들은 그곳을 그녀에게 보여주고 싶어 안달이었다. 좀 멀긴 해도 요즘은 차로 빠르게 갈 수 있으니 거리는 문제가 안 되었다. 그리고 그들의 차는 빠르게 달렸다.

유일한 문제, 작지만 유일한 문제는 계약금을 내는 데 도움이 좀 필요하다는 것이었다. 은행에서 빌린 돈은 전부 컨설팅회사를 시작하는 자금으로 쓰일 것이다. 톰이 애처롭게 설명했다. 일단 그의 부모에게는 더이상 도움을 요청할 수 없었다. 그들은 이미 너무 많은 것을 주었다.

그는 고개를 삐딱하게 기울인 채 앉아 있었다.

누알라에게 모아둔 돈이 있었다.

그녀는 매주 주택금융조합의 예금계좌에 조금씩 돈을 넣었다. 세월이 흐르면서 그 돈이 크게 불어났다. 비상시를 위한 것이었다. 누알라는 희망과 갈망으로 가득한 케이티의 얼굴을 보았다.

비상시는 누가 봐도 지금이었다.

"내가 두 사람의 계약금을 보태줄 수 있어." 누알라는 불쑥 말해버렸다.

저만치 있던 톰이 자리에서 벌떡 일어났다.

"장모님 최고예요." 그가 말했다.

"빌리는 거예요, 엄마." 케이티가 눈빛을 반짝이며 말했다.

"집이 예뻐요, 누알라. 좋아하실 거예요. 운전해서 한 시간밖에 안 걸려요." 톰이 약속했다.

그 집은 정말로 예뻤다. 아래층 샤워실을 욕실로 치면 욕실이 세 개였다. 바비큐를 할 수 있는 파티오가 있었고, 미식가의 레스토랑에 있을 법한 주방이 있었다. 앞쪽에 차를 돌려 나올 수 있는 원형로가 있었고, 적어도 다섯 대는 세울 수 있는 주차 공간도 있었다.

주소지도 아주 고급 주택가였고, 누알라의 집에서는 운전해서 한 시간 사십오 분 거리였다.

누알라는 하고 싶은 이야기가 많았다.

융자 때문에 심각한 타격을 입을 수 있다고 말해주고 싶었다.

너무 멀어서 자주 왕래하기가 쉽지 않다는 말도.

젊은 부부는 그런 집이 필요하지 않다는 말도.

집값이 언제 떨어질지 모른다는 말도. 그러면 어떻게 되지? 그들은 계속 집값을 물어야 하겠지만, 집의 가치는 결코 그들이 지불한 만큼이 되지 않을 것이다.

하지만 누알라는 그런 말을 일절 하지 않았다.

그녀는 그들이 그 집을 가족의 큰 고양이처럼 쓰다듬는 것을 보았고, 그들의 눈빛에서 희망과 미래를 보았다.

"아름답구나." 누알라가 말했고, 그들은 그녀를 꼭 끌어안았다.

그렇게 그들은 그 집으로 이사했고, 서두르느라 결혼식 계획을 세울 시간도 없었다. 컨설팅회사를 차리고, 잠재적 고객을 접대하고, 개막 공연이나 전시회 오프닝 행사에 가고, 적절한 사람들과 인맥을 쌓느라 정신없이 바쁘고 지쳐 있었다.

누알라는 그들이 결혼식 날짜를 언제로 잡을지 알고 싶었지만, 아무 말 하지 않았다. 그녀는 이따금 그 큰 새집에 점심을 먹으러 갈 뿐이었지만, 그녀의 집은 그들에게 늘 개방되어 있었다.

케이티는 이따금 체스트넛 스트리트에 왔다.

그들은 큰 그릇에 수프를 담아 먹곤 했고, 케이티는 그것이 아주 큰 위로가 된다고 말했다. 케이티와 톰은 요즘 초밥과 카나페만 먹고 사는 것 같았다.

케이티의 목소리는 고단하게 들렸고, 교사 일을 그리워했다. 하지만 사업이 전부였다. 회사를 꼭 설립해야 하고, 이제 최고의 의뢰인이 그들을 찾아올 것이었다.

케이티는 크리스마스에 집들이 파티를 크게 할 거라고 말했다. 크리스마스 두 주 전으로 날짜를 잡을 것이고, 초대장은 일찍 나눠 줄 거라고. 인기 있는 파티가 될 것이다.

검은색과 라임그린색이 테마라, 초와 리넨과 크리스마스트리 장식도 다 이 색으로 할 것이다.

"나는 파티에 뭘 입고 가지?" 누알라가 물었다.

"오, 엄마는 오지 마세요. 엄청 싫어하실 거예요. 온갖 끔찍한 사람들이 빽빽 소리를 질러댈 테고, 톰과 저는 여기저기 돌아다녀야 해서 엄마를…… 안 돼요. 엄마는 정말로 현명한 사람이니까 안 오시겠죠."

누알라는 아무 말 하지 않았다.

자신의 예금 전부가 그 집에 들어갔으니, 적어도 집들이는 가봐야 하지 않겠느냐는 말도 하지 않았다.

그녀는 실망했다거나, 모욕감을 느꼈다거나, 당황했다는 말도 하지 않았다.

그녀는 아무 말 하지 않는 것이 더 현명하다는 생각을 고수했다.

그녀의 침묵에 케이티는 당황했다.

"혹시 오고 싶다거나 뭐 그런 건 아니죠, 엄마? 우리가 같이 이야기를 나눌 수 있는 그런 날에 오시는 게 더 낫지 않아요?" 케이티의 얼굴에 근심이 드리웠다.

아무 말 하지 않는 것은 순교자처럼 보이는 것을 면하는 수준이었다. 그래서 누알라는 행복한 표정을 지었다.

"아니야, 우리 딸. 사실 마음이 놓이는구나. 나는 너희 둘하고만 맛있고 편안한 식사를 하는 게 더 좋아!" 그녀가 말했다.

"오, 엄마. 그렇게 생각하실 줄 알았어요. 여기서 정말로 문제가 되는 건 아빠예요."

"아빠라니?"

"그게요. 아빠가 다른 사람한테 이 파티 이야기를 듣고 초대받지 못한 것에 모욕감을 느낀다고 하셨어요. 그래서 아빠한테는 초대장을 보내드려야 했어요. 아빠한테도 엄마한테와 마찬가지로 그 파티가 어떻게 진행될지 말씀드렸는데, 어떤 말도 소용이 없었어요. 오시면 엄청 소외감을 느끼실 텐데."

마이클이 누알라의 직장으로 전화했다.

"당신 퇴근하고 커피 한잔할까?" 그가 말했다.

"커피만." 그녀가 그러자고 했다.

"둘이 언제 결혼한대?" 그녀가 의자에 앉자 그가 물었다. 그의 얼굴은 긴장되고 화가 난 듯 보였다.

"케이티와 톰? 아, 성대한 결혼식을 올릴 만큼 여유가 생기면 하지 않을까."

"집은 케이티 명의로 돼 있어?"

"케이티한테 직접 물어보면 다 말해줄 텐데."

"그애를 만날 수가 없어. 점점 보기가 어려워져. 그리고 파티 말인데. 당신은 안 갈 것 같고."

"내가 그런 걸 딱히 좋아하는 편은 아니지."

"당신이 좋아하는 건 뭐지? 나는 그걸 알았던 적이 없어." 그는 싸움을 시작하려 할 때면 늘 그랬던 것처럼 상기되고 화난 표정이었다.

하지만 요즘 누알라는 그를 달래려고 하지 않았다.

"당신이 알려는 노력도 하지 않았잖아." 그녀는 비난하지 않고 부드럽게 말했다.

"그러면 이제 말해줘."

"내 생각에 나는 평화로운 삶을 원하는 것 같아. 그리고 하나뿐인 우리 딸이 행복하게 살고, 올바른 선택을 하길 바라고."

"그래서 당신이 저애들한테 하얀 코끼리 같은 집을 사도록 돈을 빌려준 건가?" 그가 코웃음을 쳤다.

"그애들이 원했어." 그녀는 여전히 감정의 동요 없이 침착하게 말했다.

"우리는 모두 가질 수 없거나 가져서는 안 되는 것을 원해. 그 집은 폭발하지 않은 폭탄이야. 부동산이 흔들리기 시작할 거야. 집은 제값을 받지 못할 거고."

"경제 토론이나 하려고 커피 마시자고 한 거야, 마이클?"

"게다가 그 녀석의 직업 전망은 한참 어긋나 있어. 불황이 오고 있다고. 모든 걸 잃을 거야. 나는 그저 케이티가 안전한지, 모든 부분에서 그 녀석하고 묶여 있는 건 아닌지 알고 싶은 거야."

"그럼 그애한테 물어봐, 마이클. 제발 나한테 묻지 말고. 나는 아무것도 몰라."

"당신 사귀는 사람 없는 거 확실해? 당신이 그렇게…… 자신만만한 적이 있었는지…… 당신이 생각하는 게 전부 맞다고 그렇게 확신했던 때가 있었는지 모르겠군."

"이제 난 가야겠어." 누알라가 말했다.

그녀는 집으로 돌아가는 길에 생각했다. 아무 말 하지 않는 것은 확실히 마이클과 원만하게 지낼 수 있는 적절한 방법이었다. 불행했던 그 시절에 그녀는 그에게 소리를 질렀고 방식을 바꾸라고 사정했다. 이제 그녀는 덤덤하고 모호한 태도를 보였고, 이야기도 조금만 했다. 그건 놀랄 정도로 잘 먹혔다. 누알라가 집에 같이 가자는 뜻을 조금만 내비쳤다면 마이클은 그녀와 함께 왔을 것이다.

하지만 생각해보면 그녀는 지금 그러기를 전혀 바라지 않았다.

하지만 톰과 케이티에게 아무 말 하지 않은 건 옳았는가? 그것이 문제였다.

집에 돌아오니 자동응답기에 메시지가 남겨져 있었다.

톰의 부모가 예고 없이 갑자기 온다는데, 냉장고가 텅텅 비어서 대접할 게 아무것도 없다고 했다. 그들은 회사를 비울 수 없었다. 엄마가 맛있고 멋진 요리를 만들어 택시 기사에게 부탁해 보내줄 수 없을까?

그러면 정말로 고마울 것이다.

누알라는 냉장고에서 소고기 캐서롤과 양념한 빨간 양배추를 찾아냈다. 그녀는 작은 감자 열두 알도 봉지에 담은 뒤 톰과 케이티가 이용하는 택시회사에 전화를 걸었다.

당황한 듯한 침묵이 흘렀다.

"유감스럽지만 그분들은 더이상 저희 회사를 이용하지 않으세요." 전화상의 목소리가 말했다.

"하지만 그런 말은 못 들었는데요." 누알라는 깜짝 놀랐다. "내가 케이티 엄마예요. 케이티가 그 회사의 굉장한 단골인 걸로 알고 있는데요. 다시 확인해주겠어요?"

"확인했습니다. 정지 상태예요."

"그게 무슨 말이죠?"

"더이상 이용하지 않는다는 거예요." 목소리가 안타깝다는 듯 말했다.

"돈을 안 낸 건가요?"

"저는 알 수 없습니다." 목소리가 말했다.

누알라는 지역 택시 기사를 찾아내 돈을 지불하고 음식을 도시 반대편으로 배달해달라고 부탁했다.

"아주 중요한 식사인가봐요." 기사가 음식을 차 뒷좌석에 실으며 말했다.

"정말로 중요한가봐요." 누알라가 말했다.

그녀는 난롯가에 앉아 곰곰이 생각했다.

이 식사가 톰의 부모에게서 투자를 더 이끌어내려는 미끼일까?

부동산 가격이 하락세를 타고 있다는 마이클의 말이 사실일까?

톰이 너무 높이 날고 있는 건가?

뭔가 이야기를 해야 할 때인가? 한다면 무슨 말을 해야 하지?

누알라는 다음날 점심시간까지 간신히 기다렸다 딸에게 전화를 걸었다.

그리고 케이티의 목소리를 듣고 대번에 알았다.

"소고기 캐서롤이 괜찮았는지 궁금해서, 어땠니?" 누알라가 밝은 목소리로 물었다.

"아주 맛있었어요, 엄마. 늘 그랬던 것처럼." 케이티가 밋밋한 목소리로 말했다. "그리고 엄마가 택시비를 지불하게 해서 정말 죄송해요. 우리가 이용하는 회사에 좀 혼란스러운 문제가 있었어요. 어쨌거나 바꿀 생각이었어요."

"식사 자리는 어땠니? 톰의 부모님은 잘해주셨니?"

"딱히 그렇지는 않아요, 엄마. 그분들은 엄마 같지 않아요. 오히려 아빠 같아요. 어려워요. 그리고 의견이 많으세요. 사람들이 어떻게 하고, 어떻게 했어야 하고, 그런 거요."

"오, 그러면 가장 문제가 되는 건 뭐였니?" 누알라가 물었다.

"파티를 취소하기를 바라세요, 엄마. 우리는 이 파티를 몇 개월 동안 준비했어요. 그분들은 그게 말도 안 된다고, 모두 우리가 빈털터리가 된 걸 알고 있다고 말씀하세요. 모두가 빈털터리예요, 엄마. 사람들의 신뢰를 얻으려면 이렇게 큰 행사를 할 수밖에 없어요. 톰의 부모님은 그걸 이해하지 못하세요. 우리가 당장 그만둬야 한다고만 하세요. 얼마나 면박을 주셨는데요. 우리는 그럴 생각이 전혀 없어요."

"그래서 이야기는 잘 끝났니?"

"딱히 그렇진 않았어요. 그분들은 엄마 같지 않아요."

파티가 끝나고 두 주가 지났을 때였다. 파티는 그들이 바란 만큼 크게 성공적이지 않았다. 케이티와 톰은 현실에 직면했다.

누알라는 그들이 하는 이야기를 들었다.

그들은 집을 빨리 팔겠다고, 가능한 한 빨리 팔겠다고 했다.

회사 건물 소유주가 이 나라를 떠날 계획이어서 컨설팅회사는 빨리 정리할 수 있었다.

케이티는 교사 일자리를 구했다. 톰은 뭔가 다른 일을 찾을 것이다. 뭐든.

멋진 크리스마스가 기다리고 있었다.

"그러면 너희는 어디서 살려고?" 누알라가 물었다.

그들은 어딘가에 살 곳을 빌릴 것이다. 아마 방 하나를 빌리겠지. 융자를 많이 받았기 때문에 집을 판 돈으로 다 갚을 수 없을 것이다. 이제 화려한 생활은 없었다.

누알라는 깊은숨을 들이마셨다.

아무 말 하지 않고 보낸 긴 세월은 소득이 있었지만, 이제 뭔가 말할 때였다.

"너희가 여기서 지내면 좋겠구나." 그녀가 말했다. "나중에는 위층과 아래층으로 집을 나눠 쓰더라도, 일단은 이리로 옮겨서 크리스마스를 보내겠니?"

침묵이 흘렀다.

톰이 고개를 가로저었다.

"그럴 순 없어요, 누알라. 계약금 때문에 이미 빚을 졌고, 어떤 직장을 구할 수 있을지, 어디서 구할 수 있을지도 모르는데⋯⋯"

누알라가 잠시 뜸을 들였다.

"병원에서 카트를 밀 사람을 찾고 있어." 그녀가 말했다. "아마도 그게 자네가 찾는 일자리는 아니겠지만⋯⋯"

두 사람 다 깜짝 놀란 듯 말을 하지 못했다. 누알라는 한편으로 이 말이 톰에게 모욕이 되지 않았기를 바랐다. 그러면 그녀는 적이 되는 것이었다. 그의 부모가 이미 적이었고, 케이티의 아버지 또한 그랬다.

그 순간 그녀는 그들의 눈에 희망의 빛이 어린 것을 보았다. "오, 엄마. 그렇게 되면 정말 좋겠어요." 케이티가 말했다.

그와 동시에 톰이 눈물을 글썽거리며 그녀에게 다가왔다. 연습으로 만들어진 매력은 더는 찾아볼 수 없었고, 그저 감사와 사랑뿐이었다.

"언제나 지혜로우셨어요, 누알라. 처음부터요. 제가 케이티에게 그렇게 이야기했어요. 당신 어머니는 세상의 모든 지혜를 가진 분이라고. 내일 병원에 가서 제가 그 일을 맡을 수 있는지 알아볼게요. 그리고 여기서 지낼 수 있다면 정말 영광일 거예요. 영광이고 행운이고 자랑스럽고요."

마이클이 떠난 뒤로 크리스마스는 종종 힘든 시기였다. 이제는 훨씬 좋을 것 같았다.

그녀는 다시 아무 말 하지 않을 것이다. 사람들은 그걸 지혜로 생각하는 것 같았다.

얼마나 멋진가.

어떻게든 기쁘게 해주려고

내가 그녀를 처음 만났을 때, 그녀는 세 사람과 각각 다른 세 장소로 동시에 휴가를 떠나기로 되어 있었다. 그녀는 그들 중 누구에게도 '아니'라고 말할 수가 없었다. 결혼식 사흘 전에 남자친구에게 차여 같이 휴가를 갈 친구가 절실히 필요했던 이브에게도. 혼자 여행을 가기에는 너무 어린 것 같은 여동생에게도. 할인을 받으려면 한 명이 더 필요해 머릿수를 채우려는 직장 동료들에게도.

그녀는 그해에 어느 곳에도 가지 않고 체스트넛 스트리트에 있는 집에서 지냈다. 동료들은 그녀 없이 떠났고, 어쩔 수 없이 각각 2파운드씩을 더 냈다. 여동생은 아일랜드 바닷가 리조트에서 그녀가 올 수 있었다면 이곳에서 세상이 기다리고 있었을 거라며 샐쭉하게 말했다. 그리고 이브는 이 삶에는 정작 필요로 할 때 기대를 저버리는 사람만 가득하다고 종종 언성을 높였다.

내 생각에 루스는 다른 사람들을 기쁘게 해주려고 노력하는 것 말고는 자신의 삶에서 거의 아무것도 하지 않았던 것 같다. 그리고 세상의 이상한 정의에 따라 그녀의 노력은 극소수의 사람만 기쁘게 하고 자신은 비참해지는 것으로 끝났다. 지금 그녀는 병원에 입원해 있는데, 그 또한 누군가를 기쁘게 해주려고 애쓰다 그렇게 된 것이었다. 지난주에 그녀가 입원하기 전에 많은 일이 일어났다.

루스는 공무원이었는데, 그 직업에 대해 아주 재미있는 말을 하고 다녔다. 생각이란 걸 하면 자동으로 해고된다는 말을 입버릇처럼 했던 것이다. 생각하는 것이 유일한 죄였다. 그녀는 어떻게 하면 모두가 일을 더 편하게 할 수 있는지 알아냈지만, 상급자들이 못마땅하게 생각할까봐 두려워 감히 말하지 못했다. 상급자들은 젊은 세대 공무원은 할말을 잃게 만든다고 말했다. 그녀가 일을 더 빨리 할 수 있는 방법을 알아내면, 그들은 누군가가 해고될까 걱정했다. 그녀가 불의나 불공평한 승진이나 승진 누락을 봤다 해도 아무 말 하지 않는 편이 더 나았다. 말하면 말썽꾼으로 낙인찍혀 외려 다른 끔찍한 곳으로 보내질 수 있었다.

하지만 루스는 입을 다문 채 언제까지나 가만히 앉아 있을 수는 없어서, 나이도 많고 마땅히 승진했어야 할 사람이 누락된 것을 보고 그를 돕기 위해 힘닿는 데까지, 아니 그 이상으로 모든 노력을 다했다. 그녀는 그의 집으로 가서 그와 그의 아내에게 그가 처한 굴욕적인 상황을 납득시켰고, 자신의 직속 상사에게는 신문사에 이 일을 알리겠다고 협박했으며, 다른 사람들에게는 청원서에 서명해달라고 부탁했다. 그녀는 용감한 아홉 명에게 서명을 받은 청원서를 들고 고위 관직자에게 불려갔고, 그 남자가 구제 불능의 알코올중독이라는 말을 들었다. 더욱 나쁜 것은, 그가 몰래 술을 마시기 때문에 당장은 별로 민폐가 되지 않으니 이대로 둘지 아니면 내보낼지 선택을 해야 한다는 것이었다. 그녀는 이제 모두의 머릿속에 권력의 꿈을, 그리고 부패와 족벌주의라는 악몽을 심어준 셈이 되었다. 그녀는 마지못해 증거에 귀를 기울였다. 너무 늦었다. 그 남자는 이제 그것을 원칙의 문제라고 느껴 모든 일에서 사임했다. 그는 이 년 뒤에 죽었다.

"그는 예순이 다 된 나이였어요." 우리 모두 그녀에게 어쩔 수 없었다는 듯 말했다. "그렇게 술을 마셔댔으니 언젠가는 그렇게 죽을 수밖에 없었어요. 간이 아주 안 좋았대요."

루스의 충동적인 면이 덜 극적이고 덜 걱정스럽게 발현될 때도 가끔 있었지만, 엉뚱한 곳으로 향하기는 마찬가지였다. 그녀는 내가 근무하는 학교의 교장을 찾아가, 내가 토요일 아침엔 쉬고 싶어 한다고 말했다. 내가 피곤해하는 것 같으니, 나한테 맞게 시간표를 조정해줄 수 있겠느냐고. 그건 아름다운 일이었지만, 나는 그뒤로 몇 학기 동안 열심히 해명해야 했다. 루스는 우리 모두가 아는 누군가의 전 남자친구에게 계속 전화를 걸어, 그녀가 헤어진 이후 수녀가 되려 하는 것 같다고 말했다. 이 모든 일로 말미암아 일어난 혼란과 당혹스러움은 결코 말로 설명할 수 없지만, 어쨌거나 루스는 패자가 되었다. 그녀는 부모님에게 드리려고 패키지여행 상품권을 두 장 샀는데, 부모님이 이틀 전에 못 간다고 통보를 해온 바람에 일주일 동안 울었다. 여행사에 지불한 계약금을 날렸고, 그 때문에 부모님도 몹시 속상해했다.

그녀는 자원봉사위원회의 회계 담당자였는데, 걸핏하면 회의에 지각하고 납부 내역 장부를 잃어버렸다. 그러면 "음, 내셨겠죠" 하면서 부족한 부분을 자기 돈으로 채웠다. 그러자 위원회에서는 그녀에게 회계 대신 홍보를 맡겼다. 그녀는 술집이나 상점에 포스터를 붙이겠다고 호언장담했지만, 처음 간 곳에서 걱정거리를 떠안은 누군가와 이야기를 시작하면 나머지 포스터는 벽 구경도 하지 못했다.

하지만 그녀는 다른 사람에게 용기를 북돋아주는 건 참 잘했다. "그 드레스는 당연히 세탁소로 다시 가져가야죠. 내가 같이 가줄게요. 마음을 단단히 먹어야 해요. 결국 그게 모두에게 더 좋아요." 하지만 그녀는 함께 세탁소에 가지 않았고, 갈 수도 없었다. 그 사람은 바보 같은 표정으로 이렇게 말할 수밖에 없었다. "네, 네, 그럼요. 화학약품으로 뺄 수 있는 건 이 정도겠죠. 네, 정말로 그러네요. 죄송합니다."

루스는 돌아온 이민자를 위해 파티를 열어주겠다고 자원했지만, 그 이민자를 떠올린 건 그가 새 땅에 잘 적응하고 난 뒤였다. 하지만 그녀는 내내 크고 너른 마음의 밑바닥에서 우러난 호의로 그런 제안을 하는 것이었다.

그러니 내가 루스를 좋아한다고 말하는 건 의미 없다. 모두가 그녀를 좋아한다. 그렇게 선의로 충만한 사람을 싫어할 수는 없다. 그녀는 자기 이야기도 결코 많이 하지 않았다. 그건 우리가 다른 사람을 좋아하는 또하나의 못된 이유였다. 그녀는 자신의 일이 믿을 수 없을 만큼 과중하다고 말해놓고, 독서도 많이 하고 심지어 근무시간에 통신 강좌를 들을 생각도 했다. 그녀는 현재 직위와 업무에 만족하는 것 같았기 때문에, 아무도 그녀에게 승진 얘기 같은 건 하지 않았다.

그녀는 남자친구들에 대해서도 결코 지루하게 이야기를 늘어놓지 않았다. 그저 활기 넘치는 모습만 보였다. "네, 제프요. 기억나죠? 킬라니에서 만났다고 했잖아요. 그의 친구들은 정말 이상한 게, 이야기할 때 서로를 성으로 불러요. 하지만 그게 세상에서 최악은 아닌 것 같아요. 그들은 스쿼시를 자주 쳐요. 나는 그 사람을 정말 좋아해요. 그리고 그 사람은 우리 가족하고 아주 잘 지내고요…… 하지만 사람 일은 모르잖아요, 안 그래요?" 그리고 사람 일은 정말 알 수가 없는 게, 여섯 달 뒤에는 이런 식이었다. "마이클, 하이킹에서 만난 남자라고 말했잖아요. 음, 그는 흔히 말하는 아주 책임감 있는 사람은 아니지만, 아주 친절하고 착하고 동물을 사랑해서, 동네에서 개를 치료하는 병원을 하고 싶어해요. 돈 안 받고 파트타임으로 일할 수의사를 구할 수 있다면요. 혹시 그런 수의사 아세요?"

나는 루스가 우리 두 사람에게 돈을 빌려달라고 했을 때 정말로 깜짝 놀랐다. 그 돈이 어디 필요한지는 말할 수 없지만, 꼭 갚겠다고 했다. 돈을 돌려받지 않아도 되는 형편이 아니라면 절대 빌려줘선 안 된다는 말은 누가 했는지 몰라도 맞는 말이었다. 왜냐하면 우리는 돈이 좀 있었고, 루스를 더이상 보지 못했기 때문이다. 그녀는 창피했는지 우리가 있을 법한 곳에는 나타나지 않았는데, 그 일이 삶과 죽음을 나눌 만큼은 아니었으나 우리 사이에 장벽을 만들기엔 충분해서 우리는 이런 생각까지 했다. "도대체 그 돈이 왜 필요했던 거지?" "왜 그 돈을 못 갚는 거지?" 그리고 알다시피 사회관계란 게 그런 것이라, 당사자에게 전화를 걸어 대놓고 그걸 따져 물을 수도 없다. 그들은 당연히 돈을 갚으라고 재촉한다고 생각할 것이다. 그래서 우리는 물어보지 않았고, 약간 짜증이 났으며, 아주 조금 걱정이 되었다. 하지만 솔직히 나는 걱정되기보단 짜증이 났다.

그녀의 결혼 상대는 아주 뜻밖의 남자였다. 그래, 맞다. 모두 그러지 않는가. 하지만 루스의 결혼은 도무지 이해가 되지 않았다. 그는 그녀보다 스무 살이나 많았고, 별거중이었으며(혹은 이혼했거나, 아니면 신비하게 보일 만큼 충분히 모호한 상태이거나), 아주 부유했고, 자신의 분야에서 상당히 알려진 사람이었다. 그들은 런던에서 결혼했고, 이후에 성대한 칵테일파티를 열었다. 거기에 내가 아는 사람은 거의 없었는데, 그중에서도 루스가 가장 낯설었다. 루스는 사람들에게 아양을 떨고, 잘 보이려 하고, 정말로 믿기지 않는 말을 했다. "네, 제가 행정과에서 일했었는데, 아주 재미있고 아주 도전적이었어요. 하지만 지금은 재미있는 일이 너무 많아서 그 일은 더이상 안 해요." 그녀는 내게 40파운드를 넣은 봉투를 조용하고 은밀하게 건네면서 너무 미안하다고, 이 년이 지났으니 그에 대한 이자가 있어야겠지만 메리에게 고맙다는 말을 전하고 20파운드를 주라고, 우리가 굶지 않았기를 바란다고 말했다.

"데니스는 아는 사람이 아주 많아요." 그녀가 평소의 충동적인 면을 드러내며 말했다. "자주 와서 저녁도 먹고 사람들도 많이 만나봐요. 싱글도 있어요." 결혼도 하지 않고 남자도 없는 내 상태가 바람직하지 않다는 듯 그녀가 어두운 표정으로 말했다. "사람 일은 절대 모르니까요."

그리고 실제로, 사람 일은 정말 알 수가 없는 게, 이번에는 루스가 약속을 지킨 셈이 되었기 때문이다.

나는 더블린에서 가장 학식 있는 사람들을 만날 수 있는 초대장에 파묻히게 되었고, 마침내 그것은 우리 모두의 농담이 되어, 나는 소개를 받으면 "지금 당장 저하고 결혼해서 이 모든 걸 끝내줄 수 있나요?" 하고 말하곤 했다. 나는 그것이 재미있다고 생각했고, 그들은 대체로 재미는 있으나 불편하다고 생각했다. 루스는 비명을 지를 만큼 재미있다고 생각했다. 데니스는 좋게 생각하지 않았다. 하지만 나도 데니스를 좋게 생각하지 않았으니, 비긴 셈이었다.

루스는 준비가 서툴렀고, 식사 자리에 엉뚱한 사람들만 잔뜩 초대했으며, 디저트가 아주 맛있을 거라고 했지만 덜 익거나 탄 채로 나왔다. 데니스가 느끼는 불쾌함은 점점 커졌고, 어쨌거나 나는 다른 곳으로 휴가를 떠나서 그들은 내 존재를 잊었다. 아니면 적어도 나를 잊었거나 '명단'에서 아예 빼버렸을 수도 있고. 하지만 나는 루스가 여전히 그를 기쁘게 해주고, 그가 싫어하는 그녀의 부모를 기쁘게 해주고, 어쨌거나 그녀를 이해해줄 옛친구들을 기쁘게 해주려고 애를 태운다는 소문을 들었다. 그녀는 그 세월 동안 고전으로 남을 만한 행동을 몇 가지 했는데, 그 하나는 칠 년 동안 아기를 가지려고 노력했으나 운이 따르지 않았던 여자에게 '그런 이기적인 생활은 청산하고 정착해서 자식 셋을 차례로 낳아야 한다'고 말한 것이었다. 그녀는 또한 이사회가 열리는 밤에 데니스를 위해 깜짝파티를 열었다. 하지만 모든 손님이 취하고 모든 음식이 없어질 때까지 그녀는 나타나지 않았다. 그녀는 여동생에게 약혼자와 다른 여자 사이에 아이가 있었다는 사실을 '알아야 한다'고 끊임없이 말해 서로 소원한 사이가 되었다. 그게 사실인지 아닌지 우리로선 결코 알 수도 없거니와 신경쓰지도 않는다. 하지만 여동생과 약혼자는 신경을 써서 결국 파혼에 이르렀고, 여동생은 미국으로 건너 갔다. 그때부터 아무도 여동생 소식을 제대로 듣지 못했다.

데니스는 점점 더 짜증이 났고, 루스는 점점 더 겁을 먹었다. 그에게는 첫번째 결혼에서 태어난 아들이 있었는데, 착하고 수줍음을 타고 불안정한 열일곱 살쯤 된 청년이었다. 루스는 그에게 열 장에 달하는 편지를 써서 자신은 어머니를 대체할 생각이 없고 친구가 되고 싶다고 말했다. 그는 농장에서 일했다. 그의 아버지는 그것을 어리석다고 여겼고, 루스는 멋지다고 생각했다. 그녀는 100마일을 운전해 그를 만나러 갔고, 그들은 대화를 나누었다. 내가 루스는 알고 그 수줍은 청년은 모르지만, 그들의 대화는 절룩거렸을 것이다. 홍수처럼 말을 쏟아내는 이상하고 진지한 여자에 대해 전혀 모르는 청년은 그녀를 아버지의 똑똑함을 완성해주는 일부로 보았을 것이다. 심지어 결혼반지를 낚아챘으니 대부분의 여자보다 더 똑똑하다고 생각했을 것이다.

그는 돌아가지 않겠다고 했다. 하지만 루스는 그가 지낼 방을 준비했고, 방을 장식하기 위해 말과 시골 풍경이 담긴 사진을 구입했으며, 그에게 빨간색과 파란색 카펫 중에 어느 것이 더 좋은지 물어보는 엽서를 끈질기게 보냈다. 누구나 볼 수 있는 엽서라 아들은 꽤 난처했는데, 그의 고용인이 그에게 떠날 건지 떠나지 않을 건지—마음을 정했는지?—자꾸 물어보았기 때문이었다.

나는 몇 년 동안 아무 일도 없었다고 말하고 싶지만, 당연히 그건 터무니없는 바람이다. 매일 매시간 무슨 일인가가 벌어졌을 것이다. 단지 어떤 일인지 내가 몰랐을 뿐. 사람들은 루스와 데니스가 아주 잘 어울리는 한 쌍이고, 아주 재미없는 삶을 산다고 말했다. 신문에 실린 데니스는 늘 뭔가에 서명하는 모습이었고, 루스에 대해서는 어떤 내용도 없었다. 그녀의 의붓아들인 앤디는 그의 방에 와서 지낸 적이 한 번도 없었지만, 그 방은 늘 '앤디의 방'으로 남아 있었다. 루스의 부모가 그 집을 방문하는 횟수가 점점 줄었다. 루스는 사마리아회*에 들어가려 했으나, 제안은 매우 감사하나 그녀는 그들이 필요로 하는 사람은 아니라는 말을 들었다. 그녀는 이에 대해서도 철학적이고 너그러운 마음을 보이면서, 당연히 균형감 있고 신뢰할 수 있는 사람이 필요할 거라고 말했다. 그녀는 결코 불평하지 않았다. 끊임없이 약속하고 계획하고 개입했다.

오래전에 그녀에게 돈을 빌려준 메리가 그녀를 만나 점심을 먹었는데, 그 자리에서 루스는 자신이 힘을 써서 메리의 남편을 승진시켜주겠다고 약속했다. 메리는 루스가 그 일을 완전히 잊었다고 판단하고 안심할 때까지 일곱 밤 동안 잠을 이루지 못했다.

나는 최근에 루스를 만났는데, 상을 받은 작가의 좋은 친구를 안다면서, 그에게 편지를 써서 나를 소개해주겠다고 했다. 나는 지금도 그녀가 그랬을까봐 걱정이다.

그녀는 누군가에게 와인 한 병을 우편으로 보냈고, 그 병은 깨져서 도착했다. 또 정원이 없는 사촌에게 장미나무를 선물했다. 내게는 내가 이야기한 적이 있는 어느 여자에게 주라고 돈을 보냈다. 그 여자가 받지 않으려 해서 내가 적당한 기관을 통해 익명으로 전달하겠다고 하니, 루스는 그 여자와 친구가 되고 싶었다면서 아쉬워했다.

---

* 영국과 아일랜드에서 자살 충동에 시달리는 사람들을 전화로 상담해주는 단체.

그녀는 데니스와 딱 한 번 싸운 모양이었다. 혹은 그 한 번에 대해서만 말한 것일 수도 있다. 그가 시계 선물을 받았는데, 이미 차던 시계가 있어서 어떻게 할지 모르겠다고 말했다. 그녀는 행복감에 젖어 환하게 웃으면서, 그건 결혼하기 직전에 그녀가 생일선물로 사준 것이었다고 상기시켰다. 그는 웃으면서 그건 싸구려였다고, 그것과 모양새가 비슷하면서 제대로 작동하는 것으로 바꾸었다고 말했다. 루스는 그 싸구려를 사는 데 돈을 아주 많이 썼고, 그게 그녀가 오래전에 우리에게 돈을 빌린 이유였다.

안타깝게도 루스는 그 모든 것이 줄곧 조금씩 어설펐다는 사실을 깨달았다. 그녀는 뭐든 썩 잘하는 게 없었다. 어쩌면 그 한순간 그녀는 자신에게 자기연민을 허용했을 것이다. 하지만 그녀는 데니스에게 충분히 잘해준 것 같지 않아서 이제부터 제대로 해보려고 지난주에 차를 몰고 앤디를 만나러 갔다고 내게 말했다. 앤디는 제발 자신을 그냥 놔두라고, 그녀에게 어떤 나쁜 일도 일어나지 않길 바란다고, 스물한 살 생일도 지났다고, 그리고 '아버지는 진심으로 너를 원하고 있어'라고 한 그녀의 말은 어설픈 심리학적 견해이자 전문적인 참견이라고 말했다. 그러고는 그녀가 늘 다른 사람에게 하는 말을 덧붙였다. "직접 아기를 낳고, 나는 좀 내버려두시죠?"

그러자 그녀의 눈에 약간 눈물이 어렸고, 개를 피하려고 차를 돌리다 자전거를 탄 사람을 쳤다. 그 사람은 갈비뼈 두 대가 부러졌으나, 그녀는 타박상만 잔뜩 입고 한쪽 손목이 부러졌을 뿐이었다. 그게 그녀가 결국 병원에 입원하게 된 사연이었다.

그럼에도 루스는 쉴새없이 사람들을 즐겁게 해주려고 노력했다.

간호사를 귀찮게 하기 싫다며 내게 양치용 컵에 꽃을 꽂아달라고 부탁했다. 나는 그렇게 해주었다. 하지만 그 컵은 간호사가 쓰려고 소독해둔 것이라, 그것이 또 문제를 일으켰다. 그녀는 병원에 입원해 있는 동안 어느 레스토랑에 데니스에게 식사를 보내주라고 부탁했는데, 그가 계속 외식을 해서 음식이 다 상했다. 그녀는 의사에게 두통이 심하다는 건 밝히지 않았는데, 그 의사가 할 일은 그녀의 손목을 보는 것뿐이었기 때문이다. 게다가 두통은 그저 두통 아닌가. 그리고 병원에선 왜 그녀가 그 자전거 타던 사람을 보러 가지 못하게 하는가? 그 불쌍한 사람을 찾아가 모든 것은 그녀의 잘못이니 그가 회복하는 데 필요한 돈은 전부 부담하겠다고 말해야 하는데 말이다. 그리고 나보고 누구누구의 주소를 가지고 있지 않느냐고, 그 여자가 얼마 전에 남편과 사별했는데, 데니스의 친구 중에 다시 결혼하고 싶어하는 멋진 홀아비가 있어서 소개해주고 싶다며……

상황을 분명하게 바라본다는 것

윌을 지겹게 만들기는 아주 쉬웠다. 그는 금세 지겨워했고, 그의 흥미를 끌지 않는 주제에 대해서는 이른바 도화선이 아주 짧았다. 향수鄕愁가 그중 하나였고, 가족이나 다른 사람들의 문제도 마찬가지였다. 그래서 지나는 이 사실을 하루에 몇 번이고 상기했다. 그에게 가을 낙엽이 체스트넛 스트리트에 떨어져 금빛 카펫을 이루면 걸을 때마다 바스락바스락 한숨을 쉬는 것 같다고 말해봤자 소용없었다. 윌은 어깨를 으쓱했다. 노란 잎, 누가 그런 게 필요하다고? 하지만 그녀는 그를 아주 많이 사랑해서, 그가 낙엽을 어떻게 생각하든 그건 중요하지 않았다.

"당신은 거길 떠났어." 그는 말하곤 했다. 지나는 그를 아주 많이 사랑해서, 그의 품을 파고들며 그 말에 동의했다. 물론 그녀는 그와 함께 런던에서 살려고 오 년 전에 그곳을 떠났다. 그녀는 자신을 흠모했으나 고백해온 적은 한 번도 없었던 친절하고 점잖고 내성적인 동네 수의사 매슈에게 작별을 고했다. 그는 지나가 떠난다는 사실에 실망했지만, 가지 말라고 설득하는 말은 한마디도 하지 않았다.

그녀는 학교 교사로 일하면서 가족들이 '독립된 아파트'라고 부른, 부모의 집 지하 방에서 조용히 살았는데, 그 생활도 정리했다. 사실 어머니와 아버지는 정원에 갈 때 그녀의 독립된 아파트를 하루에 여섯 번 혹은 여덟 번 지나갔다. 한번은 그녀가 사생활 존중을 위해 계단에 문을 달자고 제안했다. "사생활 존중이 대체 왜 필요하니?" 어머니가 물었다. 지나는 한 번도 대답을 할 엄두를 내지 못했다.

런던에서 지나는 어렵지 않게 교사 일자리를 구했다. 아이들은 어디에 살건 훌륭했다. 더블린에서처럼 아이들의 가족을 다 알지 못하는 것은 아쉬웠지만, 그 정도는 감수해야 했다.

윌은 지나에게 그의 삶에서 매우 중요한 역할을 맡겼다. 텔레비전 토크쇼에 필요한 자료를 준비하는 일이었다. 게스트로 부를 새로운 흥미로운 사람들을 찾아내고 그들과 일정을 잡는 것이 그의 일이었다. 에이전트, 매니저, 홍보 담당자를 대하다보면 스트레스를 많이 받았다. 지나는 학교에 있지 않거나 시험지 채점을 하지 않을 때는 주로 메시지나 이메일을 주고받았다. 그는 그녀가 더 많은 일을 해주기를 바랐다. 특히 그녀가 한 달에 한 번씩 본가에 가는 것을 싫어했다.

"터무니없는 짓이야, 지나. 그럴수록 그분들은 당신을 기다리는 습관이 생길걸." 그가 말했다. "나는 그렇게 뻔질나게 가서 우리 엄마를 괴롭히지 않잖아."

윌의 어머니는 마흔여덟 살이었고, 아주 매력적인 여자였다. 지나의 어머니는 일흔셋으로 점점 기억력을 잃어갔다. 아버지는 일흔여덟 살로 몸이 쇠약해서 걸음이 불안정했다. 그들의 상황에는 큰 차이가 있었다.

윌은 지나의 부모가 그녀의 방문을 얼마나 고대하는지 몰랐다. 그들은 그녀에게 보여주려고 벽난로 위 시계 뒤에 뭔가를 보관했고, 그녀가 거기 머무는 동안 해결해주기를 바라는 문제를 쭉 적어 놓았다.

그녀의 남자 형제들은 일 년에 한두 번 이상은 체스트넛 스트리트에 오지 않았다.

데이비드는 에든버러에서 재무상담사로 일했고, 아름답고 돈 많은 로라와 결혼했다. 그들은 모닝사이드의 우아한 집에서 아주 즐거운 생활을 했다. 남쪽으로 여행을 자주 가는 것은 물론이고 풍족한 삶을 살았다.

제임스는 런던에서 인터넷 사업을 했다. 그는 테리어견을 닮은 케이트와 같이 살았는데, 그녀는 그에게 열다섯 시간씩 일하라고 부추겼다. 그래서 집에 갈 시간도 거의 없고, 누이를 만날 시간은 아예 없었다. 지나는 오 년 전 런던에 왔을 때 외로운 생활을 했다. 제임스의 집에 가면 그녀를 환영해줄 거라는 잘못된 기대를 했던 것이다.

하지만 그 모든 것을 고려하기에 윌은 너무 바빴다. 그 무렵 그는 심한 스트레스에 시달리고 있었다. 그가 맡은 토크쇼가 내년에 폐지될 거라는 소문이 살짝 나돌았다. 그건 토크쇼가 정당한 평가를 받지 못했기 때문이었다. 윌은 그렇게 되기 전에, 심지어 그게 기정사실이 되기 전에 거길 떠나고 싶었다. 그는 할리우드 토크쇼에 눈독을 들이고 있었다. 심지어 그를 고용할 만한 사람도 알았다. 그는 흥분해 이 전부를 말하면서 눈빛을 반짝거렸다.

지나는 가슴에 납덩이가 들어앉은 느낌으로 고개를 끄덕이며, 그것은 크게 한 걸음 올라가는 것이며 윌은 그럴 자격이 있다고 맞장구를 쳤다. 동시에 그녀는 그에게 사랑은 정확히 어떤 의미일까 궁금했다. 그는 그녀가 모든 것을 내려놓고 그와 함께 갈 거라고 생각했다. 간단했다. 서로 사랑하니까. 그리고 지나는 런던에 오기 위해 이미 거의 모든 것을 내려놓았다. 그러니 그 일로 마음이 무거워질 이유가 뭐가 있는가? 윌은 캘리포니아로 가면 지나가 돌아와 부모를 돌보기가 어려우니 그와 함께 갈 수 없다는 걸 이해하지 못하는가? 용기가 부족해서가 아니었다. 은혜를 갚아야 했다. 그녀의 부모는 늦은 나이에 결혼했고, 세 자식에게 줄곧 잘해왔다. 지금 버려져서는 안 되었다. 누군가가 옆에 있어야 했다.

지나는 버스를 타고 가다 하이 스트리트에서 내리면서 무거운 한숨을 쉬었다. 집에 가기 전에 쇼핑을 조금 할 작정이었다. 아버지가 좋아하는 건포도 번을 구워줄 것이다. 어머니는 길쭉하게 생긴 쇼트브레드를 좋아했다. 부모님이 이런 것을 직접 사거나, 클라우드 부인에게 사다달라고 부탁할 수도 있었다. 하지만 오랜 세월 검약하게 살아온 그들이라, 이런 소소한 간식을 사는 습관이 없었다.

슈퍼마켓에서 그녀는 매슈 케인을 만났다. 그는 늘 그녀를 보면 미소를 지었다.

"이번주에 직장에서 있었던 일 중에 가장 좋은 일이 뭐였어요?" 뜻밖에도 그가 말을 걸었다.

"글쎄요. 제가 가르치는 아주 산만하고 반사회적인 학생이 있는데, 시로 백일장에 나간다고 하더군요. 그 말을 듣고 정말 기뻤어요. 당신은요?"

"덩치가 크고 웃는 얼굴을 한 치즈태비 고양이한테 큰 혹이 있었는데 결과가 양성으로 나왔어요. 그래서 그 고양이를 키우는 아이들에게 그 사실을 말해줄 수 있었어요."

"그러면 대체로 나쁜 한 주는 아니었네요." 지나가 명랑하게 말했다.

그들은 사생활에 대해 얘기하는 사이는 아니라서, 그녀는 그에게 실제로는 걱정이 아주 많은 한 주였다는 말은 하지 않았다. 전화 통화에서 어머니는 어느 때보다 정신이 없어 보였다. 아버지는 평소보다 반응을 잘하지 못했다. 클라우드 부인은 전화할 때마다 집에 없었다.

월은 미국인 관계자가 이곳에 와 있어서 굉장히 흥분한 상태였다. 지나는 집으로 돌아가면 파이를 만들어야 했다. 미국인은 집에서 만든 파이를 아주 좋아했다. 게다가 그녀는 그날 밤을 위해 치장도 좀 해야 했다.

누군가 말할 상대가 있다면 아주 좋을 것이다. 하지만 매슈 케인은 그 상대가 아니었고, 지금은 때가 아니었다.

지나는 체스트넛 스트리트 30번지로 들어갔다. 상한 우유와 썩은 음식 냄새가 났다. 그녀는 심장이 벌렁거렸고, 그녀를 반기는 부모의 목소리를 듣고서야 안심했다. 클라우드 부인을 고용하면 돈이 너무 많이 들고 그들 스스로 잘해나갈 수 있으므로 해고했다고 했다.

부엌 식탁에는 반쯤 열어 먹다 만 음식이 가득했고, 냉장고 문은 열려 있었으며, 빨래는 하나도 하지 않았고, 개수대에는 더러운 접시가 한가득이었다. 지나는 믿을 수 없는 심정으로 주위를 둘러보았다.

거대한 자기연민의 파도가 그녀를 덮쳤다. 그녀는 스물아홉 살의 여자였고, 아주 착한 딸이자 누이였다. 스물네 살 때부터 한 남자를 사랑해, 그에게 충실했고 잘해주었다. 그녀는 온종일 아이들을 양심적으로 가르쳤다. 그런데 왜 그녀가 악의 집행자라도 되는 듯 벌을 받고 있는가? 아주, 아주 부당한 일이었다.

자기연민의 파도가 대략 이 분 동안 밀려왔다 쓸려갔고, 이어 사라졌다. 그녀는 해야 할 일에 착수했다. 건포도 번을 노릇하게 굽고, 부모에게 집을 좀 치울 테니 거실에 가 있으라고 했다. 그들은 그녀가 좀 지나치게 야단을 떤다는 듯한 표정으로 그러겠다고 했다.

그녀는 두 시간 동안 부엌을 청소하고, 썩어가는 음식을 검은 쓰레기봉투 몇 개에 담고 소독제를 뿌렸다. 세탁기에 빨랫감을 넣었고, 레인지에서 탄 음식을 긁어냈다. 스크램블드에그를 얹은 토스트를 만들고, 저녁을 먹자고 부모를 불렀다.

"아주 맛있어." 어머니가 말했다.

"저녁에 뜨거운 음식을 먹으니 좋구나." 아버지가 만족스럽다는 듯 말했다.

어머니는 이따 저녁에 오기로 한 사람들에 대해 이야기를 늘어놓았다. 어머니는 그들을 '개들'이라고 부르면서, 지나가 들어본적 없는 이름을 열거했다. 그러고는 그들에게 잘 보이려고 멋진 숄을 가지러 갔다.

"그 사람들이 누구예요, 아빠?" 지나는 자리를 뜨면서 두려운 마음으로 물었다.

"오십 년 전에 은행에서 같이 일하던 사람들이야. 지금 자기가 거기서 일하는 줄 알거든. 가끔은 나도 잘 알아보지 못한단다." 아버지가 말하며 블러드하운드처럼 아주 슬픈 표정을 지었다.

그들은 침실로 갔고, 지나는 부엌에 혼자 앉아 있었다. 그녀는 클라우드 부인을 위해 사서 보관할 음식의 목록을 작성했다. 그리고 클라우드 부인이 자신이 해고된 사실을 크게 여기지 않고 다시 돌아와 살림을 맡도록 설득하려면 어떻게 말해야 할지 고민했다. 데이비드와 제임스도 그들의 역할을 더 적극적으로 하도록 설득해야 할 것이다. 그들이 부모님을 마음에서 지워버렸을 리 없었다. 안 그렇겠는가? 스코틀랜드에서 아름답고 우아한 로라가 도움을 주지 못하게 데이비드를 막는 일은 없을 것이다. 안 그렇겠는가? 런던에서 진지하고 성실한 케이트가 이런 결정을 따르지 못하게 제임스를 막는 일은 없을 것이다. 안 그렇겠는가?

어머니가 부엌으로 들어왔다.

"우리 한밤의 만찬을 하는 거니?" 어머니가 소녀 같은 목소리로 물었다.

"그럼요, 엄마."

지나는 우유와 쇼트브레드를 차려놓았다. 그들은 사이좋게 먹었다.

"나 결혼하고 싶어." 어머니가 말했다.

"우리 모두 언젠가 결혼하고 싶어해요." 지나가 어머니의 머릿속에서 삼십 년 동안의 행복한 결혼생활이 싹 지워진 것을 알고서 그에 맞춰 대답했다.

"내가 결혼에 대해 어떻게 생각하는지 알 거야." 어머니가 속마음을 말했다. "맘껏 재미를 즐기고 사랑의 열병에 흠뻑 빠져들 수 있지만, 그 문제에 관한 한은, 알잖아. 그게 잘못된 거라면 광대하고 투명한 빛처럼 분명히 보여."

"그러면 분명히 보인 순간이 있었어요?" 지나가 물었다.

"음, 그랬던 것 같아." 어머니는 딸이 아니라 동등한 위치의 누군가에게 말하는 듯했다. 그 모든 것을 털어놓는 모습에서 소녀다움이 느껴졌다.

"나는 부매니저를 사랑했어. 하지만 네가 맞았어. 너희 모두가, 친구들이 맞았어. 그는 정말로 나를 전혀 사랑하지 않았어."

"그가 다른 사람을 사랑했어요?" 지나가 다정하게 물었다.

"아니. 그랬던 것 같지는 않아." 어머니가 감정 없이 말했다. "문득 내가 그의 삶에서 어떤 부분도 차지하지 못한다는 사실을 깨달았다고나 할까."

"그러면 이제 어떻게 하실 거예요? 이젠 그 사실을 아시잖아요." 지나가 속삭였다.

"성급하게 뭔가를 하고 싶지는 않아. 그건 확실해."

"그럼요, 그럼요." 지나가 동의했다.

"남자와 노예 같은 관계를 유지할 때에만 자신이 존재한다고 생각하는 건 아주 나약한 거야."

"맞아요. 전적으로 동의해요." 지나는 지금까지 어머니와 이런 대화를 해본 적이 없었다.

"그래서 이제부터는 나 자신을 자유로운 존재로 생각할 거야.

이 강박의 끝을 해방으로 여길 거야. 내가 좋아하게 될 것 같은 사람을 만나면 거리낌없이 쳐다볼 거야."

"그러면 지금 좋아하게 될 것 같은 사람이…… 혹 있어요?"

"좋은 사람이 있어. 네가 그 사람을 만나봤는진 모르겠지만. 이름이 조지야. 아주 조용하고 부매니저처럼 자신을 몰아붙이지 않아. 같이 이야기하면 아주 재미있고. 이제 분명히 볼 수 있게 됐으니, 그 사람하고 제대로 이야기할 시간을 가질 수 있을 것 같아."

지나는 일흔세 살인 어머니의 얼굴에 수줍은 미소가 떠오르는 것을 보면서 눈물이 그렁그렁해진 채 미소를 지었다. 하지만 눈물을 흘리기보단 더 많이 웃었는데, 아버지의 이름이 조지였기 때문이다.

지나는 아침 일찍 일어났다. 클라우드 부인에게 다시 살림을 맡아달라고 부탁했다.

"다시 올게요. 정리할 것도 있고요." 지나가 말했다. 그리고 부모에게 필요한 것을 사기 위해 슈퍼마켓에 갔다. 또한 아주 비싼 파이도 샀다. 양고기와 살구 파이였는데, 굽는 데 사십 분이 걸릴 것이다. 매슈 케인이 거기 있었다. "여기 살아요?" 그들은 동시에 묻고는 웃었다. 그리고 서로의 카트를 살펴보았다.

"크림드 라이스를 아주 많이 샀네요." 그녀가 이유가 궁금하다는 듯 말했다.

"많이 아픈 어린 강아지 네 마리가 우리집 문 앞에 나타났거든요. 지금 다른 건 못 먹을 것 같아서요." 그가 설명했다.

"그렇군요. 강아지들 일은 행운을 빌어요." 그녀가 말했다.

"아주 고급 파이네요." 그가 그녀의 카트를 들여다보며 말했다.

"아주 잘나가는 어느 미국인하고 그의 마약중독자 같은 여자친구에게 제가 직접 구운 척하며 대접하려고요."

"그렇군요. 그 사람들 일은 행운을 빌어요." 매슈가 말했다.

어쨌든 런던으로 다시 돌아온 지나는 식탁 위에 장미꽃을 놓았다. 윌이 새로 오픈한 트렌디한 클럽에서 칵테일을 잔뜩 마신 뒤 그들을 집으로 데려왔을 때, 그녀는 샤워를 하고 준비를 끝낸 참이었다.

"정말 멋진 곳이었어. 거길 떠나고 싶지 않더군." 브렛이 말했다.

브렛의 여자친구 에이미는 술에 취했는지 마약에 취했는지 몸을 전혀 가누지 못했다.

"욕실을 구경해도 돼요?" 에이미가 인사말로 물었다.

지나가 욕실을 보여주려는데 브렛이 끼어들었다.

"여기서는 하지 마, 자기, 하지 마. 여기는 가족이 사는 집이야." 그가 말했다.

지나는 그들을 두고 부엌으로 갔다. 뒤돌아보니 브렛과 에이미가 거실의 커피 테이블 위로 허리를 숙이고 있었다. 거기 하얀 가루 두 줄이 보였다. 사람들이 그들의 집에서 마약을 하고 있었다. 윌이 그녀 옆에 와 있었다.

"제발, 지나. 지금은 그렇게 심각하게 나오지 마. 다른 때는 몰라도 지금은 아니야. 부탁할게."

"누가 심각해?" 그녀가 물었다.

윌이 언제나 그녀의 마음을 움직였던 그 미소를 지어 보였다.

지나가 접시를 들고 거실로 갔다.

"이것 좀 드세요. 집에서 만든 근사한 양고기와 살구 파이예요."

"당신이 만들었다는 이유로 내가 정말 그 페이스트리를 먹을 거라는 생각을 잠시라도 한 건 아니죠?" 에이미가 물었다.

"네, 그럴 거라곤 생각하지 않았어요." 지나가 유쾌하게 대답했다.

그들은 모두 놀라서 그녀를 쳐다보았다.

"네, 그 사랑스럽고 날씬한 몸매를 보니 아마 평생 페이스트리를 안 먹어봤을 것 같네요." 지나가 감탄하는 눈빛으로 에이미를 쳐다보았다. "그래도 다른 사람은 좋아할지 모르죠. 윌은 뭘 먹어도 살이 1온스도 안 찌거든요. 브렛, 당신도 마찬가지겠죠?"

윌이 즐거운 표정으로 그녀를 쳐다보았다. 지나는 윌 같은 사람을 계속 행복하게 해주기는 실제로 아주 쉽다는 사실을 오 년 만에 처음으로 깨달았다. 그저 늘 거짓말을 하고 좋은 말을 하고 인생에 다른 것은 아무것도 없는 척하면 되는 것이다.

에이미는 한밤의 대화에서 별다른 역할을 하지 못했지만, 지나는 큰 역할을 했다. 그녀는 윌이 얼마나 재능이 넘치는지, 사람들을 얼마나 잘 다루는지, 그 재능으로 얼마나 사랑받는지 끊임없이 늘어놓았다. 그리고 유명인사가 토크쇼에 다시 나오면 늘 그를 찾는다는 이야기도 덧붙였다. 브렛은 대서양을 건너서도 그렇게 될지 궁금해했다.

"윌이 그렇게 되길 원하면 그렇게 될 거예요." 그녀가 자신 있게 대답했다.

브렛은 감명을 받았다. 윌이 의기양양하게 부엌으로 들어왔다.

"정말로 잘됐어. 나를 마음에 들어해." 윌이 말했다.

"안 그럴 이유가 뭐 있어?" 그녀가 다정하게 말했다.

"내일 아침에 브렛을 만나기로 했어. 생각해봐. 토요일에 말이야!" 윌은 기뻐서 어쩔 줄 몰라했다.

"잘됐네. 나는 집에 가야 해. 전화해서 어떻게 됐는지 말해줄래?"

"또 가?" 그가 짜증을 냈다.

"응. 하지만 당신은 그 사람과 약속이 있고, 이후엔 클럽이나 그런 델 가도 되고."

이번 주말에는 할일이 많을 것이다. 형제들에게 전화하고, 병원에 연락하고, 노인 주간보호센터를 알아봐야 한다. 건축설계사를 집으로 불러서 체스트닛 스트리트의 집을 개조하는 문제도 상의할 것이다. 전에 근무하던 학교에 빈자리가 있는지도 알아볼 것이다. 강아지도 보러 갈 것이다. 크림드 라이스만 먹어야 하는 불쌍한 강아지들. 그녀는 부엌 식탁에 앉아 결정을 내릴 것이다. 중대한 결정을. 이제 모든 것이 분명하게 보였다. 그리고 어떤 결정이든 캘리포니아로 가는 것과는 무관했다.

공정한 거래

아이비는 예전에 그랬던 것처럼 사람들이 편지를 쓰길 바랐다. 봉투가 우체통 안으로 떨어질 때면 아주 기분좋은 소리가 나곤 했다. 요즘은 청구서와 공짜로 뭘 준다는 내용의 우편물, 그리고 알고 보면 아무것도 당첨되지 않았는데 크루즈 탑승권에 당첨됐다고 말해주는 우편물밖에 오지 않았다.

한동안 아이비는 조카들에게 직접 편지를 써서 보냈다. 꽃집에서 일할 때 같이 일하던 사람들에게도 편지를 보냈고. 하지만 반응은 늘 똑같았다. 그들은 크리스마스카드 뒷면에 죄책감이 담긴 문장을 휘갈겨 써서 보냈다. 정말 미안하다고, 당연히 답장해야 하지만 사는 게 몹시 바쁘다고, 아이비가 문자메시지나 이메일을 사용할 수 없는 게 유감이라고.

아이비는 그런 걸 배우느니 차라리 달로 날아가는 법을 배우는 게 낫겠다고 생각했다.

그래서 그녀는 한숨을 쉬며 모든 것이 더 안 좋은 쪽으로 바뀌었다고 말했다. 외롭거나 하지는 않았다. 한창때는 사귀자는 말도 많이 들었지만, 정말로 그들에게 열중한 적은 없었다. 어쩌다보면 관계가 엉망이 되어 있었다. 그녀는 그저 사람들과 연락하고 지내고, 그들의 삶에 무슨 일이 있는지 알고 싶을 뿐이었다.

그녀는 그들에게 제과제빵 경연대회에서 상을 받은 이야기를, 혹은 그녀의 작은 개가 혼자 신문가판점에 가서 신문을 가져온다는 이야기를 하고 싶었다. 혹은 스코틀랜드의 하일랜드에서 보낸 휴가 이야기나, 지역 박물관에서 들은 미술사 강의 이야기를 조금 할 수도 있었다. 그녀가 가벼운 독서 모임을 이끄는데, 매주 그녀의 집에서 만나 간식을 먹고 와인을 마시고 가끔은 책을 읽는다는 이야기도 할 수 있을 것이다!

땅이 흔들릴 만한 일은 아니었지만, 사람들은 거의 예순이 다 된 여자가 여전히 멋진 라이프스타일을 즐긴다는 사실을 알면 마음이 편해지는 모양이었다. 그녀는 심지어 표어를 만드는 대회에도 응모했다. 그리고 자신이 그쪽으로 꽤 소질이 있다는 사실을 알게 되었다. 그녀는 번번이 여행가방이나 조립식 정원 헛간, 아침에 먹는 시리얼 일 년 치를 상으로 받았다. 그리고 오늘 또다른 대회에서 큰 상을 받게 되었다는 통보를 받았다.

무슨 상인지는 오늘 오후에 알게 될 것이다. 쇼핑몰에 있는 어느 가게에서 주는 것이었다. 아이비는 상품권이기를 바랐다. 그러면 새 조리기구나 최고급 푸드프로세서를 살 수 있을 터였다. 그녀는 지역 신문사의 사진기자가 올지 몰라 세련된 옷차림으로 상을 받으러 갔다.

상품이 너무 후해서 아이비를 제외한 모두가 깜짝 놀랐다. 최신 노트북에, 휴대전화도 있었다. 이메일이란 게 정확히 뭔지 몰라도, 그걸 주고받을 수 있는 마법 같은 기계라고 했다.

철저히 예의를 갖추는 가정에서 자란 아이비는 모두에게 감사하며 이 멋진 선물을 소중히 간직하겠다고 말했다.

"아마 다른 걸로 바꿀 수 있을 거야." 친구 하나가 도움을 주려고 말했다. 하지만 아이비는 마음에 들지 않는 티를 내는 건 아주 무례한 짓이라고 생각했다.

"나중에 팔아도 될걸?" 또다른 친구가 제안했다.

"하지만 저쪽에서 그런 얘기를 들으면 어쩌지?" 아이비는 마음이 아주 따뜻한 사람이라 그런 위험을 무릅쓸 수 없었다.

그래서 그녀는 상품을 집으로 가져와 시무룩하게 쳐다보았다. 아이비는 기계를 잘 다루는 사람이 아니었다.

VCR 설치도 할 줄 몰랐다. 현금인출기에서 돈을 찾을 때도 애를 먹었다. 집에 자동응답기도 없었다. 그러니 이 기계를 파악할 방법이 전혀 없었다.

그녀가 이 기계를 다룰 수만 있다면 남아메리카에 사는, 그녀가 좋아하는 조카들과 연락을 주고받을 수 있었다. 지금은 반#기계가 되어 테크놀로지 없이는 연락을 주고받을 수 없는, 한때 같이 근무했던 여자들과도 연락을 취할 수 있을 것이다. 하지만 그러지 못해 유감이었다.

아이비는 자신이 바보는 아니라고 혼잣말을 했다. 이 기계를 사용하는 법을 배워본다면? 매뉴얼을 이십 분 들여다보았지만, 그건 다른 행성이었다.

수업을 듣는 건 어떨까?

모두 말하길, 수업은 복불복이라고 했다. 사람들이 너무 앞서가거나, 진도가 너무 느려 잠이 오거나. 필요한 것은 개인 교습이었다. 하지만 그러려면 돈이 많이 들었고, 아이비는 거기에 쓸 돈이 없었다.

방법이 있다면 좋을 텐데.

다음주에 그녀는 지역 슈퍼마켓에 가서 게시판을 살펴보았다. 아기 봐주기, 정원 쓰레기 치우기, 지압 마사지, 신문 배달. 하지만 저렴한 비용으로 컴퓨터 사용법에 대한 일대일 교습을 해준다는 사람은 아무도 없었다.

다른 사람들은 다림질을 도와줄 사람, 집에서 머리를 해줄 사람, 뜻밖에 태어난 예쁜 아기 고양이를 입양할 사람을 찾고 있었다. 가능성이 없어 보였다.

그 순간 아이비는 묘안이 떠올랐다.

그리고 곧 그녀의 광고가 게시판에 나붙었다.

컴퓨터를 설치하고 인터넷에 접속하고 문자메시지를 보내는 법을 가르쳐줄 5회 정도의 교습이 필요합니다. 그 대가로 요리 수업 5회를 제공합니다.

그녀는 관심 있게 기다렸다. 세 사람으로부터 답장을 받았다. 두 사람은 전혀 적합하지 않았다. 한 사람은 컴퓨터 조작에 필요한 건 없다고, 그저 플러그를 꽂으면 끝이라고 했다.

또 한 사람은 효모를 이용한 요리에만 관심이 있다며, 그게 아니라면 컴퓨터 기술을 가르쳐줄 수 없다고 했다.

세번째 사람은 샌디라는 열두 살짜리 소년이었다.

소년은 할아버지와 함께 체스트넛 스트리트로 막 이사했는데, 둘 다 요리를 할 줄 모른다고 했다. 그녀가 그들의 집으로 와서 간단한 요리 다섯 가지를 가르쳐주면, 자신이 그녀의 집으로 다섯 번 가서 인터넷이든 웹사이트든 필요한 건 뭐든 가르쳐주겠다고 했다.

그 아이의 제안이 지금까지 가장 좋았다.

그들은 전화로 약속을 잡았다. 각자의 집에서 시험삼아 한 번씩 가르치고 어떨지 보기로 했다. 그녀가 소년의 집에 먼저 가기로 했다.

샌디는 머리칼이 뾰족뾰족 서 있고 주근깨가 많았다. 그녀를 맞으면서 미안해했다.

"집이 좀 지저분해요." 소년이 유난히 정리가 안 된 부엌을 모호하게 손짓으로 가리키며 말했다. "그게, 우리는 집 정리 같은 건 정말로 못해요. 제 말이 무슨 뜻인지 아신다면요."

아이비는 철저히 예의를 갖추는 사람이라, 소년에게 지금 할아버지와 사는 이유를 물어보지 않았다. 그 이유는 저절로 드러나거나, 아니면 드러나지 않을 것이다. 그만큼 간단했다.

"그렇구나. 무슨 뜻인지 알겠어. 공간을 만들려면 먼저 정리부터 하는 게 낫겠지?"

"이것도 다섯 번의 수업에 들어가나요?" 샌디가 근심스럽게 물었다.

"아니, 그렇지 않아. 어쩌면 네가 첫날에 우리집 전자기기를 깔끔하게 정리해줄 수 있지 않을까?" 아이비가 제안했다.

그러는 게 좋을 것 같았다.

그들은 기분좋게 부엌을 치우기 시작했다. 소스팬은 박박 문지르고, 그릇은 씻고, 그녀가 다음번에 오기 전에 사둬야 할 식료품 목록을 만들었다. 아이비는 샌디와 그의 할아버지가 어떤 종류의 요리를 하고 싶어하는지 메모했다. 그녀는 생선 요리, 치킨 요리, 고기 요리, 채식 요리 한 가지씩하고 전채와 디저트 몇 종류를 가르쳐줄 거라고 말했다.

"할아버지도 그 수업을 같이 들으실 거니?" 아이비가 물었다.

"아니요. 저한테 다 맡기실 모양이에요." 샌디가 말했다. 아이비는 늘 뭔가를 있는 그대로 두는 걸 아주 잘했다. 그래서 그 이상은 묻지 않고, 다음번 그녀의 집에서 만날 약속을 잡았다.

샌디는 공책에서 뜯어낸 종이 세 장을 들고 시간에 딱 맞춰 도착했고, 중요한 것은 어떤 것도 두려워하지 않는 거라고 말했다. 시간이 조금 걸려도, 한번 익히면 영원히 잊어버리지 않을 것이다. 아이비는 소년이 그녀 앞에 시간이 영원히 펼쳐져 있다고 생각하는 것이 마음에 들었다.

샌디는 드라이버를 챙겨왔고, 플러그를 몇 개 바꿔서 이런저런 것을 사용하기 더 간편하게 만들어주었다. 소년은 그녀가 앉을 의자에 맞는 단단한 방석을 찾아주었고, 조명을 최상으로 이용하는 방법을 알려주었다. 소년이 떠날 때쯤 그녀는 웹사이트에서 검색하는 법을 익혔고, 운하의 바지선에서 휴가 보내기, 학교 동창생 찾기, 정원에 흔히 보이는 새 식별하기 등 관심 있는 내용을 찾아보면서 행복한 몇 시간을 보냈다.

소년은 이틀 뒤에 아이비에게 사람들과 이메일로 연락하는 법을 가르쳐주기로 했고, 그동안 그녀는 사람들에게 전화를 걸어 이메일 주소를 알아냈다.

아이비는 늦은 밤까지 소년과 그의 할아버지에게 가르쳐줄 적당하고 쉬운 요리가 뭐가 있을지 고민했다. 채소와 허브를 넣고 알루미늄포일에 싸서 굽는 대구 요리로 정했다. 또한 아이가 이해할 수 있게 아주 간단하고도 구체적으로 적은 도움말도 준비했다.

아이비는 '컴퓨터를 부팅하라'는 말도 이해하지 못했는데, 샌디가 '적당해질 때까지 익혀라'나 '반으로 졸여라' 같은 지시를 어떻게 이해하겠는가?

샌디는 빨리 배우는 아이였다.

"정말 똑똑해." 아이비가 부럽다는 듯 말했다. "너는 어려서 스펀지처럼 쏙쏙 잘 빨아들이는구나. 모든 걸 다 흡수해."

"할머니도 머리가 나쁘지 않아요." 소년이 말했다. "사실 저보다 이해력이 더 좋으신 것 같은데요." 그리고 소년은 그녀의 친구와 친척 전부를 컴퓨터의 '연락처' 리스트에 넣어주었다. 덕분에 갑자기 그들 모두가 그녀와 꾸준히 연락을 주고받는 사이가 되었다. 가끔은 서너 줄뿐이었지만, 그녀는 그들의 삶에 대해 전보다 더 많은 것을 알게 되었다.

그리고 아이비는 소년에게 기본적인 비프스튜 만드는 법을 가르쳐주었다. 레몬과 올리브를 넣은 치킨 요리와 채소 캐서롤을 만드는 법도. 또 강판에 간 당근과 오렌지주스, 건포도, 잣이 들어가는 모로칸 샐러드 만드는 법도.

소년이 할아버지가 지금까지 만든 음식을 다 좋아하더라는 말을 몇 번 전했다. 그리고 마지막 수업은 할아버지도 같이 들을 거라고 했다.

아이비는 그 사실에 약간 짜증이 났다. 샌디와의 대화를 점점 즐기게 되었기 때문이다. 그는 어떤 사람일까? 장신구를 손보는 일을 했다는 이 불쌍한 노인은? 일을 계속하기엔 틀림없이 너무 나이가 들었을 것이다. 어쨌거나 노안일 텐데, 요리하는 과정을 제대로 지켜볼 수나 있겠는가?

그에게는 분명하게 또박또박 말해야 한다는 사실을 명심해야 한다. 샌디는 할아버지가 아주 좋은 사람이지만 세상 물정을 잘 모른다고 말했었다.

아이비가 도착했을 때 인상 좋은 중년 초반의 남자가 부엌에 앉아 있었다. 삼촌이나 뭐 그런 사람인 듯했다. 샌디는 가족 이야기를 할 때 늘 아주 모호한 태도를 보였다.

"아이비예요. 샌디하고 서로 재능 교환을 하고 있어요." 그녀가 말했다.

그가 악수하려고 일어섰다. 키가 크고 잘생긴데다 미소도 아름다웠다.

"내가 그걸 모를까요? 살면서 이렇게 잘 먹어본 적이 없는데요!"

"오, 여기서 식사도 하세요?" 샌디의 태도는 그녀가 알아차린 것보다 더욱 모호했다.

"마이크예요. 이 아이의 할아버지입니다."

아이비가 어안이 벙벙한 표정으로 그를 쳐다보았다. 이 젊은 남자가 그 불쌍하고 바보 같은 할아버지라고? 그가 그녀의 속마음을 읽은 것 같았다.

"우리 애가 당신 역시 잘 묘사하지 못했는데요, 아이비." 마이크가 말했다. "나는 당신이 문도 잘 통과하지 못하리라 생각했거든 요. 그런데 전혀 아니네요!" 그는 그저 감탄할 뿐이었다.

오랫동안 이런 감정은 일어나지 않았다.

이번에 그녀는 엉망으로 만들지 않을 것이다.

창가 화단

궨덜린은 종종 창가에 앉아 있었다. 서른일곱 살의 여자가 하기엔 약간 늙은이 같은 행동이지만…… 누가 거리를 오가는지는 알아야 하지 않겠는가?

커튼에서 약간 물러나 앉아 있었지만, 그래도 다 볼 수 있었다.

그녀는 작은 트럭이 가난한 미스 하디의 남은 물건을 실어가는 것도 지켜봤다. 미스 하디는 은둔자로 살았다. 모퉁이 가게의 파키스탄 남자가 그녀의 안부를 물을 때까지 그녀가 어떻게 됐는지 아무도 몰랐다. 그래서 그녀가 죽은 걸 알게 되었다. 친척도 없고, 장례식에 간 사람도 없었다고 궨덜린은 들었다. 그러고 나서 집주인이 당연히 집 전체를 청소하고 소독했고, 이제 다시 세놓을 준비를 끝냈다.

궨덜린은 그 집에 관심이 많았는데, 그녀의 집 창문에서 길 건너편에 있는 그 집의 2층이 곧바로 보였기 때문이다. 늘 커다란 안

전핀으로 묶어둔 커튼을 제외하면, 다른 볼 것은 없었지만 말이다. 혹 새로 이사오는 사람들은 보고 있으면 덜 우울해지는 뭔가를 갖고 있을지도 몰랐다. 멋진 블라인드나, 레일 덮개가 있는 근사한 커튼이나.

이 거리의 집값이 조금씩 오르고 있으니, 가난한 미스 하디 같은 사람이 다 사라지고 나면 정말로 꽤 괜찮은 주택지가 될 것이었다.

궨덜린은 매일 저녁 여섯시 반경에 퇴근했다. 역에 내리면 시장을 통과해 걸었는데, 하루를 마감하는 때라 종종 아주 좋은 값에 식료품을 구입할 수 있었다. 그날 저녁 그녀는 해덕대구를 반값에 샀다. 그리고 앞서 사간 사람들은 제값을 주었을, 지금은 시들시들해 보이는 토마토와 깍지콩을 헐값에 샀다. 사려고만 했다면 꽃다발도 10펜스에 살 수 있었겠지만, 쓸데없는 일 같아 그냥 말았다. 그녀는 뿌듯한 마음으로 집에 돌아왔다. 저녁식사에는 돈이 거의 들지 않았다. 그녀는 대기업의 회계부서에서 일했다. 사람들이 빚을 지는 바람에 압류명령과 법적 분쟁에 휘말려 힘든 상황에 빠지는 걸 너무 잘 알았다. 궨덜린이라면 절대 하지 않을 일이었다.

그녀는 자신의 아파트로 들어와 주변을 둘러보았다.

개가 그녀를 반겨주면 좋을 것 같았지만, 온종일 개를 집안에 가둬둘 수는 없었다. 고양이는 한 마리쯤 있어도 좋을 것이다. 한 마리를 데려올까도 생각했지만, 직장 동료가 고양이는 좋은 가구를 완전히 못쓰게 만든다고 지적했다. 그리고 물론 남편이 있다면 좋았을 것이다. 하지만 그런 일은 일어나지 않았고, 친구들이 이름 앞에 미시즈라는 호칭을 붙이려고 감수한 모든 희생을 보면서 자신은 못할 짓이라고 생각했다.

그렇다고 그녀가 외롭거나 한 것은 아니었다. 당연히 아니었다.

텔레비전과 책이 있었고, 2층 창문으로 바깥 거리에서 일어나는 일이 전부 보였다.

반대편 집 앞에 이삿짐 트럭이 와서 서는 것이 보였고, 한 여자가 앞좌석에서 내렸다. 여자는 귄덜린과 비슷한 나이로 보였지만, 아마 더 어릴 것이었다. 그녀는 색이 짙은 긴 곱슬머리에 청바지와 헐렁한 빨간 스웨터를 입었고, 훨씬 어린 사람 넷과 함께 있었다.

그들은 여름 피크닉에서 짐을 풀듯 상자와 궤짝을 2층으로 날랐다. 시종일관 웃으며 뛰어다녔고, 마침내 모퉁이를 돌아 피시앤드칩스를 사왔다.

귄덜린은 그들이 아까 안으로 날랐던 식탁에 둘러앉아 있는 것을 보았다. 아직 커튼이나 블라인드를 달지 않았기 때문에 그들의 모습이 다 보였다. 아무것도 달지 않았다. 방은 훤히 들여다보이게 완전히 개방되어 있었다. 아주 이상했다.

피시앤드칩스를 다 먹고 나자 젊은 사람들이 떠났다. 그들이 멀어지면서 여자를 올려다보고 소리쳤다.

"행복하세요, 칼라. 행운을 빌어요, 칼라." 그리고 그들은 사라졌다.

여자의 이름은 칼라였다.

여기로 여자의 이삿짐을 날라주고 함께 피시앤드칩스를 나눠 먹은 사람들은 누구일까? 조카, 사촌, 친구, 동료?

귄덜린은 자기도 모르게 자꾸만 창가로 걸음을 옮겼다. 열린 창문으로 칼라가 설거지를 하고 차를 한잔 만들어 마시는 모습이 보였다. 그리고 탁자에서 목공 작업 같은 걸 시작했다. 이십 분쯤 지나자 상자형 화분이 완성됐고, 여자는 그것을 바깥 창턱에 놓았다. 그러고는 그 안에 큰 봉지 두 개 분량의 흙과 비료를 조심스럽게 부었다. 마지막으로 투명한 봉지에서 화초 여섯 포기 정도를 애정 어린 손길로 꺼내 화분에 심었다. 그녀는 작은 물뿌리개로 물을 좀 주고 흡족하다는 듯 그것을 쳐다보고 서 있었다.

궨덜린은 반값에 산 해덕대구와 시든 채소를 먹었지만, 이번만큼 은 그 모든 것의 순수한 가치가 그녀에게 따뜻하고 빛나는 만족감 을 주지 않았다. 길 건너편의 여자, 새로 이사온 첫날 저녁에 짐을 옮겨준 사람들에게 피시앤드칩스를 대접하고 창가 화단에 화초를 심은 여자와 비교하니 자신은 색깔이 좀 없는 사람처럼 느껴졌다.

궨덜린은 다음날 아침에 입을 블라우스와 스카프를 다림질하고 책에 집중하려 해보았지만, 왠지 길 건너편만 계속 쳐다보게 되었 다. 칼라는 책장 가득 책을 꽂아놓았다. 도서관에서 공짜로 빌릴 수 있는데 그 많은 책을 갖고 있다니.

궨덜린은 그 여자가 책장을 흐뭇하게 쳐다본 뒤 앉아서 텔레비 전을 보는 모습을 지켜보았다. 그녀의 얼굴이 화면 불빛을 받아 환 해졌다. 칼라는 텔레비전에서 뭔가를 보며 웃었다. 궨덜린은 채널 을 여기저기 돌려보았다. 조금이라도 재미있는 프로그램이라곤 없 었다. 아마도 비디오를 보는 모양이었다.

묘하게 자기만족적이었는데, 그게 궨덜린은 좀 거슬렸다.

다음날 아침에도 궨덜린은 커튼 뒤에서 지켜보았다.

칼라가 일어서더니 오렌지를 짜서 주스를 만들어 마셨다. 그리 고 밤새 자란 작은 잡초를 뽑고 식물에 살짝 물을 주는 등 창가 화 단을 살폈다.

그녀는 코트를 입었고, 궨덜린도 그렇게 했다. 칼라가 어느 방향으로 일하러 가는지 볼 생각이었다. 하지만 칼라는 모퉁이 가게에서 걸음을 멈췄다.

"안녕하세요. 칼라예요. 여기 모퉁이를 돌아서 있는 집에 새로 이사왔어요. 여기 단골이 될 거예요." 그녀가 말했다.

"반가워요. 제이브드예요."

"제이브드 씨라고 불러야 할까요, 아니면 제이브드가 이름인가요?" 그녀가 물었다.

궨덜린은 깜짝 놀랐다. 그녀는 여기서 칠 년을 살았는데, 그 남자의 이름을 처음 알았다.

"이름이에요. 성은 파텔이고요." 그가 말했다.

"음, 아주 친절한 동네 같아요. 여길 좋아하게 될 것 같네요." 그녀가 말했다.

"네, 아주 친절하죠, 그럼요." 파텔 씨가 말했다.

궨덜린도 기회가 있었다. 이렇게 말할 수도 있었다. "이 동네로 이사온 거 환영해요. 네, 여긴 괜찮은 동네예요. 내 이름은 궨덜린이에요. 오늘밤 우리집에서 커피 한잔 어때요?" 하지만 보통 그런 말은 하지 않는다. 모르는 사람에게는. 그래서 그녀는 그저 신문을 산 뒤 가게를 나왔다.

직장에서 젊은 동료가 신문을 보더니 말했다.

"오늘은 어쩐 일로 신문을 사왔네요, 궨덜린!"

궨덜린은 기분이 상해 얼굴이 빨개졌다. 그랬다. 그녀는 사람들이 출근길에 신문 같은 것에 거금을 쓰고 돈이 다 어디 갔는지 모르겠다고 하는 게 터무니없어 보인다고 말하곤 했다. 하지만 그것은 그저 상식적인 말이었다. 그런다고 그녀가 스크루지가 되는 것도, 괴짜가 되는 것도 아니었다. 그녀는 이 칼라라는 여자가 어디서 일하는지 문득 궁금해졌다. 칼라는 약간 보헤미안처럼 보였다. 뭐랄까, 약간 단정치 못했다. 어쩌면 예술이나 공예 쪽에서 일하는 사람일지도 몰랐다.

하루가 느리게 흘러갔다. 궨덜린은 누가 버리고 간 잡지를 한 권 발견했다. 그녀는 구내식당에 앉아 파티오 수리에 관한 글을 읽었다. 그녀의 집에는 파티오가 없으니 그건 아주 무의미한 일이었다. 그녀는 그 화분에 심은 식물이 얼마나 비싼 것인지 알게 되었다. 길 건너편의 여자는 한 층 위의 창가 화단에 그 식물을 여섯 포기나 심은 것이다.

누군가—해럴드라는 남자였다—가 회사를 그만둔다고 사람들이 돈을 걸었다. 궨덜린은 그를 모른다고 솔직하게 말했다.

"그러면 그에게 줄 카드에 이름을 쓰지 않을 거예요?" 누군가가 물었다.

"나는 안 써도 될 것 같은데요. 말했다시피 나는 그 남자를 몰라요." 궨덜린이 말했다.

상상일 수도 있지만, 그녀는 다른 사람들이 서로 눈길을 주고받으며 어깨를 으쓱하는 걸 본 것 같았다. 하지만 그래서 뭐? 누군가가 상자를 흔들며 다가올 때마다 번번이 돈을 넣어주다간 곧 파산한다. 그리고 어쨌거나 그녀는 생각할 다른 문제가 있었다. 오늘밤 남동생 켄을 만나기로 했다. 어머니를 요양원에 보낼지 말지 결정을 내려야 했다.

켄은 터무니없이 비싼 카페에서 만나자고 했지만, 궨덜린은 재빨리 반대했다. 그녀의 집으로 오라고, 와인 한 병만 가지고 오면 된다고 말했다. 그녀가 저녁을 준비할 테니까.

하지만 정말 속상하게도 그날 야근을 하게 됐다. 더욱 속상하게도, 싸게 식료품을 사려고 시장으로 갔을 때는 가게들이 이미 문을 닫은 뒤였다. 그래서 파텔 씨의 편의점에서 돈을 훨씬 많이 들여 필요한 것을 사야 했다.

파텔 씨가 그녀의 이웃에 대해 이야기했다. 새로 이사온 칼라라는 여자에 대해. 아주 친절하고 좋은 사람이라고, 파텔 씨가 손가락을 벤 것을 보고 반창고를 붙여준 걸 보면 간호사인 것 같다고. 칼라는 마음이 아주 행복한 사람이고, 꽃씨를 아주아주 많이 사갔다.

궨덜린은 조바심을 내며 들었다. 그녀는 그 여자가 무엇을 사갔는지는 신경도 쓰지 않았다. 몇 차례 켄의 휴대전화에 전화를 걸어 좀 늦겠다고 메시지를 남겼지만, 번번이 자동응답 목소리가 나왔다. 휴대전화를 장만하는 수고와 비용을 들여놓고 왜 그것을 켜놓지 않는 거지?

그녀는 잔뜩 성질이 난 상태로 집안으로 들어갔다. 바닥에 켄이 밀어넣고 간 쪽지가 있었다. "늦나보네. 휴대전화를 사무실에 두고 왔어. 동네 좀 돌아보다가 일곱시 반에 다시 올게." 궨덜린이 길 건너에서는 지금 뭘 하고 있는지 확인차 내다보았는데, 열린 창문으로 남동생이 칼라와 와인을 마시는 모습이 보여 깜짝 놀랐다.

잠시 돌아본다더니 저기 있네!

그에게 술을 줄 만한 가장 가까운 여자에게로 직진했군. 알 만해.

궨덜린은 비이성적으로 느껴질 만큼 화가 났다. 이성적이지 않다는 걸 그녀도 알았다. 켄이 어디 다른 곳에 가지 않아야 할 이유는 없지 않아? 거리를 서성거리는 것보단 그게 더 낫지. 하지만 이건 너무 빠르고, 너무 아무렇지 않고, 너무 쉬웠다. 자기들이 무슨 학생인 것처럼. 책임을 져야 하는 어른이 아니라.

켄은 여덟시 십오 분 전에 궨덜린의 집으로 와 초인종을 눌렀다.

그녀는 버저를 눌러 문을 열어주고, 저녁식사를 준비하기 시작했다.

제이브드 파텔의 가게에서 산 비싼 양고기와 냉동 완두콩, 작은 디저트용 아이스크림 두 개였다. 하지만 그가 됐다고 했다. 길 건너에서 버섯 오믈렛을 먹었다고, 칼라가 막 저녁을 준비하던 참이어서 같이 나눠 먹었다고 했다. 유감스럽게도 가져온 와인은 그 집에서 따버렸다고 했다.

"아주 고맙네." 궨덜린이 뚱하게 말했다.

"아니, 그러니까, 저분이 저녁을 대접했으니 그러는 게 도리 같았어." 켄이 사과했다.

"그랬겠지." 궨덜린은 양고기를 다시 포일에 싸서 작은 냉동칸에 툭 밀어넣었다.

"누나는 안 먹어?" 그가 놀라서 물었다.

"지금은 안 먹을래. 엄마 이야기나 하자."

"간단해. 유감스럽지만 엄마는 요양원에 들어가지 않으시겠대, 궤니."

"네가 나를 그렇게 부르는 거 싫어. 그리고 네 말이 맞아. 간단한 문제야. 엄마는 요양원에 가셔야 해. 혼자 지내는 건 안전하지 않아."

"하지만 안 가시겠대. 완강하셔."

"그러면 너하고 나하고 엄마 집을 오가면서 평생을 보내자는 거니? 엄마를 보살피고 청소를 하고 이런저런 뒤처리를 하면서……"

"아니. 그건 아니고. 밀리하고 내가 엄마 집에서 같이 살면 어떨까 해." 켄이 말했다.

"엄마가 싫다고 하실 텐데. 너하고 밀리는 결혼도 안 했잖아."

"그래도 요양원에 가는 것보다 낫다고 생각하실걸. 그게 유일한 대안이야."

"그게 유일한 대안은 아니야. 나도 그 그림에 들어가야지. 너는 엄마가 너한테 집을 물려줄 거라고 생각하는 것 같은데."

켄이 고개를 가로저었다. "아니, 나는 그런 기대도 없고 원하지도 않아. 하지만 비용을 뽑으려면 세입자를 들여야 할 거야."

"무슨 비용? 너하고 밀리는 거기서 공짜로 사는 거잖아?"

"집을 개조해야 해. 엄마를 위해 경사로를 만들고, 아래층에 침실을 만들고, 욕실을 엄마가 쓸 수 있게 고치고. 그리고 그것과는 별도로 집에 와서 엄마를 돌봐줄 사람을 써야 해. 밀리하고 나는 하루종일 나가서 일하니까."

"그러면 나는 무슨 일을 하지? 너는 내가 주말을 포기하길 바라는 모양이구나."

"아니야, 퀘니…… 그러니까 궨덜린…… 나는 그런 생각 안 해. 엄마도 마찬가지고."

"오, 엄마는 생각하실걸. 엄마하고 전화로 그 얘기를 해볼 때까지 기다려."

"요즘 들어 엄마가 누나한테 전화한 적 있어?" 켄이 물었다.

"아니, 하지만 내가 엄마를 요양원에 보낸다고 하니까, 그 말이 듣기 싫어서 그러시는 거야."

켄은 말이 없었다.

"그러면 켄, 모든 게 다 정해진 거면 여긴 왜 왔어?"

"누나한테 알리지 않고 엄마 집을 개조하고 싶진 않아."

"혹은 너희 집. 우리는 곧 그렇게 부르게 되겠지." 퀜덜린이 입을 일자로 꾹 다물었다.

"엄마가 내일 유언장을 작성하실 거야. 내가 체스트넛 스트리트에 있는 집은 누나하고 나한테 공평하게 나눠달라고 부탁했어. 엄마를 설득하기가 쉽지 않았지만, 그러지 않으면 내가 동의하지 않겠다고 했어. 엄마는 누나가 냉정하고 무뚝뚝하고 매몰차고 인색하대. 나는 누나가 그저 외로운 거라고 말했어. 그랬더니 결국 동의하셨어."

"엄마가 나에 대해 그렇게 말했다고?"

"누나가 요양원에 보내겠다고 협박하니까 무서워서 그러신 거야. 엄마는 그 문제를 그렇게 이해하셔. 협박한다고."

"하지만 그건 협박이 아니야! 엄마를 위해서지." 퀜덜린이 말했다.

"엄마한테는 아마 이 방법이 더 나을 거야."

켄은 떠나려고 일어섰다. 더이상 할 말이 없었다. 퀜덜린은 차도, 커피도, 와인도 내오지 않았다. 그녀는 길 건너 집을 쳐다보며 창가에 서 있었다. 칼라는 창가 화단에 다시 물을 주고 있었다. 정말로 강박적인 여자였다. 켄은 자신의 누이를 지켜보았다.

"좋은 사람이야. 누나한테 좋은 친구가 될 거야, 궤니."

"나는 친구 필요 없어. 내가 외롭다는 말을 네가 어떻게 감히 할수 있지? 나는 단연코 그렇지 않아!"

"알겠어." 그가 말하고 떠났다.

궨덜린은 켄이 고개를 들어 창문을 올려다보는 것을 보았지만, 그냥 못 본 척했다. 그는 칼라에게 손을 흔들었고, 칼라 또한 화답하며 작은 물뿌리개를 흔들었다.

궨덜린은 밤이 아주 길게 느껴졌지만, 엄마가 했다는 말에 대해서는 깊이 생각하지 않을 작정이었다. 그녀가 어머니와 잘 지내지 못한 것은 사실이지만, 어머니와 딸 사이는 대부분 그랬다. 어머니들은 늘 아들을 선호했다. 그건 다 아는 사실이었다.

그녀는 배가 고프지 않았다. 그 음식은 다른 날 저녁에 먹으면 될 것이다.

하지만 잠잘 시간이 됐는데도 정신이 말똥말똥했다. 사람들은 종종 바람을 쐬는 게 좋다고 말했다. 그녀는 동네를 한 바퀴 돌기로 했다.

거리 저 끝에서 모종삽과 종이봉투를 들고 방치된 듯 보이는 큰 화분의 흙을 파고 있는 칼라를 보고 그녀는 깜짝 놀랐다.

"대체 뭘 하는 거예요?" 궨덜린이 자기도 모르게 내뱉었다.

칼라가 고개를 들고 크고 환한 미소를 지었다. "오, 안녕하세요. 반대편에 사시죠. 드나드는 걸 봤어요."

"하지만 이건 당신 화분이 아니잖아요."

"아니죠. 알아요. 근데 좀 보기 그렇지 않아요? 자길 돌봐달라고 호소하잖아요. 이 불쌍한 것이요." 칼라가 화분을 애정어린 손길로 톡톡 쳤다.

"왜 거기에 뭘 심으려 하죠?" 궨덜린이 미심쩍게 물었다.

"안 심을 이유가 없잖아요? 나는 늘 사람들의 화분이나 창가 화단에 씨앗을 심어줘요. 소소한 취미라고 할까요. 얼마나 많은 씨앗이 꽃을 피우는지 알면 깜짝 놀랄 거예요. 물론 일부는 죽어요. 하지만 상당히 많은 씨앗이 싹을 틔워요. 거리에 꽃이 피기 시작하는 걸 보면 마법 같아요."

"하지만 사람들은 자기 소유물에 누가 꽃을 심는 걸 좋아하지 않을지도 몰라요." 궨덜린이 말했다. 그리고 그 말이 얼마나 어리석게 들리는지 깨달았다.

"대부분의 사람들은 꽃을 보면 좋아해요. 놀라지만 기뻐하죠." 칼라가 말했다. 그러고는 손을 내밀어 궨덜린의 팔을 잡았다.

"여긴 다 했어요. 같이 가서 저하고 커피 한잔할래요, 궨덜린?"

"내 이름은 어떻게 알아요?"

"동생분이 말해줬어요. 당신 집에 갔는데 당신이 없어서 당황했더라고요. 당신에게 나쁜 소식을 알려줘야 한다며 걱정했어요."

"동생이 당신한테 내 이야기를 했다고요? 설마."

"우리집에 같이 가요. 뭐든 같이 이야기해봐요. 알다시피 노인들은 좀 까다롭잖아요. 나한테 얘기해줘요. 나는 늘 노인들하고 일해요. 당신 어머니는 당신을 미워하지 않아요. 그렇게 몰아세우는 게 두려워서 그런 거예요."

동생은 칼라에게 그들의 사정을 다 말했다.

궨덜린은 선택해야 했다. 창가 화단이 있는 집으로 가서 누가 봐도 선의가 가득한 이 여인과 이야기를 나누든가, 아니면 자신의 집으로 돌아가든가.

"고마워요. 참 친절하네요. 하지만 커피를 마시면 잠을 못 자서요." 그녀는 말하고 걸음을 뗐다.

궨덜린은 거리를 걸어가는 자신의 발소리를 들으면서, 모든 집에 꽃이 피어 있다면 어떨까 궁금해졌다. 뿌려진 씨앗이 꽃을 피운다면 집값도 오를까? 결국엔 이 거리의 가치가 올라갈까?

핀의 미래

문제는 오로지 핀의 미래였다.

핀은 이제 겨우 일곱 살이었다. 그러니 누구의 기준으로 봐도 아직 미래가 창창했다. 나는 빠져 있는 게 나을 것 같아서 그 아이를 몇 번 만났을 뿐이었다. 하지만 나는 핀에 대해 자주 이야기했고—맙소사, 내가 그 아이와 그 아이의 미래에 대해 이야기하다니—댄도 거의 그 문제를 걱정했다.

댄과 몰리는 핀이 세 살 때 헤어졌다. 오, 나는 그 일의 자초지종을 정말로 모른다. 몰리가 직장에서 만난 어떤 남자 때문이었다. 몰리는 레저센터의 접수처에서 일했다. 영업사원인 댄은 출장 때문에 집을 지나치게 자주 비웠다. 몰리는 그녀의 가족과 가까이 살고 싶어했지만, 댄의 가족과는 아니었다.

기본적으로 그들 사이에 더는 사랑이 없었다. 그게 다였다. 하지만 젊고 미혼일 때 누군가와 헤어지는 것처럼 갈라설 수는 없었다.

핀을, 그리고 핀의 미래를 생각해야 했다. 일반적으로 헤어진 부부와 달리, 댄과 몰리는 서로를 더는 사랑하지 않지만 둘 다 사랑하는 그 아이와 관련해 만족스러운 합의를 볼 수 없었다.

댄은 동물원에 데려가고 햄버거를 사주고 어색한 대화를 나누는 토요일 아빠가 되고 싶지 않았다. 몰리는 하나뿐인 자신의 아이가 누군지도 모르는 사람이 있는 낯선 집에 가서 자는 걸 원치 않았다. 그 집은 난방도 제대로 되지 않고, 침대도 바람을 쐬어주지 않을 것이다.

그들은 핀을 댄이나 몰리의 조부모에게 맡기고 댄이 거기로 아들을 보러 가는 게 어떨지 논의했다. 하지만 그것도 잘되지 않았다. 몰리의 부모는 댄이 한심한 놈이니, 사랑하는 핀이 댄과 함께 보내는 시간이 적을수록 더 좋다고 생각했다. 댄의 부모는 몰리가 바람이 났으니 댄이 배짱이 있다면 완전한 양육권을 주장하는 소송을 해야 한다고 생각했다. 그러니 합의는 애당초 불가능했다.

그러다 내가 댄을 만났고, 이제 그 문제에 또다른 요소가 보태진 셈이었다. 내 집이 체스트넛 스트리트에 있었다. 부유층이 사는 동네는 아니었지만, 적어도 작은 침실 세 개와 정원이 딸린 집이었다. 그리고 우리는 결혼할 사이니, 나쁜 소문이 돌거나 할 리는 당연히 없었다. 게다가 나는 지역 병원의 간호사로 일하니, 핀을 방치하고 영양실조로 죽게 할지도 모를 제멋대로에 무책임한 인간은 아닐 것이다.

하지만 몰리는 이런 상황을 전혀 반기지 않았다. 그녀는 핀이 우리집에 와서 지내는 것을 어느 때보다 완강하게 반대했다.

"아이의 미래를 생각해야 해." 그녀는 말하곤 했다. "자기가 어디 사는지, 어디 속한지도 모르는 채 혼란 속에서 성장하게 둘 수 없어."

그러면 댄은 핀의 미래를 생각해서 그러는 거라고, 아이가 아버지에게 버림받았다고 생각하지 않기를 바란다고 말하곤 했다. 그리고 그는 아이를 버리지 않았다.

그러면 나는 되도록 이 일에 관여하지 말아야 할까? 나는 이따금 몰리의 직업이 크루즈에서 이국적인 춤을 추는 댄서라 핀을 석 달 동안 우리에게 맡기는 상상을, 그리고 그녀가 돌아왔을 때 핀이 우리집에서 아주 행복하니 여기가 자신이 지낼 곳이라고 말하는 상상을 했다.

나는 심지어 방 하나를 핀을 위해 꾸며놓았다. 아이가 숙제를 할 수 있게 작은 책상도 놓았고, 아이가 쓸 사전과 참고용 도서와 지도책도 사놓았다. 아이가 밝은색을 좋아한다고 해서, 밝은 오렌지색의 멋진 커튼과 거기에 어울리는 깃털이불까지 마련했다.

그래도 몰리는 고집을 꺾지 않았다. 그녀는 핀이 다른 삶에 흡수되는 것을 원하지 않았다. 아버지로서 그는 주말에 언제든 그녀의 집에 와도 좋다고 했다. 그리고 이 나라의 어떤 법정도 이 문제에 대해선 그녀가 관대한 걸로 볼 거라고 덧붙였다.

불쌍한 댄은 그녀의 집에서 늘 시무룩하고 속상한 표정으로 자신의 집에 돌아갈 것이다. 떠날 때마다 핀은 그에게 왜 가야 하느냐고 물어볼 게 뻔했다.

"여기가 아빠 집이에요. 가지 마세요." 핀이 말하면, 댄은 전에는 그랬지만 지금은 따로 집이 있다고 더듬더듬 어설프게 답할 것이고, 몰리는 그게 전혀 자기 탓이 아니라는 듯 어깨를 으쓱할 것이다.

그래서 나는 댄과 결혼했다. 그를 처음부터 좋아한 내 가족은 어린 핀이 우리 결혼식에 올지 궁금해했다. 하지만 안 올 게 뻔했다.

몰리는 핀이 그런 데 갔다 오면 자신의 미래를 불안하게 여길 거라고 말했다.

그리고 핀이 일곱 살이 되었을 때 학교에 입학했다. 그 학교는 마침 우리가 사는 곳에서 멀지 않았다. 그래서 댄은 다시 말을 꺼냈다. 그가 일주일에 두 번 학교로 가서 아이를 데리고 우리집으로 와도 될까? 그는 핀에게 우유든 뭐든 몰리가 주라고 한 건 다 줄 것이다. 하지만 몰리는 기다려보자는 말만 했다.

그리고 이 특별한 아침에 나는 아침식사용 식탁 맞은편에서 댄의 슬픈 얼굴을 보았다. 이 멋지고 둥근 식탁에서는 정원이 내다보였는데, 거기서 노는 것은 핀의 미래를 불안정하게 만들 것이므로, 아마 핀은 결코 그곳에서 놀지 못할 것이었다. 그러자 나는 몰리에 대한 분노가 솟구쳤다. 어떻게 그녀는 감히 이 집에서 그 아이를 기다리는 모든 사랑과 환영을 차단할 수 있는가? 어떻게 감히 핀의 아버지에게 부모 역할을 하지 못한다는 비참하고 무능한 기분을 안겨주는가? 그는 그 역할을 하고 싶어 죽을 지경인데.

하지만 나는 어떤 일이 있어도 댄에게 그의 전 부인이 지구상에 존재하는 여자 중에 가장 이기적이라고 말해, 불에 기름을 끼얹는 짓은 하지 않을 것이다. 그런다 한들 소득은 없다. 나는 웃으며 오늘 휴가를 냈으니 쇼핑도 하고 그를 위해 스테이크앤드키드니 파이도 만들겠다고 말했다. 그러자 그의 슬픈 얼굴이 밝아졌고, 자신은 운이 좋은 남자라고 말했다.

하지만 그럼에도 나는 여전히 불안하고 속상한 여자였다. 나는 가게에 가려고 길을 나서다, 핀의 학교 앞을 지나가기로 결심했다. 아이들은 운동장에 열시 반쯤 나올 것이다. 나는 그저 그 아이— 그 아이의 미래로 인해 우리의 현재뿐 아니라 미래도 망가지고 있었다—를 가까이서 몰래 보고 싶을 뿐이었다.

나는 아이를 곧바로 알아보았다. 아이는 다른 아이와 함께 저글링을 연습하고 있었다. 작은 곤봉을 아주 요령 있게 공중에 던졌다. 곧 다른 아이들이 몇 명 몰려와 그들을 에워쌌다.

댄도 저글링을 아주 좋아했다. 그가 아들에게 그걸 가르쳐준 적이 있었을까? 아니면 아이가 혼자 터득한 걸까? 나로서는 결코 모를 일이었다.

다른 몇 사람이 걸음을 멈추고 큰 울타리 밖에서 그 아이들을 지켜보았다. 운동장에 바로 들어갈 수는 없었다. 학교를 통해야 했다. 시대가 참 많이 변했어, 나는 생각했다. 아이들은 운동장의 울타리 사이로 쳐다보는 낯선 사람들로부터 보호를 받아야 하는 것이다. 그 순간 나는 당연하게도 내가 그들이 경계해야 하는 사람임을 깨달았다. 그 학교에 다니는 학생 아버지의 두번째 아내. 말썽을 일으킬 게 분명했다. 다행히 아무도 나를 보지 못했다. 분명 아주 의심스럽게 보일 것이다. 그러다 흘끗 돌아보니, 한 여자가 나를 뚫어지게 쳐다보고 있었다.

몰리였다. 그녀가 나를 알아본 것이다.

나는 그녀에게 말을 걸기로 대번에 결심했다.

"당신 아들이 저글링을 참 잘하네요, 그렇죠?" 내가 말했다.

"네, 원래 잘해요. 내 아들이죠. 당신도 기억하는 한에는." 몰리는 키가 작고 금발이었으며, 내게 몹시 화가 나 있었다.

나는 이곳에 온 것에 대해, 그리고 그녀의 눈에 띄기까지 한 것에 대해 나 자신에게 몹시 화가 났다. "네, 당연하죠. 아이가 아주 자랑스러우시겠어요."

"그래요. 아주 많이. 당신도 당신 자식이 생기면 자랑스러워하세요. 여기 와서 내 아이를 몰래 지켜보지 말고." 몰리가 딱딱거리며 말했는데, 미소를 지을 때처럼 예쁘고 인형 같은 표정이 아니라 심술이 난 표정이었다.

내가 왜 그런 말을 했는지 모르겠다. 누구에게도 말한 적이 없었는데.

"나는 아들도 딸도 없을 거예요. 아이를 가질 수 없거든요."

심지어 어머니나 자매에게도 이야기하지 않았다. 그들이 자꾸 소식이 없느냐고 물어 나를 속상하게 만드는데도.

"전혀 믿을 수 없군요." 몰리가 말했다.

"음, 사실이에요. 슬프지만, 정말로 사실이에요." 내가 어깨를 으쓱했다.

"댄은 어떻게 생각해요?"

"댄도 안타까워해요. 하지만 우리가 결혼할 때 이미 알고 있었고, 그에게는 이미 아주 많이 사랑하는 아들이 있으니까요." 나는 운동장 쪽으로 고갯짓을 했다.

"그러면 당신이 아이를 낳을 수 없으니, 아이의 삶이 완전히 달라지거나 미래가 망가지는 일은 없겠군요." 몰리가 말했다.

"그렇죠." 내가 맞장구를 쳤다.

"그런데 여기서 뭘 하는 거예요?" 몰리는 여전히 의심했다.

"모르겠어요." 내가 말했다. 어쩌면 그녀는 내 얼굴에서 내가 진실을 말하고 있다는 것을 읽었을 것이다. "정말로 모르겠어요, 몰리, 내가 여기서 뭘 하는지. 오늘 아침 댄의 얼굴과 상관이 있을 거예요."

"댄이 당신을 여기로 보냈어요? 댄한테 여기 와서 얼쩡거리지 말라고 말했는데. 그가 당신을 여기 보냈을 것 같지는 않네요."

"아니요, 아니에요. 그는 내가 여기 온 걸 전혀 몰라요." 이번에도 그녀는 내 말을 믿는 것 같았다.

종이 울렸고, 아이들이 학교 건물 안으로 들어갔다. 몰리와 나는 다른 아이들이 저글링을 잘했다고 핀의 등을 두드려주는 모습을 자랑스럽게 지켜보았다. 아이는 우리를 보지 못했다.

"음," 내가 말했다. "나는 이만 가봐야겠네요. 하루 휴가를 냈어요."

"나도 그래요." 묻지도 않았는데 몰리가 말했다. "이제 뭐할 거예요?"

"고기를 좀 사서 댄에게 스테이크앤드키드니 파이를 만들어줄 거예요."

"음, 그가 당신을 만난 건 행운이네요. 나는 요리를 잘 못했어요. 지금도 그렇지만."

"나도 잘은 못해요." 내가 솔직히 말했다. "레시피를 계속 봐야 하죠. 하지만 그가 당신을 만난 게 훨씬 행운이죠. 아들을 낳아줬잖아요."

몰리는 똑바로 서서 자신이 하려는 말의 무게를 재보듯 잠시 나를 쳐다보았다.

이윽고 그녀가 말했다.

"같이 쇼핑하러 갈까요?"

나는 망설이지 않았다. 잠시도. "그러면 정말 좋죠. 뭘 사야 할지 내게 좀 알려줘요. 레시피는 4인분 기준이에요. 그러니 뭐든 절반씩 사야 할 것 같아요." 내가 말을 줄줄 쏟아내기 시작한 걸 알았지만, 상관없었다.

그녀가 크게 한 걸음을 내디뎠다. 나도 한 걸음 나아가 그녀와 타협했다.

내가 또 한 걸음을 내디디면, 이 상황을 망치게 될까?

뭐 어때. 말해버리지 뭐.

"아니면 그냥 4인분을 하고, 당신과 편이 와서 다 같이 먹는 건 어때요. 일종의 믿음의 행위로요, 무슨 말인지 아시죠."

그녀가 잠시 생각했다. 아마도 내가 너무 멀리 간 모양이었다. 나는 종종 그런다. 어쩌면 이 여자는 그저 내가 아이를 가질 수 없다는 사실이 안타까웠을 것이다. 그래서 내게 같이 쇼핑을 하자고 했을 것이다. 자신이 몹시 사랑하는 아이를 적의 집으로 데려가는 건 다른 문제였다. 그렇게 하면 그녀는 댄과 나에 대해 불안감을 느낄지도 모른다. 한편으론 불안감을 덜 느낄 수도 있다. 아이가 또 생기면 댄이 첫째의 존재를 잊어버릴지 모른다는 두려움은 없으니까. 나는 어떤 생각이 그녀의 머릿속을 스쳤는지 결코 알 수 없을 것이다.

이윽고 그녀가 말했다. "우리가 하는 건 다 믿음의 행위예요, 안 그래요? 오늘밤 스테이크앤드키드니 파이를 나눠 먹으면 기쁠 거예요."

그리고 이건 상상이 아니었다. 가을 나무 사이로 비스듬히 비치기 시작한 햇살이 운동장 곳곳에 오전의 아름다운 그림자를 드리웠다.

일 년에 하룻밤

일 년에 하룻밤이지만, 사람들은 그 이야기를 자꾸 한다. 그날 어디 있을 거야? 신년 파티에 갈 거야? 무슨 시합에라도 나가는 것처럼 큰 압박이 존재한다. 사람들은 아무것도 하지 않을 거라는 말은 듣고 싶어하지 않는다. 그 말을 듣고 나면 그들은 그 사람을 그들의 계획에 초대해야 할 것 같은 죄책감을 느낀다.

교무실에서 사람들이 시시에 대해 느끼는 감정이 그러했다. 시시에게는 1997년이 지옥 같은 한 해였다. 여름휴가 동안 남편 프랭크가 5학년짜리 여자아이와 달아나버렸다. 그 일은 학교 스캔들이 되었고, 신문 여기저기에 보도되었으며, 시시의 가슴을 찢어놓았다. 달아날 때 시시가 평생 모은 돈도 훔쳐갔을 거라는 의심이 파다했지만 확인된 바는 없었다.

다른 교사들은 그녀가 적어도 크리스마스에는 괜찮았다는 것을 알았다. 그녀는 언니의 집에 갈 거라고 했었다. 그 집에는 아이들이 있을 테니, 그녀도 정신을 딴 곳에 쏟았을 것이다. 하지만 새해 전날은? 그들은 입술을 깨물었다. 누군가가 그녀에게 물어보긴 해야 할 텐데. 일 년 중 가장 혼자 밤을 보내고 싶지 않은 날이 바로 그날이었다. 그날이 다가오자 시시는 그들에게 친구들을 집으로 초대할 거라고 말했다.

친구들?

시시가 친구 이야기를 한 적은 없었다. 하지만 그들은 더이상 미안한 마음은 들지 않았다.

그래서 그날 밤이 되었을 때 시시는 체스트넛 스트리트의 아파트에 혼자 앉아 있었다. 그냥 평범한 밤일 뿐이라고 혼자 계속 되뇌면서. 하지만 그렇지 않았다. 프랭크와 새해 전날을 오 년 동안 함께 보냈다.

첫해에는 그가 그녀에게 청혼했고, 나머지 사 년 동안은 늘 가던 시끄러운 레스토랑에서 모든 사람에게 그들의 약혼기념일이라고 말했다. 그런데 지금 그는 법적으로 성관계를 하면 안 되는 여자애와 함께 잉글랜드에서 살고 있었다. 롤라. 그애는 모델이 되고 싶어했고, 프랭크는 그애의 매니저가 되려고 했다.

열시가 되자 시시는 더이상 참을 수 없었다. 텔레비전에서는 마냥 신나게 즐기는 사람들의 모습이 나왔다. 바깥에서는 흥청망청 떠들썩한 소리가 들렸다. 모든 것이 그녀를 조롱하는 것 같았다. 그녀는 코트를 입고 양모 스카프를 두른 뒤 밖으로 나갔다. 그리고 잔니스로 갔다.

마틴은 새해에 제프와 함께 저녁식사를 할 계획이었다. 그는 꿩고기 요리를 만들려고 이미 정육점에 주문을 해두었다. 제프는 크리스마스 때부터 집에 가서 가족과 함께 있겠다고 했다. 제프의 부모는 여전히 그가 결혼할 것이고, 봄에 결혼식을 올려 손주 몇 명을 안겨줄 거라고 믿고 있었다. 그들은 그가 대도시에서 마틴과 행복하게 살고 있다는 사실을 까맣게 몰랐다. 그들은 늙었고, 그들만의 생각이 확고했다. 제프는 그들에게 결코 이해할 수 없는 것을 이해시키려 해봤자 소용없다고 말했다.

크리스마스 때는 괜찮았다. 마틴은 늘 크리스마스 자선행사에 가서 일손을 거들었고, 그러다보면 어느새 제프가 돌아와 이야기와 계획을 한 보따리 풀어놓곤 했다. 하지만 올해는 제프에게서 전화가 왔다. 그의 부모가 새해에 큰 파티를 열 계획이라 거기 있어야 한다고 했다. 처음에 마틴은 자신도 그 파티에 초대받은 줄 알았다. 하지만 초대받지 못한 게 분명해지자, 그는 자신의 목소리에서 쓰라린 마음과 실망한 어조를 들키지 않게 무진 애를 써야 했다. 그는 제프에게 파티에서 재미있게 놀기를 바란다고 말해주었고, 신부 후보들을 멀리하라고 주의를 주었다.

마틴은 꿩고기 주문을 취소하고 음악을 들으면서 집에 있었다. 그러다 결국 너무 불안해져서 머리가 폭발해버릴 것만 같았다. 그래서 열시경에 밖으로 나갔다. 어디로 가는지 몰랐고, 신경쓰지도 않았다. 자신이 제프를 위해 꾸민 그 집에 한순간도 더 있을 수 없었다. 거의 한 시간을 걷는 동안 주변을 거의 알아차리지도 못했다. 그는 잔니스라는 피시앤드칩스 가게 앞을 지나갔는데, 사람이 많아 보이지 않았다. 그는 어디에서든 뭔가 먹어야 했고, 그래서 안으로 들어갔다.

조시와 그녀의 여동생 로즈메리는 유기농 채소 가게를 운영했다. 음, 장사는 조시가 했고, 로즈메리는 예쁘게 차려입고 서서 사람들에게 레시피를 알려주거나 유기농 채소만 먹는 유명인사 이야기를 했다. 로즈메리는 몸이 호리호리하고 나긋나긋해서 사람들의 많은 찬사를 받았다. 그 작은 가게를 인터뷰하는 경우도 종종 있었는데, 로즈메리가 문 앞이나 대형 착즙기 옆에 서 있는 사진이 함께 실렸다. 음, 조시는 그런 역할에 어울리지 않아 보였다. 카디건을 입은, 체격이 좋고 존경스러운 조시는 우리가 건강한 삶을 살고 싶을 때 원하는 이미지는 아니었다. 로즈메리가 점심을 먹으러 가서 적당한 말상대와 이야기를 나누는 동안, 조시는 시장에 가고 공급자를 찾아가고 심지어 하루에 열 시간씩 일했는데도 말이다.

그들은 한집에 살았다. 로즈메리가 1층과 2층을 다 썼고, 조시는 지하층을 썼다. 하지만 오늘밤엔 로즈메리가 파티를 열 예정이라 집 전체가 필요했다. 로즈메리의 남자는 그의 끔찍한 아내가 끔찍한 아이들을 데리고 스키를 타러 간 덕분에 시간이 자유로웠다. 그래서 그와 로즈메리가 멋진 새해 파티를 열게 된 것이었다. 조시는 몇 번이나 그것에 대한 눈치를 받았다. 그 파티에 참석해서는 안 된다는 뜻을 직접적이지는 않지만 매우 강하게 암시한 것이다.

지하실을 케이터링 업체가 쓸 거라고 했는데, 조시는 모르는 사람들이 몰려오는 걸 정말로 좋아하지 않았다, 안 그렇겠는가? 조시는 인생을 통틀어 이렇게 상처를 받은 적이 없었다. 어쨌거나 그녀는 여동생에게 친구들을 만나 밖에서 밤을 보내겠다고 말했다. 로즈메리는 어떤 친구들인지 묻지 않았다. 신이 주신 시간 동안 내내

일만 하는 조시에게 친구가 있을 것 같지는 않았다. 조시는 더블린 반대쪽에 혼자 지낼 민박집을 예약해두었다. 돈은 이미 냈지만, 춥고 으스스한 그 방에서 지낼 수는 없었다. 아래층에서는 민박집 주인의 대가족이 연말 분위기를 내고 있었다. 조시는 코트를 입고 밖으로 나갔다. 한 해의 마지막 시간을 보낼 만한 더 좋은 장소가 필요했다. 그녀는 분위기가 밝아 보이는 피시앤드칩스 가게를 발견했다. 다른 델 찾아보느니 그냥 여기 가지 뭐.

루이스는 고단했다. 뉴욕이었다면 하루를 그냥 평범하게 보낼 수 있었을 것이다. 업무를 끝낼 수도 있었고, 찾고자 하는 것을 발견할 수도 있었을 것이다. 하지만 이 이상한 나라는 이 주 동안 모든 곳이 문을 닫는 것 같았다. 이래서는 경제가 돌아가지 않는다. 그가 이곳에 온 것은 겉으로만 보면 간단한 일을 하기 위해서였다. 하지만 태양 아래 일어날 수 있는 모든 복잡한 일이 일어났다. 그의 의뢰인은 이렇게 지체되는 상황을 결코 이해하지 못할 것이다. 어쩌면 이곳은 이틀 안에 일상적인 기능을 회복할 것이다. 그는 그러기를 정말로 바랐다. 더블린에서 지내는 동안 묵으려고 레지던스 아파트를 빌렸다. 깨끗하고 효율적이었지만 사람냄새가 안 났다. 자신이 태어난 도시로 돌아갈 수는 없었다. 돌아간다 해도, 살인청부업자나 스파이 같은 사람으로 돌아가고 싶지는 않았다.

루이스는 작고 깔끔한 부엌으로 들어갔다. 먹을 것이 없었다. 크고 시끄러운 레스토랑에는 가고 싶지 않았다. 여기로 오는 길에 피시앤드칩스 가게를 지나왔다. 어쩌면 포장해서 가져올 수 있을 것이다. 반 블록밖에 떨어져 있지 않았다. 잔니스, 그 가게의 이름이었다.

잔니의 아버지는 가게가 어떻게 되어가는지 물었다. 잔니는 언제나처럼 거짓말을 했다.

"아주 잘돼가요, 아빠. 손님이 정말 많이 와요." 그가 말했다.

"그런 것 같지 않은데, 잔니."

"왜 그렇게 생각하세요, 아빠?"

아버지는 의자와 침대를 오갈 뿐, 더이상 아래층으로는 발걸음을 하지 않았다.

"손님이 진짜 많다면 네 신발을 수선할 수 있었겠지, 아들."

"사업은 충분히 잘돼요, 아빠. 우리는, 우리는 잘살아요."

"그렇게 해서는 자유로울 수 없고, 결혼도 할 수 없어. 너 자신의 삶을 살 수도 없고!"

"저는 결혼하고 싶지도 않고, 저 자신의 삶을 살고 싶지도 않아요. 저는 아빠하고 같이 살고 싶어요."

"음, 그럼 아래층으로 내려가서 오는 손님이나 맞거라."

"그럴게요, 아빠."

잔니는 가게로 뛰어내려갔다. 아까는 아무도 없었는데, 지금은 네 사람이 혼란스러운 표정으로 두리번거리고 있었다.

"정말 죄송합니다. 아버지하고 위층에 있었어요. 나이가 드시더니 약간 짜증이 느셨어요. 자, 누가 먼저 오셨죠?"

그들 중 누구도 급한 것 같지 않았다. 모두 예의바른 사람들이었다. 종종 들어오는 술꾼 같지는 않았고, 아직 문 닫을 시간도 아니었다.

"음, 그러면 앉으시겠어요? 주문을 받겠습니다."

"여기서 먹어도 돼요?" 이상한 모양의 뜨개 모자를 쓴 체격이 좋은 여자가 물었다.

"그럼요. 하지만 여긴 새해 전날의 축제 분위기가 넘치는 장소가 아닌데요?" 잔니는 별 장식이 없는 작은 식당을 큰 감흥 없이 둘러보았다.

"여기서 먹을 수 있다니 참 다행이에요." 뜨개 모자를 쓴 여자가 말했다.

"저도 그래요." 맵시 있는 코트에 차림새가 근사한 젊은 남자가 말했다. 잔니도 그런 코트와 새 신발을 갖고 싶었다. 아마도 언젠가는 갖게 되겠지.

"나도 여기서 먹고 싶어요. 바깥은 지나치게 축제 분위기예요." 선홍색 스카프에 짙은 색 코트를 입은 여자는 매력적이었다. 새해 전날에 작고 값싼 식당에서 혼자 식사를 할 만한 사람으로는 보이지 않았다. 부유한 미국인 비즈니스맨도 마찬가지였다. 이런 장소에 있기에는 너무 고상해 보였다.

하지만 잔니의 가게는 포장 음식 판매 면허만 있었다. 사람들이 앉아서 먹는 제대로 된 레스토랑이 아니었다. 작은 테이블은 튀김 음식을 포장해 가져가려고 기다리는 사람들을 위한 것이었다.

하지만 잔니는 돈을 벌 기회를 놓치지 않았다. 그는 분주히 돌아다니며 토마토소스와 식초와 테이블냅킨을 놓고, 가게 뒤쪽에서 접시 네 개를 가져왔다.

그들은 애초에 여기서 저녁을 먹으려고 계획한 사람처럼 테이블에 둘러앉았다.

"부탁이 있어요." 잔니가 주의를 주었다. "다른 사람들이 들어와서 자리에 앉으려고 하면 제 친구라고 말씀해주실래요? 들어와서 집에 가지 않으려고 하는 사람들이 좀 있어요. 이해하시죠?"

그들은 이해한 것 같았다.

"그러니까 그냥 잔니의 친구라고만 말해주세요. 아시겠죠?"

그들은 그것도 알아들은 것 같았다.

잔니는 생선을 튀기면서 그들이 서로 소개하는 소리를 들었다. 그들은 낯선 세 사람을 만나 플라스틱 테이블에 둘러앉은 것이 사실상 기쁜 것 같았다. 참 희한한 사람들이 아닌가.

테이블에 앉은 사람들은 예의상 나누는 소소한 대화는 생략했다. 두 시간이면 끝날 한 해에 대한 각자의 느낌을 곧장 이야기하기 시작했다.

마틴은 외롭다고, 가장 좋은 친구 제프가 자신과 구운 꿩고기를 먹는 대신 부모님 집에 갔다고 말했다. 제프와 함께 다음해의 계획을 세우려고 이날 저녁을 줄곧 기다려왔는데.

"음, 적어도 그는 부모님 집에 간 거잖아요." 시시가 말했다. "내 남편은 내 학생하고 달아났어요. 당신보다 훨씬 나쁜 상황이죠."

시시는 스스로도 놀란 듯 말을 멈추었다. 보통 그녀는 누가 그녀의 상황을 물어보면 쌀쌀한 태도를 보였는데, 여기서 전혀 모르는 사람들에게 불쑥 자기 이야기를 해버린 것이었다.

"그거 정말 아주 나쁜데요." 마틴이 동의했다. "적어도 제프는 모레 돌아오긴 해요. 남편이 돌아와서 받아달라고 하면 받아줄 건가요?"

"모르겠어요. 정말로 모르겠어요. 그러지 않을 것 같아요. 하지만 타이밍이 맞으면 어떻게 할지는 아무도 모르는 거니까요."

조시는 뜨개 모자를 벗었다.

그리고 진지하게 말했다.

"나는 여동생하고 채소 가게를 해요. 오늘 우리는 마지막 손님이 나간 일곱시까지 거기 있었어요. 음, 나는 가게에 있었어요. 여동생은 미용실에 있었고요. 그애가 우리집에서 오늘밤 큰 파티를 여는데, 내가 얼굴을 내밀 자리는 아니래요. 나는 그 파티와 전혀 어울리지 않나봐요. 그래서 친구들과 놀 거라고 말하고 나왔어요." 그녀는 아주 슬퍼 보였다.

미국 억양을 쓰는 루이스가 그녀의 손을 톡톡 두드려주었다. "그리고 이렇게 친구들하고 어울리게 됐네요. 우리가 당신과 함께 저녁을 먹으니까요."

루이스는 자신의 상황에 대해 아무 말도 하지 않았고, 다른 사람들도 알아차린 것 같지 않았다.

피시앤드칩스가 나왔고, 잔니는 그들 모두의 얼굴이 밝아지는 것을 보자 기뻤다. 이따금 손님이 들어왔다. 그들은 때때로 작은 테이블에 앉아 식사하는 사람들을 쳐다보았다.

"레스토랑으로 바꾼 줄 몰랐는데, 잔니." 손님 중 한 명이 말했다.

"친구들이에요." 잔니가 자랑스럽게 말했다.

"차오, 차오." 루이스가 유쾌하게 말하자 나머지 모두 따라 했다. 잔니는 기분이 좋아져서 베르무트를 플라스틱 컵에 담아 모두에게 가져다주었다. 그것은 맛없는 감기약 맛이 났고, 그래서 모두 간신히 마셨다.

"지금 정말로 괜찮은 와인을 한잔해도 좋을 것 같은데요." 루이스가 말했다. "하지만 물론 제가 빌려 지내는 아파트에는 와인이 없어요."

마틴은 자기 집에는 와인이 많지만 집이 멀다고 했다.

조시는 집에 들어갈 수 있는 형편이 아니라고 했다.

그들은 작은 테이블이 주는 편안하고 친밀한 느낌을 떨쳐내고 싶지 않았지만, 감기약 같은 베르무트를 차마 또 한 잔 마실 수는 없었다.

시시가 말했다. "내가 사는 체스트닛 스트리트가 모퉁이를 돌면 바로예요. 내 집으로 가요."

그렇게 그 모든 일이 시작되었다.

십 년 전 오늘밤에.

그들은 무리를 지어 시시의 아파트로 갔다.

그녀는 화이트와인과 크리스마스 케이크를 내왔고, 그들은 오랜 친구처럼 이야기를 나누었다. 그들은 서로의 문제를 정리해주었다. 제프가 마틴과의 관계를 고백하는 것이 제프의 부모님 마음을 아프게 한다면, 마틴이 억지로 밀어붙여서는 안 된다. 누군가를 사랑한다면 그 사람의 행복을 바라야 한다. 시시는 이혼 절차를 시작해야 하고, 프랭크가 훔쳐간 돈에 대해 즉각 반환 명령을 받아내야 한다. 고상하거나 초탈한 태도를 보일 때가 아니었다. 시시는 그 돈이 필요했다. 길고 호화로운 휴가를 가야 했다. 조시는 업무 관리자를 고용해 자매 각각이 얼마나 기여했는지를 평가해야 한다는 데 모두 동의했다. 루이스도 얼마간 긴장이 풀려, 오래전에 가족과 다투고 미국으로 간 뒤 하나씩 하나씩 성공을 거두어왔다고 말했다. 그는 성실히 일해서 돈을 벌었지만, 그것이 사실상 그가 원하던 삶은 아니었다. 그들은 그에게 아일랜드에 사는 가족에게 연락을 해보라고 제안했다. 루이스는 해가 서쪽에서 뜨면 한번 생각해보겠다고 말했다. 그리고 한밤중이 되어 다 함께 잔을 높이 들었고, 집으로 돌아가야 하는 게 아쉽다고 말했다.

그들이 집이라는 단어를 말했을 때, 각기 다른 정도의 냉소가 묻어 있었다. 마틴에게 집은 제프가 없는 집이었다. 조시에게는 추운 민박집이었다. 루이스에게는 사람냄새가 나지 않는 레지던스 아파트였다. 그리고 그들이 다 떠나고 나면 시시는 프랭크 없이는 더이상 집으로 느껴지지 않는 그 집에 혼자 남겨질 것이었다.

"여기서 하룻밤을 지내는 건 어때요?" 시시가 말했다.

그녀와 조시가 침실을 같이 쓰고, 남자들은 거실에서 자면 된다. 그들이 떠나온 곳보다 훨씬 좋았다. 두 번 물어볼 필요도 없었다. 다음날 아침에 시시는 모두에게 오믈렛을 만들어주었다. 전날 밤의 좋은 분위기가 여전히 유지되었다.

서로 주소를 교환하지는 않았다. 무슨 계획을 세우지도 않았다. 하지만 내년 새해 전날에 만약 이쪽으로 오게 되면 다시 잔니의 친구 역할을 할 수도 있으리라는 데에 모두 동의했다.

그들의 새해는 순조롭게 시작되었다. 그들이 결코 예상하지 못했던 일이었다.

한 해가 지나갔고, 그들 중 누구도 반쯤 동의한 것을 이루지 못했다. 시시는 바람난 남편과의 이혼 절차를 시작하지 못했다.

마틴은 여전히 제프가 부모에게 자신과의 관계를 밝히고 자신을 그의 집으로 데려가주기를 바랐다.

조시는 자신과 로즈메리 사이의 부당한 업무량에 대해 아무것도 시도해보지 못했다. 이제 그녀는 하루에 열한 시간씩 일했다.

루이스는 가족에게 연락해보지 않은 채로 더블린에서 해야 할 일을 마쳤다. 그리고 스트레스 많은 뉴욕의 업무로 되돌아갔다.

작년과 별반 다르지 않은 새해 전날이 다가오고 있었고, 시시는 가족과 직장 동료들에게 친구들과 지낼 거라고 안심을 시켰다. 조시는 여동생에게 나가서 친구들과 놀겠다고 했다. 작년과 마찬가지로 로즈메리는 아무런 관심을 보이지 않았다. 올해 로즈메리는 애인의 아내가 스키를 타러 가지 않아 파티를 열지 않을 거라서 이러나저러나 상관없었다. 마틴은 자신이 제프에 대해, 제프의 부모가 제프를 결혼시키려고 또다시 필사적인 시도를 하는 것에 대해 좀더 너그러워질 수 있기를 바랐다. 하지만 그는 자신이 화난 사람처럼 무뚝뚝하게 말하고, 제프가 점점 멀어지고 있다는 사실을 알고 있었다. 루이스는 인생의 중요한 것을 놓쳤다고 느꼈다. 뉴욕에서 그는 많은 사람에게 새해 전날에 더블린에 간다고 말했지만, 그가 아는 한은 아무도 신경쓰지 않는 것 같았다.

루이스가 잔니스의 문을 열고 들어간 첫번째 사람이었다. 그는 와인 두 병을 사와서 카운터에 건넸다.

"잔니의 친구들이 주는 거예요." 그가 말했다.

"다른 사람들도 오나요?" 잔니가 물었다.

"진심으로 그러면 좋겠네요, 잔니. 오지 않으면 우리 둘이 이걸 마셔야 할걸요."

문이 열렸고 조시가 들어왔다. 몇 분 뒤에 시시와 마틴도 도착했다. 그들이 지난번 만난 뒤로 한 해가 지나갔다. 가족이 재회한 것 같은 느낌이었다. 그리고 이번에 그들은 밤에 입을 옷과 갈아입을 깨끗한 옷도 가져왔고, 남자들은 담요도 챙겨왔다.

작년보다 분위기가 더 좋았고, 이번에 그들은 루이스가 뭔가를 조사하는 일종의 스파이라는 것도 알게 되었다. 그는 대기업이 의뢰한 사람을 조사했고, 그들의 이력서가 정확한지 확인했다. 그는 그 일을 잘해냈지만, 점점 불편해졌다. 성공하려고 열심히 노력하는 젊은이들의 문제를 몇 번이고 폭로해야 했다. 그가 그들의 꿈을 박살낸 것이다.

조시는 로즈메리가 요즘 어느 때보다 더 못돼졌다고 말했다. 로즈메리의 애인이 전보다 훨씬 더 심하게 붙잡혀 살기 때문이었다.

그들은 다른 사람들에 대해서는 그들이 바란 대로 삶을 바꾸지 못한 것에 실망했으나, 모두 자신에 대해서는 방어적이었다.

올해 그들은 서로를 더 잘 알게 되었다고 느꼈다. 성과 이름, 그리고 주소까지 다 알려줄 만큼.

그리고 그렇게 한 해 두 해가 흘러갔다. 잔니의 아버지가 돌아가셔서 잔니가 팔에 검은 띠를 두르고 있던 해도 있었다. 그들은 그의 아버지를 한 번도 만나본 적이 없었지만, 모두 잔니와 함께 울었다. 잔니는 다시 옛날로 돌아갈 수 있다면 아버지가 아직 여행을 즐길 힘이 남아 있을 때 이탈리아로 모시고 갈 거라고 말했다.

그리고 프랭크가 돌아올 뜻을 비쳤지만, 시시는 절대 안 된다고 말했다. 시시는 이제 교감이 되었고, 새로 만난 남자와 이따금 데이트를 했다. 그녀는 아직 마흔이 되지 않았다. 그리고 새해 전날 만나는 친구들로부터 용기를 얻었고, 자신의 삶은 아직 끝나지 않았다고 생각했다.

조시는 로즈메리와 담판을 짓겠다고 약속하고 십 년이 지난 뒤라 그들을 대면하기가 꺼려졌다. 그래서 이제 실제로 행동에 옮겼다. 동생의 집에서 나왔고, 혼자 채소 가게를 운영한다는 조건으로 집 전체를 동생에게 넘겼다. 가게 위층의 작은 아파트를 썼고 성실한 조수를 고용했다. 브리지 게임 동호회에 들어갔고, 내년에는 몸무게를 18파운드 정도 뺄 생각이었다.

루이스는 아버지를 생각하는 잔니의 마음에 크게 감동받아 가족에게 연락을 해보았다. 가족 모두 예전의 힘들었던 감정 따윈 다 잊어버린 터라, 그는 비록 기억하고 있었지만 다 잊는 것이 더 현명하겠다고 생각했다.

그들은 일박을 하려고 챙겨온 가방을 들고 시시의 집으로 갔고, 즐겁게 새해를 맞이했다. 열번째로 함께 보내는 밤이었다.

"어쩜. 일 년에 겨우 하룻밤 만날 뿐인데." 조시가 말했다.

그녀는 요즘 달라 보였다. 더이상 바보 같은 뜨개 모자를 쓰지 않았고, 태도에 좀더 자신감이 붙었다.

"우리가 더 자주 만나면 안 된다는 규칙은 어디에도 없어요." 루이스가 말했다.

루이스는 아일랜드에서 훨씬 더 많은 시간을 보낼 것이고, 십 년 동안 이어진 마음 맞는 친구끼리의 우정을 기꺼이 누릴 것이다.

태라의 목마

도일 부부는 크리스마스 선물로 태라를 런던에 데려갔다. 비행기를 타고 가서 호텔에서 사흘을 지내며, 밤에는 '호화로운 아이스 쇼'를 보고 낮에는 쇼핑을 하거나 템스강에서 배를 탔다. 이 불쌍한 어린것은 이 경험을 늘 기억할 것이다. 불쌍하고 어린 태라. 아빠도 없고, 행복한 가정도 없고, 제대로 된 삶의 시작도 없는.

태라에게는 물론 엄마가 있었다. 하지만 그건 다른 문제였다.

태라는 그들의 유일한 손주였다. 티미가 그들의 유일한 자식이었던 것처럼. 티미가 살아 있었다면 이번 크리스마스에 서른이 되었을 것이다. 하지만 티미는 죽었고, 그뒤로 삼 년이라는 긴 시간이 흘렀다.

그는 스물일곱 살 생일에 죽었다. 혼자 텅 빈 회사 건물에서. 그때 사람들은 모두 그가 왜 본인의 생일파티에 나타나지 않는지 궁금해하며 그를 찾아 여기저기 돌아다니고 있었다.

그리고 다음날까지 그를 찾지 못했다. 어느 누가 지구상의 하고 많은 사람 중에 티미 도일이 영원히 알지 못할 이유로 텅 빈 사무실에서 약을 삼켜 스스로 목숨을 끊으리라고 생각했겠는가.

태라는 다섯 살 반이었다. 아버지를 기억하지 못했다. 그는 벽난로 위에 놓인 사진일 뿐이었다. 아버지가 자신을 높이 들어올리고 방안을 춤추며 돌아다닌 것을 알지 못했다.

태라는 자신을 애지중지 아끼던 아버지가 행복감에 젖어 빛나는 얼굴로, 이 완벽한 아이가 깰까봐 움직이지도 않고 숨도 제대로 못 쉬면서 아기침대 위로 허리를 숙이고 삼십 분 동안 쳐다보고 있었던 것도 결코 모를 것이다.

모린 도일은 그러고 있는 아들의 모습을 처음 봤을 때 왈칵 눈물이 났다. 티미는 늘 사랑스러운 아이였는데, 이제 티미 자신이 사랑하는 대상이 생긴 것이다. 태라가.

물론 그에게는 아내가 있었다. 태라의 엄마. 하지만 그건 다른 문제였다.

모린과 존 도일 부부는 육 년 동안 런던에 가지 않았다. 그때 간 것은 조금이나마 기운을 차리기 위해서였다. 깊은 실의에 빠져 있을 때였다. 그들은 다른 장소와 밝은 불빛과 다른 억양으로 말하는 사람들이 그들의 기분을 좋게 해줄 거라 생각했고, 실제로 그랬다. 그리고 가게마다 큰 세일을 하고 있었다. 모린 도일은 티미 옷을 더 이상 사면 안 된다고, 티미는 이제 결혼했다고 계속 되뇌어야 했다.

그 사실을 상기할 때마다 모린은 가슴이 납덩이처럼 무거워졌다. 그들이 실의에 빠진 모든 이유가 되살아났다. 티미와 그 여자가 결혼한 게 그 이유였다. 여자아이가 태어날 예정이었고, 충실하고 착한 티미는 그 사실이 기쁘고 그 문제에 관한 다른 의견은 듣지 않겠다고 말했다.

결혼식은 익살극 같았다. 그 여자의 친구들이 깔깔거리며 곧 닥칠 일에 대해 농담을 했고, 그녀의 가족은 후회나 수치심이나 당혹감 같은 건 전혀 내비치지 않았다.

모린과 존은 결혼식이 끝나고 밤새 울었다. 한 사람이 코를 풀어대다 좀 괜찮아지면 다른 한 사람이 시작했다. 그리고 마침내 존이 혹 기분이 좋아질지 모르니 런던에 가자고 말했다. 신기하게도 런던에 가니 정말로 기분이 좋아졌다.

그들은 극장 프로그램이 든 큰 봉투와 그들이 간 호텔 안내 책자와 이탈리아 레스토랑의 명함을 챙겼다. 그들은 언젠가 다시 오자고 약속했다. 언젠가 상황이 좀 안정되면.

그게 육 년이나 걸릴 줄은 몰랐다. 그들이 오래전에 앞날을 생각하며 자신들을 위해 사놓은 묘비에 아들 티미의 이름이 새겨질 줄도 전혀 몰랐다. 이 아이를 이토록 사랑하게 될 줄도 미처 몰랐고. 그들이 불명예라고 생각했던 이 아이…… 태라.

태라는 그들을 올려다보며 행복한 미소를 지었다. 에어링구스 항공사의 맘씨 좋은 승무원이 태라에게 엄마와 아빠랑 함께 런던에 가느냐고 물었다. 태라는 엄마와 아빠가 아니고 할머니와 할아버지라고 대답했다. 승무원은 할머니와 할아버지가 아주 젊어 보인다면서 즐거움과 놀라움을 표현했고, 그들이 안전벨트를 매고 이륙할 때 행복감이 그들 주위를 에워쌌다.

태라의 엄마는 코트를 여며쥐고 버스를 타러 달려가다 오늘은

급히 집으로 돌아갈 필요가 없다는 사실을 떠올렸다. 태라는 집에 없을 것이다. 호텔에 도착했을 것이고, 도일 부부가 태라의 작은 손을 하나씩 잡고 개선 행진을 보러 갈 것이다.

태라의 엄마 이름은 펀이었다. 남편의 어머니는 그 이름마저 탐탁지 않아했다. 하지만 남편의 어머니가 마음에 들어하지 않는 게 너무 많아서, 더 좋은 관계를 만들고자 개명 신청서를 작성하고 이름을 바꾸기에는 너무 늦었다. 펀은 레스토랑 주방에 앉아 담배를 피웠다. 크리스마스까지 삼 주 동안 이 일을 맡게 됐으니 운이 좋았다.

매니저는 불황이 회사 파티에는 영향을 주지 않은 것 같다고 그녀에게 말했다. 점심 회식이나 회사 야유회 같은 파티가 적어도 여섯 팀은 예약되어 있었다. 레스토랑은 머리를 써서 경쟁 업체에 비해 유리한 가격을 내놓았고, 음식으로 보는 손해를 술로 메꿀 작정이었다.

펀은 아이리시 커피를 만들어 행복하게 술을 마시는 사람들의 테이블로 내갔다. 여자 수가 부족하다고 느끼는 여러 무리가 그녀를 꼬집거나 안거나 자리에 앉히려 할 때 잔을 쏟지 않으려 애쓰느라 팔에 힘이 다 빠졌다.

하지만 태라에게 흔들목마를 사줄 수 있다면 정말로 값진 일이 될 것이다. 그것이 감상적이고 경제적으로 부적절한 일인 것은 펀도 알았다. 아이는 금세 자라 목마를 탈 수 없게 될 것이다.

아이는 그런 장난감을 갖고 놀기엔 이미 좀 큰 것 같았다. 그래서 그들이 장난감가게로 산타클로스를 보러 간 날, 태라가 그 동물의 북슬북슬한 갈기를 끌어안는 것을 보고 기분이 더욱 이상했다.

아이는 하얀 얼굴의 산타에게 목마를 갖고 싶다고 말했고, 펀의 이웃인 친절한 더피 부인에게는 자기가 목마를 갖고 싶다고 하니 산타가 주겠다고 했다고 말했다.

장난감가게에서 파는 목마가 얼마나 비싼지 아는 더피 부인은 어떻게든 태라를 설득해보려 했지만, 태라가 반항적인 얼굴로 흔들목마가 꼭 있어야 한다고 고집을 피우자 자신이 졌다는 것을 알았다. 그리고 펀에게 도시에는 더 싼 흔들목마가 있을 거라고 말했다.

아마 있겠지만, 이것만큼 진짜 말처럼 보이거나 털이 많거나 멋있어 보이지는 않을 터였다. 펀이 그만큼의 액수를 지불하려면 펍에서 사흘 밤을 일해야 했다. 그녀는 계약금을 걸고 크리스마스이브에 그 목마를 받아오기로 했다.

그녀는 이제 런던에 있는 아이를 생각했고, 진심으로 기뻤다. 도일 씨와 그의 아내가 아이에게 잘해줄 테니, 같이 있는 게 신경쓰이지 않았다. 그들은 펀이 결코 보여줄 수 없는 것들을 아이에게 보여줄 것이다. 어쨌거나 당분간은 보여줄 수 없는 것들을.

티미가 죽었을 때, 펀은 남편의 부모가 태라를 데려갈지 모른다는 두려움에 사로잡혔다. 도일 씨가 아는 사회복지부의 누군가가 펀이 태라를 돌보기에 적합하지 않다고 조언했을지 모른다는 생각이 자꾸만 떠올랐다. 결국 그녀가 남편의 자살을 방치했다면 다른 것이라고 가능하지 않으리란 법이 있는가?

하지만 물론 그건 어리석은 생각이었다. 몇 달이 지나면서 그녀는 할아버지와 할머니에게 어쨌거나 그들의 역할을 허용할 만큼 태라를 꽉 잡았던 손에서 힘을 뺐다. 그녀는 그들을 더 좋아하고 싶었고, 더 따뜻하게 대하고 싶었고, 그들이 그녀를 모든 비난을 받을 대상으로 생각하지 않기를 바랐다.

어쩌면 그녀는 그 증상이 처음 나타났을 때 그들에게 말했어야 했다. 하지만 그녀가 말하지 않았던 건 그들에게 관대하고 싶었기 때문이었다. 티미와 그들을 관대하게 대하는 것.

처음에 티미의 우울증은 편이 보기에 난데없이 발현됐다. 티미도 그렇게 느끼는 것 같았다. 그는 기분이 나쁜 것과는 다른 감정이라고 말했다. 큰 구멍, 크고 검은 구멍으로 떨어지는 것 같은 느낌이라고. 병원에서는 그를 아주 친절히 대하면서 그런 일은 다른 사람에게도 일어난다고 안심시켰고, 그 주제와 관련된 책과 그 증상에 맞게 특별히 제조된 알약을 주었다. 그는 조금씩 호전되었다. 가장 도움이 된 것은 다른 사람들 또한 그런 일을 겪는다는 사실을 알게 된 것이었다.

하지만 그들은 그의 부모에게는 말하지 않기로 했다. 어머니는 모든 일에 호들갑을 떠는 사람이었고, 아버지는 심각한 얼굴로 고개를 저으면서 회사에서 자신의 지위가 위태로워질 거라고 말할 것이었다. 그리고 편과 티미는 도일 부부가 이 모든 일을 단호하게 누구의 탓으로 돌릴지 서로 말하지 않아도 잘 알았다. 티미가 어리석고 혈기 넘치고 나쁜 조언에 속아 이 속사포 결혼을 해버렸다고 할 것이었다.

그들은 우울증에 대해, 그가 치료를 받은 것에 대해, 그 증상이 또 발현될 가능성에 대해 아무 말도 하지 않았다. 그때는 그렇게 하는 게 맞는 것 같았다.

호텔에는 가족실이 있었다. 그것은 태라가 작은 침대를 혼자 쓸 수 있고, 구석에 작은 테이블과 전등이 있다는 의미였다. 그날 모린과 존은 처음으로 그 아이와 방을 같이 썼는데, 이상하게 불안한 마음이 들었다. 아이가 잠에서 깼을 때 혹시 그들을 보고 놀란다면? 엄마가 없다고 울면 어쩌지?

그들은 욕실에서 옷을 갈아입고 밤 아홉시에 침대에 누웠다.

"나이가 많아서 일찍 주무시는 거예요?" 태라가 물었다.

그들은 네가 외롭다고 느낄까봐, 하고 말해주었고 아이는 고맙다고 말했다. 아이는 삼 분 만에 잠이 들었고, 그들은 소리를 줄여놓고 텔레비전을 보았다.

잠들기 직전에 모린은 이따금 빠져들던 작은 몽상에 빠졌다. 펀이 찾아와 재혼하기로 했다고, 그런데 새 남편이 태라를 원하지 않는다고, 도일 부부가 손주를 맡아주면 어떻겠느냐고 말하는 상상이었다. 심지어 법적으로 입양해도 된다고. 태라는 그들이 사랑하는 티미의 일부이니 그들의 삶에 의미를 줄 거라고.

그러고는 모린은 하느님에게 티미가 어떤 사람이었는지 기억해달라고, 뭔가 비참한 이유가 있지 않았다면 스스로 목숨을 끊는 그런 끔찍한 짓은 저지르지 않았으리란 걸 기억해달라고 간청했다. 그녀는 하느님이 이미 다 알고 있다는 것도, 티미가 이미 천국에 가 있다는 것도 알았지만, 만약을 위해서였다.

다음날 아침은 화창하고 추웠고, 태라는 거리에서 그들을 스쳐지나가는 다른 국적의 사람들을 구경하는 게 좋았다. 태라는 신이 나서 베일을 쓴 아랍 여자들과 일본인 단체 관광객을 가리켰다.

그들은 옥스퍼드 스트리트로 가서 크리스마스 전등 장식을 구경했고, 종업원들이 미키마우스 복장을 한 가게에서 햄버거를 먹었다. 그리고 셀프리지 백화점에서 에스컬레이터를 탔고, 장난감 매장을 지나 다시 거리로 나온 다음 다섯 살 반인 아이의 다리에 너무 무리가 되고 피곤할까봐 아이스크림가게로 갔다. 그들은 아이의 머리 위로 서로에게 행복한 미소를 보냈다.

그리고 태라가 진열창으로 목마를 보았다. 더블린에서 본 것과 똑같았다. 그래서 같은 목마라고 생각했다.

"바다 건너 이렇게 먼 잉글랜드에 와서 뭘 하고 있을까요?" 태라가 울었고, 모린과 존 도일은 어리둥절했다. 태라는 눈물이 그렁그렁한 채 목마를 바라보며, 산타가 크리스마스에 그 목마를 자신에게 선물해줄 거라고 말했다. 모두 그 사실을 안다고, 엄마도 알고, 더피 부인도 알고, 산타도 알고, 학교 친구들도 모두 안다고.

"휴가라서 놀러온 것 같은데." 모린 도일이 아이를 진정시키려고 말했다. "너처럼 말이야." 그 말이 효과가 있었다. 태라는 이제 다시 완전히 명랑함을 되찾았다.

"안에 들어가서 말을 걸어봐도 돼요?" 태라가 물었다.

그들은 또다시 근심스러운 표정을 교환하며 안으로 들어갔다. 그들은 희고 검은 털이 달린 목마를 끌어안는 아이를 걱정스럽게 쳐다보았다. 아이가 그 목마를 너무 많이 좋아하는 것 같았다. 태라가 아일랜드에서 산타의 선물로 이 목마를 받을 거라고 점원에게 말했다.

"거기 아주 너그러운 산타가 있는 모양이구나." 여자 점원이 말했다. "이 목마는 아주 비쌀 텐데."

그 여자가 태라에게 목마를 사줄 수 있을 리 없었다. 모린과 존도 비싸다고 생각할 정도였다.

530

그들이 다시 거리로 나왔을 때, 그 작고 하얀 얼굴이 다시 한번 진열창으로 목마를 빤히 쳐다보았다. 그들은 아이에게 그것을 사주기로 했다.

가게에서 많은 도움을 주었다. 전액 영수증을 발행했고, 목마가 보이지 않게 잘 포장했으며, 장난감이라는 어떠한 표시도 하지 않았다.

"이런 너그러운 엄마가 있다니 운좋은 꼬마 아가씨네요." 영수증 출력을 담당하는 인도 남자가 말했다.

"오, 애 엄마가 애한테 신경을 잘 안 써요." 모린 도일이 생각 없이 말했고, 그 말에 인도 남자는 어리둥절한 것 같았다.

크리스마스이브가 되었다. 더피 부인은 아주 친절하지만 이따금 눈치가 없었다. 펀에게 그 목마를 사는 건 미친 짓이라고 단도직입적으로 말했다. 완전히 돌아버린 거 아니냐고. 서른이 다 된 여자가 뼈빠지게 일해서 번 돈이라면 좀더 분별 있게 자기를 잘 꾸미는 데 쓰고, 남은 평생 자기를 돌봐줄 좋은 남자를 찾아야 한다고.

자존심이 다 뭐라고. 혼자 잘해낼 수 있다는 걸 아이의 조부모에게 보여줘서 뭘 어쩌겠다고? 아이의 학비는 그들에게 대라고 하고, 아이한테 필요한 것도 그들에게 사라고 하라고. 맙소사, 그것이 바로 그들이 바라는 것이었다. 그들은 가진 돈으로 달리 할 일이 없었다. 앞으로 몇 년이 지나면 태라는 그녀에게 고마워하지 않게 될 것이다. 레스토랑에서 잡일을 하는 엄마, 생계를 위해 다림질을 하는 엄마.

대체로 펀은 바퀴 달린 가방을 끌고 다니며 다른 사람들의 옷을 받아와 집에서 다림질하는 것을 가볍게 웃어넘길 수 있었다. 다림질을 싫어해 펀에게 5파운드를 주고 맡기는 게 더 편하다고 생각하는 사람이 많았다. 하지만 크리스마스에는 어쩐지 그런 일이 처량하게 느껴졌다. 여기서 5파운드, 저기서 5파운드가 모였지만, 일의 지겨움과 무의미한 느낌 또한 쌓여갔다.

그럼에도 펀은 자기연민 따위는 느끼지 않을 작정이었다. 자신에게 그런 감정을 허용해본 적이 없었다. 삼 년 전 최악의 상황이었을 때도 그랬다. 그녀는 그들을 마중하러 버스를 타고 공항으로 갔다. 도일 부부의 차가 공항 주차장에 세워져 있을 것이다. 집에 가면 그녀는 그들에게 안으로 들어가 차와 민스파이를 먹자고 제안할 것이다.

그들은 아마 안으로 들어올 것이다. 집은 깨끗이 치워놓았다. 손님이 맡긴 다림질감도 눈에 띄지 않게 잘 숨겨놓았고, 목마도 숨겨놓았다. 그녀는 그날 아침에 목마를 샀고, 버스 차장과 거리에 있던 사람들이 옮기는 것을 도와주었다.

도일 부부는 가방이 수하물 컨베이어벨트를 타고 나타나기를 기다렸다. 나타났다. 그들의 가방 두 개. 그리고 태라의 작은 가방과 큰 상자. 그들은 모든 짐을 카트에 싣고 문을 통과했다. 제대로 된 식사도 못하고 품위 있는 옷차림이 뭔지도 모르는 사람처럼 보이는 태라의 엄마가 거기 서 있었다. 모린은 엄마에게 달려가는 태라를 보면서 질투심이 날카롭게 찌르는 것을 느꼈다.

"있잖아요. 못 믿을 거예요. 내 목마가 휴가라 런던에 왔어요. 가게 안에 있는 걸 보고 들어가서 말을 걸었어요."

펀의 눈빛이 행복감으로 반짝거렸다. "같았어? 정말로 똑같았어?" 펀이 물었다.

"네." 아이는 너무 흥분해서 말도 제대로 하지 못했다.

"태라는 크리스마스에 목마를 받을 거라고 생각하는 모양이야." 도일 부인이 말했다.

도일 부부와 아들의 아내 사이에 인사는 없었다. 모린 도일은 펀의 얼굴이 평소와 다르게 신이 나서 환해진 것을 눈치챘다.

"아, 그래요. 알고 있어요. 멋지지 않아요? 산타가 아이에게 그걸 선물해줄 거예요."

모린 도일은 아연실색했다. 펀은 목마를 살 만한 돈이 없을 터였다. 그런 돈을 주고 그것을 샀을 리는 결코 없었다.

"설마……?"

"네. 깜짝 놀라게 해주려고요. 내일 줄 거예요. 아이한테 아주 큰 의미가 될 거예요. 그리고……"

펀은 다음 말을 잇지 못했다. 대체로 펀은 어깨만 으쓱하는 반응을 보여 거리감이 느껴졌는데, 오늘 공항에서는 다른 것 같았다. 아이를 보는 눈길이 달랐다. 티미의 아이를.

모린 도일은 자기 인생을 통틀어 가장 이기적이지 않은 행동을 했다.

"음, 그거 멋지구나. 우리 주차장으로 갈까?"

펀은 가방을 보았다. 그리고 포장된 큰 물건을.

"그거 뭐예요? 들고 다니기엔 부담스러워 보이는데요."

"그냥 집에서 쓸 거야." 모린 도일이 말했고, 그들이 카트를 밀며 자동문을 나설 때 남편이 모린의 손에 그의 손을 올렸다.

내 삶 어딘가가 막힌 것 같다면

체스트넛 스트리트 5번지에는 고개가 절레절레 저어질 만큼 왜 저러고 살까 싶은 효심 지극한 미용사 릴리언이 산다. 11번지에 사는 창문 청소부 버킷 매과이어는 문제 많은 아들을 감싸고도는 게 납득 불가한 수준이라서 보고 있으면 속이 터진다. 14번지에 사는 낸 라이언은 자신의 서른다섯번째 생일에 남편이 집을 나가버린 뒤로 혼자 악착같이 자식 셋을 키워 독립시켰지만 아이들이 하는 행동은 야속하고 일상은 무료해 보여 어쩐지 연애라도 좀 했으면 싶다. 혈연과는 관계를 끊고 이웃과는 거리를 두고 살지만 정작 다른 사람들이 어떻게 사는지에는 관심 많은 독거노인 오브라이언 씨는 아파서 병원에 입원하지만 28번지 그의 집으로 돌아가는 게 영 뜻대로 되지 않는데, 아무렴 그러고도 남지 싶으면서도 어쩐지 짠하다.

이들이 모여 사는 곳, 아일랜드 더블린의 가상 거리 체스트넛 스트리트. 모두 서른 채의 집이 있는 이 거리는 말발굽 형태로 생겼고, 중앙에는 광장이 있다. 광장에서는 연중행사로 축제가 열리는데, 그 축제에는 점술가가 초대되어 주민들의 미래를 읽어주는 특별 이벤트를 하기도 한다. 이곳에는 아픈 아내를 돌보는 택시 기사도 살고, 눈먼 노부인도 산다. 그 거리를 떠나 다른 도시로 가서 살지만 체스트넛 스트리트를 마음에서 지우지 못하는 사람들도 있다. 내 어머니 아버지 같고 옆집 아주머니 아저씨 같고 내 고모 조카 같은 사람들, 메이브 빈치의 시선이 닿아 있는 곳은 예외 없이 이런 친근한 주변 사람들이다. 자기 탐닉적인 사유의 세계에 빠진 주인공이나, 명분과 대의를 내세우는 역사적인 주인공이나, 사회에 대한 분노로 잔뜩 날이 선 주인공은 없다. 우리 신산한 삶에서 좀처럼 해결되지 않을 것 같은 이런저런 문제를 끌어안고 그냥저냥 살아가는 사람들이 바로 메이브 빈치의 주인공. 그런데 신기한 건, 그런 문제들이 그녀의 손을 거치면, 주인공이 생각을 고쳐먹어서건 기분좋은 우연이 일어나서건 요술봉이 지나간 것처럼, 완전히는 아니더라도 견딜 만큼 해결이 된다는 것이다. 그래? 그런 문제가 있었어? 그거 별거 아니야. 이런 방법을 써봐.

아일랜드의 국민작가 메이브 빈치는 2012년에 타계한 뒤 『그 겨울의 일주일』과 『비와 별이 내리는 밤』 『올해는 다른 크리스마스』가 우리말로 출판되어, 이미 국내에서도 많은 관심과 사랑을 받고 있는 작가이다. 『그 겨울의 일주일』이 유작이었고, 2014년, 영국 태생의 아동문학 작가이자 메이브 빈치의 남편인 고든 스넬이 메이브 빈치의 단편 총 서른여섯 편을 모아 이 두번째 유작을 발간했다. 이 판본에는 서른여섯 편에 더해 「테라의 목마」가 부록으로 포함되어 있다. 메이브 빈치는 수십 년에 걸쳐 이 단편들을 썼고, '체스트넛 스트리트'라는 이름의 한 권의 책으로 묶어 낼 생각이었으나, 생전에 그 뜻을 이루진 못한 모양이다. 이 책에 포함된 단편은 발표되지 않았던 작품이 대다수라고 한다.

내용이 1950년대에서 늦으면 1990년대 말을 배경으로 하고 있기에 요즘처럼 적응할 틈도 없이 새 기계와 새 기능이 등장하는 시대에 읽기엔 조금 오래된 이야기로 느껴지기도 한다. 하지만 읽다 보면 여기에 등장하는 인물들이 어제 만난 사람처럼 친근하다. 시대는 빠르게 달리고 있어도 그 안에서 살고 있는 우리의 다수는 그리 빠르진 않다. 이 책의 주인공들이 가진 사고방식이나 이들이 처한 환경은 종종 전환기의 흐름 속에 있는데, 어쩌면 우리도 늘 전환기에 있어 그런 우리의 모습을 보는 듯도 하고, 시간의 경계에서 끊임없는 변화에 휩쓸린다는 게 어떤 건지 좀 떨어진 자리에서 객관적으로 바라보게 되기도 한다. 좀 모순되지만, 현재 진행중인 과거 유물의 박물관에 가는 기분이랄까. 연애와 결혼에 관한 관점을 다룬 두번째 단편 「그저 하루」는 특히 그렇다.

이 단편들의 주인공은 거의 여자인데, 특이한 점 하나는 유난히 나쁜 남자가 많이 등장한다는 것이다. 물론 남자들은 대부분 주인공이 아니고 배경으로 등장하는데, 그들은 주인공 여자의 애인이었다가 여자가 임신했다고 말하니 속된 말로 내빼고, 달도 별도 따다 줄 것처럼 마음을 흔들어 결혼에 성공하고는 몇 년 지나지 않아

다른 여자를 만나 집을 나가버리는 식이다. 「중요한 것은 오로지」에서는 고모와 조카의 이야기를 통해서 혼전 임신이 여자의 인생에 어떤 영향력을 미칠 수 있는지를 보여준다. 또한 일은 하지 않고 아내가 벌어온 돈을 술과 경마에 탕진하는 남자도 등장한다. 이런 이야기가 주를 이루는 건 아마 그 무렵 아일랜드에서 이런 경우가 많았기 때문일 거라고 추측해본다. 아니면 시대 자체가 그랬거나. 남자가 그런 식이라면, 여자는 아이를 낳고 남편이 있거나 없거나 억척스럽게 생활하고 자식을 키운다. 메이브 빈치의 단편들에서는 그렇게 사랑의 쓰라림과 버려짐을 경험한 여자들이 자식을 다 키운 뒤 종종 멋진 남자를 만나는데, 그건 메이브 빈치의 바람일까, 진짜일까. 그래서 「건축업자」를 읽으면서 참 훈훈하게 기분이 좋았다.

지금껏 접한 메이브 빈치의 모든 작품이 그랬듯, 『체스트넛 스트리트』에서도 가득 퍼진 온기를 느낄 수 있다. 뭐랄까, 힘들어도 따뜻하고 속상해도 따뜻하고 답답해도 따뜻하고 미워도 따뜻한 그런 느낌이랄까. 그 느낌을 아우르는 말은 아마도 '인간의 체온'일 것이다. 그리고 한 사람과 또 한 사람이 만날 때 생기는 인간과 인간 사이의 열. 그 따뜻한 이야기들은 크리스마스에 산타클로스에게서 받는 선물 같다. 산타클로스가 굴뚝으로 들어가 이 집 저 집 삶을 엿보고 그 집에 가장 적당한 선물을 골라 몰래 주고 가는 것이다. 그리하여 아침에 깨어보면 반갑고 놀라운 선물이 남겨져 있듯, 각각의 이야기를 읽고 나면 내 손에 선물이 하나씩 주어지는 기분. 서른일곱 편의 단편을 읽으면 서른일곱 개의 선물을 받는 것이다.

그 선물은 "인생이 우리가 생각했던 대로 흘러가진 않"아도 우리 삶을 있는 그대로 수용할 수 있게 만들어주는 마음(「택시 기사는 투명인간이다」)이고, 밖에서 바라볼 때는 전혀 이해되지 않아도 그들 나름의 처세가 궁극으로는 그리 나쁠 것도 없으니 억지로 바꾸려 하지는 말라는 메시지(「릴리언의 머리카락」 「버킷 매과이어」 「필립과 꽃꽂이하는 사람들」)이며, 그럼에도 우연한 상황에 맞닥뜨려 변화를 받아들인다면 달라진 자신의 모습을 볼 수 있을 거라는 가능성(「조이스와 소개팅」 「클리프덴에 다다를 때쯤」 「그레이스가 보내는 꽃다발」)이다. 또한 타협이 나쁜 것만은 아니라는 것을 보여주는 지혜(「그저 하루」)와 참고 수용하는 것만이 답이 아니라는 걸 보여주는 통쾌함(「불의를 바로잡는 여자들」)도 찾아볼 수 있다.

어차피 뭐든 예측대로 되거나 정해진 공식처럼 일어나는 일은 없다. 메이브 빈치가 주는 메시지는 다소 교훈적이지만 종종 예상되는 교훈을 뒤엎고, 반전을 담고 있으면서도 더없이 일반적이다. 이 지점에서 메이브 빈치의 결말이 O. 헨리의 단편과 비교되기도 한다.

서른일곱 편의 단편은 적지 않은 수인데, 그중 어떤 이야기가 가장 재미있었는지, 혹은 좋았는지 물어본다면 그 답도 다 다를 것 같다. 세 편만 뽑아보면 어떨까? 그리고 이 책을 읽은 다른 사람과 함께 그걸 공개하며 이야기를 나누어보는 것이다. 내가 고른 세 편은 「건축업자」와 「나 자신의 문제」 「일 년에 하룻밤」이다. 「건축업자」는 감상적 가치가 있는 타인의 물건을 쉽게 버리지 않는 건축업자와 그를 보고 설레는 노부인의 사랑 이야기가 두근거렸다. 「나 자신의 문제」는 남의 고민만 해결해주는 삶이 지쳐 누구라도 머리를 싸맬 내 문제를 만들어보겠다고 결심하는 학교 교사 여자의 이야기인데, 마지막 부분에서 "그래도 채점할 시험지가 너무 많지 않으면, 내가 비극의 여왕과 손잡고 있는 게 아니라면, 시도는 내일이라도 언제든 다시 해볼 수 있으니까요"라는 말이 너무 귀여웠다. 『그 겨울의 일주일』이나 『비와 별이 내리는 밤』을 연상시키는 「일년에 하룻밤」은 새해 전야에 딱히 갈 곳도 같이 놀 사람도 없는, 서로 모르는 사람들이 만나 오랜 세월에 걸쳐 우정을 쌓아간다는 내용이 한편 부러웠다.

자존감이란 자기가 자기를 먼저 비하해서는 결코 높아지지 않는다는 것을 보여주는 「조이스와 소개팅」, 모든 것을 철저히 준비하던 여자가 그것을 내려놓았을 때 어떤 변화가 생기는지를 보여주는 「그레이스가 보낸 꽃다발」도 기억에 남는다.

고즈넉한 밤, 하루가 다음 하루로 넘어가는 경계의 시간, 하루 동안 지쳤던 마음을 어루만지기에도 살짝 두려워지는 시간, 걱정과 아픔과 슬픔이 외로운 방안의 곳곳에 숨어 나를 지켜보고 있는 시간, 너무 무거운 이야기도 싫고 너무 가벼운 이야기도 싫지만 그래도 조금은 내게 힘을 실어주는 이야기가 필요할 때, 해답이 없을 것 같은 골치 아픈 문제에도 바람구멍쯤은 있다는 희망을 주는 이야기가 필요할 때, 그런 시간, 그런 때가 바로 메이브 빈치의 따뜻한 통찰과 유머가 필요한 순간이다. 그럴 때 침대 머리맡에 두고 읽고 또 읽어도 좋을 것 같다.

이 소설을, 그리고 옮긴이의 말을 끝까지 읽어주신 분들께는 개인적으로 아주 사랑하는 아일랜드의 노래 한 곡을 소개한다. 〈On Raglan Road〉라는 곡이다. 예전에 여행하면서 더블린의 거리거리를 돌아다니던 기억과 함께 문득문득 생각나면 꺼내 듣는 곡인데, 원래 있던 선율에 아일랜드의 시인 패트릭 카바나Patrick Kavanagh 가 1946년 다른 제목(Dark Haired Miriam Ran Away)으로 발표한 시를 가사로 붙인 곡이다. 많은 뮤지션이 불렀는데, 개인적으로는 〈Nothing Compares to You〉라는 노래로 잘 알려진 아일랜드의 뮤지션 시네이드 오코너의 목소리로 듣는 것을 가장 좋아한다. 아일랜드의 정서를 좋아하는 분이라면 같이 좋아해주시지 않을까 조그맣게 바라본다. 그나저나 노래 찾아 듣기엔 정말 좋은 세상이 되었다. 「공정한 거래」의 주인공인 아이비가 알면 깜짝 놀랄 일이다.

정연희

옮긴이 **정연희**
서울대학교 영어교육과를 졸업하고 미국 펜실베이니아대학교에서 석사학위를 받았다.
전문 번역가로 활동하고 있으며, 옮긴 책으로 『디어 라이프』『착한 여자의 사랑』『소녀
와 여자들의 삶』『운명과 분노』『플로리다』『내 이름은 루시 바턴』『무엇이든 가능하다』
『에이미와 이저벨』『엘리너 올리펀트는 완전 괜찮아』『그 겨울의 일주일』『비와 별이 내
리는 밤』『커먼웰스』『헬프』『비둘기 재앙』『사랑의 묘약』 등이 있다.

문학동네 세계문학

체스트넛 스트리트

1판 1쇄 2020년 7월 3일 | 1판 3쇄 2020년 8월 20일

지은이 메이브 빈치 | 옮긴이 정연희 | 펴낸이 염현숙
기획 이현자 | 책임편집 윤정민 | 편집 류현영 이희연 이현자
디자인 신선아 이원경 | 저작권 한문숙 김지영 이영은
마케팅 정민호 정진아 함유지 김혜연 김수현
홍보 김희숙 김상만 지문희 우상희 김현지
제작 강신은 김동욱 임현식 | 제작처 한영문화사

펴낸곳 (주)문학동네
출판등록 1993년 10월 22일 제406-2003-000045호
주소 10881 경기도 파주시 회동길 210
전자우편 editor@munhak.com | 대표전화 031) 955-8888 | 팩스 031) 955-8855
문의전화 031) 955-8896(마케팅) 031) 955-2634(편집)
문학동네카페 http://cafe.naver.com/mhdn | 트위터 @munhakdongne
북클럽문학동네 http://bookclubmunhak.com

ISBN 978-89-546-7289-4 03840

잘못된 책은 구입하신 서점에서 교환해드립니다.
기타 교환 문의 031) 955-2661, 3580

www.munhak.com